Bjørn Andreas Bull-Hansen

VIKING

Kampf in Vinland

EINE JOMSWIKINGER-SAGA

Roman

Aus dem Norwegischen von Günther Frauenlob

PENGUIN VERLAG

Die Originalausgabe erschien 2019
unter dem Titel *Jomsviking – Vinland*
bei Gyldendal Norsk Forlag, Oslo.

This translation has been published with the financial support of NORLA

NORLA
Norwegian
Literature Abroad

MIX
Papier | Fördert gute Waldnutzung
FSC® C083411
FSC
www.fsc.org

Penguin Random House Verlagsgruppe FSC® N001967

5. Auflage

Neumarkter Straße 28, 81673 München
produktsicherheit@penguinrandomhouse.de
(Vorstehende Angaben sind zugleich Pflichtinformationen nach GPSR.)

Redaktion: Eva Stadler
Umschlaggestaltung: bürosüd nach einem Entwurf von Henrik Koitzsch/koitz.dk
Umschlagabbildungen: Shutterstock /Algol, Bjørn Andreas Bull-Hansen (2)
Satz: Buch-Werkstatt GmbH, Bad Aibling
Druck und Bindung: CPI books GmbH, Leck
Printed in the EU
ISBN 978-3-328-10730-9
www.penguin-verlag.de

MARKLAND
LEIFSINSEL
VINLAND
RENTIER-
INSEL
LAND DER AUF-
GEHENDEN SONNE
PATUXET
RENTIER-
INSEL

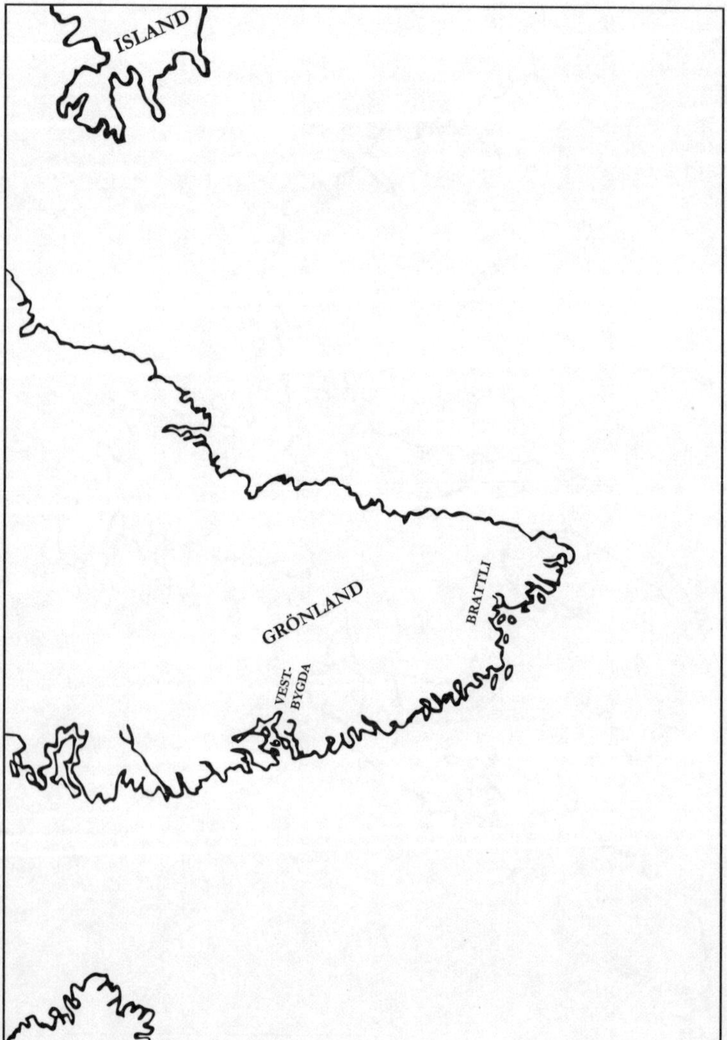
ISLAND
GRÖNLAND
BRATTLI
VEST-
BYGDA
HELLULAND
MARK-
LAND

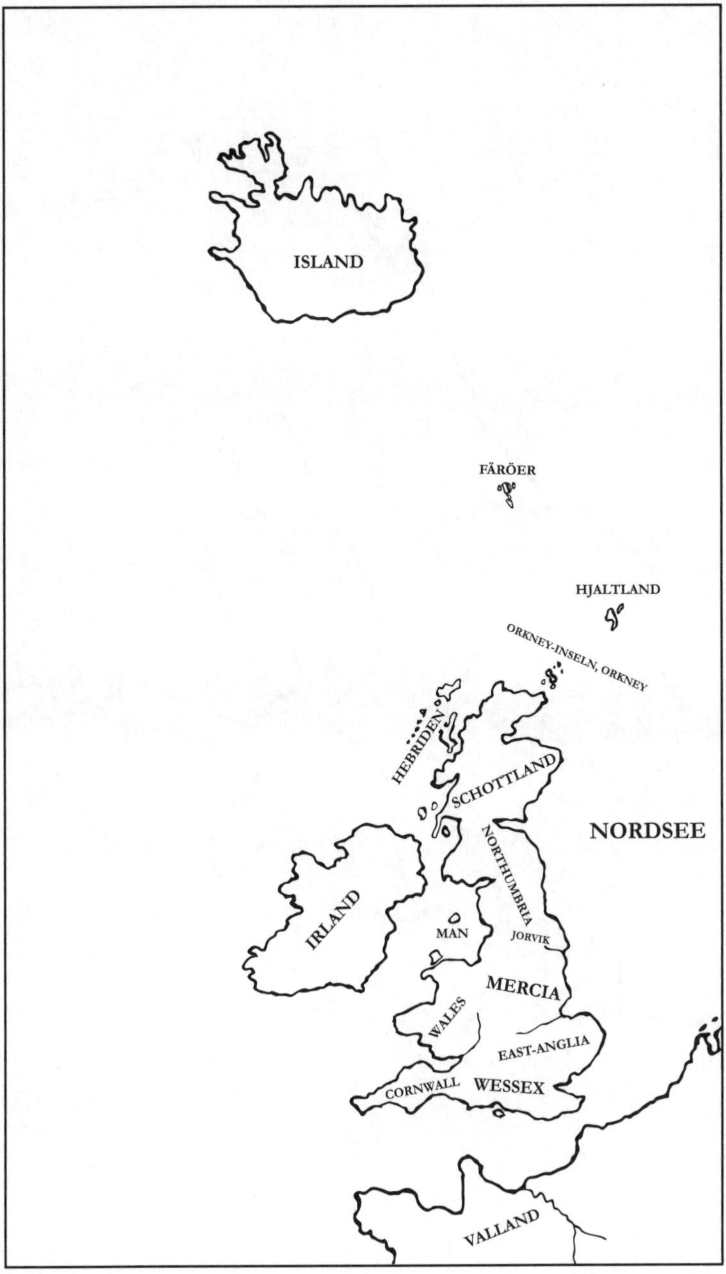
ISLAND
FÄRÖER
HJALTLAND
ORKNEY-INSELN, ORKNEY
HEBRIDEN
SCHOTTLAND
NORDSEE
NORTHUMBRIA
IRLAND
MAN
JORVIK
MERCIA
WALES
EAST-ANGLIA
CORNWALL
WESSEX
VALLAND

TRØNDELAG
RYGE
VINGUL-
MØRK
RAN-
RIKE
VIKEN
SKAGERRAK
KATTEGAT
GÖTALAND
JÜTLAND
SCHONEN
SEELAND
FÜNEN
OSTSEE
ESTLAND
GARDARIKE
FRIESLAND
WENDLAND

Ich habe für meine Söhne und ihre Nachkommen geopfert. Habe die Götter angefleht, dass die Welt, die ich bald verlassen werde, ihnen gegenüber milder ist als sie es zu mir war.

Aber die Götter hören mich nicht. Die Felder um mich herum sind vom Blut junger Männer getränkt, und Kriegerkönige herrschen wie wilde Tiere.

Einst war ich selbst wie sie. Die Gedanken daran halten mich abends wach. Wenn die Männer betrunken unter ihren Fellen liegen und das Feuer niedergebrannt ist, gebe ich mich meinen Erinnerungen hin. In diesen Momenten kann ich beinahe die Hand ausstrecken und die Freunde berühren, die mich schon vor langer Zeit verlassen haben … und die Frau, die ich geliebt habe.

Alter Mann … ich starre in den Bierkrug. Meine innere Stimme klingt fremd, als stünde ein anderer hier im Dunkeln und redete mit mir. Sie fordert mich auf, an glücklichere Zeiten zu denken, an Tage, als wir noch jung und stark waren und sich uns niemand, nicht einmal Könige, in den Weg stellen durfte. *Erinnerst du dich nicht? Patuxet … Matanuga … Wendigo … Dort im Westen, wo alles anders wurde …*

1
Keines Mannes Diener

Die ganze Nacht über hatte ich dagesessen und gelauscht. Erst war es nur ein leises Jammern gewesen, immer wieder unterbrochen von Momenten der Stille, in denen wir keinen Laut hörten. Dann, gegen Sonnenaufgang, hatten die Schreie begonnen. Sie waren durch die halb offene Tür des Langhauses gedrungen, sodass die Männer auf der Wiese unruhig geworden waren und Bjørn seine Arme um mich legen und mich festhalten musste. Es könnte ein langer Morgen werden, meinte er. Und dass wir nichts tun könnten, nur warten.

Und ich wartete. Die Männer, die gekommen waren, um mit mir zu wachen, tranken still aus ihren Krügen. Ich selbst brachte nichts hinunter. Jeder Schrei, jedes Stöhnen, jedes tröstende Wort der Frauen, die bei ihr waren, ließ mich zusammenzucken. Ich wollte zu ihr gehen und sie umarmen, und sie sollte mich ansehen und mir sagen, dass alles war, wie es sein sollte, und ich keine Angst haben musste. Alles würde gut werden. Jedes Mal aber hinderten die starken Arme meines Bruders mich daran, zu ihr zu gehen. Vidar flüsterte mir zu, ich solle ruhen, solange ich noch ruhen könnte. Aber Ruhe hatte ich den ganzen Winter nicht gefunden. Nicht seit Olavs Männer gekommen waren. Nicht seit der Nacht des Winteropfers.

Wie stolz war ich gewesen, als ich am Hafen stand, einen Krug

Bier in der Hand, während mein Blick über das Schiff »Danen« schweifte, das der dänische König mir geschenkt hatte. Wir tranken immer wieder darauf, hoben die Krüge auf gute Fischzüge, reiche Ernte und darauf, dass mit Sigrid alles gut gehen würde. An jenem Abend tranken wir auf alles, was uns in den Sinn kam. Irgendwann waren wir in die Häuser getaumelt und ich hatte mich an Sigrid geschmiegt, meinen Arm um sie und meine raue Hand auf ihren Bauch gelegt, in dem unser Kind heranwuchs.

Es wäre das letzte gewesen, an das ich mich in diesem Leben erinnert hätte, wäre da nicht mein kleiner Hund Fenris gewesen. Er weckte die Frauen und die Frauen weckten uns. Im Haupthaus bei uns schliefen zwölf Männer, weitere lagen draußen im Heu. Die meisten anderen Frauen mieden das Haupthaus. Meine Männer stanken ihnen zu sehr, außerdem tranken sie jeden Abend, doch nach jener Nacht hörte ich nie wieder schlechte Worte darüber. Sigrids Ellenbogen weckte mich, sie raunte mir zu, ich müsse aufstehen, draußen auf dem Hof sei jemand. Ich rappelte mich zusammen mit den anderen Männern auf, und Bjørn sah durch die Tür und sagte, dass dort wirklich fremde Männer wären und wir zu unseren Waffen greifen sollten, bevor die dort draußen ihre Fackeln entzündeten.

Dumm und angetrunken stürzten wir nach draußen und griffen sie mit Äxten und Speeren an. Nackt und wild und noch halb benommen vom Bier gelang es uns, sechs von ihnen zu töten. Die letzten beiden flohen über die Wiese hinunter zum Strand zu einem Boot, neben dem eine Handvoll weiterer Männer wartete.

Wir schossen ihnen Pfeile hinterher, waren aber zu betrunken, um sie zu töten. Einen trafen wir immerhin, denn er stolperte und ging nach einigen Schritten zu Boden.

Die Gruppe schob das Boot ins Wasser und ruderte schnell auf die Bucht hinaus. Den keuchenden Verletzten ließen sie auf der Wiese liegen. Er hielt sich den Bauch, wo der Pfeil ihn getroffen hatte. Als wir uns neben ihn hockten, wollte er wissen, ob jemand von uns Torstein Tormodson sei, der Mann, den sie den Bootsbauer nannten. Ich nickte und sagte ihm, ich sei der Mann. Da packte er meinen Arm. »Du, und die deinen … deine Kinder und Kindeskinder … ihr werdet niemals Frieden finden.«

Was in jener Nacht geschah, war wie ein Traum. Dafür war sicher der Rausch des Bieres verantwortlich. Im Schutz der Dunkelheit trugen wir die Toten hinunter zum Strand, ruderten sie aufs Wasser hinaus und versenkten sie, beschwert mit Steinen. Als wir wieder nüchtern waren, erzählten nur noch die Blutflecken auf dem Hof von dem Geschehenen. Doch nach jener Nacht verstand ich, dass aus unseren Plänen nichts werden würde; auf dem Grimshof zu bleiben, zu fischen, Schafe zu halten, uns dem Jarl anzuschließen und die Orkney-Inseln zu unserer Heimat zu machen. Wir mussten weiter. Wir mussten zu den Inseln im Westen, wo uns die rachsüchtigen Männer nicht finden konnten. Aber wir mussten warten. Sigrid konnte das Kind nicht an Bord gebären.

Ich erinnere mich noch, wie die Sonne aus dem Meer aufstieg. Ich saß auf dem Gras, während die Männer um mich herum tranken. Es war Sommer, die Nacht war kurz, die Feuerkugel nur knapp hinter dem Horizont versunken. Mit einem Mal wurde mir bewusst, wie still es war. Nur das Murmeln der Männer war zu hören, und als ich mich umdrehte, standen sie auf, die Blicke auf die Tür des Langhauses gerichtet. Die Stille dauerte jetzt schon viel zu lang. Dann: ein Schrei. Der Schrei eines Kindes.

Wir warteten schweigend. Schließlich wurde die Tür geöffnet und Gerdrun aus dem Jarlshof kam auf den Hofplatz. Sie wischte sich die blutigen Hände an der Schürze ab und sah mich an. »Du kannst jetzt kommen, Torstein.«

Ich zögerte. Angst lastete auf meinen Schultern. Vidar sagte:

»Da spürst du sie, Häuptling. Die Sorgen, gewöhn dich an sie, denn für den Rest deines Lebens werden sie dich begleiten.«

Bjørn war sofort zur Stelle, nahm ihn in den Schwitzkasten und brachte ihn zum Schweigen. So blieben sie stehen, Vidars Kopf in Bjørns Armbeuge, während Bjørn mich ansah und in Richtung Tür nickte.

Ich spürte den harten Boden des Hofplatzes unter meinen Füßen, den Sommerwind im Gesicht. Gerdrun verschwand wieder nach drinnen. Geklapper von Schüsseln und Schalen war zu hören.

Ich trat über die Schwelle in die Wärme des Langhauses. Wenige Schritte von der Feuerstelle entfernt war eine Bettstatt errichtet worden. Rechts und links davon standen die Frauen. Bei ihnen war Astrid, Sigrids Schwester. Und Gerd, ihre Mutter. Auch Daghild, Welpes Schwester, und Anbjørg Ivarsdatter, die kleine, grauhaarige Frau, die für die Geburt extra von Borgarøy geholt worden war, waren da. Zwischen ihnen allen lag Sigrid, auf den bloßen Brüsten ein nackter Säugling. Sie hatte ihre Hände vorsichtig um das Kind gelegt und sah mich lächelnd an. »Wir haben einen Sohn bekommen, Torstein.«

Ich blieb am Fußende der Bettstatt stehen.

»Komm«, sagte sie und streckte die Hand nach mir aus.

Gerdrun führte mich zur Seite des Bettes. Ich setzte mich und Gerdrun nahm meine Hand und legte sie auf den Rücken des Kindes. Durch die warme Haut spürte ich den Atem des winzigen Menschen. Sigrid legte ihre Hand auf meine. »Freust du dich nicht?«

Ich wollte ihr sagen, wie sehr ich mich freute, ein Gefühl, das alles in den Schatten stellte, was ich je erlebt hatte. Ich wollte Sigrid für das Kind danken, das sie mir geschenkt hatte, dafür, dass das Blut meiner Sippe nun weiterleben würde. Aber ich fand keine Worte. In meinen Augen standen Tränen, die ich rasch wegwischte; ich wollte nicht, dass die Frauen mich so sahen. Gerdrun klopfte mir auf die Schulter und sagte, es sei keine Schande, zu weinen, man werde schließlich nicht jeden Tag Vater. »Aber jetzt musst du deinen Sohn halten, Torstein. Jetzt musst du ihn deinem Volk zeigen.«

Gerdrun nahm das Kind von Sigrids Brust und legte es mir in die Hände. In diesem Moment sah ich zum ersten Mal das Gesicht meines Sohnes. Es wäre eine Lüge zu behaupten, der Anblick rührte mich nicht. Das Kind war wohlgestaltet mit dunkelbraunen Haaren und klaren blauen Augen. Die rechte Seite des Halses aber war bedeckt von einem Mal, das vom Schlüsselbein bis hinauf zur Seite seines Kinns führte.

»Thors Hammer«, sagte die Hebamme, und trat zu uns.

Erst verstand ich nicht, was sie meinte, doch dann sah ich, dass das Mal die Form eines kurzschaftigen Hammers hatte. Thors Hammer. Der Schaft lag auf dem Hals, der Hammerkopf an Kinn und Wange.

»Dein Sohn steht unter dem Schutz von Åsa-Thor, Torstein.« Die Hebamme legte meine Finger enger um den Kopf des Kleinen. »Geh jetzt nach draußen und zeig ihn deinen Männern. Aber beeil dich, sein Platz ist bei seiner Mutter.«

Ich drückte den warmen Körper an mich und stützte den Hinterkopf des Kleinen, wie sie es mir gezeigt hatte. Ich blieb noch einen Moment stehen und sah dem Kind in die Augen, und das kleine Geschöpf erwiderte meinen Blick und fasste mir plötzlich mit seiner winzigen Hand in den Bart. Die Frauen, die um das Bett herumstanden, lachten. Dann ging ich mit vorsichtigen Schritten hinaus in den Morgen. Die Männer, die mit mir gewacht hatten, kamen herbeigelaufen. Ich streckte ihnen das Kind entgegen. »Ein Sohn«, sagte ich.

Die Männer umringten mich. Sie streckten dem Kleinen ihre groben Finger entgegen, lächelten und redeten mit hohen verstellten Stimmen auf das Kind ein. Halvor begann lallend einen Trinkspruch, den niemand hörte und Eystein hob den dreibeinigen Hund Fenris in die Höhe und ließ ihn schnuppern. Dem Jungen wurde das alles zu viel, das kleine Gesicht verzog sich zu einer Grimasse und ein überraschend lautes Schreien kam aus dem zahnlosen Mund. Ich ging wieder ins Haus, wo ihn die Hebamme zurück auf Sigrids Brust legte.

An diesem Tag wurde unten am Hafen ein großes Fest gefeiert. Auf dem Grimshof ging das nicht, dort kümmerten sich die Frauen um Sigrid und das Kind. Sigrids Mutter hatte uns fortgescheucht, sodass wir erst auf den Höhenzug hinter dem Hof gingen, wo wir eine Weile am alten, aus einem Steinhaufen bestehenden Seezeichen standen und etwas tranken. Dann liefen Welpe und ein paar andere zurück auf den Hof, um die Knechte einzuladen, mit uns zu feiern. Der Rest ging hinunter zum Hafenplatz auf der anderen Seite des Höhenzugs. Ich kletterte auf die »Danen«, die am Anleger vertäut lag. Stellte mich achtern ans Steuerruder, von wo aus ich freien Blick auf die Fahrrinne hatte, die zwischen den nördlichen Inseln hindurchführte. Die Männer hatten sich mittlerweile an der Feuerstelle versammelt. Es waren harte, raue Kerle, die meisten von ihnen Norweger und Dänen, die mit mir in der Jomsburg gedient hatten. Jetzt bildeten sie die Mannschaft des Langschiffes, das mir Sven Gabelbart nach der Schlacht bei Svold geschenkt hatte. Ich war erst zwanzig Jahre alt, gehörte zu den Jüngsten an Bord, und war doch derjenige, den sie Häuptling nannten. Ein Winter und ein Frühjahr waren vergangen, seit wir das Segel gesetzt und das Meer überquert hatten. Ein Winter und ein Frühjahr auf den Orkney-Inseln, in denen wir auf die Geburt warteten. Zuvor hatten wir gemeinsam entschieden, nicht zu versuchen, noch vor den Winterstürmen nach Island zu kommen. Viele Männer wollten den norwegischen

König rächen, weshalb die Überwinterung hier auf Rossøy, wo immer wieder Handelsschiffe anlegten, um ihre Wassertonnen zu füllen, bevor sie weiter nach Norwegen segelten, nicht ohne Risiko war. Doch auch nach dem Angriff waren wir geblieben. Schließlich waren wir Jomswikinger und noch dazu eine verschworene Gemeinschaft von rund dreißig Männern mit reichlich Waffen und Pfeilen. Selbst betrunken hatten wir in jener Nacht die Olavstreuen besiegt und keiner der Männer zweifelte daran, dass uns das auch ein zweites Mal gelingen würde. Ihnen hatte ich erwidert, dass wir auf der Insel angreifbar wären, auch wenn wir Jomswikinger seien. Und dass im Westen Reichtum wartete. Dass dort kräftige Lärchen wuchsen, und besseres Holz für den Bau von Schiffen gab es nicht. Dass es dort Land gäbe, auf das noch kein Häuptling Anspruch erhoben hatte. Im Westen läge unsere Zukunft.

Bjørn rief mich zu den anderen. Ich sollte vom Schiff kommen und mich zu ihnen setzen. Er hatte sich an der Feuerstelle niedergelassen, an der Hutten gerade ein Bündel trockenes Gras zu entzünden versuchte. Der Schotte war ein breit gebauter, nicht sonderlich großer Mann. Wenn er seinen Lodenumhang trug und etwas vornübergebeugt stand, sah es so aus, als wüchse er direkt aus der Erde empor und hätte sich eine Torfmatte um die Schultern gelegt. Unten in der Bucht spritzten sich die beiden Söhne von Vidar gegenseitig nass. Sie waren ausgeschickt worden, um Miesmuscheln zu sammeln, die sie mit den Füßen zwischen den Steinen ertasteten. Sie schienen ihre Aufgabe aber nicht sonderlich ernst zu nehmen. Fenris sprang humpelnd mit der Hündin von Skjalm am Wassersaum herum und zerrte immer wieder an losen Tangfetzen. Jetzt rief auch Eystein mich zu ihnen. Alle wollten mit mir anstoßen.

Trotzdem blieb ich noch eine Weile an Deck stehen. Das Mal auf dem Gesicht meines Sohnes beunruhigte mich. Was, wenn es mehr als nur ein Mal war? Konnte es eine Krankheit sein? Die Angst legte sich wie eine Klaue um meine Brust, und am liebsten wäre ich zurück ins Haus gelaufen. Vielleicht könnten die Frauen mir ja sagen, dass so etwas gar nicht ungewöhnlich sei und mit der Zeit verblasste. In diesem Moment erschien Halvor auf dem Landgang, in jeder Hand einen Bierkrug. »Deine Augen, Torstein«, sagte er, als er neben mir stand und mir einen Krug reichte. »Mir scheint es, als braue sich darin ein Unwetter zusammen. Denkst du an das Mal?«

Ich antwortete nicht.

»Ich verstehe, dass du dir Sorgen machst.« Halvor drückte mir seinen Krug in die Hand und öffnete seinen Gürtel. Ich dachte erst, er wolle über die Reling Wasser lassen, doch Halvor ließ die Hose herunter und drehte mir den nackten Po zu. »Sieh her«, sagte er und klatschte sich aufs Gesäß. »Sieh genau hin und sag mir, was du siehst.«

Ich sah nichts, nur Halvors Hinterteil.

»Bei meiner Geburt hatte ich dort ein Mal so groß wie die Hand eines ausgewachsenen Mannes. Aber mit den Jahren ist es verschwunden.« Er richtete sich auf, nahm mir einen Krug aus der Hand und trank einen großen Schluck, bevor er sich schließlich die Hose wieder hochzog. »Vielleicht verblasst auch das Mal deines Sohnes mit der Zeit. Außerdem wird ihm ein Bart wachsen. Also, bring das Unwetter in deinen Augen zur Ruhe und trink mit uns.«

Aber meine Sorge galt nicht nur dem Mal. Was, wenn die Christen die Form des Thorshammers erkannten und darin ein Zeichen der Heiden und falschen Götter sahen? Würden sie ihm dann nach dem Leben trachten? Schließlich hassten sie alles, was mit dem alten Glauben zu tun hatte.

Als ich Halvor in meine Ängste einweihte, strich er sich nachdenklich über den braunen Bart und trank einen weiteren Schluck. Halvor war kein gutaussehender Mann. Sein ganzer Körper, vom Kopf bis zum Fuß, dem zwei Zehen fehlten, war von seinem Leben als Jomswikinger gezeichnet. Eine Narbe zog sich quer über seine Stirn, eine andere über die Wange nach unten. Eine dritte schien seine Unterlippe zu spalten und gab ihm ein schiefes, seltsames Lächeln. Aber es war gut, Halvor um sich zu haben, wenn die Schwermut nahte. Seine Fröhlichkeit und der Schalk, der aus seinen Augen sprach, waren für alle in seiner Nähe ansteckend.

»Wer schert sich schon um diese Christen? Wo wir hinfahren, gibt es keine Christen. Dort gibt es ja kaum Menschen, habe ich gehört.«

Halvor stieß mit mir an. »Jetzt trink aber mit uns! Dir ist ein Sohn geschenkt worden! Trink!«

»Nur ein paar Schluck«, sagte ich und setzte den Krug an die Lippen. Huttens Gebräu war gut, um Sorgen zu vertreiben, das wusste ich. Er behauptete, es von seiner Sippe mitgebracht zu haben und dass das in einer Erdhütte gebraute Bier das stärkste nördlich von Jorvik sei.

Halvor und ich blieben am Steuerruder stehen. Ich fingerte an der Pinne herum, die sich immer wieder vom Ruder zu lösen drohte. Sie führte in einem rechten Winkel vom Ruder nach vorn zum Steuermann, bekam aber schnell Spiel. Außerdem musste ich daran denken, die Schot vor unserer Abfahrt mit Schafsfett einzuschmieren.

»Dank den Göttern, dass sie dir einen gesunden Jungen geschenkt haben«, sagte Halvor. »Und auch Sigrid solltest du danken, wenn du zurück auf dem Hof bist. Aber das kann warten, jetzt werden die Götter geehrt.«

Bei seinen Worten hoben wir die Krüge und tranken. Wir ließen den Blick über den Hafen und das Meer schweifen, das in der Sonne glitzerte. Ich sah, wie sich die Mannschaft um das Feuer versammelte. Auch Vidar und Gislaug und ihre beiden Töchter waren da. Die Mädchen waren mittlerweile so groß, dass sie kaum mehr als Kinder bezeichnet werden konnten. Ihre Söhne kamen vom Strand herauf, einer war fünf, der andere zehn Winter alt. Neben ihnen saßen Skjalm und die Sklavin, die er auf Fünen geraubt hatte. Ihre Tochter stand unten am Wasser und ließ Steine über die Oberfläche hüpfen. Am Feuer stieß mein Bruder mit Eystein, Hutten und Welpe an, und während ich das Geschehen noch immer vom Schiff aus verfolgte, näherten sich immer mehr Inselbewohner. Sie wussten, dass Sigrid ein Kind erwartet hatte und ahnten wohl, dass die Zeit zu feiern gekommen war. Welpes Vater, der Insel-Jarl Sigurd Lodveson fehlte noch. Uns allen – vor allem Welpe – wäre es recht gewesen, der Alte würde gar nicht kommen.

Halvor trank seinen Krug leer. Ich selbst war etwas vorsichtiger. Ich wagte es nicht, mich zu betrinken, und richtete den Blick immer wieder aufs Meer. Trotzdem überkam auch mich ein Gefühl der Ruhe, während ich mit Halvor an Bord stand.

»Ich bin ein Idiot, mir um dieses Mal Sorgen zu machen«, murmelte ich.

Halvor legte mir die Hand auf die Schulter und meinte, dass ich, wenn ich schon darüber nachdenken wollte, dies mit Freude tun sollte, schließlich sei das Mal ein Zeichen der Götter. Ich ging zu der Stütze, auf der wir die Rah ablegten, hielt mich daran fest und ließ den Blick über die »Danen« schweifen. Es war eines der größten Langschiffe, die ich je gesehen hatte, und dieses prachtvolle Schiff zu besitzen, erfüllte mich mit Stolz. Die Seile zum Hochziehen des Segels waren aus gedrehter Seehundhaut und die Eichenspanten darunter fügten sich so gut in die Plankengänge ein, dass man meinen konnte, sie wären aus Lehm. Damit das Schiff sich gut in die Wellen legte, waren die Spanten mit Streifen von Walbarten an den Kielbalken gebunden. Ich spürte das alte Holz der Rah und sog den Duft von Salzwasser und Teer ein. Bald würde uns die »Danen« von der Insel fortbringen und auf ein Meer hinaussegeln, das uns allen unbekannt war.

Kurz darauf trat ich ans Feuer. Eystein holte die Maultrommel heraus, die er bei einem walisischen Händler ertauscht hatte. Spielen konnte er nicht, aber es waren mittlerweile so viele Menschen gekommen, dass man ihn ohnehin nicht hörte. Ich saß zwischen Bjørn und Halvor, trank und spürte die Sommersonne auf meinem Gesicht. Irgendwann spürte ich den Schlaf kommen, und dieses Mal kämpfte ich nicht dagegen an. Erschöpft lehnte ich mich zurück und schlief beinahe unmittelbar ein.

Es hieß, ich hätte geschlafen, bis der Abend den Tag ablöste. Später erfuhr ich, dass Sigurd Lodveson auf seinem Pferd angeritten gekommen war und mit Welpe unten am Strand gestanden hatte. Der Alte soll zornig gewesen sein und versucht haben, seinen Sohn mit auf den Hof zu nehmen. Welpe hätte sich aber losgerissen und gerufen, er hätte Torstein Tormodson und seinem Schiff die Treue geschworen. Dann war Welpe zu uns Jomswikingern gekommen, während sein Vater allein unten am Wasser stehen geblieben war. Die Geschwulst am Kragen des Jarls hätte eine rötliche Farbe angenommen, wie immer, wenn er sich aufregte.

Es wurde den ganzen Tag gefeiert. Die Männer schliefen abwechselnd am Feuer ein, bis sie von anderen geweckt wurden und einen neuen Krug bekamen. Wie ich hatten die wenigsten von ihnen in der Nacht geschlafen, aber wen störte das, wenn sich endlich einmal die Gelegenheit zu trinken bot. Alle wussten nur zu gut, dass ich nach Sigrids Niederkunft nicht mehr lange warten würde, um in See zu stechen. Denn die Zeit zu segeln war gut. Eine Jahreszeit, in der die Winde mild und die Meeresströmungen nach Westen gerichtet waren.

Es heißt, Torstein Tormodsons Jomswikinger hätten an diesem Tag auf der Hauptinsel auch noch das letzte Bierfass geleert. Ich kann dazu nur sagen, dass es eine Lüge ist, denn auch wenn die meisten von uns Jomswikinger waren und sie mich ihren Häuptling nannten, gehörten sie doch nicht *mir*. Jomswikinger waren freie Männer, und wenn sie einem Mann folgten und ihn Häuptling nannten, dann taten sie das aus freien Stücken. Es stimmt aber, dass an diesem Tag viel getrunken wurde. Als ich gegen Abend aufwachte, saßen sowohl mein Bruder als auch Halvor, Welpe und Hutten grölend am Feuer und lachten. Ich rappelte mich auf und schwankte, gefolgt vom dreibeinigen Fenris, zurück zum Hof.

Im Haupthaus lag Sigrid schlafend auf der Bettstatt. Ihre schmalen Hände hatte sie um den Rücken des Kleinen gelegt, der auf ihrer Brust ruhte. Ich setzte mich auf den Rand des Bettes und streichelte dem Jungen durch die weichen, dunklen Haare. Dann fuhr ich mit dem Finger über seine Wange und das Mal. Seine kleine Hand und seine winzigen Fingerchen legten sich um einen meiner Finger und hielten ihn lange fest.

Sigrid war nicht allein im Langhaus. Ihre Mutter Gerd schlief in einer der Kojen. Gerdrun aus dem Jarlshof saß auf der Bank am langen Tisch. Auch sie schien die Stille zu genießen, denn sie sah zu mir herüber, lächelte wortlos und arbeitete weiter. Sie flocht ein Band, wie man es Sigrid und mir bei unserer Vermählung über die Hände gelegt hatte. Sigrid hatte das Wollband von ihrer Mutter bekommen, die mit demselben Band getraut worden war. Bestimmt war Gerd davon ausgegangen, als erste Sigrids Schwester verheiraten zu können, doch der Mann, der für sie auserkoren war, hatte sich in ein Mädchen auf dem Festland verliebt und war seither nur noch selten auf den Inseln zu sehen. Als wir mit dem Schiff eingelaufen waren und Sigrid ihrer

Mutter erzählt hatte, dass sie meine Frau sei, wurde sogleich die Hochzeit gefeiert. Wir standen damals umgeben vom Inselvolk auf dem Hofplatz, denn Sigrids Vater Grim war zu Lebzeiten beliebt gewesen. Dass seine Tochter ein Kind in sich trug, hatten sie sich vermutlich bereits gedacht, schließlich war sie in Begleitung eines Mannes gekommen. Das wollene Band wurde über unsere Hände gelegt, der Insel-Jarl legte seine Hand auf unsere und rief über die Jubelrufe und das Rauschen des Meeres hinweg, dass Sigrid und Torstein nun ein Paar und ihre Lebensfäden für immer miteinander verwoben seien.

Ich saß noch bei Sigrid, die kleine Hand meines Sohnes um meinen Finger gelegt, als Sigurd Lodveson hereinkam. Ein paar der Männer, die vor dem Haus Wache gehalten hatten, folgten ihm, bereit seine Arme zu packen. Ich schüttelte kurz den Kopf und sie zogen sich zurück. Meine Abneigung gegen den Insel-Jarl stammte aus der Zeit, in der ich das erste Mal als entflohener Sklave auf die Orkney-Inseln gekommen und Sigrids Vater Grim noch am Leben gewesen war. Der Jarl und seine Vasallen hatten uns ständig bedrängt und Steuern eingefordert, weshalb er auf der Insel weithin unbeliebt war. Als dann Olav mit seinen Schiffen gekommen war, hatte der Jarl auch ihn auszunehmen versucht, doch Olav hatte ihn gedemütigt. Mit einem gewaltigen Faustschlag hatte er den Jarl von der Brücke ins Wasser gestoßen und um ein Haar ertränkt. Bjørn und ich waren daraufhin mit Olav davongesegelt und hatten für ihn gekämpft, bis wir in Ungnade gefallen waren. Danach folgten die Jahre bei den Jomswikingern, wo wir eine Ausbildung erhielten und ein Mann aus mir wurde. Dass es meine Axt war, die Olav in der Schlacht bei Svold erschlagen hatte, schien den Insel-Jarl zu freuen, denn nach unserer Ankunft dauerte es nur wenige Tage, bis er angeritten kam und mir eine Silberspange, groß wie die Hand einer Frau, schenkte.

Diese Spange lag nun in einer Kiste unter dem Bett, in dem Sigrid und ich schliefen. Ich trug sie nur selten. Ich wollte nicht, dass die Insulaner mich ablehnten, wie sie den Jarl ablehnten.

Sigurd Lodveson stellte sich ans Fußende des Bettes, betrachtete Mutter und Kind und kaute auf seinen Barthaaren herum. »Es ist ein Sohn, habe ich gehört. Es ist gut, wenn das erste Kind ein Sohn ist. Vielleicht bekommt er noch Schwestern, dann kann er auf sie aufpassen.«

Ich antwortete ihm nicht. Ich wollte nur, dass er ging. Der Jarl trat zu seiner Frau, begutachtete ihre Handarbeit und ließ sich neben ihr nieder. Sigurd Lodveson setzte das Alter sichtbar zu. Seine breiten Schultern hingen herab, der Bauch war dick. Der graue Bart war dünn geworden und die spärlichen Haare umrahmten eine Glatze. Nur seine Kleider strahlten noch Würde aus. Sie waren sauber und Hose und Beinbänder aus ockerfarbenem Leinen fein gewebt.

»Mein Sohn sagt, dass er dich begleiten will. Ich vertraue darauf, dass du ihm das ausredest, Torstein.«

Seit der Schlacht bei Svold stand Welpe treu an meiner Seite. Wie alle anderen Männer hatte er seine Ruderkiste an Bord unseres Schiffes, wo er sie auch belassen wollte.

»Ich brauche ihn auf dem Hof«, sagte der Jarl. »Gerdrun stirbt vor Sorge, wenn der Junge uns wieder verlässt.«

Gerdrun sagte nichts, sondern wickelte schweigend den Faden um ihren Finger.

»Du bist Sigurd Lodvesons Freund«, sagte der Jarl dann und richtete seinen Blick auf mich. »Wenn du mir dienst, wird es dir und deiner Sippe an nichts mangeln.«

Sigrid wachte auf, sie blinzelte und wollte sich auf die Seite drehen, bemerkte dann aber, dass das Kind auf ihrer Brust lag und blieb stattdessen auf dem Rücken liegen und streichelte den Kleinen.

»Den ganzen Winter hindurch haben wir dich und deine Mannschaft durchgefüttert. Du weißt, dass ich ein gütiger Mann bin.«

»Das ist richtig«, sagte ich. »Und dafür sind wir dir dankbar.«

Sigurd zog das Wams höher, sodass die Geschwulst am Hals nicht mehr zu sehen war. Er räusperte sich. »Die Inseln da draußen sind nichts für Frauen und Kinder, Torstein. Lass Sigrid und euren Sohn hier. Ich werde für sie sorgen, bis du zurück bist. Im Gegenzug wirst du alles fruchtbare Land, solltest du dort im Westen denn welches finden, in meinem Namen einfordern.«

Ich stand vom Bett auf. »Ich lasse Sigrid nicht allein. Und ich habe Sven Gabelbart versprochen, das Land, das ich finde, in seinem Namen einzufordern.«

»Wir haben bereits darüber gesprochen.« Sigurd stand auf und schob die Hände unter seinen Gürtel, als wollte er damit zum Ausdruck bringen, dass ich seiner Forderung nicht widersprechen konnte.

Ich wandte mich von ihm ab.

»Dreh mir nicht den Rücken zu, Torstein Bootsbauer. Das ist unklug.«

Ich blieb stehen. »Ich bin keines Mannes Diener.«

»Was sagst du?«

Ich ging zur Tür und öffnete sie. »Ich werde neue Länder entdecken«, sagte ich. »Und ich werde nicht vergessen, dass du uns durch den Winter gebracht hast.«

Sigurd Lodveson kam zu mir, packte meinen Arm und sah mir in die Augen. Der Insel-Jarl hatte für einen alten Mann ungewöhnlich weiße, gesunde Zähne, die ihn aus der Nähe viel jünger und kräftiger wirken ließen. »Das solltest du, Bootsbauer.«

Ich antwortete ihm nicht, sondern zog meinen Arm weg. Sigurd Lodveson kratzte sich an der Schwellung am Hals, ging nach draußen und verschwand in Richtung Hafenplatz. Vielleicht wollte er mit den Männern trinken oder seinen Sohn dazu bringen, nicht mit uns zu segeln.

Auch Fenris und ich gingen nach draußen und setzten uns auf die Wiese, auf der wir gewartet hatten, als Sigrid in den Wehen lag. Dort blieben wir, bis die Sonne im Meer versank und die Inseln und Schären für einen Moment in goldenes Licht gehüllt waren. Die Felsen sahen aus wie aus Gold und Bronze gegossen und die Grasflächen schienen aus der feinsten grünen Seide gewebt zu sein. Fenris legte seinen Kopf auf meinen Schenkel, während ich wieder über das Mal meines Sohnes nachgrübelte. Aber kein Mann war ohne Makel, ohne Narben oder Verletzungen. Bei mir war es das rechte Bein, das mir nicht immer gehorchte.

Ich saß noch auf der Wiese, als Bjørn sich schwankend näherte. Er war so voll, dass er mich nicht sah. Es grenzte schon an ein Wunder, dass er den Hof fand, denn er taumelte erst gegen die Ecke der Scheune, ehe er auf den Hofplatz stolperte, wo er schwankend wie ein Mast bei heftigem Seegang stehen blieb. Sein Wams musste er auf dem Hafenplatz vergessen haben, denn er stand halbnackt da, während er seine Arme ausstreckte und durch die strähnigen, dunklen Haare starrte. Mein Bruder war ein kräftiger Mann mit breiten, muskulösen Schultern. In einem Oberarm war eine Delle, in die man den ganzen Daumen legen konnte. Er war dort von einem Pfeil verwundet worden, als Sigvalde und seine Goten die Jomsburg angegriffen hatten. In derselben Schlacht war er auch am Kiefer getroffen worden, sodass der Pfeil aus seinem Mund geragt war. Der Bruch war verheilt und die Narbe verdeckt von seinem dichten Bart, allerdings fehlten ihm auf der verletzten Seite mehrere Backenzähne.

Bjørn sackte auf die Knie, seine Hände begannen zu zittern, er schlug sich die Hände vor das Gesicht und begann zu weinen. Fenris und ich gingen zu ihm, und ich half ihm auf und führte ihn ins Langhaus und zu seinem Schlafplatz am Feuer, wo er in seinem Elend liegen blieb. Ich selbst setzte mich wieder zu Sigrid, doch als ich meinen Arm ausstreckte, um meinem Sohn über den Kopf zu streicheln, sagte sie, ich solle sie schlafen lassen. Ich verkroch mich in einer leeren Koje an der Wand und Fenris rollte sich an meinem Bauch zusammen. Als ich die Augen schloss, überkam mich das seltsame Gefühl, dass sich die Koje unter mir bewegte, als wäre ich bereits auf dem offenen Meer.

2
Der Fluch

Zwei Tage nach dem Sommeropfer stachen wir von Rossøy aus in See. Die Menschen der Nachbarhöfe kamen, um uns Lebewohl zu sagen, nur Sigurd Lodveson zeigte sich nicht. Wir segelten mit einer milden südwestlichen Brise nach Norden, sodass die Inseln bald darauf hinter uns verschwanden. Am ersten Tag stand ich selbst am Ruder. Hin und wieder warfen mir die Männer Blicke zu, vielleicht wollten sie wissen, ob in meinen Augen Zweifel oder Furcht zu erkennen waren, aber ich sah nur nach vorn zum Horizont. Es war darüber gesprochen worden, vielleicht doch zurück nach Osten zu segeln. Entweder zu Sven Gabelbart, wo die Jomswikinger als Leibgarde willkommen waren, oder nach Trøndelag zu Erik und Svein Håkonson. Händler, die von der norwegischen Küste zu den Orkneys herübergesegelt waren, hatten erzählt, dass die beiden Ladejarle alle Häuptlinge und großen Männer, die sie nicht hatten stützen wollen, verbannt oder getötet hätten. Stellten wir uns gut mit den Håkonsons, würden wir unter ihrem Schutz stehen und vielleicht sogar Land erhalten.

Ich wusste nicht, was ich davon halten sollte. Es hatte einmal eine Zeit gegeben, in der ein Stück Land und ein Hof in meinem Namen alles gewesen waren, worauf ich gehofft hatte. Damals hätte ich die Götter niemals um mehr gebeten. Aber ich war auch noch ein kleiner Junge gewesen, der unter den Wunden des Sklavenringes litt. Jetzt war ich kein kleiner Junge mehr. Ich war ein Krieger, ein Jomswikinger. Ich hatte eine Mannschaft unter meinem Befehl. Ich war Vater. Schon beim ersten Schnee hatte ich mit einem Gedanken zu spielen begonnen, der mir anfangs erschreckend erschienen war: Fanden wir dort im Westen wirklich Land, das so fruchtbar und waldreich war, wie die Gerüchte es besagten, konnten wir uns dort niederlassen und es für uns beanspruchen. Nicht als Vasallen des Dänenkönigs, sondern als freie Männer, die vor keinem Jarl oder König ihre Knie zu beugen hatten. Gab es dort gute Stämme, konnten wir Schiffe bauen. Und mit diesen Schiffen konnten wir zurück zum baumlosen Grønland oder nach Island segeln und Saatgut und andere Dinge zum Leben holen. Auch würden wir Frauen brauchen, sonst würde aus unseren Langhäusern nie das Lachen von Kindern erschallen. Wir konnten Sklaven in Island freikaufen und mit uns nehmen. Letzteres hatte Halvor vorgeschlagen. Er hatte gehört, dass es auf Island mehr Sklaven als freie Männer gab und dass diese von klein auf wie Hunde gehalten würden.

Die Männer an Bord waren bis auf Welpe und Hutten allesamt Jomswikinger, die Bjørn und mich nach der Schlacht von Svold begleitet hatten. Sie vertrauten darauf, dass ich mich als gerechter Häuptling erweisen würde. Ich hatte ihnen versprochen, alles, was wir einnahmen, gleichmäßig unter uns aufzuteilen. Neben Bjørn und mir war Halvor an Bord, der vernarbte Krieger, den ich vor Irland aus dem Wasser gerettet hatte und der Vagn, dem Häuptling der Jomswikinger gut zugeredet hatte, damit dieser mich trotz meiner jungen Jahre in die Bruderschaft aufnahm. Und der Rotbart Eystein Fjerd, der in der Jomsburg die Verantwortung für die Pferde gehabt hatte. Harald Tora aus Seeland und die Brüder Helge und Asmund, die in Kindertagen getrennt wurden und sich nicht daran erinnerten, wo sie geboren waren, allerdings eine Art Norwegisch redeten. Dann noch der Graubart Gudve Holgeson und Holge, der nicht Gudves Vater war. Der Jütländer Eilef Taske und die drei wortkargen Dänen Horn-Bor, Kar-Munn und Borleik, die ich ebenfalls in der Jomsburg kennengelernt hatte. An Bord waren auch Erik Tokeson, Frode Floke und Torvar Haraldson. Auch Hauk Hu war dabei, ein Mann, der nur selten auf sich aufmerksam machte, außer es gab irgendwo Bier. Und dann noch Skjalm und Vidar, die Frauen und Kinder mitgenommen hatten. Des Weiteren Kåra Skåne, ein entfernter Vetter von Eilef Taske, Agn-Orm, Bork, Torvar Gottlos, Torkel Arvson, Gudmund Holme, Holk-Ulf, Tore Tann Torleifson, Borleik aus Birka und Luve-Tor. Und als letzte Hutten und Welpe. Hutten hatte mich die Kunst des Schmiedens gelehrt, als ich noch ein junger Bursche gewesen war und bei Sigrids Vater gedient hatte. Eigentlich hieß er Hutt, aber alle nannten ihn nur Hutten. Er war nicht mehr der Jüngste, doch beim ersten Frühjahrsvollmond hatte er plötzlich mit seiner Kiste am Schiff gestanden und darum gebeten, anheuern zu dürfen.

Wir waren einunddreißig Männer auf der »Danen«, dazu Sigrid und unser Sohn, die Frauen von Vidar und Skjalm, Vidars zwei Söhne und zwei Töchter und Skjalms Tochter. Insgesamt waren wir 40 Menschen. Unser Langschiff war groß, sicher eines der größten, die es zu jener Zeit gab. Es war als Versorgungsschiff für die Barrikaden vor Svold genutzt worden, und vermutlich gab es kaum ein Schiff, das besser für die Reise geeignet war, die vor uns lag. Stellte man einen Fuß direkt vor den anderen und ging von achtern bis nach vorn in den Bug, maß die »Danen« zweiundachtzig Fuß. Da sie überdies recht breit war und ein hohes Freibord hatte, gab es auch unter Deck viel Platz, sodass man dort sogar aufrecht stehen konnte.

Wegen der Höhe wurden die Ruder durch Löcher in den Plankengängen geschoben, was man in jener Zeit nur bei den größten Schiffen sah. Die Ruderer saßen an Deck auf ihren Ruderkisten. Die Riemen selbst waren lang, damit man damit auch das Wasser erreichte. Entsprechend schwer war es, das dänische Schiff mit Muskelkraft anzutreiben, sodass wir schon beim kleinsten Lüftchen das Segel hochzogen. Andere Schiffe hatten eine Vertiefung für die Reihen der Ruderer, damit diese besser gegen Pfeile geschützt waren und näher am Wasser saßen, doch diese Vertiefung war zugunsten des Lagerraums entfernt worden. Und den Lagerraum brauchten wir. Allein die Wassertonnen nahmen unter Deck viel Platz ein. Da so viele Menschen an Bord waren, mussten einige Tonnen sogar an Deck gelagert werden, wo natürlich die Gefahr bestand, dass Salzwasser eindrang.

Das Hab und Gut der Männer war in ihren Ruderkisten verstaut. Dort war Platz für Winterkleider und einen Übermantel aus Leder, für gute Stiefel und für Feuerstein und Zunderschwamm. Wer Gold- oder Silbermünzen sein Eigen nannte, verwahrte diese ebenfalls in seiner Kiste gemeinsam mit persönlichen Dingen. Die Kisten dienten als Sitzplätze beim Rudern und beim Segeln verzurrten wir sie mittschiffs.

Das Deck der »Danen« war etwas ganz Besonderes. Nur selten habe ich derart sorgsam gehobelte, fast astlochfreie Bohlen gesehen. Sie waren mit geschmiedeten Nägeln befestigt, die auf der Unterseite mit Eisenscheiben vernietet worden waren. Das Deck war für den Mast und die beiden Rahstützen offen, die wie zwei missgestaltete, zweifingrige Hände in die Höhe ragten. Der Mast selbst war nicht sonderlich hoch, wurde aber von mehreren Stegen aus Seehundleder gehalten. Da das Schiff ausladend und schwer war, gehörte die Rah zu den breitesten, die ich jemals gesehen hatte. Sie war deutlich breiter als der Mast hoch. Segelten wir nicht, ruhte die Rah auf den Stützen in Längsrichtung des Schiffes, das Segel gut daran befestigt.

Bjørn und ich waren unter den Rumpf getaucht und hatten gesehen, dass er seitlich etwa zwischen Kielbalken und Wasserlinie einen Knick hatte: Die Schiffsseite führte etwa zwei Handlängen weit senkrecht nach unten, bevor sie in einem weiten Bogen zum Kiel führte. Wir nahmen an, dass durch diese Bauweise die seitliche Abdrift vermindert werden sollte. Außerdem hatte die »Danen« uns gezeigt, dass sie trotz ihrer Breite hart vor dem Wind segeln konnte. Es gab kaum ein Gefährt, das besser für schwere See gerüstet war, als das unsrige. Eine Schwäche hatte es aber doch: Eine Mannslänge hinter dem Mast gab es eine weitere, große Öffnung im Deck. Dort stand mein Pferd Vingur. Sein Kopf reichte gerade über die Bohlen. Der offene Laderaum war etwa so lang und breit wie ein ausgewachsenes Pferd. Schneite es heftig und sammelte sich der Schnee in diesem offenen Raum, konnte das Schiff sinken, wenn die Mannschaft den Schnee nicht schnell genug ausräumte. Aber ohne diese Öffnung hätte man keine Pferde mitnehmen können, und zurücklassen wollte ich Vingur nicht. Er war ein gutes Pferd, zumindest in meinen Augen. Wie ich lahmte auch er etwas, aber er trug mich gut und war auch als Zug- und Lastenpferd geeignet. Manchmal folgte er mir wie ein Hund, worüber sich die Männer lustig machten.

Die Fahrt von den Orkney-Inseln begann gut. Ich erinnere mich, wie unser Schiff durch die Wellen glitt und der Wind das Segel spannte. Gegen Abend übernahm Bjørn das Ruder, und ich weiß noch, wie ich am nächsten Morgen davon wach wurde, dass der Hahn unten in seinem Käfig krähte. Ich ging wieder ans Ruder und hatte kaum die Hände auf das Holz gelegt, als zwei Wale unweit der Steuerbordseite auftauchten und bliesen. Ein großes Tier mit Seepocken auf dem Kopf, gefolgt von einem kleinen. Vielleicht waren es Mutter und Kind. Skjalm hatte sofort seinen Speer in der Hand und wollte das Beiboot zu Wasser lassen. Er liebte die Jagd wie kaum ein anderer. Aber ich segelte weiter.

Gegen Abend des zweiten Tages übernahm Welpe das Ruder. Fenris, der die meiste Zeit zwischen meinen Füßen gelegen hatte, humpelte zu Skjalms großer, langbeiniger Hündin. Sie drehte sich zu meinem kleinen, dreibeinigen Fenris um, senkte den Kopf und beschnupperte ihn. Wir nannten ihn Dreibein, aber eigentlich stimmte das nicht ganz, denn es gab ein viertes Bein, das wie ein trockener Fortsatz an seiner Hüfte hing. Fenris behinderte das jedoch wenig. Auch wenn er langsam in die Jahre kam, war er noch immer schnell. Er war vielleicht nicht der Mutigste, legte sich aber trotzdem gerne mit anderen Hunden an. Er schien darauf zu vertrauen, schnell genug Reißaus nehmen zu können. Seit ich Sklave im Marktflecken Skiringssal gewesen war, kümmerte ich mich um diesen Hund. Vielleicht war mir Fenris als eine Art Vorzeichen geschickt worden, denn damals hatte ich mir die Verletzung zugezogen, die mich ab und zu hinken ließ. Ich war ein lahmer Mann mit einem lahmen Hund und einem lahmen Pferd, worüber sich die Männer im Suff immer wieder lustig machten. Jetzt humpelte Fenris fröhlich um die Hündin herum und schnupperte an ihrem Hinterteil, was diese wie gewohnt mit einem Knurren, gefolgt von Zähnefletschen beantwortete. Fenris trollte sich, und doch wiederholte sich diese Vorstellung beinahe jeden Tag. Fenris ließ sich auch nicht dadurch abschrecken, dass die große, magere Hündin ihn manchmal am Fell packte. Für Halvor war Fenris deshalb nur der verrückte Köter, den er für seinen Mut hin und wieder sogar mit einem Stückchen Trockenfisch belohnte.

Ich ging zu Sigrid, die gemeinsam mit Gislaug auf ein paar Schafsfellen an der Reling saß. Eine der Töchter von Gislaug war bei ihnen und kümmerte sich um den Säugling. Sigrid hatte den Kopf an die Reling gelehnt und schien zu schlafen. Ich trat etwas fester auf, als ich vorbeiging, wovon sie wach wurde. »Ihr solltet ihn vielleicht nicht so nah an der Reling halten«, sagte ich. Sigrid rieb sich die Augen und nahm dem Mädchen das Kind ab. Ich wusste nicht, warum ich das sagte, denn die Reling der »Danen« war extra noch erhöht worden, sodass sie einem erwachsenen Mann bis zum Nabel reichte. Befestigten wir dann noch unsere Schilde auf der Außenseite, waren wir bis zum Hals geschützt.

Auch an anderen Stellen hatten wir Arbeiten am Schiff vorgenommen. Seit unserer Ankunft auf den Orkney-Inseln hatten wir es ausgebessert, etwa schlechte Bohlen ausgetauscht. Das Holz dafür hatten wir unten in Sudrland gefunden, wo es sowohl Eschen als auch Eichen und Ulmen gab. Alle rostigen Nägel waren herausgezogen und durch neu geschmiedete ersetzt worden, die wir vor dem Einschlagen mit ungewaschener Schafswolle eingewickelt hatten. Wir hatten das Schiff auf eine Sandbank gerudert und bei Ebbe die Plankengänge neu geteert. Und wir hatten alle Nähte des Segels mit Bienenwachs und Schafsfett eingeschmiert. Die »Danen« war damit so sicher, wie ein Schiff nur sein konnte und sollte Sturm und schwerer See trotzen können. Trotzdem konnte immer etwas schiefgehen, wenn ein junges Mädchen mit einem Säugling auf dem Arm aufstand, während der Bug in eine Welle krachte oder der Wind plötzlich drehte und die Rah herumschlug.

»Setzt euch doch näher an den Mast«, sagte ich barsch. »Oder geht unter Deck.«

Sigrids Augen blitzten auf. Sie hatte seit unserer Abfahrt kaum mit mir gesprochen. Ihre Mutter und sie hatten sich am Anleger lange in den Armen gelegen und geweint. Sigrids rote, lockige Haare wehten dabei im Wind, und als sie schließlich an Bord gegangen war, hatte ihre Mutter mich mit ihren Blicken durchbohrt. Gard war vom Hof gekommen und hatte sich neben sie gestellt, und zum ersten Mal seit ich zum Grimshof gekommen war, wandte er sich gegen mich: »Es ist falsch, fortzusegeln, Torstein Bootsbauer! Du machst einen Fehler.« Er zeigte auf sein weißes, blindes Auge. »Ich sehe dort im Westen ein Unglück auf dich zukommen! Unglück und Trauer!«

Ich setzte mich an den Rand des offenen Laderaums und Vingur kam zu mir. Bei der ruhigen See hatten wir ihn nicht anbinden müssen. Ich legte die Hand auf sein warmes Maul und streichelte ihm über die Mähne. Die Händler, die von Island herübergesegelt waren, sagten, dass es dort im Westen vier große Inseln gäbe. Grönland sei die nördlichste, und die dortigen Bewohner wüssten zu erzählen, dass man, wenn man noch weiter nach Westen segelte, zu den Inseln Helluland, Vinland und Markland käme. Auf Vinland gäbe es bereits eine Siedlung, aber Markland hätte noch niemand für sich beansprucht. Dort sollten Lärchen wachsen, die gerade und höher als irgendwo sonst seien. Sie könnten gefällt und an Ort und Stelle verarbeitet werden. Bessere Schiffsplanken gäbe es weit und breit nicht.

Noch hing ein Rest Tageslicht über dem Meer. Das Wasser war zwar ruhig, der Wind aber zu stark, um das Feuerfass anzuzünden, und Fackeln konnten Funken auf das Segel werfen. Im Laufe des Abends waren Wolken aufgezogen und der Wind frischte mehr und mehr auf. Wir würden in dieser Nacht weder Mond noch Sterne sehen.

Die Besatzung blieb noch eine Weile an Deck. Welpe und ich sollten das Schiff durch die Nacht steuern. Bereits am Tag nach der Geburt meines Sohnes war besprochen worden, dass er einer der Steuermänner an Bord sein sollte. Eine wichtige Arbeit, auf die er stolz war. Als sein Vater zum Hafen kam, um uns ein letztes Mal zu überreden, doch auf den Inseln zu bleiben, ging Welpe zu ihm und sagte, dass Torstein Bootsbauer ihm einen Platz am Ruder zugeteilt hätte und dass er einem Jomswikinger nicht widersprechen wollte. Sigurd warf mir daraufhin einen wütenden Blick zu und schlug seinen Sohn mit der flachen Hand, sodass dieser auf die Knie sackte. Dann rief Sigurd, ich sei nur ein Emporkömmling, ein entflohener Sklavenjunge, der gemordet und gestohlen hätte, um Reichtümer anzuhäufen. Wenn sein Sohn einem solchen Mann folgen wollte, sollte er nicht mehr Sigurdson heißen und als Erbe würde er ihm dann nicht einmal eine Handvoll Orkney-Erde zugestehen.

Sein Auftritt war an diesem Tag das allgemeine Gesprächsthema, und Welpes Ansehen bei den Jomswikingern dadurch beträchtlich gestiegen. Er war nicht unbeliebt, im Gegenteil, aber es war bekannt, dass er in Svold für Olav Tryggvason gekämpft hatte und nur bei uns war, weil ich ihn begnadigt hatte. In Wahrheit war das alles ganz anders abgelaufen. Denn Welpe war von Olav als Geisel genommen worden, als er auf dem Rückweg nach Norwegen auf Rossøy Proviant und Wasser geladen hatte. Olav hatte auf diese Weise sicherstellen wollen, dass der Jarl ihm nicht in die Quere kam. Während der Schlacht von Svold war es Welpe gelungen, an Land zu kommen, wo er mich sah, als ich an der Seite meines Bruders saß, den ich für tot hielt. Wäre Welpe nicht gekommen, hätten die Leichenfledderer mich getötet. Er hat mir dort am Strand das Leben gerettet. Ohne ihn hätte ich nicht die Kraft gehabt, aufzustehen und zurück zu den Schiffen zu schwimmen. Ohne ihn hätte ich Vater niemals rächen und Olav Tryggvason die tödliche Wunde versetzen können.

Es gab Momente, in denen ich den tödlichen Schlag bitter bereute. Andererseits hatte ich so die Gunst des dänischen Königs erlangt und das Schiff bekommen, auf dem wir uns jetzt befanden. Der Dänenkönig hatte mich reich belohnt, aber die Reue war dadurch nicht getilgt worden. Hätte ich bei der Schlacht nicht so weit vorn gestanden, hätten wir in Jütland bleiben können. Dann hätten wir jetzt ein Haus und würden zusehen, wie unsere erste Saat keimte. All das hatten wir auf der Flucht vor den auf Rache sinnenden Männern Olavs zurücklassen müssen.

Sie waren auf unseren Hof gekommen, wobei einige murmelten, die Männer könnten auch vom Dänenkönig geschickt worden sein. Vielleicht hatte er mir Angst einjagen wollen, damit ich nach Westen segelte und dort Land entdeckte, das er dann später einfordern konnte, denn in gewisser Weise war ich ja einer seiner Männer. Ob an diesen Gerüchten auch nur ein Funke Wahrheit war, wusste ich nicht. Die Reue quälte mich trotzdem. Mitten im Winter war es besonders schlimm, denn in den langen Nächten war die Schwermut nie weit entfernt. Erst jetzt, da ich auf dem schwankenden Schiff stand, wurde mir bewusst, dass die Reue verschwunden war. Die Angst vor weiteren Olavsmännern oder Söldnern, die dem toten König gegenüber noch immer loyal waren, war weg. Mit jeder Welle kam ich der Freiheit im Westen näher. Dort wartete neues Land auf uns. Land, das nach allem, was wir gehört hatten, sowohl fruchtbar war als auch Bäume hatte, aus denen man Schiffe bauen konnte.

Ich ging nach achtern zu Welpe. »Heute Nacht wird es dunkel«, sagte er und zeigte zum Abendhimmel. »Kein Mond. Ich muss nach den Wellen steuern.«

Ich murmelte, dass er tun sollte, was er für das Beste hielt. Er hatte sich bereits als guter Steuermann erwiesen und würde uns sicher durch die Nacht bringen. Sigrid, Gislaug und Vidars Töchter verschwanden unter Deck. Sigrid hatte unser Kind fest an ihre Brust gedrückt.

»Habt ihr schon einen Namen?«, fragte Welpe.

»Nein«, antwortete ich, was nicht ganz stimmte, denn wir hatten schon vor der Geburt darüber gesprochen, ihn Grimer zu nennen, sollte es ein Sohn werden. Das war der eigentliche Name ihres Vaters gewesen, obwohl er sein Leben lang nur Grim genannt wurde. Mir war dann aber zu Ohren gekommen, dass Grim der Name war, den Odin nutzte, wenn er als schmutziger Bettler unter den Menschen weilte. Halvor hatte mir das einmal erzählt.

Und nannten wir unseren Sohn Grimer, würde er durch sein Mal doch nur wie Sigrids Vater enden und von allen nur Grim genannt werden – ein Name, den die Menschen für Verbrecher und solche nutzten, die ihr wahres Gesicht nicht zeigen wollten. Ich musste mit Sigrid darüber reden und ihr vorschlagen, ihn nach meinem Vater zu nennen, Tormod. Dann würde er als Tormod Torsteinson bekannt werden, ein guter Name für einen Mann.

Welpe und ich blieben am Ruder stehen, während sich die Nacht über das Meer senkte. Die meisten der Männer verschwanden unter Deck. Bjørn nahm Fenris unter den Arm und murmelte mir zu, dass ich ihn wecken sollte, wenn ich ihn bräuchte. Dann ging auch er nach unten. Bald verrieten uns nur noch der Wind und das rhythmische Klatschen der Wellen, dass wir uns auf einem Langschiff befanden und nicht durch die endlose Nacht Ginnungagaps schwebten. Ich ging irgendwann zum Mitteldeck, um die Knoten am Mastfuß zu überprüfen. Wenn die Rah in der Dunkelheit herabstürzte, wäre es schlecht um uns bestellt. Auf dem Weg stolperte ich über einen an Deck schlafenden Mann und stürzte auf Knie und Hände. Dann kroch ich weiter, bis ich Vingur roch. Vorsichtig schob ich mich am Rand des offenen Laderaums vorbei. Es war ein seltsamer Gedanke, dass mein Pferd mich über das Meer begleiten und mehr erleben sollte als die meisten Menschen. Ja, nach allem, was ich wusste, würde Vingur das erste Pferd sein, das auf den Inseln im fernen Westen an Land ging.

Neben Vingur, Fenris und Skjalms Hündin waren noch ein paar Ziegen und Hühner an Bord. Die Ziegen standen unter Deck in engen Käfigen, ebenso die Hühner und der Hahn, der einen eigenen Käfig hatte, weil er aggressiv war. Dort unten befand sich auch der Rabe, den wir aus Jütland mitgebracht hatten und den wir fliegen lassen wollten, um Land zu finden. Halvor sagte, er würde zum Schiff zurückkehren, wenn ringsherum nur

Wasser war. Blieb er weg, bedeutete dies, dass sich in der Nähe Land befand. So sollte es jedenfalls sein, außer, er war zahm geworden. Ich ließ ihn fliegen, als wir auf den Orkney-Inseln waren, denn es war nicht richtig, einen Wildvogel in einem Käfig zu halten. Der Rabe verschwand eines Abends und lange glaubte ich, er wäre nach Schottland geflogen, doch eines Morgens sahen die Männer ihn auf der Mastspitze sitzen, als hätte Odin persönlich ihn zurückgeschickt, um auf uns aufzupassen.

Welpe und ich steuerten die »Danen« durch die Nacht. Der Wind kam schräg von Süden und die Wellen schienen immer länger zu werden. Das war häufig so, wenn das Wasser tief war, sodass das Schiff einen anderen, langsameren Rhythmus bekam. Wir hatten Proviant für viele Tage, wollten aber trotzdem auf den Färöern Station machen. Wir hatten dort einiges zu erledigen. Wir brauchten starke Seile aus Seehundleder und wollten die Wassertonnen auffüllen. Einige der Männer hatten auch die Absicht, sich bei den Einheimischen zu erkundigen, ob es Frauen gab, die vielleicht mit uns reisen wollten. Dieses Vorhaben war nicht ganz ungefährlich, aber die Gerüchte besagten, dass die Färöerinnen hübsch und überdies fruchtbar waren, und solche Frauen würden wir im Westen brauchen. Die Jomswikinger hatten auf den Orkneys keinen Erfolg gehabt. Die Familien lebten dort in festen Gemeinschaften und waren eng mit ihren Sippen in Schottland und Irland verbunden. Außerdem wurden die jungen Frauen dort sehr früh verheiratet, wie es auch Sigrid widerfahren war.

Irgendwann in der Nacht löste ich Welpe ab, und als ich allein am Ruder stand, kamen die Gedanken. Das Gerede der Männer über die schönen, wilden und freien Frauen der Färöer weckte wieder die alte Wut in mir, dass Sigrid damals einfach verheiratet und fortgeschickt worden war. Diese Ungerechtigkeit machte mir noch heute zu schaffen, hatte mich Sigrid doch am Strand unterhalb des Grimshofes geküsst … Sigrid, das Mädchen mit den flatternden roten Haaren, das auf der Suche nach den Schafen über die kargen Hochflächen gesprungen war … Sie war das schönste Geschöpf, das ich jemals gesehen hatte. Damals war ich aber nur ein entflohener Sklavenjunge gewesen, und niemand hatte geglaubt, dass jemals etwas aus mir werden würde. Wie hatten sie damals gesagt? Mit dem lahmen Bein würde ich es niemals schaffen, mir einen eigenen Hof aufzubauen. Mit mir gäbe es keine Zukunft.

Vielleicht hatte in diesen Worten mehr Kraft gelegen, als ich bisher verstanden hatte. Vielleicht hatten sie mich dazu angestiftet, der Macht des Königs zu trotzen und dem mir zugedachten Schicksal den Rücken zu kehren. Der Sklavenjunge, der ein Krieger wurde und den Sklavenring gegen die Dänenaxt eintauschte. Irgendwann hatte Sigrid, die mir entrissen worden war, plötzlich wieder vor mir gestanden, nur dass sie da die Sklavin gewesen war.

Bei Tagesanbruch begann es zu regnen. Der Wind kam noch immer aus Süden, hatte im Laufe der Nacht jedoch nachgelassen. Flaute er noch weiter ab, musste ich die Männer an die Ruder rufen. Bei der Schwere des Schiffes warteten wir aber damit, bis wir anders nicht mehr vorwärtskamen.

Kurz darauf kam Bjørn zu mir nach oben. Mein Bruder war ein kräftiger Mann geworden, und der Winter auf Rossøy hatte ihm gutgetan. Die Insulaner waren mit vollen Tonnen vom herbstlichen Fischzug zurückgekehrt, damit nach Süden gerudert und hatten ihren Fang gegen Korn, Zwiebeln und Rüben eintauschen können. Deshalb waren wir Jomswikinger durch den Winter gefüttert worden, sodass Bjørns Schultern und sein Rücken nun wieder breit waren. Er war bekannt für die Kraft seiner Arme und die nutzte er jetzt, um die Schot zu straffen. Der Wind war zwar schwach, aber bei der Größe des Segels war dies für einen Mann allein kaum zu schaffen. Danach stellte er sich in den Bug und spähte in den grauen Morgen. Er nahm den Sonnenstein, den er mir einmal geschenkt hatte, hielt ihn nach Osten, kniff ein Auge zusammen und starrte hinein. Der Stein war kaum größer als ein Würfel. Bjørn glaubte daran, dass dieser Stein uns jederzeit verraten könnte, wo wir uns befänden, so es uns denn gelänge, sein Geheimnis zu lüften. Halvor und die anderen Jomswikinger benutzten für die Positionierung lieber einen Stock, den sie in eine Vertiefung auf dem Achterdeck steckten. Berechneten wir die Länge und den Winkel des Schattens und bezogen diese Werte auf den Tag des Jahres, verrieten sie uns, wie weit nördlich wir uns befanden.

Ich segelte, bis der Wind so stark abflaute, dass das Segel, inzwischen schwer vom Regen, schlaff herabhing.

Als wir keine Fahrt mehr hatten, begann das Schiff auf den Wellen zu rollen, was die Männer unter Deck weckte. Sie kamen mit zerzausten Haaren nach oben, die Körper noch steif vom Schlaf. Die Frauen blieben wohlweislich noch eine Weile unten, denn jetzt kam das Morgenritual. Die Männer schoben ein paar Kisten an die Reling, stiegen darauf und schlugen ihr Wasser ab. Schließlich kam Hutten zu mir und übernahm das Steuer. »Geh nach unten«, sagte er. »Du hast dir ein bisschen Schlaf verdient.«

Im Traum sah ich eine gewaltige Reihe von Langschiffen, die sich mit geblähten Segeln von Süden her näherten. Auf einer Landspitze standen die Häuptlinge: Sven Gabelbart, Olof Schatzkönig und die beiden Ladejarle Erik und Svein. Erik trug einen Wolfspelz. Die vier wechselten kein Wort miteinander. Sie standen nur da, bis Erik den Arm hob und nach Süden zeigte, wo ein Schiff auftauchte, das größer als alle anderen war. Es war die »Ormen«, das Drachenschiff von Olav Tryggvason.

Danach führte mich mein Traum auf das Schiff von Erik Håkonson. Ich stand an Bjørns Seite, während um uns herum die Pfeile herabregneten. Wir sahen Männer zu Boden gehen, Hände und Füße, die ans Deck genagelt wurden und Körper, die sich vor Schmerzen wanden. Bjørn und ich blieben unverletzt, Odin hielt seinen unsichtbaren Schild über uns.

Es heißt, die Geister sprechen im Traum zu uns. Vielleicht ist das wirklich wahr. Ich hatte Sigrid nie viel von der Schlacht von Svold erzählt. Natürlich war ihr zu Ohren gekommen, dass ich es gewesen war, der Olav niedergeschlagen hatte, aber die Angst, die ich an jenem Tag verspürt hatte, hatte ich für mich behalten. Trotzdem ahnte ich, dass sie mehr wusste. »Du hast wieder im Schlaf gesprochen«, sagte sie manchmal morgens, wenn sie an der Feuerstelle stand. Ich nickte dann nur, murmelte, dass es mir leidtäte, redete aber nicht weiter darüber.

Manchmal waren die Träume nur kurze Momente der Angst. Andere Male schienen sie so echt, dass ich mein ganzes Leben noch einmal überstehen musste. Ich sah den Runenmeister draußen vor dem Hof von Harald dem Roten und die Verwüstungen in Skiringssal. Das magere Gesicht, in das die Beschwörungen eingeritzt waren, starrte mich an, und seine Stimme war wie ein Flüstern aus einer anderen Welt. »Zweier Könige Blut … an deinen Händen.« Dann stehe ich vor Olavs gewaltigem Drachenschiff. Ich schwinge die Dänenaxt über die Reling und ziehe mich an dem langen Schaft nach oben. Hinter mir folgen Erik Håkonsons Männer. Wir schlagen und stechen um uns und zwingen die Olavsmänner in die Knie, bis wir schließlich Olav vor uns auf dem Achterdeck sehen. Vor ihm steht Ros, der Mann, der mich zum Sklaven gemacht hat. Als ich auf sie zugehe, hebt er das Schwert, aber ich bin schneller, stoße ihm die

Axt ins Gesicht und treibe ihn nach hinten, sodass wir einen Keil in Olavs letzte Verteidigungsreihe treiben. Ich treffe Ros' Bein, das unter der Wucht der Axt bricht. Er lässt das Schwert fallen und wälzt sich über die Reling. Jetzt sind nur noch zwei Männer zwischen Olav und mir. Sigurd Bueson tritt vor und schlägt einem von ihnen die Beine weg. Ein Speer trifft den anderen im Bauch. In diesem Moment tut Olav etwas Sonderbares. Er nimmt den Helm ab und richtet das Schwert in Richtung Himmel. Ich schwinge die Dänenaxt mit ungeheurer Kraft und die Klinge dringt seitlich an seinem Kopf ein und schiebt sich bis tief in seine Schulter. Aber noch lebt der König. Er klettert auf die Reling, stützt sich an den Achtersteven und sieht uns an. Mit einem Mal sind alle still. Dann lässt Olav Tryggvason sich fallen, und das Wasser verschluckt ihn.

Zweier Könige Blut an meinen Händen. Vielleicht war es die Prophezeiung des Runenmannes, die mich nach Westen trieb. Denn ich wollte keine weiteren Toten. Ich war ein Friedloser geworden. Aber dieses Mal war ich nicht allein.

Als ich wach wurde, betrachtete ich die Menschen an Bord, und ein Gefühl des Wohlstands ergriff von mir Besitz. Es war nicht die Gewissheit, dass der Dänenkönig mir dieses prachtvolle Schiff geschenkt hatte. Ich wusste, dass manche Männer ihren Wohlstand in Schiffen, Hausrat, Erde und Silber maßen, doch kein Reichtum war größer als Familie und Abstammung. Und ich hatte nicht nur meinen neugeborenen Sohn, Sigrid und Bjørn bei mir, sondern auch die Freunde und Kampfesbrüder aus der Jomsburg. Sie saßen oben und ruderten, die Rah war herabgelassen, und das Segel gebunden. »Rudert für Silber, rudert für Gold … rudert für Glück und Wohlstand. Rudert für Vieh, rudert für Fisch, rudert für Korn und für Frauen.« Ich hatte die Männer dieses Ruderlied summen hören. Bei jeder kleinen

Strophe wurden die Riemen ins Wasser getaucht und die Männer taten den nächsten Ruderschlag.

Sigrid kam zu mir. »Du willst sicher deinen Sohn halten«, sagte sie und legte mir das Kind auf den Schoß. Ich sah auf das kleine Gesichtchen hinunter und als mein Blick auf das rotbraune Mal an Hals und Kinn fiel, nahmen die Sorgen wieder von mir Besitz. Die Menschen würden auf ihn zeigen, ihn verhöhnen, wenn ich nicht bei ihm war. Dieses Mal war ein weiterer Grund, nach Westen zu gehen. Wir wollten Land in Besitz nehmen, auf dem sich niemand, den ich nicht Freund nannte, niederlassen durfte. Und sollte sich doch jemand über meinen Sohn lustig machen, würde ich ihn verbannen.

Sigrid strich sich eine rote Locke aus den Augen und sah auf mich herab. Sie hatte in der Schwangerschaft etwas zugelegt und das ansonsten schmale Gesicht hatte alles Mädchenhafte verloren. Sie war noch immer schlank, aber ihre Hüften waren jetzt runder und die Brüste schwerer. Ihre Augen, blau und schön wie immer, trugen eine Ruhe in sich, die ich zuvor noch nie gesehen hatte. »Wir müssen ihm einen Namen geben, Torstein«, sagte sie. »Du weißt ja, dass ich ihn gerne nach meinem Vater nennen würde, aber …«, sie fuhr sich rasch mit der Hand über die Augen, »… das geht jetzt nicht.«

Ich blieb mit meinem Sohn auf dem Schoß sitzen. Mir fiel nicht einmal ein, mit den anderen zu rudern, obwohl ich mich vor dieser Pflicht sonst nie drückte. Zum ersten Mal spürte ich das seltsame Gefühl, für das frischgebackene Väter niemals die richtigen Worte finden. Es fühlte sich wie das Band an, das mich mit den anderen Jomswikingern vereinte, eine Art Gemeinschaftsgefühl. Aber es war näher, enger. Es war noch zu früh für mich, ich verstand noch nicht wirklich, was es hieß, Vater zu sein, wie mich das als Mann formen und mein Schicksal bestimmen sollte.

Wenig später segelten wir wieder durch Regen. Immerhin kam Wind auf, sodass die Männer die Riemen einziehen konnten. Ich steuerte in den Abend hinein, wie ich es auch am Tag zuvor getan hatte. Eystein stand bei mir. Wir sprachen über die Jomsburg und über die Gerüchte, die uns zu Ohren gekommen waren: Die Burg sollte wieder aufgebaut worden sein und Sigvalde, der uns so hinterhältig mit seinen Goten angegriffen hatte, fungierte jetzt angeblich als Häuptling.

In dieser Nacht wurde es vollkommen dunkel. In der Regel gibt es am westlichen Horizont immer noch einen schwachen Lichtschein, nachdem die Sonne untergegangen ist, und Sterne und Mond geben so viel Helligkeit, dass sich Schiffe oder Segel vom dunklen Meer abheben. Diese Nacht aber war komplett schwarz. Da wir das Segel nicht sehen konnten, mussten wir nach Gehör steuern. Flatterte es, mussten wir auf der Seite, aus der das verräterische Geräusch kam, die Schot straffen. Fing es im Wind zu brummen an, stand es nicht im richtigen Winkel. Halvor und Vidar kümmerten sich darum, sie waren erfahrene Seeleute. Halvor gab immer damit an, ein Schiff allein mit dem Segel steuern zu können. Er behauptete sogar, mit einem Schiff ohne Ruder auf diese Weise von Jütland bis nach East Anglia gesegelt zu sein.

Kurz bevor der Morgen zu dämmern begann, hörte der Regen auf. Die aufgehende Sonne ließ das Deck und das Segel dampfen, sodass die »Danen« wie ein lebendes Wesen wirkte, das unter unseren Füßen zitterte und bebte. Die Männer kamen an Deck und der übliche Gestank stieg auf, als sie ihr morgendliches Geschäft verrichteten. Dann wurde mit Eimern Wasser an Deck gehievt, mit dem sich die Männer wuschen. Der Pferdemist wurde aus dem Laderaum geschaufelt und ins Meer geworfen, bevor Vingur frisches Heu und Trinkwasser bekam. Sigrid kam mit unserem Jungen nach oben und sah lächelnd zu mir herüber.

Der Anblick ihres Gesichts wärmte mich mehr als die Morgensonne, denn seit der Geburt war ich ihr nicht mehr nah gewesen, und auch sie hatte mich kaum angesehen. Halvor meinte, das sei ganz natürlich, da die Frauen den Männern oft die Schuld für die Schmerzen gäben, die sie während der Geburt erdulden mussten. Als wäre das noch nicht genug, war ihre Mutter in den Tagen vor der Geburt fast ständig bei ihr gewesen und hatte mir immer wieder verhasste Blicke zugeworfen. Für sie war ich nicht mehr als ein Unhold, der mit seiner Bande gekommen war, um ihr Sigrid endgültig zu entreißen. Obwohl Bjørn versucht hatte, mit ihr zu reden und ihr zu erklären, dass ich es gewesen war, der Sigrid aus der Sklaverei befreit hatte, waren ihre Blicke nicht freundlicher geworden. Nie hatte ich auch nur ein Wort des Dankes gehört.

Vidar übernahm kurz darauf das Steuer, und ich blieb im Bug stehen. Die Färöer sollten ein Haufen Felsen mitten im Meer und schon von Weitem zu sehen sein, hieß es. Doch noch sahen wir nichts.

Bjørn und ich blieben die meiste Zeit des Tages im Bug stehen, und als die Sonne erneut im Meer versank, murmelte mein Bruder, dass wir uns vermutlich zu weit westlich oder östlich befänden. Er nahm den Sonnenstein aus seiner Gürteltasche und starrte hinein, schüttelte dann aber den Kopf. »Das ist doch nur Unsinn«, murmelte er, »man kann ein Schiff nicht nach einem blöden Stein steuern.« Er hielt ihn in die Sonne, sagte etwas über die Streifen, die darin sichtbar wären, spuckte auf das Deck und wollte den Stein ins Wasser werfen. Dann zögerte er aber und steckte ihn wieder ein. Skjalm kam mit dem Rabenkäfig an Deck. Er war es, der den Vogel mitgenommen hatte. Auf dem Hof, auf dem seine Frau Sklavin gewesen war, war dieser Vogel als Haustier gehalten worden, und er hatte ihn ebenso geraubt wie die Frau. Jetzt war sie frei, wie auch ihre gemeinsame Tochter frei war. Skjalm hoffte darauf, im Westen einen eigenen Hof bauen und Gerste säen zu können, denn dieses Getreide vertrug sowohl übermäßige Nässe als auch Trockenheit. Er war in Valland geboren und ein Teil seiner Vorfahren waren Franken gewesen. Skjalm hieß er nur, weil seinen richtigen Namen niemand aussprechen konnte. Dort, wo er aufgewachsen war, gäbe es Getreidefelder so weit das Auge reichte, sagte er.

Skjalm war ein seltsam gebauter Mann. Er hatte einen watschelnden Gang, wobei sein Oberkörper viel zu schmächtig für die kräftigen, langen Beine wirkte. Trotzdem war er ein Jomswikinger und die Narben auf seinem dunklen, bärtigen Gesicht zeugten von vielen überstandenen Schlachten. »Lasst uns den Vogel fliegen lassen«, sagte er. »Dann sehen wir, ob er zurückkommt. Wenn er denn will …«

Skjalms Tochter, ein Mädchen mit roten Zöpfen, kam protestierend an Deck gerannt, doch Skjalm öffnete den Käfig und streckte die Hand hinein. Der Rabe hackte ihm in den Finger. Die Kleine nahm bittend den Arm ihres Vaters, aber Skjalm packte sie an den Zöpfen, brummte etwas auf Fränkisch und stellte den Käfig aufs Deck. Dann hob er die Hand.

Man muss wissen, dass Bjørn und ich bei einem ungewöhnlich sanftmütigen und nachgiebigen Vater aufgewachsen sind. Vielleicht hatten wir das all den Verletzungen zu verdanken, die er sich im Laufe seines Lebens zugezogen hatte und die es ihm verwehrten, auch nur einen Tag ohne Schmerzen zu verleben. Auf jeden Fall hatte er sich immer geweigert, uns zu bestrafen. Außerdem sind wir mit dem alten Glauben aufgewachsen. Unsere Götter züchtigen die Menschen nicht, wie es die Götter der Christen tun. Auch deshalb sah Vater nie einen Sinn darin, uns zu schlagen. Skjalm war als Franke mit dem Christengott aufgewachsen und als Kind verprügelt worden.

Skjalms flache Hand traf das Mädchen mit voller Wucht im

Gesicht, sodass sie über das Deck flog. Das Klatschen schallte über das Meer und alle an Deck drehten sich um. Skjalm strich sich über den Bart, zog den Raben aus dem Käfig und sah ihn davonflattern. Dann drehte er sich zu Bjørn und mir um: »Kinder … manchmal sind sie wirklich eine Plage.«

Bjørn war eigentlich ein recht geduldiger Mensch und viel weniger aufbrausend als ich. Doch an diesem Abend zögerte er nicht. Seine Faust traf den Franken genau zwischen den Augen, sodass Skjalm einen Moment schwankend stehen blieb, während seine Pupillen sich nach hinten drehten. Er gab ein Stöhnen von sich und sackte schließlich auf das Deck. Dann rief er Ylla, die gleich nach oben geklettert kam. Die magere Frau mit den dunklen Haaren und der kleinen, spitzen Nase erinnerte mich immer an einen Spatz. Aber Ylla kümmerte sich nicht um Skjalm, sondern legte die Arme um ihre Tochter. Skjalm stand daraufhin grimmig auf und begann ein Tau zusammenzulegen, als wäre nichts geschehen.

*

Von friesischen Seeleuten hatten Bjørn und ich gehört, dass die Färöer keine Verankerung am Meeresboden haben sollten. Sie trieben auf dem Wasser herum und seien deshalb schwer zu finden, wollte man auf dem Weg nach Island oder Grönland dort anlanden, um Proviant oder Wasser zu tanken. Wir glaubten das aber nicht. Die Inseln würden wie alle Inseln an den Vögeln in der Luft und den plötzlich veränderten Meeresströmungen zu erkennen sein. Der Wind hatte mittlerweile auf West gedreht und mit dem Wind kam auch wieder der Regen. Bald darauf segelten wir in die nächste stockfinstere Nacht. Wir hörten die seltsamen, lang gezogenen Rufe von Walen, was uns beunruhigte, aber es musste eine Schar weiblicher Tiere gewesen sein, denn sie ließen uns in Ruhe. Wären es Bullen gewesen, hätte sie ihre Rücken sicher am Rumpf unseres Schiffes gerieben. Danach war die Nacht wieder still und der Regen rann am Segel herunter und tropfte auf Vingurs Fell.

Die »Danen« glitt durch die Nacht. Bei Tagesanbruch ließen die Regenschauer nach und der Südwind kam zurück. Vor uns sahen wir die färöischen Berge aus dem Meer aufragen. Während die Orkney-Inseln und Schottland, wie auch weite Teile der norwegischen Küste ziemlich flach und langgestreckt sind, sehen diese Inseln eher wie grob zugehauene Steinblöcke aus, die jemand ins Meer geworfen hat. Die Insel vor uns fiel auf der einen Seite schräg ins Meer ab, die andere Seite endete in einer gewaltigen Steilküste, vor der unzählige Seevögel flogen.

Die Mannschaft bereitete sich auf den Landgang vor. Die Männer machten die Oberkörper frei und wuschen sich. Dann kämmten sie sich Haare und Bärte, und wer ein sauberes Wams in seiner Ruderkiste hatte, zog es an. Halvor stand am Ruder, rief mir aber zu, dass ich übernehmen solle, da er das Fahrwasser nicht kannte und das Schiff nicht auf Grund setzen wollte.

Ich steuerte in einem weiten Bogen östlich der südlichsten Insel vorbei. Sie wurde Tvørøy genannt. Von dort fuhren wir genau nach Norden vorbei an Store und Lille Dimún, Husavik und Skálávik auf Sandøy. Hier war die Landschaft eher so, wie wir sie von den Orkney-Inseln kannten. An den lang gezogenen grünen Hängen grasten Schafe. Auf beiden Seiten der Bucht waren Häuser zu erkennen und auf dem steinigen Strand lagen einfache Boote. Wir aber segelten weiter, denn wir hatten gehört, dass es im Norden einen guten Hafen geben sollte, in dem unser Schiff vor Unwetter geschützt wäre. Bald darauf lag eine Insel vor uns, die deutlich größer als die anderen wirkte. Östlich davon erhob sich eine weitere, kleinere Insel aus dem Meer und ich nahm an, dass der Hafen zwischen diesen Inseln liegen musste, da die kleinere Insel den Wind abschirmte.

Wir kamen an die Ostküste der Insel Streymøy, die für ihr gutes Weideland bekannt war. Hier sollte auch der Hof des Inselhäuptlings sein.

Etwas weiter im Sund sahen wir schließlich eine Bucht mit mehreren Langhäusern. Auf dem Strand lagen zahlreiche Boote. Das musste Torshavn sein.

Wir ließen die Rah herunter, holten das Segel ein und legten die Ruder aus. Vingur stampfte mit den Hufen auf und wieherte. Er sah Land und roch frisches Gras. Ich steuerte auf den Strand zu und das Meer wurde so flach, dass wir den Grund sehen konnten. Noch hatten wir aber zwei Mastlängen Wasser unter dem Kiel. Am Strand waren acht Menschen zusammengelaufen. Eine Frau rief uns etwas zu und zeigte mit den Armen in Richtung Norden.

Bjørn stand neben mir und mit seinen guten Augen entdeckte er hinter der Landzunge, die die Färinger Tinganes nannten, ein Langschiff. Sicher sollten wir dort festmachen. Ich steuerte in einem Bogen um die Landzunge herum und in eine schmale Bucht, wo das andere Langschiff vor Anker lag. Wir loteten die Wassertiefe aus, und als es so flach war, dass ein erwachsener Mann gerade noch stehen konnte, warfen auch wir den Anker.

Keiner, der an jenem Tag an Bord war, kann etwas Schlechtes über die Färinger sagen. Sie warteten am Strand auf uns, während wir uns an Deck für den Landgang bereitmachten. Ein paar Kinder kamen in mit Leder bespannten Booten zu uns gepaddelt und beobachteten uns. Die Färinger waren Fremde gewohnt, denn auf den Inseln wurde viel Handel getrieben.

Wir nutzten die Rah, um Vingur über Bord zu hieven. Er stand mit dem Wasser bis zum Hals da, während Bjørn, Welpe, Hutten und Vidar das Beiboot herabließen. Ich selbst sprang ins Wasser und kletterte auf den Rücken meines Pferdes, denn ich fürchtete, es könnte an Land laufen und einfach in den grünen Hügeln verschwinden. Es kursierten noch immer Geschichten, wie ich mich als Jugendlicher in der Jomsburg betrunken hatte, nachdem ich Halvdan Halls hinkendes Fohlen vor dem sicheren Tod gerettet hatte. Vingur war schon lange kein Fohlen mehr, er war ein kräftiger, großer Hengst. Kopf, Hals und Beine waren weißlich gelb, während Rücken und Hinterteil goldbraun schimmerten. Das Lahmen hatte sich fast vollständig ausgewachsen, sodass die meisten Menschen von der alten Verletzung nichts mehr sahen.

Ich saß im Wasser auf dem Pferderücken, während wir mit den Färingern redeten, die am Ufer standen. Vier Männer in gewachsten Lodenkleidern und mit Seehundstiefeln und eine faltige, alte Frau. Einer der Männer hatte eine hässliche Narbe im Gesicht, die seine Oberlippe teilte und unter dem Auge einen tiefen Krater bildete. Die Narbe ließ seine Sprache undeutlich werden, er schien aber aus Ryge zu stammen, sodass ich ihn trotzdem gut verstand. Er nannte sich Skåra Gode und sagte, wir könnten so lange bleiben, wie wir wollten, er würde aber Steuern verlangen und wolle am liebsten Korn, so wir denn welches hätten. Er sagte, er mache die Regeln auf der Insel.

Dann zeigte er nach oben an den Hang, wo ein Bach glitzerte. An Wasser würde es auf der Insel nicht mangeln, davon dürften wir nehmen, so viel wir wollten.

Nie zuvor hatte ich einen so blauen Himmel gesehen wie über der Insel Streymøy. Oder grünere Hänge als die, auf denen ich Vingur grasen ließ, während die Männer die Tonnen an Land rollten. Auch Sigrid und die anderen Frauen gingen von Bord. Ich nahm ihr unser Kind ab und blieb lange am Strand sitzen.

Wir waren an einen guten Ort gekommen, und Sigrid dachte sicher dasselbe wie ich. Mussten wir wirklich weiter? Wir konnten uns ein Haus aus Steinen, Treibholz und Torf bauen und Schafe weiden lassen. Wir konnten fischen und vielleicht war es hier sogar möglich, Rüben oder Kohl anzubauen, oder andere Pflanzen, die in dem kargen Boden ihr Auskommen fanden.

Wäre es an jenem Abend nicht so gekommen, wie es kam, wären wir vielleicht Färinger geworden. Aber das Leben wollte etwas anderes mit uns. Wir sollten weiter und zu Ländern und Meeren vordringen, die vor uns noch niemand gesehen hatte. An jenem Nachmittag auf Streymøy zündeten Skåra Gode und seine Brüder ein Lagerfeuer an. Ein gewaltiger Fisch wurde auf den Ufersteinen gesäubert, in Stücke geschnitten und über dem Feuer gegrillt. Skåra bat noch einmal um Korn und meinte, ein halber Sack würde reichen, schließlich wollte er nicht, dass wir auf unserem Rückweg an den Inseln vorbeisegelten. Ich sprach am Feuer mit ihm, und als ich sagte, wir seien auf dem Weg nach Island, zeigte er zu dem anderen Langschiff hinüber. Die Männer an Bord seien Isländer. Sie hätten im Süden Walrosszähne und Seehundpelze verkauft und seien jetzt wieder auf dem Rückweg. Sie warteten nur auf den richtigen Wind, wir könnten ihnen sicher folgen, wenn sie ablegten.

Mit der Mannschaft des anderen Schiffes hatten wir noch kein Wort gewechselt. Die Isländer schienen es für besser zu halten, das Schiff gar nicht erst zu verlassen. An ihrer Stelle hätte ich auch nicht anders gehandelt. Die meisten meiner Männer waren Krieger, was man ihnen deutlich ansah. Jede ihrer Bewegungen drückte Kraft und Stärke aus. Außerdem sprachen die meisten Jomswikinger Dänisch, und die Dänen hatten auch damals schon den Ruf, sehr kriegerisch zu sein. Ohne unseren Raben wären wir mit den Isländern nicht ins Gespräch gekommen. Als die Sonne flach über dem Horizont stand, kam der Vogel plötzlich vom Meer herangeflogen und setzte sich auf den Mast unseres Schiffes. Dann flatterte er hinüber zu den Isländern und landete auf dem Achtersteven.

Halvor und Skjalm ruderten schließlich zu ihnen hinüber. Wir anderen blieben am Feuer sitzen. Sie standen lange an Deck und redeten mit zwei Männern mit blonden Bärten, die ihnen wohl Walrosszähne und Seide anboten und in Richtung der Ladeluken zeigten. Ich sah Halvor den Kopf schütteln, und als der Rabe vom Steven in Richtung Land flog, kletterten er und Skjalm wieder ins Beiboot.

Sie ruderten zu uns zurück, vertäuten das Ruderboot an einem Stein und setzten sich zu uns. Erst blieben sie still, doch schließlich sagte Halvor: »Es stimmt, sie wollen zurück nach Island. Wir können ihnen folgen, wenn sie aufbrechen.«

Skåra Gode hatte eine Tonne aus einem der Langhäuser gerollt und uns Bier angeboten. Erst reichte er Halvor einen Krug, dann Skjalm. Skjalm trank den ganzen Krug in einem Zug leer und legte dann die Hände vor das Gesicht. Erst dachte ich, er sei wegen des Schlages noch zornig auf meinen Bruder. Halvor schielte zu den Isländern hinüber und murmelte, dass es zu stimmen schien, was er über das Inselvolk gehört hatte. Nirgendwo sonst gäbe es so viele Trollmänner, Runenmeister und Wahrsager wie bei ihnen. Als wir ihn fragten, warum er das sagte, brummte er nur, wir sollten selber rüberfahren, dann würden wir ihn schon verstehen.

Und so kam es. Bjørn und ich nahmen das Beiboot und fuhren zu den Isländern. Wir mussten wissen, wovon er redete. An Bord wurden wir von denselben Männern begrüßt, die auch mit Halvor und Skjalm gesprochen hatten. Sie nickten in Richtung unseres Schiffes und fragten, ob wir aus Jütland seien. Sie meinten die Linien des Schiffes zu erkennen, solch große Schiffe kämen in der Regel von dort. Die Männer sprachen mit dem seltsam singenden Dialekt der Isländer, aber wir verstanden ihre Worte. Sie boten uns Wein an, der angeblich direkt aus Miklagard kommen sollte. Dann führten sie uns zu ein paar am Mast festgebundenen Kisten. Ihr Langschiff lag tiefer im Wasser als die »Danen«, und statt einem festen Deck gab es nur lose Dielen. Einige waren zur Seite gehoben worden, sodass wir auf die zwischen den Spanten gelagerten Kisten schauen konnten.

Erst zeigten sie uns die Walrosszähne. Sie waren kleiner als sonst üblich und von seltsamer Form, weshalb sie vermutlich keine Käufer gefunden hatten. Wir könnten sie als Geschenk erhalten, wenn wir etwas der Seide kauften, die sie im Süden eingetauscht hätten.

Ich hatte schon reiche Leute Seide tragen sehen, und überlegte, etwas davon für Sigrid zu kaufen. Sie könnte sich damit ein Tuch nähen oder den Saum ihres Kleides einfassen. Aber Bjørn schüttelte den Kopf. »Wir haben nichts, womit wir bezahlen könnten«, sagte er.

Den Isländern gefiel die Antwort gar nicht. Sie steckten die Köpfe zusammen und murmelten etwas, dann führten sie uns zu einer kleineren, länglichen Kiste, die für sich allein im Bug stand.

Was uns die Isländer in dieser Kiste zeigten, sollten Bjørn und ich unser Lebtag nicht vergessen. Erst glaubten wir, es handele sich um Bündel von Schweineleder, bis die Isländer uns baten, die Bündel herauszunehmen und auf das Deck zu legen.

Obwohl wir noch jung an Jahren waren, hatten Bjørn und ich schon viele Grausamkeiten gesehen, schließlich waren wir Jomswikinger. Aber als ich verstand, was ich in den Händen hielt, ließ ich es sofort fallen. Es war eine Hose. Sie hatte keine Nähte, sondern war in einem Stück abgezogen worden. Im Schritt waren noch Haare und wo die Scham der Frau sein sollte, war die Hose mit grober Sehne zusammengenäht worden. Aber die Hose war nicht das Schlimmste. Da war auch ein Kind. Vielleicht war es falsch von mir, in Anbetracht dieses Dings an ein Kind zu denken, denn es bestand nur noch aus Haut. Es sah wie eine der Puppen aus, die manche Menschen für ihre Kinder machen und mit Stroh ausstopfen. Nur dass dies einmal ein Säugling gewesen war.

»Wer diese Hose anzieht, wird reich«, sagte einer der Isländer, »Und die Puppe … kann man nutzen, um Menschen zu verfluchen. Gibt man sie seinem Feind, wird er kinderlos sterben.«

Wir ruderten zurück zum Strand, wo Halvor uns empfing. Er legte den Kopf zur Seite und murmelte etwas von der Magie der Isländer. »Es ist unklug, sich mit ihnen einzulassen«, sagte er. »Sie können Menschen verfluchen.«

Ich bekam einen Krug Bier in die Hand gedrückt und trank ihn aus. Sigrid sah sofort, dass etwas nicht stimmte und wollte mir unser Kind in die Arme legen, aber ich wandte mich ab. Die Isländer standen jetzt an der Reling ihres Schiffes und sahen zu uns herüber, weshalb ein grausamer Gedanke durch mein Hirn spukte: Was, wenn ich jetzt verflucht bin? Noch immer spürte ich die Haut des Kindes an meinen Fingern.

Ich blieb an jenem Abend nicht lange am Feuer sitzen. Flüsternd verbreitete sich die Neuigkeit, was die Isländer uns gezeigt hatten, nur Sigrid erfuhr davon nichts. Schließlich zog sie Bjørn zu sich und verlangte von ihm, zu erfahren, warum ich so missmutig sei. Bjørn erzählte ihr, was wir gesehen hatten, aber dass die Kinderhaut genutzt wurde, um Menschen zu verfluchen, sagte er nicht.

3
Vogelfrei

Es heißt, Torstein Bootsbauer sei nicht bei Sinnen gewesen, als er von den Färöern aufbrach, ohne auf die Isländer zu warten, die ihn sicher zu ihrer Insel im Nordwesten hätten bringen können. Er stand zwei Tage am Steuerruder, bis er irgendwann vor Müdigkeit zusammenbrach und in einen unruhigen Schlaf fiel.

Vielleicht war etwas Wahres daran. Aber von Sinnen war er nicht. Er hatte Angst.

Ich bin kein Skalde, aber es fiel mir nie schwer, mir etwas vorzustellen. Vielleicht hatten mich mein Schicksal und die Erfahrungen meiner Jugend gelehrt, den Schmerz der anderen wie den meinen zu spüren. Ich sah die Frau mit dem Säugling auf dem Schoß direkt vor mir. Umringt von den Isländern. Sah, wie die groben Hände sie packten und ihr den Kopf zur Seite drehten, bis ich ihr Genick brechen hörte. Dem Kind wurde eine Hand über Nase und Mund gelegt. Es strampelte und ruderte eine Weile mit den Armen, bis es ganz still wurde. Und als Mutter und Kind tot waren, sah ich die Flensmesser aufblitzen.

Der Rabe kam angeflogen, als wir ablegten. Fenris bellte ihn an, sodass der Vogel am ersten Tag noch oben auf der Rah oder vorn auf dem Bugsteven sitzenblieb. Ich dachte, dass er bestimmt nicht wieder in den Käfig wollte, doch in der Dämmerung flog er hinab aufs Deck. Als Skjalm ihn einzufangen versuchte, flatterte er wieder auf den Steven, Skjalms Tochter aber brauchte nur den Arm ausstrecken und der Vogel kam zu ihr geflogen. Er wurde wieder in den Käfig gesteckt, und ich gab murmelnd von mir, was ich davon hielt, ein wildes Tier in einem Käfig zu halten. Vermutlich waren meine Worte etwas direkt, denn das Mädchen fing an zu weinen.

Jetzt, da ich ein alter Mann bin, fällt es mir leicht, über den jungen Mann an Bord des Schiffes den Kopf zu schütteln, denn manchmal verhielt er sich wirklich dumm und verunsicherte Sigrid und die anderen.

Nach den zwei Tagen am Steuerruder und der unruhigen Nacht wachte ich mit betrübten Sinnen auf. Alles war grau und schwarz, die Schwermut hatte sich wieder über mich gesenkt. Seit meiner Jugend quälte sie mich immer wieder. Halvor hatte das Ruder übernommen. Ich stand an der Reling und spähte über das Meer, und als Sigrid mich fragte, was mir fehlte, nahm ich sie gar nicht wahr. Ich bereute es, die Orkney-Inseln verlassen zu haben, wie ich das Kind bereute, das ich ihr gemacht hatte. Ich glaubte, niemals in der Lage zu sein, die Menschen an Bord zu einem neuen Land im Westen zu bringen, und ich verstand nicht, wie es dazu hatte kommen können, dass sie mich ihren Häuptling nannten.

Es war nur gut, dass Sigrid mir an jenem Morgen zur Seite stand. Sie kannte mich besser als die meisten und wusste, dass Ermahnungen und Vorwürfe nicht halfen, wenn die Schwermut mich erst gepackt hatte. Stattdessen blieb sie bei mir und streichelte mir über Haare und Nacken. Zu den Männern, die vorbeigingen sagte sie, ich hätte Schmerzen hinter der Stirn und bräuchte Ruhe. Sigrid war eine zierliche Frau, aber durch die Verbindung mit mir gehörten das Schiff und unser ganzer Besitz auch ihr. Sollte ich umkommen, würde sie meinen Platz einnehmen, wenn am Mast Rat gehalten wurde. Deshalb hörten die

Männer auf sie. Nachdem ich eingeschlafen war, hatte sie Halvor gebeten, das Steuer zu übernehmen, und der Jomswikinger hatte das Schiff sogleich gewendet.

Etwas später am Tag erblickten wir östlich von uns ein Schiff: Es waren die Isländer.

Als sie uns passierten, rief Halvor zu ihnen hinüber, dass wir ihnen gerne nach Island folgen würden, und so geschah es.

*

Sieben Tage nach unserem Aufbruch von den Färöern erreichten wir Island. Ich hatte die Schwermut weitestgehend überwunden und stand gemeinsam mit Bjørn im Bug, als wir uns dem Land näherten. Über Island kann man nur sagen, dass es dort mehr Zauber, mehr Magie gibt als irgendwo sonst. Überall finden sich tiefe Gräben und Schluchten, offene Verbindungen zum Unterirdischen, aus denen Dampf aufsteigt, sodass die ganze Insel in Nebel gehüllt ist. Island hat keinen Wald, denn das Inland ist karg, über weite Strecken wächst dort nicht einmal Gras.

Ich übernahm das Ruder, als wir uns dem Land näherten, noch immer im Kielwasser der Isländer. Sie bogen nach Westen ab, sodass die Insel an Steuerbord lag, und wir folgten ihnen. Bald darauf vertrieb der Südwind den Nebel und die Männer kletterten auf den Bugsteven oder die Tonnen in der Mitte des Schiffes, um das Land zu sehen, von dem sie so viel gehört hatten. Wir wussten, dass hier Nachkommen von Sippen lebten, die von Harald Schönhaar aus Norwegen vertrieben worden waren, weshalb Bjørn und ich dachten, dass die Bewohner in gewisser Weise wie wir sein müssten. Bis hierher reichte keiner Könige Gier, hier waren Männer und Frauen frei. Diese Gedanken lenkten mich von dem grausamen Erlebnis auf dem Langschiff der Händler ab. Wenn die Menschen hier vor der Macht der Könige sicher waren, sollten auch wir sicher vor rachsüchtigen Olavsmännern sein.

Die Händler führten uns an der Südküste der Insel entlang, bis es wieder Nacht wurde. Bei Tagesanbruch waren sie uns davongesegelt, aber der älteste Sohn von Vidar kletterte auf die Rah und sah sie weit vor uns im Norden. Die Küste lag jetzt östlich von uns, was nur bedeuten konnte, dass wir die Westseite der Insel erreicht hatten.

Wir schlugen einen nördlichen Kurs ein und erreichten kurz darauf die Halbinsel, die die Isländer Reikjanes nennen, die wir in Norwegen und Dänemark aber nur als Røyknes kennen. Ein Flecken Land, über dessen Berge beständig Nebel zieht. Vom Meer wehen salzige Schwaden in Richtung Inland, wo Dampf aus warmen Quellen aufsteigt. Nebel und Dampf bilden gewaltige Wolken, die sich manchmal bis in den Himmel erstrecken, andere Male sich wie dünne Arme flach auf das Land legen. Auch muss gesagt werden, dass die isländischen Berge niemals trocken sind. Dort regnet es immer. Die Landschaft ist düster, wild und ungastlich. Die Männer standen lange an der Reling und redeten leise miteinander. Sigrid fragte, ob wir hier wirklich anlegen sollten. Sie mochte die schwarzen, kargen Ebenen nicht, aus denen dieser Dampf aufstieg, und fürchtete, die Unterirdischen könnten ihr das Kind rauben, wenn wir dort an Land gingen.

Wir brauchten einen weiteren Tag und eine Nacht, bis wir das Ende von Røyknes erreichten. Das isländische Schiff schlug einen östlichen Kurs ein und wir folgten ihnen um die Halbinsel herum. Der Wind kam jetzt direkt von vorn, weshalb wir das Segel einrollten und die Ruder auslegten. Nur selten in meinem Leben habe ich einen derart seltsamen, ablandigen Wind erlebt. Es lag ein wundersamer, rauchiger Duft in der Luft. Wer von Island kommt, kennt diesen Geruch. Nähert man sich dem Land, riecht es erst wie ein Lagerfeuer irgendwo in einem Wald, doch je näher man kommt, desto bitterer und schärfer wird der Geruch. Mir war das vollkommen fremd. Aber irgendetwas daran erinnerte mich an die Leichenfeuer in Svold.

Den ganzen Tag über blieben wir im Kielwasser der Isländer. Die Küste vor uns glich jetzt der, die wir aus Norwegen kannten. Es gab Schären, Buchten und Fjorde. An manchen Stellen glitzerte die Abendsonne in Bächen und Wasserfällen, und Sigrid meinte, dass wir ankern, unsere Wasservorräte auffüllen und wieder fahren sollten. Sie hielt unseren Sohn fest umklammert und ließ die Küste nicht aus den Augen, als erwartete sie, dass irgendwelche Bestien aus dem Nebel stürmen und mit langen Armen nach uns greifen würden.

Wir blieben hinter den Isländern. Wir hatten Wasser genug. Wir waren nicht des Wassers wegen nach Island gesegelt, sondern weil wir von Erik dem Roten und seinem Sohn Leif Erikson gehört hatten. Stimmte es, was uns erzählt worden war, hatte Erik hier auf Island einige Männer getötet und war des Landes verwiesen worden, weshalb er nach Westen gesegelt und in Grönland an Land gegangen war. Dort war er ein Häuptling geworden. Sein Sohn Leif soll nach Markland aufgebrochen sein, um Holz und Stämme zu holen. Wollten wir eine Chance haben, die Inseln im Westen zu finden, war es klug, uns hier erst einmal umzuhören. Auf Island musste es Menschen geben, die wussten, auf welchem Kurs man nach Grönland kam. Mussten wir direkt nach Westen, oder erst nach Süden oder Norden, um dann nach Westen zu schwenken? Der Seeweg zwischen Island und Grönland war weit länger, als der, den wir bis jetzt zurückgelegt hatten. Wollten wir die Inseln dort in der Ferne erreichen, mussten wir wissen, wo wir suchen mussten.

Wir folgten dem isländischen Schiff bis hinter eine Landzunge, kamen in eine Bucht und warfen wie die Isländer den Anker. Aber wir fuhren etwas dichter an die Küste heran; ich wollte nicht in der Nähe des Schiffes mit seinen Ungeheuerlichkeiten ankern.

Da es bereits wieder dämmerte, gingen wir an diesem Tag nicht an Land. Die Hunde winselten und kläfften und wären fast über die Reling gesprungen. Halvor meinte, es sei unklug, an Land zu rudern, bevor es hell wurde. Es könnte ja friedlich aussehen, aber mit der Nacht würden möglicherweise allerlei seltsame Geschöpfe zum Vorschein kommen. Ich erinnere mich, dass er an diesem Abend eine Fackel entfachte und uns, während der Schein der Flammen über sein furchiges Gesicht zuckte, erzählte, dass es hier, wie er gehört hätte, sogar Drachen geben sollte. Ja, dass sie sogar von hier stammen sollten. Sie seien nichts anderes als Tote, die Hel durch Schluchten und Abgründe zurück auf die Welt geschickt hätte. Einige würden über die weiten Ebenen wandern, während andere Wracks aus den Tiefen der Meere zögen und auf diesen die Seefahrer heimsuchten.

In dieser Nacht schliefen wir unter Deck. Ich wusste von früher, dass Unterirdische Kinder stehlen konnten, das hatte Vater Bjørn und mir erzählt, als wir noch klein waren. Auch von Drachen hatte ich gehört, nur dass ich nie an diese Fabelwesen geglaubt habe. Mir war allerdings zu Ohren gekommen, dass es eine Welt aus Höhlen und unterirdischen Gängen geben sollte, und so war der Gedanke, dass darin ganz eigene Wesen lebten, nicht abwegig. Dass aber lebende Tote aus Hels tiefen Hallen auf alten Wracks über das Meer segelten, wollte ich nicht glauben.

In dieser Nacht hörten wir ein Heulen, das uns allen Angst machte. Es klang weder nach Mensch noch nach Tier. Auch war nicht zu sagen, ob es vom Land oder vom Meer kam. Ich wollte an Deck, da Bjørn und Welpe da oben allein waren, aber Sigrid hielt mich fest.

»Lass mich nicht allein«, sagte sie leise. »Nicht hier.« Ich blieb die Nacht über bei ihr, schlief jedoch nur wenig, da es unter Deck so stank. Eine Mischung aus Mist, Urin, dem Gestank der Ziegen und Hühner und dem mit Walöl eingestrichenen Leder. Ein Schiffsrumpf ist nie ganz dicht, und auch wenn unser Schiff das trockenste war, mit dem ich jemals gesegelt bin, drang auch bei uns etwas Salzwasser ein. Und diese Feuchtigkeit ließ Leder, Riemen und Felle stinken. Ich erinnere mich, wie sehr mir in dieser Nacht die Tiere leidtaten, die in ihren Käfigen die ganze Fahrt überdauern mussten.

Sigrid legte mir den Jungen in die Arme, als ich schlief. Ich musste geträumt haben, dass ich das gehäutete Baby in den Armen hielt und nicht meinen eigenen Sohn. Denn als ich wach wurde und den kleinen Körper auf meiner Brust spürte, fuhr ich zusammen und muss wohl auch aufgeschrien haben, denn Sigrid nahm mir das Kind sofort wieder ab. Der Kleine weinte, ich hatte ihn erschreckt. Sigrid sah mich zornig an.

»Was ist denn los mit dir?«, zischte sie mir zu. »Kannst du deinen eigenen Sohn nicht halten?« Sie wiegte den Kleinen hin und her und er schlief wieder ein. Ich ging zu Vingur und kraulte ihm eine Weile den Nacken, bevor ich an Deck kletterte. Als es hell wurde, trat ich an die Reling und suchte mit den Augen die Bucht ab. Leichter Wind trieb Wolken über die Berge. Bjørn und Welpe schliefen an Deck. Dann war drüben auf dem Schiff der Isländer plötzlich eine Stimme zu hören. Die Männer lichteten den Anker und legten die Ruder aus. Sollten sie doch davonfahren. Von nun an würden wir allein weiterfinden.

Warum ich an jenem Morgen allein an Land ging, weiß ich nicht mehr. Ich sah Scharten und Gräben gleich hinter der Küste und hätte mich vor den Geschöpfen der Tiefe fürchten sollen, aber irgendwie hatte ich das Gefühl, dass Vater schon einmal hier gewesen war. Von der Zeit, bevor er Mutter kennengelernt und sesshaft geworden war, wussten wir kaum etwas. Ich konnte mich jedenfalls nicht daran erinnern, dass er jemals etwas von einer Reise nach Island erzählt hätte. Trotzdem sah ich ihn in diesem Moment über das Land wandeln. Er ging mit schnellen Schritten die Anhöhe hoch. Er war jung, der Rücken gerade, und er schien den Weg zu kennen. Oben blieb er stehen und sah sich noch einmal um, als wollte er sich vergewissern, dass ich ihm folgte.

Dass es Geister und Schattenwesen gibt, die Menschen in die Unterwelt locken können, weiß jeder Mann und jede Frau. Waren es solche Geister, die mich an Land lockten, indem sie mir die Gestalt meines Vaters zeigten? Ich weiß es nicht und werde es wohl nie erfahren. Sein Anblick verhexte mich, sodass ich Fenris unter den Arm klemmte und mich an der Reling herabließ. Es war Ebbe, sodass ich nach wenigen Schwimmzügen an Land waten und Fenris auf den Boden setzen konnte. Der kleine Hund humpelte auf seinen drei Beinen davon und schnupperte an den kargen Graspolstern. Auch ich ging noch ungelenk, mein verletztes Bein machte mir morgens immer zu schaffen. Vater war mittlerweile verschwunden, es fühlte sich aber gut an, den Torf unter den nackten Füßen zu spüren. Ich lief über das Gras, kletterte auf einen Felsen, der am Strand lag und sah mich um. Überall ragten schwarze, klumpige Steine zwischen dem Gras und der Heide hervor, als hätte sich die Insel gerade erst aus dem Meer erhoben, sodass sich die Erde der nackten Steine noch nicht angenommen hatte.

Das Land stieg hinter der Bucht, in der wir geankert hatten, zu einer steinigen Anhöhe an, die ein paar Pfeilschuss nach Süden reichte. In dieser Richtung hatte ich den Geist meines Vaters verschwinden sehen. Wobei es eher ein Gefühl als eine echte Erscheinung gewesen war. Mit einem Mal fiel der Zauber von mir ab. Die aufgehende Sonne trieb den Nebel zurück in die Spalten und Klüfte, durch die er langsam nach unten abfloss und sich als dünner Schleier auf das Wasser legte, bis unser Schiff nicht mehr zu sehen war. Ich dachte, dass ich umkehren sollte, ich konnte nicht einfach fortgehen, ohne jemandem etwas zu sagen. Trotzdem lief ich weiter und kurz darauf standen Fenris und ich in der Mitte des Hangs. Hier waren die Steine rot wie die Klumpen, die übrig blieben, wenn man Eisen aus den Steinen brannte. Solche Steine waren selten, zu Hause in Vingulmørk gab es sie nur auf einer kleinen Insel, die einen Viertel Rudertag von dort entfernt lag, wo Bjørn und ich aufgewachsen waren. Vater hatte erzählt, der Riese Surtur habe einen Feuerball nach Thor geworfen, ihn aber verfehlt, und aus diesem Feuerball sei nun die Insel geworden.

Ich stieg noch ein Stück den Hang hinauf, um von oben vielleicht Siedlungen zu sehen. Doch bald musste ich erkennen, dass mein Vorhaben sinnlos war. Neue Wolken trieben ins Land, und der Nebel wurde dichter. Bald würde ich überhaupt nichts mehr sehen. In diesem Moment hatte ich wieder das Gefühl, mein Vater wäre an meiner Seite. Ich drehte mich um und glaubte, eine Gestalt hinter den Steinen verschwinden zu sehen.

Wenn ich davon erzähle, wie mir mein Vater in Island erschienen ist, sagen die meisten, dass das zweifellos Geister waren, die versucht hätten, mich in die Tiefe zu locken, und dass ich ihnen niemals hätte folgen sollen. Es hätte böse enden können. Aber die Menschen, die in meiner Halle zu Gast sind, sehen nur den alten Mann und können sich kaum vorstellen, dass ich einmal jung und voller Tatendrang war. Hätte ich einfach zurück zum Schiff gehen sollen, ohne mich zu vergewissern, wohin mein Vater verschwand? Vielleicht hatte er mir etwas zu sagen, vielleicht über den Tag, an dem Ros und seine Männer gekommen waren und ich versagt hatte. Wäre ich damals nicht auf den Felsen eingeschlafen, hätte ich ihr Kommen bemerken können …

Mag sein, dass ich damals auf Island hoffte, der Geist meines Vaters würde mir vergeben. Ich weiß es nicht. Ich erinnere mich aber noch, wie ich zwischen den Gesteinsklumpen herumkletterte und vor mir im Nebel einen Mann sah. »Vater?«, fragte ich, doch es war nicht mein Vater, sondern ein alter, einäugiger Mann. Ich sah nur sein Gesicht, der Körper war vom Nebel eingehüllt. Das eine Auge starrte mir aber direkt in die Seele.

Einen Augenblick später verstand ich. Und dieser Augenblick war lang genug, damit der Allvater mich begutachten konnte. Fast glaubte ich, seine Gedanken hören zu können. *Ein neues Land im Westen? Was willst du dort finden, was du nicht bereits hast?* Dann war ein Plätschern zu hören. Fenris pinkelte an den Fuß des Pfahlgotts. Der kleine Hund konnte sein Bein nicht heben, sondern drehte einfach sein Hinterteil in Richtung Pfahl und ließ das Wasser laufen.

Der Pfahl war oben am Hang zwischen zwei Felsen gerammt worden. Vermutlich war er mit dem Urin fruchtbarer Stuten bespritzt worden, was man häufig tat, damit die Frauen der Sippe fruchtbarer wurden. Ich hielt nicht viel vom Opfern, wusste aber, dass der Einäugige Odin war. Auch die beiden am Boden liegenden Pfähle waren leicht zu erkennen: Freya waren Brüste geschnitzt worden und Thor hielt seinen wie einen Hammer geformten Bart. Warum die Isländer Odin stehen gelassen hatten, obgleich Freya und Thor umgestoßen worden waren, wusste ich nicht.

Ich lief den Hang hinunter und ging zurück zum Schiff. Bjørn und Halvor trafen mich in der Bucht. Sie trugen Axt und Bogen, und Bjørn wollte wissen, was mich geritten hatte, allein und ohne etwas zu sagen das Schiff zu verlassen. Als ich sagte, ich sei kundschaften gegangen, schüttelte er nur den Kopf, und Halvor murmelte, wir sollten wieder an Bord gehen. Sigrid und Hutten hätten mit mir zu reden.

Die beiden warteten schon, als ich an Bord kletterte. Der Schotte bat mich, nach unten zu gehen und mir trockene Sachen anzuziehen, und Sigrid stand mit dem Kind auf dem Arm da und sah besorgt in Richtung Land. Ich hatte keine Ahnung, was sie im Sinn hatten. Kaum war ich wieder oben, legte Hutten mir seine schwere Hand auf die Schulter. »Sigrid hat mit mir gesprochen«, sagte er. »Dieses Land hier …«, Hutten streckte den freien Arm in Richtung Küste, »hier gibt es Geister. Wir riechen sie, wir riechen die Feuer der Unterwelt.«

»Ich war nur an Land, um mich ein bisschen umzusehen«, sagte ich. »Wir segeln weiter.«

Nun legte Hutten seine Hand in meinen Rücken und führte mich zu Sigrid. »Deine Frau hat mich gebeten, dem Kind einen Namen zu geben. Eigentlich ist das die Pflicht des Häuptlings, aber wenn der Häuptling der Vater ist, darf die Frau einen anderen bestimmen.«

Sigrid legte Hutten das Kind in die Arme, und er räusperte sich und zog die Stirn in ernste Falten. Mit dem Jungen auf den Knien setzte er sich auf die nächste Ruderkiste.

»Ein namenloses Kind ist den Unterirdischen schutzlos ausgeliefert«, sagte Sigrid und nahm meine Hand. »Unser Sohn muss jetzt einen Namen bekommen.«

Die Mannschaft versammelte sich um uns. Hutten hatte ein erstaunliches Händchen für Kinder, der Kleine lag ruhig auf seinem Schoß und sah sich um.

»Dieses Kind wurde geboren von Sigrid, Tochter von Grimer vom Grimshof«, verkündete er.

»So ist es«, antwortete Sigrid.

Hutten sah zu mir. »Gibt es hier jemanden, der sich zu diesem Kind bekennt?«

Alle Blicke richteten sich auf mich. »Ja, das tue ich«, sagte ich.

»Das Kind braucht einen Namen«, fuhr Hutten fort, »und diesen Namen soll es nun bekommen.«

»Ravntor«, kam es sogleich von Sigrid. »Das Kind soll Ravntor heißen, Sohn von Torstein.«

Ich sah sie an. Sie lächelte und drückte fest meine Hand.

»Dann soll das Kind Ravntor Torsteinson heißen.« Hutten stand auf. »Der Vater soll vortreten.«

Er legte mir das Kind in die Arme und sagte, ich soll es den Umstehenden zeigen und seinen Namen nennen.

»Ravntor Torsteinson«, sagte ich und drehte mich um.

»Darauf müssen wir anstoßen!«, rief Halvor und trotz des frühen Morgens wurde der Deckel von der letzten Biertonne gehebelt und die Männer drängten sich mit ihren Krügen in der Hand heran. Als alle Männer und Frauen zu trinken hatten, brachte Halvor einen Spruch auf Ravntor aus. Sigrid und ich zogen uns ans Achterende des Schiffes zurück, wo wir uns mit dem Rücken an die Reling setzten. Sigrid legte das Kind an die Brust und noch ehe ich fragen konnte, sagte sie: »Dieses Mal, das er trägt, es sieht aus wie ein Rabe. Siehst du?« Sie zog die Decke zur Seite und strich mit den Fingern über das Mal. »Einer von Odins Raben. Er steht unter dem Schutz des Allvaters. Vielleicht auch unter dem seines Sohnes Thor, wenn du darin noch immer einen Hammer siehst.«

An diesem Morgen ging niemand an Land. Nach der Namensgebung trank Hutten drei Krüge Bier und begann irgendwann laut davon zu erzählen, wie die Unterirdischen Menschenkinder aus den Armen ihrer Mütter stahlen und durch eines der ihren ersetzten. Weinend beschwor er Hel und wirkte dabei so beängstigend, dass die Frauen mit ihren Kindern unter Deck verschwanden. Es war nicht nur sein angetrunkenes Gerede, sondern seine ganze Erscheinung. In seinem Lodenumhang schien der kleine, breite Mann wie ein Geist direkt aus dem Schattenreich in die Höhe zu wachsen, um uns zu warnen und uns zu sagen, was uns blühte, wenn wir uns fangen ließen. Aber nicht alle kümmerten sich um Hutten und seine Geistergeschichten. Später am Tag gingen Welpe, Halvor und Bjørn an Land und sammelten Gras für die Tiere. Sie nahmen denselben Weg wie ich und blieben lange weg, sagten bei ihrer Rückkehr aber nichts über die Pfahlgötter.

Dass wir nicht noch am selben Tag aufbrachen, lag an dem beginnenden Regen. Es war windstill und der Regen fiel so dicht, dass das Wasser an Deck Pfützen bildete, bevor es durch die Öffnungen in der Reling ablief. Wir spannten eine Lederplane über Vingur, und die meisten von uns gingen unter Deck, wo wir auf besseres Wetter warteten. Ich hielt meinen Jungen in den Armen und dachte über den Namen nach. Sigrid hatte mir vorher nichts gesagt, aber der Name gefiel mir, ich hätte selbst keinen besseren finden können. Sigrid saß an diesem Tag dicht bei mir und drückte sich immer wieder an mich. Sie flüsterte mir zu, dass sie diesen Ort nicht mochte und wir so schnell wie möglich aufbrechen sollten. Sie meinte, es sei vielleicht das Beste, wieder zurück zu den Färöern zu segeln, wenn nicht sogar zu den Orkney-Inseln. Wir wären dort willkommen und bräuchten uns nicht zu schämen.

Wir verbrachten den Rest des Tages und die folgende Nacht in dieser Bucht. Vingur stampfte mit den Hufen, er roch das Gras und wollte an Land. Mitten in der Nacht kam Wind auf. Der Anker musste den Halt verloren haben, denn bei Tagesanbruch waren wir auf eine Untiefe aufgelaufen.

Die Männer sprangen ins Wasser, legten die Schultern gegen das Achterschiff und versuchten, die »Danen« in tieferes Wasser zu drücken. Ich gab das Kommando: »Einatmen und … Schieben! Einatmen und … Schieben!«

Während wir dort im Wasser standen, kam ein kleines, schlankes Boot in die Bucht gefahren, wie man sie damals überall auf Island sah. Sie waren niedrig und leicht und manche von ihnen nicht einmal drei Mannslängen lang. Die Isländer nutzten sie, wenn sie schnell über flaches Wasser kommen mussten. An Bord waren zwei Männer. Sie fuhren in die Bucht und einer der beiden, ein Mann mit rotem Bart und ledernem Gewand, trat in den Bug, nachdem sie das Segel eingeholt hatten und zu uns herüber gerudert waren.

Sie legten seitlich an unserem Schiff an. »Seid ihr aufgelaufen?«, fragte der Rotbart grinsend. Er sprach Ryger Dialekt. »Oder nehmt ihr ein Bad?«

Der andere Mann begann zu lachen. Er trug einen schwarzen Bart und hatte grobe Fäuste. Dann hob er einen Dorsch vom Bootsboden auf, zog ein Messer unter dem Gürtel hervor und begann, den Fisch über der Bordwand auszuweiden. Blut und Eingeweide klatschten kaum eine Ruderlänge von uns entfernt ins Wasser.

»Wir haben gehört, dass Fremde gekommen sind«, sagte der Rotbart. »Und sollen mit einem Mann reden, der sich Torstein Tormodson nennt.«

»Das bin ich«, sagte ich. »Torstein, Sohn des Tormod.«

»Mein Name ist Torolf, aber die Leute hier nennen mich Dorsch, wie den …« Er drehte sich um und zeigte auf den Dorsch; die Finger des Schwarzbarts waren tief im Bauch des Fisches verschwunden. »Und das ist Branne Tunge«, mein Leibsklave. Der Rotbart schlug lächelnd mit der Hand gegen den Schiffsrumpf. »Ein mächtiges Schiff! Sicher eines der größten, die ich jemals gesehen habe! Sieht nach einem dänischen Schiff aus«, fügte er hinzu, gab mir aber keine Zeit zu antworten. »Wir sind geschickt worden, um euch zum Gutshof zu lotsen. Ich bin der Neffe von Torgeir Lysvett Torkelson. Er ist der Häuptling hier in dieser Region und hat mich gebeten, euch mitzuteilen, dass ihr heute Abend seine Gäste sein sollt.«

Torolf erwartete keine Antwort. Er nickte dem Sklaven mit dem Fisch zu, der den Dorsch weglegte und ins Wasser sprang. Er watete zu uns und stemmte sich mit seinem ganzen Gewicht gegen das Schiff. Auch meine Männer begannen wieder zu schieben. Erncut gab ich das Kommando, und da endlich löste sich das Schiff vom Grund.

*

Torgeir Lysvett Torkelson war seinerzeit der mächtigste Mann im südwestlichen Island. Es kam uns nun zugute, dass wir dem isländischen Handelsschiff gefolgt waren, denn die Männer an Bord gehörten zu seiner Sippe. Wären wir ihnen hinterhergefahren, als sie an jenem Morgen aufgebrochen waren, hätten sie uns in den Kollefjord geführt, wo Torkelsons Hof lag. Torolf und sein Sklave waren an Bord gekommen, ihr kleines Boot schleppten wir hinter uns her, als er uns die Untiefen zeigte und uns den Weg wies. Der Hof lag etwa einen Steinwurf vom Wasser entfernt am Hang. Hinter einer Landzunge warfen wir den Anker. Der Meeresgrund fiel hier steil ab, sodass man mit dem Bug dicht ans Land fahren konnte und trockenen Fußes von Bord kam. Auch das Schiff der Händler lag hier, des Weiteren sechs kleinere Langschiffe und drei, die dem unsrigen glichen. Torolf bat uns, das Schiff seitlich vor den anderen zu vertäuen, da es dort flach genug sei, um das Pferd ins Wasser zu hieven. Er zeigte auf die grasbewachsenen Flächen hinter dem Hof. Wenn ich wollte, dürfte ich auch die Ziegen an Land bringen. »Das isländische Weidegras ist das Beste, das es gibt«, fügte er hinzu.

Dass Fremde auf dem Hof ein Obdach fanden, war nichts Ungewöhnliches. In der Zeit, in der wir nach Island kamen, lebten dort nur wenige Sippen, deren Söhne und Enkel sich noch nicht auf der Insel ausgebreitet hatten, wie es später der Fall war. Aus diesem Grund wurden alle Männer und Frauen, die auf die Insel kamen, als hochwillkommenes neues Blut angesehen. Torgeir Lysvett Torkelson galt als der klügste Mann auf ganz Island. Als Bjørn, Halvor und ich an Land gingen, stand er bereits eine ganze Weile oben bei den Häusern und beobachtete uns. Sein weißer Bart hing ihm auf die Brust. Er trug ein blaues Gewand mit Kapuze, und in der Hand hielt er einen langen Stab.

Bjørn, Halvor und ich sahen blinzelnd in Richtung Hof. Bjørn meinte, es sei richtig, was der Rotbart gesagt hatte. Das Gras sah wirklich saftig aus. Dann hockte er sich hin, grub mit den Fingern in der Erde und roch daran. »Das ist guter Boden«, sagte er, als wüsste er über so etwas Bescheid. Jetzt stiegen auch die Isländer und Welpe und Hutten an Land. Hutten hatte Fenris unter den Arm geklemmt. Torolf und sein Sklave gaben uns zu verstehen, dass wir ihnen zum Hof folgen sollten.

Über Torgeir Lysvett Torkelson kann ich wirklich kein schlechtes Wort sagen. Ich weiß, dass über die Geschehnisse auf dem Hof viele Gerüchte kursieren. Die Wahrheit ist aber, dass Torkelson ein guter Wirt war und ich ihm nicht vorwerfen kann, was später geschah.

Der Hof bestand aus zwei Langhäusern: In dem nordwestlichen lebten die Sklaven, in dem südöstlichen die freien Männer. Zwischen den Häusern lag der Hofplatz. Dahinter war ein weiteres Gebäude zu erkennen, in dem die Tiere untergebracht waren, darunter auch Schweine. Im Winter kamen Schafe und Kühe in die Langhäuser, nur die Schweine blieben in ihrem Koben. Da jetzt aber Sommer war, hatten freie Männer und Sklaven viel Platz. Jeder große Mann wäre stolz auf diesen Hof gewesen.

Lysvett, wie er beinahe von allen genannt wurde, hatte auf einer Bank vor der sonnenbeschienenen Hauswand Platz genommen. Er hielt die Augen geschlossen. Auf seinem Schoß lag der Stab, an dessen Seite eine lange Reihe von Markierungen für Tage und Monde zu erkennen war. Er sah wie einer der Primstäbe aus, mit denen man den Ablauf eines ganzen Jahres verfolgen kann. Das Alter von Lysvett selbst war schwer zu schätzen, Bart und Haare waren weiß, sein Gesicht aber recht glatt. Er konnte Ende Vierzig sein, vielleicht aber auch an die sechzig Jahre alt.

»Hier sind die Männer, über die gesprochen wurde«, sagte Torolf. »Sie sind Norweger. An Bord sind aber vorwiegend Dänen, wenn ich ihre Sprache richtig gedeutet habe.«

Außer Torolf, Lysvett und dem Leibsklaven waren keine anderen Männer auf dem Hofplatz. Einige Frauen waren nach draußen gekommen und beobachteten uns. Eine hielt zwei Eimer in den Händen, eine andere ein Huhn, das sie köpfte, ohne uns aus den Augen zu lassen.

Lysvett zeigte mit seinem Stab auf uns. »Habt ihr einen Häuptling?«

Bjørn legte die Hand auf meine Schulter. »Es ist das Schiff meines Bruders, mit dem wir segeln. Er ist es, den wir Häuptling nennen.«

»Und wie ist der Name deines Bruders?«, wollte Lysvett wissen.

»Torstein«, sagte ich. »Mein Bruder und ich sind die Söhne von Tormod. Wir stammen aus Vingulmørk.«

Lysvett richtete seinen Blick auf die »Danen«. »Euer Schiff scheint von Dänen gebaut worden zu sein.«

»Wir haben es von Sven Gabelbart geschenkt bekommen«,

sagte Halvor. »Eine Belohnung für unsere Teilnahme an der Schlacht von Svold.« Halvor wusste genau, dass die Vorväter der Isländer von Harald Schönhaar aus Norwegen vertrieben worden waren und sie für den neuen König ihres alten Heimatlandes sicher wenig übrighatten. Jeder, der gegen Olav Tryggvason gekämpft hatte, sollte hier wohl willkommen sein. Lysvett schien allerdings nicht sonderlich beeindruckt zu sein. »Wir brauchen Bauern und Fischer. Keine Krieger.« Er spuckte zwischen seine Rindslederschuhe und stand auf. »Trotzdem sollt ihr in meiner Bucht willkommen sein. Es gibt hier noch immer Land, auf das niemand Anspruch erhebt. Ich kann euch also Land geben und es für euch segnen. Allerdings habt ihr nur wenige Frauen bei euch. Es sind Frauen im gebärfähigen Alter, die wir lieber sähen, keine Männer.«

Torolf kratzte sich den Bart und erklärte, dass Fremden Land angeboten wurde, wenn sie geeignete Frauen mit sich brachten. Je mehr Frauen, desto mehr Land. Lysvett nickte und setzte sich wieder. In diesem Moment sah ich das kleine, silberne Kreuz, das sich unter seinem Bart versteckt hatte. Da verstand ich auch, was er gemeint hatte, als er sagte, er könnte das Land segnen. Torgeir Lysvett Torkelson war ein Christ. Später am Abend sollten wir hören, wie er auf den Hochebenen Islands ein Kind verloren hatte, und wie er die Unterirdischen verflucht und Odin, Frigg und Freya geopfert hatte, um es zurückzubekommen. Doch kein Gott hatte ihn erhört. Als schließlich ein Schiff aus Friesland die Insel anlief, mit Wein und christlichen Schriftgelehrten an Bord, nahmen Lysvett und seine Frau den christlichen Glauben an. Lysvett reiste zu dem mächtigen Wasserfall Gullfoss und warf dort all seine Götterbilder ins Wasser. Von den Gelehrten des friesischen Schiffes erhielt er daraufhin ein Kreuz, mit dem er das Land segnen durfte. Denn kein Unterirdischer stieg auf gesegnetem Land empor.

Nach dem Gespräch mit Lysvett holten wir Vingur und die Ziegen von Bord. Welpe, Hutten und ein paar der anderen Männer führten die Tiere zu den grasbewachsenen Hängen. Von meinem Platz am Ruder sah ich, wie Vingur auf die Hinterbeine stieg. Sein Wiehern schallte über die ganze Bucht. Ich blieb lange an Deck stehen und ließ meinen Blick über die Insel schweifen. Alles in mir drängte danach, die Insel gleich wieder zu verlassen, es beunruhigte mich, dass dieser Häuptling Christ war. Er hatte seine Götterbilder ins Wasser geworfen und musste den Zorn des Allvaters, seiner Söhne und Freyas auf sich gezogen haben. Ich stand so lange da, dass Sigrid irgendwann nach oben kam und mich fragte, was nicht in Ordnung sei. Ich murmelte, dass wir zu einem christlichen Häuptling gekommen wären, einem Mann, der alles verleugnete, was gewesen war. Die Christen hatten mir nichts als Schmerzen zugefügt. Sigrid antwortete, ich würde Borislav vergessen. Der Wendenkönig habe ihr den Sklavenring abnehmen lassen. Auch wenn er ihr nicht die Freiheit geschenkt hätte, sei sie bei ihm gut behandelt worden. Als Vagn gebeten hatte, sie freikaufen zu dürfen, damit sie mit mir in den Norden ziehen konnte, hätte er ihr das verwehren können. Doch stattdessen habe er uns ziehen lassen. Sie meinte, ich sollte meinen alten Hass auf die Christen ablegen.

Ich blieb die längste Zeit des Tages an Bord der »Danen«. Die Mannschaft war an Land, sodass ich allein am Mast saß. Ich holte meine Waffen hervor und betrachtete sie. In der Jomsburg hatte ich gelernt, dass man als Mann nicht viel wert war, wenn man seine Waffen nicht zu pflegen wusste, und besonders Überfahrten über das Meer setzten dem Metall sehr zu. Ich schliff zuerst meine Dänenaxt, obwohl sie noch scharf war. Sie reichte mir im Stehen bis zum Kinn und war eine mächtige Waffe. Ich schärfte auch mein Sax und mein Messer. Es hat etwas ganz Eigenes, mit dem Schleifstein in der Hand dazusitzen, und noch heute tue ich das, wenn meine Gedanken zur Ruhe kommen sollen. Das Sax, das ich damals besaß, war leicht zu schleifen, da die Klinge gerade und aus dicht gefaltetem Stahl war, sodass sich auf ihr Ringe wie im Holz zeigten. Die Schicht, die die Schneide bildete, war hart, aber sehr dünn und umgeben von weicheren Schichten, die ihr Schutz boten, damit sie nicht brach.

Nach dem Schleifen schmierte ich die Klingen mit dem Walöl ein, das ich in einem kleinen Tonkrug mitführte. Danach wurde ich müde, ich setzte mich an die Reling und schlief ein. Bjørn und Halvor erfuhren derweil von Erik dem Roten. Es hieß, er sei der Sohn eines Mannes aus Westnorwegen. So wie sein Vater wegen Mordes aus Norwegen verjagt worden war, war Erik von Island verbannt worden. Nach drei Jahren war er zurückgekehrt und hatte von einem grünen, fruchtbaren Land im Westen erzählt, wo die Erde bestellt werden konnte und es reichlich Fisch in den Fjorden gäbe. Dort sollte jeder Mann wie ein Häuptling leben können. Auf dem Rückweg in die neue Welt hatte er viele Menschen und mehrere Schiffe um sich geschart. Die Isländer hatten erwartet, dass die Leute zurückkehren und Erik den Roten für seine Narretei verfluchen würden, aber die einzigen, die zurückkamen, waren Händler, die Korn und Teer, Rüben, Bier und Roheisen laden wollten. Waren, die die Isländer selbst von Händlern aus dem Süden kaufen mussten. Die Grönländer zahlten den doppelten Preis in kostbaren Waren wie Eisbärfellen, Walrosszähnen und langen, starken Riemen aus geflochtener Seehundhaut. Es war kein Wunder, dass die Isländer sich gut bezahlen ließen. Viele standen in der Schuld anderer und wollten sich freikaufen. Es war eine Zeit, in der Island von blutigen Kämpfen heimgesucht wurde. Die Stämme und Sippen waren verfeindet und die Blutrache forderte immer neue Opfer. Ein getöteter Sohn wurde gerächt, indem man den Sohn seines

Gegners tötete, was dann wiederum gerächt wurde, sodass sich die Reihen der Nachkommen mehr und mehr lichteten. Bald gab es kaum noch Isländer, die es wagten, neues Land in Besitz zu nehmen, denn ohne loyale Männer und Sklaven war dies kaum möglich. Für Lysvett waren Leute wie wir, die von außen kamen und mit den Stammesfehden nichts zu tun hatten, deshalb sehr wertvoll.

An diesem Abend wurde nach dem Essen ein Thing am Mast abgehalten. Halvor konnte am besten von uns sprechen und ergriff als erster das Wort. An seine wohlgesetzten Worte erinnere ich mich noch heute: »Wir haben über Grönland im Westen gesprochen«, begann er. »Wir wissen, dass ein Mann, der Erik der Rote genannt wird, dort die Herrschaft hat. Jetzt haben wir gehört, dass es dort gutes Weideland geben soll, und der Name deutet ja schon darauf hin.« Letzteres sagte Halvor, indem er seinen Blick über das Land vor uns schweifen ließ. »Manch einer wird sich aber fragen: Warum über das Meer fahren, wenn wir ein solches Land doch schon gefunden haben? Und Land hat uns der Häuptling hier in Aussicht gestellt. Wir müssen nur nach Osten segeln und Baumaterial und Frauen holen. Hier auf Island könnten wir ein gutes Leben führen.«

Hutten trat vor und spuckte auf das Deck. »Ich bin nicht an Bord dieses Schiffes gekommen, ein Schiff voller Dänen und Norweger, um auf einer Insel zu leben, die so aussieht wie die, von der ich aufgebrochen bin!« Er stampfte mit dem Fuß auf. »Ich dachte, wir wollten nach Markland! Zu den Lärchenwäldern! Dass wir Schiffe bauen würden.«

Einige der Männer begannen zu murren. Skjalm trat zu dem Schotten vor. »Wir wollten reich werden, Halvor, hast du das vergessen?«

Halvor richtete seinen Blick wieder aufs Meer. »Vielleicht

sind die Geschichten wahr. Vielleicht gibt es westlich von Grönland wirklich Lärchenwälder. Und wenn dem so ist, können wir Schiffe bauen und mit den Schiffen nach Osten segeln und sie gegen Korn und andere Güter eintauschen. Wenn die Geschichten denn wahr sind.«

Die Stimmen der Männer wurden dunkler, als sie wild miteinander zu reden begannen, aber niemand schrie oder wurde laut, wie es die Völker im Süden tun. Stattdessen wurden die Fäuste geballt und die Stirne in Falten gezogen. Ylla und Gislaug waren am deutlichsten zu hören, und sie ließen die anderen unmissverständlich verstehen, dass sie nicht weiterreisen würden.

Halvor, Bjørn und ich sahen dem Streit eine Weile zu, dann machte ich dem ein Ende und trat an den Mast. »Wer weiterreisen will, geht nach vorn in den Bug, wer bleiben will, geht nach achtern.«

Als sich die Mannschaft aufgeteilt hatte, begann ich zu zählen. Einige Männer und alle Frauen standen achtern, darunter auch Sigrid. Alle Kinder. Auch Bjørn war nach achtern gegangen, was mich überraschte.

»Frauen und Kinder zählen nicht«, kam es vom Bug. Eystein meinte, es sei falsch, jeden Kopf gleich zu zählen, schließlich würden die Kinder tun, was die Väter sagten und die Frauen sich nach ihren Männern richten.

Ich zählte noch einmal nach und kam zu dem Schluss, dass die Mehrheit für die Weiterreise war, wenn wir die Stimmen der Frauen und Kinder nicht mitzählten. Auch Halvor war das nicht entgangen. »Euer Häuptling weiß jetzt, was ihr wollt«, sagte er. »Heute Nacht wird er darüber nachdenken und morgen wird er euch den Kurs angeben.«

Wie so oft war es gut, Halvor um sich zu haben. Er fand immer die richtigen Worte.

Am nächsten Morgen geschah nicht viel, sah man einmal davon ab, dass Hutten die Männer auf die Idee brachte, baden zu gehen und sich zu waschen. Ich ging nicht mit ihnen, sondern blieb am Ruder stehen, von wo aus ich über die Bucht, die Berge und die anderen Schiffe blickte. Auf einem davon saß ein Mann und flickte ein Segel mit einer Knochennadel. Auf demselben Schiff stand wie ich ein Mann am Ruder. Er hatte schulterlanges, ordentlich gekämmtes Haar und trug einen blauen Umhang, der mit einer faustgroßen Silberspange zusammengehalten wurde. Ich setzte mich auf eine der Ruderkisten, denn bei dem Anblick des reichen, würdevollen Mannes fühlte ich mich irgendwie schlecht. Sigrid las mich so gut wie ein Seemann die Wolken und wusste, dass die Schwermut wieder über mich kommen würde, wenn ich so dasaß. Sie reichte Gislaug unseren Sohn und begann, Wasser zu kochen.

Die jungen Frauen des Hofes näherten sich dem Strand, um den Männern beim Baden zuzusehen. Was genau vor sich ging, konnte ich nicht sehen, da die Männer auf der anderen Seite der Landzunge ins Wasser gegangen waren. Ich sah nur die Frauen, die kichernd zum Wasser zeigten. Später erzählte Bjørn mir, dass die Jomswikinger stolz um die Wette geschwommen und auf den Grund getaucht seien, von wo sie Steine und Muscheln mit nach oben gebracht hätten. Dann hätten sie nackt wie bei ihrer Geburt am Strand gestanden. Halvor meinte, wer nach einer solchen Darbietung keine Frau finden würde, hätte auch keine verdient. Während all dies vor sich ging, wusch Sigrid mich.

Ich werde langsam alt und seit einigen Jahren beginnen viele dieser Erinnerung zu verblassen. Sie sind wie Runen, die nicht tief genug in den Felsen geschlagen wurden und verwittern. An den Tag aber, an dem sie mich voller Liebe auf unserem Schiff gewaschen hat, erinnere ich mich noch. Sie hatte einen Schwamm, wie man ihn auf den Märkten im Süden findet, tauchte ihn in das warme Wasser und fuhr mir damit über den Körper. Ich wollte ihr sagen, dass eigentlich ich sie waschen sollte, nach all den Mühen der Reise und dem Stillen, aber Sigrid legte mir nur den Finger auf den Mund.

Sigrid war eine gute Frau. Wer sagt, dass sie nur die meine wurde, weil ich sie aus der Sklaverei befreite, weiß nichts. Sie stand treu an meiner Seite, als wir in unbekannte Fahrwasser segelten, obwohl sie lieber auf den Orkney-Inseln geblieben wäre.

Als sie fertig war, zog ich saubere Hosen und das Leinenwams an, das sie in unserer Schiffskiste verstaut hatte. Es waren meine besten Kleider, und sie meinte, ich solle sie nur zu festlichen Anlässen tragen. Sie gab mir die große Silberspange, die ich vom Insel-Jarl bekommen hatte, und befestigte sie an meiner Brust. Erst wollte sie, dass ich auch den Umhang trug, aber dafür war mir das Wetter zu warm. Außerdem hatte sich Welpe auf den Umhang erbrochen, als wir auf die Winteropferung getrunken hatten, und ich glaubte, den sauren Geruch noch immer riechen zu können. Sie holte den Ring, den ich vom Dänenkönig bekommen hatte, schob ihn mir auf den Finger und strich mir über den Bart. »So«, sagte sie lächelnd. »Jetzt siehst du wie ein Häuptling aus.« Dann begann sie, unser Kind zu stillen. Ich blieb bei ihr stehen und genoss den Anblick: Sigrid von den Orkney-Inseln stand mit dem Kind an der Brust da und sah zum Land hinüber, während der Wind mit ihren roten Locken spielte.

Es war bereits bekannt geworden, dass wir Jomswikinger waren, und Torgeir Lysvett Torkelson sah in uns nützliche Alliierte in den auf Island herrschenden Kämpfen. Gleich nachdem die Händler angekommen waren, hatte er seine Pläne geschmiedet. Es waren Boten zu den umliegenden Höfen ausgesandt worden, die kundgetan hatten, dass Lysvett ein Fest abhalten wollte. Nicht uns, sondern einem Mann zu Ehren, der Thorfinn Karlsefni genannt wurde. Dieser Thorfinn war Händler, und er sollte sehr reich sein und auf seiner letzten Reise gute Geschäfte gemacht haben. Er war es, den ich am Morgen auf dem Schiff hatte stehen sehen. Später war er mit einem großen, kräftigen Mann in einem Lederhemd und mit weiten Hosen an Land gegangen, wo sie lange auf der Landzunge gestanden und nach Westen geschaut hatten, ehe sie nach oben zum Hof gegangen und in dem Haus der freien Männer verschwunden waren. Ich weiß nicht, worüber sie dort gesprochen haben, aber kurz darauf waren sie wieder zurück zu ihrem Schiff gegangen. Beim Vorbeigehen hatten sie kurz einen Blick auf mich und mein Schiff geworfen, ohne aber zu grüßen oder ein Wort mit mir zu wechseln. Oben am Hof hatte Lysvett nun auf der Bank vor der Hauswand Platz genommen. Er beobachtete mich.

Für einen Mann wie Lysvett war es entscheidend, allen, insbesondere den Neuankömmlingen zu zeigen, dass er ein großer Mann war, der über Land und Reichtümer verfügte und unter den Isländern hoch angesehen war. Auch deshalb hielt er dieses Fest zu Ehren von Karlsefnis Rückkehr ab. Karlsefni brachte Neuigkeiten von der norwegischen Küste. Er war bei Jarl Erik gewesen und hatte gehört, dass er und sein Bruder Svein nun über ganz Norwegen herrschten. Ausgenommen waren nur der innere Teil von Viken und Vingulmørk. Er war auch in Jütland gewesen, wo er Bernstein bekommen hatte, den er mit nach Jorvik genommen und dort wiederum zu einem guten Preis gegen Roggen hatte eintauschen können, den es dort in diesem Jahr im Überfluss gab. Nun hatten sie genug Roggen für die ganze Region, vielleicht sogar bis zum nächsten Winter. Vieles von dem, was ich hörte, war sicher übertrieben, es stimmte aber, dass nur wenige Männer sich so gut darauf verstanden, Reichtum anzuhäufen, wie Thorfinn Karlsefni. Irgendwo in der Nähe lag sein Hof Reinistad, den seine Leute bewirtschafteten, während er selbst Handel trieb.

Kaum jemand war Lysvett so willkommen wie Karlsefni. Vielleicht hoffte er, dass ich mich als ebenso nützlich erweisen würde, schließlich klangen unsere Namen fast gleich. Lysvett hatte mit einigen meiner Männer gesprochen und erfahren, dass ich Schiffe bauen konnte und den Beinamen Bootsbauer trug. Wir wollten auf unsere neue Freundschaft anstoßen und alle unverheirateten Frauen und Mädchen sowie alle Witwen waren zu dem Fest eingeladen worden.

Die ersten Nachbarn kamen bereits am Nachmittag. Auf dem Hofplatz wurden zwei Schweine geschlachtet und ein Feuer entfacht. Die Langtische wurden aus den Häusern nach draußen getragen und durch ein paar alte, an Birkenstämmen befestigte Segel vor Regen und Wind geschützt. Darunter breiteten die Gäste ihre Felle aus. Bjørn und ich sahen dem Treiben von der Reling aus zu. Die neu angekommenen Frauen trugen farbenfrohe, bodenlange Kleider mit bestickten Oberteilen. Einige hatten Halsketten und Armringe aus Silber und Bronze angelegt, die in der Sonne glänzten.

Die meisten Gäste kamen über das Meer und vertäuten ihre Boote hinter der Landzunge. Einige blieben stehen und bestaunten unser Schiff, denn es war das größte in der gesamten Bucht. Sie zeigten auf den Mast und den offenen Laderaum für das Pferd und murmelten, dass wir sicher von weither gekommen waren. Danach gingen alle bis zur Spitze der Landzunge, wo Thorfinns Schiff lag. Bjørn war zu Ohren gekommen, dass ihm vier der Langschiffe gehörten, die in der Bucht lagen, und er als eine Art Jarl fungierte. Seine Schiffe waren aber nicht sonderlich groß. Unter Deck gab es kaum Platz, weshalb die Kisten am Mast verzurrt waren. Einige davon waren mit Eisen beschlagen und mit Schlössern verriegelt, was an Gold und Silber denken ließ. Thorfinn selbst stand wieder auf dem Schiff, auf dem ich ihn zuvor gesehen hatte. Seine Männer stapelten gerade einige Kisten auf dem Achterdeck, wo sie für alle gut zu sehen waren. Er selbst thronte währenddessen wie ein König am Ruder, der sich von seinen Untertanen bewundern ließ. Als er mich erblickte und den Arm zum Gruß hob, wandte ich mich ab. Ich wollte nicht, dass er dachte, ich würde ihn wie die anderen Menschen auf der Landzunge beobachten.

Unter den Neuankömmlingen waren nicht nur freie Männer und Frauen, sondern auch Sklaven, die sich um das Lager und die Felle kümmerten, auf denen ihre Herrschaft schlafen würde, wenn Lysvetts Bier seine Wirkung getan hatte. Einige Händler mussten weit gefahren sein, denn eine der Sklavinnen hatte dunkle Haut und ungewöhnlich schmale Augen. Sie war sicher nicht älter als neun oder zehn Winter und lief mit bloßen Füßen herum. Ihr Kleid war schmutzig und zerlumpt und ihre Haare waren derart verfilzt, als hätten sie niemals Wasser gesehen. Sie hatte Kratzer und offene Wunden an Beinen und Knien und ihr Gesicht war abgemagert. Ihr Anblick schmerzte mich. Sie erinnerte mich an mich selbst, als ich noch den Sklavenring getragen hatte.

Bjørn war auf die Frauen aufmerksam geworden, die sich am Strand unterhalb des Hofes wuschen und ihre Oberkörper entblößt hatten. Einige von ihnen Rissen Stücke vom Tang, tauchten diese in kleine Gefäße und umrahmten sich die Augen gegenseitig mit schwarzer Farbe. Die jungen Frauen boten einen wahrhaft schönen Anblick. Sigrid war nicht begeistert darüber. »Sag deinen Männern, dass sie sich im Zaum halten sollen, Torstein«, sagte sie. »Diese Frauen können sie fester an sich binden als jeder Unterirdische.«

Ich konnte ihr nur Recht geben, denn selbst mein Bruder starrte wie gebannt.

In dieser Zeit des Jahres wird es nachts nie richtig dunkel, sodass es noch hell war, als Lysvett in sein Bockshorn blies. Die vier auf dem Hofplatz aufgestellten Langtische waren bei all den Menschen, die gekommen waren, rasch besetzt, weshalb die meisten sich einfach auf den Boden setzten. Sigrid und ich sowie einige meiner Männer bekamen Plätze an Lysvetts Tisch zugewiesen. Der Gastgeber thronte am Kopfende auf einem prachtvollen Stuhl. Rücken und Armlehnen waren aus Walknochen, in die Drachen und Schlangen geschnitzt waren. Auch das Horn, aus dem er trank, war verziert.

An unserem Tisch saßen auch Thorfinn Karlsefni und ein paar seiner Männer. Einen davon erkannte ich sofort: Es war der große, breitschultrige Mann, der gemeinsam mit ihm im Langhaus verschwunden war. Er trug nun ein blaues Gewand und einen dicht gewebten, wollenen Umhang mit Schulterspange. In Thorfinns Gesellschaft war auch ein älterer, schmächtiger Mann mit einem weißen, blinden Auge. Sein Unterarm hatte einen seltsamen Knick, vermutlich war er nach einem Bruch falsch zusammengewachsen.

Thorfinn saß gegenüber von Lysvett am anderen Ende des Tisches. Lysvett streckte die Hand in Karlsefnis Richtung aus und erzählte uns von seiner Reise, den Gütern und Neuigkeiten, die er mitgebracht hatte. Die beiden neben ihm hießen Halvar Vini und Brók Gamle. Letzterer musste der alte Mann sein. Dann zeigte Lysvett auf mich und stellte mich als den Jomswikinger Torstein Bootsbauer vor. Thorfinn Karlsefni hob darauf seinen Krug und trank auf die Jomswikinger, die bei Svold so gewaltig gekämpft hätten.

Danach sprach ich eine ganze Weile nicht. Sigrid flüsterte mir zu, ich solle mich zusammenreißen, ich könne nicht einfach schweigen. Außerdem wollte sie wissen, was ich gegen den Mann einzuwenden hatte. Vermutlich erkannte sie, dass ich Karlsefni um seinen Reichtum und seine Schiffe beneidete. Dass das größte Schiff in der Bucht mir gehörte, hatte ich in diesem Moment vergessen. Denn obgleich mein Mast der höchste war, schienen Thorfinns Schiffe längere Schatten zu werfen.

Meine Wortkargheit schien Lysvett zu missfallen, und er befahl, Krüge und Hörner zu füllen. Nachdem seine Diener den Tisch umrundet hatten, hob er sein Horn und sagte, die Jomswikinger verdienten es, dass man mehr als einmal auf sie tränke, und natürlich hielt sich keiner von uns zurück. Wie ich dachten wohl alle, dass die Olavsmänner uns hier nicht erreichen würden. Endlich konnten wir trinken, ohne Angst haben zu müssen, vom Alkohol benommen dazuliegen, wenn sie angriffen.

Ich saß am Ende der Bank zur Rechten von Lysvett. Noch heute erinnere ich mich daran, dass Fenris neben meinen Füßen unter dem Tisch lag. Vermutlich hoffte er darauf, dass ich ihm etwas zusteckte. Irgendwann beugte sich Lysvett zu mir und sagte, er wisse, dass wir dem alten Glauben treu geblieben seien, die Jomswikinger seien dafür bekannt. Er und seine Leute hätten allerdings beim Thing im Jahr zuvor beschlossen, den Christengott anzubeten und die alten Bräuche abzulegen. Wollten wir bleiben, müssten alle Opferungen in der Dunkelheit durchgeführt werden, und niemand dürfe darüber sprechen. Er sagte, er verleugne die alten Götter nicht, auch wenn er seine Götterbilder in den Gullfoss geworfen hätte. Auf Island, fuhr er fort, seien mehr Kinder im Inland verschwunden, als er mit allen Fingern zählen konnte. Das heilige Wasser der Mönche des Christengottes könne man aber auf die Erde sprühen, und den Torf so in eine undurchdringliche Mauer verwandeln, durch die niemand aus der Unterwelt nach oben steigen könnte.

Ich nickte zu seinen Worten und merkte, dass ihm das Bier bereits zusetzte. Schließlich lallte er, dass er jeden Geist, der ihm in die Quere käme, totschlagen würde. Dann verzerrte sich sein Gesicht von einem Augenblick auf den anderen und er begann, den Sohn zu beweinen, der auf den kargen Ebenen verschwunden war.

An jenem Abend müssen mehr als hundert Gäste auf dem Hof gewesen sein; das Fest entwickelte sich zu einem der schlimmsten Trinkgelage, die ich je erlebt habe. Als Lysvett nach vorne kippte und mit dem Gesicht auf dem Langtisch einschlief, ließen die Männer alle Hemmungen fallen. Meine Mannschaft hatte ja gehofft, hier Frauen zu finden, und der Anblick der Mädchen, die am Nachmittag unten am Wasser gewesen waren, hatte sie geil und wild gemacht. Nun scharten sie sich mit lüsternen Blicken um sie, und Sigrid riet mir, darauf zu achten, dass sie sich nicht gegenseitig umbrachten. Gleich zwei Mal kam es zu Prügeleien, eine zwischen zwei Jomswikingern, die andere zwischen zwei Frauen. Letztere fand aber rasch ein Ende, als Halvor vortrat, die Frauen unterhakte und sie mit sich zu einer Biertonne zog. Er verstand sich wirklich auf Frauen.

Ich blieb eine Weile mit Sigrid, Bjørn, Hutten und Welpe sitzen. Wir tranken. Sigrid nippte nur ein wenig, weil sie unseren Jungen stillte. Auch Bjørn war wachsam. Er hatte Fenris auf dem Schoß und streichelte ihm über das struppige Fell. Murmelnd sagte er, wir sollten alle aufs Schiff zurückkehren, es sei unklug, sich bei Fremden zu betrinken. Er hatte die Worte kaum ausgesprochen, als sein Blick auf ein rothaariges Mädchen fiel, das auf unsicheren Beinen über den Hofplatz tanzte, das hübsche Gesicht lächelnd zum Himmel gerichtet. Als sie ins Stolpern geriet und zu Boden ging, stürzte mein Bruder zu ihr und half ihr auf. Danach führte er sie zu einem Fell an der Hauswand, wo sie sich hinsetzten und sie mit dem Kopf an seiner Schulter einzuschlafen schien. Bjørn blieb bei ihr. Bestimmt dachte er, dass sie ein leichtes Opfer für die Männer war, sollte er sie einfach liegen lassen. Vielleicht hatte er aber auch eigene Pläne, wenn sie wieder aufwachte.

Später begann ich mich darüber zu wundern, warum die Isländer meine Männer mit den Mädchen auf dem Hofplatz machen ließen, was sie wollten. Dann fiel mir ein, dass sie neues Blut brauchten. Die wenigen Sippen umfassten nicht genug Menschen, um Inzucht zu verhindern. Viele der Mädchen und Frauen, die auf den Hof gekommen waren, hatten den Auftrag bekommen, sich einen Mann zu angeln. Und am besten sollte dieser Mann bleiben und zu einem Isländer werden. Zog er trotzdem weiter, hätten sie sich wenigstens seinen Samen gesichert. Auch wenn das Thing beschlossen hatte, den Christengott anzubeten, sollte es noch Jahre dauern, bis die Isländer wirklich wie Christen lebten.

Thorfinn hatte nicht viel getrunken. Er sah mich mit klarem Blick an und sagte: »Es heißt, ihr seid Dänen. Mir ist aber zu Ohren gekommen, dass du aus Viken stammst, vielleicht aus Vingulmørk?«

Ich nickte und trank einen Schluck, wobei mir Thorfinns prächtiges Trinkhorn auffiel. Es glich dem von Lysvett.

»Was sind deine Pläne?«, fragte Thorfinn.

»Wir wollen weiter nach Westen«, sagte ich.

»Es wird viel über die Routen nach Westen geredet. Bis nach Jütland sprechen die Menschen darüber. Es gibt Gerüchte, dass dort Wein wächst und die Erde so locker und gut ist, dass man gleich säen kann. Und es soll Baumstämme geben, lange, gerade Lärchenstämme mit Kernholz fast bis zur Rinde.«

»Das sind wohl alles nur Gerüchte«, sagte ich. »Auf die ein Mann nichts geben sollte.«

»Das tue ich auch nicht«, sagte Thorfinn und hob das Horn. »Auf Lysvett, unseren Wirt.« Dann leerte er es in einem Zug, legte es auf den Tisch und ging. Der Alte und der kräftige große Kerl begleiteten ihn zurück auf sein Schiff.

Welpe war irgendwann so voll, dass er davon zu erzählen begann, wie er sich seinem Vater widersetzt und ihm gesagt hatte, er sei es leid, Lodvesons Steuereintreiber und Handlanger zu sein. Solle er ihn doch enterben, ihm sei das vollkommen egal. Sollte er jemals auf die Orkney-Inseln zurückkehren, dann nur, um auf das Grab seines Vaters zu pissen.

Ich würde gerne behaupten, dass ich nichts mehr getrunken hätte, nachdem Lysvett eingeschlafen war. Aber mir wurde immer wieder nachgeschenkt, und der Krug fand ein ums andere Mal den Weg zu meinem Mund. Vielleicht dachte ich, dass ich etwas nachzuholen hätte, schließlich hatte ich seit der Nacht, in der die Olavsmänner gekommen waren, fast nichts getrunken. Neben Thorfinn Karlsefni, seinen beiden Männern und vielleicht auch meinem Bruder waren Sigrid und die Kinder die einzigen, die an jenem Abend in Island nicht betrunken waren. Immer wenn ich den Blick hob und über den Platz blickte, sah ich Männer umfallen. Einige sackten halbnackt zu Boden, andere tanzten oder hingen an den Hälsen irgendwelcher Frauen. Eystein hockte auf dem Dach des Langhauses und spielte Maultrommel. Einer der Isländer, ein kahler, alter Kerl mit schiefer Nase und dickem, weißen Bart lief herum und spielte auf einer Knochenflöte, aber das Gekreische der Frauen und das Gegröle der Männer übertönte alles. Eilef Taske, ein Däne aus unserer Besatzung, rannte mit einem Huhn unter dem Arm herum und lachte laut.

Ich hatte mich zu diesem Zeitpunkt noch nicht entschieden, ob wir bleiben oder weiter nach Westen segeln sollten. Die Abstimmung am Mast hatte mir Angst gemacht. Blieben wir, würde Lysvett so etwas wie ein Jarl oder Herrscher für uns sein, sodass wir uns mit ihm gutstellen mussten. Dass er eingeschlafen war und nicht sah, wie meine Männer sich aufführten, war mir nur recht. Denn seinen guten Willen brauchten wir. Letztendlich entschied er, ob wir Fleisch und Fisch und vielleicht ein paar Schweine und anderen Proviant laden durften.

Sigrid musste irgendwann genug von dem Gelage und meinem schweigenden Trinken gehabt haben, denn sie nahm unseren Sohn und setzte sich zusammen mit Gislaug und den Kindern an einen anderen Tisch. Fenris rollte sich vor ihren Füßen zusammen und kaute an einem Stück Trockenfisch, das ihm jemand hingeworfen hatte. Auch Vidar und Skjalm saßen an dem Tisch, beobachteten die Männer auf dem Platz und bewachten ihre Töchter. Es gab auf der ganzen Welt nicht Bier genug, damit ein Jomswikinger sich an der Tochter eines Kampfesbruders vergriff, weshalb Vidar vor allem die Isländer im Blick behielt, die nicht weniger voll waren als wir.

Irgendwann wollte ich Sigrid fragen, ob sie mich aufs Schiff begleitete, die Stimmung konnte jetzt jederzeit umschlagen. Waren die Männer erst betrunken genug, reichte schon ein falsches Wort, um alten Zwist wieder aufflackern zu lassen, sodass die Fäuste flogen. Doch als ich aufstand, spürte ich, dass ich erst einmal Wasser lassen musste. Ich taumelte über den Platz bis hinter den Stall. Als ich den Gürtel öffnete, bemerkte ich nur zwei Speerlängen von mir entfernt zwei Gestalten. Eine Frau stand vornübergebeugt, die Hände an der Wand und den Rock hochgeschlagen, der von Halvors kräftiger Hand gehalten wurde. Er stand mit herabgelassener Hose hinter ihr. »Häuptling«, brummte er, »wenn du kannst, geh woanders pissen.« Dann verzog er den Mund zu einem schelmischen Grinsen. »Ich erzähle dir hinterher, wie sie war.«

Zurück am Langtisch bemerkte ich, dass Hutten nach hinten umgekippt war. Er lag rücklings auf dem Boden, die Beine auf der Bank. Sein Wams war bespritzt von Erbrochenem und er jammerte übel, während aus seinem Bart Worte kamen, die keiner von uns verstand. Ich versuchte, ihn auf die Beine zu ziehen, aber Hutten war breit und schwer. Eilef Taske ließ das Huhn flattern, kam mir zur Hilfe und gemeinsam zogen wir Hutten an den Armen nach oben und schleppten ihn zum Schiff. Auf der Landzunge kam er zu sich und protestierte wild. Er wollte nicht aufs Schiff. Er wollte zurück nach oben und weiter trinken, und schließlich riss er sich los und taumelte zusammen mit Eilef wieder zurück.

Was dann geschah, spielte sich nicht so ab, wie meine Söhne es erzählen. Ich habe ihnen aber nie widersprochen, denn sie haben diese Geschichte von anderen gehört, und es ist besser, wenn Söhne ihren Vater als Helden und nicht als Trunkenbold sehen. Ich hatte noch immer den Drang, Wasser zu lassen, weshalb ich ans Ufer trat und ins Wasser pinkeln wollte. Während ich mich erleichterte, sah ich hinüber zu unserem Schiff. Es kam mir trotz seines breiten Rumpfes schön vor. Ich folgte den geschwungenen Linien der Planken hinauf bis zu den Steven, und sah den Mast stolz in den dunkelblauen Sommerhimmel aufragen.

Während ich dort stand, bemerkte ich auf der Landzunge den breitschultrigen Mann, der bei Thorfinn Karlsefni gewesen war. Bei ihm war die verdreckte, dunkelhäutige Sklavin. Er hielt sie an der Hand.

Ich blieb wie ein Tölpel am Ufer stehen und fragte mich verwundert, was sie wohl vorhatten. Sie gingen auf die Meeresseite der Landzunge, wo meine Männer gebadet hatten, und verschwanden zwischen den Felsen.

Die Menschen im Süden behaupteten immer, wir Nordmänner behandelten unsere Sklavinnen schlecht. Wir wären Ungeheuer, wir nutzten sie als Zuchtstuten und vergingen uns an ihnen, wann immer wir wollten. Sie meinten, wir wären ebenso grausam wie unsere heidnischen Götter und es gäbe nicht einen

Nordmann, der nicht vergewaltigen würde, wenn sich die Chance bot. Ja, sie gingen sogar so weit zu behaupten, dass wir nicht einmal vor Kindern halt machen würden. Aber das waren alles Lügen. Wir waren keine Ungeheuer. Wir waren nicht fehlerlos, aber ich weiß ganz gewiss, dass keiner der Männer, die mir nahestanden, wie mein Bruder, Halvor, Hutten und Eystein eine Frau zu etwas zwingen würden. Und was Kinder anging, gab es in unseren Augen nichts Verwerflicheres, als sich an ihnen zu vergehen. Vater pflegte immer zu sagen, dass ein Mann, der sich an einem Kind vergeht, es verdiene, dass man ihn mit dem Sack an einen Baum nagele. Eine Strafe, bei deren Ausführung Halvor, wie er steif und fest behauptete, einmal dabei gewesen war.

Vielleicht war das bei den Isländern in der damaligen Zeit anders. Es waren mächtige, norwegische Stämme, die vor Schönhaars Schreckensherrschaft auf das Meer geflohen waren und diese Insel besiedelt hatten. Vielleicht fühlten sie sich wie eine Art Adel, dem ein solches Verhalten zustand. Dass ich selbst als Sklave gelebt hatte und noch immer die Narben des Sklavenrings unter Haaren und Bart trug, ahnten sie nicht. Leise folgte ich dem kräftigen Mann und dem Mädchen. Von oben hörte ich das Lachen und Kreischen der Menschen. Der Lärm erlaubte es mir, mich bis auf wenige Schritte zu nähern, ohne dass Halvar Vini mich hörte. Er hatte die Hose heruntergelassen, trug aber noch den wollenen, bodenlangen Umhang. Er stöhnte unangenehm und stützte sich an einem Felsen ab, der am Ufer lag.

Ich war so betrunken, dass ich erst nicht verstand, was vor sich ging. Wo war das Mädchen? Ich suchte die Felsen ab, glaubte, es könnte sich versteckt haben und dass sie irgendein Spiel spielten. In diesem Moment löste der Isländer die Schulterspange und warf den Umhang von sich. Da sah ich das Mädchen gebeugt vor ihm stehen. Genau wie die Frau vor Halvor, nur dass diese Frau willig gewesen war, während sich das Mädchen völlig verkrampfte und der kleine Körper bei jedem Stoß bis ins Mark erschüttert wurde. Sie schluchzte.

Ich weiß nicht mehr, welche Worte ich von mir gab. Ich muss aber etwas gesagt haben, denn der Isländer richtete sich plötzlich auf. Er warf einen Blick über die Schulter, erblickte mich und maß mich mit den Augen. »Du?«, fauchte er. »Was machst du hier?«

Als ich nicht antwortete, packte er das Mädchen am Sklavenring und zog sie vor sich. »Willst du sie? Ich gebe sie dir morgen, wenn du gut bezahlst.«

Ich schwieg weiter, und er zeigte auf ihren haarlosen Schritt. »Sie ist jung, aber sie ist sehr gut.«

Das Mädchen wirkte vollkommen willenlos. Ihr Blick war leer und ihre Arme hingen schlaff herab. Ich sehe noch seine Finger an ihrem Sklavenring. Und das Messer an dem Gürtel neben seinen Knöcheln.

»Willst du da nur rumstehen?« fragte er. »Und zusehen?«

Ich erinnere mich, dass ich mich bückte und einen Stein aufhob. Meine Finger umklammerten ihn so fest, dass meine Nägel weiß wurden.

Halvar Vini riss die Augen auf. Ich sprang vor und schlug zu, aber das Bier hatte mich so benebelt, dass ich nicht traf. Blitzschnell bückte er sich und zog das Messer aus der Scheide. Die Klinge blitzte auf, als er zustach, aber ich wich ihm aus und schlug erneut zu. Dieses Mal traf ich ihn an der Stirn. Es war ein harter Schlag, trotzdem holte ich ein weiteres Mal aus und traf ihn an der Schläfe. Der Schädel gab nach, die Augenhöhle brach ein und der Augapfel sprang heraus und blieb auf seiner Wange hängen. Der Isländer ließ das Messer fallen und sackte zu Boden. Er fasste sich ans Auge, als wollte er es zurückstecken, doch dann kippte er nach vorn und blieb bäuchlings auf dem Boden liegen, wobei das nackte Hinterteil in die Höhe ragte. Einen Moment lang wartete ich darauf, dass er wieder aufstand, aber er blieb liegen. Ich stieß ihn mit dem Fuß an und drehte ihn auf die Seite. Er blutete aus der Nase und aus der gebrochenen Augenhöhle, und ich erkannte, dass er tot war.

Wäre ich nüchtern gewesen, hätte ich vielleicht klüger gehandelt. Ich hätte den Körper liegen lassen, wäre zurück zum Hofplatz gegangen und hätte mit meinen Männern hinter mir erzählt, dass ich mit Vini in Streit geraten war und ihn im Kampf getötet hatte. Lysvett hätte sicher erkannt, dass wir Jomswikinger kaum zur Rechenschaft gezogen werden konnten, weshalb er mir vermutlich eine Strafe auferlegt und mich dann hätte ziehen lassen. Der Mord muss mich aber zurückversetzt haben in die Zeit am Handelsplatz in Skiringssal, wo ich das erste Mal einen Mann getötet hatte. Ich fürchtete die Strafe, ich fürchtete, dass die Isländer mich töten würden. Deshalb schleppte ich den Körper ins Wasser und versenkte ihn mit großen Steinen. Das Mädchen stand die ganze Zeit über splitternackt dabei. Über ihre Beine lief Blut, sie sagte aber kein Wort. Schließlich zog ich ihr das Kleid wieder an und brachte sie an Bord unseres Schiffes. Ich versteckte sie unter Deck und bat sie, still zu sein.

Anschließend blieb ich eine Weile an Deck. Dann ging ich zurück zum Hofplatz, denn mir war klar, dass die Leute sich wundern würden, wenn ich auf dem Schiff blieb. Ich setzte mich an den Tisch, bekam wieder einen Krug Bier und trank. Erst als Bjørn kam und mich fragte, was geschehen sei, bemerkte ich Blut an meinem Ärmel und auf der Brust. »Ich bin gefallen«, log ich. Mein Bruder war vielleicht kein Schriftgelehrter, mich aber las er wie ein offenes Buch. Er zog mich hoch und legte mir den Arm um den Rücken. »Der Häuptling hat zu viel getrunken, er ist gefallen und hat sich verletzt«, sagte er so laut, dass diejenigen, die noch am Tisch saßen, ihn hörten. »Ich bringe ihn zurück zum Schiff.«

Auf dem Weg zum Wasser erzählte ich ihm, was geschehen war, und an Bord ging Bjørn sofort unter Deck. Als er zurückkam, sah er mich besorgt an.

Wir blieben an Deck sitzen. Sigrid und die anderen Frauen kamen kurz nach uns, und wir erzählten ihnen von dem Mädchen, da sie es ohnehin entdeckt hätten. Von dem Mord sagten wir nichts. Bjørn sagte, wir hätten sie gekauft und fügte hinzu, dass sie nicht mehr unfrei sein sollte, schließlich wüssten alle an Bord, dass ich selbst Sklave gewesen war und nichts davon hielt, Menschen in Unfreiheit zu halten. Die Männer sagten nicht viel dazu, die meisten von ihnen waren ohnehin so voll, dass sie nichts mitbekamen.

Bjørn und ich wachten die Nacht hindurch. Am liebsten wären wir gleich gefahren, aber die Ziegen und auch Vingur waren noch an Land und kaum zu holen, bevor es richtig hell wurde. Außerdem hätte es sehr verdächtig gewirkt, wären wir mitten in der Festnacht davongesegelt. Sobald es hell wurde, wollten wir aber aufbrechen, denn dann würde Thorfinn Karlsefni sich fragen, wo sein Vertrauter geblieben war.

Bei Tagesanbruch zog ein Regenschauer vom Meer herüber, aber die Männer, die überall auf dem Schiffsdeck lagen, merkten davon nichts. Wir weckten Welpe und baten ihn, mitzukommen. Wir mussten Vingur und die Ziegen finden und an Bord bringen. Welpe war noch betrunken und musste sich übergeben, nachdem er sich aufgesetzt hatte, kam dann aber ohne zu murren mit.

Vingur stand ein paar Pfeilschüsse vom Hof entfernt und starrte in den Regen. Wir legten ihm ein Seil um den Hals, während Welpe sich hinkniete und sich noch einmal übergab. Bjørn und ich hätten ihn dort oben nicht allein lassen sollen, aber Welpe meinte, wir sollten zurück zum Schiff gehen und das Pferd an Deck bringen, während er die Ziegen einfangen wollte. Er hätte schon früher die Ziegen seines Vaters gehütet und wüsste, wie man so etwas macht.

Bjørn und ich brachten Vingur nach unten zum Schiff und führten ihn ins Wasser. Halvor und Hutten und eine Handvoll weiterer Männer halfen uns, ihn an Deck und in die Ladegrube zu hieven.

Es war immer aufwendig, das Pferd auf das Schiff zu bringen, sodass auch die betrunkensten Männer wach wurden, und jeder von ihnen verstand, was das bedeutete. Brachten wir Proviant und Tiere an Bord, konnte das nur heißen, dass der Häuptling den Entschluss gefasst hatte, weiterzusegeln.

Bjørn, Halvor, Eystein und ich machten das Schiff seeklar. Sigrid wollte wissen, was ich vorhatte und warum wir eine solche Eile an den Tag legten, schließlich hätten wir doch beratschlagt und seien zu dem Schluss gekommen, hierzubleiben. Ich antwortete ihr nicht. Ich stellte mich ans Ruder und sah von dort zum Hof hinüber. Es sah aus, als hätten die Menschen bemerkt, dass wir uns zum Aufbruch rüsteten. Die Kinder rannten zur Landzunge, um uns abfahren zu sehen, und auch Thorfinns Männer tauchten hinter der Reling ihrer Schiffe auf und sahen uns aus kleinen Augen an. Bjørn kletterte auf den Bugsteven, aber Welpe war nirgends zu sehen.

Während wir warteten und das Land nach dem Sohn des Jarls absuchten, rief plötzlich einer der Männer auf dem Hof. »Da hinten ist jemand im Wasser.«

Plötzlich waren alle auf den Beinen. Die Gäste und Hofleute rannten nach unten, um etwas zu sehen. Auch Lysvett kam aus dem Haus getaumelt.

Ich bin nicht stolz auf das, was ich an jenem Morgen tat. Am liebsten würde ich sagen, dass wir zu unseren Äxten und Bögen gegriffen und uns bereit gemacht hätten, standzuhalten, bis

Welpe zurück war. In Wahrheit aber hatte ich Angst. Ich hatte Frauen und Kinder an Bord. Zwar waren wir Jomswikinger, doch das machte uns nicht unverwundbar. Ich hörte, wie meine eigene Stimme die Männer an die Ruder beorderte. Ich befahl, das Bugseil zu kappen und das Schiff in Richtung Anker zu ziehen.

Wir ließen uns in die Mitte der Bucht treiben und blieben dort. Die Männer tauchten die Ruder ins Wasser und sahen mich an. Ich wusste, was sie dachten. Was war mit Welpe? In der Zwischenzeit hatten die Isländer die Leiche an Land geholt und trugen sie nach oben zum Hof. Thorfinn stand auf seinem Schiff und rief: »Ist das Halvar? Halvar Vini?«

Einer der Isländer rief: »Ja! Jemand hat ihn erschlagen.«

Thorfinn ging an Land und lief über die Landzunge. In diesem Moment sah ich Welpe. Er trieb die Ziegen mit einem Birkenzweig vor sich her, kam an den Stall und auf den Hofplatz und bemerkte die Leiche. Dann sah er, dass unser Schiff in der Mitte der Bucht lag.

Welpe versuchte, auf geradem Weg über den Hofplatz zu gehen, als wäre nichts geschehen, aber die Isländer hatten ihn entdeckt. Jemand packte seinen Arm, Welpe riss sich los. Ein weiterer kam und stellte sich ihm in den Weg. Welpe schlug zu und begann zu laufen.

Vom Schiff aus sahen wir, wie der Jarlssohn von den Orkney-Inseln sich in Richtung Wasser vorkämpfte. Die Isländer schienen ihn für den Täter zu halten, denn mit einem Mal waren ihm alle auf den Fersen. Nur selten habe ich jemanden schneller laufen sehen, denn gleich darauf war Welpe unten am Ufer, wo er den Halt verlor und mit dem Gesicht voran ins Wasser fiel. Die Leute stürzten sich auf ihn.

»Gib den Männern den Befehl zu rudern«, sagte Bjørn. »Es ist für niemanden gut, das zu sehen.«

Welpe wurde auf den Rücken gedreht. Die Isländer hielten

seine Arme und Beine fest und eine Klinge blitzte auf. Welpe schrie, bevor er wieder unter Wasser gedrückt wurde. An Bord war es jetzt vollkommen still. Die Mütter hielten den kleinsten Kindern die Augen zu. Aber Welpe rappelte sich noch einmal auf und kam irgendwie wieder auf die Beine. Er taumelte nach hinten, rutschte weg und geriet unter Wasser. Die Isländer blieben stehen und suchten das Wasser ab, aber Welpe war weg. Dann tauchte der Kopf des Jarlssohns wieder auf, jetzt weiter in der Bucht. Er war getaucht und kam dem Schiff immer näher.

Wir zogen Welpe an Bord und ruderten in einem weiten Bogen um die Landzunge herum. Lysvett und Thorfinn standen mit einigen ihrer Männer an der Stelle am Ufer, an der ich den Isländer erschlagen hatte. Als wir die Rah hochzogen und der Wind das Segel straffte, rief Lysvett zu uns herüber. »Ich erkläre euch für vogelfrei auf isländischem Boden. Hier werdet ihr keinen Frieden mehr finden!«

Er erhielt keine Antwort. Ich legte die Hand aufs Ruder und steuerte auf das offene Meer hinaus.

4
Land aus Eis

Man sagt, kein Mann im Vollbesitz seines Verstandes würde an Island vorbei gen Westen segeln. Das Meer dahinter gehöre nicht mehr zur Menschenwelt, heißt es. Die Mönche, die den Isländern die Schriften der Christen gebracht haben, erheben ihre Kruzifixe gegen die untergehende Sonne und beten zu ihrem Gott, die Fischer zu warnen, dass in den Fanggründen dort draußen der große Leviathan herrscht, der ganze Schiffe samt Mann und Maus mit einem Bissen verschlingt und in die Tiefe zieht.

Ich bin niemals irgendwelchen Ungeheuern begegnet. Und doch ist das Meer dort nicht wie die gemeinhin bekannten Gewässer. Schon einen Tag westlich von Island werden die Strömungen stärker, als gäbe es dort unten wirklich ein Wesen, das mit kräftigen Schlägen das Meer aufwirbelt. Die Wellen sind höher und das Wasser ist dunkler.

Für Furcht vor dem Meer war am Morgen unseres Aufbruchs keine Zeit. Welpe blutete stark aus einer klaffenden Stichwunde in der Brust. Wir hielten ihn fest, als Halvor die Wunde nähte und verband. Sie war tief, und Welpe schnappte keuchend nach Luft, seine Iris drehte sich nach innen und er verlor das Bewusstsein. Wir legten ihn an den Mast, damit die Walküren ihn sahen, wenn er sein Leben aushauchte. Bei Einbruch der Dämmerung an diesem ersten Tag war Welpe noch am Leben, doch als der Morgen anbrach, fanden wir ihn zur Seite gekippt, das Gesicht auf die Decksplanken gedrückt. Seine Arme hingen schlaff herunter. Halvor berührte ihn an der Schulter und schüttelte bedrückt den Kopf. Er wollte gerade etwas sagen, vermutlich, dass unser Bruder jetzt mit den Einherjern in Walhalla an der Tafel saß, als ein Zucken durch Welpes Körper lief, er sich auf den Rücken drehte und heiser kundtat, dass er Durst hätte.

Bjørn, Eystein und ich wechselten uns am Ruder ab und segelten den gesamten ersten Tag und die Nacht mit direktem Kurs nach Westen. Am Anfang kam der Wind aus Osten, dann drehte er und zwang uns, einen nördlicheren Kurs einzuschlagen. Ich hatte Sigrid noch nichts von dem Vorfall erzählt, ging aber davon aus, dass die meisten an Bord sich ausgerechnet hatten, dass der Mord auf meine Kappe ging. Nicht nur wegen des Mädchens, das ich an Bord gebracht hatte. Wer sonst als derjenige, der Olav Tryggvason seine tödliche Wunde zugefügt hatte, käme auf die Idee, eine derartige Tat zu begehen, und das direkt vor der Nase des isländischen Goden? Die Männer steckten murmelnd die Köpfe zusammen, und ich konnte mir denken, was sie sagten. Natürlich war das unklug von mir gewesen. Falls wir im Westen Holz fanden, mit dem wir Schiffe bauen konnten, wollten wir sie an die Isländer verkaufen. Das würde jetzt schwierig werden.

Sigrid und Gislaug nahmen das Mädchen mit an Deck und wuschen es gründlich. Dabei stellte sich heraus, dass es nicht unsere Sprache sprach. Als Gislaug es zwischen den Beinen waschen wollte, schrie das Mädchen ein paar unverständliche Worte und schlug um sich, wand sich los und rannte nackt übers Deck. Ich hatte Hutten gerade gebeten, seine Schmiedezangen und den Hammer zu holen, damit er den Bolzen aus ihrem Sklavenring schlug, aber das würde warten müssen. Das Mädchen verkroch sich zwischen den am Mast festgezurrten Tonnen und blieb dort sitzen.

Es dauerte zwei Tage, bis Sigrid zu mir kam. Ich stand am Ruder und schaute abwechselnd auf die Dünung vor dem Bug und zu Welpe, der unter ein paar Decken an der Backbordreling lag. Sigrid stellte sich neben mich und schaute aufs Meer. Den Jungen hatte sie in Gislaugs Arme gelegt. Der Teil des Schiffes, in dem wir standen, wurde stärker auf und ab bewegt als der Rest, und die Bordseiten liefen hier so eng zusammen, dass der Steuermann sich am Steuerbord und Backbord gleichzeitig festhalten konnte.

»Du hast den Mann umgebracht«, sagte sie leise. »Ist es so?«

Ich antwortete nicht.

»Du bist ein guter Mann, Torstein.«

»Da bin ich mir nicht so sicher.«

»Aber ich weiß es.« Sigrid legte ihre Hand auf meine. »Wir werden uns um das Mädchen kümmern, als wäre die Kleine eine von uns.«

Ich nickte stumm.

Das Meer zwischen Island und Grönland hatte damals noch keinen Namen. Noch weiter nördlich nannten wir es Eismeer, weil jenseits davon nur eine bitterkalte Einöde liegen sollte, in der menschliches Leben unmöglich war. Vor dem Morgengrauen des zweiten Tages segelten wir in strömenden Regen hinein. Die entzündete Fackel im Bug löschte der Wind gleich wieder aus, und bald glitten wir durch kompakte Dunkelheit. Bjørn übernahm das Steuer, und ich setzte mich zu Welpe. Das Segel hing schlaff von der Rah, der Wind hatte nachgelassen. Das war im Rückblick betrachtet wahrscheinlich unsere Rettung, weil wir kurz darauf gegen etwas stießen. Es knarrte und knackte bedrohlich, und im ersten Augenblick dachte ich, wir wären auf Grund gelaufen. Während die Mannschaft an Deck zusammenlief, kletterte ich rasch unter Deck und tastete die Bodenplanken ab. Draußen knarrte und scharrte es weiter, das Schiff schien an dem Etwas vorbeizuschrammen, mit dem wir zusammengestoßen waren. Plötzlich griffen meine Finger in Wasser, und ich ertastete einen langen Spalt zwischen den Schiffsplanken.

Furcht empfand ich keine. Dafür war gar keine Zeit. So fest ich konnte drückte ich die Hände auf den Riss und rief Hutten oben an Deck zu, dass wir auf irgendwas aufgelaufen waren und den Rumpf flicken mussten, aber der Schotte war schon auf dem Weg zu mir nach unten. Gefolgt von Eystein, der ihm mit einer Tranlampe leuchtete, als er eins der Bretter zusägte, die wir für ebensolche Fälle mitgenommen hatten. Wir pressten in Fett getunkte Wollflocken in den Riss zwischen den Bordplanken. Nägel wollten wir nicht verwenden, um weitere Bruchstellen zu vermeiden. Wir drückten das Brett mit ein paar Steinen vom Kielbalken auf das Leck und stoppten damit weitgehend das eindringende Wasser.

Wir holten Rah und Segel ein und ließen das Schiff die ganze Nacht treiben. Ab und zu mussten wir unter Deck und Wasser schöpfen, aber so lange wir nicht krängten, drang nicht allzu viel Wasser durch die lecke Stelle, die sich mindestens eine Handbreit über der Wasseroberfläche befand. Wir hatten noch einmal Glück gehabt.

Die Männer verteilten sich an den Rudern. Bjørn bezog den Ausguckposten am Bug, weil er den schärfsten Blick hatte, und ich übernahm wieder das Ruder.

Es war der dritte Tag, nachdem wir Island verlassen hatten, und da wir weder unsere Lebensmittel- noch Wasservorräte aufgefrischt hatten und nicht wussten, wie lang wir unterwegs sein würden, stand jedem von uns nur so viel zu, wie er brauchte, um den schlimmsten Durst und Hunger zu stillen. Das in Molke eingelegte Fleisch und die Mischung aus Korn und Fett in Schweinedärmen bekam allerdings nur Hutten klaglos herunter. Dazu hatten wir Trockenfisch, geräucherten Eishai und Hering. Wir sparten das Essen auf, so lange es ging, und den Trockenfisch sollte keiner anrühren, weil nichts so durstig machte, wie auf den zähen Fischfasern herumzukauen. Nur die Kinder und Sigrid, die für zwei aß, durften essen und trinken, was sie wollten. Wir anderen mussten uns an den nagenden Hunger gewöhnen.

Kurz darauf sahen wir unsere ersten Eisberge. Sie trieben südwärts, und für jeden, der am diesigen Horizont verschwand, tauchte im Norden ein neuer auf. Außer mir hatte keiner der Jomswikinger an Bord dieses Schauspiel je gesehen. Einmal war ein Eisberg in die Bucht am Grimshof getrieben. Er sah aus wie ein verletzter Riese, einen Arm zum Himmel gestreckt, bis er taute und im Wasser verschwand.

Manche Eisberge lagen tief im Wasser, ein bisschen wie Riffe, das Wasser schwappte über sie hinweg. An so einem Eisberg war unser Schiff wahrscheinlich leckgeschlagen.

Bei Anbruch der Nacht war der Himmel klar, und es wurde nie ganz dunkel. Ich ließ die halbe Mannschaft rudern, die andere Hälfte durfte an Deck schlafen. Die Eisberge bewegten sich schnell wie von unsichtbaren Segeln gezogen. Falls uns einer zu nahekam, würden wir für das Ausweichmanöver alle Mann an den Rudern brauchen.

Bei Tagesanbruch war Welpe wach. Er saß auf seiner Ruderkiste und starrte aufs Wasser. Gislaug legte eine Hand an seine Stirn. Er fieberte.

Wir versuchten, Welpe zu überreden, sich wieder hinzulegen, aber er protestierte und rief, dass Freya persönlich kommen wollte, ihn zu holen. Das hatte er im Traum gesehen, und jetzt wollte er wach sein, bis sie sich ihm zeigte.

Den ganzen nächsten Tag über fiel dichter Regen. Wir sammelten so viel davon, wie wir konnten im Segel und füllten unsere Wassertonnen auf. Wer nicht ruderte, ging unter Deck, aber ich blieb mit Halvor und Eystein oben, während Bjørn weiter an seinem Ausguck im Bug stand. Wir zogen regendichte Lederwamse über und wickelten Welpe in eine Pferdedecke, weil er sich weigerte, sich vom Fleck zu bewegen und sich wehrte, als wir ihn wegtragen wollten. Halvor malte mit einem Stück Kohle eine Skizze auf eine mit Seehundtran gefüllte Schweinsblase und versuchte, uns zu erklären, auf welchem Kurs wir uns seiner Meinung nach befanden. Wir hatten ihn diese Karte schon öfter zeichnen sehen, und jedes Mal kam sie uns gleichermaßen geheimnisvoll vor. Wir kannten Karten auf ebener Fläche, aber diese war auf einen gewölbten Untergrund gemalt. Im Osten lag unsere Heimat, und noch weiter östlich Gardarike. Im Süden das Reich der Blaumänner. Halvor glaubte, dass Markland und Vinland zum Kontinent der Blaumänner gehörten. Und dass dieser Kontinent wiederum mit Gardarike zusammenhing, unterbrochen von einem Meer im Süden, das von allen Seiten von Land umschlossen war.

Vielleicht, überlegte er, müssten wir mit unseren neu gebauten Schiffen gar nicht zurück nach Island segeln, sondern konnten der Küste nach Süden folgen, um so ins Land der Blaumänner zu kommen. Dort gab es kaum Bäume, dafür umso mehr Gold und Silber. Ich persönlich hielt nicht viel von diesem Plan, denn die Blaumänner waren für den Sklavenhandel bekannt. Als Halvor bemerkte, wie sich mein Blick verfinsterte, fügte er schnell hinzu, wir könnten uns die Schiffe ja mit Sklaven bezahlen lassen, denen wir später ihre Freiheit schenken würden. Die Sklavinnen konnten gute Frauen für die Männer an Bord sein und uns Kinder gebären. Dabei kratzte er sich nachdenklich im Schritt.

»Ohne Kinder sterben wir irgendwann aus. Ohne Kinder bleiben von uns nur in der Erde verrottende Leichen. Ohne Kinder …«

Welpe sprang unvermittelt auf. Er starrte auf die Wellen, ließ die Pferdedecke zu Boden fallen und stieg auf die Reling. Wir stürzten zu ihm, doch da war er bereits ins Meer gesprungen. Ich schrie den Männern zu, die Ruder ins Wasser zu lassen, und das Schiff wurde langsamer, aber als Welpe wieder auftauchte, lag er bereits einen guten Steinwurf hinter uns. Eystein schnappte sich eine Taurolle und warf sie über Bord, aber das Tau war viel zu kurz. Wir riefen Welpe zu, dass er aushalten sollte, bis wir das Schiff gewendet hatten, um ihn zu holen, doch er antwortete nicht.

Was dann geschah, verstärkte den Ruf meines Bruders als furchtlosen Menschen.

Bjørn sprang ins Wasser und verschwand zwischen den Wellen. Gleich darauf war auch Welpe nicht mehr zu sehen. Ich hatte Angst, dass mein Bruder ertrinken könnte, aber mittlerweile hatten wir es geschafft, das Schiff zu wenden und in unser eigenes Kielwasser zurückzulenken. Bald hatten wir meinen Bruder erreicht, doch als Eystein ihm das Tauende zuwarf, tauchte er unter, statt es zu ergreifen.

Niemand weiß, wie tief Bjørn an diesem Tag getaucht ist. Die Wolkendecke riss auf und Lichtspeere bohrten sich ins Wasser. Bjørn erzählte hinterher, dass er in diesem Licht weit unten in der Tiefe eine Hand gesehen hätte und hinabgetaucht war, bis er sie zu fassen bekommen hätte und mit Welpe an die Oberfläche geschwommen sei.

Ich sprang selbst ins eiskalte Wasser und half Bjørn, das Tau um Welpes kraftlosen Körper zu knoten. Während der Jarlssohn an Bord gezogen wurde, streckten die Männer Bjørn und mir Ruder entgegen, mit deren Hilfe wir es über die Reling schafften.

Wir legten Welpe mittschiffs auf die Decksplanken. Alle scharten sich um ihn, und Vidar sagte, wenn wir es jemals bis nach Grönland schaffen sollten, müssten wir eine Nachricht an Sigurd Lodveson schicken, dass sein Sohn ertrunken war. Vielleicht war es der verhasste Name seines Vaters, jedenfalls ging ein Zucken durch Welpes Körper, und aus seiner Kehle drang ein gurgelnder Laut. Wir drehten ihn auf die Seite, und Halvor schlug ihm hart auf den Rücken, worauf Welpe eine Menge Wasser erbrach und nach Luft schnappte. Weder Messerklingen noch Meerwasser schienen dem Jarlssohn den Garaus machen zu können.

Wir zogen Welpe trockene Kleider an und wickelten ihn in eine Decke. Kurz darauf war er wieder in Fieberträumen versunken. Dieses Mal banden wir ihn an eine Ruderkiste. Als wir die Stricke festzurrten, erleichterte Welpe seine Blase in seine Kleider. Es war, als würde mit dem Harn aller Lebenswille aus ihm herausrinnen, sein Körper wurde schlaff, der Mund öffnete sich und sein Kopf kippte zur Seite.

Kurz vor der Dämmerung segelten wir in dichten Nebel hinein, mit einem Mal war es vollkommen windstill. Die Strömung wurde stärker und schob uns vor sich her. Wohin wir trieben, war schwer zu sagen, da wir uns weder an Land, Sonne noch Sternen orientieren konnten. Wir sahen immer mehr Eisberge schemenhaft im Nebel um uns herum und hörten, wie sie sich dort draußen aneinander rieben.

Die ganze Nacht trieben wir blind durch den Nebel. Bjørn und ich wechselten uns am Steuerruder ab. Aber so erschöpft ich auch war, fand ich doch keinen Schlaf. An Bord herrschte bedrückende Stille. Nur unter Deck wagten meine Männer es, sich flüsternd zu unterhalten, um Hels Tote nicht zu wecken. Die Geister der Toten. Die Frauen drückten ihre Kinder fest an sich, sie fürchteten die Wiedergänger, die im Nebel herumspukten.

Im Lichtschein der Bugfackel sah ich Messerschneiden und Axtblätter funkeln. Die Männer hatten sich bewaffnet. Aber wenn da draußen tatsächlich auf uns wartete, was sie befürchteten, würden Waffen uns kaum retten. Wenn Hel ihr Totenheer schickte, um uns in ihre finsteren, kalten Hallen hinabzuziehen, konnten wir nichts ausrichten.

Im Laufe der Nacht wurde es immer kälter, und als der Nebel sich am Morgen immer noch nicht verzogen hatte, begann ich allmählich selbst zu glauben, dass wir auf direktem Weg in Helheims frostige Hallen waren. In diesem Moment sah ich Backbord einen Seehund im Wasser. Auch Skjalm hatte ihn entdeckt, aber bis er seinen Fischspeer geholt hatte, war das Tier schon wieder verschwunden. Um uns herum trieben Eisschollen, die uns sanft mitzogen.

Die kleineren Schollen ließen sich mit den Ruderblättern wegschieben, aber der Bug hatte sich zwischen einem Eisberg und einer Eisscholle von der Größe eines Feldes verkeilt. Nachdem wir die kleineren Eisstücke weggestoßen hatten, schob sich das große Stück neben uns und drückte gegen die Bordwand.

Wieder bewies Bjørn seinen Mut. Er knotete sich ein Seil um die Brust und seilte sich auf die Scholle ab. Bewaffnet mit einer Spaltaxt machte er sich daran, das Eis zu zerhacken. Die Männer starrten ihn mit offenen Mündern an, bis ihnen klar wurde, dass mein Bruder sie alle als Memmen dastehen ließ und sie unter Deck liefen, um ihre Äxte zu holen. Mit einem Mal wollten alle gleichzeitig aufs Eis, um zu helfen. Da wir aber nicht genug Seile zum Sichern hatten, wählte ich Vidar, Halvor und fünf andere Männer aus der Jomsburg aus.

Während sie das Eis bearbeiteten, starrte Skjalm unbeirrt weiter in den Nebel. Als sie endlich eine Rinne ins Eis geschlagen hatten und Bjørn und die anderen wieder an Bord waren, begab er sich unter Deck und holte den Raben aus dem Käfig heraus.

»Ich lasse ihn frei«, sagte er und hielt den offenen Käfig am gestreckten Arm vor sich. »Wenn er zurückkommt, wissen wir, dass kein Land in erreichbarer Nähe ist. Dann kehren wir um und segeln zurück zu den Orkney-Inseln. Und von dort weiter nach Jütland. König Sven wird uns mit offenen Armen empfangen …«

»Da!«, rief einer. »Da!«

Welpe war wach geworden und zerrte an den Stricken, mit denen wir ihn festgebunden hatten.

»Schaut nach oben! Seht euch den Himmel an!«

Und wirklich, der Himmel war voller Möwen. Sie glitten durch den Nebel dicht über die Mastspitze hinweg und verschwanden wieder, doch es kamen immer neue nach.

Wir dachten in diesem Moment wohl alle dasselbe – die Vögel flogen entweder in Richtung Land oder zu den Fischgründen auf dem offenen Meer. Ich beorderte alle Mann an die Ruder, außer Bjørn und Eystein, die ich in den Bug schickte, um uns zwischen den Eisschollen durchzulotsen.

Es herrschte eine merkwürdige Stimmung an Deck, als wir schließlich die grönländische Landmasse vor uns sahen. Wir hatten uns Grönland wie eine der Inseln im Süden und Osten vorgestellt, und wegen des Namens hatten wir mit einer fruchtbaren Insel gerechnet. Aber statt endloser Grasflächen oder Bäume sahen wir nichts als Eis und Schnee.

Die Männer ließen die Ruder liegen und erhoben sich von den Kisten.

»Dieses Grünland ist aber nicht sonderlich grün«, sagte Halvor.

Skjalm wiegte skeptisch den Kopf hin und her und meinte erneut, dass wir umdrehen und zu den Orkney-Inseln zurückkehren sollten.

Ich antwortete nicht darauf, sondern änderte den Kurs, sodass wir mit der Strömung an der Küste nach Süden fuhren. Wenn wir nur weit genug kamen, würden wir früher oder später eisfreies Land finden.

Rückblickend glaube ich, dass wir zu einer Inselgruppe mit dem Namen Kulusuk getrieben wurden, die von den Isländern Gunnbjørnschären genannt wurde. Das Glück war in dieser Nacht mit uns, denn an keiner anderen Stelle gibt es so viel Treibeis wie dort. Jetzt, da wir uns mit der Strömung bewegten, stießen wir nur noch mit wenigen Eisschollen zusammen, aber trotz des Windes wagte ich es nicht, Segel zu setzen.

Ich hatte so lange am Ruder gestanden, dass ich mich kaum noch auf den Beinen halten konnte. Irgendwann am Morgen des nächsten Tages wachte ich unter Schaffellen an Welpe geschmiegt auf. Der kleine Fenris hatte sich vor meinem Bauch zusammengerollt.

Ich blieb noch eine Weile liegen, den Blick in den grauen Himmel über uns gerichtet. Als ich schließlich aufstand, sah ich Eystein am Ruder stehen. Er hatte sich in seinen Umhang gewickelt, in seinem Bart hing Reif. Er zeigte mit einem Nicken an Land, wo hinter einem Kiesstreifen und sanfteren Hügelketten schneebedeckte Berghänge zu sehen waren. Außer Eystein waren nur noch Vidar und Hutten an Deck. Sie standen im Bug und hielten Ausschau. Das Schiff trieb noch immer mit dem Strom.

Die Männer hatten offenbar in der Nacht an den Rudern gesessen. Jetzt waren sie alle unter Deck und schliefen. Ich versorgte Vingur mit Wasser und streichelte ihm übers Maul, ehe ich mich unter Deck in den vorderen Bugteil begab und das gestopfte Leck abtastete. Verwundert stellte ich fest, dass Wasser eindrang, obgleich sich das Leck oberhalb der Wasserlinie befand und das Schiff einigermaßen ruhig im Wasser lag. Das konnte nur bedeuten, dass wir tiefer lagen. Ich ging in die Mitte des Rumpfes und schob meinen Arm zwischen die gestutzten Wurzeln des Mastfußes; der Mast bestand aus einem einzigen Baum samt Wurzelballen, der in eine Mulde im Kielbalken eingepasst und zwischen den Spanten befestigt war. Das Wasser am Kielbalken reichte mir bis über den Ellenbogen.

Ich weckte ein paar Männer, damit sie mir beim Ösen halfen. Nachdem wir mehrere Eimer an Deck getragen hatten, setzte ich mich zu Sigrid, die sich achtern einen Platz beim Ziegenverschlag gesucht hatte. Da die Tiere nicht mehr an Bord waren, hatte sich der strenge Geruch verzogen. Sigrid saß an die Bordwand gelehnt und stillte unseren Jungen. Ich setzte mich vor sie an die gegenüberliegende Bordwand und schlief gleich wieder ein.

Wie lange ich geschlafen habe, weiß ich nicht. Irgendwann wurde ich von einer Hand geweckt, die mir über die Brust strich. Noch halb im Dämmerschlaf hielt ich das Ganze für einen Traum. Es war lange her, dass Sigrid mich auf diese Weise berührt hatte. Ihre Hand wanderte über meinen Bauch hinab zu den Innenseiten meiner Oberschenkel. Ich schlug die Augen auf und sah, dass es gar nicht Sigrid war, die mich streichelte, sondern das dunkelhäutige Mädchen. Erschrocken sprang ich auf. Das Mädchen zog ihr Hemd über die Hüfte nach oben und legte sich an die Stelle, an der ich gerade noch gesessen hatte.

Es verschlug mir die Sprache und ich wusste nicht, wie ich mich verhalten sollte. Es war grotesk, dass sich dieses Kind wie eine erwachsene Frau anbot. Ich stieß Sigrid mit der Fußspitze an und weckte sie, worauf das Mädchen das Hemd wieder herunterzog.

»Hast du das gesehen?«, fragte ich Sigrid. »Hast du gesehen, was sie getan hat?«

Sigrid war müde, wahrscheinlich hatte sie unseren Sohn im Laufe der Nacht mehrmals gestillt. Sie drehte sich unter ihrer Wolldecke auf die andere Seite, drückte den Jungen an die Brust und schlief weiter.

Später am Tag erlösten wir das Mädchen von dem Sklavenring. Es schrie, als Hutten mit seinem Schmiedehammer kam und zappelte wie ein Ferkel. Hutten hatte seinen Ambossstein mitgenommen, er lag zwischen den anderen Steinen unten am Kielbalken. Bjørn, Skjalm und Vidar hielten das Mädchen an Armen und Beinen fest und ich drückte ihren Kopf und Nacken auf den Stein, damit Hutten den Bolzen aus dem Sklavenring schlagen konnte.

»Du bist frei«, sagte ich, als Hutten ihr den Ring vom Hals nahm. »Du bist keine Sklavin mehr.«

Wir ließen sie los, und sie starrte uns an, rieb sich Nacken und Hals und lief weg.

5
Brattli

Wir folgten der grönländischen Küste nach Süden. Eine kargere Landschaft hatten wir nie gesehen. Das bisschen eisfreies Land, das es gab, war zwischen den schneebedeckten Bergen und der Küste eingezwängt. In den Tälern zogen sich große Gletscher bis nach unten ins Meer. Sie sahen wie die Arme mächtiger Eisriesen aus, und einmal beobachteten wir, wie ein Berg aus Eis abbrach, ins Meer kippte und eine zwei Meter hohe Welle in Richtung Schiff schickte.

Siedlungen sahen wir keine, aber wovon sollten die Menschen hier auch leben? Es gab keine Weideflächen. Vielleicht ging es an, sich an der Küste irgendwie ein Heim zu bauen und von Seehundjagd und Fischfang zu leben, aber ein gutes Leben wäre das nicht. Ich sah die Frauen an der Reling stehen und kopfschüttelnd auf das Land starren. Es war so ganz anders als das Grönland, das sie sich vorgestellt hatten.

»Im Süden wird es bestimmt besser«, meinte Halvor und fügte hinzu, dass Grönland ja als sehr große Insel galt.

Knapp einen Tag, nachdem wir die Küste erreicht hatten, ließ ich die Männer die Ruder einholen. Die Eisberge und Schollen waren nicht mehr so dicht. Das Segel wurde gehisst, und da der Wind aus Südwesten kam, mussten wir östlich dagegen ankreuzen. Auf diese Weise entfernten wir uns etwas weiter von dem Land. Mir war das nur recht, denn so hatten meine Leute nicht länger diese Eisöde vor Augen. Ich ahnte, dass wir zu weit nördlich waren. Wenn wir also ein paar Tage den Kurs hielten und dann Richtung Westen kreuzten, kamen wir weiter südlich vielleicht in etwas weniger karge Regionen.

Ich holte Sigrid zu mir und erzählte ihr von meinem Erlebnis mit dem Mädchen. Ich konnte nicht begreifen, wie ein Kind sich einem Erwachsenen auf diese Weise anbieten konnte. »Vermutlich kennt sie nichts anderes«, sagte Sigrid. »Wir müssen ihr Zeit geben, dann wird sie schon verstehen, wie alles bei uns läuft.«

Sigrid war klug. Manchmal denke ich, dass ich in meinem Leben klügere Entscheidungen gefällt hätte, hätten die Nornen Sigrids Lebensfaden nur etwas länger gesponnen.

Die grönländische Küste war auch im Süden nicht gastfreundlicher. Jedes Mal, wenn wir an Land etwas anderes als Schnee oder Gletscher sahen, war die Küste so vereist, dass wir sie nicht erreichen konnten. Inzwischen wurde das Frischwasser rar und ich bemerkte, dass sich auch die Laune der Männer immer weiter verfinsterte. Sie saßen mit düsteren Blicken an Deck und steckten murmelnd die Köpfe zusammen. Auch Welpe ging es mit einem Mal wieder schlechter, er bekam Wundfieber, weinte wie ein kleiner Junge und jammerte, dass er das nicht verdient habe, er hätte doch nichts Falsches getan. »Nein«, keuchte er. »Nein, Vater!« Wer bei ihm saß ahnte, dass der Insel-Jarl ein mehr als strenger Vater gewesen war.

Wir wussten zu diesem Zeitpunkt noch nicht, wie groß Grönland war. Wir hatten keine Ahnung, dass wir uns noch immer im Bereich der wilden Ostküste befanden, wo niemand segeln sollte. Später erfuhr ich, dass einige der Männer auf dem Gut mit den Isländern gesprochen und von Snøbjørn Galte gehört hatten, der vor zwanzig Jahren diesen Kurs eingeschlagen hatte. Seither war er von niemandem mehr gesehen worden, es hieß aber, dass die

Fischer hin und wieder sein Schiff sähen, wenn sie weit genug nach Westen segelten. An Bord soll Snøbjørn noch immer am Steuer gestanden haben, nur dass ihm das Fleisch von den Knochen gefallen und die Haut vertrocknet war. Er war ein Geist geworden, und wer ihn sah, sollte sofort umkehren, wenn ihm das Leben lieb war.

Halvor mochte dieses Gerede nicht und begann wieder von den Lärchenstämmen zu sprechen, die wir finden und mit denen wir neue Schiffe bauen würden. Er öffnete den Lederbeutel an seinem Gürtel, in dem er vier Silberlinge verstaut hatte, die er in die diesige Sonne hielt. »Ich werde ein reicher Mann werden«, sagte er, sodass alle ihn hörten. »Ja, wenn wir Schiffe an die Grönländer verkaufen, werden wir *alle* reich.«

Skjalm brummte verärgert, dass wir die ja wohl erst finden müssten, und Eilef Taske kratzte sich seinen dicken, roten Bart und stimmte ihm zu. »Wir sollten zurück nach Island segeln«, fügte er hinzu, »irgendwo an Land gehen, wo keine Menschen sind und die Wassertonnen füllen. Und danach wäre es sicher das Beste, zu Gabelbart zurückzukehren! Er wird uns mit Silber bezahlen, wenn wir ihm die Treue schwören.«

Halvor, Eilef, Skjalm und Skjalms Frau Ylla begannen zu streiten und ich hörte, wie Halvor sie Feiglinge schimpfte. Als Skjalm die Hand auf den Knauf seines Messers legte, kam Bjørn zu mir und sagte, ich sollte die Männer an die Ruder rufen, damit sie zur Ruhe kämen. Aber da spürte ich einen Windhauch und als ich den Blick hob, sah ich im Westen dunkle Wolken aufziehen. Der Wind drehte, die Rah schlug herum und das Segel drückte sich gegen den Mast.

Wir ließen die Rah herab, rollten das Segel ein und legten die Ruder aus. Eystein band Vingur fest, sodass er sicher in seinem Viereck stand. Dann wurden Fenris und Skjalms Hund nach unten gebracht. Nie zuvor habe ich einen Sturm so rasch aufziehen sehen, sodass wir alles daransetzen mussten, das Schiff schnellstens auf das offene Meer zu rudern, wollten wir nicht zurück ins Treibeis geraten und zwischen den Schollen zermalmt werden.

Den ganzen Tag über ruderten wir gegen Wind und Wellen an. Als sich die Dunkelheit über uns senkte, wurde der Sturm nochmals stärker. Die Wellen, die auf uns zurollten, reichten eine Mannslänge über den Bugsteven, weshalb ich nur gegen diese Ungetüme ansteuern konnte, wenn ich nicht riskieren wollte, dass das Schiff kenterte. Sigrid war längst unter Deck verschwunden und half den anderen Frauen beim Ösen. Nicht nur durch den Riss im Rumpf drang Wasser ein, immer wieder schlugen auch Wellen über die Bordwand und klatschten auf das Deck und über Vingur. Ich hatte jeden Mann an den Rudern, außer Bjørn, der mit mir am Steuer stand. Es war schwer, bei dieser See zu steuern, sodass wir Schulter an Schulter arbeiten mussten.

In dieser Nacht wurden wir alle von der Angst gepackt. Die Männer ruderten mit blutigen Händen, und Arme und Beine schmerzten vor Erschöpfung, doch alle wussten, dass sie erst ruhen durften, wenn der Wind nachließ. Bjørn und ich kämpften mit dem Steuerruder und auch wir wussten, dass wir das Leben aller an Bord in den Händen hielten. Das Meer wurde im Laufe der Nacht immer wilder. Bis heute erinnere ich mich an die Wand aus Wasser, die sich immer wieder vor dem Schiff auftürmte. Wir umklammerten das Steuerruder, schoben es hin und her und taten unser Bestes, um den Bug auf die Wellen auszurichten. Trotzdem war es mitunter reines Glück, dass wir nicht kenterten. Noch immer trieben Eisschollen an uns vorbei, einige davon so dicht, dass sie an den Schiffsplanken entlangschrammten.

Irgendwann im Laufe der Nacht mussten wir das Eismeer hinter uns gelassen haben, denn mit einem Mal hörten wir nichts mehr. Die Götter mussten uns allen an Bord wirklich ein anderes Schicksal zugedacht haben, als vor Grönland zu ertrinken, denn als die Sonne irgendwann wieder aufging, waren wir noch am Leben, und mit dem Morgen ließ der Wind ebenso rasch nach, wie er gekommen war.

Die Männer holten die Ruder ein und legten sich auf die Decksplanken. Sie waren erschöpft und bis auf die Knochen durchnässt. Nur Bjørn und ich hielten uns noch eine Weile auf den Beinen. Ich fürchtete, dass Vingur tot war, denn das große Tier war zusammengesackt und hing in den Bauchseilen. Doch als ich meine Hand in seinen Nacken legte, zuckte das Pferd zusammen. Er bekam die Beine unter sich und trat wiehernd aus. »Bald«, sagte ich. »Bald können wir an Land gehen.«

Wir befanden uns wieder weit draußen auf dem Meer, und die Küste war nirgends zu sehen. Ich ging unter Deck nach achtern und hockte mich neben Sigrid und unseren Sohn. Sigrid legte den Kopf zur Seite und strich eine ihrer roten Locken aus dem Gesicht. »Dein Mund lächelt«, sagte sie. »Aber deine Augen wollen schlafen.«

Ich stand auf und ging zu den Hühnern. Sie gackerten wie immer in ihren Käfigen, als hätten sie den Sturm gar nicht bemerkt. »Jemand muss steuern, Sigrid. Wir können uns nicht einfach treiben lassen.«

Das waren große Worte für einen Mann, der vor Erschöpfung kaum noch stehen konnte. Ich ging wieder nach oben und weckte einige der Männer, und gemeinsam zogen wir die Rah hoch. Mit gutem Wind segelten wir weiter nach Süden.

Bald darauf stand ich allein am Ruder. Bjørn legte sich hin und schlief. Frauen und Kinder blieben noch unter Deck, auch sie hatten während des Sturms kaum geschlafen. An diesem Tag segelte ich das Schiff allein, und nur selten war das Meer so schön wie damals. Die Wellen waren lang und weich, der Wind gleichmäßig und genau so stark, dass er die Wasseroberfläche leicht kräuselte. Ich zog die nassen Kleider aus und stand eine Weile nackt am Steuer, bis mir das Sklavenmädchen einfiel und ich mir wieder etwas um die Hüften band.

Wie lange ich dort am Ruder stand, weiß ich nicht. Ich erinnere mich an die großen, glänzenden Körper, die auf der Steuerbordseite die Wasseroberfläche durchbrachen; sie waren so nah, dass ich den Dampf spürte, den sie durch ihre Atemöffnungen bliesen. Ich dachte, dass mein Vater stolz auf all das gewesen wäre, und steuerte schließlich Richtung Westen. Wir mussten baldmöglichst an Land, um unsere Tonnen zu füllen. Das Wasser musste salzig geworden sein, nachdem die Gischt die ganze Nacht über auf die Tonnen getroffen war. Wir hatten zwar Felle darüber gebunden, aber nicht wenige davon waren vom Sturm weggerissen worden, und legte sich das Salzwasser erst auf die Deckel, sickerte es auch hinein. Wir hatten noch Tonnen unter Deck, doch die reichten nur für wenige Tage.

Nach einer Weile musste ich eingeschlafen sein, denn als Nächstes erinnere ich mich daran, dass ich an der Reling aufwachte und ein Fuß gegen mein Bein trat. Halvor stand nackt und vernarbt vor mir, in der Hand einen Eimer. »Ein gutes Schiff, das Gabelbart uns da gegeben hat. Es steuert sich sogar selbst in Richtung Land.«

Dann trat er einen Schritt zurück und leerte den Eimer über seinem Kopf aus.

Ich rappelte mich auf. An Steuerbord war Land zu erkennen. Halvor zog sich an und weckte die Männer. Auch Frauen, Kinder und Hunde kamen an Deck. Ich nahm Kurs auf die Landzunge und mit einem Mal sah es so aus, als hätten wir das Südende der Insel erreicht.

Die Entfernung bis zur Küste erwies sich als größer als erwartet, sodass der Tag schon weit fortgeschritten war, als wir sie endlich erreichten. Wir segelten weiter nach Westen, und bald darauf sahen wir die ersten Fjorde. Die Südspitze von Grönland besteht nicht aus windgepeitschten Schären, wie die Menschen glaubten. Lange Fjorde teilen hier das Land in viele windgeschützte Buchten. Trotzdem waren weder Menschen noch Siedlungen zu sehen. Am ersten Tag wagten wir uns noch nicht in die Fjorde hinein. Wir fürchteten, eingesperrt zu werden, sollte der Wind drehen und das Eis, das wir im Norden gesehen hatten, nach Süden treiben. Ich wusste aber, dass wir bald an Land mussten. Sigrid hatte das Wasser in den Tonnen probiert und konnte bestätigen, was ich bereits befürchtet hatte. Es schmeckte salzig.

Als es dunkel wurde, beratschlagten wir uns am Mast. Halvor meinte, wir sollten an Land gehen, sobald es hell wurde. Dieses Land würden wir verstehen, es sähe ja so aus wie weite Teile von Norwegen.

Wir ließen das Schiff die ganze Nacht über treiben. In der Morgendämmerung legten wir die Ruder aus und steuerten die breiteste Fjordöffnung an, die wir sehen konnten. Sie lag zwischen zwei Bergen, die wie schlecht aufgespannte Zelte aussahen. Sigrid stand bei mir auf dem Achterdeck, und als wir ein Stück in den Fjord hineingefahren waren, zeigte sie an einen leicht geneigten Hang und fragte, ob das die grünen Ebenen seien, die Grönland den Namen gegeben hätten. Tatsächlich wuchsen dort Gras und niedrige Birken.

Der Fjord teilte sich etwas weiter landeinwärts in vier Arme auf. An den Hängen waren einzelne Bäche zu erkennen. Ich blieb an Bord, als Bjørn, Eystein, Eilef Taske und Vidar das Beiboot nahmen und an Land ruderten. In der Zwischenzeit warfen wir Leinen aus und Skjalm fing gleich darauf einen armlangen Hai.

Er packte ihn am Schwanz und schlug ihn wie eine Keule gegen den Schiffsrumpf, doch nach mehreren Schlägen zappelte der Fisch noch immer, was Skjalm in lautes Gelächter ausbrechen ließ. Ich ging zu ihm, woraufhin er sein Messer zog und es dem Hai in den Schädel rammte. Kein Mann soll Tiere quälen, das hatte Vater Bjørn und mir schon beigebracht, als wir noch Kinder waren. Alles andere war jämmerlich.

Wir füllten die Wassertonnen und lagen im Fjord vor Anker, wo wir Fisch um Fisch an Deck zogen, bis die Nacht hereinbrach. Es war windstill, sodass wir mit Fackeln noch weiter fischen konnten. Die Männer leuchteten in das Wasser und große Fische stiegen neugierig herauf, sodass wir sie mit Speeren fangen konnten. Sie wurden an Deck gehievt, geschlachtet und sogleich über dem Feuer geräuchert.

Am Morgen danach brachen wir wieder auf. Wir hatten keine Ahnung, was uns an der Küste weiter westlich erwartete, weshalb ich mit Bjørn vereinbarte, in diesen Fjord zurückzukehren, sollten wir die Siedlung von Erik dem Roten nicht in den nächsten zehn Tagen finden. Hier gab es auf jeden Fall Frischwasser und Fisch.

Über die weitere Reise gibt es nicht viel zu sagen, außer vielleicht, dass es in Grönland mehr Fjorde als in Norwegen gibt und die Berge ringsherum höher sind. Unter denen, die nie dorthin gesegelt sind, heißt es, dass Riesen im Reich von Erik dem Roten herrschen. Aber dieses Wort wird auf Grönland auch gerne für Gletscher und Eis genutzt, und dass Letzteres Schiffe zermalmen kann, war uns deutlich vor Augen geführt worden. Das musste also nichts mit Thors Feinden zu tun haben.

Wir segelten zwei Tage lang bei gutem, ablandigem Wind in Richtung Nordwesten. Es gab kaum Eisberge oder Schollen. Am dritten Tag änderte sich das Wetter abrupt, der Wind drehte auf

Nord und es wurde kälter. Wieder suchten wir Schutz in einem Fjord, den wir gerade noch erreichten, bevor der nächste Sturm hereinbrach. Wir segelten in eine Bucht und vorbei an einer Felswand, die so steil war, als hätten Odin und seine Söhne sie gerade erst zurechtgehauen. In dem danach abzweigenden Seitenarm war das Wasser so klar, dass wir den Anker bis zum Grund verfolgen konnten.

Wieder hielten wir Rat am Mast. Ich sagte, dass ich mich an Stelle von Erik dem Roten im südlichen Teil der Insel niedergelassen und diese Fjorde ausgekundschaftet hätte. Hier fanden Handelsschiffe Schutz vor dem Sturm, und der Boden auf der Leeseite der Berge schien nutzbar zu sein. Je weiter nach Norden wir kämen, desto kälter würde es werden, meinte auch Bjørn. Korn und Heu wären bald aufgebraucht, weshalb wir Vingur an Land bringen und Gras für die weitere Reise sammeln mussten. Niemand an Bord widersprach uns.

Wir lagen die Nacht vor Anker und ruderten am nächsten Morgen weiter in den Fjord hinein. Rah und Segel ließen wir herab, denn der Wind war noch stark. Die Fallwinde, die von den Bergen kamen, drückten den Schiffsrumpf immer wieder zur Seite. Der Fjord teilte sich bald darauf in viele Arme auf. Um uns herum gab es so viele Inseln, dass man mehrere Hände brauchte, um sie zu zählen. Die Inseln waren karg und vegetationslos, aber auf einigen lagen Seehunde, und Vidar meinte, vor dem Bug ein Walross mit langen Stoßzähnen gesehen zu haben. Er wollte, dass ich das Schiff wendete, damit wir das Beiboot zu Wasser lassen und auf die Jagd gehen konnten. Ich aber hielt den Kurs in nordöstlicher Richtung und warf immer wieder einen Blick hinauf zu den Berghängen. Würde ich hier leben, dachte ich, würde ich meine Tiere dort weiden lassen, das Gras sah grün und saftig aus.

Dass Grönland nicht einfach eine Insel, sondern ein ganzes Inselreich ist, ahnten wir nicht einmal. Aber niemals mehr sahen wir so viele Schären und Holme wie dort. Hinter jeder Anhöhe gab es windgeschützte, grasbewachsene Hänge, sodass ich mich zu fragen begann, ob die eisige Einöde, auf die wir zuerst gestoßen waren, gar nichts mit den Inseln zu tun hatte, zwischen denen wir nun herumsegelten.

Am Abend des zweiten Tages gingen wir an Land, aber da wir keinen flachen Strand fanden, musste Vingur noch an Bord bleiben. Als ich meinen Fuß zum ersten Mal auf grönländischen Boden stellte, wurde mir warm ums Herz, denn es war schön, wohin man sich auch wendete. Ich glaube, alle an Bord empfanden das so. Wir kletterten an einem Seil vom Bugsteven nach unten und standen mit einem Mal im kniehohen Gras. Sigrid zog die Schuhe aus und setzte sich mit unserem Sohn auf dem Schoß hin.

»Das ist ein guter Ort«, sagte sie und sah zu mir auf. Ich nickte. Ein guter Ort. Aber er war karg, Bäume gab es keine. Und wenn der Winter kam, würden die Fjorde zufrieren? Konnten wir das aushalten?

Bei Tagesanbruch kümmerten wir uns um Welpe. Er hatte noch immer Fieber, aber seine Wunde war sauber und ohne Eiter, sodass die Frauen ihn mit warmem Wasser wuschen und ihm saubere Kleider anzogen, bevor er wieder auf eine Ruderkiste gesetzt wurde. Er wollte es so, um über die Reling blicken zu können und dieses neue Land zu sehen. Er wollte sich vergewissern, dass es wirklich so grün und fruchtbar war, wie er gehofft hatte. Bjørn und ich standen eine Weile bei ihm. Welpe blieb stumm, bis er uns irgendwann bat, ihn wieder an den Mast zu legen und ihm ein paar Decken zu bringen. Wir halfen ihm und Fenris legte sich zu ihm. Mir wurde bewusst, dass dieser Mann, den ich verachtet hatte, als er noch Handlanger und Steuereintreiber seines Vaters gewesen war, inzwischen ein guter Freund geworden war. Ich sollte Odin oder vielleicht einem der anderen Götter etwas opfern, wusste aber nicht wem, denn Vater hatte uns über die Götter nicht viel gelehrt. Meistens hatten wir nur von Odin und dessen Söhnen gehört, und von Njörd, Freyr und Freya, aber keiner davon war ein Gott oder eine Göttin der Heilkunst. Ich ging zu Sigrid und fragte sie leise, stets darauf bedacht, dass die anderen Männer nicht mitbekamen, dass ich so wenig über die Götter wusste, schließlich war ich der Häuptling des Schiffes. Sigrid meinte, ich solle zu Eir opfern, wenn ich wollte, dass Welpe gesund wurde. Sie sei eine Ase und gelte als beste Heilerin. Das hätte ihre Mutter immer gesagt und als ihre Schwester einmal Ausschlag und Fieber bekommen habe, hätte ihre Mutter Eir ein Huhn geopfert und tags darauf wäre es ihrer Schwester wieder gut gegangen.

Ich war nie ein großer Freund von Opferungen und wollte auch keines der Tiere an Bord töten. Die Hühner waren wichtig für uns. Sobald wir in Vinland waren, wollten wir den Hahn auf sie loslassen, damit sie sich kräftig vermehrten. Vielleicht konnte ich etwas Bier opfern, ich war mir sicher, dass die Jomswikinger und vielleicht auch Hutten irgendwo noch etwas versteckt hatten.

Einige der Männer kamen auf die Idee zu baden, denn nach dem Sturm stanken wir alle nach Schweiß und Erbrochenem, und das klare Wasser und die warme Sonne luden geradezu ein. Hutten und Vidar waren die ersten, sie streiften sich die Kleider ab und standen gleich darauf nackt auf der Reling: Die beiden groben, haarigen Männer landeten mit dem Hinterteil im Wasser. Die anderen wollten ihnen in nichts nachstehen, legten ebenfalls die Kleider ab und sprangen ins Wasser. Sigrid lächelte mir zu, sie sah, dass ich es ihnen gleichtun wollte. »Los«, sagte sie. »Ich will keinen schmutzigen Ehemann.«

Über die grönländischen Fjorde kann ich nur sagen, dass

man nirgendwo auf der Welt reineres Wasser findet. Es ist kalt und es wird niemals warm wie an anderen Küsten, da beständig Schmelzwasser von den Gletschern herabfließt. Ich kam wieder hoch und schnappte nach Luft. In diesem Moment stand Gislaug oben auf der Reling, neben ihr die Hunde, und kippte die Asche aus dem Feuerfass über uns aus. Jetzt sollten wir uns sauber schrubben, meinte sie lachend.

Wir sammelten die Asche von der Wasseroberfläche und schrubbten uns damit unter den Armen und hinter den Ohren. Auch die Bärte wurden gründlich gewaschen. Dann tauchten wir wieder unter, und da das Wasser so klar war, sah ich, wie sehr der Rumpf unseres Schiffes unter dem Treibeis gelitten hatte. Auch Ruder und Kielbalken hatten in Höhe der Wasserlinie tiefe Kratzer. Die Schiffsplanken selbst sahen aber noch gut aus. Außer dem bekannten Schaden fand ich keine weiteren gerissenen oder losen Planken.

Wir blieben nicht lange im Wasser. Taue wurden über die Reling gehängt und wir kletterten nach oben und rubbelten uns mit unseren Decken trocken. Auch wenn wir nicht reich waren, hatten die meisten von uns zwei Sätze Bekleidung mitgenommen. Wir zogen saubere Sachen an und aßen Grütze, um wieder warm zu werden. Ich redete mit Bjørn darüber, dass sich unsere Kornvorräte viel schneller leerten, als ich angenommen hatte. Es gab ein paar wenige Säcke, die wir noch nicht angerührt hatten, doch das war das Saatgut für die neue Erde. Dort im Westen sollte man den Pflug einfach durch den Boden ziehen können, hatten wir gehört. Ohne Steine oder Wurzeln. Ich fragte ihn, ob es wirklich sein könnte, dass dort auch Trauben wüchsen, wie in den Ländern, die an das Reich der Blaumänner grenzten.

»Das ist mir erzählt worden«, sagte er mit einem Nicken. »Trauben, wie in den Ländern des Südens.«

Wir fuhren weiter den Fjord hinauf. Er war ziemlich gerade

und führte uns in nordöstliche Richtung. Nördlich von uns lag ein Hang, der in eine steinige Anhöhe mündete, während an seinem südlichen Ufer Eisschollen und kleinere Eisberge trieben. Bald darauf teilte der Fjord sich erneut: Ein Arm führte um einzelne große Schären herum und dann weiter nach Nordosten, während der andere Arm nach Osten abknickte.

Bjørn trat an die Reling. »Da drüben, Torstein«, sagte er und streckte den Arm aus. »Siehst du die?«

Oben am Hang grasten Schafe. Ich zählte fünf Tiere, zwei davon schienen Lämmer zu sein.

Hutten kam zu uns und stützte sich mit den Fäusten auf der Reling ab. »Wo Schafe sind, sind auch Menschen.«

»So ist es«, erwiderte ich. Ich spürte den Wind auf dem Fjord. Er kam uns genau entgegen. Die Luft war kalt, als wollte das Land mich daran erinnern, dass es hier keine Gnade gab und Winde und Winter mehr als streng waren. Es war ein Land für harte Menschen. Ich rief den Männern zu, fester zu rudern, damit wir den Anker werfen konnten, bevor die Nacht hereinbrach.

Ich hielt das Langschiff einen Pfeilschuss von der westlichen Küste entfernt, und bald darauf konnte ich am Hang sogar Kühe ausmachen. Dann ein Haus, es schien aus Steinen und Torf errichtet worden zu sein, und hob sich kaum vom Hang ab.

Wir ankerten und betrachteten den Ort, zu dem wir gekommen waren, eine Weile von der Reling aus. Hinter dem Strand lag eine grasbewachsene Ebene. Ein paar kleinere Ruderboote waren an Land gezogen worden, und auf dem Strand liefen die Menschen zusammen. Männer, Frauen und Kinder. Bald darauf ließen einige ein Boot zu Wasser und ruderten auf uns zu. Zuerst saßen sie schweigend im Boot und nahmen uns in Augenschein, bevor einer das Wort an uns richtete. »Seid ihr gekommen, um den Mönch zu holen?«

Die Männer sahen mich an, ich stand noch immer achtern am Ruder. Sigrid stellte sich neben mich. »Frag sie erst, ob sie Christen sind. Und ob sie Neuigkeiten aus Island haben.«

Sigrid war wirklich wortgewandter als ich, und vielleicht auch klüger, denn diese Dinge mussten wir tatsächlich wissen, bevor wir an Land gingen. Sollte ein Schiff ausgesandt worden sein, um Kunde zu tun, was wir in Island getan hatten, könnte dieses bereits eingetroffen sein. Insbesondere wenn die Seeleute das Meer und die Strömungen kannten. Schließlich wollten wir nicht an Land gehen und in die Arme von Männern laufen, die auf Rache sannen.

Einer der Männer im Ruderboot war ein magerer, vernarbter Mann. Er trug ein ledernes, knielanges Gewand, und als ich ihn fragte, ob er Christ sei, schüttelte er den Kopf. »Aber die Frau von Erik ist Christin«, fügte er hinzu und nickte in Richtung Land. »Wir hatten gehofft, dass endlich jemand kommt und ihren Mönch holt. Erik sagt … nein, das geht euch nichts an. Es ist das Beste, wenn ihr an Land kommt.«

»Habt ihr Neuigkeiten von Lysvett?«, fragte ich.

»Wollt ihr schon wieder Steuern eintreiben? Seid ihr deshalb gekommen? Wir sind in Eriksfjord! In Grönland. Lysvett hat hier nichts zu sagen.«

»Nein«, erwiderte ich. »Wir sind nicht gekommen, um Steuern zu fordern.«

Halvor trat zu mir. »Steuere den Strand dort an, Häuptling«, murmelte er, »und lass das Reden. Die Worte, die man nicht ausgesprochen hat, kann man nicht bereuen.«

Ich nickte den Männern zu. Sie tauchten die Ruder ins Wasser und ich steuerte in Richtung Strand. Bjørn rief vom Bug zu mir herüber, dass der Boden sandig sei. Ich konnte bis dicht ans Land fahren.

Als sich der Kielbalken in den Sand grub, waren die Männer

in dem kleinen Ruderboot bereits wieder am Ufer und die Menschen zogen sich ein wenig zurück. Ich sah Messer an ihren Gürteln, und einige hielten Harpunen in den Händen. Es waren mittlerweile dreißig bis vierzig Menschen. Die meisten trugen Lederkleider, sogar die Frauen. Unter ihnen waren auch ein paar kleinere Gestalten, die ich erst für Kinder oder Halbwüchsige hielt und die nicht mehr als einen Lendenschurz trugen. Dann bemerkte ich, dass einige von ihnen Brüste hatten. Das waren keine Kinder, sondern erwachsene Frauen und Männer, die aber einen seltsamen Anblick boten, da ihre Augen nur schmale Striche zu sein schienen. Ihre Haut war gelb und die Haare ähnlich schwarz wie bei dem Mädchen, das ich vor dem Isländer gerettet hatte.

Gemeinsam mit Bjørn und Halvor trat ich in den Bug. »Wir haben einen Verletzten an Bord«, sagte ich. »Er braucht Hilfe.«

Der Mann, der aus dem Ruderboot mit uns gesprochen hatte, sagte: »Wir haben eine Heilkundige unter uns. Bringt den Verletzten an Land, bevor Tjodhild kommt.«

Halvor trat neben mich. »Wer ist Tjodhild?«

»Tjodhild Jørundsdatter ist die Frau von Erik. Und sie will von der Heilerin nichts wissen.« Er legte einem der kleinwüchsigen Schwarzhaarigen die Hand auf die Schulter und sagte etwas zu ihm, woraufhin sich der Mann zu einem sehr schmalen Boot begab, das ganz aus Leder zu bestehen schien. Er nahm ein Bündel Kleider aus der Öffnung und zog sie an: Stiefel, Wams und Hose schienen aus Seehundfell zu sein. Dann schob er das Boot ins Wasser, bis es ihm zu den Knien reichte und schob sich mit den Beinen voran in die schmale Öffnung des Bootes. Er löste ein Brett, das auf dem schmalen Deck festgebunden war und an beiden Enden Ruderblätter hatte. Damit paddelte er abwechselnd rechts und links und war überraschend schnell weit draußen auf dem Fjord.

Der Mann auf dem Strand sagte uns, sein Name sei Tjore, und

er sei ein freier Mann mit eigenem Hof. Er zeigte den Hang hinauf, wo weitere Häuser und Schuppen lagen. Alle Wände schienen aus Steinen errichtet zu sein, die Dächer waren mit Torf gedeckt. »Erik ist in Trauer«, berichtete Tjore, »und spricht derzeit kaum. Aber ihr seid willkommen, und der Verwundete bekommt ein Dach über dem Kopf und ein Bier, wenn er will. Uyavik holt die Heilerin«, sagte er und zeigte auf den Fjord hinaus, den der kleine Mann mit erstaunlicher Geschwindigkeit überquerte.

Ich weiß, dass man über die Grönländer sagt, sie seien grob und dumm und nur dann gastfreundlich, wenn man Waren mit sich führt, die sie brauchen können. Ich kann nur sagen, dass sie ihr Bestes gaben, um mir und den meinen zu helfen. Als wir Welpe an Land hatten, wurde er sogleich in ein Haus getragen. Bjørn, Eystein und ich folgten ihm. Wir wurden in Tjores Langhaus geführt, der sich entschuldigte, dass es drinnen so dunkel und eng war und er keinen Tisch hatte, an den wir uns setzen konnten. Trotzdem sei es das Beste, wenn wir bei ihm blieben, erklärte er, denn Tjodhild hege eine Abneigung gegen die Heilerin, weshalb wir den Verwundeten nicht in das Haus des Häuptlings bringen könnten.

Tjores Langhaus war bei Weitem nicht so schlecht, wie er es machte. Es hatte zwar keinen Langtisch, aber an der Wand führte eine Bank entlang, auf der Felle lagen, und unter der Decke hingen Hunderte von geräucherten Fleisch- und Fischstücken. Welpe wurde neben dem Feuer abgelegt. Eine Frau kam, blies Leben in die Glut und legte neuen Torf auf, sodass gleich darauf saurer Rauch zur Deckenluke aufstieg. Die Flammen loderten nicht empor, sondern leckten langsam an den Seiten des Torfs. Trotzdem war es durch die geöffnete Tür hell genug. Außerdem waren an der Seite des Hauses für den Sommer einige Steine entfernt worden, damit mehr Licht hereinfiel.

Kurz darauf bekamen wir Gesellschaft von drei jüngeren Männern, einem dunkelhäutigen Jungen und einem halbwüchsigen Mädchen. Tjore erzählte uns, dass das seine Kinder und Enkelkinder seien. Was den dunkelhaarigen Jungen anging, so rechnete er auch ihn als seinen Sohn, auch wenn sie nicht vom selben Blut seien, ergänzte er. »Er heißt Kutnak«, sagte er. »Wir nennen ihn aber alle Knut. Wir haben ihn oben im Eismeer gefunden, nördlich von Vestbygda. Ein Bär hatte ihm beide Beine gebrochen und seinen Vater getötet.«

Wir sagten nichts dazu. Was sollten wir auch sagen? Wir wussten, dass dieses Land hart war und konnten nur hoffen, dass die Inseln im Westen etwas gastlicher waren.

»Der Junge ist ein Skræling«, fügte Tjore hinzu. »So nennen wir das Volk, das hier oben wohnt. Wenn du mich fragst, ist aber nichts falsch daran, ein Skræling zu sein. Sie sind gute Menschen und haben mir nie etwas zuleide getan.«

In diesem Moment trat eine Frau ins Langhaus. Sie trug ein fein gewebtes blaues Kleid und einen Umhang über den Schultern. An einer Kette um ihren Hals hing ein Schlüssel. Ihr Gesicht war streng und wettergegerbt, ihre Haare hatte sie zu zwei langen Zöpfen geflochten. Sie stellte sich auf die andere Seite der Feuerstelle und musterte Welpe, Eystein, Bjørn und mich. Dann wandte sie sich an Tjore. »Was sind das für Menschen?«

Tjore blieb ihr die Antwort schuldig, räusperte sich und zog die Schultern etwas hoch. Die Frau kratzte sich an der großen, hakenförmigen Nase und zeigte auf Welpe. »Ist das der, über den geredet wird?«

»Das ist der Jarlssohn von den Orkney-Inseln«, sagte Bjørn. »Er ist verletzt und braucht Hilfe.«

Die Frau kam zu uns und sah sich Welpe genauer an. »Wie ich gehört habe, sind die Bewohner der Orkney-Inseln mittlerweile gute Christen. Ich habe den Mönch gerufen. Er wird für euren Freund beten.«

»Er braucht Pflege«, kam es von Eystein. »Keine Gebete.«

»Nur Gott kann heilen«, antwortete die Frau. »Also beten wir.«

Die Frau setzte sich auf eine der Bänke an der Wand, faltete die Hände und hielt sie sich unter das Kinn. Tjore kam zu uns und flüsterte, das sei Tjodhild, die Frau von Erik, ihrem Häuptling. Er hätte nicht gewollt, dass sie kommt, aber daran sei jetzt nichts mehr zu ändern. Er hatte die Worte kaum ausgesprochen, als ein dicker Mann in die Türöffnung trat. Er trug eine Mönchskutte und einen Gürtel mit allerlei Beuteln und Taschen. Bjørn, Eystein und ich starrten den Mann mit offenen Mündern an, denn der runde Kopf hatte weder Haare noch Bart. Überdies war der Mann so dick, dass ich das Gefühl hatte, es nicht mit einem Menschen, sondern mit irgendeinem seltsamen Meereswesen zu tun zu haben. Dann begann er auf einer Sprache, die ich nicht verstand, seltsame Wörter auszuspucken, ehe auch er sich auf die Bank fallen ließ, eine lederne Flasche von seinem Gürtel löste und ausgiebig trank, bevor er die gefalteten Hände in den Schoß legte.

Bjørn und Eystein blieben bei Welpe sitzen. Ich ging nach draußen. Ich wagte es nicht, Sigrid und den Jungen länger allein auf dem Schiff zu lassen, dafür waren mir hier zu viele Menschen, die ich nicht kannte. An Bord erzählte ich Halvor von dem Mönch, der daraufhin fluchend über die Reling spuckte.

»Da kriegt Welpe keine Hilfe«, meinte er. »Ich habe früher schon mit solchen Leuten zu tun gehabt. Die hocken nur auf ihren Ärschen und beten ihren Gott an.«

Der Tag war mittlerweile weit fortgeschritten und das gute Wetter, bei dem wir in den Fjord gerudert waren, ging zu Ende. Regenwolken trieben heran und mit ihnen kam Wind auf, der so heftig wurde, dass er die Spitzen von den Wellen riss und die Gischt über den Fjord trieb. Der Anker, den wir achtern geworfen hatten, löste sich und das Schiff drehte sich und drückte sich gegen ein kleineres Boot, das neben uns vertäut war. Ich rief einige Männer zusammen, die das Bugtau packten und nach Leibeskräften zogen, aber das Schiff rührte sich nicht, es saß auf dem Sand fest.

Kurz darauf hoben wir Vingur an Land und legten ihm eine Decke über den Rücken. Eilef Taske versprach, darauf zu achten, dass das Pferd sich nicht zu weit entfernte.

Auch die Hühner und den Raben holten wir an Deck, es tat ihnen sicher gut, den Himmel zu sehen. Ich blieb mit Halvor, Sigrid und dem Jungen an Bord des Schiffes. Der Rest der Mannschaft war an Land gegangen. Ich sah sie am Strand und auf der Wiese. Vidars Kinder sammelten Muscheln. Dass Welpe oben im Langhaus geblieben war, beunruhigte mich, und da wir von der Heilerin noch nichts gesehen hatte, bat ich Halvor, Welpe zurück auf das Schiff zu bringen.

Der Wind hielt den ganzen Nachmittag an. Die Grönländer baten uns nicht an ihre Feuerstellen und bewegten sich als wären wir gar nicht da. Nur die eigentümlichen, schmaläugigen Menschen blieben manchmal stehen und starrten uns an. Das kleine Sklavenmädchen schlug dann immer den Blick nieder und schien sich verstecken zu wollen.

Später wurde mir erzählt, dass Tjodhild eine seltsame Macht über die Menschen am Fjord hatte, seit der Mönch gekommen war. In Abwesenheit ihres Mannes hatte sie im vorangegangenen Herbst bei schlechtestem Wetter vier Männer und eine Frau dazu verdammt, fortzusegeln und niemals wiederzukehren. Jetzt hatte sie den Menschen befohlen, sich von uns fernzuhalten, da wir keine Christen waren. Ihr wäre es lieber gewesen, wir wären gleich wieder aufgebrochen, doch Tjore und einer seiner Söhne hatten sich ihr widersetzt. Er kam am Abend zu uns an Bord und erzählte, dass Tjodhild und Erik nicht mehr zusammenlebten. Erik war nach Vestbygda gezogen, während Tjodhild die Siedlung hier am Fjord führte, die Brattli hieß. Sie sei schon immer eine harte Frau gewesen, doch seit der Mönch da sei, habe sie sich so schlimm gebärdet, dass Erik sie verlassen hätte.

»Und warum hört ihr dann auf sie?«, fragte Bjørn. »Wenn sie so schwierig und hartherzig ist, könnt ihr doch einfach einen neuen Häuptling wählen.«

Tjore wiegte den Kopf hin und her. »So einfach ist das nicht. Wir sind ja keine Krieger. Und der Mönch ist nicht allein gekommen, er hatte eine Schar von Männern bei sich, die als Steuereintreiber für König Olav in Norwegen gedient haben. Als erstes haben diese Männer Steine aus den Mauern der Häuser gestohlen, um eine Kirche zu bauen.« Tjore zeigte in Richtung Land. »Da oben«, sagte er. »Seht ihr das Kreuz? Das ist die Tjodhildskirche.« Eines der Gebäude hatte ein schiefes Plankenkreuz oben am Giebel.

»Die Vasallen des norwegischen Königs haben damit gedroht, uns in Eisen zu legen, zu köpfen oder zu verbannen«, fuhr Tjore fort. Er schüttelte den Kopf und fügte hinzu, dass es Leif gewesen sei, einer der Söhne von Erik, der sie aus Norwegen nach Grönland gelotst hätte. Er sei im Osten gewesen und hätte den norwegischen König besucht. Und dort sei er getauft worden, auch wenn das wohl am ehesten aus Rücksicht auf seine Mutter geschehen sei. Wir sollten uns aber keine Sorgen machen, meinte Tjore, denn Tjodhilds Männer seien auf Walrossjagd.

Tjore war kein guter Menschenkenner, dachte ich. Wir machten bestimmt keinen besonders furchtsamen Eindruck, schließlich waren wir Jomswikinger. Doch ich sagte nichts. Dass Tjore gerade mit Männern redete, die in Svold gegen Olav gekämpft hatten und dass ich es war, der dem norwegischen König den tödlichen Schlag versetzt hatte, behielt ich für mich. In diesem

Moment trat Bjørn zu Tjore und legte ihm die Hand auf die Schulter: »Olav Tryggvason ist gefallen. Sag dass zu niemandem, aber wir hier an Bord wissen das ganz sicher.«

Tjore sah uns mit großen Augen an. »Olav ist gefallen? Er ist tot?« Tjore richtete den Blick in Richtung Land. »Wenn das wahr ist … will ich nicht derjenige sein, der es Tjodhild sagt. Diese Nachricht wird sie schwer treffen.« Er kletterte über die Reling und ging an Land. Danach wurde nicht weiter darüber gesprochen, und Bjørn und Halvor gingen unter Deck. Während sich die Dämmerung über den Fjord und die Berge legte, blieb ich nur in Gesellschaft von Fenris und Skjalms Hündin an Deck stehen. Ich lehnte ganz hinten am Achtersteven. Die Reling gab einen gewissen Windschutz, sodass ich es dort aushalten konnte. Ich sah den Lichtschein der Feuer aus den Häusern fallen und roch den sauren Torfrauch. Eilef stand mit Vingur oben am Hang im Windschutz hinter einem Felsen. Ganz dunkel schien es hier nicht zu werden, was mir zeigte, dass wir noch recht weit nördlich waren.

Ich musste dort am Achtersteven eingeschlafen sein, denn als ich wach wurde, fiel das Mondlicht silbern glitzernd auf das Deck. Gleich darauf sah ich eine Gestalt über die Reling klettern, es war eine Frau in einem löchrigen Kleid und einem Umhang aus Seehundleder. Sie warf mir einen kurzen Blick zu und ich sah die Streifen, die in ihr Gesicht gemalt waren. Wie die Jahresringe in einem Stück Ulmenholz. Sie zog an einer Leine und hievte eines dieser seltsamen Lederboote über die Reling. Nach ihr kam einer der dunkelhäutigen Männer über die Reling geklettert. Auch er zog sein Boot hoch.

Diese Frau musste die Heilerin sein. Der dunkelhäutige Mann kam zu mir und schlug sich auf die Brust. »Uyarak«, sagte er, bevor er mit seiner Hand auf die Frau zeigte. »Gourit.«

Die Frau stellte sich an den Rand des offenen Laderaums und

sah schnuppernd nach unten. Ihr schmächtiger Körper zuckte, als trüge sie einen seltsamen Wahn in sich. In diesem Moment kam Eystein nach oben geklettert. »Die Heilerin?«, fragte er. Ich nickte.

Wir holten Welpe an Deck. Uyarak erzählte uns so gut er konnte, wie es ablaufen musste: Er zeigte zum Land und sagte vorsichtig: »Tjod-hil …« Dann legte er den Zeigefinger auf die Lippen, und wir verstanden, dass wir so leise vorgehen mussten, wie nur möglich. Inzwischen waren weitere Männer an Deck gekommen. Bjørn, Halvor und Hutten saßen bei Welpe, aber Uyarak gab ihnen zu verstehen, dass sie gehen sollten.

»Macht Platz«, sagte ich. »Geht vor den Mast.«

Die drei folgten meinen Anweisungen. Bald darauf waren nur noch die Heilerin, Welpe und ich auf dem Achterdeck. Die Frau stellte sich an Welpes Füße. Sie warf einen Blick auf mich, murmelte ein paar Worte, die ich nicht verstand und legte dann Kleid und Umhang ab, sodass sie nur noch in einem knielangen Unterrock dastand. Sie war viel jünger, als ich gedacht hatte. Zwischen ihren fast noch jugendlichen Brüsten hing ein kleiner Lederbeutel, den sie an einer Schnur um den Hals trug. Sie hatte schmale Hüften und sah gesund und stark aus. Dabei war sie auf eine Weise gezeichnet, die mir zu erkennen gab, dass sie entweder den Sklavenring getragen oder für etwas bestraft worden war: Ihr Rücken war von Peitschenhieben vernarbt.

Die Heilerin kniete sich hin, schlug Welpes Wams zurück und legte ihm die Hand neben der Wunde auf die nackte Brust. So blieb sie eine Weile schweigend sitzen. Dann ging ein Zucken durch sie und sie kippte nach vorn über Welpe und begann zu weinen. In dieser Position blieb sie eine Weile liegen. Dann war sie plötzlich wieder auf den Beinen. Sie drehte den Kopf zu mir, doch ich sah nur das Weiße in ihren Augen. Die Zuckungen begannen erneut und wurden zu einem seltsamen Tanz, immer wieder unterbrochen von kurzen Momenten, in denen sie nach Luft schnappte. Hin und wieder stampfte sie mit den Füßen aufs Deck und rief wehklagend.

Sie tanzte mit bloßen Brüsten im Licht des Mondes. Ihre Haare flogen wirr um sie herum, wenn die Zuckungen durch sie gingen. Schließlich fiel sie auf die Knie und lag wieder mit dem Oberkörper über Welpes Brust. Erst dachte ich, sie hätte das Bewusstsein verloren, doch dann bemerkte ich, dass sie eine Salbe auf Welpes Wunde schmierte, die sie aus ihrem Lederbeutel geholt haben musste. Wir standen lange da und warteten, bis Uyarak zu ihr ging und sie mit dem Fuß anstieß. Er sagte etwas auf seiner seltsamen Sprache, ließ sein Boot ins Wasser hinab und paddelte weg.

Die erschöpfte Heilerin legten wir unter Deck auf ein Fell, ohne zu wissen, ob sie eingeschlafen oder in eine Art Trance gefallen war, uns schwante aber, dass es besser war, wenn Tjodhild sie nicht sah. Auch ihr Boot versteckten wir unter Deck, wobei wir es gründlich in Augenschein nahmen. Uns waren mit Leder bespannte Boote nicht ganz fremd, aber eine solche Machart hatten wir noch nie gesehen. Es war aus Seehundleder, das um einen Rahmen aus Holz und Knochen gezogen worden war. Die Nähte waren so dicht, dass kein Wasser eindringen konnte. Und das Boot war leicht, man konnte es mit einer Hand hochheben.

*

Wir blieben nicht in Brattli. Schon am nächsten Tag holten wir Vingur wieder an Bord und segelten weiter. Tjore kam zu uns und sagte, dass bekannt geworden wäre, dass die Heilerin bei uns war, und Tjodhild sehr erzürnt darüber sei. Sie hatte den Menschen daraufhin verboten, uns Tiere oder Korn zu geben.

Es sei wohl besser, wenn wir nach Vestbygda segelten, wo Erik uns sicher anständig empfangen würde. Die Heilerin sollten wir mitnehmen, sie warte schon lange auf ein Schiff, das sie in Eriks Siedlung bringen konnte. Sie war von den Menschen dort gerufen worden, doch Tjodhild hatte ihr kein Boot zur Verfügung gestellt.

Wir ruderten den Fjord hinunter und aufs Meer hinaus und schlugen bald darauf nordwestlichen Kurs ein. Der Wind stand günstig, sodass wir das Segel setzen konnten.

6
Vestbygda

Auf die Frage, wie wir die grönländische Küste erlebt hätten, erzähle ich immer von den respekteinflößenden Strömungen, die selbst große Schiffe wie unseres einfach in die Tiefe ziehen konnten. Und von den Skrælingen, die vom Ufer ihre Speere und Pfeile auf alles abschossen, das sich vom Wasser her näherte. Und dass dort eigenartige Wesen mit nur einem Bein und über alle Maße starken Armen lebten, deren Pfeile besonders weit reichten und die schwarze Magie beherrschten. Wenn sie am Ufer der Fjorde stünden und singen, könnten sie den Wahnsinn in die Seelen der Männer und Frauen treiben.

Nichts davon ist wahr. Selten haben wir eine freundlichere Küste erlebt als die Westseite von Grönland. Es gibt unzählige windgeschützte Fjorde, in denen Schiffe vor Unwetter Schutz suchen können, und nur selten stößt man wie auf der Ostseite auf Eisberge oder Schollen. Einen Tag von Brattli entfernt sahen wir Walrösser, Seehunde und Wale, die zum Atmen an die Oberfläche kamen. Wir verstanden mit einem Mal, wieso sich die Isländer hier niedergelassen hatten. Walrosszähne und Seehundfelle versprachen großen Reichtum.

Wir hatten günstigen Wind. Er kam gleichmäßig vom Land, sodass wir das Ruder loslassen und mit dem Segel steuern konnten. Außerdem half uns die von Süden heranrollende Dünung.

Ich verbrachte viel Zeit mit Sigrid und dem Jungen. Seit der Geburt hatte sie mich abgewiesen und sich eher zu den anderen Frauen gesetzt. Aber mit einem Mal war das mädchenhafte, zärtliche Wesen zurück, das ich kannte. Sie saß in meinen Arm geschmiegt bei mir und döste in der Sonne. Der Junge lag unter meinem Leinenwams auf meinem Bauch. Sigrid meinte, er schliefe am besten auf nackter Haut. Das Mal war bereits ein wenig blasser geworden, doch die Konturen des Hammers oder Raben waren noch deutlich zu erkennen.

Welpe erwachte aus seinem Fieberschlaf und fragte nach der Walküre. Da stand die Heilerin auf und setzte sich zu ihm. Welpe starrte sie mit aufgerissenen Augen an, schüttelte den Kopf und murmelte, dass das ein Traum sein müsste. Er spüre seine Wunden doch noch, die Decksplanken unter seinem Rücken, ja er röche sogar Gestank der Pferdeäpfel. Die Heilerin erhob sich und ging zu ihrem Bündel. Sie nahm ein Stück Kohle und Tierfett heraus und malte sich wie bei dem Heilritual Streifen ins Gesicht, sodass Welpe sie erkannte. Er richtete sich mühsam auf und sagte keuchend und so leise, dass wir es kaum hören konnten: »Walküre.«

Wir folgten der grönländischen Küste in Richtung Vestbygda und glaubten wegen des Namens, nach Westen zu segeln. Erst als Halvor den Sonnenstab an Deck aufstellte, erkannten wir, dass wir in Wahrheit einen nördlichen Kurs eingeschlagen hatten. Bjørn und ich versuchten, unseren Sonnenstein zu lesen, wurden aber nach wie vor nicht schlau daraus. Svartur, der Bauer, der uns auf Jütland Land gegeben hatte, hatte mir gezeigt, wie man mit Hilfe der Linien im Stein den Stand der Sonne verfolgen und daraus ablesen konnte, wie weit nördlich oder südlich man sich befand, aber weder Bjørn noch ich brachten das zustande. Wir wussten nur, dass die Sonne auf der Steuerbordseite auf und auf der Backbordseite unterging und wir folglich nach Norden fuhren. In den Fjordarmen hielten wir Ausschau nach Booten oder grasenden Schafen oben an den Hängen, aber ohne Erfolg.

Die Fahrt von Brattli nach Vestbygda war lang. Ich lüge nicht, wenn ich behaupte, dass die Entfernung zwischen den beiden Siedlungen so groß war wie zwischen Vingulmørk und Trøndelag, wenn nicht noch länger. Wir legten zweimal an, um unsere Wassertonnen zu füllen. Beim zweiten Halt fand Skjalm eine Grube mit einer ausgebrannten Feuerstelle und ein paar Flintsplittern. Wir nahmen das als sicheres Zeichen, dass wir auf dem richtigen Weg waren, denn Eystein hatte in Brattli aufgeschnappt, dass die Skrælinge auf andere Weise Feuer machten.

Das nun freie Sklavenmädchen hatte noch immer kein Wort gesprochen, aber eines Morgens, als ich hochkam, um Bjørn am Ruder abzulösen, saß sie mit Fenris auf dem Schoß an Deck. Mein Bruder erzählte mir, dass sie schon lange dort säße. Es freute mich zu sehen, wie sie dem Hund das Fell streichelte und dabei leise vor sich hin summte. Ob sie Worte sang oder nur Laute, vermochten wir nicht zu sagen.

Im Verlauf des Tages stellte sich die Heilerin in den Bug und spähte aufs Wasser hinaus. Irgendwann kam sie zu mir gelaufen, zog mich am Ärmel und zeigte an Land.

»Erik«, sagte sie und deutete auf die Fjordmündung vor uns. »Erik dort.«

Ich legte die Ruderpinne um und rief den Männern zu, dass sie die Segelschoten anziehen sollten, weil wir in den Fjord hineinführen.

Auf die Frage, ob die Grönländer ein besonders furchtloser Menschenschlag seien, da sie sich in der Eisödnis niedergelassen hätten, antworte ich meist, dass es nur eine Sache gibt, die sie fürchten, nämlich einzufrieren. Ohne Zugang zu eisfreiem Wasser sind sie dem Tode geweiht. Deshalb lag Vestbygda unweit der Fjordmündung, sodass die Eiskante auch im Winter erreichbar war. Wir fuhren in den Selfjord, wie die Grönländer ihn nannten, wo die Seehundjäger und Walfänger auf dem Weg nach Norden Zwischenstation machten. Torstein, einer der Söhne von Erik, sollte hier einen neuen Hof angelegt haben, da auch er mit Tjodhild nicht zurechtgekommen war. Des Weiteren lebte hier angeblich ein Mann namens Rav-Tore, an den man sich wenden sollte, um Seile aus Seehundleder und Walrosszähne zu kaufen.

Für die Jäger waren die Fjorde hier oben ertragreicher als im Süden. Als die ersten Siedler hierhergekommen waren, sollen die Seehunde so dicht am Ufer gelegen haben, dass die Menschen kaum an Land hätten gehen können.

Die ersten Lebenszeichen sahen wir bereits wenige Pfeilschüsse in den Fjord hinein. Hier und da lagen Stämme quer auf einer Art Steinsockel, als hätte dort jemand ein Haus bauen wollen. Wir wussten damals noch nicht, was das war, aber ich erinnere mich, dass ich zu meinem Bruder sagte, wie seltsam ich es fände, dass sie so gutes Bauholz einfach liegen ließen. Erst später lernten wir, dass die Grönländer im Winter ihre Boote auf die Stämme zogen, damit sie nicht am Boden festfroren.

Eine merkwürdige Ruhe lag über den Hängen. Wir sahen und hörten keine Seevögel und es war ganz windstill. Die Wasseroberfläche war spiegelblank. Ich wollte die Männer gerade an die Ruder rufen, als Eystein am Ufer etwas entdeckte.

»Da drüben!«, rief er. »Da ist jemand!«

Zwischen ein paar riesigen Felsen stand eine Gestalt im seichten Fjordwasser. Wir näherten uns dem Ufer und sahen, dass die Gestalt einen Speer in der Faust hielt und vollkommen nackt war. Da wir so leise durchs blanke Wasser glitten, hatte sie uns noch nicht bemerkt. Ihr Blick war auf eine Fischgrube gerichtet, einen Steinring, in dem sich bei Ebbe Fische verfingen, und sie hatte den Arm wurfbereit erhoben. An Bord wurde kein Wort gesprochen. Aus der Nähe erkannten wir, dass der vermeintlich halbwüchsige Junge eine Frau mit knabenhaft schmalen Hüften war. Ihre kleinen Brüste waren größtenteils von ihren langen blonden nassen Haaren bedeckt. Man sah das Muskelspiel ihrer schlanken Arme und Beine, als sie uns entdeckte und an Land sprang. Ihre Kleider lagen auf einem Stein, doch sie ließ sie liegen und blieb mit erhobenem Speer in der Faust stehen und starrte uns an.

Wir holten Rah und Segel ein und ruderten weiter. Bald sahen wir am nördlichen Ufer des Fjordarms mehrere kleine Häuser, aus denen die Bewohner an den Strand liefen. Die Hänge wirkten hier steinig und karg. An vielen Stellen brach der nackte Berg durch die Torfschicht.

Am Ufer waren vier Schiffe vertäut. Die Häuser bestanden aus Torf, Steinen und Treibholz. Allem Anschein nach waren sie teilweise in den Hang gegraben worden.

Vom Deck aus betrachteten wir die Menschen an Land. Sie wirkten nicht gerade freundlich. Einige hielten sogar Bögen und Speere in den Händen, und wir hörten kein Wort der Begrüßung. Unter ihnen standen auch wieder einige kleinwüchsige, schlitzäugige Menschen, wie wir sie schon in Brattli gesehen hatten. Eine der Frauen stillte ihr Kind.

Ich fragte die Heilerin, ob wir nach Vestbygda gekommen waren, was sie mit einem Nicken beantwortete.

»Wir müssen an Land«, sagte Sigrid. »Aber geh nicht als erster, Torstein. Schick jemanden, der keine Kinder hat.«

Sigrid hatte recht. Wir brauchten frisches Trinkwasser und wenn möglich, auch ein paar Ziegen und Schweine. Und wir mussten mit jemandem reden, der schon einmal zu den Inseln im Westen gesegelt war. Noch besser wäre es natürlich, einen Mann mit an Bord nehmen zu können, der die Überfahrt bereits gemacht hatte. Auf der Fahrt von Brattli hatte ich sogar überlegt, einen Sklaven zu kaufen, der den Weg kannte, und ihm im Westen die Freiheit und ein Stück Land zu geben.

Noch während ich in Gedanken versunken dastand, hörte ich ein Platschen. Halvor hatte sein Wams ausgezogen und war ins Wasser gesprungen.

Die Grönländer scharten sich um ihn, als Halvor an Land watete. Ein Mann stieß ihn mit seinem Speer an, worauf Halvor ihm die Waffe aus der Hand riss. Ich wollte schon selbst von Bord springen, um ihm zu Hilfe zu eilen, als sich oben bei den Torfhäusern ein grauhaariger, gebeugter Mann in einem Schaffellumhang zeigte.

»Leif?«, rief er. »Bist du das auf dem Schiff?«

Die Leute zogen sich von Halvor zurück.

»Kommt an Land und steht da nicht so herum!«, rief der Alte.

Bjørn, Welpe, Hutten und ich ließen das Beiboot zu Wasser, steckten unsere Äxte unter die Gürtel und ruderten an Land. Der Alte erwartete uns auf einen langen Stock gestützt.

»Bist du das, Leif? Sag doch was, mein Junge«, sagte der Alte erneut.

Der Mann vor uns musste Erik der Rote sein. Einst sicher ein ranker und kräftiger Kämpfer, stand nun ein angeschlagener, gebrochener Mann vor uns. Seine Augen waren trüb, er schien nicht mehr gut zu sehen.

»Nein … Du bist nicht mein Sohn.« Er zeigte mit dem Stock auf mich. »Du bist dunkler als er. Bist du Feind oder Freund? Kommst du aus Island, um Rache zu nehmen?«

»Nein«, sagte ich. »Ich bin nicht hier, um irgendetwas zu rächen. Mein Name ist Torstein …«

»Ich habe einen Sohn, der Torstein heißt.«

»Ich bin nicht dein Sohn. Ich komme aus Vingulmørk, und mein Vater hieß Tormod.«

Erik senkte den Blick.

»Ich hatte gehofft, Leif wäre zurückgekehrt.«

»Wir kennen deinen Sohn nicht«, sagte Halvor. »Aber wenn wir ihm begegnen, werden wir ihn bitten, zurückzukehren.«

Erik umfasste mit beiden Händen seinen Stock. Dann war ein Zucken in seinen Mundwinkeln zu sehen und er drehte sich um und stapfte den Hang zu seinem Haus hinauf.

Wir verbrachten die nächsten Tage im Selfjord, und nur selten habe ich gastfreundlichere und hilfsbereitere Menschen erlebt als dort. Als sie verstanden hatten, dass wir weder Steuern eintreiben wollten noch einen Mönch an Bord hatten, legten sie Bögen und Speere ab und kamen zu uns, um uns nach Neuigkeiten aus Norwegen auszufragen. Sie halfen uns, das Schiff so auf die Seite zu legen, dass wir die Planke austauschen konnten, die bei der Einfahrt in den Eisgürtel vor der Ostküste beschädigt worden war. Und Erik der Rote persönlich gab uns Seehundöl, mit dem wir unser Segel einreiben konnten. Wir erfuhren, dass der Verrat seiner Frau und ihre Bekehrung zum Christentum jeden Lebensfunken in ihm ausgelöscht hatten. Er war, sozusagen über Nacht, ein alter und gebrechlicher Mann geworden. Aber er versprach uns, dafür zu sorgen, dass wir sicher zu den Inseln im Westen gelangten. Dafür sollten wir Leif und seinem Volk, die sich dort niedergelassen und von denen sie schon lange kein Lebenszeichen mehr erhalten hatten, eine Botschaft überbringen.

Wir verluden große Stapel Trockenfisch und drei Tonnen mit kleinen Zwiebeln, Engelwurz, Rüben und Pflanzen, die die Westsiedler in Felsspalten und an allen möglichen Stellen anbauten, an denen genug Erdreich vorhanden war. Außerdem trugen wir

Bündel mit Kohl und Vogelknöterich, Sternmiere, Strandroggen und Flechten an Bord. Die Flechte mit getrockneten Rotalgen vermischt schmeckte den Schafen wie grünstes, saftigstes Gras. Das Schaffutter brauchten wir für die fünfzehn Mutterschafe und den Widder, die Erik uns mitgab. Fünf der Schafe sollte Leif bekommen, den Rest durften wir behalten. Dazu bekamen wir noch zwölf junge Ziegen mit sauberen Pelzen, die noch nicht allzu sehr stanken. Diese sollten uns gehören, wenn wir Leif ein paar der Kitze der nächsten Generation überließen.

Für die Bewohner der Fjordsiedlung stellte das ein großes Opfer dar, aber Erik hatte es so bestimmt, um seinem Sohn unter die Arme zu greifen. Einer der Männer, die uns halfen, die Tiere an Bord zu bringen, erzählte, dass Erik seinen Sohn nicht gerade für einen geschickten Bauern hielt. Darum wäre eine zweite Siedlung auf den Inseln im Westen sicher kein Nachteil, um gegen Missernten oder fehlenden Nachwuchs bei den Tieren gewappnet zu sein.

Zum Schluss bekamen wir noch ein paar Eimer mit Erde, in denen Setzlinge von Vogelknöterich, Grünkohl und Giersch gepflanzt waren. Fanden wir einen Ort, an dem wir uns niederlassen und vor dem ersten Frost die Erde bestellen konnten, könnten wir vielleicht bis zur Wintersonnenwende Grünkohl ernten, wenn nicht gar bis zum Winteropfer.

Ich habe nie schmackhafteres Wasser getrunken als dort in Vestbygda. Wir füllten unsere Tonnen, bekamen aber auch ein paar Fässchen mit Wein, den ich so weit im Norden wahrlich nicht erwartet hätte.

Vor der Abfahrt erklärten uns einige Männer, dass es drei Waren gäbe, an denen wir gut verdienen könnten, wenn wir sie ihnen brächten: Bauholz, Eisen und Teer. Davon gab es weder in Grönland noch auf Island genug. Wenn wir uns also aufs Abholzen und auf gehärtetes Eisen spezialisierten und dazu noch Teer brannten, würden Erik und alle Sippenmitglieder uns dafür reichlich mit Walrosszähnen, Riemen aus Seehundleder, Walöl, Barten und solchen Dingen entlohnen, die uns weiter im Süden reich machen könnten. Erik selbst war nicht mehr an Reichtum gelegen, und die Rückkehr nach Island war ihm verwehrt. Als er nach drei Jahren Verbannung dorthin zurückgekehrt war, um Siedler für das neue Land anzuwerben, wäre er um ein Haar getötet worden.

Ich wagte es nicht, Erik auf seine Verbannung anzusprechen. Ich wollte keine alten Wunden aufreißen. Schließlich hatte ich am eigenen Leib erfahren, was es hieß, wegen Totschlags auf der Flucht zu sein. Halvor trank am Abend mit einem Mann namens Torri und erzählte anschließend, dass Erik dem Roten der Ruf vorauseilte, ungeheuer aufbrausend, rücksichtslos und rachsüchtig zu sein. Seinem ehemals feuerroten Bart und dem roten Haar sollte er seinen Beinamen ebenso zu verdanken haben wie dem vor Wut rot anlaufenden Gesicht. Auf Island hätten Eriks Sklaven einmal einen Erdrutsch auf dem Weideland des Nachbarn ausgelöst, worauf Erik mit dem Nachbarn aneinandergeraten sei. In seinem Zorn habe Erik ihn mit einem Stock erschlagen, was eine Blutfehde zwischen den beiden Familien nach sich gezogen hätte, in deren Folge Erik verurteilt worden war, seinen Besitz zu verlassen. Ein Jahr später sei Erik wieder in einen Zwist geraten, wusste Halvor zu berichten, dieses Mal wegen ein paar wertvoller Helgenbalken, die er an einen Mann namens Thorgest verliehen und nie zurückbekommen hatte. Erik betrank sich, bevor er zu Thorgest ritt, in seine Feuergrube urinierte und dann die Balken zusammenband, um sie von seinem Pferd nach Hause ziehen zu lassen. Thorgests Männer sollen sich Erik in den Weg gestellt haben, woraufhin er seine Axt gezückt und zwei von Thorgests Söhnen und mehrere Knechte erschlagen hätte. Danach sei Erik geächtet und von Island verbannt worden.

Ich weiß nicht, wie viel an Halvors Geschichte stimmte. Es kam mir unwahrscheinlich vor, dass die Isländer Erik nach so vielen Morden mit einer Verbannung davonkommen ließen. Halvors nächste Worte machten mich jedoch nachdenklich. Bevor Erik den Beinamen der Rote bekam, hieß er Torvaldson. Diesen Namen hatte ich schon einmal gehört. Svartur aus Jütland hatte erzählt, dass er Island wegen eines Streits mit einem Mann namens Erik Torvaldson verlassen und sich in Sven Gabelbarts Reich niedergelassen hätte.

An diesem Abend dachte ich noch lange über die Dinge nach, die Halvor erzählt hatte. Eriks Geschichte, so wahnwitzig sie auch schien, war meiner nicht unähnlich. Wir beide hatten eine blutige Spur hinterlassen. Und wie er war auch ich auf Island für vogelfrei erklärt worden. Aber das war es dann auch schon mit den Ähnlichkeiten. Der Alte mochte hier auf Grönland der Häuptling sein, doch was hatte er davon, wenn weder seine Frau noch seine Söhne bei ihm waren?

Es heißt, Grönland sei ein gottloses Land. Ein Land so weit draußen auf dem Meer, dass nicht einmal Odin es sehen kann. Segelt man vor der grönländischen Küste nach Norden, erreicht man die Fjorde, in denen die Grönländer Walrosse jagen. Die Stoßzähne dieser Tiere werden in Silber aufgewogen und können einem Mann so viel Reichtum bescheren, dass er sich vom Fang eines Sommers Land und Vieh kaufen kann. Die Skrælinge schnitzen aus den Walrosszähnen kleine Figuren, Männer und Frauen, und ich habe gehört, dass sie diese Figuren verhexen und damit deine Seele fangen können.

Ich bin nicht abergläubisch und denke eher, dass Eriks Gefolgsmänner diese Gerüchte in die Welt gesetzt haben, um die Jäger aus Norwegen fernzuhalten. Sie wollen die Fjorde hier oben für sich allein, es sei denn, die Menschen ließen sich dort dauerhaft nieder. Wer das tat und sich fortan Grönländer nannte, fand keinen besseren Häuptling als Erik den Roten, der hier bei seinen Leuten als großzügig und weise galt.

In den Tagen, in denen das Schiff beladen wurde, weideten die Tiere an Land. Einige meiner Männer zogen durch die Hügellandschaft, um das Inland zu erkunden. Meine engsten Vertrauten blieben aber in der Nähe des Schiffes. Bjørn und ich redeten viel miteinander, wobei mir klar wurde, dass die Geburt unseres Sohnes schmerzhafte Erinnerungen in ihm geweckt hatte. Wenn Sigrid mit dem Jungen an der Brust dasaß, bekam sein Blick etwas Verletzliches. Seine Tochter war weit weg bei unseren alten Waffenbrüdern im Wendland.

Jeder Mann und jede Frau trägt Schmerz in sich. Wir alle haben Narben. Die Männer sagten unter sich, dass ich nur an Bord blieb, weil ich hinkte, und vielleicht steckte ein Fünkchen Wahrheit darin. Ich zog das Bein nicht so stark nach, dass ich als Krüppel gegolten hätte. Aber ein Läufer war ich auch nicht gerade.

Für einen Häuptling machte sich Erik der Rote ziemlich rar. Wir sahen ihn ab und zu oben vor seinem Langhaus, und zu einigen wenigen Gelegenheiten kam er nach unten an den Strand. Nach Einbruch der Dunkelheit war in seinem Torfhaus manchmal ein gelber Lichtschein zu sehen, aber außer ihm war niemand im Haus. Skjalm hatte einmal in der Nähe des Hauses gelauscht und Eriks Stimme gehört. Er hätte wirr geklungen, meinte er, doch seine Worte seien unmöglich zu verstehen gewesen, und dann hätte er ein Klagelied angestimmt und Odin und Frigga angerufen.

Bjørn und ich beschlossen, dem Alten einen Besuch abzustatten, bevor wir weiterzogen. Wir mussten alles in Erfahrung bringen, was der Mann über das Meer und die Inseln im Westen wusste. Auch Bjørn hatte vom Berserkergang des jungen Erik auf Island gehört und fürchtete, der alte Häuptling könnte noch so aufbrausend wie früher sein, weshalb wir beide vorsichtig waren.

Wir standen eine Weile vor dem Haus und lauschten, hörten aber nur das leise Rauschen des Windes und ein paar Kinder, die im flachen Wasser spielten. Schließlich traten wir in den dämmrigen Raum. Wie in Grönland üblich, gab es keinen Tisch. An den Wänden verliefen lange Bänke, die wie alte Schiffsplanken aussahen. In der Mitte des Raumes gab es eine tiefe Grube, um deren Rand Seehundfelle lagen, auf die man sich wie auf eine Bank setzen konnte. Auf dem Grund der Grube brannte ein Torffeuer. Es stank nach Erbrochenem und saurem Schweiß. Erik saß auf einem der Seehundfelle und sah uns nicht an. Neben ihm lag ein Mann mit einer klaffenden Wunde in der Brust. Erik legte eine Hand auf den Schenkel des Verletzten und räusperte sich.

»Gudri war hier«, sagte er. »Sie hat einen Seid gesungen, der meinem Freund Kraft gibt.«

»Was fehlt dem Mann?«, fragte Bjørn.

»Ein Pfeil der Skrælinge hat ihn in die Brust getroffen«, sagte Erik. »Wir haben versucht, ihn herauszuschneiden. Aber die Spitze steckt noch drin.«

Bjørn zog mich am Arm und wir gingen wieder nach draußen.

Den Rest des Tages blieb ich auf dem Schiff, das jetzt einen Steinwurf vom Ufer ankerte. Ich saß bei Sigrid, die ihr Webbrett an der Reling befestigt hatte und eine Borte für Ravntors erstes Wams webte. Sie hatte ein einfaches, aber hübsches Muster gewählt. Da wir keine Blätter oder Blüten zum Färben hatten, webte Sigrid einen Faden dunklerer Wolle in einem Wellenmuster auf einen Hintergrund aus üblichem Grauweiß. Es wunderte mich, dass sie nie klagte oder sich gegen mich wendete, wie ich es von anderen Frauen gehört hatte. Ich hatte ihr ein Zuhause, ein eigenes Heim versprochen, das bisher nicht mehr war als ein Platz auf dem Schiff, das mir ein König geschenkt hatte, den sie hasste, weil er sie zur Sklavin gemacht hatte.

Gegen Abend ruderte ich an Land und schlenderte mit Bjørn und Eystein herum. Wir hatten Fenris und Vingur dabei. Fenris spielte mit dem Tang im flachen Wasser, und Vingur ließ sich das frische Gras schmecken. Eystein zeigte zu Fenris und fragte, wie lange der Köter jetzt eigentlich schon bei uns war. Acht Jahre, antwortete ich. Ein gesegnetes Alter für einen Hund.

»Nicht schlecht für so ein dreibeiniges Vieh«, sagte Eystein. »Aber du hast dich ja auch gut um ihn gekümmert, Torstein.«

Der Rotbart packte mich an der Schulter und schüttelte mich.

»So wie du dich um deine Leute kümmerst. Darum folgen wir dir.«

Seine Worte taten gut und hallten noch in mir nach, als wir auf dem Rückweg den Graubart am Strand stehen sahen. Erik der Rote trug einen knielangen, blauen Umhang mit weißem Pelzkragen, und obgleich es nicht kalt war, trug er Seehundschuhe, wollene Beinbinden und eine weiße Pelzkappe auf dem Kopf. Die Sonne versank hinter der Hügelkuppe auf der Westseite des Fjords und tauchte Erik mit seinem verhärmten Gesicht in warmes Licht. In diesem Augenblick sahen wir plötzlich den jungen Mann vor uns, der er einmal gewesen sein musste. Er war nicht besonders groß, besaß aber eine Ausstrahlung, wie ich sie bis dahin nur bei Königen und mächtigen Häuptlingen erlebt hatte. Diese Sorte Mann tritt immer mit Entschiedenheit auf und vergeudet keine Worte. Und so war es auch mit Erik.

»Rudert schon mal zum Schiff«, sagte ich. »Ich bleibe noch ein wenig.«

Bjørn und Eystein sagten nichts dazu. Eystein zog Vingur die Schlinge über den Kopf und stieg mit Bjørn in das Beiboot. Ich blieb allein mit dem Alten zurück. Er schaute mit zugekniffenen Augen über den Fjord und danach zu Fenris, der sich vor meine Füße gesetzt hatte. Seine Aufmerksamkeit schien mehr dem Hund zu gelten als mir. Irgendwann glaubte ich ein leises Lächeln hinter seinem Bart zu sehen, aber das war schwer zu sagen, weil der Rest des Gesichts so zerfurcht und bedrückt wie eh und je war.

»Torstein Tormodson?«, sagte er. »Bist du das?«

»Ja«, antwortete ich.

»Du bist der Häuptling dieser Männer«, sagte er, wobei ich mir nicht sicher war, ob das eine Frage oder eine Feststellung war.

»So nennen sie mich.«

»Ich danke dir, dass du Gudri hierhergebracht hast.«

Er tastete nach meiner Hand und ergriff sie. Die freie Hand legte er auf meinen Unterarm.

»Gudri … Ist das die Heilerin?«

Erik nickte und drückte meine Hand. Ich war wahrlich kein Schwächling, aber dieser alte Mann hatte den festesten Handgriff, den ich je erlebt hatte.

»Wenn sie euch ihren Namen nicht genannt hat … dann befinden sich auf deinem Schiff vermutlich Männer, denen sie nicht traut. Sie verrät ihren Namen nur denen, bei denen sie sich sicher fühlt. So ist sie. Sie ist ein Halbblut, ihre Mutter war ein Skræling.«

Erik ließ mich los, sein Atem ging schwer, sein Blick war auf den Boden gerichtet. Alle Stärke schien aus ihm herauszufließen.

»Meine Frau … hast du sie getroffen?«

»Ja«, antwortete ich.

»Und den Mönch?«

»Den auch.«

Erik spuckte auf den Boden.

»Eine Schlange ist meiner Frau ins Gehirn gekrochen. Jetzt lauert sie hier …« Er zeigte auf sein Ohr. »Hier drin, und flüstert ihr was ein von Christengott und Sünde. Sie verleugnet mich. Aber schlimmer ist, dass sie auch ihre Kinder verleugnet. Alle, außer Leif.« Er ballte die Hände zu Fäusten und starrte vor sich ins Leere. »Was ist das für eine Mutter, die ihre Kinder von sich stößt?«

»Ich weiß es nicht«, sagte ich.

»Das weißt du nicht?«

»Wohl keine gute Mutter«, fügte ich hinzu.

Seine Mundwinkel zuckten, als wollte er in Lachen ausbrechen, aber er riss sich zusammen. Er stand eine Weile einfach nur da, ehe er mit einem krummen Finger auf mich zeigte.

»Gauk Hakason, der mich von Anfang an begleitet hat, meinte, du hättest denselben Ausdruck in den Augen wie ich, als wir das erste Mal hierherkamen. Er glaubt, dass du ein gejagter Mann bist. Ein Flüchtling, wie ich einer war.«

»So ist es. Mir sind Männer gefolgt.«

»Warum? Was hast du getan?«

»Ich habe bei Svold gekämpft.«

»Von der Schlacht habe ich gehört«, sagte Erik. »Wurde dort nicht Olav Tryggvason getötet?«

»Ja.«

»Dein Schiff soll ein Geschenk von Sven Gabelbart sein. Hast du für ihn gekämpft?«

»So ist es. Und das Schiff habe ich bekommen … weil ich nicht zurückgewichen bin.«

»Ich bin froh, dass ihr den norwegischen König besiegt habt. Olav Krähenbein war ein Plünderer der übelsten Sorte. Wir haben fest damit gerechnet, dass er Männer hierherschicken würde. Dazu musst du wissen, dass mein Sohn Leif nach Norwegen gefahren und ihm dort begegnet ist. Olav hat ihn zur Taufe überredet. Und er hat Leif das Versprechen abgerungen, Land für ihn im Westen zu finden.«

Der Alte blickte zu Boden. Ihm war anzusehen, wie sehr ihn

das quälte. Fenris humpelte ans Wasser und begann, im Tang herumzuschnüffeln. Die Abendsonne malte einen Lichtstreifen aufs Wasser, der bis zum Schiff reichte. Ich sah Sigrid an der Reling stehen, den Jungen an der Brust. Sie beobachtete mich.

»Es ist nicht gut, nur über Vergangenes zu reden«, sagte ich. »Wenn ich am Ruder stehe … richte ich den Blick nach vorn über den Bug, aufs Wasser, nicht nach hinten.«

»Du bist ein Mann des Meeres. Solche Männer brauchen wir hier draußen. Aber vergiss dabei nie die Erde unter deinen Füßen, Torstein Tormodson.«

Auf dem Schiff wurde eine Öllampe, die wir von Erik bekommen hatten, unter der Rah aufgehängt. Das Segel hatten wir abgenommen, um jede Schot und jeden Stich auszubessern, ehe wir wieder ablegten.

»Wie ich höre, hast du eine Frau und ein kleines Kind? Dein Freund Halvor hat es mir erzählt.«

»Das ist richtig«, sagte ich, ehe ich mich wieder dem Alten zuwandte. »Kennst du den Kurs nach Westen? Kannst du uns sagen, wie wir segeln müssen?«

Erik streckte sich und blinzelte in die untergehende Sonne.

»In Richtung der untergehenden Sonne.«

»Das ist alles?«

»Das ist alles, was ich weiß. Ich bin ein alter Mann. Ich bin nie dort im Westen gewesen. Mein Sohn wollte mich mitnehmen. Aber bevor ich an Bord gehen konnte, bin ich gestürzt und habe mir das Bein gebrochen.«

Der Alte fasste sich ans Bein, als ob es immer noch schmerzte.

Ich richtete meinen Blick aufs Wasser.

»Gibt es eine Landmarke, einen Fjord oder Fjell, einen Punkt, an dem wir uns auf unserem Kurs zu gutem Land orientieren können?«

»Ich kenne keine solche Landmarke. Aber gutes Land gibt es

dort. Bring mir Bauholz und Eisenerz, dann entlohne ich euch reichlich mit Walrosszähnen und Seehundfellen. Aber ich will dir nichts vormachen, Torstein Tormodson. Im Westen lauern Gefahren. Dort leben Skrælinge, die den Menschen Irrsinn ins Gemüt singen, und es gibt Draugr und Unterirdische, und Menschen, die andere Menschen jagen, um sie zu essen.«

Die Worte des Alten bekamen mit einem Mal etwas Einfältiges, sein Kopf wackelte auf dem dünnen Hals, und seine Lippen formten stumm Worte, als wagte er es nicht, die Grausamkeiten laut auszusprechen.

»Gefahren lauern überall«, sagte ich, aber seine Worte hallten in mir nach.

Ich sah mich um. Das Land war um einiges karger als in Brattli. Trotzdem lebten hier Menschen. Sollten wir uns an diesem Fjord niederlassen? Würde ich Sigrid und unserem Sohn hier ein gutes Leben bieten können?

Natürlich wäre das möglich, aber hier galt das Gleiche wie an allen anderen Orten, an denen ein anderer Häuptling herrschte.

»Ich habe gehört, dass du viele Männer an Bord hast, aber nur wenige Frauen. Du brauchst Frauen, wenn dein Stamm eine Zukunft haben soll.«

»Wir hatten gehofft, unterwegs Frauen zu finden«, sagte ich mit einer Forschheit, die mich selbst überraschte. »Wir haben Silber dabei, um für sie zu zahlen.«

»Und du hoffst, dass sie deinen Männern Kinder schenken.«

»Ja«, sagte ich.

Der Alte schüttelte den Kopf.

»Wir haben keine Sklavinnen, auf die wir verzichten könnten. Die, die mir aus Island gefolgt sind, sind alle schon Mütter, so wie auch deren Töchter, die keine Kinder mehr sind. Aber ich werde dir einen Ortskundigen mitgeben, der mit Leif gereist ist.«

»Einen Ortskundigen?« Ich horchte auf.

»Er ist mit Leif dorthin gefahren und mit meinem anderen Sohn zurückgekommen, deinem Namensbruder. Leif ist in Vinland geblieben. Der Ortskundige ist Leifs Ziehvater, er heißt Tyrke. Er war vor sehr langer Zeit mein Sklave. Er soll Leif überreden, zu uns nach Hause zu kommen.«

Ich war überrascht, es war mehr als ungewöhnlich, dass jemand einen ehemaligen Sklaven zum Ziehvater seines Sohnes machte. Dieser Mann steckte voller Überraschungen.

»Ich habe einen Boten nach ihm geschickt. Er sollte morgen hier eintreffen.«

Mein Blick suchte wieder Sigrid und den Jungen. Ein Ortskundiger an Bord würde alles leichter machen. Wenn er die Küste im Westen kannte und das Fahrwasser um die Inseln herum, könnte er uns an Untiefen vorbeilotsen und uns sagen, wo wir sichere Häfen fanden.

»Deine Männer sind Krieger«, kam es leise von Erik. »Das ist gut. Wenn du die Skrælinge ausrotten und von den Inseln im Westen fernhalten kannst … wäre das sicher das Beste.«

Darauf sagte ich nichts. Ich wollte niemanden töten, der sich gut mit uns stellte, und meine Männer hatten als Jomswikinger für den Rest ihres Lebens genug geplündert und getötet. Diese Zeiten waren vorbei.

Ich hob den Arm und winkte zu Bjørn hinüber, der sogleich über die Reling ins Beiboot kletterte. Erik schwieg, den Blick hoch zum Torfhaus gerichtet, in dem der verwundete Mann lag. Als das Ruderboot über die Ufersteine schrammte und ich Fenris an Bord hob, fasste mich der Alte plötzlich an der Schulter.

»Bevor ihr uns verlasst, möchte ich dich in mein Haus einladen, um dir noch ein paar Worte mit auf den Weg zu geben.«

An diesem Abend stand ich lange am Ruder. Der Gedanke, schon bald mit meinem Sohn an Bord über ein unbekanntes Meer zu segeln, machte mir Angst. Würde ich diese Menschen, die mir vertrauten und mir folgten, sicher zu den Inseln im Westen bringen? Und wenn wir dort ankamen, würde es mir gelingen, einen Hof zu bauen und Sigrid Sicherheit und Wohlstand zu bieten, wie ich es ihr versprochen hatte? Oder hatte ich mich von der Aussicht, mit Bauholz und Schiffsbau reich zu werden, blenden lassen? Was nützte mir aller Reichtum, wenn wir kenterten und ertranken oder von Skrælingen getötet wurden?

Ich schlief auf dem Achterdeck, an die Bordwand gelehnt mit Fenris zwischen den Beinen. Ruderschläge im Wasser rissen mich aus dem Schlaf. Ich war nicht allein, Eilef Taske stand Wache im Bug. Er zeigte ans Ufer. Ich stand auf und sah einen Mann auf unser Schiff zurudern. Der Korb aus geflochtenen Weidenwurzeln, den er an Riemen auf dem Rücken trug, war fast größer als er selbst. Vor dem Schiff drehte er das Boot um und schaute zu uns hoch.

»Tau«, sagte er mit unerwartet tiefer Stimme, denn der Mann wirkte wie ein Zwerg. Seine Beine waren kurz und die Schultern schmal, unter dem ockerfarbenen Leinenwams wölbte sich ein Kugelbauch, und sein Gesicht war halb verdeckt von einem grau melierten, gepflegten Bart mit eingeflochtenen Silberperlen. Er war nicht der erste Zwergwüchsige, den ich sah. Einmal hatte einer mit einem Schiff bei uns angelegt, und mein Vater hatte mir erklärt, dass das kein Unterirdischer sei, sondern dass manche Menschen einfach so geboren würden.

»Wo bleibt das Tau?«, rief der Kleinwüchsige zu uns hoch.

Ich lief zum Mast, band eine Seilrolle aus Rosshaar los und warf ein Ende zu ihm hinab, an dem der Kleinwüchsige überraschend behände zu uns an Deck kletterte.

Er schaute zuerst am Mast hoch, dann in den Laderaum. Schließlich setzte er seinen Korb ab.

»Ich bin Tyrke«, stellte er sich vor. »Ich soll euch nach Vinland begleiten.«

Er schnallte eine Lederflasche von seinem Gürtel und trank einen kräftigen Schluck, ehe er den Gürtel ablegte und das Wams über den Kopf zog.

Eilef und ich gafften ihn wie zwei Tölpel an. Tyrkes Körper war von einem Netz blau schimmernder Linien überzogen, die sich wie Wurzeln oder Zweige unter seinem Hosenbund hervor über den Rücken bis zum Nacken und zu den Händen streckten.

»Ich dachte mir, es ist besser, wenn ihr euch sattsehen könnt, bevor wir ablegen. Auf dem Meer solltet ihr nur Augen für das Wasser und den Himmel haben, nicht für den alten Tyrke.«

Er sprach anders als Erik oder die anderen Grönländer, denen wir bisher begegnet waren. Seine Worte hatten einen ganz besonderen Klang. Sein Körper sah zäh und kräftig aus, trotz der geringen Größe, und als Tyrke mir den Arm entgegenstreckte, schüttelte ich seine feste, kleine Hand.

»Bist du der Häuptling? Erik hat gesagt, dieses Schiff wird von einem jungen Mann gesteuert, der ein Bein nachzieht.«

»Damit meint er wohl mich«, sagte ich.

»Gut.« Tyrke ließ meine Hand los. »Erik hat mich gebeten, euch sicher nach Vinland zu führen. Er hat mit euch darüber gesprochen, nicht wahr?«

»Ja.«

»Hat er noch mehr gesagt? Hat er etwas über die Inseln dort erzählt?«

»Nicht viel.«

»Dann könnt ihr froh sein, mich an Bord zu haben.«

Eilef kam zu uns.

»Der Verletzte in Eriks Haus … Es heißt, er sei von Skrælingen verwundet worden. Gibt es viele von denen im Westen?«

Tyrke sah ihn an.

»Einige. Aber man bekommt sie selten zu Gesicht. Ich weiß nicht genau, was dem, der da oben liegt, widerfahren ist, aber ich würde mir mehr Sorgen über Läuse im Bart machen als über Skrælinge. Außerdem sind sie klein. Nicht so wie ich, aber … ein bisschen wie Kinder. Wir müssen ihnen wie Riesen vorkommen. Also, ihr jedenfalls.«

Ich ging zurück ans Steuerruder. Tyrke zog sein Wams wieder über und band sich den Gürtel um die Taille. Dann nahm er seine Habseligkeiten mit aufs Vordeck, setzte sich hin und wickelte sich in eine Decke.

Im Morgengrauen schnitt Gudri dem Verletzten die Pfeilspitze aus der Brust. Seine Schreie weckten uns.

Kurz darauf trat Erik der Rote aus dem Haus und schaute in den grauen Morgen.

An diesem Tag lag bleierne Stille über dem Selfjord. Kein Boot legte vom Strand ab. Die Kinder, die sonst barfuß herumliefen, wurden zur Ruhe ermahnt, und die Mädchen kämmten im Schatten der Dachvorsprünge Wolle. Eystein ging an Land und führte Vingur zu den saftigsten Grasbüscheln, da der Zeitpunkt unseres Abschieds näher rückte. Ich beobachtete das Torfhaus am Hang von der Reling aus, und als die Sonne ihren höchsten Punkt erklommen hatte, wurde der Verwundete aus dem Haus getragen und auf den Vorplatz gelegt. Die Bewohner strömten herbei.

Wir glaubten zuerst, der Verwundete wäre gestorben. Eystein ging nach oben und wechselte ein paar Worte mit der Heilerin. Danach lief er ans Wasser und winkte uns zu. Bjørn und Halvor ruderten zu ihm, er schickte sie aber wieder zurück. Erik wollte mit mir sprechen.

Der Alte saß auf einem Stein nicht weit von dem Verwundeten

entfernt und schaute mit getrübtem Blick über den Fjord. Er hielt etwas in der blutverschmierten Hand.

»Torstein Tormodson«, sagte Erik. »Ich habe etwas für dich.«

Er öffnete die Hand, in der eine Pfeilspitze lag.

»Nimm sie«, forderte er mich auf.

Ich tat, was er sagte. Die Pfeilspitze schien aus Knochen zu sein. Ich hatte selbst Pfeilspitzen geschnitzt, als Bjørn und ich noch in unseren heimischen Wäldern mit Pfeil und Bogen gespielt hatten. Aber diese Spitze war kunstvoll geschliffen und gespitzt und hatte Widerhaken.

»Ist sie aus Knochen?«, fragte ich.

»Aus Seehundknochen«, brummte Erik.

Ich wollte ihm die Pfeilspitze zurückgeben, aber er spuckte verächtlich ins Gras.

»Ich will sie nicht zurückhaben. Nimm sie mit nach Westen.«

Der Alte verstummte. Ich warf einen Blick zu Eystein, der am Wasser stand und uns beobachte. Ich wollte gerade gehen, als Erik noch einmal das Wort ergriff.

»Nimm sie mit, Fremder. Und wenn du denjenigen findest, der sie abgeschossen hat, töte ihn für uns.«

Erik erhob sich von dem Stein. Er sah zu dem Verwundeten und der halb nackten Heilerin, die neben dem Mann am Boden kniete, und packte mich unvermittelt am Arm.

»Hör mir gut zu, Torstein Tormodson. Sei großzügig zu deinen Männern und sanft zu deiner Frau, dann bleiben sie bei dir. Und wenn du zu den Inseln im Westen kommst, lass dich nicht von Hirschspuren und milden Winden verführen. Fäll Holz und bau Hütten für deine Leute und die Tiere. Und bau Schmelzöfen für das Eisenerz. Holz und Eisen kannst du an uns Grönländer verkaufen. Und an die Isländer. Wenn ihr euch geschickt anstellt, könnt ihr mit der ersten Ladung schon im nächsten Sommer hier sein. Ich verspreche, dass wir euch reich entlohnen werden.«

Ich schaute in die Bucht hinunter. Das Schiff drehte sich am Ankertau und blieb mit dem Bug zur offenen Seite der Bucht liegen, als wollte es auf das offene Meer hinaus.

»Tyrke wird euch zum Leifshof führen und meinem Jungen ins Gewissen reden, nach Hause zu kommen. Du wirst weitersegeln. Nach Süden, wo ihr euch einen Fjord suchen sollt, den ihr eure Heimat nennen könnt.«

Erik setzte sich wieder auf den Stein. Er schien alles gesagt zu haben. Also ging ich an den Strand und ruderte mit Eystein zurück zu unserem Schiff.

Am nächsten Tag ruderten wir aus der Bucht. Der günstige Fahrtwind hielt an, und vor der Bucht konnten wir das Segel hissen. Ich stand den ganzen Tag am Ruder und schaute nur einmal zurück, als Bjørn sich zu mir gesellte und nach hinten deutete.

»Da verschwindet die bekannte Welt«, sagte er leise. »Alles Gewesene, alles Vertraute … all das verlassen wir jetzt.«

Ich stand mit beiden Händen an der Ruderpinne und schaute auf die Wellen vor dem Bug. Gerne würde ich sagen, dass ich unser Schiff guten Mutes auf das unbekannte Meer hinausführte, doch an diesem Morgen waren meine Zweifel stärker als je zuvor. Rachsüchtige Olavstreue hatten uns zur Flucht aus Dänemark und später auch von den Orkney-Inseln getrieben. Beflügelt hatte uns aber auch die Hoffnung auf Reichtum, so wir denn kühn genug waren, von Grönland aus weiter nach Westen zu segeln. Jetzt lag das unbekannte, graublaue Meer vor uns.

Tyrke hatte gesagt, wir müssten ein paar Tage der grönländischen Küste folgen und dann das Meer in Richtung Helluland überqueren, der nördlichsten der Westinseln. Danach würde eine lange Fahrt entlang einer zerklüfteten Küste bis zu dem Ort folgen, an dem Leif sich niedergelassen hatte.

7
Über das Meer

Ich war nie als Mann bekannt, der einen Hang zum Aberglauben hatte. Ich habe mich mein ganzes Leben lang an die alten Götter gewandt. An die Geschichten der Christen über den Gottessohn, der Wasser in Wein verwandelt und dessen Vater im Himmel wohnt und den Seinen hilft, Kriege zu gewinnen, habe ich nie geglaubt. Mein Reichtum gründet sich auf Vernunft, Glück und treuen Männern, und über die Unglücke, die mir widerfahren sind, kann ich nur sagen, dass die Welt der Menschen ein gnadenloser Ort ist. Aber das Meer dort im Westen kann selbst den besonnensten Mann dazu bringen, an allem zu zweifeln, was er gelernt hat und was er zu wissen glaubt.

Vielleicht stand ich auf der Fahrt von Grönland in Richtung Westen so lang am Ruder, weil es mir guttat, mich an etwas Handfestem, etwas Wirklichem festzuhalten. Nicht weit von Vestbygda entfernt bat Tyrke mich, etwas weiter vom Land wegzusegeln. Ich spürte in diesem Moment eine Angst in mir, die ich auch in den Blicken der anderen auszumachen glaubte. Sie starrten über die Wellen, und die Stille, die herrschte, sagte mehr als alle Worte. Die Frauen nahmen die Kinder mit unter Deck und blieben dort.

Wir segelten zwei Tage entlang der grönländischen Küste nach Norden, bevor Tyrke sagte, dass es jetzt an der Zeit sei, westlichen Kurs einzuschlagen. Er riet mir, damit zu warten, bis es dunkel war und die Männer schliefen; dann wären wir bereits auf dem offenen Meer, wenn sie wach wurden. Es könnte, meinte er, selbst dem härtesten Mann Angst und Schrecken einjagen, das Land verschwinden zu sehen, wenn vor einem nur das Ungewisse liegt.

Also wartete ich. Als der Abend kam, rief ich Halvor, Eystein und meinen Bruder zu mir. Niemand der anderen erfuhr, dass es an der Zeit war, die bekannte Welt zu verlassen. Denn genau so dachten wir damals. Von Island und Grönland hatten wir gehört, seit wir Kinder waren, und wir zweifelten niemals daran, dass es diese Inseln gab. Mit Vinland und Markland verhielt sich das anders. Diese Namen klangen in unseren Ohren noch immer mystisch, als wären sie Teil irgendwelcher Sagen. Als sich an jenem Abend die Dunkelheit über die grönländische Küste legte, fühlte sich das Schiff unter meinen Füßen viel zu groß an. Das Ruder lag wie ein gewaltiger Klotz in meiner Hand. Meine Vorstellungen, durch das Holz dort im Westen reich werden zu können, kamen mir mit einem Mal wie blanker Irrsinn vor. Dass wir in der Ferne vor den Schlachten der Könige sicher sein würden, das urbare Land und der Torf, mit dem wir Stahl kochen wollten – all das wirkte in dieser Nacht wie ein Traum.

Zu guter Letzt schob ich das Steuer aber doch zur Seite und lenkte das Schiff in Richtung Westen.

In jener Nacht kamen wir ein gutes Stück voran und vielleicht beruhigte mich das gemächliche Auf und Ab des Schiffes, das sich durch die langen Wellen pflügte. Der Wind stand so, dass ich das Schiff sich selbst überlassen konnte. Trotzdem blieb ich mit der Hand auf dem Ruder stehen, nur um zu spüren, wie es sich unter meinen Fingern bewegte. Die »Danen« wirkte wie ein lebendiges Wesen, das versprochen hatte, uns sicher über das fremde schwarze Meer zu tragen. In jener Nacht kam nur Hutten zu mir, der sich in seinem Lodenumhang an die Reling stellte und ins Dunkel starrte.

Als die Männer am nächsten Morgen wach wurden und an Deck kamen, sahen sie sofort, dass ich den Kurs geändert hatte. Sie standen an der Reling, spähten in die leere Weite und einige murmelten, dass Odin sie sehen möge, denn das Meer, das wir nun befuhren, war ebenso unbekannt wie unser Schicksal dort im Westen.

Auch Sigrid stand an jenem Morgen bei mir, hatte ihren Arm um meinen Rücken und ihren Kopf auf meine Schulter gelegt. Erst nach einer ganzen Weile sagte sie: »Du hast nie gefragt, warum ich damals verheiratet worden bin.«

Ich wollte nicht daran denken, dass Sigrid die Frau eines anderen Mannes gewesen war, weshalb wir nie darüber gesprochen hatten.

»Hast du dich nie gefragt, warum Mutter das so wollte?«

»Nein«, sagte ich.

»Als Vater starb …«

»Du musst es mir nicht sagen, Sigrid. Sie musste einen guten Ehemann für dich finden. Vermutlich hielt sie diesen Mann in Irland für einen solchen.«

»Ich habe das auch geglaubt«, sagte sie. »Aber in letzter Zeit musste ich viel darüber nachdenken. Sie hat mich vor dir gewarnt, Torstein. Sie meinte, du wärst einer dieser Männer, die mich mit auf eine weite Reise nehmen würden. Sie meinte, es würde mir schlecht ergehen, wenn ich mit dir ginge.«

Ich antwortete nicht. Die See wurde rauer und der Wind frischte auf. Manchmal merkt man das nicht gleich, denn als Steuermann spürt man den Fahrtwind nicht im Gesicht. Sigrid ging zurück zu unserem Jungen, der am Mast auf Gislaugs Schoß lag. Jetzt spürte ich, wie das Meer unter dem Kielbalken zu brodeln begann. Ein Unwetter zog auf.

Ich rief, dass Frauen und Kinder unter Deck gehen sollten. Die Männer zogen die Lederumhänge an. Danach fuhr ich mit vollen Segeln weiter und hoffte, dem Unwetter entkommen zu können. Doch nur selten habe ich so rasch einen derart gewaltigen Sturm aufziehen sehen. Es dauerte nicht lang, und die Riemen und Seile begannen zu knacken, sodass wir das Segel einholen mussten, damit es nicht riss.

Wir ließen die Rah halb herunter und befestigen die Schot an ein paar Haken auf beiden Deckseiten. Ich tat das nicht oft, denn das Segel war eigentlich nicht dafür gewebt, aber ohne das Segel verloren wir komplett die Fahrt und wurden zum Spielball der Wellen. Das überstehende Segel banden wir so gut es ging fest und segelten vor dem Wind weiter.

Den ganzen Tag wechselten Bjørn und ich uns mit dem Steuern ab. Auch Welpe kam zu uns. Er stand lange da, kaute auf einem Stück Trockenfisch und hielt sich an der Reling fest. Über den Wind sagte er nur, dass er ein großes Glück sei, denn so kämen wir schnell zu den Inseln mit den Bäumen. Er hatte schon zuvor gesagt, dass er seinen Teil dazu beitragen wollte, dass wir alle reich und berühmt wurden. Eines Tages wollte er dann nach Rossøy zurückkehren, gehüllt in edle Kleider und mit einer silbernen Spange am Umhang, und den Menschen dort von uns erzählen. Sollte sein Vater noch am Leben sein, wollte Welpe ihm sagen, dass er nichts von ihm brauchte und weder Land noch Reichtum von ihm erben wollte.

Im Laufe des Tages wurde das Meer immer wilder. Gegen Abend waren die Wellen so hoch und steil, dass das Schiff auf jedem Wellenkamm nach vorne durch die Luft kippte und dann in rasender Fahrt nach unten rauschte. Jede Planke der »Danen« zitterte, und es fühlte sich so an, als könnten wir ringsherum den Arm in eine Wand aus Wasser stecken. Doch dann wurden wir wieder angehoben, der Wind fand das Segel aufs Neue und schob uns über den nächsten Wellenkamm.

In dieser Nacht hatte ich Angst. Wenn ein Mann allein segelt, hat er nur sich selbst zu verlieren. Ich hatte so viel mehr. Sollte das Schiff auf einen Eisberg treffen und voll Wasser laufen und Schlagseite bekommen, würde ich keine Ruhe finden, wenn ich in Asgard oder Helheim aufwachte. Dann würde ich nur noch Trauer und Reue spüren, denn bei mir waren meine Frau und mein Kind, mein Bruder und meine Kampfgefährten.

Meine Männer würden später berichten, dass sie die ganze Nacht hindurch Wasser aus dem Laderaum schöpfen mussten, denn die Wellen hätten geradewegs über das Deck gespült. Vingur hätten sie mit Seilen sichern müssen, damit er nicht hin und her geworfen wurde.

Bei Tagesanbruch zitterten Bjørn und ich vor Kälte. Unsere ledernen Umhänge hatten das Wasser irgendwann nicht mehr abgehalten, sodass wir bis auf die Knochen nass waren. Aber als Hutten und Halvor aus dem Laderaum kamen und das Ruder übernehmen wollten, weigerte ich mich zu gehen. Ich blieb stehen, die Finger fest um die Ruderpinne gekrallt. Der Wind toste noch immer wild um uns herum, er wollte uns keine Ruhe schenken.

Vielleicht war es ein solches Unwetter, das Bjarni Herjólfsson nach Westen geblasen und ihn zum ersten Mann gemacht hatte, der die Inseln dort im Westen zu Gesicht bekam. Wir hatten mittlerweile eine große Strecke zurückgelegt und Tyrke meinte, dass wir bald das Land vor uns erkennen würden. Aber niemand von uns sah etwas anderes als endloses Meer.

Irgendwann im Laufe des Tages versuchte ich, auszuruhen, konnte aber nicht schlafen. Ich ging unter Deck und legte mich zu Sigrid und Ravntor, aber auch mit trockenen Kleidern fand ich keine Ruhe. Irgendwann ging ich deshalb wieder an Deck und übernahm erneut das Ruder. Erst als es dunkel wurde, spürte ich die Erschöpfung über mich kommen. Ich übergab Bjørn die Verantwortung und kauerte mich an der Reling zusammen. Dort musste ich tief eingeschlafen sein, denn als nächstes erinnere ich mich daran, dass sich das Schiff durch sanfte Wellen schnitt. Ich stand auf und hatte das Gefühl zu träumen. Ging in den Bug zu Tyrke. Er sagte nichts, hob nur den Arm und zeigte, was ich bereits sah. Am Horizont war eine dunkle, unebene Linie zu erkennen. Land.

Vielleicht hatten wir zu viel über die Lärchenwälder und den zum Säen bereiten Boden gesprochen. Ich war auch sicher nicht der Einzige, der sich in Gedanken ausgemalt hatte, wie das alles werden würde, wenn wir erst an Land waren. Wir wollten ein Langhaus bauen mit Feuerstelle und Bänken, und aus der Schmiede sollten Blasebalg und Hämmer zu hören sein. Der Hof sollte am Meer an einer Bucht liegen, in der unser Schiff lag und in der auch die Schiffe, die wir mit der Zeit bauen wollten, vor Wind und Wetter geschützt waren. Das Land würde fruchtbar sein, die Sommer lang, die Fjorde voller Fische und die Wälder voller Wild.

Doch ein solches Land war es nicht, das wir da sahen. Dort gab es keine Bäume. Wir sahen nur Berge und steile Klippen. Es gab keinen Schärengarten, keinen Ort, wo wir mit dem Schiff hätten anlanden können. Außerdem drehte der Wind, er kam uns jetzt direkt entgegen, als wollten die Felsen uns von sich fernhalten.

Tyrke kam zu mir auf das Achterdeck und zeigte in Richtung

Backbord. »Steuere südlich, Häuptling. Dies hier sind die Berge nördlich von Helluland, kein gutes Land.«

Rah und Segel seitlich verspannt, steuerte ich nach Süden. Die Küste lag jetzt Steuerbord. Ich fragte Tyrke, wie weit wir noch segeln müssten, aber er zuckte nur mit den Schultern.

Es gibt Momente im Leben, in denen man sich fragt, ob man die richtigen Entscheidungen getroffen hat. Viele an Bord dachten sicher, dass sie besser im Dienste Sven Gabelbarts geblieben wären oder mit Borislav Richtung Süden hätten ziehen sollen, als sie an Deck kamen und das Land sahen. Erst standen sie an der Reling und starrten an die Küste, dann steckten einige die Köpfe zusammen und murmelten. Nach einer Weile trat Skjalm in den Bug. Er holte Luft, um etwas zu sagen, doch ich kam ihm zuvor und rief: »Wir sind sehr weit nördlich, im Süden wird das Land besser.«

Letzteres konnte ich nicht wissen, aber irgendetwas musste ich sagen. Die Männer beruhigten sich, und schließlich kam Bjørn zu mir und sagte, dass wir wieder Salzwasser in den Trinkwassertonnen hätten.

Einen Tag und eine Nacht segelten wir nach Süden am Land entlang, dann knickte die Küste nach Westen ab und wir segelten auf das offene Meer hinaus. Einen Tag später sahen wir erneut Land, und Tyrke meinte, das sei nun Helluland. Wenn ich mich der Küste näherte, würde er sich sicher zurechtfinden und die Stellen erkennen, an denen Leif an Land gegangen war. Dort gebe es sowohl Bäche als auch Schmelzwassertümpel, in denen wir unsere Wassertonnen auffüllen konnten.

Später am Abend fanden wir eine Bucht. Noch in der Dämmerung warfen wir den Anker und am folgenden Morgen war mein Bruder der erste, der seinen Fuß auf das Land im Westen setzte. Die Hälfte der Männer und alle Frauen und Kinder wie auch das Sklavenmädchen blieben an Bord, während wir anderen Tyrke über die kargen Flächen folgten. Es gab noch immer keine Bäume, nur vereinzelte Büsche, die sich in den Felsspalten festklammerten. Ein paar Pfeilschüsse von der Küste entfernt führte Tyrke uns auf einen Höhenzug, auf dem ein Seezeichen errichtet worden war. Der kleinwüchsige Mann nahm einen Stein und legte ihn auf den Haufen. Dann löste er seinen Gürtel und pinkelte an den Steinhaufen. Während er das tat, sah er blinzelnd in das schneebedeckte Landesinnere.

Wir blieben zwei Tage in der Bucht. Nur wenige Pfeilschüsse von der Stelle entfernt, an der wir an Land gegangen waren, fanden wir einen Bach, in dem wir unsere Tonnen füllen konnten. Die Felsen am Ufer waren glitschig und volle Wassertonnen sind schwer, sodass es an ein Wunder grenzte, dass niemand stürzte und sich die Beine brach. Vingur stampfte unten im Laderaum mit den Hufen, aber da es bis unmittelbar an die Küste sehr tief war, brachten wir ihn nicht an Land. Nun konnte ich das Schiff überprüfen. Ich betrachtete jede Planke und jede Schot, jedes Seil und jede Naht. Währenddessen standen die Männer auf den Uferfelsen und fischten, und die Frauen und Kinder sammelten Tang, den wir unter das Futter der Tiere mischen konnten. Sigrid nähte neue Sohlen an meine Schuhe, sie nahm dafür Schafsfell und drehte die Wolle nach innen.

Menschen sahen wir keine, weder Skrælinge noch andere. Auch Tiere waren nicht zu sehen, sah man einmal von Vögeln und Fischen ab. Es war ein totes, ödes Land.

*

Von Helluland segelt man genau nach Süden, und im Sommer helfen dabei oft die Strömungen und der Wind. Kann man Hellulands schneebedeckte Berge nicht mehr sehen, dreht man etwas nach Südosten, um nicht in einer großen Bucht zu landen. Als wir wieder Land sahen, lag dieses noch immer westlich von uns. »Das ist Markland«, sagte Tyrke, aber als wir uns der Küste näherten, sahen wir auch hier keinen Wald, sondern immer nur die gleichen kahlen Berge und Fjorde. Tyrke meinte, wir müssten noch ein paar Tage weiter nach Süden segeln, dann würden wir sehen, dass es hier wirklich Wälder gäbe.

Ich habe einige meiner Männer schlecht über Tyrke reden hören, er sei ein Mann mit Hang zur Trunksucht, der zu nichts anderem taugte, als am Feuer zu sitzen und zu prahlen. Es tut mir leid, dass man sich so an ihn erinnert. Tyrke hat uns das Land im Westen gezeigt, und dafür werde ich ihm immer dankbar sein. Kluge Männer wissen, dass niemand, nicht einmal die Götter, ohne Fehler sind. Und Tyrke, so klein und wunderlich er auch war, hatte mehr Grund zu trinken als die meisten anderen. Dass er sich betrank, kaum dass er das Schiff betreten hatte, und auf der Überfahrt nach Westen kaum zu gebrauchen war, ist eine Lüge. Aber die Wälder, die er uns versprochen hatte, ließen auf sich warten. Und so dauerte es nicht lange, bis Skjalm und einige der anderen Männer zu reden begannen, dass wir dem Zwerg, wie sie ihn nannten, nicht trauen könnten. Doch nach vier Tagen sahen wir an der Küste Marklands die ersten Bäume. Ich steuerte näher zum Land, denn Tyrke meinte, die Fahrwasser wären sicher. Die Landschaft war flacher als im Norden, und dort wuchsen nicht nur niedrige Büsche, sondern auch Birken und Kiefern. Bald darauf segelten wir nicht mehr an kahlen Felsen, sondern an waldbestandenen Ebenen und lang gezogenen Höhenrücken mit dichtem Nadelwald vorbei. Kein Mann baut Schiffe aus Kiefernholz, wenn sich das vermeiden lässt, aber jetzt wussten wir wenigstens, dass wir Schutz vor dem Winter finden würden. Das sei das Erste, um das wir uns kümmern müssten, meinte Bjørn. Das Land sei fremd, wir könnten nicht wissen, ob der Winter hier früh oder spät kam.

Wir ruderten in einen der vielen Fjorde hinein. Sie sind hier so gerade wie von Riesenhand geschlagen und strecken sich so weit in das Land hinein, dass man das Ende vor dem Abend nicht erreicht. In einem dieser Fjorde sahen wir sowohl Seehunde als auch einen Schwarm kleiner Wale. Die Hänge sahen grün und fruchtbar aus, sodass die Männer mich fragten, ob sie nicht zu den Bögen greifen und auf die Jagd gehen könnten. Wir lebten jetzt von Fisch, seit wir von den Orkney-Inseln aufgebrochen waren. Und auch dort hatten wir nur selten Fleisch bekommen. Es würde uns nur guttun, Wild zu essen, meinte auch Halvor.

Wir hatten das Langschiff zu einer Sandbank gerudert, als der Abend hereinbrach. Die Nacht verbrachten wir an Deck, doch am nächsten Morgen gingen wir alle an Land, auch die Frauen und Kinder. Ich saß eine Weile mit Fenris auf dem Schoß da, während sich Halvor und Bjørn für die Jagd bereitmachten. Sie wollten mit zehn Männern aufbrechen, während der Rest beim Schiff blieb. Sie nahmen Felle, Wasser und Trockenfisch mit, sollten sie mehrere Tage fortbleiben.

Fenris ging es an diesem Morgen nicht gut. Kaum, dass er an Land war, legte er sich einfach hin. Ich saß bei ihm und kraulte ihn, aber irgendwann kam Vidar vorbei und meinte, mein Hund sei alt, ich müsse verstehen, dass seine Zeit bald gekommen wäre. Ich wollte diese Worte nicht hören, und als Vidar mit den anderen aufbrach, wünschte ich ihnen nicht einmal Glück.

Fenris lag die meiste Zeit des Tages auf meinem Schoß. Ich saß auf der Sandbank und fürchtete eine Weile, dass er sterben könnte, doch als sich die Sonne dem Horizont näherte, kam er irgendwie wieder zu sich und schüttelte das Alter ab. Er humpelte erst nach unten zum Wasser, rupfte an ein paar Tangfasern herum und machte dann sein Geschäft. Danach bellte er einmal laut und sah mich an.

Vielleicht war das seine Art von Protest, weil Bjørn und die anderen Jäger die Hündin mitgenommen hatten. Oder es war eine Folge der Seekrankheit. Auf jeden Fall sah er mit einem Mal wieder gesund aus. Als ich ihn anschließend mit aufs Schiff nehmen wollte, lief er weg. Ich ließ ihn gewähren und kletterte an Bord, aber dort kam Sigrid mir mit meinem Langbogen in der Hand entgegen. »Mit Männern ist es wie mit Hunden«, sagte sie. »Sie werden verrückt, wenn sie nicht herumlaufen können.« Sie reichte mir den Bogen und zeigte zum Waldrand. »Mein lieber Mann, geh und lern wieder laufen.«

In ihren Worten war mehr Liebe als ich verstand. Ich nahm drei Pfeile mit, ein leichtes Handbeil und einen der locker geflochtenen Körbe, die wir mitgebracht hatten. Die Frauen hatten Lederbänder daran gebunden, sodass man sie auf dem Rücken tragen konnte. Sie nutzten sie, um Tang und Gras für die Tiere zu sammeln.

Es heißt, eine gute Frau kennt ihren Mann besser als er sich selbst. Und so war es wohl auch mit Sigrid, denn als ich im Schatten der Bäume stand, überkam mich plötzlich eine Ruhe, wie ich sie schon sehr lange nicht mehr gespürt hatte. Ich hatte fast vergessen, wie es sich anfühlte, festen Boden unter den Füßen zu haben und beinahe zu glauben begonnen, mich nur mit Wasser unter dem Kiel sicher fühlen zu können. Aber der Wald dort an diesem Fjord hatte etwas Friedvolles. Und er war viel fruchtbarer, als ich gedacht hatte. Wenige Pfeilschüsse vom Strand entfernt führten die Spuren der Jäger eine Anhöhe hinauf, aber ich ging in eine andere Richtung. Bald darauf befand ich mich zwischen

Farnpflanzen, die so hoch waren, dass es an manchen Stellen leichter war, sich darunter durch zu ducken, als die Wedel zur Seite zu schieben. Der Boden war mit weichem, feuchtem Moos bedeckt und die Flechten hingen lang wie die Bärte alter Männer von den Zweigen. Die Bäume um mich herum hatten etwas hellere Nadeln als die bei uns zu Hause. Aus den Baumwipfeln hörte ich das Zwitschern von Vögeln, und an einigen Stellen lagen abgenagte Zapfen auf dem Boden, woraus ich schloss, dass es Eichhörnchen gab. Ich sah keine Spuren größerer Tiere, denn die hätte ich leicht entdeckt, da das Moos so locker war, dass es sich unter meinen Füßen löste. In diesem Moment spürte ich wieder, dass ich mein rechtes Bein etwas nachzog, was mir dort im Unterholz eine Last war. An Bord behinderte mich das kaum, aber jetzt quälte es mich, weshalb ich schon wieder kehrtmachen wollte, als ich plötzlich ein Geräusch hörte. Es klang wie ein leises Heulen, wie ich es noch nie gehört hatte, weder von Mensch noch Tier. Fenris und ich blieben wie angewurzelt stehen, doch jetzt hörten wir es nicht mehr. Fenris hockte sich hin und kratzte sich mit dem gesunden Bein.

Meinen Bogen hatte ich aus schottischer Esche gebaut, die ich auf Rossøy von Hutten eingetauscht hatte. Die schottische Esche ist nicht so gut wie die norwegische, weshalb der Bogen nicht so stark war, wie ich ihn eigentlich haben wollte. Ich sah mich nach Bogenholz um und dachte, dass es hier vielleicht Ahorn, Ulmen oder sogar Eiben gab, die eigentlich gerne in feuchten, farnreichen Wäldern wuchsen.

Während ich mich umsah, hörte ich das Geräusch erneut. Ich verstand mit einem Mal, dass das kein Tier sein konnte, denn das Geräusch hielt an, als bliese jemand in eine Flöte oder ein Horn. Ich steckte zwei Pfeile zwischen die Finger meiner Bogenhand und legte den dritten auf die Sehne. Doch schon war das Geräusch wieder verstummt. Ich hörte auch keine Schritte und kein Rascheln. Fenris grub im Moos, er schien nichts bemerkt zu haben. Hätte er Menschen in der Nähe wahrgenommen, hätte er den Schwanz gehoben und die Ohren gespitzt.

Ich war damals neugierig, wie es junge Männer oft sind, weshalb ich den Korb abnahm und mich mit dem Bogen in der Hand durch das Farnkraut schlich. Fenris lief langsam vor mir her. Das Geräusch führte mich aus dem Nadelwald heraus auf den Höhenzug. Von dort sah ich unser Schiff. Zwei Mädchen badeten im Wasser, es mussten die Töchter von Vidar sein. Während es unten im Wald windstill gewesen war, spürte ich hier oben deutlich die Brise. Das Flöten war nun lauter zu hören. Fenris und ich kletterten zum höchsten Punkt und das, was ich zuvor für einen Felsen gehalten hatte, entpuppte sich als ein großer, von Menschenhand errichteter Steinhaufen. Vier grob zugehauene Steinblöcke, jeder etwa so groß wie eine Biertonne, waren so aufeinandergestapelt worden, dass ihr Zwischenraum die Form eines Kreuzes hatte. Zuoberst lag eine Steinplatte. Dann kam ein Windstoß und ließ das Gebilde wie ein Skaldenhorn ertönen.

Ich ging näher und sah es mir genauer an. Nur wenn der Wind aus einer bestimmten Richtung kam, war der Laut zu hören. Stellte ich mich zwischen den Wind und die Steine, verstummte er. Da erblickte ich in einem Spalt zwischen den Steinen ein paar verkeilte Knochen. Ich schob meine Hand hinein, bekam einen zu fassen und erkannte gleich, dass es eine Rippe war. Ich hielt sie mir vor die Brust, sie war etwas kleiner als meine eigenen Rippen, aber es war die Rippe eines Menschen, daran bestand kein Zweifel.

Als Fenris und ich zum Langschiff zurückkamen, lief Tyrke auf dem Strand herum und trank aus dem Weinschlauch, den Erik der Rote uns mitgegeben hatte. Ich setzte Fenris in den Korb, den ich wieder auf dem Rücken trug, und kletterte an Bord.

An diesem Abend sagte ich nichts von dem Steinhaufen. Weil so viele auf der Jagd waren, waren Sigrid und ich hinter dem Heustapel unter Deck ganz für uns, und da ich sie lange nicht so gespürt hatte, wie ein Mann eine Frau am liebsten spürt, schob ich meine Hand unter ihr Kleid und zog sie an mich. Der Junge schlief eine Armlänge entfernt in eine Wolldecke gehüllt, sodass ich von ihm nicht mehr als seine kleine Nase und die sich im Schlaf bewegenden Finger sah.

Sigrid ließ mich gewähren, auch wenn es eigentlich nicht meine Art war, mich ihr so forsch zu nähern. Als ich aber mehr wollte, flüsterte sie mir ins Ohr: »Nein, nicht hier.«

Ich wollte schon ihre Hand nehmen und mit ihr von Bord und in den Wald zu der Stelle mit dem weichen Moos gehen, als unser Sohn aufwachte. Sigrid legte ihn an, womit sich das alles erledigt hatte.

Den Rest der Nacht stand ich oben auf dem Schiffsdeck. Es war nur die halbe Mannschaft auf die Jagd gegangen, sodass wir noch zahlreich genug waren, um das Schiff zu verteidigen, sollte das nötig werden. Hutten kam zu mir und sagte, die Landschaft sei vielversprechend, aber wir bräuchten besseren Boden, um Korn anzubauen. Außerdem wäre rote Erde besser zum Eisenkochen. Ich konnte nicht viel dazu sagen. Wir mussten weiter, und vielleicht wusste Eriks Sohn ja von einem solchen Ort.

Hutten ging unter Deck und ich blieb in Gedanken versunken allein. Da wir in Island als vogelfrei galten, konnten wir dort weder Holz noch Schiffe oder Eisen verkaufen. Ich bin kein Kaufmann, weiß aber, dass der Preis steigt, wenn mehrere Leute das brauchen, was man anbieten kann. Wollten wir reich werden, mussten wir also weitersegeln als bis nach Grönland. Mich beschäftigte auch, dass die Heilerin uns ihren Namen nicht genannt hatte, da sie nicht allen an Bord vertraut hatte. Natürlich gab es auch für mich Menschen, die ich weniger mochte als andere und die mehr Worte machten als nötig war. Skjalm war einer von ihnen, Vidar ebenfalls. Aber ich war ihr Häuptling, und ein Häuptling kann nicht ein Freund von allen sein. Trotzdem fragte ich mich, was geschehen würde, sollte einer von ihnen versuchen, meinen Platz einzunehmen. Ich sah Richtung Land. Wir hatten mittschiffs auf einer Tonne die Öllampe entzündet und das Licht flackerte über das Deck. Ein guter Schütze konnte mich vom Strand aus leicht mit einem Pfeil treffen.

Die Jäger kamen kurz nach Sonnenaufgang zurück. Sie hatten am Abend zuvor oben auf dem Höhenzug einen Hirsch geschossen, sich im Dunkeln aber nicht zurückgewagt und deshalb auf die Dämmerung gewartet. Der Hirsch war bereits zerteilt und mein Bruder kam mit blutigen Armen an Deck, das abgezogene Fell zusammenrollt auf seiner Schulter. Er entrollte es, um mir zu zeigen, wie groß der Hirsch gewesen war. Männer und Frauen standen um ihn herum und bestaunten die Größe des Tieres und die Menge an Fleisch, die die Männer mitgebracht hatten. Halvor meinte, das sei ein gutes Zeichen, wir würden keinen Hunger leiden, wenn es hier im Westen so viel Wild gäbe. Ich war mürrisch und wortkarg, denn die Sorgen der Nacht hatten mich noch nicht losgelassen. Während das Fleisch weiter zerteilt und auf Spieße gesteckt über dem Feuer gegrillt wurde, stand ich am Ruder und starrte zur Fjordmündung und zu der Anhöhe mit dem tönenden Steinhaufen.

8
Eriks Sohn

Ob es am Hirschfleisch lag oder dem milden Wind an der Küste von Markland, weiß ich nicht zu sagen, aber als wir mit südlichem Kurs aus dem Fjord segelten, war die Stimmung an Bord so gut wie lange nicht mehr. Von meinem Platz am Steuerruder auf dem Achterdeck sah ich die Männer an die Reling gelehnt schlafen, die Frauen ihre Gesichter der Sonne zuwenden. Die See war ruhig, aber der Wind kräftig genug, um uns vorwärts zu bringen.

Tyrke erinnerte sich nicht genau, wie weit es bis zum Leifshof war. Er zeigte nach Süden, immer nach Süden. Wir sollten einfach weitersegeln, er würde schon Bescheid geben, wenn wir uns näherten.

Und so segelten wir. Selten habe ich eine so reibungslose Fahrt erlebt. Strömung und Wind waren nicht zu stark und immer zu unseren Gunsten. Keinen Seemann zieht es bei so einer Wetterlage an Land, aber wir mussten unsere Trinkwasservorräte auffüllen. Und die Männer waren auf den Geschmack von Frischfleisch gekommen, sie wollten mit ihren Bögen an Land und Wild erlegen.

Mein Bruder war der eindeutig bessere Jäger von uns beiden, weshalb er, als wir an Land gingen, die Jagdgruppe anführte. Und wie beim letzten Mal blieben sie über Nacht fort und kamen mit reicher Beute zurück. Darunter fünf große Vögel, wie wir sie noch nie gesehen hatten, dick und unansehnlich, mit runzeligem Hals und einem Hautlappen unter dem Schnabel. Bjørn erzählte mir, dass sie auf einer Lichtung auf die eigenartigen Kreaturen gestoßen wären, die keine Anstalten zu flüchten gemacht hätten. Wir kochten das Fleisch lange in unseren Töpfen, und als wir es schließlich zu probieren wagten, bereuten wir es nicht. Es schmeckte wie Hühnerfleisch. Und die langen, steifen Federn der Vögel eigneten sich obendrein noch für unsere Pfeile.

Je weiter wir nach Süden kamen, desto dichter wurden der Wald und die Bäume höher. Wir segelten an gutem und fruchtbarem Land vorbei, und wenn wir nicht versprochen hätten, Tyrke zu seinem Ziehsohn zu bringen, wie Halvor mich ermahnte, hätten wir uns hier vielleicht einen Platz zum Niederlassen gesucht. Aber wir mussten weiter. Nicht nur wegen Tyrke, sondern auch, um uns mit Leif zu beratschlagen, der die Fahrwasser und das Land kannte. Dass sich Leif in Norwegen von Olav Tryggvason zum christlichen Glauben hatte bekehren lassen, schien Halvor nicht weiter zu bekümmern.

Sigrid war mir in dieser Zeit wieder viel näher. Ich wusste wenig über Frauen und hatte nie recht verstanden, warum sie nach der Geburt des Jungen so abweisend gewesen war, aber jetzt stand sie am Steuerruder neben mir, eine Hand zärtlich um meine Taille gelegt.

Ich ankerte in einer der Buchten und schickte die Männer auf die Jagd. Selbst zog ich mich mit Sigrid zwischen die Bäume zurück, aber nur so weit, dass wir das Schiff noch sehen konnten. Vidars Frau kümmerte sich um unseren Jungen. Sigrid nahm nicht einmal den Blick vom Schiff, als wir uns hastig zueinander legten; ich hatte ein Schaffell mitgebracht, auf dem wir nun miteinander schliefen. Hinterher erzählte sie, dass sie nach der Geburt lange geblutet hätte. Sie hatte nichts gesagt, weil ich mich um so viel anderes kümmern musste. Inzwischen sei alles wieder gut, ich bräuchte mir keine Sorgen machen.

Ich blieb noch auf dem Fell liegen, als sie auf das Schiff zurückging. Die Bäume um mich herum schienen bis in den Himmel zu wachsen. Ich dachte über Sigrids Worte nach und fühlte mich schlecht, weil ich nichts von ihren Plagen bemerkt hatte, aber das Rauschen des Windes wischte die Grübeleien fort.

Stattdessen begannen meine Gedanken nun um unsere irgendwie unwirkliche Meeresüberquerung zu kreisen, unseren Eintritt in diese unbekannte Welt. Wie war es dazu gekommen, dass ich, ein einfacher Junge aus Vingulmørk, ein entflohener Sklave, zum Häuptling einer Mannschaft Jomswikinger geworden war? Ich lag unter mächtigen Bäumen in einem Land, das für viele nur in den Lügengeschichten der Seemänner existierte. Dabei kam es mir wie gestern vor, dass ich an die Ruderbank gekettet gewesen war. Ich bereute so vieles. Wäre ich an dem Tag, als Ros und seine Männer kamen, nicht auf den glatten Felsen eingeschlafen, hätte ich sie vielleicht kommen hören. Ich klammerte mich an den Gedanken, dass Vater und ich hätten fliehen können, wenn ich ihn nur früh genug gewarnt hätte. Vielleicht machte es aber auch keinen Unterschied. Auch andere Dinge bereute ich. Ich hätte mehr Einsatz zeigen müssen, als ich bei Grim auf Rossøy gelebt hatte. Ich hätte Steine schleppen und Hauswälle bauen sollen, um zu beweisen, dass ich trotz meines Hinkebeins in der Lage war, einen Hof zu bewirtschaften. Dann wäre Sigrid vielleicht nicht an einen anderen verheiratet worden. Ich bereute es, ihr hier im Westen Land und Wohlstand versprochen zu haben. Reich wie der Insel-Jarl würden wir werden, hatte ich gesagt, wenn nicht noch reicher. Schöne Kleider sollte sie bekommen, Halsketten aus Glasperlen und Bernstein. Und wir würden niemals Hunger leiden. Sie sollte nicht mehr barfuß durch lehmigen Schlamm waten und sich abrackern müssen wie eine einfache Bauersfrau. Zusammen mit meinem Bruder und den anderen Männern würden wir so prachtvolle Schiffe bauen, dass sich die reichen Männer im Osten um sie streiten würden. All das hatte ich ihr versprochen. Was würde sie von mir denken, wenn ich kein fruchtbares Land fand und wir auf die Skrælinge trafen, die den Gast von Erik dem Roten mit Pfeilen beschossen hatten? Wir waren Krieger, aber in diesen Wäldern konnten viele Gegner lauern. Was, wenn die Skrælinge ein eigenes Heer hatten wie die Könige im Osten?

Ich war, wie schon mein Vater sagte, von Kindesbeinen an ein hoffnungsloser Grübler. Als wir an diesem Abend aus der Bucht herausruderten, hing ich noch immer meinen Gedanken nach. Wir legten in der Dämmerung ab, weil ich an Land befürchtete, in der Dunkelheit von Skrælingen überfallen zu werden. Und weil ich mich auf dem Wasser schon immer sicherer gefühlt habe.

*

Wir segelten mehrere Tage an der Küste entlang südwärts. Tyrke meinte irgendwann, dass es nun nicht mehr weit bis zu seinem Ziehsohn wäre. Jeden Morgen stand er im Bug und schaute mit zugekniffenen Augen an Land, sodass wir jederzeit mit seinem Ausruf rechneten, dass wir unser erstes Ziel erreicht hätten. Aber die Tage vergingen, und wir segelten weiter und weiter.

Das Fahrwasser glich dem, das wir aus unserer Heimat kannten. Dadurch waren Strömungen und Winde für uns berechenbarer. Auch die Landschaft hatte etwas Vertrautes. Die kahlen Höhenzüge lagen hinter uns, hier wuchsen überall Fichtenwälder. Es gab auch Wale, einsame Riesen, die wir weiter draußen auf dem offenen Meer blasen sahen, und Herden von kleineren Tieren. Auch Seevögel gab es reichlich. Viele kannten wir, andere hatten wir noch nie gesehen. Skjalm versuchte sie mit einem Stück getrocknetem Hirschfleisch an einem Dorschhaken anzulocken, den er neben dem Schiff hergleiten ließ, was mich wütend machte, da ich von Vergnügungen dieser Art nichts hielt. Und er schien mich verstanden zu haben, denn er zog die Schnur ein und probierte es nicht noch einmal.

Tyrke schien von seinen Fahrten entlang der Küste nicht viel im Gedächtnis behalten zu haben. Seine Reise mit Leif und den Rückweg nach Grönland musste er mehr oder weniger im Weinrausch verbracht haben. Er warf die Arme in die Luft und jammerte so laut über seine Nichtsnutzigkeit, dass es alle mitbekamen, und setzte sich dann betrübt an die Kante des offenen Laderaums. Halvor setzte sich zu ihm, er war ein guter Zuhörer, und Tyrke erzählte ihm, dass in seiner Jugend alles ganz anders gewesen wäre. Er hätte eine Frau gehabt, die wegen ihrer angeborenen Gaumenspalte froh darüber gewesen sei, dass überhaupt ein Mann sie wollte. Aber Tyrke hatte sie geliebt, auch wenn sie nicht die Hübscheste gewesen war und ihm keine Kinder geschenkt hätte. Ein gutes Herz hätte sie gehabt. Irgendwann war sie auf einem Felsen im Wasser ausgerutscht und hatte sich das Bein gebrochen, und ein paar Tage später war sie gestorben. Danach war das Leben für Tyrke nicht mehr dasselbe gewesen. Der junge Leif war sein einziger Trost gewesen, für ihn hatte er sich die meiste Zeit nüchtern gehalten, zumindest, solange der Junge noch klein gewesen war.

Halvor erzählte mir später, dass Erik Tyrke gebeten hatte, Leif in seine Obhut zu nehmen, um ihn von seiner Mutter Tjodhild fernzuhalten. Die jähzornige Frau sparte nicht mit Schlägen und war boshaft und tückisch wie kaum ein Mensch sonst. Tyrke hatte erzählt, dass sie ein paar Skrælinge mit Wein und Glasperlen bestochen hatte, damit sie die Tochter umbrachten, die Erik mit einer Sklavin gezeugt hatte. Die Skrælinge ließen sich den Wein schmecken und schmückten sich mit den Glasperlen, aber aus dem Mord wurde nichts; Skrælinge waren offenbar nicht sehr verlässlich, was Absprachen betraf.

Als die Küste mehr und mehr nach Westen abknickte, wurde Tyrke plötzlich munterer. Er stellte sich zu mir ans Steuerruder. Backbord vor uns lag eine Insel. Das, was ich für einen Fjord hielt, sei ein Sund, meinte Tyrke, der seinen kurzen Arm ausstreckte und auf das Land südlich des Sunds zeigte. »Das ist Leifs Insel. Dort haben Eriks Sohn und seine Leute sich niedergelassen«, sagte er. Tyrke wurde unruhig. Er warf einen Eimer über die Bordwand, zog ihn wieder ein und wusch sich das Gesicht mit Meerwasser. Dann nahm er einen Kamm aus seiner Gürteltasche und kämmte die verfilzten Knoten aus seinen Haaren und dem Bart.

Als wir uns dem Land näherten, sahen wir in einer Bucht vier unserem nicht unähnliche Schiffe. Etwas später entdeckten wir auch die Siedlung. Zwei Boote waren an Land gezogen worden.

Wir steuerten die Bucht an. Die in Strandnähe errichteten Torfhäuser waren kaum von der Landschaft ringsherum zu unterscheiden. Die Bucht öffnete sich nach Westen, und zwischen den Gebäuden und jenseits eines gerodeten Streifens um die Ansiedlung herum wuchs lichter Nadelwald, in dem Kühe und Schafe weideten. Die Bewohner der Höfe hatten uns entdeckt und liefen am Wasser zusammen, einige mit Bögen in den Händen. Ein paar Hunde hatten sich bis ins Wasser vorgewagt und kläfften uns entgegen.

Wir holten Rah und Segel ein. Tyrke stand winkend und rufend am Bugsteven und wäre am liebsten direkt auf den Strand gefahren. Doch was auf den ersten Blick wie ein Strand aussah, entpuppte sich als nackter Fels, der sich von einer Torfschicht bedeckt ins Wasser erstreckte. Das Wasser unter uns war so flach, dass wir den Grund sehen konnten, als wir den Anker warfen, der sich sicher unter einem großen Felsen verkeilte.

Halvor, Tyrke, Bjørn und ich ruderten mit dem Beiboot an Land. Tyrke war schrecklich aufgeregt, er kratzte sich unablässig im Bart und konnte nicht still sitzen. Aber als wir am Felsen anlegten, riss er sich zusammen und stieg mit einer gewissen Würde an Land. Die Hunde wurden eingefangen und hörten zu bellen auf. Tyrke grüßte die Leute, die ans Ufer gekommen waren, mit einem knappen Nicken, ehe er fragte, wo Leif sei, den er nirgendwo sehen konnte. Einer der Bauern, dem eine Hand fehlte, ein hochgewachsener, breitschultriger Graubart mit sommersprossiger Glatze, trat einen Schritt vor.

»Leif ist unterwegs und sieht nach den Fallen«, sagte er und sah uns an. »Wer ist da bei dir?«

Wir nannten ihm unsere Namen und er sagte, dass er Svær-Gunnar heiße. Ich fügte noch hinzu, wie es Brauch war, dass wir Söhne von Tormod aus Vingulmørk waren. Halvor begnügte sich mit seinem Namen, er wusste nicht, wer sein Vater war.

»Wo kommt ihr her? Grönland oder Island?«, wollte Svær-Gunnar wissen.

»Wir sind von den Orkney-Inseln aufgebrochen«, antwortete ich.

»Eine lange Fahrt«, murmelte Svær-Gunnar und die Männer um ihn herum nickten und wiederholten seine Worte.

»Was führt euch hierher?«, fragte Svær-Gunnar und die Bauern verstummten gespannt.

»Wir suchen nach geeignetem Holz, um Schiffe zu bauen«, sagte ich.

»Und Eisen«, fügte mein Bruder hinzu, »Wenn es hier Eisenerz gibt.«

»Das gibt es«, sagte Svær-Gunnar und zeigte mit dem Armstumpf ans südliche Ende der Bucht. »Wir härten guten Stahl dort drüben.«

Wir befanden uns auf der Nordseite eines Flusses, der die Insel ungefähr in der Mitte teilte und den wir bei unserer Einfahrt in die Bucht gesehen hatten. Um uns herum waren Büsche und

Bäume gerodet und das Gras kurz abgefressen. Am Ufer standen geschätzt dreißig bis vierzig Menschen, größtenteils junge Männer und Frauen. Ich sah kaum Kinder und keine Säuglinge. Und auch keine Alten.

»Gibt es bei euch einen, der über den anderen steht?«, fragte Svær-Gunnar.

Halvor legte eine Hand auf meine Schulter.

»Torstein ist unser Häuptling.«

»Richte deinen Leuten aus, dass sie an Land kommen sollen«, sagte Svær-Gunnar. »Niemand soll sagen, Leif wäre nicht gastfreundlich. Aber du als Häuptling deines Schiffes musst daran denken, dass Leif der Häuptling der Insel ist. Alles hier ist seins und unseres, jeder Baum und jeder noch so kleine Stein.«

Ich nickte, denn ich hatte nicht einen Augenblick im Sinn gehabt, mir etwas davon anzueignen. Wir würden uns eigenes Land suchen, nicht das von Eriks Sohn.

Sie zeigten uns einen Felsen, an dem wir mit dem Bug anlegen konnten. Die Tiere wollte Svær-Gunnar aber erst an Land holen, wenn Leif sie begutachtet und sich versichert hatte, dass sie keine Krankheiten mitbrachten. Danach führte er Bjørn und mich auf dem Leifshof herum. Die Bewohner hatten wirklich fleißig gearbeitet. Seit ihrer Ankunft hatten sie Langhäuser gebaut, einen Bootsbauplatz, eine Schmiede und einen riesigen Schmelzofen. Die Gebäude standen einen Steinwurf vom Wasser entfernt. Auf dem Bootsbauplatz entstand gerade ein kleineres Schiff. Was ich sah, erfüllte mich ein wenig mit Neid, und es beruhigte mich keineswegs, als Svær-Gunnar mit Leifs großartigen Plänen prahlte, Holz aus dem Süden zu holen, um hier Schiffe zu bauen, mit denen sie nach Island segeln könnten. Wenigstens hatte er nicht vor, die Schiffe zu verkaufen; er wollte mittellose Leute aus Island an Bord nehmen, die kein eigenes Land hatten, und sie hierherbringen. Leif wollte ein eigenes Reich aufbauen, ein Reich, in dem die Menschen das Joch der Armut abwerfen und frei leben konnten.

»Das wird ihnen gefallen«, sagte ich knapp.

»In der alten Welt leben selbst freie Menschen wie Knechte«, sagte Svær-Gunnar und umfasste den Stumpf, an dem seine linke Hand einmal gesessen hatte.

Weder Bjørn noch ich sahen irgendwo eine Kirche, was uns wunderte, da Leif doch in Norwegen von Olav Tryggvason zum christlichen Glauben bekehrt worden sein sollte. Ich hatte meinen Männern an Bord eingebläut, die Schlacht von Svold nicht zu erwähnen, und wenn jemand wissen wollte, woher wir kamen, sollten sie antworten, dass wir Bauern und Handwerker seien, die nach Westen aufgebrochen waren, um Land für sich zu finden. Leif und seine Leute durften auf keinen Fall erfahren, dass wir an der Seite des Dänenkönigs und der Jarlssöhne gekämpft hatten, und dass ich es war, der Olav den Todesstoß versetzt hatte.

Svær-Gunnar bot uns an, in der Nähe des Schmelzofens unser Lager aufzuschlagen, dort gäbe es auch genug Brennholz. Wir sollten uns einfach von den Stapeln bei den Köhlergruben bedienen. Skjalm und Vidar spannten ein paar Planen auf und bekamen bald Gesellschaft von weiteren unserer Männer. Ich blieb mit Sigrid und dem Jungen, meinem Bruder und meinen engsten Gefährten an Bord.

Mit Einbruch der Dunkelheit kamen Leif und sein Gefolge zurück. Tyrke war ihnen entgegengegangen, war jetzt aber weder bei Leif noch sonst irgendwo zu sehen. Leif redete oben bei einem der Langhäuser mit Svær-Gunnar, der mit seinem Armstumpf auf uns zeigte. Leif trug Wams und Hose wie die anderen, dazu ein Schaffell über den Schultern. Er strich sich über den roten Bart und nickte, während der andere redete. Schließlich sagte er etwas zu den drei jungen Männern, die ihn begleitet hatten. Sie schnallten ihre Gürtel ab, an denen jeweils zwei Hasen hingen, und rannten in den Wald. Leif kam auf uns zu. Bjørn und ich traten in den Bug und grüßten ihn. Leif erwiderte unseren Gruß. Er nahm unser Schiff in Augenschein, räusperte sich und strich sich wieder über den Bart. Schließlich hob er den Blick und kniff die Augen vor der Abendsonne zusammen.

»Ich bin Leif, Sohn Eriks des Roten aus Grönland.«

Er sah seinem Vater sehr ähnlich, wenn er auch etwas kleiner war. Das Schaffell ließ seine Schultern breiter wirken als sie waren, und er schien nicht sonderlich kräftig zu sein.

»Mein Ziehvater ist mit euch gekommen«, sagte er. »Wie ich gehört habe, ist er losgelaufen, um nach mir zu suchen.«

Leif warf einen Blick hoch zum Waldrand. Den festen Blick und so klare Augen sah man nur bei Männern, die lange Zeit auf dem Meer verbracht hatten. Ich schätzte ihn etwas älter als mich, aber nicht viel, seinen dreißigsten Winter hatte er vermutlich noch nicht erlebt.

»Und nun verratet mir eure Namen.«

Bestimmt hatte Svær-Gunnar sie ihm schon genannt, aber wir antworteten wie vorher, dass wir Torstein und Bjørn aus Vingulmørk waren, Söhne Tormods.

»Ich nehme an, ihr seid wegen Holz für Schiffe hier«, sagte Leif.

Ich nickte.

»Wenn wir welches finden.«

»Holz werdet ihr genug finden, daran mangelt es hier nicht. Habt ihr das Schiff gesehen, das wir gerade bauen?«

Wir nickten, und Leifs Gesicht öffnete sich zu einem freundlichen Lächeln.

»Dein Vater hat uns sechs Mutterschafe für dich mitgegeben«, sagte ich.

»Mein Vater ist ein großzügiger Mann. Ich werde euch Männer schicken, die sie an Land bringen.« Leif schaute zur Sonne, die tief über dem Wasser hing. »Aber zuerst will ich meinen Ziehvater finden. Wenn ich vor Einbruch der Nacht zurück bin, seid ihr zum Essen und Trinken in mein Langhaus eingeladen.«

Svær-Gunnar bewaffnete sich im Langhaus mit einem Speer und folgte seinem Häuptling in den Wald. Wir schauten den zwei davoneilenden Männern nach.

Tyrke war nicht weit gekommen. Sie fanden den kleinwüchsigen Mann tief schlafend auf dem Waldboden. Dort hatte er sich hingesetzt, um Moosbeeren zu pflücken, eine Sorte, die nur im Westen wuchs und die vergoren einen köstlichen Trank ergab. Dann war er eingeschlafen, weil das Heidekraut so weich war, wie er später erzählte, und die sanfte Brise ihn an den Ort erinnert hatte, an dem er aufgewachsen war. Es war ein seltsamer Anblick, wie sie nun Hand in Hand wie ein Vater mit seinem Kind angelaufen kamen.

Tyrke saß an Leifs Seite, als wir im Langhaus eintrafen. Es war schwer zu sagen, ob er betrunken oder einfach nur gerührt war, wieder mit seinem Ziehsohn vereint zu sein. Auf jeden Fall saß er weinend da und nuschelte in seiner unverständlichen Muttersprache vor sich hin.

Leifs Langhaus war weder geräumig noch prächtig, aber es war warm und die Wände hielten den Wind ab. Bjørn, Halvor, Eystein und Hutten waren mit mir gekommen, und uns wurden Plätze auf einer der Bänke an der Wand zugewiesen. Außer Leif und Tyrke zählte ich zwölf Männer und vier Frauen, mehr hätten auch nicht Platz gehabt. In der Mitte des Raums war die Feuergrube, an der Leif, Tyrke und Svær-Gunnar auf Wurzelhockern saßen.

»Wie ich höre, will mein Vater, dass ich zurück nach Hause

komme«, sagte Leif. »Dafür hätte er keine Männer schicken brauchen. Ich hatte ohnehin vor, vor dem Zufrieren der Fjorde zu ihm zu fahren. Was ist mit euch, bleibt ihr über den Winter?«

»Ja«, sagte ich.

»Wir sind gekommen, um Land für uns zu finden«, fügte Bjørn hinzu.

Leif beugte sich vor und musterte uns mit zusammengekniffenen Augen.

»Land gibt es genug, das ist nicht das Problem. Aber es gibt auch Skrælinge. Die meisten wollen nur Handel treiben und Frieden halten. Aber wenn ihr Pech habt …«

»Traut keinem Skræling«, sagte Svær-Gunnar. »Dreht ihnen niemals den Rücken zu.«

Die Männer auf der Langbank nickten zustimmend. Eine der Frauen murmelte, sie wären wie Tiere, und das Beste wäre es, sie allesamt niederzumetzeln.

»Wir wollen nicht bleiben«, sagte ich. »Wenn du uns sagen kannst, wo wir gutes Langholz finden, wäre ich dir sehr dankbar.«

»Um Holz solltest du dir in diesem Jahr keine Gedanken mehr machen«, sagte Leif. »Außer, um Häuser für dich und deine Leute zu bauen. Der Winter kommt hier schnell und ist lang.«

»Wir wollen weiter nach Süden«, sagte Bjørn.

Leif und Svær-Gunnar wechselten düstere Blicke, als hätte mein Bruder verkündet, dass Ragnarök nahte. Im Hintergrund war das Gemurmel der Männer zu hören.

»Nicht bis zu den Blaumännern«, fügte er hinzu. »Nur bis dahin, wo die Winter nicht so streng sind.«

»Je weiter ihr nach Süden segelt«, sagte Leif, »desto mehr Skrælinge werdet ihr antreffen. Wir sind achtzehn Tage nach Süden gefahren und konnten nicht ein einziges Mal an Land gehen.«

»Da unten wimmelt es von denen«, sagte Svær-Gunnar. »Wie in einem Ameisenhaufen.«

»Reden wir heute Abend nicht mehr von Skrælingen«, sagte Leif. »Jetzt erzählt mir erst einmal, Freunde, wie es im Osten ist. Bei meinem letzten Besuch wurde ich vom norwegischen König empfangen. Ein guter Mann. Silber hat er mir gegeben, damit ich einen Mönch mit nach Grönland nehme.«

Halvor ergriff sofort das Wort, denn er wusste, dass jetzt ein geschickter Lügner gefragt war.

»Wir kommen von den Orkney-Inseln, Häuptling, und wissen leider nichts über den norwegischen König. Aber von einer Schlacht bei Svold haben wir gehört.«

»Eine Schlacht?« Leif rutschte auf die vordere Kante des Hockers. »Hat Olav dort gekämpft? Gegen wen?«

»Gegen Sven Gabelbart und Olof Schatzkönig«, sagte Halvor. »Und die Jarlssöhne von Trøndelag.«

»Haben die sich gegen ihn verbündet?«

»Ja.«

Leif schaute nachdenklich ins Feuer.

»Und wer … hat die Schlacht gewonnen?«

»Wir sind einfache Männer«, sagte Halvor. »Und verstehen wenig von solchen Dingen. Aber uns sind Gerüchte zu Ohren gekommen, dass der norwegische König seine Schiffe verloren hat und bei Svold gefallen ist.« Halvor sah mich an. »So haben wir es doch gehört, oder? Dass er in der Schlacht getötet wurde?«

Ich räusperte mich.

»Das … So haben wir es gehört.«

Leif schüttelte bedrückt den Kopf.

»Wir wollen weiter nach Süden«, sagte Halvor unvermittelt. »Aber nur so weit, dass wir nicht mehr auf dem Land sind, dass dir und deinen Leuten gehört.«

Leif sah uns an und hob seinen Krug, aber bevor er uns zuprosten konnte, zog Tyrke ihn am Arm und flüsterte ihm etwas ins Ohr. Leif nickte.

»Tyrke hat mich daran erinnert, euch zu sagen, dass ihr auch hierbleiben könnt. Also sollte jemand an Bord sein, der nicht weiterreisen möchte, ist er mir willkommen.«

Der Gedanke, dass Teile meiner Mannschaft hier an Land gehen und sich einem anderen Häuptling anschließen könnten, missfiel mir. Ich brauchte jeden von ihnen, um Häuser und Schiffe zu bauen.

»Wir wollen gemeinsam weiter«, sagte Halvor. »Wir hoffen auf ein gutes Stück Land, wo wir vor den Winterstürmen geschützt sind. Einen Platz mit reichen Fischgründen und Wäldern, in denen wir jagen können.«

»Die Fjorde hier sind fischreich«, sagte Leif. »Aber sie frieren früh zu.«

Ehe wir weitersprachen, schenkte man uns gekochte Ziegenmilch ein. Der Geschmack erinnerte mich an meine Kindheit und beruhigte mich. Die heiße Milch und die Wärme in Leifs Langhaus machten mich so schläfrig, dass ich mich am liebsten auf der Langbank ausgestreckt hätte. Aber ich war noch immer auf der Hut. Leifs Loyalität galt Olav, dem König, den wir getötet hatten. Wenn Tyrke an Bord davon etwas zu Ohren gekommen war … Ich ließ den Blick über die Leute im Langhaus schweifen. Sie waren keine Krieger, aber zähe, hartgesottene Männer, die sich zu wehren wussten.

Leif und Tyrke begannen aufzuzählen, welche Tiere man in den Fjorden und in den umliegenden Gewässern fangen konnte. Sie erzählten von Walen, Eishaien und Riesenhaien. Und in den Flüssen gäbe es so viele Lachse, dass man sie mit den bloßen Händen fangen konnte. Wir sollten uns nur vor Bären in Acht nehmen, besonders, wenn wir am Festland anlegten. Sie könnten einen aus dem Nichts angreifen und schneller in Stücke reißen, als man blinzeln könnte. Hier im Norden wären die Skrælinge vorwiegend friedlich, und so lange sie in der Minderzahl seien, würden sie nicht angreifen. Einige seien sogar richtig freundlich, trotz ihrer vielen Eigenarten. Tyrke war mit offenen Armen von ihnen aufgenommen worden, auch wenn keiner verstand, warum. Die Zeichnungen auf Tyrkes Haut stammten von den Skrælingen. Viele von ihnen trugen selbst welche.

Wir saßen an diesem Abend lange mit Leif zusammen, aber obgleich er uns Speisen und Getränke vorsetzte und viel über das Land zu erzählen hatte, in das wir gekommen waren, fühlte ich mich nicht richtig wohl unter seinem Dach. Vielleicht waren seine Klugheit, Freundlichkeit und Arglosigkeit sogar die Gründe dafür, dass ich mich schließlich recht früh verabschiedete. Ich schob es auf meine Müdigkeit und meine langen Wachen am Ruder. Verglich man Eriks Sohn und mich als Häuptlinge, hatte ich wenig zu bieten, und diese Erkenntnis quälte mich. Er hatte sein Land bestellt und Häuser errichtet, und war dabei, ein Schiff zu bauen. Er war vor mir hierhergekommen, und als ich in der Dämmerung stand und seine Stimme im Langhaus hörte, bildete ich mir ein, dass er in allem besser war als ich. Er war der Häuptling der Insel und herrschte über alle, die hier lebten. Ich war ein Krüppel, ein Vogelfreier, der den Sklavengestank niemals ganz würde abwaschen können.

Es war eine sternenklare Nacht mit abnehmendem Mond. Sigrid legte mir den Jungen in die Arme, damit ich ihn ein wenig halten konnte. Aber mein Blick ruhte die ganze Zeit auf dem dunklen Wasser, und als der Junge zu weinen begann, nahm ich es nicht wahr. Ich hörte nur das Raunen des Windes um Mast und Fall. Irgendwann war Sigrid mit dem Jungen unter Deck verschwunden und hatte mich zurückgelassen. Ich war aber nicht allein. Fenris hielt wie immer, wenn wir in einer Bucht lagen, mit mir Ankerwache, und auch Vidar stand schweigend in seinen Umhang gewickelt im Bug.

Ich weiß nicht, ob ich in der Nacht nur träumte oder von den Geistern des neuen Landes mit Visionen attackiert wurde. Ich erinnere mich an das Rauschen des Windes in den Nadelbäumen um den Leifshof und den Geruch des Tangs im zurückweichenden Wasser. Sigrid war noch einmal nach oben gekommen und hatte mir eine Decke gebracht, da es kalt geworden war. Mit der Decke um die Schultern und Fenris zwischen den Beinen saß ich an die Bordwand gelehnt da, als ich plötzlich Skjalms Raben auf dem Rand des Laderaums sitzen sah. Er musste irgendwie aus dem Käfig entkommen sein. Der schwarze Vogel streckte vorsichtig die Flügel aus, ehe er aufflatterte und ans Ufer flog. Gleich darauf hörte ich laute Schreie vom Land, und als ich aufsprang, sah ich hohe Flammen aus dem Dach von Leifs Langhaus züngeln. Alle Häuser und Gebäude brannten. Aber wo waren Leif und seine Männer? War das Feuer so überraschend ausgebrochen, dass sie es nicht mehr geschafft hatten, sich zu retten? Weit und breit war kein Mensch zu sehen, doch dann tauchte ein Mann auf. Es war nackt und seine schweißnasse Haut glänzte im Schein der Flammen. Er rührte keinen Finger, den Brand zu löschen, stand nur da und starrte ins Feuer.

Ich erwachte am nächsten Morgen zusammengerollt und mit Fenris unter der Decke. Ein leichter Landwind trug den Duft von Moor und Wald heran. Der Leifshof stand unversehrt da, der Brand war nichts als ein Traum gewesen. Aber jemand hatte den Käfig an Deck getragen und die Tür geöffnet. Der Rabe war fort.

Leif kam an Bord und untersuchte die Tiere. Er hatte einen seiner Männer dabei, der den Schafen in die Augen schaute und ihren Bauch und Pelz abtastete, ehe er mit einem Nicken kundtat, dass die Tiere gesund waren. Leif rief ein paar Männer zu sich, die uns halfen, die Tiere an Land zu verfrachten. Die fünf

Mutterschafe für Leif waren mit einer Ohrkerbe markiert. Es waren die fettesten Tiere der Herde, aber wer will einem Vater vorwerfen, dass er für seinen Sohn die besten Tiere aussucht. Svær-Gunnar murrte, dass es schon seltsam wäre, dass wir so viele Tiere behalten sollten, aber davon wollte Leif nichts hören.

»Wir misstrauen doch nicht unseren Landsleuten«, sagte er und fügte hinzu, dass es klug von uns sei, unsere Tiere weiden zu lassen, bevor wir weitersegelten. Vingur wurde auf erprobte Weise über die Reling gehoben. Er verschwand zwischen den Bäumen, sobald wir ihm die Stricke abnahmen und wieherte befreit.

Bjørn und ich saßen an diesem Tag mit Leif und Svær-Gunnar zusammen, und Leif zeichnete in der Asche der Feuergrube Routen auf und erzählte uns von der Küstenlinie und den Inseln, auf die wir stoßen würden, wenn wir weiter nach Süden segelten. Er verriet uns, wo wir das beste Langholz finden konnten und beantwortete unsere Frage nach Lärchen mit einem Kopfschütteln. Natürlich verstand er, dass ich nach dem besten Holz für meine Schiffe suchte, aber an der ihm bekannten Küste hatte er noch keine Lärchen gesehen. Die von ihnen gebauten Schiffe waren aus Eiche. Für Lärchen müssten wir wohl noch weiter in den Süden.

Leif riet uns, eine Insel zu besiedeln, weil die Skrælinge nur auf dem Festland seien und sich im Winter, wenn der Küstenstreifen zufror, ins Landesinnere zurückzögen.

Bjørn und ich bekamen gegrillten Fisch und gekochte Ziegenmilch wie am Abend zuvor, und verließen Leifs Langhaus gut gesättigt. Bevor wir uns verabschiedeten, wiederholte Leif noch einmal sein Angebot, dass wir bleiben konnten, wenn wir das wollten. Die Insel sei groß genug, und er würde keine Steuern erheben. Als einzige Gegenleistung erwartete er von uns, ihn als Häuptling anzuerkennen und bei den Gemeinschaftsarbeiten zu helfen. Zu diesen Arbeiten zählte das Holzfällen im Innern der Insel, das Bestellen des Landes und die Herbstfischerei, die bald anstand. Leif selbst wollte dem Wunsch seines Vaters folgen und ihn in Grönland besuchen. In seiner Abwesenheit würde Svær-Gunnar seinen Platz einnehmen und dafür sorgen, dass alles für den Winter vorbereitet wurde.

Nach der Unterredung gingen Bjørn und ich in den Wald hinter dem Leifshof. Fenris sprang wie ein junger Hund auf seinen drei Beinen um uns herum. Einen Pfeilschuss vom Hof entfernt sahen wir Hasenlosung im Gras, der Wald war dicht und wild wie ein Urwald. Die krumm gewachsenen Fichten mit den Narben abgebrochener Äste zeugten von kalten, schneereichen Wintern.

»Wir könnten hierbleiben«, sagte Bjørn. »Wir müssen nicht weiter.«

Es erstaunte mich, diese Worte aus seinem Mund zu hören. Strebte er nicht nach eigenem Land, wollte er keine Schiffe mit mir bauen und reich werden? Ich schüttelte den Kopf und murmelte, dass Reichtum Freiheit bedeute, wie Halvor es einmal zu mir gesagt hatte. Darauf antwortete Bjørn, dass wir beide reiche Männer gesehen hätten, Häuptlinge und Könige, von denen keiner sonderlich frei gewirkt hätte.

»Leif und sein Volk«, sagte er. »Sie kennen dieses Land. Wenn wir bleiben, wenigstens über den Winter, können wir uns anschauen, wie sie hier über die Runden kommen. Hier sind wir sicher, aber wenn wir weiterziehen … Wir wissen nicht, was uns im Süden erwartet. Und diese Skrælinge bereiten mir Bauchschmerzen.«

Ich sagte nichts. Vielleicht hatte Bjørn recht. Mein großer Bruder war oft der Vernünftigere von uns beiden. Er behielt meist einen kühlen Kopf, außer, wenn es um Frauen ging. Was er in unserer Zeit in der Jomsburg hinlänglich bewiesen hatte, als er mit Vagns Tochter geschlafen und sie geschwängert hatte. Vielleicht klärten sich seine Gedanken ja wieder, wenn wir noch ein paar Tage weitersegelten, nur ein kleines Stück weiter nach Süden … Fanden wir eine Insel, wie Leif sie hier gefunden hatte, auf der wir unsere eigenen Herren wären und niemand jemals mehr über uns bestimmen konnte, bräuchten wir auch die Skrælinge nicht zu fürchten, denn anders als Leif und sein Volk waren wir Krieger mit guten Waffen.

Wie sich zeigte, war Bjørn nicht der Einzige, der sich Leifs Worte zu Herzen genommen hatte. Als wir zurück zum Langhaus kamen, sahen wir Skjalm und Vidar mit Svær-Gunnar auf dem Hofplatz stehen. Der einarmige Mann zeigte auf den Platz auf der Südseite, wo meine Leute ihr Nachtlager aufgeschlagen hatten. Aus dem Schmelzofen stieg Rauch auf, Männergesang hallte zu uns herüber. Bjørn kratzte sich nachdenklich im Bart. Möglicherweise galt sein Blick aber gar nicht dem Ofen, sondern unserer Mannschaft, denn mein Bruder hatte außergewöhnlich scharfe Augen. Er legte mir seine Hand auf die Schulter.

»Lass uns schauen, was dort vor sich geht«, sagte er.

Damals führte eine Brücke aus dicken Stämmen über den Fluss. Das Wasser darunter war so klar, dass man die Kiesel auf dem Grund zählen konnte. Direkt am anderen Ufer war ein Torfdach errichtet worden, unter dem ein prachtvoller, tonnenförmiger Ambossstein stand. Ein paar Speerlängen von dem Torfdach entfernt stand der halbmannshohe Schmelzofen, der aus Pferdemist, Ton und Steinen gebaut worden war. Vor einem kleinen Loch stand ein Blasebalg, und aus dem Schornstein stoben Flammen und Funken. Drumherum waren ein paar Gruben angelegt, in denen Kohle gebrannt wurde. Eine sah ich mir genauer an. Reste von Schiffsplanken und unbrauchbare Bruchstücke von Fichten- und Birkenästen stapelten sich am Rand. Und unter dem Brennholz ahnte ich eine weitere Grube im Grundgestein.

Bald würde das Holz angezündet und mit Brettern, Erde und Moos abgedeckt werden, damit es zu Holzkohle verbrannte. Die Kohle würde dann direkt weiter in den Schmelzofen wandern, denn nur mit Kohle erreichte er die nötige Hitze. Hutten hatten mir gezeigt, wie man Torf zuschneiden und anschließend über dem Feuer verbrennen musste, damit am Ende nur noch eine rotbraune Masse übrigblieb. Diese Masse wurde zusammen mit der Kohle in den Schornstein des Schmelzofens gefüllt und bei hoher Temperatur unter Einsatz des Blasebalgs verbrannt, sodass man am Ende einen Klumpen Eisen erhielt.

Skjalm, Vidar und ein paar weitere aus der Mannschaft hatten nördlich des Schmelzofens ihr Lager aufgeschlagen. Nun kam Skjalm uns entgegen und breitete die Arme aus.

»Das ist gutes Land hier!«, rief er. »Seht ihr Brüder denn nicht, wie gut es ist?«

Gislaug, Ylla und ihre Kinder kamen unter den aufgespannten Tüchern hervor. Die Männer unten am Wasser holten ihre Fischschnüre ein und gesellten sich zu uns.

Ich war nie ein großer Redner und fand keine Worte, sodass Bjørn mir zur Seite sprang.

»Wir sehen alle, dass das Land gut ist, Skjalm! Aber ich vermisse bisher deinen Dank an meinen Bruder, dass er uns hierhergeführt hat!«

»Dann danke ich ihm jetzt! Aber damit ist es auch genug! Ich weiß, dass er es war, der meinen Raben freigelassen hat!«

Skjalm und Vidar kamen über die Brücke und blieben vor uns stehen.

»Torstein Tormodson«, sagte Skjalm. »Torstein Bootsbauer, Torstein Hinkebein …« Er schüttelte grinsend den Kopf, wohlwissend, was ich von diesem Beinamen hielt. »Dir war der Rabe im Käfig doch schon immer ein Dorn im Auge. Aber das war mein Eigentum, nicht deins.«

»Ich habe deinen Raben nicht freigelassen«, sagte ich. »Und nenn mich nicht noch einmal Torstein Hinkebein.«

Skjalm grinste, wandte aber den Blick ab. Er wusste genau, wie schnell mein Zorn geweckt war.

»Wir haben miteinander gesprochen«, sagte Skjalm und sah zu Vidar. »Und wir haben mit Leif und Svær-Gunnar geredet.«

»Es ist Sache des Häuptlings, mit ihnen zu reden«, sagte Bjørn. »Nicht die der Mannschaft.«

»Wir reden mit wem wir wollen«, kam es trotzig von Vidar.

»So ist es«, sagte Skjalm. »Wir sind freie Männer und reden, mit wem wir wollen über was wir wollen. Und als freier Mann sage ich, dass ich und viele der Männer hierbleiben wollen.«

»Aber wir wollen weiter«, sagte ich. »Zu den Lärchenwäldern im Süden …«

»Was willst du mit den Bäumen? Schiffe bauen?«

»Das weißt du doch genau, Skjalm.«

Vidar spuckte auf den Boden.

»Und an wen bitte willst du die Schiffe verkaufen, Torstein? Nach Island kannst du nicht mehr zurück.«

»Ich werde sie in Grönland an Erik verkaufen, der sie dann vielleicht weiter nach Island verkauft. Oder wir fahren damit zu den Orkney-Inseln und …«

»Da hörst du es.« Vidar drehte sich zu Skjalm um. »Was habe ich dir gesagt?«

Bjørn trat einen Schritt vor.

»Was meinst du damit?«

Vidar sah ihn an.

»Du weißt genau, was ich damit meine. Nach dem, was auf Island passiert ist, hat dein Bruder nicht mehr alle Sinne beisammen. Er hat keinen Plan mehr für diese Fahrt. Er redet davon, Schiffe bauen und verkaufen zu wollen, aber wollten wir diese Geschäfte ursprünglich nicht mit den Isländern machen?

Auf Grönland leben nur wenige Menschen, und die haben die Schiffe, die sie brauchen.«

»Vielleicht, vielleicht aber auch nicht. Aber dass sie kein Holz haben, ist sicher. Und was ein Mensch nicht hat, begehrt er zu kaufen. Wir können Bäume fällen und ihnen das Holz verkaufen.«

»Das könnt ihr gern tun«, sagte Skjalm. »Aber ohne mich, ich bleibe hier. Genau wie Vidar.«

Vidar räusperte sich.

»Sieht so aus, ja.«

»Ihr habt mir Treue geschworen.«

Skjalm stemmte die Fäuste in die Seite und musterte mich höhnisch.

»Was glaubst du eigentlich, warum wir dir gefolgt sind? Nicht um deinetwillen, Torstein. In der alten Welt ist für uns Jomswikinger kein Platz mehr, aber hier können wir frei leben. Und wir sind der Meinung, dass Leif ein besserer Häuptling ist als du. Und wer Reichtum sucht, sollte sich besser hier auf dieser Insel niederlassen, als dir weiter zu folgen.«

Ich machte einen Schritt auf ihn zu, die Hände zu Fäusten geballt. Aber Skjalm wich nicht zurück und hielt meinem Blick stand. Bjørn schob sich zwischen uns.

»Reden wir nicht mehr darüber. Aber sei dir gewiss, Skjalm, dass weder mein Bruder noch ich dir und den deinen diesen Verrat verzeihen werden.«

Bjørn legte eine Hand auf meine Schulter und zog mich mit sich.

Etwa die halbe Mannschaft hatte am Abend zuvor mit Vidar und Skjalm ihr Lager am Schmelzofen aufgeschlagen, und sie schienen dort bleiben zu wollen. Halvor ging zu ihnen, um mit ihnen zu reden, er war ein geschickterer Unterhändler als wir Brüder. Bjørn und ich beschlossen, am nächsten Tag abzulegen, sobald die Tiere wieder an Bord waren und bevor wir noch mehr Männer aus der Mannschaft verloren. Der Tag war fortgeschritten, ich stand mit Sigrid an der Reling und wir schauten hinüber zu dem Lager beim Ofen. Halvor versuchte noch immer geduldig, die Leute zu überreden, mit uns zu kommen. Er sprach mit den Männern, dann wieder mit Skjalm und Vidar, die ihn schroff abwiesen.

Hutten kam zu Sigrid und mir. Der wortkarge Schotte hatte sich während der ganzen Fahrt meist im Hintergrund gehalten.

»Die haben einen guten Schmelzofen«, sagte er leise und lächelte dem Jungen auf Sigrids Arm an. »Wenn es hier erzreiche Erde gibt, können die viel Eisen gewinnen.«

Ich sagte nichts. Fenris ließ sich vor die Bordwand plumpsen und leckte an seinem verkrüppelten Bein.

»Erinnerst du dich noch, was ich dir über Eisenerz gesagt habe?«

Ich nickte. Sigrid strich mir über den Arm und setzte sich mittschiffs mit dem Jungen auf eine Ruderkiste, damit ich in Ruhe mit Hutten reden konnte.

»Wenn der Schmelzofen verloschen ist und du den Eisenklumpen ausgräbst, musst du es ganz genau nehmen. Manche Eisenklumpen sind verschmutzt und alles, was man aus solchem Eisen schmiedet, seien es Äxte, Nägel oder eine Messerklinge, wird spröde und zerbrechlich. Darum verarbeiten wir keine schlechten Eisenklumpen, weil wir wissen, dass sie nicht gut genug sind.«

»Hutten, mir steht gerade nicht der Sinn danach, etwas über Schmelzöfen zu lernen«, sagte ich.

»Mit den Menschen ist es wie mit den Eisenklumpen. Auf manche können wir gut verzichten.«

Ich sah ihn an. Der breitschultrige, grauhaarige Schotte hatte den Wollumhang, den er immer trug, abgelegt und stand in seinem knielangen Wams vor mir, barfuß und mit nackten Beinen. Er lächelte mich an, nickte und wandte seinen Blick wieder zum Schmelzofenplatz.

»Wie immer es kommt, ist es gut. Wir sollten uns freuen, sie los zu sein. Aber als dein alter Lehrmeister und Freund lass mich dir noch einen anderen Rat geben.«

Er zögerte, als suche er nach den richtigen Worten, murmelte etwas in seiner Muttersprache, zog seine mächtigen Schultern hoch und legte die Hände auf die Reling.

»Es geht um Sigrid«, presste er schließlich mit gedämpfter Stimme hervor.

»Was ist mit ihr?«

»Es fehlt ihr nichts, es ist nur …« Hutten warf mir einen raschen Blick zu. »Ich will nicht sagen, dass du sie nicht liebst, Torstein. Ich weiß, was sie und dein Sohn dir bedeuten.«

»Was willst du mir sagen?«

Hutten sah mich mit seinen braunen Augen an.

»Du musst sie *sehen,* Junge. So *sehen,* wie ein Mann die Frau sieht, die er liebt. Denn lieben tust du sie doch, oder?«

Solche Worte hatte ich weder von Hutten noch von sonst jemandem an Bord erwartet. Und Hutten ließ nicht locker, er sah mir tief in die Augen, wollte eine Antwort.

»Doch, ich … Das tue ich«, stammelte ich.

»Dann zeig es ihr. Nimm sie ab und zu in den Arm. Rede mit ihr. Sie ist als deine Frau mit dir gegangen. Behandele sie auch so. Und zeig ihr, dass dein Sohn dir etwas bedeutet. Begeh nicht den gleichen Fehler wie ich, Torstein. Wir wissen nie, wie lange wir die Menschen um uns haben, die wir lieben. Also hol sie in deine Nähe, solange du sie hast. Eines Tages kann es zu spät sein.«

Mit diesen Worten ließ Hutten mich wie den Dummkopf an der Reling stehen, der ich tatsächlich war. Er hatte recht. So viele andere Dinge hatten meine Gedanken abgelenkt. Das Schiff, die

Mannschaft, die Tiere an Bord. Die Dünung, der Wind, alles um uns herum. Die neue, fremde Landschaft. Mit einem Mal sah ich ein, dass ich Sigrid ein schlechter Mann und Ravntor kein guter Vater gewesen war. Mein Sohn war in meinen Gedanken selten etwas anderes gewesen als ein Junge, aber er hatte einen Namen, und es war an der Zeit, dass ich begann, ihn bei diesem Namen zu nennen.

9
Der erste Schnee

Mit gutem Wind segelten wir fort von Leifs Insel. Für uns war das ein großes Glück, denn mit den verbliebenen Männern an Bord konnten wir das Schiff nicht mehr rudern. Wenn ich ehrlich sein soll, muss ich einräumen, dass ich trotzdem keinen der Männer vermisste, die an Land geblieben waren. Unter Deck hatten wir jetzt viel Platz, Wasser hatten wir reichlich und noch waren wir genug Menschen, um ein paar Langhäuser zu bauen und diese auch zu verteidigen, sollte das nötig werden.

Außer Sigrid war keine andere Frau mehr an Bord, und Ravntor und das Sklavenmädchen waren die einzigen Kinder. Von den Männern, die von den Orkney-Inseln mit uns gesegelt waren, war noch knapp die Hälfte bei uns. Ich habe sie alle schon beim Namen genannt, aber da sie sich entschieden haben, bei meinem Bruder und mir zu bleiben, verdienen sie es, noch einmal genannt zu werden. Neben meinem Bruder, Halvor, Hutten, Eystein und Welpe war auch noch Eilef Taske bei uns. Er war ein entfernter Vetter eines anderen Jomswikingers, eines kräftigen, gut gewachsenen Manns namens Kåra Skåne. Außerdem waren da die Brüder Helge und Asmund, Norweger wie Bjørn und ich, die als Kinder voneinander getrennt worden waren, in der Jomsburg aber wieder zueinander gefunden hatten. Auch Agn-Orm war noch unter unseren Männern, ein breitschultriger, groß gewachsener Mann mit prächtigem, kornblondem Bart. Agn-Orm war aus einem Ort südlich von Vingulmørk in die Jomsburg gekommen. Er war der Neffe von Bork, dem schwarzbärtigen Sohn einer Sklavin, der ebenfalls als Jomswikinger gedient hatte. Der letzte der Verbliebenen war ein Mann namens Torvar Haraldson, auch Torvar Gottlos genannt. Er war oft dabei gewesen, wenn Ulfar Bonde mir Kampftechniken gezeigt hatte, denn diese kannte er noch aus seiner Jugend. Inzwischen war sein Bart grau und seine Haare dünn. Er war der älteste der Männer, die uns nach der Schlacht bei Svold begleitet hatten. All diese Männer waren immer aufrichtig zu mir gewesen.

Ich hatte Huttens Worte nicht vergessen. Schon am ersten Tag auf See ging ich zu Sigrid und sprach mit ihr. Ich war damals nicht sonderlich wortgewandt, insbesondere gegenüber einer Frau, und das galt leider auch für Sigrid. Ich fragte sie zuerst, ob mit Ravntor alles in Ordnung sei, und als sie nickte, blieben wir im Bug stehen und ließen unsere Blicke über das Meer schweifen. Die Sonne schien und der Wind blies noch immer aus Norden, doch da wir vor dem Wind segelten, fühlte es sich an, als wäre es windstill. »Wärst du gerne geblieben?«, fragte ich nach einer Weile. »Auf der Insel?« Sigrid antwortete nicht. Sie schlug den Umhang enger um sich und das Kind.

»Die anderen Frauen sind geblieben«, fügte ich hinzu. »Die Kinder auch.« Sie sagte noch immer nichts. »Hast du Angst vor den Skrælingen?«, fragte ich sie und bereute die Frage sofort, denn Sigrid sah mich an und ihre blauen Augen waren so hart, wie ich sie nie zuvor gesehen hatte. »Du musst keine Angst haben«, sagte ich. »Wir sind Krieger, wir sind Jomswikinger.«

Schließlich öffnete sie den Mund. »Ihr seid Jomswikinger. Aber du bist auch Vater. Und manchmal scheinst du das zu vergessen, Torstein. Du redest nicht einmal mit mir. Wenn du mir nahe bist, dann nur, um bei mir zu liegen. Früher warst du anders.«

Jetzt war ich es, dem die Worte fehlten. Genau davon hatte Hutten gesprochen.

»Und wenn du mich fragst, Torstein, so lautet meine Antwort, dass ich gerne auf Leifs Insel geblieben wäre. Auf jeden Fall über den Winter.«

»Und warum hast du das nicht gesagt?«

»Ich bin deine Frau. Es gehört sich nicht, dir zu widersprechen. Und ich verstehe ja auch, dass du nicht unter der Herrschaft eines anderen Mannes leben willst.« Sie drückte Ravntor enger an sich, streichelte ihm über die Wange und das Mal und küsste ihn auf den Kopf. »Wenn wir an Land gehen, wo auch immer das sein wird, musst du dafür sorgen, dass kein Skræling unseren Sohn raubt. Das musst du mir versprechen, Torstein.«

»Ich verspreche es«, sagte ich.

Wir folgten der Küste noch den Rest des Tages und den Abend. Der Wind drehte, als die Sonne unterging, aber wir spannten das Segel um, zurrten die Rah fest und schlugen einen etwas westlicheren Kurs ein, was wir ohnehin getan hätten, denn die hellen Sommernächte waren vorbei und es war kein gutes Gefühl, in der Dunkelheit weder Land noch Wellen zu sehen.

Bjørn und Eystein steuerten das Schiff durch die Nacht, während ich unten bei Sigrid und dem Jungen lag. In der Dunkelheit versprach ich, ihr ein besserer Mann und Ravntor ein besserer Vater zu sein. Ich sagte ihr auch, dass ich es bereute, nach Island nicht mehr mit ihr gesprochen zu haben. Sie schmiegte sich an mich, legte den Kopf auf meine Schulter und Ravntor zwischen uns. Dann streichelte sie mir über Wange und Bart und schob ihre Hand auf meinen Hals, meine Haare um ihre Finger gewickelt.

Wenn du, der du diese Zeile liest, selbst ein Schiff besitzt, wirst du verstehen, dass ein Skipper nur selten gut schläft. Nicht einmal, wenn der eigene Bruder am Steuer steht. Deshalb war ich sofort auf den Beinen, als Torvar Gottlos in dieser Nacht in den Laderaum fiel. Erst dachte ich, wir wären auf eine Schäre aufgelaufen, und kletterte zu Bjørn und Eystein nach oben, wobei ich fast auf den Ärmsten getreten wäre, weil er keinen Laut von sich gab. Weder Bjørn noch Eystein wussten, was geschehen war, sie meinten aber, der Laut sei von Deck gekommen und dass wir ganz sicher nicht aufgelaufen wären. Dann kam Torvar wieder zu sich. Ächzend lag er mit dem Gesicht in den Pferdeäpfeln. Eystein und ich kletterten zu ihm nach unten und entzündeten eine Fackel.

Es zeigte sich, dass Torvar an Deck wollte, um Wasser zu lassen, dass er bei dem Seegang den Halt verloren hatte und nach unten gestürzt war. Torvar war ziemlich betrunken und wir fragten uns, wie er das angestellt hatte, denn das Bier war uns schon lange ausgegangen. Torvar murmelte schließlich, dass er Leif Wein gestohlen hätte. Einen der Schläuche hätte er geleert und durch Wasser ersetzt, damit die anderen nichts merkten. Dann lachte er, doch als wir ihn an den Armen hochziehen und auf die Beine stellen wollten, schrie er auf. Vingur hatte gescheut, als Torvar gestürzt war und war ihm dabei auf den Unterarm getreten. Die Knochen drückten von innen gegen die Haut, der Arm war gebrochen.

Wir warteten bis zum Tagesanbruch, bevor wir Torvars Arm schienten. Er trank den Rest des gestohlenen Weins, gebärdete sich aber trotzdem wild, als wir seinen Arm auseinanderzogen, um die Knochen wieder in die richtige Stellung zu bekommen. Als wir fertig waren, lag er erschöpft auf dem Schiffsdeck und murmelte etwas von einem schlechten Zeichen. Er meinte, es sei sicher das Beste, wir würden ihn einfach über Bord werfen und ihn Rán überantworten, sonst würde das Unglück ihn doch nur auf Schritt und Tritt begleiten.

Wir kümmerten uns nicht sonderlich um Torvars Gerede, sondern hielten Rat am Mast. Wir alle waren uns einig, dass es das Beste war, Torvar zurück in Leifs Dorf zu bringen. Als wir aber die Schote lösen wollten, um das Schiff zu wenden, wurde Torvar wütend und drohte damit, über die Reling zu springen, wenn wir ihn bei Leif ließen. »Lieber ersäufe ich mich, als bei einem Christenhäuptling zu bleiben!«

Also blieb Torvar auf unserer weiteren Reise bei uns.

An der Südspitze von Leifs Insel drehten wir nach Westen ab. Hutten hatte für jeden Tag, den wir unterwegs waren, eine Kerbe in ein Brett geritzt, seit wir die Orkney-Inseln verlassen hatten, und meinte, dass jetzt die Zeit wäre, in der zu Hause bei uns das Korn gemäht wurde. Wir segelten in die letzten Tage des Sommers und wussten alle, dass wir nun schnell einen passenden Ort finden mussten, wollten wir vor dem Winter noch Häuser errichten. Wir segelten zwei Tage, bis wir nördlich von uns eine Insel entdeckten. Da wir aber noch auf dem offenen Meer waren und noch immer guten Wind hatten, segelten wir weiter nach Westen. Ein weiterer Tag und eine Nacht folgten, bis wir bei Tagesanbruch wieder Land vor uns sahen. Wir folgten der Küste in gehörigem Abstand in südlicher Richtung, denn Svær-Gunnar hatte uns vor den Untiefen in dieser Gegend gewarnt. Trotzdem sahen wir, dass der Wald höher als im Norden wuchs. Wir erkannten kräftige Nadelbäume und die gelben Blätter von Ahornbäumen. Aus ihnen konnte man Häuser und Schiffe bauen, und auch wenn wir noch keine Lärchen entdeckt hatten, erkannten wir alle, dass dies ein gutes Land für uns sein konnte. Wir berieten uns noch einmal am Mast und einigten uns darauf, nicht weiter nach Süden vorzudringen. Sobald wir eine geschützte Bucht fanden, wollten wir an Land gehen.

Wir erreichten eine Meerenge mit zwei ganz unterschiedlichen Ufern. Die Küste im Norden von uns machte einen kargen, ungastlichen Eindruck, und Bjørn und ich waren uns einig, dass der Winter dort bestimmt hart werden würde. Die Küste südlich von uns sah fruchtbar aus, und in den Buchten und Flussmündungen wuchsen Eichen und Ahorne sowie viele Baumarten, die uns noch fremd waren. Hätten uns die anderen Männer nicht verlassen, wären wir in einen dieser Flussläufe hineingerudert, doch mit der kleineren Mannschaft hatten wir keine Chance gegen die Strömung. Wir suchten die nachfolgenden Buchten nach einem Ort mit geringem Bewuchs und seichtem Ufer ab. Am liebsten wäre uns ein nach Südwesten gewendeter Hang gewesen, damit der Schnee im Frühjahr zeitig taute.

Wir hatten die Warnungen, die Leif uns mit auf den Weg gegeben hatte, nicht vergessen, sahen aber nirgends Skrælinge. Sein Ratschlag, uns auf einer Insel niederzulassen, wirkte unter diesen Bedingungen übertrieben. Wir segelten weiter und die Küste wurde immer lieblicher und einladender. Der Landschaft fehlte die Wildheit, die wir von den Inselreichen im Osten gewohnt waren. Hier gab es weder Gebirge noch Steilküsten. Die Gegend erinnerte am ehesten an Vingulmørk. Es gab flache Felsen und geschützte Buchten, in denen der Wald bis zum Ufer reichte. Wären nicht auch an diesen Bäumen die ersten gelben Blätter gewesen, hätte man leicht glauben können, dass wir so weit im Süden waren, dass gar kein Schnee fiel. Aber so war es auch zu Hause in Vingulmørk. Die Sommer konnten dort so warm sein, dass man kaum Kleider brauchte, und manchmal hielt die Wärme bis weit in den Herbst an, bis man eines Tages aufwachte und überrascht feststellte, dass der Boden gefroren war.

Alle an Bord wollten schnellstmöglich an Land. Auch Sigrid

und Ravntor waren ungeduldig. Eine Insel tauchte vor uns auf, doch sie wirkte windumtost und karg, außerdem war sie zu klein. In diesem Moment hob Bjørn den Arm und zeigte zur Küste südlich von uns. »Die Landzunge da vorne«, sagte er. »Lasst uns hinsegeln und nachsehen, ob wir auf der Leeseite anlegen können.«

Es zeigte sich bald, dass die Halbinsel durch ein schmales Band aus Sand und Steinen mit dem Festland verbunden war. Wir mussten um ihre Ostspitze herumfahren. Kaum waren wir auf der windabgewandten Südseite angelangt, sahen wir dort fünf geschützte Buchten. Die östlichste nannten wir später Fischbucht, denn dort gab es immer reichlich Fisch. Gleich westlich davon gab es einen natürlichen Hafen, der aus allen Richtungen vor dem Wind geschützt war. Er hatte nur eine schmale Öffnung nach Süden, die in eine kreisrunde Bucht führte. Die Halbinsel sollten wir Rentierinsel taufen, weil es die ersten Tiere waren, die wir zu Gesicht bekamen. Sie bildete den nördlichen Teil einer größeren Bucht. In deren Osten lag eine weitere Halbinsel, die ebenfalls über eine schmale Landbrücke mit dem Festland verbunden war. Wir sollten sie später Bäreninsel taufen, nachdem Eystein dort einen Bären gesehen hatte.

Wir standen eine ganze Weile an der Reling und sahen in Richtung Land. Mit den wenigen Männern an Bord war es beinahe unmöglich, das Schiff mit den Rudern zu manövrieren. Wenn wir die Rah und das Segel herabließen, kamen wir nicht mehr vom Fleck. Der Gedanke daran erschreckte mich, denn sollten wirklich Skrælinge an Land sein, konnte sie in ihren Lederbooten zu uns paddeln, bevor wir das Schiff wieder in Bewegung brachten. Ich war weder unbeholfen noch dumm, wie es viele über unsere Reise gesagt haben. Ich stand mit Sigrid und dem kleinen Ravntor am Steuer und Bjørn stand im Bug und hielt Ausschau, während wir zweimal die ganze Bucht absegelten, bevor wir vorsichtig in den natürlichen Hafen einfuhren. Dort ließen wir schließlich die Rah herab und gingen vor Anker. Eine unglaubliche Stille senkte sich über das Deck, als wir das Beiboot zu Wasser ließen und ich nach unten kletterte. Halvor, Bjørn und Hutten begleiteten mich.

Es gibt Momente, da denke ich, dass nicht einmal Asgard schöner sein kann als die Wälder, durch die wir an jenem Tag wanderten. Die Bäume standen nicht so dicht wie zu Hause in Vingulmørk. Man konnte mit ausgestreckten Armen zwischen ihnen hindurchlaufen, und wo man den Blick hob, sah man den Himmel. Es gab keine Berge, die Insel war so flach wie das Land der Dänen. Wir gingen erst zur Nordseite hinüber, denn quer über die Insel waren es nur vier oder fünf Pfeilschüsse, und folgten dort einem Sandstrand in westliche Richtung, bis wir den schmalen Streifen erreichten, der die Rentierinsel mit dem Festland verband. Er bestand aus ein paar Schären und Sandbänken. Die Gezeiten kamen hier schnell und so verschwanden die Sandbänke noch während wir an der Landbrücke standen. Hutten meinte, dass wir kaum einen besseren Ort finden konnten. Immerhin waren wir jetzt in gewisser Weise auf einer Insel, während wir bei Ebbe trockenen Fußes zum Festland gelangen konnten. In dieser Zeit konnten wir hier eine Wache postieren. Bei Flut würde es kaum jemand zu uns herüberschaffen, dafür sei die Strömung eindeutig zu stark.

Von der nordwestlichen Ecke der Rentierinsel gingen wir durch den Wald zurück zu der Bucht, in der wir geankert hatten. Auf dem Weg standen reichlich Laubbäume, darunter Ahorne und Birken, doch wir wollten dort nicht mehr Fläche roden als unbedingt nötig war. Ohne die Bäume würde der Wind über die Insel fegen und die Winterstürme uns den Boden unter den Füßen wegblasen.

Ich glaube, jeder an Bord verstand, dass wir zu dem Ort gekommen waren, an dem wir überwintern wollten. Ich wollte das erst am Mast beratschlagen, aber Halvor schüttelte nur den Kopf und sagte, niemand an Bord könnte sich einen besseren Hafen als diesen vorstellen.

Wir verbrachten die Nacht auf dem Schiff. Früh am nächsten Morgen sahen wir vier Rentiere am Strand, sie waren bei Niedrigwasser über die Landbrücke gekommen. Bork, Asmund und Helge ruderten hinüber, um eines der Tiere zu schießen, doch ehe sie das Land erreichten, hatten sich die Tiere in den Wald zurückgezogen. Die Männer folgten ihnen, sahen sie über die Landbrücke verschwinden und gaben die Jagd auf. Wir hatten besprochen, erst einmal auf der Insel zu bleiben, bis wir die Landschaft und den Wald besser kannten. Leif und Svær-Gunnar hatten uns geraten, mindestens ein paar Tage zu warten, bevor wir die Umgebung erkundeten. Sollte es in der Nähe Skrælinge geben, würden sie es nicht schaffen, sich von uns fernzuhalten, dafür seien sie viel zu neugierig.

Bjørn und ich gruben in der Erde auf der Insel, und auch wenn wir uns nicht darauf verstanden, erinnerte uns die Erde an den Ackerboden, den wir auf den dänischen Inseln gesehen hatten. Schon in einem Fuß Tiefe kam Sand, doch darüber lag eine fruchtbare dunkle Schicht. Auch Hutten meinte, dass wir dem Boden gute Ernten abringen konnten, wenn wir ihn mit Tang düngten.

An der Landbrücke errichteten Halvor, Bork und Kåra Skåne einen Holzzaun, sodass wir die Tiere an Land lassen konnten. Die Schafe verschwanden sofort im Wald, während die Ziegen erstaunlicherweise den gesamten ersten Tag über am Strand blieben. Als wir bei Tagesanbruch wieder an Deck kamen, waren aber auch sie verschwunden. Die Hühner flatterten davon und hockten schließlich auf irgendwelchen Zweigen. Hutten meinte, es sei sicher nicht klug, sie einfach so laufen zu lassen, denn bestimmt gäbe es hier Raubvögel und Füchse, wie in jedem Land. Und er sollte Recht behalten, denn schon in der ersten Nacht verschwanden zwei Hühner.

Sigrid war glücklich darüber, endlich am Ziel zu sein. In den ersten Tagen lief sie mit dem Jungen auf dem Arm herum und sah sich ihr neues Reich genau an. Ich war der Häuptling der verbliebenen Mannschaft und sie die Frau des Häuptlings. Vielleicht träumte sie von einem stattlichen Langhaus mit einer Tür mit Schloss, vor der sie mit dem Schlüssel an einem Gürtelring stehen konnte, wenn Gäste in die Bucht segelten. Denn Menschen würden kommen, wir waren nicht viele Tage von Leifs Insel entfernt. Vielleicht fanden auch die Grönländer einen Weg zu uns. Dann wollte Sigrid an der Tür stehen und sie empfangen.

Wir entschieden uns, die Häuser direkt an der Hafenbucht zu errichten. Sie war von allen Stellen auf der Halbinsel am besten geschützt. Niemals zuvor hatte ich einen besseren natürlichen Hafen gesehen. Wir mussten kaum den Anker auswerfen, denn ringsherum verliefen weiche Sandstrände, sodass nichts passieren konnte.

Da die Ahorne bereits gelbe Blätter hatten, mussten wir schnellstens die Häuser bauen. Wir hatten keine Ahnung, wie kalt die dunkle Zeit in diesem fremden Land sein würde und entschlossen uns deshalb, die Tiere mit unters Dach zu nehmen, auf jeden Fall für die härteste Zeit des Winters.

Hutten und Bork fingen die Schafe ein und schoren sie, während wir anderen Bäume zu fällen begannen. Den Wald auf der Insel wollten wir, wie gesagt, stehen lassen. Aber ein bisschen Platz mussten wir schaffen, um genügend Fläche für die Häuser zu bekommen. Außerdem wollten wir eine kleine Lichtung rings um die Häuser freischlagen, damit sich niemand anschleichen konnte. Auf der Insel gab es nicht viele gerade Bäume, denn der Wind hatte alle Stämme gebogen, weshalb wir über die Landbrücke gingen, doch auch auf der anderen Seite waren die Stämme krumm und schief. Schließlich segelten wir über die große Bucht, vertäuten das Schiff an einem Felsen und gingen dort auf die Suche.

Nur selten bin ich durch einen derart fruchtbaren, mächtigen Wald gelaufen. Man brauchte nicht weiter als einen Steinwurf zu gehen, bis die Bäume sich um einen schlossen. Mit einem Mal roch es nach Moos und feuchtem Laub, und der Wind war nicht mehr zu spüren. Es verschlug uns die Sprache, als wir das erste Mal zwischen den hohen geraden Nadelbäumen und mächtigen Ahornen standen. Irgendwie hatten wir das Gefühl, diese Bäume nicht fällen zu dürfen, weshalb wir noch einen Pfeilschuss weitergingen, nur um festzustellen, dass der Wald dort noch schöner wurde. Für einen Christen mag sich das merkwürdig anhören, denn nach seiner Lehre sind ja alle Tiere und Pflanzen für den Menschen erschaffen worden, aber für uns war das anders. Dieser Wald stand seit Anbeginn der Zeit unberührt an diesem Ort. Das ist etwas ganz Eigenes.

Ich erinnere mich, dass Hutten plötzlich etwas sah. Seine in Loden gehüllte Gestalt sprang nach vorn und hastete durch die Farnbüsche, bevor er uns zurief, dass wir kommen sollten. Da stand er mit der Hand an einem Baum und grinste breit. »Hier hast du deine Lärche«, sagte er. »Und wo es eine gibt, gibt es auch noch mehr.«

So fanden wir schließlich die Lärchen, von denen wir gehört hatten. Es sind seltsame Bäume, die im Herbst ihre Nadeln verlieren und deren Kernholz niemals verrottet. Ich nahm die Axt unter dem Gürtel hervor und holte aus, zögerte dann aber. Halvor schob mich schließlich resolut zur Seite und meinte, dass es jetzt aber genug sei. Dann begann er zu hacken.

Wir brauchten sieben Tage, um genug Bäume für ein Langhaus zu fällen, das groß genug für Menschen und Tiere war. Da wir nicht wussten, mit wie viel Schnee wir rechnen mussten, bauten wir das Haus lang und schmal und mit spitzem Dach, damit der Schnee abrutschte. Mehrere meiner Männer hatten zuvor schon Häuser gebaut, und auch Bjørn und ich hatten bereits ein Haus errichtet, als wir uns in Jütland niederlassen wollten. Eck- und Giebelbalken waren schnell aufgestellt und den Dachbalken stützten wir mit mehreren senkrechten Bäumen mit Verzweigungen ab, die ihn sicher trugen. Wir schlugen gerade Stämme ohne Astlöcher und spalteten sie längs mit Äxten und Keilen. Danach teilten wir die Hälften noch einmal auf, und war der Stamm dick genug, spalteten wir auch noch einmal jedes Viertel, sodass wir acht lange Bretter bekamen. Wir spannten sie zwischen den Eckbalken ein und bearbeiteten sie mit den Äxten, bis sie flach waren. Für die Wände eigneten sich Kiefern am besten. Das Holz war weich und gut und hielt lange das Harz. Die Lärchen hoben wir uns für das Frühjahr auf, wenn wir mit dem Bau der Schiffe beginnen wollten. Ich hielt noch immer an diesem Plan fest und glaubte daran, dass meine Fähigkeiten als Bootsbauer mich zu einem reichen Mann machen würden. Für ein Schiff oder Stämme zum Tausch konnten wir Schafe und vielleicht auch Milchkühe bekommen.

Sigrid kam mir in dieser Zeit wieder näher. Sie brachte mir Wasser, wenn ich das Holz bearbeitete, und lächelte mich an, wenn wir am Feuerfass auf dem Langschiff saßen. Es ist möglich, dass meine Blicke nun auch öfter nach ihr suchten als auf der Reise. In den Nächten lagen wir dicht beieinander und sie sagte mir, dass ich jetzt wieder so tief schliefe wie vor der Schlacht bei Svold. Ich wachte nicht einmal auf, wenn der kleine Ravntor zu schreien begann und sie ihn anlegen musste.

Am neunzehnten Tag auf der Rentierinsel kamen Asmund,

Helge und Agn-Orm über die Landbrücke gerannt. Sie waren der Fährte der Rentiere gefolgt, brachten aber keine Beute mit. Stattdessen schoben sie das Beiboot ins Wasser und baten mich, mitzukommen. Sie ruderten zu der Mündung des großen Flusses, der nur ein paar Pfeilschüsse von der Landbrücke entfernt in die große Bucht mündete. Dort füllten wir immer unsere Trinkwassertonnen.

An diesem Tag zeigten sie mir am Flussufer drei abgebrannte Feuerstellen. Im Sand daneben waren Kuhlen zu erkennen, dort hatte jemand die Nacht verbracht.

An diesem Abend versammelte ich alle am Mast und sagte ihnen, was wir gesehen hatten. »Skrælinge«, brummte Hutten, und niemand widersprach ihm. Es konnten keine Seefahrer sein, denn die hätten sich zu erkennen gegeben, wären sie übers Meer gekommen.

Die Wachen an der Landbrücke bekamen Eilef Taskes Signalhorn, um uns zu warnen, sollten Skrælinge auf die Insel kommen wollen. Von ihrem Aussichtsposten hatten die Wachen auch freien Blick auf das Meer nördlich der Insel. Und alle, die am Langhaus arbeiteten, hatten wiederum freien Blick über die große Bucht. Es konnte niemand ungesehen auf unsere Insel gelangen.

Ein paar Tage später ging Torvar Gottlos mit seiner Axt über die Landbrücke. Er sagte nichts zu Welpe, der an jenem Tag die Wache hatte. Torvar sollte Sigrid und dem Sklavenmädchen helfen, einen Hühnerstall aus den Plankenresten und Zweigen zu bauen, die wir übrighatten, denn mehr konnte er mit seinem gebrochenen Arm kaum tun. Als die Dämmerung hereinbrach war er noch immer unterwegs. Uns gefiel das gar nicht, und Bork meinte, die Skrælinge hätten ihn gefangen. Wir beschlossen, bei Tagesanbruch aufzubrechen und ihn zu suchen, doch als es dämmerte, stand Torvar plötzlich wieder da. Er hatte eine knorrige Kiefernwurzel bei sich, und als wir ihn fragten, wo er gewesen war, meinte er nur, es sei unklug, ein Haus zu bauen, ohne vorher zu opfern. Dann schlug er die Kiefernwurzel mit seinem Handbeil zu.

Wir beobachteten ihn, während wir weiter am Haus bauten. Die Wurzel bekam langsam eine Nase und einen langen Bart, die Torvar mit dem Messer herausschnitzte. Als Letztes folgte ein Auge. Zu guter Letzt spitzte er das eine Ende der Wurzel an.

Halvor half ihm, die Wurzel in den Boden zu rammen. »Das ist Odin!« rief Torvar uns zu, obwohl wir das natürlich längst verstanden hatten. Die Wurzel wurde am Waldrand aufgestellt, von wo aus Odin die Bucht und unser Lager überblicken konnte. Torvars Blick ging erst zu den Ziegen, die am Ufer den Tang fraßen. Dann fragte er mich, ob ich wisse, wo die Hühner seien. »An diesen Opferstock soll kein Blut kommen«, sagte ich, weil wir nur so wenige Tiere hatten. »Aber du kannst ein Ei nehmen, wenn sie denn welche legen.«

Torvar gefiel meine Antwort ganz und gar nicht, denn wie die anderen wusste er ganz genau, dass die Hühner bis jetzt noch kein einziges Ei gelegt hatten.

Es verwunderte uns, dass ausgerechnet Torvar einen Pfahlgott errichtete, immerhin trug er den Beinamen Gottlos. Halvor flüsterte mir zu, dass etwas Torvar als jungen Mann verleitet haben musste, Götter und Nornen zu verspotten, dass er sich mit der Zeit aber verändert hätte. Er meinte, dass das vielleicht mit seinem gebrochenen Arm zusammenhängen könnte.

*

Der Mond war zweimal voll, während wir an den Balken arbeiteten, und bald waren die Ahorne kahl. Das Sklavenmädchen lief herum und wirbelte mit den Füßen das trockene Laub auf und wirkte mit einem Mal wie ein ganz normales Kind. Ansonsten hielt sie sich für sich, abends saß sie am liebsten allein. Ihr war nicht ein einziges Wort zu entlocken, sodass wir dachten, dass sie entweder nichts zu sagen hatte oder nicht verstand, was wir sagten. Glücklicherweise bot sie sich nicht mehr feil, doch eines Abends begann sie plötzlich zu weinen. Sie tat uns leid, und Eilef meinte, dass es jetzt genug sei, er habe schon viele Kinder getröstet. Sie nahm seine Hand und legte sie auf ihre flache Brust. Ob das Ganze der Versuch einer Annäherung war oder sie ihm nur zeigen wollte, dass sie dort drinnen Trauer empfand, war schwer zu sagen.

Sigrid kümmerte sich um sie so gut es ging. Sie war es auch, die ihr den Namen Hilda gab. Da die anderen Frauen auf Leifs Insel geblieben waren, kümmerte sich Sigrid den ganzen Tag um Ravntor, weshalb Hilda die meiste Zeit allein zurechtkommen musste. Sigrid zeigte ihr, wie sie aus Ahornblättern einen Haarkranz flechten konnte und nahm sie mit, wenn die Ziegen gemolken werden mussten. Abends aber, wenn Sigrid mit Ravntor an der Brust an der Wärme des Feuers einschlief, saß Hilda abseits und beobachtete uns.

Als es zum ersten Mal fror, gingen Bjørn und ich auf die Jagd. Wir liefen über die Landbrücke und folgten dem Flusslauf, an dessen Ufer wir die Feuerstellen der Skrælinge gesehen hatten. Wir hofften darauf, ein paar Hasen zu schießen, sahen aber nicht viel Wild. Lediglich einige Eichhörnchen und Tauben, aber die Tauben waren mager und Eichhörnchen fangen höchstens Kinder. Trotzdem liefen wir weiter. Der Herbst ist eine gute Zeit für alle, die ihn zu schätzen wissen, hatte Vater immer gesagt. Es hat etwas ganz Eigenes, durch einen Wald zu laufen und das gefrorene Moos unter den Sohlen der Schuhe zu spüren. Der Geruch der Kälte, die Stille zwischen den Bäumen … Vielleicht sind einem die Götter im Herbst immer etwas näher. Bjørn und ich spürten das an jenem Tag, weshalb wir nicht viel redeten. Irgendwann hörten wir wohl auch auf, nach Wild Ausschau zu halten. An einem solchen Morgen fühlte es sich fast falsch an, Blut zu vergießen.

Der Mond wurde runder und war bald darauf wieder voll. Wir arbeiteten immer bis weit in die Nacht hinein, denn wir brauchten nun dringend ein Dach über dem Kopf, und als wir schließlich den letzten Balken in die Wand schoben, begann es zu schneien.

An diesem Tag zogen wir ins Langhaus ein. Danach opferten wir an der Kultstätte. Torvar Gottlos hatte den Verband ablegen können. Sein Arm war etwas schief zusammengewachsen, er konnte ihn aber wie zuvor benutzen. Wir nahmen eine Handvoll Saatkorn und legten es zusammen mit dem Fleisch eines Dorschs, den Welpe gefangen hatte, auf den Stock. Es waren noch ein paar Wochen bis zur Sonnenwende und Jul und der Winteropferung, aber die Männer meinten, wir sollten den Göttern schon jetzt dafür danken, dass es uns gelungen war, das Haus vor dem Schnee zu decken. Bjørn und ich hielten nicht viel von Opferungen, schließlich hatte Vater uns immer erzählt, dass ein Mann seines eigenen Schicksals Schmied ist. Ich hätte am liebsten kein einziges Saatkorn weggegeben, aber Halvor riet mir, die Opferung geschehen zu lassen. Ein kluger Häuptling sollte den Göttern nicht trotzen, meinte er.

Später am Tag schossen Kåra Skåne und Eystein einen mächtigen Hirschbock. Sie waren über die große Bucht gerudert und von dort nach Osten gelaufen, wo weitere Buchten lagen. In einer hatten sie Jagdglück gehabt. Sie riefen noch im Boot zu uns herüber, dass es gut sei, dass wir geopfert hätten, denn die Götter wären jetzt mit uns. Der Hirsch wurde aus der Decke geschlagen und auf dem Hof zerlegt. Das Fleisch wurde gebraten, und was wir an jenem Tag nicht essen konnten, wurde geräuchert. Den Schädel mit dem prächtigen Geweih hängten wir über die Tür des Langhauses.

Als wir am nächsten Tag die Tür öffneten, lag der Schnee kniehoch. Bjørn murmelte, dass es dumm von uns war, keine Skier mitgebracht zu haben. Zum Glück hatten wir uns aus einigen übrig gebliebenen Brettern Spaten geschnitzt, sodass wir den Schnee wegschaufeln konnten. Noch während wir an der Arbeit waren, kam Wind auf. Er wehte von der Bucht herüber und wirbelte den Schnee auf, sodass wir den Hofplatz nicht weiter räumen konnten. Wir gingen zurück ins Haus und begannen, die Hirschsehnen zu reinigen und die Knochen von Fleisch und Fettresten zu befreien. Die Sehnen des Tieres waren lang und gut. Bjørn und ich hängten sie zum Trocknen auf, um sie später weich zu klopfen und aufzuspleißen, um daraus Bogensehnen drehen zu können. Die Knochen wollten wir an der Stirnseite des Hauses unter das Dach hängen. Dort war es am kältesten. In der dunkelsten Zeit des Winters würde das Mark uns guttun.

Mit einem Mal kam Eystein ins Haus gestürzt. Er war nach draußen gegangen, um seine Notdurft zu verrichten, kam jetzt aber mit offener Hose ins Haus gestolpert: »Skrælinge! Skrælinge!«

Wir rannten nach draußen. Unten am Ufer standen sechs Männer. Als sie uns sahen, sprangen sie in ihre Lederboote und paddelten auf die Bucht hinaus, hielten einen Steinwurf entfernt aber wieder inne und betrachteten uns. Sie hatten drei Boote, zwei schmale, längliche von der Art, wie wir sie in Grönland gesehen hatten, und ein etwas größeres, offenes Boot.

Bjørn und Eystein blieben bei Sigrid, Ravntor und Hilda, während wir anderen mit unseren Bögen nach unten zum Ufer gingen. Einer der Skrælinge in dem offenen Boot rief uns etwas zu. Er hob einen Fischspeer, hielt ihn über den Kopf und zeigte ihn, legte ihn aber wieder hin. Dann nahm er ein Bündel Pelze und zeigte es uns auf dieselbe Weise.

»Ich glaube nicht, dass sie in kriegerischer Absicht gekommen sind«, sagte Halvor.

Die Skrælinge paddelten auf uns zu, und dann stieg derjenige mit den Pelzen ins Wasser und kam an Land. Er war nicht groß, reichte uns vielleicht bis zum Kinn, blieb aber stolz und aufrecht vor uns stehen und musterte uns aus seinen schmalen Augen. Er trug ein ledernes Gewand, das ihm bis zu den Knien reichte, hatte schwarze, glatte Haare und ein wettergegerbtes Gesicht ohne Bart. Die Skrælinge trugen keine Waffen, sah man einmal von den Fischspeeren und Harpunen ab, die sie aber in ihren Booten liegen ließen. Alle kamen an Land. Neben den Pelzen brachten sie ein Bündel gefangener Meerforellen mit. Der Mann, der sich zuerst an Land gewagt hatte, zeigte auf unser Langhaus und dann auf uns, ehe er ein paar Worte sagte, die wir nicht verstanden.

Wir ließen sie ins Langhaus eintreten. Was sollten sie uns schon tun, dachten wir. Sie waren klein und wir waren zahlreicher. Sie redeten in ihrer seltsamen Sprache und legten die Pelze nebeneinander auf unseren Langtisch. Bei den meisten handelte es sich um gefleckte Seehundfelle. Einige der Skrælinge zeigten uns voller Eifer die Felle, während die anderen unser Haus begutachteten. Einer davon wagte es, Welpes Bart zu berühren, und der Jarlssohn konnte nicht anders, er musste lachen. Dann standen die Skrælinge an dem Gatter, das den Bereich der Tiere von dem unsrigen trennte. Vingur schien sie wirklich zu begeistern, sie zeigten immer wieder auf ihn und riefen aufgeregt durcheinander.

Sigrid holte einen Krug mit gesäuerter Ziegenmilch. Sie goss ein paar Schalen voll, die wir den Skrælingen hinstellten, denn wir dachten, dass sie so etwas vermutlich noch nie getrunken hatten. Die Skrælinge schnupperten erst daran, aber erst als Bjørn selbst eine Schale nahm und daraus trank, verstanden sie. Sie schlürften die saure Milch in sich und Kåra meinte, dass sie sie sicher ausspucken würden, aber die Fremden tranken alles aus und wischten sich den Mund mit dem Handrücken ab.

»Ihr könnt noch mehr haben«, sagte ich.

»Tauschen wir die Milch doch gegen die Felle ein«, fügte Halvor hinzu. Er beugte sich über den Tisch und zog die Felle zu sich. Der Mann, der als erster aus dem Boot gestiegen war, nickte ihm zu und schob den Rest der Felle zu Halvor. Dann wandte er sich an das Sklavenmädchen aus Grönland.

Wir hätten es verstehen müssen. Halvor hatte Recht, als er meinte, sie seien zum Handeln gekommen, nur dass sie keine Sauermilch wollten. Mit einem Mal hatten zwei der Männer das Mädchen gepackt und zogen es zur Tür. Sie kamen aber nicht weit, denn wir waren sofort über ihnen. Bjørn verpasste einem der beiden einen Faustschlag, worauf die Skrælinge Felle und Fische liegen ließen, aus der Tür und zu ihren Booten stürzten, die sie rasch ins Wasser schoben und wegpaddelten. Fenris stand bis zum Bauch im Schnee und bellte ihnen nach. Gleich darauf waren die Lederboote im Schneetreiben verschwunden.

10
Die Siedlung der Skrælinge

Der erste Wintermond brachte klirrende Kälte. Die Bucht fror zu, aber wir schlugen Löcher ins Eis und fingen genügend Fisch. Anfangs sorgten wir uns noch, dass sich die Skrælinge in der nächtlichen Dunkelheit über das Eis anschleichen und uns überfallen könnten, aber die Zeit verging, ohne dass wir sie noch einmal zu Gesicht bekamen.

In diesem Winter hörte ich keine Klagen, abgesehen von dem Tag, an dem Hutten von seinem Primstab ablas, dass es Zeit für das Winteropfer war. Mehrere Männer stimmten mit ihm dafür, an Torvars grob gehauenem Pfahlgott Bier und Opferblut darzubringen, und sei es nur ein Fisch. Bier hatten wir keins mehr, und unser Fischfang von diesem Tag war längst verarbeitet und verzehrt. Außerdem stürmte es so stark, dass sich keiner überwinden konnte, vor die Tür zu gehen. Bjørn und ich waren an dem Tag damit beschäftigt, Skier zu fertigen. Wir hatten Fichtenholz mit Steinen über ein paar querlaufenden Hölzern festgeklemmt und schliffen es. Torvar war äußerst beunruhigt wegen des ausfallenden Blutopfers, er schüttelte die Faust und spuckte die Schatten an der Wand an. »Das werden wir noch bereuen«, meinte er. »Wie können wir erwarten, dass Odin an unserer Seite ist, geschweige denn, uns hier draußen in der Wildnis überhaupt sieht, wenn wir ihm kein Opfer darbringen?« Ausgerechnet in diesem Augenblick schnitt sich Bjørn in einem unaufmerksamen

Moment in den Daumen. Die Wunde blutete heftig, aber er sah mich nur grinsend über die Fichtenbretter hinweg an und saugte an der Wunde.

Wir Norweger, aber auch die Wikinger in Schonen, nannten den ersten Mond nach der Wintersonnenwende den Knochensaugermond. Wir brachen die Knochen des Wildes auf, das wir im Herbst erlegt hatten, und schlürften das Mark. Danach kam der Schneemond, zweimal zehn und acht Tage, an denen uns das neue Land bewies, dass es unserer Heimat in nichts nachstand, was die Menge an Schnee betraf, die auf uns herabschneite. Wir schaufelten eine Schneise nach unten zum Strand und bis zum Schiff und taten unser Bestes, das Hausdach und das Deck eisfrei zu halten. An manchen Tagen schneite es aber so dicht, dass die gerade erst freigeschaufelte Spur schon wieder verschneit war, wenn man sich umdrehte. Da blieb man doch lieber gleich drinnen am warmen Feuer. In diesem Winter haben wir uns die Zeit mit dem Spiel »Königszabel« vertrieben. Halvor hatte das Spielbrett in den Langtisch geschnitzt, und wir hatten die Spielfiguren gefertigt: Eiche für die Angreifer und Birke für den König und seine Männer. Torvar prahlte, dass ihn niemand in diesem Spiel schlagen könnte, und er war wahrhaftig gut, doch als er eines Abends gegen Hutten verlor, fehlte nicht viel, dass er dem alten Schotten an die Gurgel gegangen wäre.

Der kleine Ravntor entwickelte sich prächtig und lag nicht mehr nur an Sigrids Brust. Ich verstand nicht viel von Kindern, aber Hutten und ein paar der anderen Männer meinten, sie hätten noch nie einen so neugierigen Burschen erlebt. Wenn wir ihn auf die Erde setzten, war er im Nu zur Tür hinaus oder zu den Tieren hinüber gekrabbelt. Und klettern konnte er wie kein Zweiter. Noch fehlte ihm die Kraft, sich auf Bänke und Tische zu ziehen, aber kaum nahm einer der Männer ihn auf den Arm, kletterte er auch schon los. Er zog sich am Bart oder den Haaren hoch und war schneller auf einer Schulter, als man sich's versah. Nur auf dem alten Fenris kletterte er nicht herum, als gebe es zwischen den beiden ein stummes Einvernehmen. Sobald sich Fenris aber an die Feuergrube legte, kuschelte sich der Junge an den Hund und vergrub seine kleinen Finger in dem struppigen Fell.

Eystein, Halvor und ich gingen gegen Ende des Schneemondes auf die Jagd. Wir nahmen den Landweg, da uns das Eis in der Bucht nach ein paar milden Tagen nicht mehr sicher erschien. An den Sandbänken brach das Tidenwasser große Eisschollen ab und drückte sie wie scharfe Messer in den Grund. Wir begaben uns westwärts in den, wie wir ihn nannten, Großwald, der sich im Grunde genommen über das ganze Inland erstreckte. Wir hatten große, geflochtene Weidenkörbe mit warmen Decken und Fellen auf dem Rücken und trugen Stiefel aus den Seehundfellen, die die Skrælinge zurückgelassen hatten. Beim Abschied hatte ich verkündet, dass wir sechs Tage unterwegs sein würden. Drei Tage wollten wir uns ins Inland begeben, ehe wir umkehrten. Wie ich darauf kam, mitten im Winter so lange fort zu sein, kann ich heute nicht mehr mit Bestimmtheit sagen, ich denke aber, dass wir es alle leid waren, unsere Zeit im Langhaus totzuschlagen, und immer nur im Dunst von Männerschweiß und Tierkot zu sitzen. So glitten wir nun mit ausladenden Bewegungen auf unseren Skiern zwischen den kahlen Ahornen hindurch, und als wir am ersten Abend unser Lager aufschlugen, waren wir schon ein gutes Stück von unserer Siedlung entfernt.

Die Weidenkörbe hatten wir nicht für den Transport der erhofften Beute mitgenommen, sondern für Gras und Farn, die wir in geschützten Waldstücken zu finden hofften. Falls der Frost sich auf noch grünes Gras gelegt hatte, würden wir die Büschel mit den Wurzeln ausgraben und mitnehmen. Die Schafe litten in dieser Zeit, und wir mussten versuchen, so viele wie möglich am Leben zu halten, bis sie wieder draußen grasen konnten.

Die Skier, die wir gezimmert hatten, trugen uns gut über den Schnee. Wir hatten sie zuerst mit Teer und danach mit Tierfett eingerieben, sodass der Schnee nicht an ihnen kleben blieb. Halvor und Eystein hatten schon viele Jahre nicht mehr auf Skiern gestanden. Ich war ausnahmsweise einmal der Schnellste und konnte eine gewisse Schadenfreude nicht verhehlen, wenn ich stehen blieb und auf die beiden wartete.

Wir verbrachten gute Tage im Winterwald, trockenes Holz gab es ausreichend, um das Feuer über Nacht am Leben zu halten, sodass wir nicht frieren mussten. Wir wechselten uns bei der Feuerwache ab, doch es brach kein Morgen an, an dem die letzte Wache nicht doch eingeschlafen war.

In der dritten Nacht hörten wir Wolfsgeheul und die Schreie eines anderen Tieres. Am Morgen verteilten wir uns im Wald, und es dauerte nicht lange, bis Eystein rief, dass er etwas gefunden hätte. Die Spuren im Schnee verrieten uns, dass eine Elchkuh mit ihrem Kalb einen Hang hinunter geflüchtet war und sich das Jungtier vermutlich im Birkengestrüpp verfangen hatte. Die Wölfe hatten die beiden Tiere angegriffen. Im Schnee waren graue Haarbüschel zu sehen und der Abdruck eines Wolfskörpers zeigte, dass das Tier zur Seite geschleudert worden war. Am Ende hatte die Elchkuh wohl aufgegeben und ihr Kalb den Wölfen überlassen. Das gerissene Tier lag jetzt halb gefroren im Schnee. Die Wölfe hatten die Bauchdecke aufgerissen und sich an den Eingeweiden gütlich getan. Ein Vorderbein war abgerissen.

»Nur gut, dass die Götter uns auch in diesem fremden Land sehen«, sagte Eystein und zog seine Seehundfäustlinge aus.

Wir knieten uns um das Kalb und zerlegten es.

Am gleichen Tag fanden wir auch Gras für die Schafe. Nicht weit vom Fundort des Elchkalbs entfernt lag eine Schlucht, an deren Grund sich die Wärme länger gehalten hatte. Nachdem wir den Schnee weggeschaufelt hatten, fanden wir nicht nur Gras, sondern auch Farn. Wir gruben beides mit den Wurzeln aus und verstauten es mit dem Fleisch in unseren Körben.

Danach machten wir uns auf den Rückweg, da wir wussten, dass die Männer daheim losziehen würden, um uns zu suchen, sollten wir nach Ablauf der sechs Tage nicht wieder da sein. Wir liefen bis in die Dämmerung hinein zu einem guten Lagerplatz, den wir uns auf dem Hinweg gemerkt hatten. Eine umgestürzte Fichte hatte beim Sturz den gesamten Wurzelteller aus der Erde gerissen, der nun ein Schrägdach bildete, unter dem wir Schutz suchen konnten. Wir schlugen Funken, bliesen sie in den Zunderschwamm und machten Feuer mit ein paar Wachholderwurzeln. In dieser Nacht hatte ich die letzte Wache und legte mich als Erster schlafen, während Eystein und Halvor am Feuer saßen und Elchfleisch aßen.

Ich schlief tief, und es fiel mir schwer, die Augen offenzuhalten, als Eystein mich schließlich für meine Schicht weckte. Ich stellte mich hin, was manchmal hilft, wenn man bei der Wache einzuschlafen droht. Ich musste aber trotzdem eingeschlafen sein, denn es war hell, als ich das nächste Mal die Augen aufschlug. Ein Vogel zwitscherte in den Baumkronen. Ich hob den Blick und sah plötzlich einen Skræling, der nur wenige Speerlängen entfernt stand und mich anstarrte. Er war klein und sein rundes Gesicht so faltig und zerfurcht wie eine Baumrinde. Er trug ein knielanges Wams aus Rentierfell und hatte sich Schneeschuhe aus Weidenruten und Sehnen unter die Füße geschnallt. Seine Pelzfäustlinge waren an Schnüren befestigt und baumelten aus seinen Ärmeln. In der einen Hand hielt er einen Bogen, in der anderen drei Pfeile mit Knochenspitzen.

Ich stieß meine beiden schnarchenden Kameraden mit dem Fuß an. Eystein fuhr hoch, als er den Skræling sah und griff nach seinem Langbogen, aber Halvor hielt ihn zurück. Es stand außer Frage, dass wir drei den Skræling töten konnten, doch wenn wir die Waffen gegen ihn erhoben, würde er es vermutlich noch schaffen, einen von uns mit einem Pfeil zu treffen.

»Skræling, steck deinen Bogen weg«, sagte Eystein und gestikulierte entsprechend, aber der Mann blieb reglos stehen. Vermutlich verstand er unsere Sprache nicht und dachte außerdem gar nicht daran, seine Waffe wegzulegen. Aber wäre er uns feindlich gesonnen gewesen, hätte er uns im Schlaf töten können.

Ein Hund kam zwischen den Bäumen hervor, er sah aus wie ein Wolf mit einem halb abgebissenen Ohr. Der Skræling sagte etwas zu dem Hund, der sich neben seine Füße legte, ohne uns aus den Augen zu lassen. Danach zeigte der Mann mit dem Bogen auf uns.

»We'due!«, sagte er und fasste sich ans Kinn. »We'due chinum!«

Schwer zu sagen, was er damit meinte, aber dann fing er an zu lachen. Ein helles, fast weibliches Lachen, das so gar nicht zu seinem wettergegerbten Gesicht passte. Er räusperte sich und steckte den Bogen in den Schnee.

»Epegoitag«, sagte er und klopfte sich gegen die Brust. »Epegoitag!«

»Das muss sein Name sein«, sagte Halvor. »Epe … Epe und so weiter.«

»Epegoitag«, wiederholte der Skræling und kam an unsere Feuerstelle.

Er zeigte auf unsere Weidenkörbe und sagte einen Haufen Worte, die wir nicht verstanden. Dann deutete er auf Eystein, schob seine Kapuze von seinen grauen Haaren und grinste.

Es war lange her, dass wir uns als Krieger in der Jomsburg verdingt hatten, möglicherweise waren wir in der Zwischenzeit träge und unaufmerksam geworden. Denn während Epe grinsend vor uns stand, tauchten plötzlich sechs weitere seiner Art auf. Und sie hielten ihre Bögen im Anschlag und lächelten nicht. Halvor murmelte, dass wir uns dümmer angestellt hätten als betrunkene Franken, und wir alle glaubten schon, dass es uns jetzt an den Kragen ginge, als Epe ein paar Worte mit einem der anderen Skrælinge wechselte. Halvors Axt steckte in einem Ast, den wir neben die Feuerstelle gelegt hatten. Einer der jüngeren Männer ging dorthin, ruckelte sie los und gab sie Epe. Der Skræling strich mit dem Handrücken über den Axtkopf und drückte vorsichtig einen Finger gegen die Schneide. Dann wandte er sich um und winkte uns hinter sich her.

Wir folgten den Skrælingen bis weit in den Tag hinein durch den Wald. Als wir schließlich Rast machten, boten sie uns etwas von dem getrockneten Seehundfleisch an, das sie bei sich hatten. Und während wir kauten, zeigte Epe auf Eystein und sprach mit zwei jungen Männern aus seinem Gefolge. Der eine ging zu Eystein und strich ihm über den roten Bart, der die Skrælinge gewaltig zu faszinieren schien. Nachdem er den Bart berührt hatte, drehte er sich zu den andern um und brach in kindliches Gegacker aus.

Meinen Söhnen habe ich erzählt, dass wir aus freien Stücken mitgegangen sind und gewusst haben, dass die Skrælinge uns nichts Böses wollten. Natürlich waren wir neugierig, wohin sie uns bringen würden, aber freiwillig mitgegangen sind wir nicht. Sie hatten uns unsere Bögen und Pfeile abgenommen, und Halvor murmelte, dass wir uns verspäten und die anderen nach uns suchen würden. »Sigrid wird sich große Sorgen machen«, sagte er. Trotzdem erschien es mir vernünftiger zu sein, den Skrælingen zu folgen, als sie zu töten und auf unseren Skiern zu flüchten. Sonst könnte es uns so ergehen wie dem verwundeten Mann, den wir bei Erik dem Roten gesehen hatten.

Am Nachmittag folgten wir einem Höhenzug. Es war wärmer geworden und das Schmelzwasser tropfte von den schneeschweren Ästen. Epe und seine Begleiter lächelten in die Sonne und unterhielten sich beim Laufen. Wir gingen davon aus, dass wir es mit einer Gruppe Jäger zu tun hatten, auch wenn sie kein Wild bei sich hatten. Vielleicht waren sie noch nicht lange unterwegs gewesen, als sie auf uns gestoßen waren.

Plötzlich nahmen wir Rauchgeruch wahr. Beim Abstieg vom Höhenzug waren auch weitere Spuren von Schneeschuhen im Schnee zu erkennen. Hunde begannen zu bellen und kündigten unsere Ankunft an.

Als wir aus dem Wald traten und ihre Behausungen sahen, die ähnlich wie Erdhütten gebaut waren, liefen uns bereits Scharen von Skrælingen entgegen. Epe rief ihnen etwas zu, was wenig nützte, denn gleich darauf waren wir so dicht von ihnen eingekreist, dass Halvor, Eystein und ich aneinandergedrückt dastanden und keinen Finger mehr rühren konnten. Sie taten uns aber nichts. Da wir sie sicher um einen Kopf überragten, hatten wir einen guten Ausblick über die Siedlung, die an einem Fluss lag, in dem eine große eisfreie Stelle zu sehen war, aus der Frostnebel aufstieg. Es ist nicht übertrieben, wenn ich sage, dass an dem Fluss an die Hundert Hütten standen, die aus kegelförmig aneinandergelehnten Holzpfählen errichtet und mit Rinde abgedeckt worden waren.

Uns dreien ging in diesem Moment durch den Kopf, dass dieses Volk wie alle anderen Völker so etwas wie einen Häuptling haben müsste. Der sicher bald erscheinen würde, um uns in Augenschein zu nehmen und zu fragen, woher wir kämen und was wir hier wollten, wenn wir auch nichts von dem verstehen würden, was er sagte.

Unsere Bögen und Pfeile wurden herumgereicht, und die

Skrælinge befühlten aufgeregt die Pfeilspitzen und hielten sie über ihre Köpfe, um sie den anderen zu zeigen.

Nach einer Weile kam jemand, in dessen Gegenwart die Skrælinge sich etwas beruhigten. Doch dieser Jemand war kein Mann, sondern eine alte Frau. Ihr wurde Platz gemacht und sie stellte sich neben Epe, während sie uns betrachtete. Sie war klein, kaum größer als ein Kind. Ihr Gesicht war zerfurcht wie Baumrinde, der Mund zahnlos und das graue Haar reichte ihr bis zur Taille. Wie die meisten anderen Skrælinge trug sie ein knielanges Lederwams. Um ihren Hals hing eine Schnur mit Tierzähnen und kleinen Knöchelchen, eine ähnliche Schnur war auch um den knorzigen Stock gewickelt, auf den sie sich stützte.

Sie wechselte ein paar Worte mit Epe, bevor wir weiter in das Dorf hineingingen, vorbei an ein paar Gestellen aus Birkenholz, auf die Elchhäute zum Abschaben gespannt waren. Dann wurden wir in eine der Hütten geführt. Epe und die Alte nahmen uns gegenüber Platz. Einer der Männer aus Epes Gefolgschaft setzte sich zu drei älteren Männern, die bereits in der Hütte saßen.

Wenn meine Söhne mich fragten, ob ich damals Angst gehabt hätte, antwortete ich, dass das sicher der Fall gewesen wäre, wenn ich allein dort gestanden hätte. Aber Halvor und Eystein waren bei mir, Jomswikinger wie ich selbst. Die Skrælinge, so zahlreich sie auch sein mochten, waren klein und gänzlich bartlos. Sie erinnerten uns an Kinder. Darum hatten wir keine Angst. Wir fühlten uns eher wir Åsa-Thor in den Sagen, in denen er sich unter die Menschen mischt.

Die Hütte der Skrælinge war geräumig, und obgleich das Feuer nicht groß war, wärmte es. Endlich konnten Halvor, Eystein und ich die schweren Körbe mit dem Fleisch des Elchkalbes, dem Gras und den Farnen absetzen. Sofort wurde einer davon ins Licht der Feuerstelle getragen. Epe nahm das Gras und die Farnbüschel heraus, wog ein Stück Fleisch in den Händen und begutachtete alles. Die Axt und einer unserer Pfeile wurden herumgezeigt. Immer wieder prüften die Skrælinge die Schneiden mit den Fingern. Sie wirkten ehrlich beeindruckt.

»Behaltet den Pfeil«, sagte Halvor. »Und gerne auch die Axt. Was in dem Korb ist, gehört euch. Nehmt es als Geschenk von uns.«

Eystein raunte ihm zu, dass er ebenso gut den Mund halten konnte, sie würden ja doch kein Wort verstehen. Aber Halvor meinte nur, es sei besser, irgendetwas zu sagen, als wie Fische an Land zu schweigen.

»Wir danken euch für den Schutz und die Wärme. Leider können wir nicht lange bleiben. Wir haben noch etwas zu erledigen.«

Über die Skrælinge wird nicht viel Freundliches gesagt, und oft habe ich von ihnen reden hören, als wären sie Tiere. Mag sein, dass die Skrælinge dort im Westen nicht viel hermachten. Sie waren möglicherweise der am wenigsten stattliche Volksstamm auf Erden. Aber klug waren sie, und auch nach allem, was geschehen ist, denke ich, dass viele von ihnen mehr Güte in sich tragen als Baldur persönlich. In gewisser Weise sind sie wie ihre Rindenhütten, äußerlich bescheiden, aber sobald man eintritt, offenbaren sich mit bemalten Elchhäuten behängte Wände, Götzenbilder und kunstvolle Malereien, die es mit den Wandteppichen in den Jarlshallen durchaus aufnehmen können. Auf den Gemälden waren Hirsche mit riesigen Geweihen abgebildet, gewaltige Bären, Wale und Jäger mit Hunden. Es waren Fischer in langen, schmalen Booten zu sehen, ein rot-weiß-gestreifter Sonnenaufgang und ein Sternenhimmel mit einer Mondsichel.

Nachdem sie die Axt und den Pfeil gründlich untersucht hatten, gaben sie uns beides zurück. Die Alte lächelte mit ihrem zahnlosen Mund und legte eine Hand auf den Bauch, worauf eins der jungen Mädchen, die in die Hütte getreten waren, mit einem Bündel Fische an die Feuerstelle trat. Die Alte nahm die

Fische auf einer Steinplatte neben dem Feuer aus. Die Klinge ihres Messers schien aus schwarzem Stein gefertigt worden zu sein. Bjørn hatte einmal etwas von einer Friesenaxt mit einer schwarzen Steinklinge berichtet, die einem Mann gehört hatte, der vom Westmeer gekommen war. Das Messer schnitt mühelos die Rückengräten heraus. Ein anderes Mädchen half der Alten dabei, die Fischhälften auf Stöcke zu spießen. Die junge Frau hatte bis dahin im Halbdunkel an der Wand gestanden und war mir nicht aufgefallen. Jetzt starrte sie mich an, was nicht weiter auffiel, weil alle Augenpaare in dem Raum auf Halvor, Eystein und mich gerichtet waren. Sie hatte ein von einer offenen Gaumenspalte verunstaltetes Gesicht, ein Ohr saß tiefer als das andere und die Nase war schief. Halvor stieß mich mit dem Ellenbogen an und flüsterte, dass ich nicht so gaffen sollte, worauf ich den Blick senkte. Aber da wischte die Alte sich schon die Finger am Wams ab, streichelte dem Mädchen mit dem Handrücken über die Wange und ging mit ihr nach draußen. Ich kam mir schlecht vor, weil mein Gaffen die Alte wohl veranlasst hatte, das Mädchen hinauszubringen. Und ich schämte mich, weil ich mich wegen Ravntors Geburtsmal so beklagt hatte. Ich hätte den Göttern danken und ihnen ein Blutopfer darbringen sollen, dass sie mir einen so gesunden und hübschen Burschen geschenkt hatten.

Während wir warteten, dass der Fisch fertiggebraten war, fühlte ich mich elend und hoffte, dass die Alte die junge Frau wieder hereinbringen würde, doch sie war allein zurückgekommen. Halvor raunte mir zu, abzuschütteln, was immer mich plagte, und den Blick zu heben, wir seien Gäste bei den Skrælingen und täten gut daran, uns wie gute Gäste zu benehmen. Gerade wurde einer unserer Skier begutachtet und schließlich der Alten auf den Schoß gelegt. Sie befühlte die glatte Unterseite und zupfte an dem Fußriemen, während Epe mit ihr sprach. Irgendwann nickte sie, strich sich unter der Nase entlang und überließ Epe den Ski.

Die Skrælinge erwiesen sich als gute Gastgeber. Halvor, Eystein und ich durften als Erste essen, während sie uns schweigend zusahen. Als Eystein sich ein Stück Fisch aus seinem Bart klaubte, gaben die Skrælinge erstmals wieder einen Ton von sich und lachten laut.

Als wir gegessen hatten, streckte Eystein sich vor und griff nach dem Steinmesser, das noch immer auf der Platte neben der Glut lag. Eystein war kein besonders großer Mann, aber der ledergebundene Schaft verschwand trotzdem in seiner Hand, als er es vor sich hochhielt. Er prüfte die Schneide mit dem Daumen und nickte anerkennend. Dann zog er sein eigenes Messer unter dem Winterwams hervor und hielt es in den Schein des Feuers.

Eystein dachte nicht über alles nach, was er tat. Mit einem Mal waren die Skrælinge auf den Beinen. Ich war mir sicher, sie würden sich auf uns stürzen, weil Eystein die Waffe gezogen hatte, doch ich irrte mich, denn der Grund für die Aufregung war die Eisenklinge. Die Skrælinge wussten nämlich nicht, wie man Eisen aus Erz gewinnt. Die Pfeilspitze und den Axtkopf hatten sie vielleicht für einen rotbraunen Stein gehalten, aber Eysteins ungewöhnlich prachtvolles Messer mit der blankpolierten und mit Seehundöl behandelten Klinge glänzte strahlend im Feuerschein. Für die Skrælinge schien die Eisenklinge mindestens so faszinierend zu sein wie unsere Bärte. Eystein hatte sicher nicht geplant, das Messer aus der Hand zu geben, aber ihm blieb keine andere Wahl. Wie die Axt zuvor ging es von Hand zu Hand, bis es bei der Alten ankam.

Wir waren sicher, dass die Skrælinge das Messer behalten würden, was Eystein als großen Verlust empfunden hätte. Es war ein gutes Werkzeug. Aber die Skrælinge waren keine Raffgeister, wie oft behauptet wird. Wenn man Menschen als Diebe bezeichnen kann, dann wohl eher Leute meines Volksschlags. Nachdem die

Alte das Messer gründlich von allen Seiten begutachtet hatte, wurde es Eystein zurückgegeben. Dann sagte die Alte etwas zu Epe und zeigte auf die Wand. Epe nahm eine Tierhaut herunter und reichte sie Halvor. Halvor sah sich die auf die Haut gemalten Figuren an und hielt sie vor Eystein und mir hoch.

»Seht mal«, sagte er. »Das sind wir.«

Auf die Haut war etwas gemalt, das wie ein Langschiff aussah. Es hatte keine Segel gesetzt, aber Ruder ragten an den Seiten heraus, und in dem Boot saßen viele Männer mit langen Bärten. Die Zeichnungen waren nicht so grob und krakelig wie die Felsritzungen unserer Vorfahren in Vingulmørk. Der Schiffsrumpf war schwarz, die Haut der Männer an Bord weiß und die Bärte gelb.

Wir verbrachten fast den ganzen Tag in der Hütte der Skrælinge. Weder Eystein, Halvor noch ich wagten es, aufzustehen, weil uns immer neue Speisen angeboten wurden. Nach dem Fisch gab es Suppe, die nach Waldvögeln und Zwiebeln schmeckte, und zwischendurch zeigten sie uns alle möglichen Gegenstände, Decken und Krüge, mindestens ein Dutzend bemalter Tierhäute, einen Bogen und ein paar der schwarzen Steinmesser, die jeder Skræling an seinem Gürtel trug. Sie brachten Halsketten mit Anhängern aus Muscheln und Plättchen, die wie Kupfer aussahen. Wir verstanden nicht ganz, wieso sie uns so eifrig all diese Dinge zeigten, bis Epe schließlich Halvor eine der Halsketten an die Brust drückte.

»Igun magve kava«, sagte er. »Kava.«

Da endlich begriff ich.

»Das ist für uns«, flüsterte ich. »Sie wollen uns ein Geschenk machen.«

Halvor schaute sich die Kette an und befühlte die Kupferplättchen.

»Ich verstehe«, murmelte er. »Dann sollten wir uns wohl bedanken.«

Als Halvor die Lederschnur über den Kopf zog, rief die Alte etwas und es kam Leben in die Hütte. Eins der jungen Mädchen wurde hinausgeschickt und wir bekamen noch eine Schale Suppe gebracht. Wir schlürften und schmatzten, während das Mädchen zwei weitere Halsketten mit Kupferplättchen brachte, die sie Eystein und mir überreichte. Eystein sah an sich herab und sagte grinsend, dass er jetzt mindestens so stattlich wie ein Jarl aussähe. Da fing die Alte an, auf eine Ledertrommel zu schlagen. Sie schloss die Augen und begann, eine eindringliche Melodie zu summen.

Sie sang sich wie eine Schamanin in Trance, wiegte sich auf ihrem Platz vor und zurück, wobei nur das Weiße ihrer Augen zu sehen war. Sie sank nicht irgendwann bewusstlos zusammen, wie es mit der Heilerin geschehen war, sondern sang immer weiter. Manchmal wurde ihre Stimme leiser, dann wieder sackte ihr Kopf vornüber, als ob sie erstarrt wäre, ehe sie wieder fortfuhr. Eystein, Halvor und ich blieben sitzen. Je länger die Alte sang, desto mutiger wurden die Skrælinge, sie betasteten immer wieder unsere Bärte und Winterwamse. Als die Alte schließlich verstummte und mit dem Kinn auf der Brust und der Trommel im Arm sitzen blieb, klopfte Epe mir auf die Schulter.

»Majul kva«, sagte er und winkte uns hinter sich her.

Die Ahorne warfen lange Schatten über den Schnee. Uns war klar, dass wir nicht vor dem nächsten Morgen hier fortkämen, und ich machte mir allmählich Sorgen, was Sigrid denken würde. Sechs Tage hatten wir gesagt. Wenn wir nach diesen sechs Tagen nicht zurück waren, würden sie losziehen und uns suchen.

Halvor und Eystein wurden von den Skrælingen mitgezogen, unsere Skier wurden auf den Schnee gelegt, damit die beiden sich daraufstellten und sie festschnallten. Dann glitten sie ein paar

Schritte über den hart getrampelten Schnee. Die Skrælinge brüllten vor Lachen, als hätten sie noch niemals so etwas Komisches gesehen. Dann war ich an der Reihe. Zwei der Schneeschuhe, mit denen die Skrælinge sich über den Schnee bewegten, wurden unter meine Füße geschnallt. Ich machte ein paar zögernde Schritte, denn man musste auf eine ganz besondere, breitbeinige Art mit den Dingern gehen, die meinem versehrten rechten Bein gar nicht gefiel. Es dauerte nicht lange, bis mir ein messerscharfer Schmerz in die Hüfte fuhr und ich zur Seite kippte. Vor Zorn schlug ich mit der Faust in den Schnee und die Skrælinge wichen erschrocken vor mir zurück.

»Ärger dich doch nicht«, sagte Eystein. »Das ist doch nur ein Spiel!«

Mich verwunderten seine Worte. Ich war nicht über die Meere in dieses fremde Land gesegelt, um mich zu vergnügen. Schon gar nicht, um auf Knien zwischen den Skrælingen herumzurutschen, während sich der Himmel mehr und mehr zuzog. Ich befürchtete, dass wir Schnee bekommen würden, wenn wir uns auf den Heimweg machten. Und wo sollten wir Unterschlupf finden, wenn die Nacht anbrach? Die Skrælinge gluckten und lachten und bekamen gar nicht genug davon, unsere Bärte anzufassen. Jetzt hatten sie sich offensichtlich in den Kopf gesetzt, dass auch ich meine Ski unterschnallen sollte, da sie mir die Schneeschuhe abnahmen und die Ski zurechtlegten.

Halvor, Eystein und ich drehten zwei Runden durchs Dorf, und ich übertreibe nicht, wenn ich sage, dass mindestens hundert Skrælinge hinter uns herliefen. Eysteins roter Bart schien es besonders den jungen Skrælingfrauen angetan zu haben, was Eystein wiederum gut gefiel. Wenn sie die Hände ausstreckten, um sein Gesicht zu berühren, ließ er sie gewähren. Skrælingfrauen sind in den Augen eines Nordländers nicht sonderlich hübsch. Sie haben runde Gesichter und tragen dicke unförmige

Fellkleider. Aber sie lächeln eindeutig mehr als die Mädchen daheim, und das waren wir nicht gewohnt. Zu Hause schauen die Frauen einen immer gleich argwöhnisch an, als führte man etwas Übles im Schilde.

Ich fürchtete natürlich, dass die Skrælingmänner eifersüchtig werden könnten. Als wir unsere zweite Runde um die Rindenhütten gedreht hatten und Epe mit seinen Männern auf uns zukam, glaubte ich, dass es ihnen jetzt reichte, aber sie gaben uns nur zu verstehen, dass wir ihnen folgen sollten.

Ich sollte bald viel über die Skrælinge lernen, über ihre Gewohnheiten und die vielen verschiedenen Völker, die das Land im Westen bewohnten. Ich sollte lernen, dass Epe, da er uns als erster entdeckt hatte, sich auch um uns kümmern musste. Die Skrælinge hatten uns auf unserer Insel aus der Entfernung beobachtet. Sie waren im Schutz der Dunkelheit zu unserem Schiff gepaddelt und hatten die geteerten Planken befühlt. Dass wir aus dem Osten gekommen waren, hatten sie wohl gleich geahnt, als sie uns das erste Mal gesehen hatten. Sie alle hatten Geschichten über die groß gewachsenen Männer auf der Leifsinsel gehört. Männer mit Haaren im Gesicht, breiten Schultern und ungewöhnlich großen Nasen. Als Epe die Tür zu seiner Hütte öffnete und uns hineinführte, sagte er etwas zu den Frauen, die dort drinnen Suppe kochten. Danach bat er uns, auf ein paar Fellen am Feuer Platz zu nehmen. Wieder wurden Skier, Pfeile und Halvors Handbeil herumgereicht, und die Menschen studierten jeden Gegenstand ganz genau. In Epes Hütte war es enger als in der vorigen, denn die Skrælinge bauen ihre Behausungen lieber klein, als die Feuer groß werden zu lassen. Die Wände waren mit Fellen von Elchen und Rentieren verkleidet und der Boden war mit einer Schicht kleiner Zweige ausgelegt, auf der Fichtenzweige und zuoberst Farnwedel lagen. Die Skrælinge schliefen nicht auf Bänken, sie legten sich direkt auf ihre Felle, die Füße dicht am Feuer, sodass es von oben betrachtet wie das Muster eines wendischen Schildes aussah.

Wieder saßen wir schweigend da, während die Skrælinge erneut Essen für uns bereiteten. Sie kochten die Suppe in einer großen Schale aus Rinde. Sie legten Steine hinein, die sie zuvor im Feuer erhitzt hatten. Diese Art, Suppe zu kochen, war mir nicht fremd, so hatten wir das in meiner Kindheit auch einmal gemacht, als unser Eisentopf durchgerostet war und Vater nicht das Silber hatte, um einen neuen zu kaufen.

Ich erinnere mich noch, dass ich durch die Öffnung oben in Epes Hütte blickte, und dass der Himmel dunkel geworden war. Wir würden wohl mit Fackeln aufbrechen müssen, denn der Gedanke, dass Sigrid zu Hause auf unserer Insel stand, den kleinen Ravntor auf dem Arm und besorgt in den Sonnenuntergang schaute, gefiel mir ganz und gar nicht. Doch dann bemerkte ich, dass Schnee durch das Loch wirbelte und verstand, dass wir nicht weit kommen würden, bis unsere Skispuren verweht waren.

In Epes Hütte waren außer ihm noch drei weitere Männer. Es waren Epes Söhne, von denen zwei mit auf der Jagd gewesen waren. Epes Frau hatte graue Haare und lächelte und kicherte mehr als jedes junge Mädchen, was Epe verlegen zu machen schien. Er flüsterte ihr immer wieder etwas zu, was seine Frau jedoch nur noch mehr belustigte. Neben ihr waren vier andere Frauen in der Hütte, zwei von ihnen waren die Frauen von Epes Söhnen. Und dann waren noch zwei Jungs von vielleicht fünf und sieben Jahren und ein etwa sechzehnjähriges Mädchen bei uns, vermutlich Epes Enkel. Ganz hinten an der Wand lagen zwei Hunde, die an Elchknochen nagten.

Wir tranken die Suppe und bekamen Elchfleisch, und nur selten in meinem Leben war ich satter als an jenem Abend. Halvor murmelte, dass ein Bier gut dazu schmecken würde, aber vergorene Getränke gab es bei den Skrælingen nicht. Einige Menschen haben Schwierigkeiten, das zu glauben, denn die meisten kennen die Gerüchte, dass in Vinland Trauben wachsen, aus denen man Wein machen kann. Aber die Skrælinge kennen weder Bier noch Wein.

Epe redete mit uns und zeigte auf ein paar Figuren, die auf die mit Tierhäuten verkleideten Wände gemalt worden waren. Es waren Jäger mit Hunden und Bögen sowie Elche und Hirsche mit großen Geweihen. An anderen Stellen waren wie in der Hütte der alten Frau Langschiffe zu sehen. Epe stand auf und zeigte auf das Schiff.

»Ja«, sagte ich, »wir sind über das Meer gekommen.«

Dann begann einer von Epes Söhnen auf einer Knochenflöte zu spielen. Die Melodie klang wie eine, die wir zu Hause oft gehört hatten, sie passte gut zu Epes Worten. Denn Epe erzählte uns etwas, zeichnete Figuren in die Asche, hielt sich die Brust und zeigte zum Himmel. Wir verstanden nicht, worüber er sprach, nickten und lächelten aber höflich.

Epe hatte uns allem Anschein nach viel zu sagen und auch die Flöte hatte unermüdlich dazu geklungen. Später am Abend hatte er aus einem Lederbeutel drei eingetrocknete Menschenohren hervorgeholt, was die meisten sicher entsetzt hätte. Ich ahnte aber, dass es sich um Trophäen von Kämpfen handelte, wofür ich als Jomswikinger ihn sicher nicht verurteilen konnte. Es beunruhigte mich auch nicht, im Gegenteil. Nur Menschen, die dir vertrauen und dich als Freund betrachten, erzählen dir auf diese Weise von Menschen, die sie getötet haben.

Ich musste von uns dreien als erster eingeschlafen sein, und irgendjemand hatte mich zugedeckt, denn als ich wach wurde, war das Feuer niedergebrannt und graues Morgenlicht fiel durch die Deckenöffnung.

Wir machten uns zum Aufbruch bereit. Die alte Frau kam uns

begleitet von einem großen Gefolge entgegen, als wir die Skier anschnallten. Niemand darf sagen, dass die Skrælinge in Sachen Gastfreundschaft unseren Jarlen in irgendetwas nachstünden. Denn sie brachten uns drei Dinge: Halvor bekam eine Trommel wie die, auf der die Alte gespielt hatte. Auf die Haut war ein Langschiff gemalt worden. Eystein erhielt etwas, das auf den ersten Blick wie ein gewöhnlicher Stab aussah, das sich dann aber als ein Bogen erwies, der aus einer dunkelgelben Holzart geschnitzt worden war, die ich nicht kannte. Ich bekam ein Schneckenhaus, wie man es am Strand finden kann, nur dass dieses größer als meine Faust war. An einem Ende war ein Loch hineingebohrt worden, und Epe zeigte mir, wie man es an den Mund legte und hineinblies. Es klang fast wie ein Kriegshorn.

Dann brachen wir aus dem Lager der Skrælinge auf. Epe und seine Söhne begleiteten uns, was gut war, denn die Spuren waren verschneit, sodass wir niemals auf eigene Faust nach Hause gefunden hätten.

*

Epe und seine Söhne begleiteten uns zwei Tage lang. Als sich die Sonne am zweiten Tag dem Horizont näherte, waren wir wieder in bekannter Gegend. Die Skrælinge nutzten schnellere Pfade durch den Wald, sodass wir schon bald unweit der Landbrücke an der vereisten Bucht standen. Wir rochen Rauch und hörten Fenris bellen. Als wir uns umdrehten, waren Epe und seine Söhne verschwunden.

Sigrid fiel mir auf dem Hofplatz um den Hals und drückte sich weinend an meine Brust. Ich brachte kein Wort heraus. Ich umarmte sie und den kleinen Ravntor und küsste sie. Sog den Duft der Haare des Kindes ein. Mein Bruder kam zu mir und schüttelte mich an der Schulter. »Gut, dich zurückzuhaben«, sagte er. »Aber tu das nie wieder. Du hast sechs Tage gesagt, wir wollten schon aufbrechen, um euch zu suchen.«

Mehr wurde nicht darüber gesagt. Wir gingen ins Haus, legten die Seehundstiefel und die Rentierkleider ab, dann wurde das Feuer angefacht. Wir bekamen frisch gekochten Dorsch. Eystein und Halvor schaufelten das Essen in sich hinein und warfen mir immer wieder Blicke zu, sodass ich irgendwann verstand, dass ich erzählen musste.

Hätte ich ihnen gesagt, dass wir den Gott Thor und seine Böcke im Wald getroffen hätten, wären meine Leute nicht verwunderter gewesen als über die Geschichte, die ich nun zum Besten gab. Sie starrten uns mit aufgerissenen Augen an, ehe sie aufsprangen und wild durcheinanderredeten. Waren es viele Skrælinge? War das Lager weit entfernt? Sigrid bohrte ihre Finger in meinen Arm, kam jedoch nicht zu Wort, denn Torvar packte meinen anderen Arm und wollte wissen, ob sie uns gefangen genommen hatten und wir deshalb so spät gekommen waren. Nun stand ich auf. Ich bin kein großer Redner, doch jetzt musste ich klarstellen: »Die Skrælinge wollten uns nichts Böses«, sagte ich. »Sie haben uns Essen und Obdach gegeben. Und Geschenke.«

Halvor zog die Trommel aus seinem Weidenkorb und Eystein holte den gelben Bogen hervor. Ich selbst wickelte das Schneckenhaus aus dem Fell und blies hinein. Vingur wieherte hinter dem Gatter, der Laut schien ihm nicht zu gefallen. »Ich glaube, das sind gute Menschen«, sagte ich. »Sie hätten uns töten können. Aber hier stehen wir, unversehrt.«

Eystein räusperte sich. Er fasste sich an den Bart und grinste erst etwas unbeholfen, dann sagte er, was die Männer vermutlich am meisten interessierte: »Und dort sind Frauen«, er hielt die flache Hand etwa in Höhe seines Kinns. »Sie sind klein und ihre

Haare sind so schwarz wie Rabenfedern. Sie haben uns …« Er holte die Kette hervor. »Die hier geschenkt.«

Nach seinen Worten kamen die Männer nicht mehr zur Ruhe. Ich saß bei Sigrid und Ravntor, während sich alle anderen um Eystein und Halvor scharten. Sigrid sah mich scharf an, und ich wusste, was sie dachte. Ich zog die Kette unter meinem Wams hervor und legte sie ab. »Ich habe die nicht von einer Frau bekommen«, sagte ich leise und reichte sie ihr. Sigrid wollte die Kette nicht einmal anfassen, weshalb ich sie auf den Tisch legte, wo Torvar Gottlos sie sich gleich schnappte.

Dass die Männer an jenem Abend so aufgeregt waren, hatte natürlich damit zu tun, dass sie alle seit langem keine Frau mehr gehabt hatten. Die Gewissheit, dass nur ein paar Tagesmärsche entfernt ein ganzes Volk wohnte, erfüllte sie mit einem Eifer, den ich noch nie zuvor gesehen hatte. Nur Bjørn blieb für sich sitzen. Sein Blick verfinsterte sich und ich ahnte, dass er an die Frau und seine Tochter im Wendland dachte.

An diesem Abend erfuhr ich, dass Eystein noch wach gelegen hatte, nachdem die Skrælinge in den Schlaf gefallen waren. Er erzählte, dass das Mädchen, also Epes Enkelin, ihn die ganze Zeit von ihrem Lager aus angeschaut hätte. Als sie sicher war, dass alle anderen schliefen, sei sie nach draußen geschlichen und er hinterher. Die Männer klatschten ihm auf den Rücken und bellten wie Hunde, als er erzählte, wie er sie an einem Baum stehend genommen hatte. Ganze fünf Mal, behauptete er und dass er nie eine willigere Frau erlebt hätte als sie. Sie hatte eine Locke von seinem Bart bekommen und versprochen, sie zu verstecken, bis er wiederkam. Eystein wollte sie zur Frau und zurück ins Lager der Skrælinge gehen, sobald er genug angespart hatte, um eine Familie zu gründen.

Ich habe bis heute nicht erfahren, ob Eystein an diesem Abend die ganze Wahrheit gesagt hat. Er hat sicher etwas übertrieben. Bei Halvor hätte mich das nicht gewundert, aber Eystein war nicht der kühne Mann, wenn es um Frauen ging.

Ich weiß noch, dass ich mir an jenem Abend wirklich wünschte, wir hätten Bier gehabt. Nicht nur, weil wir von einer langen Wanderung durch den Winterwald zurückgekehrt waren, sondern weil es mir leidtat, meinen Bruder so traurig zu sehen, während sich die anderen über Eysteins Frauengeschichte amüsierten. Bald darauf stand Bjørn auf und ging zu den Tieren. Er streichelte Vingur über das Maul und blieb schließlich an das Gatter gelehnt stehen, während er immer wieder zu den Männern hinübersah. Hätten wir Bier gehabt, hätten wir uns jetzt betrunken, seine Sehnsucht ersäuft und über den Zweikampf mit Ros und unsere Flucht durch Trøndelag gesprochen. Wir hätten über den Pfeil reden können, den er mir in den Arm geschossen hatte und über unsere Ausbildung in der Jomsburg. Und über die Schlacht bei Svold, die uns beide zu friedlosen Menschen gemacht hatte. Wir hätten auf Vater trinken können, auf Mutter und all die Ahnen vor ihnen. Wir hätten auf alle trinken können, mit denen wir gekämpft hatten, auf all das, was wir getan und geleistet hatten. Danach hätten wir uns auf die Bänke unter die Felle legen und beim Knistern des Feuers unseren Rausch ausschlafen können.

11
Onejun

Der erste Winter auf der Rentierinsel war lang. Die Bucht war vereist, bis das Birkenlaub austrieb, und der Frost steckte so lange im Boden, dass wir fürchteten, nicht mehr die Zeit zum Pflügen und Säen zu haben. Wir waren schon im Kuckucksmond, als das Eis endlich aufbrach. Wie passend der Name war, bemerkten wir beim ersten Frühlingsbad in der Bucht, denn am Waldrand hinter dem Langhaus saß ein Vogel und rief fast wie ein Kuckuck.

Eystein und einige der anderen Männer waren im Laufe des Winters dreimal bei den Skrælingen gewesen. Wir nannten sie das Flussvolk, auch wenn Eystein sagte, dass sie einen anderen Namen hätten, den er aber nicht aussprechen könnte. Sie waren gute Menschen, sanftmütig und gastfreundlich, und gaben Eystein und den anderen jedes Mal Geschenke mit. Er selbst hatte zwei weitere Bögen aus dem gelben Holz bekommen, sowie eine Art Karte, die mit Kohle auf ein Stück Leder gezeichnet worden war. Die geschwungene Linie sollte wohl die Küste darstellen, und auch wenn wir keine Ahnung hatten, was die Skrælinge sagen wollten, glaubte Eystein, dass Epe versucht hatte, ihm zu erklären, dass es im Süden noch weitere Stämme ihres Volkes gab, und dass die gelben Bögen von dort stammten. Eystein lernte mit der Zeit einige Worte ihrer Sprache und wie man mit einem Bogenholz und einer Sehne Feuer machen konnte. Uns war die Konstruktion nicht unbekannt, doch nutzten wir sie nur dazu, um Löcher in Holz zu bohren. Eystein zeigte uns, wie man mit bestimmten Hölzern Glut erzeugen und diese mit trockenem Gras entfachen konnte. Er bekam auch neue Seehundlederstiefel, sie waren sorgsam genäht und reichten ihm bis zur Mitte des Beins. Er erzählte uns, sein Mädchen hätte sie für ihn genäht. Sie wollte zu uns kommen und bei uns wohnen, wenn er ihrem Vater genügend Geschenke überreichen konnte.

Es tat gut, den Schnee tauen zu sehen. Niemals zuvor hatten wir einen derart schönen Frühjahrswald gesehen wie auf der Rentierinsel und dem angrenzenden Land. Ich steuerte das Langschiff aus der Bucht, um die weitere Küstenlinie zu erforschen. Sigrid und der kleine Ravntor waren bei mir, desweiteren Hutten, Eystein, Kåra Skåne und Bork. Wir brauchten nicht weit in östlicher Richtung zu segeln, bis wir wussten, dass das, was wir für das Festland gehalten hatten, in Wirklichkeit eine riesige Halbinsel war, von der unsere Rentierinsel abzweigte. Die große Halbinsel knickte nach Nordosten und schließlich wieder nach Süden ab, wo sie durch einen schmalen Sund von einer großen Insel getrennt war. Wir segelten durch den Sund und folgten der Küste der großen Halbinsel, bis diese wieder nach Norden abknickte. Erst dort begann das richtige Festland, das weit unten im Süden, wie wir glaubten, mit dem Land der Mohren zusammenhing.

Als wir von dieser Erkundungsfahrt zurückkamen, war es Zeit, die Erde zu pflügen. Höchste Zeit. Torvar und Eilef waren Bauernsöhne, und schon bevor der erste Schnee gefallen war, hatten sie sich in der Gegend nach geeignetem Ackerboden umgesehen. Auf unserer Insel waren sie nicht fündig geworden, dort war der Boden zu karg, aber südlich der großen Bucht in Höhe der Flussmündung war die Erde dunkel und reich. Wir rodeten eine vor allem mit Birken und Ahorn bewachsene Fläche. Da das Holz dieser Bäume nicht für den Schiffsbau geeignet war, spalteten wir einige der geraden Stämme zu Brettern auf und bauten damit eine Hütte an der Flussmündung. Den Rest des Holzes flößten wir zur Rentierinsel. Zuerst brannten wir das Unterholz ab, wogegen ich mich zuerst verwehrt hatte, doch auch ich wusste, dass man keine Ackerflächen schaffen konnte, ohne die Erde erst einmal abzuflämmen. Die Asche ließe das Korn schneller wachsen, meinte Eilef. Die Wurzeln legten wir so gut wir konnten frei und rissen sie mit Vingurs Hilfe aus dem Erdreich.

Wir brauchten den ganzen Kuckucksmond für das Roden, aber schließlich hatten wir einen Acker so lang wie zehn Langschiffe und einen Speerwurf breit. Wir hatten nicht einmal genug Saatgut für die Fläche. Wir säten bei Vollmond und opferten an unserer Kultstätte das Blut eines Hirsches, den Asmund und Helge geschossen hatten. Hutten meinte, wir sollten Fischeingeweide im Boden vergraben, so würden sie das auf den Orkney-Inseln machen. Aber ich schüttelte den Kopf. Die wilden Tiere würden den Geruch wahrnehmen und den Acker aufgraben. Außerdem war diese Düngung gar nicht nötig, denn der Boden war nicht so karg wie zu Hause auf den Inseln. Eilef roch ständig an der Erde und rieb sie mit großem Wohlbehagen zwischen seinen Händen. Besseren Ackerboden hatte er noch nie gesehen.

Wir kamen in die Jahreszeit, in der die Bäume voller Saft sind. Zu Hause in Norwegen war das eine gute Zeit, und das galt auch für uns hier in Vinland. Sigrid und Hilda pflückten Birkenlaub, zerrieben es und mischten es mit Wasser. In einem Fass färbten sie die Wolle, die sie im Laufe der dunklen Wintermonate gesponnen hatten. Wenn es wieder Winter wurde und wir gestrickte Handschuhe und Socken anzogen, würde die hellgrüne Farbe uns daran erinnern, dass bald ein neuer Sommer kam.

Hutten begann mit dem Schmieden. Er hatte schon lange darauf gewartet, nachdem wir unweit des Lagerplatzes der Skrælinge am Flusslauf eine Stelle mit roter Erde gefunden hatten. Wir verbrannten sie an Ort und Stelle, bis das Eisen gut geröstet war, wie Hutten meinte. Unweit unseres Langhauses bauten wir einen Ofen, brannten in einer Grube Kohle und schmolzen die geröstete Erde im Schmiedeofen. Schon nach einem Tag Arbeit mit Glut und Blasebalg hatten wir einen faustgroßen Klumpen Eisen. Er lag auf dem Tisch im Langhaus, wo wir ihn bewundern konnten. Ich saß mit Ravntor auf dem Schoß da und sah, wie die Männer ihn voller Hochachtung herumreichten, als wäre er aus purem Gold. Für alle, die sich nicht darauf verstehen, ist das Schmieden ebenso rätselhaft wie das Heilen.

Wir nahmen uns jetzt auch die Zeit, Teer zu kochen. Die meisten meiner Männer hatten das schon einmal gemacht, denn als wir Kinder waren, pflegten die Väter es ihren Söhnen zu zeigen. Einen Steinwurf von unserem Acker entfernt hoben wir eine Teergrube aus und stellten einen verbeulten Topf hinein, den Hutten mitgebracht hatte. In diesen Topf platzierte er den Trichter, den er aus dem Eisenklumpen gehämmert hatte. Dann füllten wir die Grube mit Treibholz und Birkenrinde und darüber wiederum kam ein großer Haufen anderes Holz, das wir anzündeten und das Feuer schließlich mit Torf abdeckten. Ich muss sagen, dass man lange suchen muss, um besseres Teerholz zu finden als dort im Westen. Alle Wurzeln, die wir aus dem Acker gezogen hatten, verbrannten wir in unserer Teergrube. Mit dem Teer strichen wir die Hauswände ein. Anschließend machte Agn-Orm sich daran, Bretter für Tonnen zu schlagen. Er war der Sohn eines Böttchers und meinte sich zu erinnern, wie man so etwas machte. Seine Erinnerung trog ihn nicht, denn seine Tonnen hielten dicht. Wir kochten den übrigen Teer dick ein und gossen ihn in die Tonnen. Wenn wir unser erstes Schiff gebaut hatten, wollten wir es damit abdichten.

Bald darauf stach ich mit dem Langschiff wieder in See. Nur Hutten und Welpe blieben zurück. Welpe wollte bei dem alten Schotten in die Lehre gehen, wie ich es getan hatte. Es fühlte sich für Hutten sicher gut an, den Sohn des Jarls als Lehrling zu haben, er ließ es ihn aber nicht spüren.

Wir segelten über die große Bucht und fällten Lärchen. Es waren gerade, gute Stämme, die sich mit Kiefernkeilen leicht spalten ließen. Wir luden sie an Deck und segelten umgeben von dem Duft des Harzes und der Rinde zurück zu unserem Lager. Dieser Geruch kommt mir als erstes in den Sinn, wenn ich an unsere Zeit in Vinland denke. Nicht die Wärme der Sonne, das Gezwitscher der Vögel in den Baumwipfeln oder das Rauschen des Windes in den Kronen der Ahorne, sondern der Duft der frisch gefällten Bäume. Er klebt an deinen Fingern und lässt sich nicht abwaschen, aber wenn man wie ich die Arbeit mit Holz liebt, will man das auch gar nicht. Bald waren außer Hutten und Welpe alle Männer an der Arbeit auf dem Platz vor dem Langhaus, und während ich selbst am Kielbalken und den Steven unseres ersten Schiffes arbeitete, ließ ich die Männer vier Pfosten und ein Dach errichten. Für die Deckenbalken nahmen wir nicht das Lärchenholz, dafür reichte einfaches Nadelholz. Ich wusste, dass es uns nicht gelingen würde, das Schiff vor dem ersten Schnee fertig zu bekommen, weshalb wir ein Dach brauchen würden.

Der Frühling wurde zum Sommer. Wir fischten in der Bucht und jagten westlich der Landbrücke. Es waren gute Tage für uns alle, wenn Eystein auch mit hängendem Kopf herumlief, weil er das Skrælinglager verwaist vorgefunden hatte. Er hätte natürlich den Spuren folgen und sie suchen können, dachte aber, dass sie nichts mehr mit ihm zu tun haben wollten.

Die Schafe bekamen Lämmer, die Hühner Küken und Ravntor wuchs heran. Am Abend der Sommersonnenwende trugen wir den Langtisch nach draußen, aßen und sangen und opferten für Glück und ein langes Leben für Menschen und Tiere. An diesem Tag zog sich mein Sohn an der Tischkante hoch und machte seine ersten Schritte. Hutten lachte und meinte, wenn es bis jetzt schon schwergefallen sei, auf ihn aufzupassen, würde es fortan noch bunter werden.

Der alte Schotte wusste vermutlich, wovon er redete. Solange Ravntor noch gekrabbelt hatte, konnten wir ihn mal für einen Moment aus den Augen lassen, doch jetzt stapfte er einfach davon und war im Handumdrehen verschwunden. Besonders liebte er es, nach unten zum Wasser zu gehen, was Sigrid immer in Angst und Schrecken versetzte, sodass sie gleich hinter ihm herrannte. Manchmal verschwand er auch im Wäldchen oder kroch hinter die Holzstapel, um sich zu verstecken. Dieses Spiel liebte er wirklich. Viele der Männer hatten Freude daran. Sie standen mit den Beilen in der Hand da und wenn Sigrid herumlief, ihn rief und suchte, sagten sie nichts, sondern grinsten nur in ihre Bärte.

An einem der wärmsten Tage in diesem Sommer kippte unser Schafsbock einfach zur Seite und rang nach Atem. Erst dachten wir, dass ihm einfach zu warm war, und benetzten sein Fell mit Wasser, doch er zuckte nur noch zweimal mit den Hinterbeinen und starb. Eilef meinte, wir seien betrogen worden, der Schafsbock sei alt gewesen. Die Grönländer hätten ihn uns sicher gegeben, damit wir zurückkämen. Denn einen Bock brauchten wir, wollten wir im Frühjahr wieder Lämmer bekommen. Vielleicht hofften sie, dass wir Stämme, Eisen und Teer mitbrachten und sie günstig gegen einen neuen Bock eintauschen würden.

Wir hatten keine andere Wahl als uns auf die Reise vorzubereiten. Mit etwas Glück brauchten wir aber nicht weiter als bis zu Leifs Insel zu segeln. Vielleicht hatten sie dort einen Bock, den sie uns verkaufen konnten.

Ich war selbst nicht mit auf der Reise zum Leifshof, denn Sigrid wollte mich bei sich haben. Außerdem war es an der Zeit, das Schiff zu verplanken. Wir hatten den Kielbalken und die Steven zurechtgehauen und das neue Schiff nahm langsam Form an. Es würde nicht so groß wie die »Danen« werden, aber sie war ja auch eines der größten Schiffe in Sven Gabelbarts Flotte gewesen. Es sollte etwa halb so lang werden, dabei aber breit und mit hohem Freibord, sodass sowohl Menschen als auch Tiere und Waren darauf Platz fanden. Mein Vorbild waren die Schiffe, mit denen die Händler nach Viken gesegelt waren.

Da wir nicht genug Wolle hatten, wollte ich das Segel aus Leder machen. Es würde den Preis des Schiffes um die Hälfte senken, meinte Hutten, aber wir hatten keine Wahl. Einen Webstuhl hätten wir bauen können, uns fehlte aber das Material. Sobald das Schiff fertig war, wollten wir damit fortsegeln und es gegen Schafe und Kühe eintauschen, und vielleicht auch gegen ein paar Pferde, die Vingur im Wald helfen konnten.

Eine der Planken, die wir zurechthieben, hatte am Ende eine seltsame Form, da dort ein Ast gewachsen war. Hutten stand lange da und musterte sie, bevor er das Ende der Planke abhackte und es mit seinem Messer zu bearbeiten begann. Ich wollte ihn fragen, was er da machte, aber da dies der Tag war, an dem mein Bruder das Schiff klarmachte und meine Hilfe brauchte, achtete ich nicht weiter darauf.

Mein Bruder segelte am Nachmittag davon, nur zwei Tage nach dem Tod des Bocks. Sigrid und ich gingen zur Nordseite der Insel und winkten ihnen zu, als sie vorbeisegelten. Sie hatten die Strömung mit sich und ein guter, östlicher Wind füllte das Segel.

*

Drei Tage, nachdem Bjørn ausgelaufen war, kamen plötzlich Epe und ein paar andere Skrælinge angepaddelt. Es war später Nachmittag und Nebel war vom Meer herangetrieben. Als wir die Männer erkannten, nahmen wir die Pfeile von den Bögen. Aber Epe machte ein finsteres Gesicht und auch seine Söhne sahen nicht glücklich aus. Das Mädchen, von dem Eystein so viel gesprochen hatte, war bei ihnen, versteckte sich aber gleich hinter einem Felsen am Ufer, nachdem die Männer angelegt hatten.

Wir Männer gingen ihnen entgegen. Epe grüßte uns, indem er die Hand auf seine Brust legte und uns zunickte, bevor er etwas zu uns sagte, das wir nicht verstanden. Nur ein Wort drang zu uns durch: »Aystein«, sagte er und sah blinzelnd auf den Hofplatz hinter mir.

»Nein«, erwiderte ich. »Eystein ist nicht hier.«

Epe drehte sich halb zur Bucht um und sagte: »Volsak tao? Aystein?«

»Eystein ist nicht hier«, wiederholte ich. »Er ist mit einigen anderen mit dem Schiff zur Leifsinsel gesegelt, um einen Bock einzutauschen.«

Sigrid, Hilda und Ravntor hatten sich bis jetzt oben am Langhaus aufgehalten. Sie standen in der Türöffnung, bereit, sich einzuschließen, sollte es zu einem Kampf kommen. Wir trauten Epe und seinen Männern noch nicht ganz. Da wir jetzt aber ahnten, dass Epe und die seinen nicht in kriegerischer Absicht gekommen waren, kamen auch sie zu uns herunter. Hutten räusperte sich und meinte, wir sollten die Fremden ins Haus bitten, wir wollten doch nicht abweisend wirken.

Wir folgten Huttens Rat und die Skrælinge folgten uns ins Langhaus. Nur das Mädchen blieb gemeinsam mit Sigrid, Hilda und Ravntor auf dem Hofplatz.

Drinnen im Haus setzten wir Männer uns auf die eine Seite des Tisches. Die Skrælinge stellten sich auf die andere. Ein Sohn von Epe begann sogleich, einzelne Gegenstände auf den Tisch zu legen. Es waren einige der großen Schneckenhäuser, vier gelbe Bogenhölzer, zwei Rollen mit geschabtem Elchleder und ein Lederbeutel voller schwarzer Steinchen. Erst blieben wir sitzen und betrachten die Dinge, die sie auf den Tisch gelegt hatten. Außer den Bogenhölzern brauchten wir eigentlich nichts davon, außerdem hatten wir nichts, was wir ihnen als Gegenleistung geben konnten. Im Laufe des Winters hatten wir ein paar Knochenflöten angefertigt und Welpe hatte die Göttin Freya aus einer Wurzel geschnitzt. Ich flüsterte ihm zu, dass er alles holen sollte, wenn er die Flöten finden konnte. Als wir die Sachen aber auf den Tisch legten, schob Epe sie brüsk beiseite. Hutten beugte sich zu mir herüber und flüsterte: »Ich glaube, was da vor dir liegt, Häuptling, ist eine Mitgift, du solltest sie annehmen und Eystein geben, wenn er zurückkommt. Sonst kommen sie das nächste Mal sicher nicht in Frieden.«

Wieder dachte ich, wie gut es war, dass Hutten uns auf diese Reise nach Westen begleitet hatte. Der alte Schotte war ein kluger Mann.

Wir blieben mit den Skrælingen sitzen. Die meiste Zeit sahen wir uns nur an, ohne etwas zu sagen. Epe zeigte zur Tür und sagte ein paar Mal *Onejun,* und irgendwann verstanden wir, dass das der Name des Mädchens sein musste, das sie bei sich hatten. Als die Sonne sich dem Horizont näherte und die Frauen ins Haus kamen, glaubten wir, dass Epe und seine Männer bleiben wollten, aber sie standen auf und sagten ein paar Worte. Der Vater des Mädchens drückte sie an sich und gab ein paar Laute von sich, von denen wir nicht wussten, ob es Worte waren oder ob er wehklagte. Dann nahm Epe den Arm seines Sohnes und zog ihn mit sich. Die Skrælinge gingen zu ihren Booten und paddelten davon. Das Skrælingmädchen blieb allein am Ufer stehen und weinte.

Es sollten noch ein paar Tage vergehen, bis Bjørn mit seiner Mannschaft zurückkam. Wir arbeiteten an den Schiffsplanken und ließen Onejun in Frieden. Sie schlief in einer Ecke des Langhauses und wagte es nicht, uns in die Augen zu sehen, aber Sigrid kümmerte sich um sie und sorgte dafür, dass das Skrælingmädchen genug zu essen und trinken bekam. Welpe und ich ruderten an einem der Tage hinüber zu unserem Acker und begutachteten das Korn. Als wir zurückkamen waren die Frauen gerade aus dem Wald zurück, ihre Rückenkörbe voller Wurzeln und Blätter. Es zeigte sich, dass der Waldboden in dieser Zeit des Jahres voller essbarer Gewächse war. Das Skrælingmädchen kochte daraus einen Eintopf, der wirklich wunderbar schmeckte. Wenn man sich jemals gefragt hat, wie Sommer, Sonnenschein und Vogelsang schmecken, war dieser Eintopf die Antwort.

Als das Schiff schließlich in die Bucht einlief, rief ich zu ihnen hinaus, dass wir eine Frau bei uns hätten. Eysteins roter Schopf tauchte sogleich über dem Bugsteven auf. Dann sprang er ohne zu zögern ins Wasser und watete klitschnass an Land. Onejun stand bei Sigrid, den Blick zu Boden gerichtet, aber Eystein zog sie an sich. Es war zwischen ihnen nicht, wie böse Zungen behaupten. Eystein wurde nicht gezwungen, das Skrælingmädchen zu heiraten. Onejun und Eystein liebten sich wirklich, und später am Abend sagte er uns, dass sie sein Kind in sich trüge.

Bjørn hatte wie erhofft einen Bock eintauschen können. Das Tier war allerdings noch jung und hinterließ reichlich Kot in unserem Beiboot. Es sprang in den Wald, kaum dass wir es an Land hatten, und schien sich nicht für die anderen Schafe zu interessieren. Wir ließen den Bock laufen, da Bjørn und die anderen viel zu erzählen hatten. Leif Erikson war nicht mehr auf der Insel gewesen, Svær-Gunnar hatte die Leitung übernommen und gleich verstanden, dass mein Bruder nicht bis nach Grönland segeln wollte, um einen neuen Bock zu bekommen. Deshalb hatte er dreist unser Schiff gefordert und Bjørn als Gegenleistung den Bock und das gerade von ihnen fertiggestellte kleinere Schiff geboten, samt einer Ladung zugehauener Schiffplanken und drei Tonnen Bier, die gerade aus Norwegen gekommen waren. Die Sache mit den Tonnen hatte meinen Bruder sehr neugierig gemacht und oben in Leifs Langhaus hatte er Svær-Gunnar zur Seite genommen, nachdem dieser bereits reichlich getrunken hatte. Bereitwillig hatte er erzählt, dass einige von Thorfinn Karlsefnis Männern die Waren geliefert hätten. Thorfinn selbst sei auf Grönland geblieben, es hieß aber, er hätte seinen Blick gen Westen gerichtet, um vom Reichtum in dem neuen Land zu profitieren. Dabei war er doch schon reich genug, schließlich war er in Grönland mit vier Schiffen, beladen mit Tieren, Sklaven und Knechten angekommen. Doch Männer wie er bekamen den Hals wohl niemals voll.

Die Männer, die Thorfinn zur Leifsinsel geschickt hatte, hätten aber nicht nur Waren, sondern auch eine Nachricht von Leif überbracht: Unglück sei über den Häuptling und dessen Familie in Brattli und Vestbygda gekommen. Leifs Bruder Torstein sei an einer Krankheit gestorben und Eriks Vater vor Trauer zusammengebrochen. Es ging dem alten Mann sehr schlecht, und da Tjodhild sich um nichts anderes als ihren Christengott kümmerte, hätte Leif sich entschieden, in Vestbygda zu bleiben, um seinem Vater beizustehen. Thorfinn Karlsefni hätte Gudrid, die Witwe des Toten, zu seiner Frau genommen, erzählte Bjørn. Das Land, das meinem Namensvetter gehört hatte, gehörte jetzt ihm. Die Gerüchte besagten, dass Thorfinn plante, seine Männer nach Westen zu schicken, um Lärchen zu schlagen, die er dann in Island verkaufen wollte. Letzteres machte mich wütend und in meiner Rage nahm ich einen Krug und schleuderte ihn durch den Raum. Ravntor begann zu weinen, weshalb ich aus dem Haus stürmte.

In den nächsten Tagen arbeiteten Bjørn und ich mit voller Kraft an den Schiffsplanken. Vermutlich glaubten wir beide daran, dass es uns gelingen könnte, die Planken anzufertigen und das Deck zu errichten, bevor der erste Schnee fiel. Hutten schüttelte darüber nur den Kopf. Er meinte, dass ich als Schiffsbauer wissen sollte, dass es nicht auf die Planken ankäme. Wir bräuchten Eisen, immerhin müssten Hunderte von Nägeln geschmiedet werden. Hutten ruderte gemeinsam mit Helge und Asmund zu der Böschung an der Flussmündung, wo sie mehrere Ladungen roter Erde ausgruben. Sie brannten das Eisen, und Hutten schmiedete als erstes einen Bohrer und dann die Nägel.

Der alte Bock war nach dem Tod zerlegt worden. Wir wagten es nicht, sein Fleisch zu essen, denn Tiere, die von selbst gestorben waren, hatten häufig Würmer oder andere Krankheiten. Aus den Knochen machten wir Angelhaken, Nadeln, Pfeilspitzen und Flöten. Die Hörner wurden ausgekocht und das Mark herausgeholt. So erhielten wir zwei gute Hörner, die die Jäger nutzen konnten, um Signale zu geben, sollten sie von den anderen getrennt werden. Das Fell war gewaschen und aufgespannt worden, und aus dem Leder nähte Sigrid eine Weste für Torvar, denn er war der älteste von uns und brauchte für den Winter warme Kleider, damit seine Gelenke nicht so schmerzten. Hutten drückte die Därme aus und zog sie zu langen Schnüren, die er mit in eine Ecke des Langhauses nahm. Der alte Schotte fertigte irgendetwas, wollte uns aber nicht einweihen. Natürlich waren wir neugierig, und nachdem Hutten den zwölften Abend schweigsam vor sich hingearbeitet hatte, stand Halvor auf und ging zu ihm. Halvor war der Skalde der Jomsburg gewesen und vermutlich hatte er die Form der Holzstücke erkannt. »Jetzt hockst du da lange genug, Hutten«, sagte er. »Schlag mal ein paar Töne an, damit wir hören, wie es klingt.«

Hutten stand auf und wandte sich uns zu. In jeder Hand hielt er etwas, das wie eine sauber gehobelte Planke aussah. Beide waren etwa einen Arm lang und in eine hatte er ein handbreites Loch gesägt. Die Schafsdärme hatte Hutten längs über die Planke gespannt und an beiden Enden befestigt. Ich hatte so ein Instrument schon zweimal gesehen, einmal beim Häuptling in Skiringssal und das andere Mal bei Halvdan Halle in der Jomsburg. Es waren Leiern.

Hutten legte das eine Instrument auf den Langtisch, ehe er sich hinstellte, um das andere zu spielen. Er stellte den Fuß auf die Bank, sodass er die Laute auf dem Knie abstützen konnte. Dann legte er seine dicken Schmiedfinger auf die Saiten. Es klang etwas schrill, trotzdem gab es keinen im Langhaus, der sich an jenem Abend nicht um den Schotten scharte. Hutten drehte an den Stimmschrauben und bedauerte, nicht besser spielen zu können, seit dem Tod seiner Frau hätte er nie wieder gespielt. Halvor wollte wissen, für wen die zweite Laute sei. Er dachte sicher an sich selbst, doch Hutten zeigte auf mich. »Der Häuptling wird das Saitenspiel von mir lernen«, sagte er. »Er wird gut darin sein, denn er ist wie ich: Er hat einen Hang zu dunklen Gedanken.«

An jenem Abend spielte ich meine ersten Töne auf der Laute. Der alte Schotte zeigte mir, wie ich die Saiten greifen musste, um sie klingen zu lassen. Es dauerte nicht lang, bis ich die Töne mit geschlossenen Augen spielen konnte, und dann verschwand alles um mich herum; ich war zurück auf der heimatlichen Halbinsel in Vingulmørk, lief barfuß mit Ulfham zwischen den uralten Eiben herum. Ich fragte ihn, wann Bjørn zurückkehren würde, aber er sah nur zu mir auf und wedelte mit dem Schwanz. Dann gingen wir weiter, liefen durch die Farne zum Moor, wo ich die Eichhörnchen über uns durch die Fichten springen sah.

Ich weiß noch, dass ich an jenem Abend weinen musste und

Sigrid zu mir kam und ihre Arme um mich legte. Trotzdem sah ich sie nicht. Das Lautenspiel brachte mich zurück zu dem Tag, an dem ich gefangen genommen worden war, dem Tag, an dem Ros und seine Männer kamen und meinem Vater den Bauch aufschlitzten. Es brachte mich zurück zu den Tagen, in denen ich auf der Ruderbank festgekettet war und als Sklave zu Halvdan Bootsbauer kam. Das Lautenspiel begleitete mich durch meine erste Seeschlacht, als Bjørn und ich noch für Olav kämpften, und es erinnerte mich an die lähmende Angst, die in mir aufloderte, als nur doch die Schreie der Verwundeten zu hören waren. Und schließlich führte es mich in die Halle des Wendenkönigs, auf das Schiff der Jarlssöhne und in die Schlacht von Svold.

*

Ich habe gute Erinnerungen an diesen ersten Sommer in Vinland. Es sind Erinnerungen an laubreiche Ahorne, die im Wind rauschten, wenn man mit dem Bogen in der Hand durch den Wald lief. An das rhythmische Schlagen der Äxte auf die Lärchenstämme vor dem Langhaus, an den Geruch des Holzes, des Tangs an der Küste und der Wurzelsuppe, die Eysteins Skrælingfrau uns kochte. Ich erinnere mich an Sigrids schmalen Körper, der sich an meinen drückte, und das Lächeln, das sie mir bei der Arbeit zuwarf. An Ravntors weiche Kinderhände und seine Wange an meiner, wenn ich ihn auf den Arm nahm.

Aber ich habe auch eine schlechte Erinnerung an jenen Sommer. Der alte Torvar starb eines Nachts kurz vor der Ernte. Er lag eines Morgens einfach kalt und mit weit aufgerissenen Augen da. Wir trugen ihn auf die Landbrücke und verbrannten ihn auf einem großen Feuer, wo er dem Himmel, der See und der Insel, die zu seinem neuen Zuhause geworden war, nah war. Dann schnitzten wir seinen Namen in die Wand hinter seinem Platz und versprachen, uns an ihn zu erinnern.

Vielleicht war es Torvars Tod, der mich verstehen ließ, dass auch mein kleiner, dreibeiniger Hund nicht ewig leben würde. Unser aller Gedanken waren irgendwo anders, sei es beim Schiffsbau, beim Getreide oder bei Ravntor, der herumstapfte und seine ersten Worte sprach, sodass Fenris schon eine ganze Weile mehr oder weniger für sich gewesen war. Er litt keine Not, denn er bekam sowohl Wasser als auch genug Nahrung, und er schlief mit uns im Langhaus. Ich war ihm aber nicht mehr so nah wie früher. Plötzlich sah ich, wie grau er rund um die Schnauze geworden war und wie steif seine Beine wirkten. Das Alter musste für ihn schlimmer sein als für andere Hunde, dachte ich, weil er ja nur drei funktionierende Beine hatte. Und der kommende Winter würde für seine alten Glieder zur Qual werden.

Wir schnitten das Korn und sammelten jede Ähre ein. Es war vor allem Gerste, aber auch Hafer und Dinkel. Wir hatten die drei Getreidearten an unterschiedlichen Stellen ausgesät. Eilef meinte, es sei sehr wichtig, dass wir die Orte wechselten, damit der Boden nicht verarmte. Das Korn füllten wir in Säcke aus Leder, die wir oben offen unter das Dach des Langhauses hängten, damit es trocknen konnte. Als wir den letzten Sack ins Haus gebracht hatten, kochten wir eine Grütze, den Rest rührten wir nicht an. Wir brauchten ihn als Saatgut für das Frühjahr.

Die Tage wurden kürzer. Die Blätter der Ahorne verfärbten sich und eines Morgens war der Boden gefroren. Den ganzen Sommer über hatten wir Gras für die Tiere gesammelt, doch jetzt wurde uns bewusst, dass es nicht reichen würde, weshalb wir die Körbe nahmen, über die Landbrücke gingen und noch mehr sammelten. Wir bauten einen Stall für Schafe und Ziegen. Schließlich vollendeten wir auch das Dach über dem Schiffsbauplatz und zogen unser Langschiff ins flache Wasser, wo wir es mit Trägern auf beiden Seiten abstützten. Als die Ebbe kam, kratzten wir Seepocken und Tang vom Schiffsrumpf. Wir schmierten ihn mit Teer ein, soweit wir nach unten kamen. Das Segel trugen wir ins Langhaus. All diese Arbeiten verrichteten wir keinen Tag zu früh, denn an jenem Abend begann es zu schneien.

12
Das Feuer

Unser zweiter Winter in Vinland war nicht bitterkalt, aber schneereich. Gleich nach der Winteropferung zog ein Sturm vom Meer heran. Die Männer flüsterten, dass wir ein größeres Opfer hätten bringen müssen. Der schäbige Dorsch hätte Thor erzürnt. Vielleicht hätten wir ein Schaf nehmen sollen. Ein gutes Opfer badete die Götterbilder in Blut. Als der Sturm uns traf, riss er das Dach vom Stall und blies es ins Meer, sodass es für immer verschwand.

Es heißt, ein guter Häuptling sei ein wortkarger Häuptling. Sollen doch Toren und alte Weiber auf den Bänken sitzen und tratschen. Der Häuptling am Kopfende des Langtisches vergeudet seine Worte nicht, sodass die Menschen ihm zuhören, wenn er etwas sagt. Ich war damals noch jung, gerade einmal zweiundzwanzig Jahre, und meine Rolle als Häuptling war mir noch ungewohnt. Ich hatte aber bereits verstanden, dass ich mich am Gerede nicht beteiligen durfte. Eine Regel, an die ich mich mein ganzes Leben gehalten habe. Deshalb reagierte ich nicht auf das Opfergeraune und vertraute darauf, dass der Allvater uns sah und verstand. Schließlich war er da oben in Asgard selbst der Häuptling, vielleicht dachte er ja wie ich, wenn er zu uns auf die Insel herabblickte. Es wäre einfach nicht klug von mir gewesen, eines unserer wenigen Schafe zu opfern. Sollte der junge Bock tun, was junge Böcke tun, würden die Schafe im Frühjahr lammen. Dann würden wir wieder lossegeln und den Bock bei Leif vielleicht gegen einen anderen eintauschen, um Inzucht zu verhindern.

Ich weiß, dass es Zeiten gegeben hat, in denen ich daran zweifelte, dass Odin mich sah. Ich habe mitbekommen, wie sich der Glaube an den Christengott ausbreitete, wie sich die Krieger die Ketten mit dem Thorshammer von den Hälsen rissen und sich stattdessen ein Kruzifix umhängten. Manchmal dachte ich sicher, der Allvater sei in eine Art Winterschlaf gefallen, aus dem er erst wieder erwachen würde, wenn Ragnarök begann. Bald sollte mich eine Verzweiflung überkommen, die so groß war, dass ich jeglichen Glauben verlor, doch damals war ich noch überzeugt davon, dass wir in der Gunst der Götter standen.

Zwei Tage nach dem Sturm wurde mir das durch ein ganz besonderes Zeichen bestätigt. Ein Wal trieb an der Nordseite der Insel an. Bjørn und ich hatten so etwas schon einmal gesehen, als wir vor Olav und seinen Männern geflohen und in Jütland an Land gegangen waren. Der Wal, der an unsere Insel trieb, war nicht ganz so groß, er maß von der Schnauze bis zur Schwanzspitze vielleicht fünf Mannslängen. Das Tier musste gerade erst gestorben sein, denn es roch nicht, als wir ihn aufschnitten, und frisches Blut quoll heraus.

Obwohl der Wal nicht sonderlich groß war, gab er uns Nahrung für gut zwei Monde, sodass wir in diesem Winter nicht hungern brauchten. Und das war gut so, denn unter uns waren zwei Frauen, die für sich und ihr Kind essen mussten. Sigrid stillte noch immer den kleinen Ravntor und Onejun war hochschwanger. Sie gebar ihr Kind bei der Schneeschmelze und brachte einen gesunden Jungen zur Welt. Er bekam den Namen Sigvar und wir Männer feierten die Geburt draußen am Schiffsbauplatz, während die Frauen im Langhaus saßen. Eystein erklärte, dass »sigv« auf Skrælingsprache »unser« bedeutete, sodass der Name auch für die Skrælinge sehr passend war. Wir tranken den Wein aus Moosbeeren, den Torvar vor seinem Tod angesetzt hatte, reckten unsere Krüge in den Himmel und dankten dem Verblichenen. Der Wein war so sauer wie Torvar es zu Lebzeiten häufig gewesen war, doch er war so stark, dass er dem stattlichsten Berserker die Beine unter dem Körper wegzog. Und das merkten wir bald.

Der Wal half uns über den Winter, aber wir wären auch ohne das Tier zurechtgekommen, denn das Frühjahr kam zeitig. Schon vor dem Kuckucksmond brach das Eis auf. Epe und seine Söhne kamen durch die Eisschollen angepaddelt und saßen bei uns am Langtisch. Onejuns Vater stand lange bei seiner Tochter und starrte mit finsterem Blick auf den Säugling an ihrer Brust, ohne auch nur ein Wort zu sagen.

Ich glaube, dass wir in dieser Zeit alle wussten, dass wir das Wort, das wir dem Dänenkönig gegeben hatten, brechen würden. Die Rentierinsel, die umliegenden Felder und den Wald, in dem wir die Lärchen schlugen, würden wir nie unter seine Macht stellen. Wir hatten nicht darüber geredet, aber gleich nachdem Epe mit seinen Söhnen wieder aufgebrochen war, erzählte Eystein mir, dass die Skrælinge unsere Insel und die angrenzende Küste als Land der aufgehenden Sonne bezeichneten.

An diesem Abend versammelte ich alle und sagte ihnen, dass wir den Wald, die Felder, die umliegende Wildnis und die Küste genau so nennen sollten. Land der aufgehenden Sonne. Und dass wir dieses Land von nun an als unser Reich betrachten würden. Natürlich, Sven Gabelbart hatte uns ein Schiff gegeben, aber in der Schlacht von Svold hatten wir dafür auch für ihn gekämpft und unser Blut vergossen. Wir schuldeten ihm nichts. Ich sagte, dass jeder Mann und jede Frau, die ihren Fuß in das Land der aufgehenden Sonne setzte, frei sein sollte. Sklaverei sollte es hier bei uns nicht geben. Die Männer nickten, sie waren Jomswikinger, und in der Jomsburg hatte niemand das Recht gehabt, mehr zu besitzen, als er am Gürtel tragen konnte. Außerdem wussten sie alle, dass ich einmal den Sklavenring getragen hatte.

Auch Sigrid ergriff an jenem Abend das Wort. Sie deutete auf Eystein und sagte, dass die Männer es wie er machen sollten. »Sucht euch Frauen und bekommt Söhne und Töchter«, sagte sie. »Und wascht euch. Es ist schon schlimm genug, dass ihr am Tisch furzt und auch noch darüber lacht. Wascht euch wenigstens euren männlichen Gestank ab. Und schafft euch Frauen an, damit ihr anständig werdet.«

Ich weiß noch, dass Hutten lachen musste. Der breit gebaute kleine Schotte nahm Sigrid anschließend in seine Arme und drückte sie an sich wie ein Vater es mit seiner Tochter tut. Dann nickte er mir zu und meinte, dass ich mir eine gute Häuptlingsfrau gesucht hätte. Und er hatte Recht. Sigrid war eine gute Frau. Treu und klug. Wie sehr ich sie doch vermisse.

Von früh bis spät arbeiteten wir jetzt an dem Schiff, trotzdem dauerte es bis zum Spätsommer, bis wir den letzten Nagel einschlugen. Danach mussten wir den Rumpf teeren. Natürlich kann man trotz der langen Zeit sagen, dass das Schiff hastig zusammengeschustert wurde und ich nicht die Materialien hatte, die man brauchte, damit es auch schwerer See widerstand. Die Spanten waren genagelt und nicht mit Walbarten am Kiel verankert, wie es sonst üblich war. Da wir nicht genug Tiere hatten, um Seile aus Haaren zu drehen, hatten wir Bast genutzt und solche Seile reißen leicht, wenn sie trocknen. Wir hatten einen guten Mast aus dem Kernholz einer Lärche, ebenso die Rah, aber noch fehlte uns das Segel, und das brauchte es, denn unser Boot war breit und schwer und kaum zu rudern. Wir entschieden uns deshalb, auf die Jagd zu gehen. Gelang es uns, zehn bis zwölf Hirsche oder Elche zu schießen, hätten wir vermutlich genug Leder, um daraus ein Segel zu nähen.

Gerade als wir aufbrechen wollten, sahen wir zwei Lederboote in der großen Bucht. Wir glaubten erst, es sei Epe mit seinen Söhnen, erkannten dann aber, dass es andere Skrælinge waren. Hätten wir die Geschichten der Isländer über das »Volk des ersten Lichts« dort im fernen Westen gekannt, hätten wir gewusst, wer da auf uns zugepaddelt kam. Die Männer trugen nur Lendenschurze und ihre Haut war von oben bis unten mit Kreisen und geschwungenen Linien bedeckt. Sogar ihre Gesichter waren auf diese Art bemalt. In jedem Boot saßen sechs Männer. Die Boote waren groß wie Ruderboote und in der Mitte war Gepäck gestapelt. Wir erkannten Bögen aus demselben gelblichen Holz, das wir von Epes Leuten bekommen hatten.

Wir gingen nach unten ans Wasser und erwarteten sie. Weder Axt noch Speer wurde erhoben, aber wir spannten die Bögen und hatten die Pfeile im Köcher bereit. Die zwölf Männer fuhren mit ihren Booten zu unserem Langschiff und befühlten den Rumpf. Als sie sich dem Ufer näherten, sahen wir, dass sie auch nicht größer als die Männer von Epes Volk waren. Es war ein seltsamer Anblick, denn sie hatten die Gesichter erwachsener Männer, während ihre Schultern schmal wie bei halbwüchsigen Jungen waren. Doch damit nicht genug, denn auf der rechten Kopfseite hatten sie sich alle Haare abrasiert. Kåra Skåne konnte sich nicht zurückhalten und musste laut lachen.

Ich weiß noch, dass ich an jenem Morgen Fenris auf dem Arm hatte. In der letzten Zeit hatte er begonnen, drinnen im Haus zu pinkeln und morgens wirkte er steif und ungelenk, sodass ich ihn immer nach draußen trug. Jetzt lebte der kleine Racker auf, er fletschte die Zähne und knurrte die Fremden an.

Onejun und Hilda versteckten sich im Langhaus. Die Skrælinge paddelten ihre Boote an den Strand und stiegen ins Wasser.

Dann standen sie da, halb nackt und mit ihren bemalten Körpern und betrachteten uns aus ihren kleinen, schmalen Augen, bis einer von ihnen ein paar kurze Worte bellte. Dieser Mann hatte eine der hässlichsten Narben, die ich je gesehen habe: Sie reichte vom Haaransatz über ein weißes, totes Auge bis hin zum Kinn.

Die Skrælinge luden ihr Gepäck aus den Booten auf den Strand. Der Mann mit der Narbe ging ein paar Schritte auf uns zu und klatschte sich mit der Hand auf den nackten Bauch, wobei er ein paar Worte sagte. Wir antworteten nicht. Was sollten wir sagen? Halvor murmelte, dass wir sie verjagen müssten, sollten sie noch aufdringlicher werden. Asmund und Helge traten bereits von einem Fuß auf den anderen, bereit, sich auf die Fremden zu stürzen. Da ging Hutten zur Schmiede und stocherte in der Glut. Die Skrælinge standen da und starrten uns an, ohne noch etwas zu sagen, bis Hutten ein Feuer entfacht hatte und zurückkam. »Ich glaube, diese Männer sind gekommen, um zu handeln«, sagte der Schotte. »Ich weiß ja nicht, wie es euch geht, aber ich sehe da Dinge, die wir gebrauchen können. Wir könnten die Boote aufschneiden und daraus Segel nähen.«

Hutten öffnete einen Lederbeutel und nahm ein paar Nägel heraus. Wir wollten sie eigentlich mitnehmen, wenn wir mit dem neuen Schiff losfuhren, sollten wir unterwegs etwas flicken müssen.

»Eisen«, sagte Hutten und warf einen Nagel vor die Füße des Narbigen. Der Mann bückte sich langsam, tippte mit dem Zeigefinger auf den Nagel und nahm ihn in die Hand. Dann sah er ihn sich mit seinem einen Auge an und biss mit den Zähnen darauf. »Komm«, sagte Hutten und zog mich mit sich. »Hilf mir mit dem Blasebalg, wie du es als Junge getan hast.« Wir gingen zur Schmiede und ich setzte den Blasebalg in Gang, ließ die Fremden aber nicht aus den Augen.

Während Hutten und ich in der Schmiede arbeiteten, blieben die Skrælinge unten am Wasser stehen. Auch meine Männer bewegten sich nicht. Irgendetwas an diesen halb nackten, bemalten Männern verunsicherte uns so, dass wir es nicht wagten, ihnen den Rücken zuzudrehen. Bei Epe und seinen Söhnen war das ganz anders, aber die hatten uns auch nie so angestarrt und gehörten inzwischen fast zu unserer Sippe.

Hutten erhitzte einen Nagel, bis er rot glühte und hämmerte ihn zu einem kleinen Messer, bevor er dieses in einen bereitstehenden Wasserbottich tauchte. Dann ging er damit zu den Skrælingen. Er hielt das kleine Messer neben das Messer, das er an seinem Gürtel trug, um ihnen zu zeigen, was er meinte. Die Skrælinge schienen zu verstehen, denn der Narbige schnappte sich das Nagelmesser und hielt es lachend vor sich. Hutten nickte und sagte: »Wenn ihr uns eure Lederboote gebt, schmieden wir Messer für jeden von euch. Und schleifen sie auch noch.«

Ich weiß nicht, ob der Skræling verstand, aber er hielt das frisch geschmiedete Messer über den Kopf und sagte ein paar Worte zu den anderen. Dann grinste er breit, sodass seine abgebrochenen Schneidezähne zu sehen waren.

Wir gingen zurück in die Schmiede und legten los. Hutten und ich hämmerten zwölf Messer zurecht. Vermutlich waren sie nicht sonderlich gut und wir machten uns auch nicht die Mühe, das Eisen zu härten, aber wir dachten, dass die Skrælinge kaum den Unterschied zwischen guten und schlechten Messern kennen konnten. Jeder von uns hatte einen Schleifstein am Gürtel und alle halfen, die neu geschmiedeten Messer zu schärfen. Danach ging Hutten zu den Lederbooten und die Skrælinge begannen, ihre Bündel aufzuschnüren. Sie enthielten Pelzstücke von einem weißen Bären, gelbes Bogenholz, die schwarzen Steine, aus denen die Skrælinge ihre Pfeilspitzen und Messer machten, acht

Biberpelze und fünf Wolfspelze. Es waren diese Waren, die sie tauschen wollten, nicht ihre Boote.

Es dauerte lang, bis wir die Skrælinge überreden konnten. Sie verstanden recht bald, dass wir uns für die Boote interessierten, die sie aber nicht hergeben wollten. Ich dachte, dass wir ihnen vielleicht das Ruderboot geben konnten, aber plötzlich grunzte der Einäugige den anderen etwas zu und sogleich machten die sich daran, die Waren wieder zu Bündeln zu verschnüren. Dann zeigte der Einäugige erst auf die Lederboote und dann auf Hutten, der ihnen nickend die zwölf Messer reichte. Kaum hatten sie diese erhalten, verschwanden die Skrælinge mit ihren Bündeln im Wald. Sie müssen die Landbrücke überquert haben, denn erst sechs Tage später sahen wir sie wieder, als sie in schmalen Booten aus Birkenrinde in die große Bucht hinauspaddelten.

Wir nahmen das Leder von den Skrælingbooten und nähten daraus das Rahsegel. Ein Ledersegel senkt den Wert eines Schiffes, wir hofften trotzdem darauf, es gegen gute Waren eintauschen zu können, vielleicht ein paar Schafe und einen anderen Bock, Zwiebeln und Engelwurz und allerlei Wurzelgemüse. Und natürlich brauchten wir Saatkorn. Am wichtigsten waren aber die Schafe, denn wir mussten dicht gewebte Wollsegel herstellen, wollten wir gute Preise für unsere Schiffe erzielen.

An dem Tag, an dem wir das Segel an die Rah banden, kam Sigrid zu mir. Sie bat mich, mitzukommen, sie müsse mir etwas sagen. Wir gingen in den Wald. Über uns strich der sanfte Meereswind durch die Bäume. Sigrid drückte sich an mich und legte ihren Kopf auf meine Brust. »Ich will nicht, dass du fährst«, sagte sie.

Ich erinnere mich noch daran, dass ich ihr über den Rücken und weiter hinab strich. Sie war mir so nah und ich war jung und dumm und dachte, dass ich dort im Wald bei ihr liegen konnte.

Wir waren schon oft hierher gegangen, während Onejun sich um Ravntor gekümmert hatte und die Männer mit anderen Dingen beschäftigt gewesen waren.

»Du musst bei mir bleiben, Torstein.«

Um ehrlich zu sein, hatte ich noch gar nicht entschieden, ob ich mit den anderen segeln oder auf der Rentierinsel bleiben wollte. Am liebsten wäre ich mitgefahren, um dafür zu sorgen, dass der Tausch für uns gut war, doch dann hätten Sigrid und Ravntor mitkommen sollen. Der Junge war allerdings in dem Alter, in dem man Kinder nicht gerne mit auf Schiffe nahm, denn kaum ließ man sie aus den Augen, kletterten sie irgendwo herum, sodass sie jederzeit ins Wasser fallen konnten.

Sigrid sah zu mir hoch. Streichelte über meine Wange und legte den Kopf leicht zur Seite. Ein Lächeln zeichnete sich auf ihren Lippen ab.

»Torstein. Dummer Torstein. Verstehst du denn nicht?«

Ich blieb wie ein Tölpel stehen.

»Ich trage ein Kind in mir, Torstein.«

Ich weiß noch, wie ich sie in meine Arme nahm. Sie küsste mich und beschwerte sich, dass mein Bart so buschig geworden war. Wir lachten, bis plötzlich die Sorgen über mich kamen. Wenn sie jetzt ein Kind in sich trug, würde die schwerste Zeit im Winter kommen. Wir hätten daran denken sollen, murmelte ich, aber sie drückte mir nur den Zeigefinger auf die Lippen. Darüber sollte ich mir keine Gedanken machen. Wir hätten ein Dach über dem Kopf, Fische im Meer und ein Feld voller Getreide. Solange ich bei ihr und Ravntor blieb, würde alles gutgehen.

Einige Tage später ließen wir das Schiff zu Wasser. Wir banden ein Seil um den Mast und den Bugsteven und spannten Vingur ein. Auch alle Männer packten an, sodass es uns gelang, das Schiff über ein paar Rundhölzer ins Wasser zu schieben. Dann warteten wir, während das Salzwasser langsam in das Boot sickerte, bis es etwas über den Kielbalken reichte. So musste es jetzt ein paar Tage liegen, damit das Holz aufquoll. Am liebsten hätte ich die Spalten zwischen den Planken mit Fett und Wolle abgedichtet, aber davon war nicht genug da, sodass wir Bast und Teer hatten nehmen müssen.

Trotzdem drang nicht zu viel Wasser ein. Als wir nach ein paar Tagen den Rumpf leergeschöpft hatten, trugen wir die Wassertonnen aus dem Langschiff an Bord. Bjørn sollte die Überfahrt leiten und Halvor, Welpe und Hutten mitnehmen. Erst wollten sie zum Leifshof segeln und dort versuchen, einen guten Handel abzuschließen. Kaufte jemand das Schiff, musste er sie hierher zurücksegeln, was den Preis natürlich noch einmal senkte. Doch wenn wir sie mit dem Langschiff begleitet hätten, hätten wir den Hof und die Tiere allein lassen müssen.

Am Abend vor ihrem Aufbruch saßen Bjørn und ich lange zusammen. Wir gingen nach unten zum Bootsbauplatz, wo wir ungestört reden konnten. Ich erzählte ihm, dass Sigrid wieder ein Kind erwartete. Bjørn nickte und sagte, dass er damit gerechnet habe, als ich ihm gesagt hatte, dass ich nicht mitkommen würde. Aber für mich wäre das ein großes Glück, und für ihn auch, denn so würde er zum zweiten Mal Onkel.

Am nächsten Morgen glitt das Schiff aus der Bucht. Ein leichter Westwind straffte das Ledersegel. Mein Bruder stand am Ruder, weshalb er sich nicht umdrehte, um uns zum Abschied zuzuwinken. Wir liefen alle zur Nordseite der Insel und warteten zwischen dem Giersch, den wir dort im Sand gepflanzt hatten. Wir winkten, als sie vorbeifuhren.

Um auf andere Gedanken zu kommen, ruderte ich am nächsten Tag mit Eystein über die große Bucht und begann, nach einem Baum für einen neuen Kielbalken zu suchen. Eystein und ich wanderten weit in den Wald hinein und begutachteten die Stämme. Wir brauchten einen Baum, der langsam gewachsen war, sodass die Jahrringe dicht an dicht standen.

Wir fanden an diesem Tag keinen passenden Baum. Stattdessen stolperten wir über ein Lager, an dem Skrælinge ein Feuer entzündet und Fisch gebraten hatten. Wir zählten sechs Kuhlen rund um das Feuer und die Asche war noch warm, weshalb wir zurückgingen und nach Hause ruderten.

Es fühlte sich seltsam an, als wir an diesem Abend im Langhaus saßen. Jetzt, da die anderen fort waren, wirkte es viel zu groß. Ich saß am Tisch und beobachtete Ravntor, der Fenris einen Zapfen zuwarf, aber Fenris wollte nicht spielen. Irgendwie machte es mir Angst, dass der Junge bald einen Bruder oder eine Schwester bekommen sollte. Was, wenn Sigrid krank wurde? Oder die Geburt nicht glatt ging? Hier draußen gab es weit und breit keine Heilkundigen.

Bald darauf kam Ravntor zu mir. »Todde«, sagte er und streckte mir seine kleinen Arme entgegen. »Mit Fennis spielen!«

Todde war der Name, den er mir gegeben hatte. Er nannte mich nicht Papa oder Vater, wie es andere Kinder tun. Ich war Todde. Dazu war es gekommen, weil die anderen mich ja alle nur Torstein nannten. Es war schon erstaunlich, aber den Namen von Fenris lernte er schneller als meinen.

»Nein«, sagte ich. »Todde spielt jetzt nicht mit Fenris. Fenris ist müde, Fenris ist alt.«

Der Junge lief weg, stapfte durch das Langhaus und untersuchte alles Mögliche, wie es Kinder gerne tun. Irgendwann nahm Sigrid ihn auf die Arme.

Später am Abend setzte sich Eystein zu uns. Ich solle nicht so traurig dreinschauen, meinte er. Wenn mein Bruder zurückkäme, wäre das Schiff voller Schafe und Kornsäcke. Und die Menschen, denen er das Schiff verkauft hatte, würden dann unseren Hof sehen und später mit anderen darüber reden. Erst auf dem Leifshof und dann in Grönland. Denn der Hof sei schön. Bald würden dann auch Händler zu uns kommen. Wenn wir fleißig waren, könnten wir ihnen die Schiffe, die wir bauten, direkt hier verkaufen und auf diese Weise mehr an ihnen verdienen.

Auch an die folgende Nacht erinnere ich mich. Ich lag neben Sigrid, sie hatte mir ihren warmen Rücken zugedreht und ich hatte meinen Arm um sie und Ravntor gelegt, der vor ihrer Brust lag. Ich habe nie besser geschlafen als dort auf der Rentierinsel, bei meiner schönen, rothaarigen Frau. Es gibt Stunden, da würde ich alles dafür geben, noch eine Nacht mit ihr zusammensein zu können. In diesem Moment hörte ich den Wind um die Eckpfosten unseres Hauses pfeifen. Er drückte durch die Rauchluke und Fenris setzte sich auf und hinkte davon. Es sah mir gar nicht ähnlich, Sigrid mitten in der Nacht zu verlassen, aber in dieser Nacht tat ich es. Der Wind beunruhigte mich. Ich blieb an der Feuerstelle stehen und lauschte auf das Wetter draußen. Die Brandung war zu hören und das Rauschen des Windes in den Baumkronen. Ein Sturm näherte sich.

Fenris und ich liefen durch den Wald. Es war in dieser Jahreszeit nie ganz dunkel, trotzdem stolperte ich über eine Wurzel und fiel. Ein stechender Schmerz ging durch mein rechtes Bein. Es wurde taub und wollte mich nicht mehr tragen, und ich verfluchte alle Geister und Kobolde. Dann kam wieder Leben in mein Bein und ich hinkte weiter, bis Fenris und ich den Strand auf der Nordseite der Insel erreichten. Ich stand eine Weile da und starrte über das wütende Meer. Dann setzte ich mich an den Waldrand. Fenris zerrte unten am Wasser an einer Tangfaser herum, aber ich rief ihn zu mir, denn die Wellen hätten ihn leicht mitreißen können. Der Wind schien immer stärker zu werden, irgendwo hörte ich einen Zweig brechen und zu Boden fallen, wenn es nicht ein ganzer Baum gewesen war. Es fühlte sich wirklich so an, als wollte der Wind unsere Insel in Stücke reißen.

Ich saß da und grübelte darüber nach, wie seetüchtig unser neues Schiff sein konnte. In Gedanken sah ich jeden Spanten, jede Schot und jedes Bastseil, das ich gedreht hatte. Ich versuchte mir vorzustellen, wie hoch die Reling bei diesem Wetter über dem Wasser lag. Aber was würde geschehen, wenn der Rumpf nicht ganz dicht war oder das Segel riss? Während ich dort in Gedanken versunken saß, wurden die Wellen noch höher und der Wind stärker.

Die dunkelsten Stunden der Nacht verbrachte ich dort am Wasser, und mein Gemüt war nicht weniger dunkel. Wenn das Schiff unterging, war das meine Verantwortung. Dann hätte ich meinen eigenen Bruder getötet und alle, die bei ihm an Bord waren.

In jener Nacht schien sich mir all das Böse zeigen zu wollen. Ich sah den Mord an meinem Vater, ich spürte den Sklavenring am Hals und sah Harald den Roten in seinem Langhaus, umgeben von seinen Söhnen, wie er davon erzählte, dass er im Traum den Drachen gesehen hatte, der zum Handelsplatz kommen und ihm das Leben nehmen würde. Und dann hörte ich mit einem Mal auch wieder die Stimme des Runenmeisters: »Zweier Könige Blut … an deinen Händen.«

Ich habe mich damals oft gefragt, ob in den Worten Wahrheit steckte. Besonders nach der Schlacht von Svold grübelte ich lange darüber nach. Ich war es, der Olav Tryggvason den tödlichen Schlag versetzt hatte. Doch wer war der andere König, den ich töten sollte? In Vinland gab es keine Könige. Und sollte es welche geben, hätte ich sie alle nur zu gern getötet, wenn ich meinen Bruder dadurch aus dem Meer zurückholen konnte.

Fenris und ich blieben bis zur Morgendämmerung am Waldrand. Der Wind wollte noch immer nicht abflauen, er nahm eher weiter zu. Die Wellen spülten mittlerweile so weit auf den Strand, dass sie mich fast erreichten. Und der Wind hatte gedreht, mit einem Mal kam er kalt und gnadenlos von Norden.

An diesem Tag arbeiteten wir nicht draußen. Obwohl der Wald uns einen gewissen Schutz bot, blies der Wind so stark, dass er in den Augen schmerzte. Eystein und Bork wollten zum Jagen über die Landbrücke, doch die Wellen waren so hoch, dass sie überspült wurde. Wir blieben im Langhaus und flickten Pfeile und Bogensehnen und Sigrid hatte die Spindel hervorgeholt und zeigte Onejun, wie man Wollfäden spann. Wir sahen nach den Hühnern, die verängstigt in ihrem Stall hockten, und nach den Ziegen und Schafen im Wald. Am liebsten hätten wir sie ins Haus geholt, denn dort draußen konnte jederzeit ein Baum umfallen, aber sie waren zu schreckhaft. Mit Vingur war es einfacher, er stand bereits dicht am Haus.

Das Unwetter hielt den ganzen Tag und auch noch die folgende Nacht an. Dann flaute es endlich ab. Bei Tagesanbruch ging ich wieder zur Nordseite der Insel. Ich hoffte, dass Bjørn das Schiff gewendet hatte, sah aber nichts anderes als das endlose, blaue Meer, das in der Sonne glitzerte. Ich dachte an die Buchten und schmalen Sunde, die es an der Küste nördlich von uns immer wieder gab, dort konnten Bjørn und die anderen Schutz gefunden haben. So stark, wie der Wind gewesen war, hätten sie es nicht gewagt, sich der Rentierinsel bei auflandigem Wind zu nähern.

Als ich zurück zum Langhaus kam, rannte Sigrid mir entgegen. Ich sah sofort, dass etwas nicht stimmte und dachte zuerst, dass etwas mit dem Kind geschehen war. Doch sie wirkte gesund, als sie meinen Arm packte und mich ins Haus zog.

Ich sah sofort, dass Onejun am Feuer lag und sich unter

Schmerzen wand. Eystein saß bei ihr und versuchte, sie zu halten, aber sie zuckte hin und her und hätte sich fast auf die Glut gewälzt. Eilef, Kåre, Helge, Asmund, Agn-Orm und Bork standen mit besorgten Mienen um sie herum.

Sigrid ging mit Ravntor und Hilda nach draußen, während ich am Tisch stehen blieb, ohne zu wissen, was ich tun oder sagen sollte. Dann wandte Eystein sich plötzlich an mich. »Eigentlich wollte ich dir das erzählen«, sagte er.

»Was erzählen?«, fragte ich.

»Ich habe das schon einmal gesehen. Sie hat das, seit sie ein kleines Kind ist. Aber dieses Mal … so schlimm war es beim letzten Mal nicht.«

Eystein drehte sich zu ihr um. Die Krämpfe schienen langsam nachzulassen, und sie blieb still liegen. Aus ihren Nasenlöchern rann Blut. Eystein strich es mit dem Ärmel weg. »Ihr Vater hat gesagt, dass ich sie zu ihnen bringen muss, wenn es schlimmer wird. Sie wissen, wie man ihr helfen kann.«

Ich nickte und legte die Hand auf seine Schulter. »Dann musst du gehen«, hörte ich mich selbst sagen. »Wir kommen schon zurecht.«

Eystein und Onejun brachen auf, als die Sonne hoch am Himmel stand. Onejun war von dem Anfall noch geschwächt und konnte kaum gehen, weshalb ich sie auf Vingur setzte. Sigvar sollte bei uns bleiben, schrie auf Sigrids und auch auf Hildas Arm aber so schlimm, dass Eystein ihn schließlich mitnahm.

Ich begleitete sie zur Landbrücke, reichte Eystein die Zügel und wünschte ihnen eine gute Reise durch den Wald. Eystein meinte, ich bräuchte mir keine Sorgen machen, schließlich kenne er den Weg zum Sommerlager der Skrælinge sehr gut. In diesem Moment begann Onejun wieder zu zittern. Eystein bat mich, Sigvar zu halten, schlang ein Seil um die Taille seiner Frau und band sie auf dem Pferd fest. Dann nahm er seinen Jungen, gab mir die Hand und versprach, zurückzukommen, sobald es Onejun wieder besser ging.

Den Rest des Tages arbeitete ich an einem Ahornstamm. Einige der Ruder des Langschiffes begannen zu faulen. Ich wusste nicht warum, aber ihre Spitzen waren weich geworden. Für neue Ruder brauchte man keine sonderlich dicken Stämme, weshalb ich das Holz nehmen konnte, das wir über den Winter gelagert hatten. Die Schnittflächen der gefällten Bäume hatten wir mit Hautleim bestrichen, damit sie nicht aufrissen. Ich schlug an diesem Tag vier Ruder zurecht und war müde und erschöpft, als der Abend kam.

Am folgenden Morgen rauschte ein frischer Wind in den Baumkronen. Ich war wieder an der Nordseite der Insel, doch da noch immer kein Schiff zu sehen war, ging ich zum Bootsbauplatz und machte mit den Rudern weiter. Ich dachte wieder über die Seetüchtigkeit unseres neuen Schiffes nach und redete mir selbst ein, dass es stark genug war, um durch einen Sturm zu segeln. Außerdem waren Bjørn und die anderen erfahrene Seeleute, die einiges aushalten konnten. Vermutlich hatten sie am Leifshof einfach keinen Erfolg gehabt und Kurs auf Grönland genommen. Ich musste einfach geduldig sein.

Ich weiß noch genau, dass ich an einem Ast im Ruderblatt arbeitete und die Axt zur Seite legte, um ein kleineres Beil zu holen, das besser für die Feinarbeiten geeignet war. Solche Äste können ein ganzes Blatt sprengen, das hatte ich schon als Junge am Handelsplatz gelernt. Das Beil lag noch dort, wo Hutten es zuletzt hingelegt hatte.

Unser Bootsbauplatz war lang, wir brauchten dort ja Platz für einen ganzen Schiffsrumpf. Durch den Wind hörte ich nicht viel mehr als das Rauschen in den Baumkronen und das Plätschern der Wellen, die noch immer an die Nordseite der Insel rollten. Ich zog den Schleifstein über den Beilkopf. Hutten hatte das Eisen dafür aus der Erde der Flussmündung gewonnen. Es war weich, weshalb wir die Schneide immer wieder stumpf wurde. Wieder dachte ich an Bjørn und die anderen, riss mich dann aber zusammen. Ich hatte eine Frau und im Winter würde ich Vater zweier Kinder sein, da konnte ich mich nicht von Hoffnungslosigkeit und Schwermut übermannen lassen.

Das Schleifen von Waffen und Werkzeugen ist etwas ganz Spezielles. Es kann einen Mann ganz einnehmen, bis er wie in Trance ist. Ob mir das an jenem Morgen widerfahren ist oder ob ich wegen des Windes nicht gehört habe, was vor sich ging, weiß ich nicht. Doch als ich das Knacken von Zweigen hinter mir hörte, sagte ich: »Ich will nur noch das Ruder fertig machen, danach komme ich zum Essen.«

Es kam keine Antwort. Ich dachte, dass sie Hilda geschickt hätten, um mich zum Frühstück zu holen, und drehte mich um. Nur fünf oder sechs Meter vor mir standen zwei Skrælinge. Beide waren vollkommen nackt, sah man von den Gürteln ab, an denen Steinmesser und Keulen hingen. In den Händen hielten sie Bögen. Einen von ihnen erkannte ich wieder. Er war bei der Gruppe gewesen, die der Einäugige angeführt hatte.

Als sie die Bögen hoben, sprang ich nach vorn. Ich spürte einen stechenden Schmerz in der Seite, einer der beiden musste mich getroffen haben. Trotzdem ging ich auf sie los und schlug einem der beiden das Beil in die Stirn. Der zweite trat einen Schritt nach hinten und nahm die Keule von seinem Gürtel. Sie hatte einen kurzen Schaft, sodass er sie mit einer Hand halten konnte. Mit der anderen nahm er das Steinmesser.

Ich kämpfte mit dem Skræling, und auch wenn er von kleiner Statur war und schlechtere Waffen hatte als ich, war er überraschend stark. Er stach mit dem Messer nach mir und verletzte mich am Oberschenkel. Gleichzeitig gelang mir ein Schlag mit dem Beil auf seine Brust. Der nächste traf ihn an der Seite seines Halses, trotzdem erwischte er mich noch mit der Keule am Kopf, sodass ich zu Boden ging.

Ich weiß noch, dass ich auf Händen und Füßen im Bootsbauschuppen hockte und darum rang, nicht das Bewusstsein zu verlieren. Die Schreie, die ich vor dem Haus hörte, schnitten sich jedoch durch meine Benommenheit und halfen mir wieder auf die Beine. Ich sah die toten Skrælinge vor meinen Füßen, nahm das Beil und stürzte auf den Hofplatz. Eilef lag tot vor dem Langhaus. Helge und Asmund standen bei ihm und schossen Pfeile ab, während Agn-Orm und Bork sie so gut wie möglich mit zwei Schilden schützten. Unten am Wasser lagen mindestens zwanzig Lederboote. Nicht weit davon entfernt lag Kåra Skåne am Boden, oder was von ihm noch übrig war. Die Skrælinge hatten seinen Bauch aufgerissen und hackten ihm die Hände ab. Ich erkannte den Einäugigen, er reckte drohend eine langschaftige Steinaxt in die Höhe. Auch auf dem Schiff und dem Dach des Langhauses waren Skrælinge. Sie hielten Fackeln in den Händen und setzten alles in Brand.

Ich rannte über den Hofplatz, wurde aber wieder getroffen, dieses Mal ins Bein. Asmund eilte zu mir und half mir durch die Tür ins Haus. »Gib ihr eine Waffe«, sagte er und nickte in Richtung von Sigrid, Ravntor und Hilda, die an der Feuergrube standen.

Dann ging er wieder nach draußen und warf die Tür hinter sich zu.

Sigrid und Hilda weinten. Ich warf einen Blick in das Halbdunkel hinter dem Gatter. Die Tiere hatten auf der anderen Seite des Langhauses ihren eigenen Ausgang, den wir mit Balken von innen verriegeln konnten. »Habt ihr den Riegel vorgelegt?«, fragte ich. »Ja«, antwortete Sigrid, bevor sie zu schluchzen begann. Ich hinkte zu unserem Schlafplatz, über dem mein Sax an einem Nagel an der Wand hing. Ich nahm das lange Messer aus der Scheide und reichte es Sigrid. Hilda gab ich ein kleineres Messer. »Wenn sie ins Haus kommen, musst du kämpfen, verstehst du?«

Danach trat ich in die Ecke des Hauses und nahm meine Dänenaxt, die dort an der Wand lehnte. Ich stellte mich vor Sigrid, Ravntor und Hilda. Auch Fenris kam zu mir, legte sich aber nicht wie sonst hin. Er stellte sich links neben mich und knurrte die Tür an. An dieser Seite des Hauses war der Balkenriegel noch nicht vorgelegt und sowohl meine Söhne als auch manch ein Fremder haben mich gefragt, warum ich die Tür nicht verschlossen hatte. Aber jeder Krieger wird meine Gedanken verstehen. Es ging nicht darum, meinen vier Waffenbrüdern da draußen die Möglichkeit zu geben, im Haus Zuflucht zu suchen. Sie waren Jomswikinger wie ich und würden bis zum Tod kämpfen. Aber ich roch den Rauch vom Dach und wusste, dass es nur eine Frage der Zeit war, bis das Langhaus brannte und wir gezwungen waren, nach draußen zu gehen.

Meine Söhne haben mich gefragt, ob ich Angst hatte. Ich wusste ja, dass die vier dort draußen nicht lange gegen die Übermacht der Skrælinge standhalten konnten. Wir waren mächtige Krieger, aber die Skrælinge waren viel zu zahlreich. Ich hörte ein Brüllen: »Für Joms!« und wusste, dass sie ihre Bögen jetzt zur Seite warfen und mit ihren Äxten auf die Angreifer losgingen. Diese begannen zu schreien und einige heulten auf. Ich zögerte: Sollte ich jetzt Sigrid, Ravntor und Hilda nehmen und in Richtung Wald flüchten?

Dann war es draußen plötzlich still. Ich hob die Axt und machte mich bereit. Die Tür wurde geöffnet und zwei Skrælinge stürmten ins Haus. Ich ging auf sie los und hieb dem ersten in die Brust, bevor ich den zweiten am Knie traf und ihm das Bein abtrennte. Ein dritter drang ins Haus, heulte auf, als er mich sah und machte kehrt, wobei er die Tür hinter sich zuwarf.

Der Mann, dem ich das Bein abgehackt hatte, schrie schrecklich. Ich starrte zur Tür, aber wie lange ich so dastand, kann ich nicht mehr sagen. Ich weiß nur noch, dass der Skræling irgendwann verstummte und der Rauch, der durch die Decke drang, in meinen Augen brannte. Was Sigrid dann tat, sollte mir für immer in Erinnerung bleiben. Sie nahm Ravntor und Hilda mit zu unserem Schlafplatz und legte ihre Arme um die beiden Kinder. Dann zog sie ihre Decke über sie, als sollten sie schlafen, und flüsterte ihnen etwas zu.

Fenris setzte sich vor meine Füße und sah zu mir auf, wie er es als junger Hund getan hatte, wenn er mit mir nach draußen wollte. Ich hinkte zu Sigrid und für einen Moment spürte ich keine Furcht, nur die Gewissheit, dass es bald vorbei sein würde. Ich streichelte meinem Sohn durch die Haare und wollte ihm sagen, dass er auf seine Mutter und Hilda aufpassen sollte, bis wir uns wiedersahen. Doch dann brach ich weinend zusammen und schlang meine Arme um sie.

»Geh raus«, sagte Sigrid in diesem Moment. »Lass deine Tränen nicht das Letzte sein, was dein Sohn in diesem Leben von dir sieht. Wir schließen jetzt die Augen und öffnen sie erst wieder, wenn wir in Odins Halle stehen.«

Ihre Worte gaben mir die Kraft, die Dänenaxt zu nehmen und aufzustehen. Dann warf ich einen letzten Blick auf meinen Sohn, Hilda und den kleinen Fenris, ging zur Tür und trat nach draußen.

Was dann vor sich ging, geschah nicht so, wie meine Söhne und andere, die mir nahestehen, es erzählt haben. Ich trat nicht mit der Hoffnung auf den Hofplatz, die Skrælinge zu töten und den Sieg davonzutragen. Nicht einmal ein Jomswikinger wäre zu so etwas in der Lage. Aber ich erinnere mich an die vage Hoffnung, dass ich den Skrælingen vielleicht Angst machen und sie in die Flucht treiben konnte, wenn ich nur genug von ihnen tötete. Ich schritt schnell über die Toten, die vor der Tür lagen. Die Skrælinge kamen nicht auf mich zu. Stattdessen wurde ich von zwei Pfeilen getroffen. Einer traf mich in den Arm, der andere ins Bein. Sie waren nicht hart geschossen worden, sondern hatten gerade einmal mit der Spitze die Haut durchbohrt. Es war, als spielten die Skrælinge mit mir. Meine Wut wurde dadurch nur noch größer und ich ging mit der Axt auf sie los, sie wichen aber zurück, während ich von einem weiteren Pfeil getroffen wurde, der mir die Stirn aufschlitzte. Blut rann mir in die Augen und der Blutverlust aus den anderen Wunden schwächte mich mehr und mehr. Meine Bewegungen wurden unsicher und ich schlug um mich, ohne etwas zu sehen. Einmal spürte ich, dass die Axt jemanden traf, doch als ich zum nächsten Hieb ausholen wollte, bekam ich einen Schlag auf den Hinterkopf. Mir wurde schwarz vor Augen und ich sackte auf die Knie. Dann traf mich ein weiterer Schlag. Ich hatte Gras im Gesicht und spürte ein Knie auf dem Rücken. Danach erinnere ich mich an nichts mehr.

13
Winabave

Mönche, die meine Halle besucht haben, erklärten mir später, dass meine Seele an jenem Tag starb. Denn auch wenn der Körper noch lebt, kann Trauer die Seele töten. So versuchten die Männer des Christengottes all das Böse zu erklären, das Torstein Bootsbauer später tat, und weshalb er ein Heide geblieben ist, obwohl doch mächtige Verbündete und Häuptlinge den alten Göttern den Rücken gekehrt hatten.

Aber meine Seele starb nicht. Denn ein seelenloser Mann könnte nicht die Schmerzen empfinden, die in meiner Brust wüteten, als ich wieder zu mir kam. Ich lag nackt auf dem Boden. Warum mich die Skrælinge ins Langhaus geworfen hatten, weiß ich nicht. Vielleicht hielten sie mich für tot, vielleicht dachten sie, ich sei zu schwer verwundet, um wieder nach draußen zu gelangen, bevor Feuer und Rauch mich umbrachten. Ich drückte mich auf Hände und Knie hoch und blieb in dieser Stellung, bis ich die Hitze spürte. Dann versuchte ich, aufzustehen, doch weiter oben war der Rauch zu dicht. Nur ganz unten am Boden konnte ich atmen. Ich kroch zu den Bänken, aber von Sigrid, Ravntor und Hilda fehlte jede Spur. Ich zog die Felle hinter mir her nach draußen, konnte aber kein Blut daran erkennen.

Eine ganze Weile blieb ich auf dem Hofplatz stehen, während hinter mir die Flammen aus dem Langhaus schlugen. Eilef, Helge, Asmund, Agn-Orm und Bork waren tot. Zu viele Pfeile hatten sie getroffen. Die Skrælinge waren weg, auch ihre Toten hatten sie mitgenommen. Das Schiff stand in Flammen, ebenso der Schiffsbauplatz und der Stall. Ich hinkte hinüber, aber die Tiere waren weg. Dann war ein Dröhnen aus dem Langhaus zu hören, und eine Wolke aus Funken stob in den Himmel, als das Dach einstürzte.

Ich trat zwischen die Bäume und rief nach Sigrid. Auch nach Fenris rief ich und suchte unten am Wasser nach ihm. Ich dachte, dass sie ihn vielleicht erschlagen und ins Meer geworfen hätten, konnte ihn aber nicht finden. Ich fand aber die Leier, die Hutten für mich gemacht hatte, sie trieb zerbrochen im Wasser, zusammengehalten nur von den Saiten.

Es ist die größte aller Untaten, einem Mann Frau und Kind zu nehmen. Es wäre besser gewesen, sie hätten mich zuerst getötet, dachte ich, dann wären mir die Schmerzen, die ich jetzt ertragen musste, erspart geblieben. Vielleicht wurde mir das alles erst bewusst, als ich die zerbrochene Leier fand. Wenn diese Skrælinge so waren wie alle anderen Völker, die ich kennengelernt hatte, würden sie Sigrid, Ravntor und Hilda zu Sklaven machen.

Ich schwamm zum Langschiff. Die Hitze schlug mir ins Gesicht, als ich an Bord kletterte. Flammen züngelten aus dem Laderaum und Rauch quoll zwischen den Planken hindurch, sodass ich schnell erkannte, dass das Schiff verloren war. Noch während ich dort stand, brach das Deck ein. Ich schaffte es gerade noch, die Reling zu greifen, und als das Feuer an meinen Füßen leckte, zog mich über die Reling und ließ mich ins Wasser fallen.

Ein paar Bretter, Ruder und ein Beil konnte ich vom Schiffsbauplatz retten. Aus den Brettern und den Nägeln, die ich in der Asche fand, wollte ich einen kleinen Küstensegler bauen. Die Ruder würde ich kürzen und sobald ich das Boot im Wasser hatte, wollte ich der Küste folgen. Ich dachte, dass die Skrælinge nachts an Land gehen würden, ihre Lederboote eigneten sich ja nicht zum Schlafen, und dass ich, wenn ich ruderte und keine Nacht ruhte, irgendwann ihre Lagerfeuer sehen musste.

Wenn ich eine Kiste Silber dafür geben könnte, um noch einmal zu diesem Tag zurückkehren und den jungen Mann zur Vernunft zu bringen, würde ich das tun. Ich war verletzt und blutete aus vielen Wunden, doch das alles spürte ich nicht. Ich dachte, dass mein ganzes Leben mich an diesen Punkt gebracht hatte, und jetzt meine Fähigkeiten, ein Boot zu bauen, gefragt waren. Diese Fähigkeit hatte mir den Respekt von Sigrids Vater eingebracht, und nun würde sie mir helfen, meine Frau und mein Kind zu retten. Ich arbeitete die ganze Nacht und den folgenden Morgen. Ich weiß noch, dass es zu regnen begann und der Regen das Feuer und die Glut löschte. Für mich war das ein Zeichen, dass auch Thor persönlich wollte, dass ich diese Bretter zusammensetzte und zu Wasser ließ.

Irgendwann im Laufe des Vormittags musste ich dann aber zusammengebrochen sein, wobei ich in meinen Träumen weiter am Boot baute. Torstein Tormodson, Häuptling der Rentierinsel, lag blutend auf dem Hofplatz, denn durch das wilde Arbeiten hatten sich seine Wunden nicht geschlossen. Ich sehe mich selbst dort liegen, umgeben von rauschenden Bäumen. Dann zog ein weiterer Regenschauer über die Insel.

Danach erinnere ich mich nur noch an eine nicht enden wollende Dunkelheit, das Tosen von Wellen und das Rauschen der Ahorne im Wind.

*

Unter den Skrælingen erzählt man sich die Geschichte, dass wir Nordmenschen viel später erschaffen wurden als sie. Die

Skrælinge glauben, dass Generation um Generation ihres Volkes gelebt haben, bevor mein Volk entstand. In ihren Augen ist die Welt eine Scheibe auf dem Rücken einer Schildkröte, einem dieser seltsamen Tiere, die es in den Reichen im Süden gibt. Mein Volk, meinen die Skrælinge, sei nicht von dieser Welt. Ihrer Meinung nach kommen wir aus dem großen Meer und schlagen mit eisernen Äxten und Feuer Kerben in den Panzer der Schildkröte. Eystein hatte uns diese Geschichte am Langtisch erzählt, und wir Männer hatten über die Skrælinge und ihre seltsamen Vorstellungen gelacht. Doch wussten wir etwa, was die Kontinente daran hinderte, im Meer zu versinken?

Ich lag da und glaubte, ein riesiges Tier zu hören, vielleicht einen Wal, doch er klang so erstickt und dumpf, als wäre mein Kopf tief unter Wasser. Ich spürte seine Bewegungen, hin und her, rührte mich aber nicht. Als ich die Augen wieder öffnete, sah ich die Baumkronen über mir. Durch das Laub sah ich den Himmel, hellblau mit feinen, weißen Wölkchen. Dann kam Wind auf und ließ das Laub flattern.

Es heißt, ich sei dem Tod nahe gewesen, als sie mich fanden. Ich hätte kaum mehr geatmet. Die Wunde an meiner Hüfte hätte aber noch geblutet und mein Blut sei warm gewesen. Also banden sie eine Bahre aus Zweigen und trugen mich weg.

Am ersten Tag gab ich nicht einen Laut von mir. Sie flößten mir Wasser ein und legten Moos und trockenes Gras auf meine Wunden. Bei Tagesanbruch zogen sie weiter, und als auch dieser Tag zur Neige ging, öffnete ich die Augen. Ich wurde auf den Boden gebettet, und sie errichteten rasch einen Windschutz aus Zweigen. Dann hockten sie sich schweigend neben die Bahre.

Ich bin nicht stolz auf das, was ich an jenem Abend getan habe. Ob es geschah, weil es dunkel war und ich dachte, die nackten, bemalten Männer wären zurückgekehrt, oder ob mich der Fieberwahn dazu trieb, weiß ich nicht. Aber als ich eine

Weile dort gelegen hatte und die Skrælinge etwas von dem mitgebrachten Proviant gegessen hatten, wälzte ich mich auf die Seite und tastete mich zu einem von ihnen vor. Ich bekam mit der einen Hand seine Haare zu fassen und schlug mit der anderen zu. Geschwächt, wie ich war, konnte der Skræling sich aber rasch befreien. Danach kam Leben in die Gruppe. Ich hörte sie im Dunkeln miteinander reden, bevor ihre Schritte zwischen den Bäumen verschwanden.

Dann kam die Nacht und der Wind begann, die Baumkronen zu rütteln. Kurz darauf setzte Regen ein und drang durch die Äste, unter denen ich lag. Aber das alles kümmerte mich nicht. Der Tod würde mich nun holen, ich hörte Hel meinen Namen flüstern, als stünde sie ganz in der Nähe, bereit, mich in ihre eiskalte Halle zu ziehen. Ich kämpfte nicht dagegen an. Ich wusste, dass Asgard für einen Schwächling wie mich unerreichbar war. Torstein Tormodson hatte es nicht geschafft, seine Frau und sein Kind zu verteidigen. Für solche wie mich öffneten sich die Pforten Walhallas nicht.

Ich musste im Laufe der Nacht wieder eingeschlafen sein, aber ich schlief nicht lange. Als ich aufwachte, war es noch immer dunkel. Für einen Moment dachte ich, ich sei tot und befände mich in der Unterwelt, die von Lokis Tochter bewacht wurde, doch dann spürte ich die Bahre unter mir und den Regen im Gesicht, und schließlich sah ich, dass der Himmel über mir nicht schwarz, sondern eher grau wie Stein war.

Ich weiß nicht, woher ich die Kraft nahm aufzustehen. Aber irgendwann im Laufe des Tages kämpfte ich mich hoch und stolperte vom Lager weg. Mit einem Mal spürte ich meine Wunden: Die Haut an der Schläfe war aufgesprungen und blutete noch immer und im rechten Bein hatte ich eine lange Schnittwunde. Diese Verletzungen waren sicher zu nähen, gefährlicher war der

Pfeil, der noch immer in mir steckte. Er war über der Hüfte eingedrungen und am Rücken wieder ausgetreten. Die Skrælinge mussten gedacht haben, dass es leichter war, den Pfeil in ihrem Lager zu entfernen, so sie mich denn dorthin hatten bringen wollen. Auf jeden Fall hatten sie Spitze und Ende des Pfeils abgebrochen und eine Schnur um den verbliebenen Rest gezogen, damit er sich nicht bewegte.

Nach einer Weile sackte ich auf die Knie, ich war zu schwach, um aufrecht zu laufen. Schließlich begann ich, auf allen vieren zu krabbeln, und als auch dazu die Kraft nicht mehr reichte, schleppte ich mich kriechend weiter. Der Pfeilstumpf kratzte über den Boden und die Wunde begann erneut zu bluten. Trotzdem kroch ich Meter um Meter weiter, während Thor über mir seinen Hammer fallen ließ und der Himmel dröhnte, als wollte er zerreißen.

Danach erinnere ich mich nur noch an die Dunkelheit. Ich trieb durch Ginnungagap, bis sich irgendwann plötzlich eine warme Hand auf meine Haut legte. Ich spürte ein Fell unter dem Rücken und hörte gedämpfte Stimmen. Eine andere Hand mit gröberer Haut legte sich auf meine Stirn. Ein struppiger Hund streifte meinen Körper und ich roch den Geruch von Fleischsuppe. Hätte ich nicht die gedämpften Stimmen der Skrælinge gehört, hätte ich sicher geglaubt, mich auf einer der Schlafbänke in Walhalla zu befinden und dass ich doch nicht bei Hel gelandet war, sondern die Walküren mich geholt hatten. Aber wieder hörte ich die Skrælinge und meine Hand tastete zu dem Hund, der so warm neben mir lag. »Fenris«, flüsterte ich, spürte aber, dass dieser Hund viel größer war. Dann war die Hand wieder da.

»Du bist wach.«

Ich öffnete die Augen und sah Eysteins Gesicht, umrahmt von seinem roten Bart. »Bleib liegen. Du bist verwundet.«

Ich sah die Skrælinge an der Feuerstelle sitzen, Flammen leckten zwischen den Birkenscheiten empor und Onejun saß mit ihrem Kind auf dem Schoß neben Epe. Ich rappelte mich auf und stolperte durch das Fell vor dem Eingang nach draußen, wo ich auf die Knie sackte und nicht mehr aufstehen konnte. Es dämmerte, Regen klatschte herunter und die Kronen der Bäume beugten sich im Wind. Ich versuchte noch einmal, aufzustehen, doch meine Beine versagten. Dann war Eystein an meiner Seite. »Du musst ruhen«, sagte er. »Du hast viel Blut verloren.«

Eystein blieb den ganzen Abend bei mir sitzen. Er erzählte mir, dass sie den Pfeilschaft entfernt hatten, als ich noch bewusstlos gewesen war. Meine Wunden waren mit einem Brei aus Rinde und Wurzeln eingestrichen worden. Die alte Frau, die uns empfangen hatte, als wir das erste Mal ins Lager der Skrælinge gekommen waren, hatte sich zu Epe gesetzt und singend die Ahnen und den großen Geist angerufen, der nach dem Glauben der Skrælinge in allem wohnte, egal ob lebend oder tot, ja selbst in der Erde unter unseren Füßen. Eystein sagte, wir befänden uns im Sommerlager des Flussvolkes, ein Stückchen östlich der Küste. Einige Männer hätten vor Tagen eine Gruppe Patux vorbeipaddeln sehen, was Epe gleich beunruhigt hatte, da das Flussvolk schon früher Krieg mit den Patux geführt hätte. »Ich bin ihnen gefolgt, Torstein. Gemeinsam mit einigen anderen. Wir sind bis zur Rentierinsel gepaddelt. Aber als wir dort ankamen … hatten sie euch schon überfallen. Die Gebäude waren eingestürzt. Wir haben Eilef, Asmund, Agn-Orm, Bork und Kåra gefunden. Ich dachte, dass du das Haus verteidigt hast und dass deine Gebeine irgendwo unter den verkohlten Balken liegen würden. Ich wusste nicht … ich hätte dich suchen sollen … verzeih mir.«

Ich schwieg. Eystein erzählte, dass sie dann zurück ins Sommerlager gepaddelt seien, eine Gruppe Jäger hätte sich zur

Zeit des Angriffs aber in der Nähe der Rentierinsel befunden. Sie seien von einem anderen Stamm gewesen, der ein paar Tagesmärsche entfernt lebte. Sie hätten versucht, mir zu helfen und mich ein ganzes Stück getragen, bis ich dann verrückt und bösartig geworden wäre. Sie hätten keine andere Wahl gehabt, als mich liegen zu lassen. »Sie sind dann aber zu uns gekommen und haben uns alles erzählt, weil sie wussten, dass wir engen Kontakt haben. Epe und ich und eine Handvoll anderer Männer haben sich auf die Suche nach dir gemacht, aber der Regen hatte alle Spuren verwischt. Außerdem hattest du dich da schon mehrere Pfeilschüsse weit vom letzten Lager entfernt.«

Ich fragte nach Sigrid und Ravntor. Eystein blickte zu Boden: »Ich habe niemanden gesehen. Aber die Patux können in der Nacht gereist sein und sich tagsüber versteckt haben. Epe sagt, dass sie immer wieder solche Überfälle gemacht haben, seit sie in das Land eingedrungen sind.«

Epe kam zu mir. Er nahm etwas, das wie Trockenfleisch aussah, aus dem Beutel an seinem Gürtel. Es waren die Ohren, die er mir schon einmal gezeigt hatte. »Msutoukun«, sagte er.

»Epe hat mit ihnen gekämpft, als er jung war«, sagte Eystein. »Er hat drei von ihnen getötet.«

Epe steckte die Ohren wieder in den Beutel und setzte sich zurück ans Feuer.

Eystein legte mir die Hand auf die Schulter. »Ruh dich aus, Torstein. Versuch zu schlafen.«

Ich fand keinen Schlaf in dieser Nacht. Eystein saß neben mir und wachte über mich, doch bei Tagesanbruch kippte er zur Seite und lag schnarchend neben dem großen, struppigen Hund. Ich kroch nach draußen, richtete mich auf und blieb im diesigen Morgenlicht stehen. Erst jetzt bemerkte ich, dass ich nicht mehr trug als einen Lendenschurz, der mit einem einfachen Lederriemen zusammengehalten wurde. Ich fasste mir ans Gesicht und spürte, dass mir auf der rechten Seite der Bart fehlte und sich dort eine Wunde quer vom Ohr bis zum Kinn zog.

Das Dorf der Skrælinge bestand größtenteils aus Rindenhütten wie die von Epe, über die Tierhäute gespannt worden waren. Es war früh, zwischen den Bäumen steckte noch die Dunkelheit. Das Dorf wirkte größer als das Winterlager. Es waren deutlich mehr Hütten, die über einen weiteren Bereich verteilt waren. Bei dem Platz schien es sich um eine natürliche Lichtung zu handeln, denn es waren keine Baumstümpfe zu sehen. Ziellos lief ich zwischen den Hütten umher. Vielleicht vergaß ich für einen Moment all das Schreckliche, das geschehen war. Körper und Gedanken waren irgendwie betäubt, sodass ich den Boden unter meinen Füßen kaum spürte. Kurz darauf war ich an der großen Feuerstelle, die durch ein aufgestelltes Dach geschützt wurde, an der ein Mann schlief.

Wenig später war ich am Rand des Dorfes. Das Gefühl der Taubheit fiel langsam von mir ab, doch noch immer erschien mir das Geschehene vollkommen unwirklich. Konnte mein Lebensweg so grausam sein, dass ich sowohl meinen Bruder als auch meine Frau, meinen Hund und meine Freunde verlieren sollte? Ja sogar meinen eigenen Sohn? Ich trat zwischen die Bäume. Scham bemächtigte sich meiner. Hätte ich nur besser gekämpft! Hätte ich die Skrælinge getötet, wären Sigrid und Ravntor noch bei mir.

Wer die seinen im Stich lässt, erhält keinen Trost von den Göttern. Solange er lebt, wird er Hels Hand an seinem Knöchel spüren. Auch ich spürte ihre kalten Finger und mein lahmes Bein verlor alle Kraft und hing tot von meiner Hüfte. Wie es mir gelang, trotzdem weiter in den Wald hineinzugehen, weiß ich nicht, aber kurz darauf stand ich an einem Strand aus zerstoßenen Muschelschalen. Vor mir lag das Meer.

Ich weiß nicht, wie lange ich dort stand. Ich sah östlich von mir ein paar Skrælinge an den Strand treten und ein paar Jungen sprangen kreischend ins Wasser. Ich zuckte zusammen, als wollte irgendetwas in mir nicht verstehen, dass die Kinder dort drüben nichts mit dem Angriff zu tun hatten. Ich sackte auf die Knie und richtete den Blick zum Horizont. In dieser Haltung fand Eystein mich schließlich »Du blutest wieder«, sagte er nur, ehe er mich auf die Beine zog und zurück ins Dorf brachte.

In Epes Hütte wurde das Feuer angefacht und ein Tontopf darüber gehängt. Wasser wurde aufgekocht, meine Wunden wurden gewaschen und mit einer nach Zwiebeln riechenden Salbe eingeschmiert. Die Taubheit war mit einem Mal wieder da, als ich auf dem Rücken am Feuer lag. Ein merkwürdiges Gefühl nahm von mir Besitz. Es war fast so, als schwebte ich eine Handbreit über dem Boden, meine Füße spürte ich gar nicht mehr. Eystein erklärte mir, dass es beim Flussvolk einen Mann gäbe, der sich auf Krankheiten und Verletzungen verstünde und dass dieser Mann bald kommen würde. Die Pfeilwunde hatte sich entzündet, und vielleicht steckte ein Teil des Schafts noch in meinem Bauch.

Es dauerte nicht lang, bis ein fremdes Gesicht neben Eystein auftauchte. »Das ist Winabave«, sagte Eystein, und der Skræling nickte. Der Mann trug wie ich nur einen Lendenschurz. Sein Körper war mit Kreisen und Linien übersät, zwischen denen ich seltsame Geschöpfe ausmachen konnte. Ich versuchte, von ihm fort zu kommen, denn er sah aus wie die Skrælinge, die uns angegriffen hatten. Aber Eystein bat mich, liegen zu bleiben. »Winabave ist aus dem Süden«, sagte er. »Ich glaube, er ist als Sklave hierhergekommen. Er spricht ein paar Worte unserer Sprache.«

Der Skræling beugte sich vor und betrachtete mich. Er war ein Mann unbestimmbaren Alters, was vielleicht daran lag, dass die rechte Seite seines Gesichts vollkommen vernarbt und etwas eingedrückt wirkte, er musste dort einmal von einem gewaltigen Schlag getroffen worden sein.

»Winabave«, sagte er und zeigte auf sich selbst. »Ich … Worte gelernt.« Dann kniff er die Augen zusammen und begann ein leises Wimmern, das zu einer Art Klagelied wurde. Er löste ein faustgroßes Schneckenhaus von dem Strick um seine Hüfte und blies hinein: Es hörte sich an wie das Rufen eines Rehbocks. Dann wurde mir ein Lederriemen in den Mund gesteckt. Eystein sagte, ich solle darauf beißen, und ich wusste, was geschehen würde. Die Skrælinge hielten mich an Armen und Beinen fest und dachten, dass ich zappeln würde, doch als die Klinge in mich eindrang, rührte ich mich nicht. Wenn sie die Wunde nicht öffneten und reinigten, würde ich krank bleiben und sterben. Und wer sollte dann Sigrid und Ravntor suchen? »Du bist noch immer ein Jomswikinger«, sagte Eystein, der mich mit seinem Blick festhielt, als Winabave mit dem Messer meine Wunde ausschabte. »Vergiss das nie!«

14
Das Ungeheuer

Das Fieber hielt mich drei Tage und Nächte in seinem Griff. Winabave und Eystein wachten abwechselnd bei mir und sorgten dafür, dass ich die Fettsuppe aß, die Onejun aus Hirschknochen gekocht hatte. Währenddessen paddelten Epe und seine Söhne aufs Meer hinaus und suchten an der Küste nach Spuren. Als sie zurückkamen, berichteten sie, dass sie das letzte Skrælinglager vor dem Angriff auf uns gefunden hatten, sowie das erste danach. Sie hatten die ausgebrannten Feuerstellen untersucht und die Liegekuhlen und Kotstellen gezählt. Mindestens hundert Krieger waren zur Rentierinsel gepaddelt. Nicht ganz so viele waren wieder zurückgekehrt, es seien aber sicher noch sechzig gewesen.

Während ich verletzt dalag, hatten Eystein und Winabave mit der alten Frau gesprochen. Die Menschen, die in meine Halle kommen, können nicht verstehen, dass die alte Frau der Häuptling des Flussvolkes war. Und das war nicht nur dort so, alle Völker in Vinland wurden von Frauen angeführt. Die Alte hatte sehr nachdenklich reagiert, als Eystein ihr gesagt hatte, er bräuchte Männer für einen Angriff auf die Patux. Dann hatte sie lange mit Winabave geredet. Schließlich öffnete sie ihren Lederbeutel mit den Vogelknöchelchen und kleinen Steinen, kippte den Inhalt am Feuer auf den Boden und verteilte alles murmelnd mit dem Zeigefinger. Mit einem Mal krümmte sich ihr Zeigefinger zu einem Haken und sie starrte nach draußen ins Dunkel. »Wendigo«, sagte sie. »Wendigo.« Winabave hängte das Leder vor die Tür der Hütte, und die Alte starrte noch lange auf die Knöchelchen. Dann hob sie den Blick, murmelte ein paar Worte und zeigte auf den Ausgang. Winabave ging mit Eystein hinaus und erklärte ihm, dass der Häuptling ihnen die Erlaubnis gegeben hatte, Männer zu nehmen und loszuziehen.

Über Winabave kann ich sagen, dass er ein ungewöhnlich kluger Mann war. Er hatte großes Interesse gezeigt, unsere Sprache zu lernen und nur selten habe ich einen Mann getroffen, der schneller lernte als er. Er war vor langer Zeit als Sklave im Austausch gegen Kriegsgefangene zum Flussvolk gekommen. Das Flussvolk war damals gemeinsam mit ein paar anderen Stämmen in einen Krieg gegen die Patux hineingezogen worden, nachdem diese sie angegriffen hatten. Winabave war ein Patux, einer aus dem »Volk des ersten Lichts«. Er stammte aus Patuxet, einer mächtigen Skrælingstadt im Süden. Das alles hatte er Eystein erzählt, und was Eystein nicht verstanden hatte, hatte er sich von Onejun erklären lassen. Winabave kannte sowohl die Stadt als auch die Umgebung. Er war in einem Dorf nördlich von Patuxet geboren, hatte auf den Feldern der Stadt gearbeitet und in den Wäldern gejagt. Später war er dann von seinem eigenen Volk versklavt worden, er erzählte aber nie, wie es dazu gekommen war. Winabave erinnerte sich an den Sklavenmarkt und die Händler, die um die Sklaven feilschten. Es gäbe entlang der Küste viele dieser Händlergruppen. Sie führen in ihren Booten auf und ab und tauschten alles ein, was ihnen Wohlstand bringen konnte. Eine rothaarige Frau wie Sigrid, mit blauen Augen, eine Frau des Meeresvolkes, würde die Angebote in die Höhe treiben.

Seine Worte taten mir weh. Eystein wusste, dass ich als Kind selbst unter dem Joch der Sklaverei gelitten hatte, und dass auch Sigrid von Sigvalde geraubt und Sven Gabelbart geschenkt worden war, der sie dann wiederum an Borislav im Wendland verschenkt hatte, wo wir damals als Söldner gedient hatten. Und jetzt trug sie ein Kind in sich. Was würden die Patux tun, wenn sie es herausfanden? Und was würde mit Ravntor geschehen? Würde auch er auf dem Markt verkauft werden? In Jorvik hatte ich miterlebt, wie eine Sklavin von ihrem Kind getrennt wurde, und diesen herzzerreißenden Moment habe ich nie vergessen. Würde dasselbe mit Sigrid und Ravntor geschehen? Ich wusste, dass ich keinen Frieden in diesem Leben finden würde, solange ich nicht den Patux folgte und sie zurückholte. Wie das geschehen sollte, wusste ich noch nicht, aber ich starb lieber bei dem Versuch, sie zu befreien, als ohne sie zu leben.

Ob Hel noch immer mein Bein umklammert hielt und mich in ihre tiefen Hallen ziehen wollte, weiß ich nicht. Aber nachdem Eystein mir das alles erzählt hatte, kam das Fieber zurück und ich warf mich wieder im Wahn hin und her. Irgendwann wurde ich ruhiger. Eystein erzählte mir später, ich hätte wie betäubt dagelegen und wie ein Toter an die Decke gestarrt. Keine Skrælingkräuter und keine Zauberlieder hätten geholfen, sodass Eystein und Winabave mich irgendwann nach draußen getragen hätten. Es ist unser Brauch, die Krieger unter freiem Himmel sterben zu lassen. Eystein war auf die Idee gekommen, mich in den Pferch zu legen, den er am Rand des Lagers für Vingur gebaut hatte, und vielleicht war es der Geruch meines treuen Pferdes, der mich zurück ins Leben brachte, denn dort im Gras, umgeben von Pferdeäpfeln, kam ich wieder zu mir.

Eystein und Winabave liefen von Hütte zu Hütte und versuchten, Krieger zu werben. Erst hatten sie mit Epe geredet und ihn gebeten, sich für unsere Sache einzusetzen, aber Epe wollte keinen neuen Krieg. Die Patux seien sehr mächtig geworden, meinte er. Er wollte die Männer nicht hindern, mit uns zu gehen, denn jeder Mann sei mit freiem Willen geboren worden und dürfe seinem eigenen Weg folgen. Seinen eigenen Söhnen würde er aber raten, zu bleiben.

Eystein erzählte mir, dass das Flussvolk Angst vor einem neuerlichen Krieg hätte. Eine Vergeltungsaktion der Patux könnte einen kleinen Stamm wie den ihren leicht auslöschen. Alle Alten, mit denen Eystein und Winabave redeten, gaben die gleiche Antwort wie Epe. Sie würden niemanden daran hindern, mit uns zu gehen, ihren eigenen Söhnen aber raten, zu Hause zu bleiben. So gelang es Eystein und Winabave lediglich, sechzehn Männer zu werben, und im Nachhinein sehe ich, dass diese Männer eigentlich ungeeignet waren. Winabave lockte sie mit Beute aus Plünderungen und der Ehre, Leben zu nehmen, denn diese Chance böte sich in Friedenszeiten ja kaum.

Eystein und ich versammelten die sechzehn Männer auf einer Lichtung unweit des Lagers. Einige davon waren kaum dreizehn oder vierzehn Winter alt. Aber sie hatten Bögen und reichlich Pfeile in ihren Köchern und trugen Steinäxte unter ihren Gürteln. Ich erzählte ihnen von Sigrid und Ravntor, und von Hilda, die wie die anderen gefangen genommen worden sein musste. Und ich versprach ihnen, sie für jeden Toten zu belohnen. Wie mir das gelingen sollte, sagte ich nicht, aber Winabave übersetzte und ihnen schien zu gefallen, was sie hörten, denn sie reckten ihre Bögen und Äxte in die Höhe und begannen, seltsame Laute auszustoßen.

Danach fuhren Eystein und ich zurück zur Rentierinsel. Für einen Skræling dauerte die Paddeltour drei Tage, wir aber brauchten vier, da weder Eystein noch ich uns mit den schmalen Lederbooten auskannten. Wir nutzten das Tageslicht und fuhren vom frühen Morgen bis in die Dämmerung, ohne viele Worte zu wechseln. Eystein fragte, ob auch Fenris erschlagen worden war, doch ich konnte ihm darauf keine Antwort geben.

Es tat mir weh, wieder in unsere Bucht zu rudern. Eine Schar Möwen stob über dem ausgebrannten Hof auf, sie stürzten sich immer wieder herab und hackten auf etwas herum. Die »Danen« war bis zur Wasserlinie ausgebrannt, nur der Kielbalken und die untersten Planken waren noch da. Das Langhaus, der Stall und der Bootsbauplatz waren vollständig niedergebrannt. Am schlimmsten war es aber, die Leichen meiner Waffenbrüder zu sehen, die aufgedunsen und verwest auf dem Platz lagen. Seevögel und Krähen hatten sich über sie hergemacht, sodass nicht mehr viel von ihnen übrig war. Wir errichteten einen Holzstapel unten am Wasser, legten die Toten darauf und zündeten sie an. Dann suchten wir den Boden des Langhauses ab. Wir fanden sechs Axtköpfe. Sie stammten von vier gewöhnlichen Äxten und zwei Beilen. Ich hatte gehofft, meine Dänenaxt zu finden und suchte lange in der Asche herum, aber der so besonders geformte Axtkopf war nirgends zu finden. Des Weiteren gruben wir drei Messerklingen und fünf Pfeilspitzen aus der Asche. Draußen auf dem Hofplatz waren gar keine zu finden, die Skrælinge mussten sie mitgenommen haben. Von unseren Haustieren fehlte jede Spur. Eystein meinte, die Skrælinge hätten sie sicher getötet und mitgenommen.

Als wir in Epes Dorf zurückkamen, begannen wir gleich mit der Arbeit. Wir gingen in den Wald und schlugen ein paar gerade Jungbirken, aus denen wir einen Rahmen banden, der etwa zwei Mann breit und lang war. Ich dachte, dass die Lederboote der Skrælinge sicher nicht für schwere See geeignet waren, sodass die Patux bei Wind gezwungen waren, an Land auf besseres Wetter zu warten. Sie hatten viele Tage Vorsprung, doch wenn wir ununterbrochen segelten und abwechselnd an Deck schliefen, wäre es vielleicht möglich, sie doch noch einzuholen. Ich wollte jeweils zwei Lederboote nutzen, um ein Deck zu tragen und darauf einen Mast zu errichten. Das Segel wollte ich aus Hirschleder nähen und hinten ein Steuerruder anbringen.

Ich rechnete damit, dass zwei Lederboote das Gewicht von Deck und Mast sowie drei bis vier Männern tragen könnten. Wir brauchten deshalb fünf Gefährte. Eystein und ich spalteten ein paar gerade Ahorne, aus denen wir einen Schutz bauten, hinter dem die Mannschaft in Deckung gehen konnte, wenn wir auf die Patux zusegelten. So könnten wir sie mit Pfeilen beschießen, ohne selbst getroffen zu werden. Die Lederboote schlossen wir oben mit Seehundleder, sodass sie von Wellen überspült werden konnten, ohne vollzulaufen. Epe hatte einige Frauen zusammengerufen, die uns halfen, er selbst verfolgte unsere Arbeit genau. Wir schnitten Schafte für die Axtköpfe zurecht, die ich über dem Feuer härtete, und machten mit den gefundenen Pfeilspitzen ein paar neue Pfeile. Die Skrælinge, die uns begleiten wollten, halfen, Bäume zu fällen, aber um den Bau der Boote kümmerten sich Eystein und ich alleine. Ich vertraute nicht darauf, dass sie dieses Handwerk beherrschten. Eystein meinte, dass wir schneller fertig wären, wenn die Skrælinge uns helfen würden, aber ich wollte davon nichts hören.

Das Meer hatte mich aus der Sklaverei gerettet, als ich damals aus Skiringssal geflohen war. Und es hatte uns gerettet, als Bjørn und ich von Olav für vogelfrei erklärt worden waren. Jetzt sollte es uns zu Sigrid, Ravntor und Hilda bringen und uns die Chance geben, Rache zu nehmen.

Jemand musste auf der Rentierinsel sein, sollte mein Bruder zurückkehren. Onejun übernahm diesen Auftrag. Eystein wäre es lieber gewesen, ein anderer hätte das getan, aber sie wollte es selbst so und ging auf seine Bedenken nicht ein. Sie hatte genug Worte unserer Sprache gelernt, um mir zu sagen, dass Sigrid ihre Freundin sei, und sollte mein Bruder zurückkehren, würde sie ihm erzählen, was geschehen war, und ihn bitten, uns zu folgen. Ich gab ihr einen Birkenstab mit, in den ich ein paar Runen geritzt hatte. Ich verstand mich damals nicht gut auf Schrift, aber Eystein half mir. Auf den Stab schrieben wir, dass wir aufgebrochen seien, um Sigrid, Ravntor und Hilda zu finden, und dass es weit unten an der Küste einen Ort mit großem Reichtum gäbe. Wenn Bjørn und die anderen unser neues Schiff verkauft hätten, wären ja die neuen Besitzer mit an Bord, um unsere Männer nach Hause zu segeln. Ich hoffte, dass diese Worte sie überzeugen würden, in der Hoffnung auf reiche Beute Kurs nach Süden zu nehmen.

Wir standen am Ufer und sahen Onejun davonfahren. Epe, Onejuns Vater und ein Onkel begleiteten sie. Ich weiß noch, wie die Lederboote über die glatte, dunkle See glitten. Eystein wischte sich eine Träne aus dem Augenwinkel, drehte sich dann aber zu mir um und meinte, wenn wir jetzt weiterarbeiten würden, konnten wir am nächsten Tag aufbrechen.

Am nächsten Morgen rasierten Eystein und ich uns die Bärte ab. Wir schnitten sie nicht so kurz, dass die Haut zu sehen war, dafür hätten wir schärfere Messer gebraucht. Aber sie waren schließlich kurz genug, damit wir aus der Entfernung als Skrælinge durchgingen. Wir zogen auch die ledernen Hosen und Hemden der Skrælinge an und hängten uns Pfeilköcher aus Birkenrinde um.

Am folgenden Tag paddelten wir bei ablaufendem Wasser los. Winabave war mit Eystein bei mir an Bord, und als ich das Segel hisste, rief er erschrocken ein paar Worte auf Skrælingsprache und schützte seinen Kopf mit den Armen. Unser Gefährt strich schnell über die Wellen, obwohl der Wind gar nicht stark war. Die Ruder brauchten wir nicht, das Steuer durften wir aber nicht loslassen, denn die Lederboote hielten die Richtung nicht sonderlich gut.

Die anderen Skrælinge hissten ihre Segel nicht und schienen auch nicht zu verstehen, wie man das Steuerruder nutzen musste. Nur wenige Pfeilschüsse vom Sommerlager entfernt, lagen wir bereits ein gutes Stück vor ihnen, sodass wir gezwungen waren, das Segel einzuholen und auf sie zu warten. Eystein redete mit ihnen und versuchte, ihnen klarzumachen, wie das alles gemacht werden musste, es endete aber schließlich damit, dass er den ganzen ersten Tag erst ein Stück auf dem einen und dann auf den anderen Booten mitfuhr und ihnen zeigte, wie man segelte.

Wir legten in einer Bucht an, in der die Skrælinge auf dem Weg nach Süden häufig rasteten. Dort war das Meer so flach, dass man immer Muscheln fand, und es gab einen Felsen, unter dem man vor Wind und Wetter geschützt war. Er bot zwar nur fünf Männern einen Unterschlupf, aber die Skrælinge wollten trotzdem dort schlafen. Eystein und ich ließen sie gewähren und sahen zu, wie sie sich um die Plätze stritten. Dann gingen wir an den Strand und legten uns unter eines der Boote. Mit den Lederbooten rechts und links und dem Deck über uns waren wir vor Regen und Wind gut geschützt. Trotzdem fand ich keine Ruhe. Ich lief immer wieder am Strand herum und suchte nach Spuren der Patux und einmal rief ich aus alter Gewohnheit sogar nach Fenris. All die Geschehnisse der letzten Tage wurden mir mit einem Mal zu viel und blanker Schmerz übermannte mich. Ich fiel hinter einer Kiefer auf die Knie und rang nach Atem, als wäre in mir eine blutende Wunde aufgerissen worden. In meiner Erinnerung stehe ich selbst neben mir wie ein Vater neben seinem weinenden Sohn.

Als der Morgen anbrach, segelten wir weiter. Die Skrælinge wollten noch einmal zur Muschelbank, aber Eystein sagte ihnen, dass wir weitermüssten und nicht auf sie warten wollten. Winabave, Eystein und ich waren wieder auf demselben Boot und ich dachte, dass die Skrælinge, die es nicht schafften, das Segel zu setzen, besser zurückbleiben sollten. Aber sie schienen es verstanden zu haben, sodass wir gleich darauf alle unterwegs waren.

Da unsere Gefährte leicht waren, kamen wir so schnell voran wie kaum ein anderes Boot. Ich wusste, dass die Patux viele Tage Vorsprung hatten, richtete den Blick aber trotzdem immer wieder nach vorn. Gelang es uns, sie einzuholen, bevor sie Patuxet erreicht hatten, durften wir uns nicht zu erkennen geben. Sahen wir sie, mussten wir sofort an Land und dort warten, bis es dunkel wurde. Wir würden ihre Lagerfeuer riechen und uns im Schutz der Nacht anschleichen. Und dann wollten Eystein und ich Sigrid, Hilda und Ravntor zu den Booten bringen und aufs Meer hinausschicken, bevor wir gemeinsam mit den Männern des Flussvolkes die Patux angriffen. Keiner von ihnen sollte am Leben bleiben.

An diesem Tag frischte der Wind auf. Eystein und ich wechselten uns am Steuerruder ab, denn die Wellen drohten unsere Gefährte vom Kurs abzubringen. Erst dachte ich, dass uns das Wetter half, denn die Patux würden so an Land gezwungen. Aber die Skrælinge ließen die Segel herunter und begannen zu paddeln, ohne sich weiter um das Steuerruder zu kümmern. Der Wind machte ihnen Angst, und es dauerte nicht lang, bis sie Kurs auf das Land nahmen und die Boote ans Ufer zogen. »Wir kommen heute nicht weiter«, sagte Eystein, und auch wir nahmen das Segel herunter und paddelten an Land.

Wut überkam mich, und obwohl ich wusste, dass die Skrælinge mich nicht verstanden, brüllte ich sie an und nannte sie Feiglinge, die sich von ein bisschen Wind abschrecken ließen. Ich war so aufgebracht, dass ich gar nicht bemerkte, wie groß die Wellen geworden waren, die ans Ufer rollten. Eystein beschwerte die

Boote mit Steinen, damit der Wind nicht das Deck packte und sie umstieß. Als das getan war, nahm er meinen Arm und bat mich, ihm zu folgen. Wir müssten Schutz suchen.

Hass wird aus Trauer geboren. Auch die ungeheuerlichsten Menschen waren einmal gut. Wenn die Welt einem einmal ein Unrecht antut, kann man das vielleicht akzeptieren. Man rappelt sich wieder auf und lässt die Wunden heilen. Aber wenn alte Narben wieder und wieder aufgerissen werden, verändert man sich. Und vielleicht geschah das jetzt mit mir. Ich war über das Meer gesegelt, um den rachsüchtigen Olavsmännern zu entgehen. Hatte dem Unfrieden zu Hause den Rücken gekehrt und meiner Frau ein Leben in Frieden und mit etwas Glück auch in Wohlstand versprochen. Aber jetzt war mir all das entrissen worden. Sigrid war mir wieder genommen worden, und ich wusste nicht einmal, ob mein Sohn noch am Leben war.

Unter den Skrælingen heißt es, dass ich als Mann an ihre Küste kam und sie als Ungeheuer wieder verließ. In meiner Erinnerung geschah an jenem Tag, an dem wir wegen des Windes an Land mussten, etwas mit mir. Vielleicht war mir all das Unrecht, das mir widerfahren war, auf einmal zu viel. Vielleicht wurde die Last zu groß. Eystein und ich fanden Schutz hinter einigen Felsen, doch ich hockte nur da und bewegte mich wie in Trance vor und zurück. Eystein redete auf mich ein und versuchte, mich zu beruhigen, aber die Bilder, die mir durch den Kopf gingen, waren einfach zu grausam. Ich sah, wie die nackten, bemalten Patux Sigrid zu Boden drückten, ihr die Kleider vom Leib rissen und ihre Beine auseinanderschoben. Den kleinen Ravntor hatten sie am Nacken gepackt und drückten seinen Kopf lachend unter Wasser. Sigrid lag nackt auf dem Boden, während die Patux sie festhielten und ihr den Säugling aus dem Bauch schnitten.

Ich erinnere mich aber auch daran, dass die Skrælinge sich alle

Mühe gaben, einen Windschutz zu bauen. Sie bogen ein paar Birken zu Boden und spannten eine Haut darüber. Als sie die Bäume zusammenbinden wollten, öffnete sich aber der Knoten. Das alles regte sie so auf, dass sie durcheinanderschrien. Irgendwann saß der Knoten dann, sodass sie unter das aufgespannte Leder kriechen konnten. Für Winabave schien kein Platz zu sein, er blieb außerhalb unter einem Fell sitzen.

Zu meinen Söhnen und anderen, die in meine Halle kommen, um etwas über diesen Tag in Vinland zu erfahren, sage ich nur, dass ich nach unten zu den Booten ging, nachdem der Wind wieder abgeflaut war. Über das Lachen, das die Skrælinge von sich gaben, schweige ich. Ich wusste nicht, worüber sie lachten, aber dass sie lachten und sich amüsierten, ertrug ich einfach nicht.

»Haltet euren Mund!«, schrie ich.

Die Skrælinge bellten ein paar Laute auf ihrer unverständlichen Sprache, bevor sie erneut in Gelächter ausbrachen.

»Haltet euren Mund!«

Da kam ein Skræling unter dem Windschutz hervor. Er zeigte auf mich und sagte etwas. Danach schlug er mich dreimal leicht mit der Faust.

Ich wusste nicht, was das zu bedeuten hatte, war mir aber ziemlich sicher, dass es eine Art Beleidigung war. Wobei ich eigentlich gar nicht nachgedacht habe. In meiner Erinnerung packte ich ihn an Arm und Haaren und schlug ihn mehrere Male. Dann lag er vor meinen Füßen und blutete aus Mund und Nase. »Ihr sollt nicht lachen«, sagte ich. »Niemand lacht hier.«

Danach war es still. Als wir am nächsten Morgen aufbrachen, wagte keiner der Skrælinge, mir in die Augen zu blicken. Sie schoben die Boote ins Wasser und begannen zu paddeln. An jenem Morgen war es windstill. Lange, glatte Wellen rollten vom offenen Meer heran. Eystein saß backbord und paddelte, Winabave steuerbord, während ich das Ruder in der Hand hielt. »Wir müssen aufpassen«, sagte Eystein. »Sonst fahren sie noch nach Hause.«

Ich sagte dazu nichts. Meine Augen folgten der Küstenlinie nach Osten. Weiter hinten war die Meeresoberfläche unruhig. Dort musste Wind wehen. Bald würden wir die Segel hissen und Tempo aufnehmen.

15
Eriks Tochter

Männer haben vor meinem Häuptlingssitz gestanden und berichtet, dass das Meer im Westen wie Ginnungagap selbst sei. Gesandte von Häuptlingen und Königen, Schriftgelehrte in seidenen Gewändern mit gekämmten Haaren sind vor mich getreten und haben gesagt, dass die Gerüchte von einer Reise erzählen, an der ich teilgehabt haben soll und auf der wir Einfüßlinge und weiße Wale gesehen hätten, die so groß waren, dass sie ganze Schiffe verschlucken konnten. Wir hätten dort im Westen Land gesehen. Und eine Stadt, deren Türme mit Gold gedeckt gewesen seien.

Diesen Menschen erwiderte ich nie viel. Für sie ist die Erde eine Scheibe aus Erde und Salzwasser, auf der alle Menschen unter der Gnade des Christengottes leben. Hätte ich ihnen erzählt, was ich gesehen habe – sie hätten es nicht verstanden. Nach all den Rückschlägen war ich weise genug, ihnen nur zu sagen, dass es dort im Westen nicht viel zu holen gab, sah man einmal von den Wilden ab, die Pfeile auf einen schossen, sobald man ihr Land betrat. Und dass Eisberge, die jeden Schiffsrumpf aufreißen konnten, die Fahrwasser blockierten. Holz gäbe es dort schon zu holen, wenn man die Reise wagte, aber dafür könnte man auch in die Ostsee segeln und Stämme an der Küste von Gardarike oder Estland schlagen.

Man sagt über Torstein Bootsbauer aber auch, dass er sein Bier liebt, und im Gegensatz zu den Gerüchten über Einfüßlinge und weiße Wale trifft diese Aussage zu. Und es ist vorgekommen, dass ich mich nach ein paar Krügen hinreißen ließ, mir die eisenbeschlagene Kiste bringen zu lassen und eine ovale Platte herauszuholen, die im Lichtschein des Feuers glitzerte. Einen goldenen Kopfschmuck des Patux-Stammes.

Aber über die Reise entlang der vinländischen Küste sage ich nur wenig. Von der Trauer, die auf mir lastete, der Sehnsucht nach Sigrid und Ravntor und der Gewissheit, versagt zu haben, spreche ich nicht.

Am Morgen, nachdem ich den Skræling geschlagen hatte, hing diese Tat so schwer über mir, dass ich mich am liebsten ins Wasser gestürzt und ertränkt hätte. Zurück hielt mich nur der Rest Hoffnung, die Patux doch noch einzuholen.

Wir segelten weiter. Ich wusste, dass wir uns bald dem Sund nähern würden, der die Halbinsel von der freiliegenden Insel im Osten trennte, und ich wollte den Nordwind nutzen, um hindurch zu gelangen. Ich zwang die Skrælinge, die ganze Nacht zu segeln, doch am nächsten Morgen waren einige von ihnen so weit abgetrieben, dass sie kaum noch zu sehen waren. Winabave hatte eine Konchylie bei sich, in die er nun hineinblies. Ein tiefer, hohler Laut schallte über das Meer, woraufhin die vom Weg abgekommenen Skrælinge ihren Kurs änderten und in unsere Richtung fuhren. Eystein schüttelte trotzdem den Kopf. Er erachtete es als Fehler, die Nacht hindurchzusegeln. Wir konnten einander leicht verlieren.

Kurz darauf befanden wir uns in dem Sund, der uns zur Ostseite des Landes der aufgehenden Sonne führte. Die Ufer waren dicht von Birken bewachsen und kaum, dass wir das Land betraten, stürzten sich Schwärme von Mücken auf uns. Ich suchte nach Spuren, fand aber weder Feuerstellen noch Kot, was mir

Sorgen bereitete. Was, wenn die Patux einen ganz anderen Weg genommen hatten? Doch Winabave war sich seiner Sache sicher. Er nickte, legte den Kopf zur Seite und zeigte nach Süden. »Patuxet«, sagte er. »Patuxet.«

Ich hatte Eystein gebeten, ihn nach der Stadt zu befragen. Ich wollte wissen, wie sie verteidigt wurde und wie weit es bis dorthin war, aber Eystein konnte mir nicht mehr sagen, als dass die Stadt von einer Palisade umgeben war, an die Felder grenzten, auf denen die Patux verschiedene Pflanzen anbauten. Wie sie die Stadt verteidigten, wusste Winabave vermutlich auch nicht. Ich habe nie herausgefunden, ob Eystein die Skrælingsprache nicht gut genug beherrschte oder ob Winabave ihm wirklich nicht mehr gesagt hat. Ich wollte auch wissen, wie Winabave Sklave geworden war und wie er sich seine Verletzungen zugezogen hatte, aber auch dazu erfuhr ich nicht mehr. Manchmal zeigte Winabave an der Küste entlang und sagte: »Süden, Patuxet, Frau … Kind, in Patuxet.« Dass wir uns bald in Fahrwassern befinden sollten, die von gewaltigen Allianzen beherrscht wurden und es im Süden Häuptlinge mit ganzen Heerscharen von Kriegern gab, in deren Städten wie bei uns zu Hause Steuern eingetrieben wurden, sagte er nicht. Vielleicht fehlten ihm dafür die Worte, vielleicht verstand Eystein aber auch zu wenig. Dass an diesen Küsten seit Generationen Krieg geführt wurde und ganze Sippen durch Blutrache ausgelöscht worden waren, war uns unbekannt. Die Skrælinge, die uns begleiteten, wussten jedoch davon und stellten nachts Wachen auf. Aus ihrem Gelächter und lautem Reden war bedrücktes Schweigen geworden. Ich fragte Eystein danach, und Eystein fragte Winabave, aber Winabave zuckte nur mit den Schultern und zeigte nach Süden. »Patuxet. Patuxet.«

Die Verletzungen, die ich mir während des Angriffs zugezogen hatte, waren verheilt, sodass Eystein die Fäden ziehen konnte.

Kurz darauf fand er an einem Strand ein paar flache Sandsteine. Ich hatte meine Axt bereits auf der Rentierinsel geschliffen, aber diese Steine waren dafür einfach perfekt. Wir überarbeiteten sowohl die Axtköpfe als auch die Pfeilspitzen, bis sie messerscharf waren. Es fühlt sich immer gut an, mit dem Schleifstein in der Hand dazusitzen. Diese Arbeit lässt alle Männer, Krieger wie Bauern, zur Ruhe kommen. Wir bauten noch ein paar Pfeile aus Zweigen, Gräten und den Federn einer Möwe, die wir tot an einem Strand gefunden hatten. Die Skrælinge schielten manchmal zu uns herüber, wenn wir so dasaßen, und flüsterten miteinander. Jeden Abend steckten sie ein paar Zweige zu einem Windschutz zusammen und legten ihre Felle darüber, darunter verbrachten sie wie Hunde, dicht an dicht, die Nacht.

Wir befanden uns nun an der südöstlichen Küste des Landes der aufgehenden Sonne, aber wie weit es noch bis Patuxet war, wussten wir nicht. Um ehrlich zu sein, wollte ich es auch gar nicht wissen, denn je länger der Weg war, desto größer war unsere Chance, die Patux einzuholen. Ein Kampf in der Stadt wäre sicher viel schwerer.

Der Wind wehte in diesen Tagen gut und gleichmäßig, sodass unsere Boote schnell über die Wellen glitten und wir nicht rudern brauchten. Ich saß am Steuer und kämpfte gegen eine schreckliche Schwermut an, während mich gleichzeitig die Angst quälte, was die Patux mit Sigrid anstellen konnten. Ich wusste nicht, ob sie sie vergewaltigen würden, oder ob sie eine Ware war, die unversehrt auf den Sklavenmarkt gebracht werden sollte. Geschah dies, bevor wir ankamen, konnte ich nur hoffen, dass Ravntor gemeinsam mit ihr verkauft wurde. Was mit Hilda geschehen würde, wusste ich nicht. Da sie ein Skræling war, sahen die Patux in ihr vielleicht eine Verräterin und brachten sie um, ja vielleicht hatten sie das bereits getan.

Ich suchte die ganze Zeit das Meer und die Küste ab und

hoffte, dass mein Bruder und die anderen Männer den Sturm überlebt hatten und uns folgten. Und irgendwie hatte ich auch einen Rest Hoffnung, dass es Sigrid gelungen war, mit Ravntor und Hilda Reißaus zu nehmen. Ihr Körper mochte schmal und mädchenhaft sein, aber die Patux waren ja auch nicht größer als sie. Stünde nur einer zwischen ihr und der Freiheit, würde er sie nicht aufhalten können.

»Dein Blick ist finster«, sagte Eystein eines Abends, als wir an der Küste saßen. Wir waren unter ein Boot gekrochen, denn es regnete wieder. »Ich habe deine Augen nie so schwarz gesehen. Du musst versuchen, nicht an das Geschehene zu denken. Andernfalls macht dich das krank.«

Ich antwortete nicht, sondern drehte ihm den Rücken zu. Am liebsten hätte ich geschlafen, dabei wusste ich genau, dass ich doch nur wieder die ganze Nacht wachliegen würde. Die Nächte waren am schlimmsten, denn auch wenn der Schlaf kam, fand ich keine Ruhe. Die Sehnsucht und die Angst, was die Patux Sigrid angetan haben mochten, steckten in mir, ob ich nun schlief oder wachte.

In dieser Nacht tat aber auch Eystein kein Auge zu. Er rutschte hin und her und beklagte sich über die Fichtennadeln, die ihm in den Rücken stachen. Er hatte ein paar Zweige abgeschnitten, damit wir weicher liegen konnten. Irgendwann kam er dann doch zur Ruhe, und ich dachte schon, dass er eingeschlafen war, als er plötzlich fragte: »Bist du wach, Torstein?«

»Ja«, antwortete ich.

»Was, glaubst du, ist mit Fenris geschehen?«

Ich antwortete nicht gleich. Was sollte ich sagen? Ob die Patux ihn getötet und ins Wasser geschleudert hatten oder er über die Landbrücke geflohen war, würde ich nie erfahren. Wobei ich natürlich wusste, dass eine Flucht ganz untypisch für ihn wäre. Er war nie ein guter Wachhund gewesen, aber treu war er.

»Vielleicht kommt er zurück«, sagte Eystein. »Und wenn er zurückkommt … Onejun kann gut mit Tieren umgehen. Sie wird auf ihn aufpassen.«

Ich kann mich nicht daran erinnern, dass er danach noch etwas gesagt hätte. Wohl aber erinnere ich mich an den Wind, der in den Wipfeln der Bäume zu rauschen begann.

In jener Nacht kam erneut Sturm auf. Der lederne Regenschutz der Skrælinge zerriss, woraufhin sie in den Wald flohen. Nur Winabave blieb bei uns. Wir schleppten unsere Boote weiter den Strand hinauf und beschwerten sie mit Steinen. Dann krochen wir drei einen Steinwurf entfernt unter die Wurzel einer umgestürzten Fichte und blieben dort sitzen, während der Wind das Meer aufpeitschte und Schaumberge an Land warf.

Als es hell wurde, waren die Skrælinge nirgends zu sehen. Wir riefen sie, aber niemand antwortete. Auch ihr Gepäck war verschwunden.

Eystein wechselte ein paar Worte mit Winabave, der sich zwischen den Bäumen umsah und den Kopf schüttelte. »Sie sind fort«, sagte Eystein. »Ich glaube, Winabave hat gesagt, dass es in der Mitte der Insel ein Dorf gibt und sie vielleicht dorthin gegangen sind.«

»Feiglinge«, sagte ich, wobei ein Teil von mir auch erleichtert war, denn eine Hilfe waren sie nicht gewesen. Wie wir die Patux jetzt aber besiegen wollten, wusste ich nicht.

»Wir müssen in das Dorf gehen«, sagte Eystein. »Allein kriegen wir das nicht hin.«

»Wir gehen in kein Dorf«, erwiderte ich murmelnd.

Eystein konnte mich bei dem Wind unmöglich gehört haben, denn er redete mit Winabave, der drei Finger in die Höhe hielt. »Drei Tage«, sagte Eystein. »Wir brauchen drei Tage dorthin.«

»Wir gehen in kein Dorf«, wiederholte ich.

Eystein sah mich an. »Und was sollen wir tun, wenn wir sie wirklich einholen? Willst du sie einfach bitten, uns Sigrid und Ravntor zurückzugeben?«

»Und Hilda«, fügte ich hinzu.

Eystein schob die Hände unter den Gürtel und starrte zu Boden.

»Wir müssen weiter«, sagte ich. »Wir können nicht länger warten. Sobald der Wind schwächer wird, brechen wir auf.«

Doch der Wind wurde nicht schwächer. Winabave, Eystein und ich blieben im Schutz der Wurzel sitzen, während um uns herum Zweige brachen und zu Boden stürzten und die Gischt durch die Luft spritzte. Zwischendurch gingen wir zu den Booten, zogen sie höher auf den Strand hinauf und beschwerten sie mit weiteren Steinen, damit die Flut sie nicht wegspülte. Es quälte mich, dass wir nicht weiterkamen, und mich tröstete nur, dass die Patux bei diesem Wetter ihren Vorsprung auch nicht vergrößern konnten.

Dass das Wetter in dieser Gegend hart war, überraschte Winabave nicht. Nachdem wir den Sund passiert hatten, befanden wir uns vor der sturmgepeitschten Ostküste des Landes der aufgehenden Sonne, die dem Meer direkt ausgesetzt war, da es hier keinen Schärengarten gab. Weiter im Südwesten würde sich laut Winabave eine weitere Bucht öffnen. In diese Bucht müssten wir hineinsegeln und der Küstenlinie folgen, andernfalls würden uns Wind und Wellen übel mitspielen. Ich fand, dass wir genau das nicht tun sollten, um die Patux einzuholen, falls diese tatsächlich den langen Weg nahmen. Auf diese Weise konnten wir sie vielleicht überholen und in einem Hinterhalt auf sie warten. Aber ohne Männer war das alles nutzlos. Wenn nur mein Bruder zurückkehren würde! Sollten Odin und seine Söhne mich sehen, würden sie erkennen, dass ich allein chancenlos war, und Bjørn und die anderen vielleicht zu mir schicken? Ich hatte sie noch nicht oft um etwas gebeten, mein Vater hatte mich gelehrt, dass es schwach sei, für alles Mögliche um Beistand zu flehen. Wenn sie Bjørn zu mir zurückbrachten, dachte ich, würde ich sie nie wieder um etwas bitten. Dann würden wir lossegeln, die Patux finden, Sigrid, Ravntor und Hilda zurückholen und alle anderen töten, denn nur so konnten wir uns vor weiteren Angriffen schützen. Danach würden wir wieder nach Norden segeln, zurück zur Rentierinsel, um all das wieder aufzubauen, was die Patux niedergebrannt hatten.

Zwei Tage wütete der Sturm an der Küste. Zwei Tage saßen Eystein, Winabave und ich unter der Wurzel. Am zweiten Tag banden wir eine Art Dach aus Stöcken und Tannenzweigen, um den immer stärker werdenden Regen abzuhalten, aber trotzdem waren wir nach kurzer Zeit klitschnass.

Die Skrælinge kehrten nicht zurück, und auch ich musste einsehen, dass sie genug von unserer Reise hatten und ins Dorf gegangen waren, um sich Proviant zu erbetteln, bevor sie zu Fuß die lange Rückreise antraten. Winabave könnte ihnen folgen, meinte Eystein. Er könnte mit ihnen reden und sie zur Vernunft bringen, dabei glaubte Winabave aber selbst nicht daran, sie umstimmen zu können. Sie fürchteten die Patux und bereuten sicher bereits, mit uns gekommen zu sein. Außerdem hatten sie Angst vor mir, er hatte sie darüber reden hören.

Ich kann mich nicht daran erinnern, dass mich das Verschwinden der Skrælinge sehr belastet hätte. Vielleicht hätte es mich mehr beschäftigen sollen, aber irgendwie hatte ich mir wohl eingeredet, dass Eystein und ich und vielleicht auch Winabave, wenn er treffsicher genug war, in der Lage sein würden, die Patux allein zu bekämpfen. Sie hatten auf ihren Lederbooten keine Deckung und würden ein leichtes Ziel abgeben. Natürlich hatte ich die Pfeile gezählt, die wir bei uns hatten, und die meisten davon waren Skrælingpfeile mit Knochenspitzen, aber wir hatten gute Bögen mit Elchsehnen, die ich selbst mit Harz eingestrichen hatte. Gelang es uns, die Patux in einen Hinterhalt zu locken, konnten wir es schaffen.

In der zweiten Nacht unter der Wurzel hatte ich einen Traum, der mir Angst machte. Ich erinnere mich gut daran und sowohl Runenmeister als auch Wahrsager haben hier in meiner Halle gestanden und mir gesagt, dass es sich um eine Warnung gehandelt hätte. In dem Traum stand ich zu Hause auf dem Hofplatz, vor mir auf dem Tisch lag ein Mühlstein, wie ich ihn einmal bei einer Frau in Vingulmørk gesehen hatte. Eigentlich bestand er aus zwei kreisrunden Steinen, die aufeinander lagen. Der obere Stein hatte in der Mitte ein Loch, durch das man das Korn gab. Danach drehte man den Stein mit einem eingelassenen Stock im Kreis, sodass das Korn zwischen den Steinen gemahlen wurde und über den unteren Stein herabrieselte. Ich hatte als kleiner Junge wie verzaubert dabeigestanden, und einmal hatte die Bäuerin ins Mehl gespuckt, es zu einer kleinen Kugel geknetet und mich probieren lassen. Im Traum bin ich es, der ins Mehl spuckt und Ravntor ist derjenige, der es probieren darf. Aber das Mehl war nicht sauber. Überall waren rote Flecke und über den Mühlstein lief Blut. Trotzdem schüttete ich immer mehr Korn in die Öffnung und spuckte ins Mehl und knetete es für meinen Sohn zusammen. Als er den Kopf hob und verwundert zu mir aufblickte, sagte ich nur: »Das ist unser Mehl.«

Eystein fragte mich, als ich wach wurde, ob ich vom Hof auf der Rentierinsel geträumt hätte und ob ich plante, ihn wieder aufzubauen. Ich hätte im Schlaf über Mehl gesprochen, sagte er, und lächelte mich durch seinen nassen Bart an. Sobald das alles hinter uns läge, meinte er, und wir Sigrid, Ravntor und Hilda bei uns hätten, würden wir zur Insel zurückkehren. Und auch Bjørn und die anderen würden kommen, denn die Völven würden es nicht zulassen, dass eine Mannschaft Jomswikinger auf diese Weise umkam. Sie würden zurückkehren und wir würden den Hof und den Schiffsbauplatz wieder aufbauen, die Erde urbar machen, Korn säen und zu dem Mehl mahlen, von dem ich geträumt hatte.

Der Wind war schließlich abgeflaut, sodass wir endlich aufbrechen konnten. Wir überprüften Rumpf und Mast der Boote und räumten den Tang weg, den der Wind auf die Decks geworfen hatte. Die Boote hatten den Sturm gut überstanden, es waren keine Schäden zu sehen.

Ich weiß noch, dass an jenem Morgen Flut war, und es muss windstill gewesen sein, denn die Wasseroberfläche war so glatt und durchsichtig, dass ich Seeigel und Krebse unten auf dem Boden sehen konnte. Wenn ich jetzt nur Bjørn an meiner Seite gehabt hätte! Wenn sein Schiff sich nur bald zeigen würde.

Während ich so dastand, kam Eystein zu mir. Vielleicht waren seine Augen besser als meine, denn plötzlich hob er den Arm. »Da!«

Erst sah ich nichts. Der Horizont im Westen ist manchmal diesig wie auf der Ostsee. Doch dann erkannte auch ich das Schiff. Anfangs war es nur ein dunkler Fleck, doch bald darauf nahm es Gestalt an, und ich erkannte den Rumpf, den Mast und die Ruder. Äste und Zweige knackten und Eystein rief mich zu sich. »Wir müssen ein Feuer machen!« In diesem Moment trat Winabave vor und blies in seine Konchylie.

Das Schiff änderte den Kurs, der Bug zeigte in Richtung Land. In diesem Moment entdeckten wir hinter dem ersten ein weiteres Schiff, auf dem die Rah hochgezogen und das Segel gesetzt wurde, als hofften sie, das erste Schiff einzuholen. Der Wind straffte das Segel aber nicht gleich. Kurz darauf sahen wir sogar noch ein drittes Schiff. Winabave blies ein weiteres Mal in seine Konchylie und Eystein streckte seinen Arm aus. »Drei Schiffe!«

Es heißt, Torstein Bootsbauer sei an diesem Morgen ins Wasser gesprungen und zu den Schiffen geschwommen, so sehr hätte es ihn nach seinem Bruder verlangt. Aber ein Bootsbauer erkennt auch auf große Entfernung jedes Schiff, das er selbst gebaut hat. Und keines der drei Schiffe dort war unseres. Eystein ruderte mit den Armen, als hätte er Angst, sie könnten uns noch nicht gesehen haben, doch dann trat ein Bogenschütze in den Bug und schoss einen Pfeil ab, der vor uns im Wasser landete. Gut, dass Eystein an jenem Morgen seine Sinne besser zusammenhatte als ich, denn er sprang nicht zwischen die Bäume, um Deckung zu suchen, sondern rief ihnen zu, dass wir aus dem Osten und keine Skrælinge seien. Weitere Gestalten traten in den Bug des herannahenden Schiffes. Eine war bartlos und trug ein Gewand wie die Männer, doch erst als sie sich umdrehte und dem Steuermann einen Befehl gab, erkannten wir, dass sie eine Frau war. »In den Wind drehen!«, schrie sie. »Klar zum Ankern!« Ihre raue, etwas heisere Stimme trug gut. Eystein sah mich an, als könnte ich ihm erklären, was da Seltsames vor sich ging. Nie zuvor hatten wir erlebt, dass eine Frau auf einem Schiff die Befehle gab.

Kurz darauf lagen die drei Schiffe nur einen halben Pfeilschuss vor uns vor Anker. Die Frau und ein paar weitere Männer kletterten über die Reling in ein Beiboot. Winabave wurde unruhig, er zupfte Eystein murmelnd am Arm, aber Eystein blieb stehen. Die Frau erhob sich im Bug des Ruderbootes. »Wer seid ihr?«, rief sie.

»Wir sind aus dem Norden! Wir haben einen Hof! Wir wurden von Skrælingen angegriffen!« Ich zeigte nach Süden. »Sie haben meine Frau, Sigrid … und meinen Sohn … und ein Skrælingmädchen geraubt!«

Der Ruderer sagte etwas zu dem Mann, der hinten im Boot saß, und dieser nahm den Bogen und legte einen Pfeil auf die Sehne.

»Ihr seht selbst wie Skrælinge aus!«, rief die Frau. »Warum seid ihr so gekleidet?«

Ich hatte nicht daran gedacht, dass wir uns vor unserer Abreise die Bärte abrasiert hatten und die Kleider der Skrælinge trugen.

»Wir segeln nach Patuxet«, sagte Eystein. »Die Angreifer stammen von dort. Wir hoffen …«

»Wo ist der Rest von euch?«

»Ich weiß es nicht«, antwortete ich. »Wir haben sie seit drei Tagen nicht gesehen! Es gab ein Unwetter, wir mussten an Land.«

»Weiter im Inland gibt es ein Dorf«, fügte Eystein hinzu. »Unsere Mannschaft bestand aus Skrælingen. Vielleicht sind sie dorthin gegangen.«

Die Frau nickte dem Ruderer zu, der die Riemen wieder ins Wasser tauchte. Das Ruderboot stieß an die Uferfelsen direkt vor uns; die Frau warf uns ein Seil zu und kletterte aus dem Boot. Sie hatte breite Schultern und wirkte mit ihrer flachen Brust und den geraden Hüften eher wie ein Junge. Das Gesicht war schmal und etwas kantig, ihre Augen groß und sehr blau. Die blonden Haare hatte sie zu zwei dicken Zöpfen geflochten. Sie trug Männerkleider: eine wollene Hose und eine Jacke aus Ziegenleder. Die Kleider mussten für sie genäht worden sein, denn sie passten ihr gut. Überdies waren sie sauber und in gutem Zustand. Sie trug einen zwei Finger breiten Gürtel aus Seehundleder, an dem ein Sax in einer Lederscheide hing. Ich weiß, dass über die Frau, die da vor uns an Land ging, viel Schlechtes gesagt worden ist. Ich hatte gehört, dass sie mit jedem Mann schlief, den sie kriegen konnte und auch Frauen gegenüber nicht abgeneigt war, aber keines dieser Gerüchte ist wahr. Sie bewegte sich mit der zielstrebigen Sicherheit, die ich sonst nur bei Kriegern kannte. Ich beobachtete sie einen Moment, wie sie uns beobachtete. Doch dann wurde mir klar, dass ich sie schon einmal gesehen hatte. Konnte das die Frau sein, die ich nackt mit einem Fischspeer in der Hand im Wasser stehen gesehen hatte, als wir nach Vestbygda gesegelt waren?

Einer der Männer trat vor und nickte in Winabaves Richtung. »Der Skræling da, gehört der zu euch?«

»Er gehört zu uns«, sagte Eystein.

Der Mann wandte sich an mich. Er war fast einen Kopf kleiner als die Frau. Seine winzigen Augen standen dicht beieinander und die etwas vorstehende Stirn ließ sein Gesicht verformt wirken. Er maß mich von Kopf bis Fuß und trat zur Seite, um dem zweiten Mann Platz zu machen, der auffallend dünn war. Die beiden steckten die Köpfe zusammen, während die Frau Eystein, Winabave und mich nicht aus den Augen ließ. Nachdem die Männer sich beratschlagt hatten, zeigte der kleinere der beiden auf mich. »Du«, sagte er. »Mach ein paar Schritte.«

»Was?«

»Mach ein paar Schritte«, wiederholte er. »Wir müssen wissen, wie du läufst. Geh da zu den Bäumen und komm wieder zurück.«

Ich ahnte, auf was sie es abgesehen hatten, es kam mir aber falsch vor, als Häuptling meiner Männer diesen Fremden etwas beweisen zu sollen.

»Wir können alle da hinübergehen.« Eystein nahm meinen Arm und wollte mich wegziehen.

»Du nicht«, sagte die Frau. »Der, den wir suchen, hat keinen roten Bart. Aber wenn ihr diejenigen seid, die wir suchen, haben wir eine Botschaft für euch.«

Ich machte ein paar Schritte am Strand entlang, wobei ich mein Hinken im Gegensatz zu sonst nicht zu verbergen suchte.

»Sag uns deinen Namen!«, forderte die Frau.

»Torstein«, sagte ich. »Torstein, Sohn des Tormod. Ich bin Häuptling von …«

»Wir wissen, wer du bist.« Die Frau winkte mich zu sich. Dabei rutschte der Ärmel ihrer Jacke hoch und ich sah ein Mal, das wie ein Brandzeichen aussah. Sie musterte mich. »Du bist also Häuptling der Dänen, bist selbst aber Norweger?«

»Ich bin aus Vingulmørk«, sagte ich mit einem Nicken. »Dort wurden ich und mein Bruder geboren. Wenn du mit den Dänen meine Mannschaft meinst …«

»Man hat uns gesagt, dass ihr Dänen seid. Krieger, hat mein Vater gesagt. Jomswikinger.«

Weder Eystein noch ich erwiderten etwas darauf. Nicht alle Menschen hießen Jomswikinger willkommen, und wir wussten noch nicht, woher diese Schiffe kamen. Wobei ich mir immer sicherer war, dass dies die Frau war, die ich in Vestbygda gesehen hatte.

»Du hast gesagt, du hättest eine Botschaft für uns?«, fragte Eystein.

Die Frau nahm den Blick von mir und musterte nun Eystein wie sie zuvor mich gemustert hatte. Sie betrachtete uns, wie man Tiere betrachtet, die man auf einem Markt kaufen will.

»Du hast eine Frau?«, fragte sie.

»Ja«, sagte Eystein mit einem Nicken. »Warum fragst du?«

»Eine Skrælingfrau?«

»Ja. Onejun. Warum … was ist mit ihr?«

»Dein Sohn ist krank. Fieber, glaube ich.«

»Fieber?«

»Ja, das haben wir gehört.«

Eystein trat einen Schritt auf sie zu. »Aber … was für ein Fieber? Ist er … ist er schwer krank?«

»Das wissen wir nicht«, sagte die Frau. »Wir haben nur kurz Station gemacht. Wir haben die Runen gelesen, die ihr deiner Frau gegeben habt. Sie hat uns gesagt, ihr seid nach Süden gegangen, um diejenigen zu töten, die euren Hof niedergebrannt haben. Sie hat uns gebeten, dir zu sagen, dass dein Sohn krank ist.«

Eystein fasste sich ans Gesicht und versuchte, sich zu beruhigen. Dann schüttelte er murmelnd den Kopf. Er ging zu den Booten und wollte eines davon ins Wasser schieben, als ihm die Kraft ausging und er stattdessen stehen blieb und starr über das Meer blickte.

Ich sah mir die Schiffe genauer an. Sie waren etwa so groß wie das, was wir gebaut hatten und mit dem Bjørn zur Leifsinsel gesegelt war. Die Rümpfe waren allerdings etwas runder und die Reling niedriger. An der Wasserlinie war Bewuchs zu erkennen.

»Lasst mich mit euch segeln«, sagte ich. »Helft mir, meine Frau und meinen Sohn zu finden.«

»Wir sind gekommen, um Holz zu schlagen.« Die Frau schob die Daumen unter den Gürtel. »Wir wollen keinen Streit mit den Skrælingen.«

Dass sie Holz schlagen wollten, hätte mich normalerweise geärgert, doch an diesem Morgen dachte ich nicht weiter darüber nach. In der Jomsburg hatte ich gelernt, wie ein Krieger zu denken, und der Krieger in mir sah jetzt die Schiffe und folgte einem Einfall, der das Leben für alle Nordmänner, die hierher segelten, verändern sollte.

»Ich habe auf dem Runenstock über eine Stadt geschrieben«, sagte ich. »Patuxet. Sie haben dort … Silber. Und Gold.«

Die Frau sah mich an. »Dort soll es Gold geben? Weißt du das sicher?«

Ich wich ihrem Blick aus. »Kisten voller Gold. Genug, um ein Langschiff zu füllen. Oder drei.«

Der Kleinwüchsige trat neben sie. »Es weht guter Wind. Schaffen wir sie an Bord.«

Die beiden Männer ruderten zuerst die Frau zurück und holten dann Winabave und mich. Ein gleichmäßiger Ostwind wehte vom offenen Meer her. Eystein stand jetzt allein am Ufer, und während die Mannschaft des Schiffes sich um uns scharte, trat er wieder zu unseren Booten. Ich dachte erst, er wollte eines davon ins Wasser schieben, doch stattdessen beschwerte er sie mit weiteren Steinen.

»Ich bin Freydis«, sagte sie, als wir alle an Bord waren. »Die Tochter von Erik, dem Häuptling von Vestbygda.« Danach ging sie nach achtern, legte die Hände auf das Ruder und sagte: »Das Volk meines Bruders sagt, dass du Schiffe baust! Dann kannst du ja mal einen Blick auf unser Schiff werfen, während wir segeln.«

Viele Menschen wollten nicht glauben, dass Freydis wirklich das Schiff steuerte und die Männer wie ein Häuptling anführte, und wenn ich ehrlich sein soll, fiel es auch uns schwer, dies zu begreifen. Eystein dachte erst, dass uns jemand zum Narren hielt und das Ganze ein Kniff war, um uns aus der Fassung zu bringen. Er sah sich suchend um und beobachtete die Männer an den Rudern: Es waren kräftige, sehnige Kerle, die meisten mit bloßem Oberkörper, wollenen Hosen und nackten Füßen. Auch Freydis hatte nackte Füße. Zwischen uns lag der Laderaum und aus der Distanz wirkte die Frau mit einem Mal nicht mehr so jünglinghaft. Sie stand etwas breitbeinig am Achtersteven und gab mit lauter, fester Stimme den Befehl, den Anker zu lichten. Dann wurde die Rah hochgezogen und die Schote gestrafft. Gleich darauf waren die drei Schiffe unterwegs in Richtung Süden.

16
Der Angriff am Lärchenwald

Es ist viel Schlechtes über Freydis Eriksdatter gesagt worden. Die Menschen behaupten, sie sei gierig gewesen und es sei ihr immer nur darum gegangen, sich zu bereichern. Es heißt auch, ich hätte mit ihr geschlafen und auf diese Weise meinen Bruder entehrt. Aber das hat nie jemand gewagt, mir ins Gesicht zu sagen. Ich habe es von Freunden erfahren, denen ich vertraue und die mich gefragt haben, ob sie alle strafen sollten, die solche Gerüchte in die Welt setzten. Ich habe ihnen nur geantwortet, dass kluge Menschen Gerüchte Gerüchte sein ließen.

Mir wurde irgendwann erzählt, dass Tjodhild versucht hätte, die Tochter ermorden zu lassen, die Erik mit einer Sklavin gezeugt hatte. Damals auf dem Schiff verstand ich, dass Freydis diese Frau sein musste. Sie kam am Abend zu mir, als der Küstenverlauf nach Westen abknickte. Vor uns lag das offene Meer. Es musste die große Bucht sein, die ich mit unseren Booten hatte überqueren wollen. Die Patux mussten der Küste folgen, da ihre Lederboote nicht für das offene Meer geeignet waren. Hielten wir Kurs, konnten wir sie vielleicht überholen und auf sie warten.

Die drei Schiffe fuhren am Abend in eine kleine Bucht ein und gingen vor Anker. Der Platz war gut geschützt, überdies war der Wind abgeflaut. Jedes Schiff ließ das Beiboot zu Wasser und einige Männer ruderten mit Tonnen an Land, um Trinkwasser zu holen.

Freydis und ich blieben an der Reling stehen. Ich ließ meinen Blick über das Meer schweifen, während sie mir von ihrem Vater erzählte, der krank in Vestbygda läge, und von Tjodhild, von der sie so inbrünstig gehasst wurde.

Sie zog den Ärmel hoch und zeigte mir das Mal, das Tjodhild ihr eingebrannt hatte. Es war Eriks Rune. Dass sie ihr Leben lang Eigentum ihres Vaters war, hätte sie aber auch geschützt. Nun, da er krank und kraftlos daniederlag, war sie in Grönland für vogelfrei erklärt worden. Dass gleichzeitig ein wichtiger Mann vorbeigekommen und Männer für eine Überfahrt nach Vinland angeworben hatte, war ihr großes Glück gewesen.

Als ich sie fragte, ob es sich bei diesem Mann um Thorfinn Karlsefni gehandelt hätte, antwortete sie erst nicht. Sie sah nach Norden zu der steinigen Landzunge, die uns schützte. Dann löste sie ihre Zöpfe und ließ die blonden Haare im Wind wehen, wodurch sie deutlich weiblicher wirkte. »Ja, dieser Mann ist Karlsefni. Wir sollen Bäume fällen und Schiffe bauen. Thorfinn will die Schiffe in Island verkaufen, vielleicht sogar noch weiter im Osten. Wir würden reicher als Könige werden, meinte er.«

Was ich hörte, gefiel mir gar nicht. Seine Pläne widerstrebten mir und seine Nähe beunruhigte mich, da ich auf Island einen seiner Leute getötet hatte.

»Ich habe diese Schiffe von Vater bekommen«, sagte sie. »Er hat mich gebeten, Land in seinem Namen einzufordern. Es heißt, hier gäbe es Lärchen. Gerade Lärchenstämme. Daraus kann man starke Schiffe bauen. Aber du als Bootsbauer weißt das ja sicher.«

Ich antwortete ihr nicht. Am liebsten hätte ich sie gefragt, was sie über den Mord in Island wusste, aber da trat Eystein zu uns. »Sie kommen zurück«, sagte er und zeigte auf die Männer, die mit den Wassertonnen angerudert kamen. »Wenn ich darf, würde ich mir gern ein Beiboot und eine Fackel ausborgen. Es ist ein stiller Abend. Ich will zu den Felsen fahren und Krebse fangen.«

Freydis sah ihn an und nickte.

Während Eystein an den Uferfelsen entlangruderte, blieben Freydis und ich an der Reling stehen. Sie redete weiter über Thorfinn Karlsefni. Er stammte aus Island, von einem Ort namens Reinistad. Dort hätte er es von einem kleinen Bauern zu einem wichtigen Händler gebracht. Dank seiner Fähigkeiten und einiger kluger »Kniffe«: Er hätte Sklaven von den umliegenden Höfen und von Handelsschiffen freigekauft und ihnen ein Stück Land und ein Pferd gegeben, damit sie den Boden urbar machen konnten. Ihre Schuld hätten sie durch einen Teil der Ernte abgegolten und anschließend Steuern an ihn gezahlt, da sie ja auf seinem Boden wirtschafteten. Und diese Steuern müssten sie bis an ihr Lebensende zahlen.

Freydis war eine Frau, aus der man nicht schlau wurde. Was sie sagte, klang oft zweideutig. Dass Thorfinn von den freigekauften Sklaven eine lebenslange Steuer einforderte, konnte sie nicht gut finden, da sie ja selbst Tochter einer Sklavin war. Trotzdem war ich mir nicht sicher, was sie wirklich darüber dachte. Sie erzählte mir, dass sie mit einem Mann namens Torvar verheiratet worden war. Er sei der Sohn von Einar aus Einarsfjord, einem guten Freund ihres Vaters. Aber über Torvar sagte sie nur, dass er viel zu weich sei, ohne genauer darauf einzugehen. Ich fragte sie, ob sie Bjørn und die anderen Männer gesehen hätte, oder vielleicht ein Schiff, ähnlich dem ihren, doch Freydis hatte weder das Schiff noch die Männer zu Gesicht bekommen.

Für einen Mann, der selbst ein Schiff besitzt, ist es schwer, zur Mannschaft eines anderen Schiffes zu gehören. Es quälte mich, das Ankerseil im Licht der Fackel zu sehen, das vom Bug ins Wasser führte. Hätte ich selbst das Kommando gehabt, wären wir durch die Nacht gesegelt, um den Vorsprung der Patux zu verkleinern. Ich bat Freydis, den Anker zu lichten, ja ich ging sogar nach achtern und legte die Hand ans Ruder, aber sie schüttelte nur den Kopf und sagte, dass sie das Schiff bei Nacht nicht durch unbekannte Gewässer steuern wollte. Seit sie klein gewesen war, sei sie mit ihrem Vater im Sommer auf der Walrossjagd weit nach Norden gesegelt, und er hätte ihr beigebracht, dass ein ungeduldiger Seefahrer in der Regel ein toter Seefahrer war.

Ich erfuhr an diesem Abend viel über Freydis. Sie sprach über ihre Mutter, eine Sklavin, die Erik aus Island mitgebracht hatte. Erik gab ihr die Freiheit, und später wollte der alte Häuptling sie in Vestbygda zur Frau nehmen, da Tjodhild in Brattli geblieben war und dort die Herrschaft übernommen hatte. Doch kurz nachdem die Frau in Eriks Haus gezogen war, hatte man sie ertrunken im Meer gefunden. Freydis war überzeugt, dass Tjodhild hinter dieser Tat stand. »Ich habe Tyr geopfert«, sagte sie, »und ihn um Gerechtigkeit gebeten. Ich werde Tjodhild töten und meine Rache bekommen.«

Später am Abend fragte mich Freydis, ob ich unter Deck gehen und mir das Schiff ansehen könnte, und ich kam ihrem Wunsch gerne nach. Für Inländer ist es nicht leicht zu verstehen, warum große Schiffe so etwas Besonderes sind. Aber du würdest mich verstehen, wärst du an jenem Abend mit mir unter Deck gegangen. Eriks Schiff war kleiner als die »Danen«, die Gabelbart mir geschenkt hatte. Das Schiff war nicht einfach nur kürzer, es war auch deutlich schmaler. Aufrecht stehen konnte man nicht. Ich ging mit gebeugtem Rücken zwischen den Tonnen und Bündeln mit Trockenfisch hindurch. Lief um schlafende Männer und stinkende Felle herum. An den Decksplanken hingen Käfige mit Hühnern und im offenen Laderaum standen drei Ziegen. Eriks altes Schiff war gut gepflegt worden, es stank aber schrecklich, was damit zu tun hatte, dass die Grönländer selbst keinen Teer herstellen konnten und zur Abdichtung eine Mischung aus Wal- und Seehundfett nutzten, die gekocht und mit Asche vermengt wurde. Unter Deck hatte ich das Gefühl, im Bauch eines riesigen Wals zu stecken.

Ich tastete die Planken und Nuten ab. Unten am Kielbalken war viel Wasser, was mich nicht überraschte, hatte ich doch gehört, dass das Fett nicht so gut abdichtete wie Teer. Die Spanten waren auf die übliche Weise mit Walbarten an den Kielbalken gebunden und ihre Unterseite war mit Seehundleder verkleidet worden. Der offene Laderaum war schmal und kurz, ein Pferd hätte sich darin kaum umdrehen können. Um mich herum schnarchten die Männer laut. Plötzlich dachte ich, dass unter ihnen auch einige sein mussten, die den Mann kannten, den ich getötet hatte. Ich glaubte zu spüren, wie jemand sein Messer zückte, und drehte mich um, aber niemand bewegte sich.

In dieser Nacht schlief ich oben an Deck. Ich hoffte, dass Eystein bald von seinem Krebsfang zurückkehren würde. Eigentlich verstand ich nicht, warum er so plötzlich auf die Idee gekommen war. Irgendwann übermannte mich der Schlaf und als ich am nächsten Morgen wach wurde, hatte jemand eine Decke über mich gebreitet. Es dämmerte. Winabave stand an meinen Füßen und spähte über die Reling. »Eystein«, sagte er. »Kaska desin … weg.«

Ich stand auf. Eystein war weder an Deck noch irgendwo an Land oder auf dem Meer zu sehen. Ich ging zum Laderaum. »Eystein, bist du da unten?«

»Dein Freund hat uns verlassen«, kam es von Freydis. Sie stand bereits achtern beim Ruder. »Er hat das Beiboot genommen.«

Ich fluchte und wandte mich zornig an Hel. Ich brauchte Eystein. Er fehlte mir.

»Halte Lokis Tochter da raus, du hast doch selbst ein Kind. Was würdest du tun, wenn du hören würdest, dass dein Sohn krank ist?«

Einer der Männer kletterte an Deck, zog die Hose herunter

und schob den Hintern über die Reling. Freydis wandte sich ab und richtete den Blick auf die leichten Wellen, die vom offenen Meer herantrieben.

Jahre später habe ich den Verlauf dieser Reise aufgeschrieben und erzählt, dass ich das Beiboot von Freydis' Schiff am Abend zuvor gekauft und Eystein gebeten hätte, zu seiner Frau und seinem kranken Kind zurückzukehren. Jeden, der in dieser Halle gestanden und behauptet hat, Eystein hätte mich dort im südlichen Vinland verlassen, habe ich der Lüge bezichtigt. Ich will nicht, dass die Nachwelt Eystein als Feigling in Erinnerung behält. An jenem Morgen war ich aber wirklich verzweifelt, denn die Gewissheit, dass ich jetzt auch noch den letzten Mann verloren hatte, der mit mir über das Meer gekommen war, setzte mir sehr zu.

Am nächsten Morgen segelten wir weiter, sodass die Südspitze des Landes der aufgehenden Sonne an Steuerbord lag. Segelten wir geradewegs über die Bucht in Richtung Festland, befänden wir uns im Grenzgebiet zweier mächtiger Nationen, von denen Winabave uns noch nichts gesagt hatte. Er dachte wohl, dass wir, hätten wir gewusst, was uns erwartete, den Kurs geändert und wieder nach Norden gesegelt wären. Winabave musste noch viel über unser Volk lernen, und später sollte ich es ihm so erklären: Wir Nordmänner sind wie die Steine in einem Bach. Um uns herum gibt es Strömungen und Unruhe, doch wir sind unerschütterlich. Setzt man genug von uns zusammen, kann man den Bach zwingen, einen anderen Weg zu nehmen. Skrælinge hingegen sind eher wie das Schilf. Sie beugen sich, wenn die Strömung zu stark wird, wachsen aber schnell und hoch, wenn das Wasser zur Ruhe kommt. Und auch wenn wir wie jeder andere Mann die Furcht kennen, könntest du all meine Feinde, Olavsmänner wie Æthelreds beste Kämpfer vor mich stellen, ja gerne auch noch irgendwelche Franken, und doch würde ich auf sie losgehen, wenn ich damit Sigrid und Ravntor und das Kind in Sigrids Bauch retten könnte. Ein Mann soll den Tod nicht fürchten, hat Vater Bjørn und mir einmal gesagt. Was ihm Angst machen sollte, ist ein Leben in Unehre. Was für ein Leben hätte mich erwartet, wenn ich meiner Frau und meinem Sohn den Rücken gekehrt hätte? Lieber würde ich mich bis zum Ragnarök in Hels tiefsten Hallen quälen lassen.

Es ist geschrieben worden, dass Thorfinn Karlsefni mit nur vier Schiffen nach Vinland gesegelt ist, und das stimmt. Mit ihm segelten jedoch noch weitere Schiffe, denn sowohl auf Island als auch auf Grönland fand er die richtigen Worte, sodass Menschen wie Freydis Proviant und Ausrüstung packten und gemeinsam mit ihm in See stachen, um dort im Westen ein besseres Leben zu finden. Natürlich war es ungewöhnlich, dass eine Frau ihren Mann verließ und ein Schiff steuerte, aber Freydis war ja auch eine besondere Frau. Die Mehrzahl der Männer an Bord ihrer drei Schiffe waren Freunde ihres Vaters, die Thorfinn mit seinen Geschichten von Reichtum und Freiheit zu der Reise angestachelt hatte. Erik war in jungen Jahren mit einer Reihe von Menschen nach Island gesegelt und Thorfinn Karlsefni setzte die Reise jetzt von Island über Grönland und weiter nach Westen fort. An Bord seiner Schiffe waren aber auch Männer aus Norwegen, denn im ganzen Norden kursierten die Gerüchte vom guten Leben im Westen. Ich weiß, dass Sven Gabelbart allen, die nach Westen ziehen wollten, Proviant und ein Versprechen auf eigenen Grundbesitz gab, wenn sie das Land dort in der Ferne in seinem Namen besetzten. So gesehen war ich keine Ausnahme, sah man mal davon ab, dass ich ein ganzes Schiff bekommen hatte. Auch der Jarl von Trøndelag war bestrebt, Männer nach

Westen zu schicken, um Land für sich und seinen Bruder zu beanspruchen, denn auch wenn er nach der Schlacht von Svold Sven Gabelbarts engster Verbündeter war, blieben sie trotzdem Rivalen. Ihre Allianz war brüchig wie zwischen allen Häuptlingen. Doch weder der Jarl noch Sven konnten das Land der Skrælinge in Besitz nehmen. Sie mochten mächtige Männer sein, aber nicht mächtig genug, um über ein so weit entferntes Land zu herrschen. Und was Häuptlinge wie ich ihm versprochen hatten, verwässerte auf der Überfahrt, bis es sich irgendwann so anfühlte, als gehörten die alten Reiche dort im Osten einer anderen Welt und einem anderen Leben an. Sven Gabelbart hatte mir einen Ring mit seinem Siegel gegeben, aber der Ring war bei dem Brand verschwunden. Und wenn ich ehrlich sein soll, hatte ich auch vorher nicht oft über diesen Ring nachgedacht.

Wir segelten drei Tage, bis wir wieder Land erblickten. Steuerbord lag ein üppiger Laubwald, aus dem ein Fluss kam, in den Freydis nun ihre Schiffe führte. Es wurde geankert, und nachdem drei Männer an Land gegangen waren und nach Skrælingen und anderen Bedrohungen Ausschau gehalten hatten, gingen auch die anderen von Bord.

Freydis' Männer schossen im Wald, nur einen Steinwurf von der Küste entfernt, einen Hirsch. Sie hatten einen Opferpfahl mitgebracht, den sie nun an Land brachten und aufstellten. Winabave muss sich über das seltsame Schauspiel, das sich vor seinen Augen abgespielt hat, gewundert haben, und vermutlich bekam er auch Angst. Der Pfahl hatte die Form eines Menschenkopfes mit Bart, aus dem ein Hammer wuchs. Ein gewaltiges Glied stützte den Hammer. Freydis' Männer schütteten Blut darüber und griffen sich in den Schritt, während sie Thors Kraft beschworen. Ein Mann von einem der anderen Schiffe, sein Name war Ulle Dane, meinte, der Hirsch sei ein gutes Zeichen, das Glück sei uns hold und unsere Reise gefiele den Göttern, sodass wir gute Stämme, Sklaven und Gold finden würden. Er streckte dabei den Arm in meine Richtung und nickte. Gold würden wir bei den Patux finden, das hätte ich ihnen versprochen. Ulle Dane legte die Faust auf Thors Gemächt und wiederholte, dass wir Gold und Sklaven an uns nehmen würden, die im Osten einen guten Preis erzielen würden, denn solche Männer hätte dort noch niemand gesehen. Und wenn wir auf Skrælingfrauen stoßen würden, die etwas hübscher und nicht so klein und unansehnlich wären wie oben bei Erik dem Roten, könnten sie diese zur Frau oder Gespielin nehmen und sich Söhne und Töchter schenken lassen. Er meinte, auch ich könnte mir eine solche Frau nehmen, sollten wir die, die ich suchte, nicht finden oder sie so verunstaltet worden sein, dass ich sie nicht mehr wollte. Kein Mann könnte mir einen Vorwurf machen, sollte ich das tun.

Ich mochte Ulle Dane nicht. Von Anfang an. Er war ein tumber, grober Mann.

Wir segelten weiter an der Küste entlang. Am liebsten hätte ich auch ein Schiff nach Norden geschickt, falls wir die Patux inzwischen überholt hatten, womit ich eigentlich rechnete. Ich schlug Freydis vor, einen Hinterhalt zu errichten und zu warten, aber sie wollte nichts davon wissen. Unbeirrt stand sie am Steuer und fragte, ob mein Skræling sich inzwischen auskannte. Aber Winabave schwieg, auch wenn ich ihn fragte.

Etwa eine Tagesreise nach dem letzten Landkontakt gingen wir wieder an Land. Ulle Dane glaubte, Lärchen erkannt zu haben, weshalb Freydis das Schiff in eine flache Bucht gesteuert und Anker geworfen hatte. Es war bereits später Nachmittag und der Wind hatte so stark abgeflaut, dass wir uns bald an die Ruder hätten setzen müssen. Den Männern war der Aufenthalt deshalb recht. Viele legten die Kleider ab, sprangen über Bord und schwammen ans Ufer, als fürchteten sie, Freydis könnte es sich anders überlegen. Ich schwamm nicht, sondern blieb an der Reling stehen. Dabei fiel mir ein Bach auf, der aus einem Ahornwäldchen kam, eine Wiese mit gelben Blumen durchfloss und ins Meer mündete. Ich erinnere mich daran, dass ich diesen Flecken ungewöhnlich schön fand. Die ersten Männer erreichten das Ufer, liefen über die Wiese und ließen sich in den Bach fallen, um zu trinken; dann verschwanden sie im Wald. Nach einer Weile kamen sie zurück und schwammen wieder zu den Schiffen. Ulle Dane erzählte von reichen Lärchenvorkommen. Er meinte, etwa jeder fünfte Baum sei eine Lärche und die Stämme wüchsen gerade und gut. Ein Wald, wie sie ihn gesucht hätten. »Vielleicht können wir die Schiffe dort vorne auf der Wiese bauen«, meinte er. »Der Boden ist trocken und da sind weder Tang noch Muscheln, die Gezeiten kommen dort also nicht hin.«

Einar, ein Neffe von Ulle Dane, übernahm in dieser Nacht die erste Wache auf Freydis' Schiff, doch er passte nicht auf, denn als ich wach wurde, lag er schlafend an der Reling. Man sagt über die Skrælinge, dass sie sich vollkommen lautlos bewegen können, aber das gilt in erster Linie im Wald oder wenn sie in ihren Booten sitzen. Hier auf dem Schiff verriet sie das Knarren der Decksplanken. Ich lag vorn im Bug, denn ich fürchtete noch immer, dass sich jemand für den Mord in Island rächen konnte und wagte es deshalb nicht, unter Deck zu schlafen. Freydis hatte mir eine Decke aus Schafsfell geliehen, die nach Tran und Bier roch. Winabave lag neben mir, er hatte Angst vor den Männern an Bord, und wie berechtigt diese Angst war, sollte sich bald zeigen. Ich weiß noch, dass diese Nacht sternenklar war und das Mondlicht auf den Mast und die Rah fiel. Erst dachte ich, dass Einar auf dem Deck herumliefe, doch dann bemerkte ich, dass es mehrere Gestalten waren. Ich erkannte die Linien auf ihren Körpern, und dann zeichnete sich eine Steinkeule über dem Kopf des schlafenden Isländers vor dem hellen Himmel ab.

Ich stürzte auf sie zu. Damals konnte ich noch sehr schnell sein, was Menschen, die mich nur als hinkenden alten Mann kennen, verwundern mag. Ich riss einem der Skrælinge den Speer aus der Hand, schrie, dass wir angegriffen würden und trat dem zweiten Skræling in den Bauch. Er klappte zusammen und fiel mit dem Kopf voran in den Laderaum. Jetzt waren auch von den anderen Schiffe Rufe zu hören, Skrælinge stimmten ihr Kampfgeheul an und irgendwo schrie ein Mann vor Schmerzen auf.

Freydis und ihre Männer waren sogleich an Deck und gingen auf die Skrælinge los. Ich stach und schlug mit dem Speer um mich und bin mir sicher, dass ich in jener Nacht mindestens zwei von ihnen getötet habe. Kurz darauf ergriffen sie die Flucht und sprangen über Bord, und im Mondschein sahen wir sie wegpaddeln. Ich zählte zehn oder zwölf Lederboote. In jedem davon saßen sieben bis acht Männer.

Ich rief den Männern zu, die Rah hochzuziehen und die Ruder auszulegen. »Wir müssen ihnen folgen, vielleicht führen sie uns zu Sigrid und Ravntor!« Aber Freydis hielt das für unklug und fürchtete einen Hinterhalt. »Wir bleiben«, sagte sie.

Es wurde bald klar, dass wir die Auseinandersetzung nicht ohne Verluste überstanden hatten. Ulle Danes Neffe hatte der Keule nicht mehr ausweichen können und lag im Sterben. Ulle saß bei ihm, während die Füße des jungen Mannes in Krämpfen zuckten. Einem anderen war in den Hals gestochen worden. Er stammte aus Brattli und war ein Verwandter von Toki, einem Freund von Leif Erikson. Vier Männer waren so stark verletzt worden, dass ihre Wunden nicht zu bluten aufhören wollten. Sie wurden bei Sonnenaufgang festgehalten und die Wunden mit glühenden Eisen verschlossen.

Winabave hatte sich während des Angriffs nicht sonderlich hervorgetan. Als es hell wurde, saß er noch immer im Bug. Einar starb kurz darauf und Ulle Dane starrte Winabave wütend an. Er gab ihm die Schuld für den Angriff und vermutete, Winabave hätte die Skrælinge irgendwie gerufen.

Die Männer packten ihn an Armen und Beinen und Ulle Dane legte ihm eine Schlinge um den Hals. Das Seil wurde um die Rah gebunden, die daraufhin von den Stützen genommen und hochgezogen wurde, bis Winabave auf den Zehenspitzen stand. Ulle schlug ihm ein paar Mal in den Bauch. Ich stürzte ihm zur Hilfe und bat, ihn zu verschonen, schließlich wisse nur er den Weg nach Patuxet. Aber die anderen Männer drängten mich ab. Freydis stand am Steuer und sah dem Treiben zu, ohne etwas zu sagen.

In diesem Augenblick fiel mein Blick auf den Skræling unten im Laderaum. Sein Gesicht war voller Blut, weshalb die Männer ihn wohl für tot gehalten hatten. Aber er wachte auf, drehte sich auf die Seite und versuchte, aufzustehen. »Er lebt!«, rief ich. »Er lebt!«

Die Männer hörten mich nicht. Sie zogen die Rah weiter hoch, sodass Winabave den Boden unter den Füßen verlor.

»Wir brauchen ihn!«, schrie ich. »Er spricht ihre Sprache!«

Freydis war keine dumme Frau. Auch wenn die Männer an diesem Morgen voller Rachsucht waren, wusste sie doch, dass es unklug wäre, Winabave zu töten. »Lasst ihn runter!« rief sie und die Männer gehorchten ihr sofort, obwohl sie gar nicht laut geworden war.

Winabave sackte auf dem Deck zusammen. Ich ging zu ihm und half ihm auf die Beine. Er rang hustend nach Atem, aber ich wartete nicht, bis er sich gefangen hatte, sondern zog ihn gleich zum Laderaum, in den der Patux gefallen war. »Frag ihn, ob sie Sigrid haben. Bring ihn zum Reden. Dann rettest du dein Leben!«

Winabave sprach heiser auf den Patux ein, erhielt aber keine Antwort.

»Eine Frau«, sagte ich. »Und mein Sohn … und Hilda, ein Skræling wie du …« Ich bedrängte Winabave, der auf den Knien hockte und sich den Hals hielt. »Sag ihm, was ich dir gesagt habe! Wenn er weiß, wo sie sind, schenken wir ihm die Freiheit! Sag ihm das!«

Wie viel Winabave wirklich verstand, wusste ich nicht. Aber ihm war wohl klar, dass er die Mannschaft überzeugen musste, dass er als Übersetzer von Nutzen war, denn er redete wieder auf den Patux ein, dieses Mal mit mehr Kraft in der Stimme. Er erhob die Faust und zeigte auf die Schlinge, aber der Patux wimmerte nur.

»Sag ihm, dass Sigrid rote Haare hat«, bat ich Winabave und zeigte ihm auch die Größe von Ravntor. »Und dass Hilda auch ein Skræling ist.« Winabave versuchte es noch einmal, aber der gefangene Skræling wollte nichts sagen.

Ich zerrte ihn aus dem Laderaum, und während die Männer zusahen, legte ich ihm die Schlinge um den Hals. »Winabave«, sagte ich, »sag ihm, dass ich ihn aufhänge, wenn er mir nicht sagt, wo Sigrid und Ravntor sind.«

Winabave übersetzte. Als der Patux stumm blieb, straffte ich das Seil. Ulle Dane kam hinzu und wollte mir helfen, den Skræling hochzuziehen, auf den Winabave nun einschrie. Schließlich stotterte der Patux ein paar Worte.

Wir lockerten das Seil. Der Patux sackte an Deck zusammen und Winabave legte das Ohr an den Mund des Mannes und nickte, während der Patux murmelte. »Der Patux sagt … er deine Frau und dein Kind gesehen … er … hat gehört …. Wo Frau und Kind sind.«

In diesem Moment trat Ulle Dane vor. Er spuckte dem Patux ins Gesicht, schien dann aber irgendwie zu dem Schluss zu kommen, dass das nicht reichte, denn er beugte sich nach unten und schlug dem Skræling hart ins Gesicht. »Skrælinge, das sind doch Wilde, denen können wir nicht trauen!«

Torstein Bootsbauer war nie der Held der Sagen, die sich die Isländer über die Geschehnisse im Westen erzählen. In der Aufzeichnung über die Reise von Eriks Kindern werde ich nur flüchtig erwähnt, und meines Vaters Name wurde gestrichen, als verdiente meine Sippe es nicht, genannt zu werden. Ich wurde als Torstein bekannt, Bootsbauer und Jomswikinger, der einen Skræling an der Küste getötet haben soll. Aber so war es nicht. Ulle Danes Schlag war so hart, dass der Skræling das Bewusstsein verlor. Ich wurde wütend, aber Winabave zog den Skræling weg und lehnte ihn mit dem Rücken an die Reling, wo er mit offenem Mund sitzen blieb und sein Wasser laufen ließ.

Der Patux saß den ganzen Tag so da. Winabave wachte über ihn, brachte ihn aber nicht dazu, die Augen zu öffnen.

Freydis führte die Schiffe derweil weiter nach Süden. Wir legten an diesem Tag jedoch keine große Strecke zurück, da der Wind von vorne kam und hohe Wellen aufwarf. Freydis suchte schließlich hinter einer Landzunge Schutz und ging vor Anker. Irgendwann im Laufe der Nacht müssen sowohl Winabave als auch ich eingeschlafen sein, denn als ich wieder zu mir kam, graute der Morgen. Ich stand auf und streckte meine steifen Beine. Winabave war bereits wach, er stand an der Reling und starrte mit düsterem Blick über das Meer. Der Patux lag zur Seite gekippt in einer Blutlache. Jemand hatte ihm die Kehle durchgeschnitten.

17
Patuxet

In der Saga über Sven Gabelbart heißt es, dass er Männer nach Westen über das Meer schickte, um Land in Besitz zu nehmen. Ich habe die Geschichten gelesen, hier in meiner Halle. Worte über meine eigene Zeit dort im Westen, festgehalten auf Kalbsleder. Wie Torstein Bootsbauer, der Heide und Jomswikinger, in Vinland zu großem Reichtum gekommen sei. Kaum ein Wort findet sich aber darüber, warum ich mit Freydis Eriksdatter nach Süden segelte, und mit keiner Silbe wird meine Angst erwähnt, dass die Patux Sigrid vergewaltigt und Ravntor getötet haben konnten. Dabei verfolgte sie mich wie ein Albtraum. Ich stellte mir vor, wie sie ein Messer in ihren Bauch stießen, sie aufschnitten und mit blutroten Fingern die Eingeweide aus ihr herauszogen, bis sie das Kind in ihr fanden …

Ich weiß noch, dass ich mich mit den Händen auf die Reling stützte, als sie den Patux über Bord warfen. Freydis sagte zu mir: »Leif hat mir von dir erzählt. Er meinte, du hättest Wildheit in dir. Er hätte das in deinem Blick gesehen. Männer wie du würden hier draußen nicht zurechtkommen und sollten besser umkehren.«

Wir segelten den ganzen Tag. Am Abend fanden wir keinen guten Ankerplatz, weshalb Freydis entschied, durch die Nacht zu segeln. Es quälte mich, dass ich nicht selbst am Ruder stehen oder den Kurs bestimmen, nicht selbst die Befehle geben konnte, die Schoten zu straffen oder zu lockern. Nach dem Zusammenstoß am Lärchenwald kam ich auch nachts nicht mehr zur Ruhe. Ich war immer wieder auf den Beinen und spähte über das Meer, als könnte ich wie Heimdall durch Dunkelheit und Nebel schauen.

Bei Anbruch des zweiten Tages flaute der Wind vollständig ab und es begann zu regnen. Die Männer setzten sich an die Ruder, und auch ich bekam einen Platz zugewiesen. Ich weiß noch, dass die Ruderkiste, auf der ich saß, viel zu tief war, sodass schon nach wenigen Zügen mein Rücken schmerzte. Aber ich ruderte und beklagte mich nicht. Freydis stand am Steuer und führte das Schiff wie ein Mann. Das Leinenhemd klebte an ihrem Körper und betonte trotz ihrer jungenhaften Statur ihre Weiblichkeit, weshalb die Männer ihr verstohlene Blicke zuwarfen. Auch mir ging es so und ich hasste mich selbst dafür, wie ich die Ruderkiste unter mir hasste, meinen Rücken und den Regen, der die Schwielen an meinen Händen aufspringen ließ. Dann rief plötzlich Winabave, der im Bug stand und nach vorn zeigte: »Patuxet!«

Ich hatte erwartet, eine Art Festung zu sehen, erkannte aber nur eine flache Landzunge, die sich in nördlicher Richtung ins Meer erstreckte. Im Westen war das Ufer noch ein gutes Stück entfernt.

Winabave zeichnete die Küstenlinie mit einem Kohlenstück auf das Deck und markierte dabei mehrere Bereiche mit Kreisen und Strichen. Ich nahm an, dass sie Menschen oder Gebäude darstellen sollten. Er zeigte auf diese Markierungen und sah eindringlich zu mir, Freydis und Ulle Dane. »Patuxet«, sagte er. »Patuxet Winabave geboren. Patuxet Winabave … tot.«

Ob Letzteres bedeuten sollte, dass er in Patuxet als tot galt oder ob er glaubte, dort getötet zu werden, weiß ich nicht. Auf jeden Fall kletterte er nach unten in den offenen Laderaum, wo sein Bündel lag, und holte Steinaxt, Bogen und Köcher. Danach deutete er nach Westen und sagte viele, unverständliche Worte, ehe er hinzufügte: »Schiff, nach Norden. In Fluss. Schiff …« Er legte die Hand vor die Augen. »Schiff weg.«

Von der Stadt Patuxet hatten wir noch nichts gesehen. Auch war nirgendwo ein Skræling auszumachen, weder auf der Landzunge noch auf dem Wasser. Freydis nahm mich zur Seite und wollte wissen, ob es wirklich wahr sei, dass es hier Gold gäbe, oder ob ich das nur gesagt hätte, um sie zu überreden. Ich war noch nie ein guter Lügner, trotzdem wiederholte ich so gut ich konnte, dass in der Stadt der Skrælinge große Reichtümer sein sollten, Gold und Silber. Freydis antwortete darauf, dass sie ihre Mannschaften, viele davon Freunde ihres Vaters oder von Thorfinn Karlsefni, nicht ohne Grund in einen Kampf gegen Skrælinge schicken würde. Es müsste dort in dieser Stadt schon etwas geben, das einen bewaffneten Angriff wert sei. Aus meinem Blick müssen in diesem Moment Messer geschossen sein, denn Freydis wich einen Schritt zurück. »Meine Frau«, sagte ich. »Mein Sohn. Mein ungeborenes Kind. Und ein Mädchen namens Hilda. Das sollten für einen Mann Gründe genug sein, wenn er nicht als Feigling in die Geschichte eingehen will.«

Freydis und ich wechselten an jenem Tag kein einziges Wort mehr. Wir segelten mit gutem Wind in Richtung Nordwesten und befanden uns bald darauf wieder an der Küste. Winabave zeigte auf eine Flussmündung. Wir fuhren in sie hinein und gingen vor Anker. Anschließend zog er mich zur Seite und erklärte mir so gut er konnte, dass er sich umhören wollte, wenn wir ihn an Land ruderten. »Winter«, sagte er und machte mit den Fingern ein Zeichen, das wie Schnee aussah. »Winter, Winter, Winter, viele Winter. Winabave … jung. Jetzt …« Er fasste sich an sein faltiges Gesicht. »Winabave, sie vielleicht … nicht kennen. Winabave will fragen … nach Frau und Kind. Fragen … wo Frau und Kind sein.«

Vielleicht versuchte er mir an diesem Abend zu erklären, dass viele Jahre vergangen waren, seit er das letzte Mal hier gewesen war und ihn sicher niemand mehr erkennen würde. Ich wusste noch nicht, was mit ihm geschehen und wie er zum Sklaven geworden war. Auf jeden Fall ruderten wir ihn an Land. »Winabave hier …«, sagte er und zeigte auf den Sand unter seinen Füßen. »Sonnenaufgang, Winabave hier.« Er schob die Steinaxt unter seinen Gürtel und verschwand zwischen den Bäumen. Ulle Dane brummte, dass wir ihn nie wiedersehen würden, er sei doch nur feige wie alle Skrælinge. Dann kam die Dunkelheit. Der Wind, der an diesem Abend aufkam, trug die Kälte des Herbstes in sich.

*

Winabave war bei Tagesanbruch nicht zurück. Die Sonne ging auf, doch kurz darauf trieb ein Regenschauer vom Meer herüber. Ich blieb im Bug stehen und spähte immer wieder an Land und über das Meer. Es war schwer zu sagen, ob die Skrælinge, die uns überfallen hatten, Patuxet schon erreicht haben konnten oder ob wir vor ihnen lagen, da wir die große Bucht direkt überquert hatten. Mit drei Schiffen sollte es uns möglich sein, sie so unter Druck zu setzen, dass sie uns ihre Sklaven aushändigten. Hatte ich Winabave richtig verstanden, lag die Stadt am Wasser. Wenn wir die Schiffe vor der Stadt ankerten und mit Plünderung und Mord drohten, würden sie Sigrid und die anderen vielleicht freigeben. Drei Schiffe voller Männer, die auf Raubzug aus waren, stellten eine große Gefahr dar. Das mussten die Patux erkennen. Konnten sie den Angriff vermeiden, indem sie drei Gefangene aushändigten, würden sie das sicher tun. Alles andere wäre Wahnsinn.

Der Regen hielt den ganzen Tag an. Ich blieb an der Reling stehen und spähte in die hereinbrechende Nacht. Freydis kam mit einer

Schale Fischsuppe zu mir, aber ich war nicht hungrig. Mich quälten wieder die Gedanken, was die Skrælinge meiner Familie antun konnten. Die Dunkelheit verschlimmerte diese Ängste, da mein Blick keinen Halt fand. Ich verfluchte den Regen, der von den Seilen auf das Deck tropfte, und die Wellen, die gegen das Schiff schlugen. Bei diesem Wetter konnten die Patux ohne Schwierigkeiten an uns vorbei in Richtung Stadt paddeln, ohne dass wir sie hörten oder zu Gesicht bekamen.

Bei Tagesanbruch zog der Regen ab. Ich hatte die Nacht im Bug verbracht, und mein ganzer Körper schmerzte. Der Rücken war steif und mein Bein war halb taub. Nebel trieb über das Meer in Richtung Küste. Ich rief so laut ich konnte nach Winabave. Ulle Dane und einer der anderen Männer kamen nach oben und schlugen ihr Wasser ab. »Ich habe es ja kommen sehen«, sagte Ulle. »Dein Skræling ist ein Feigling.«

Es heißt, der junge Torstein Tormodson sei ein Hitzkopf gewesen. Aufbrausend und bösartig. Es heißt, er hätte an jenem Morgen auf das Deck gespuckt, seine Axt, Bogen und Pfeile genommen und sei über die Reling ins Wasser gesprungen. In meiner Erinnerung werde ich aber von Freydis ans Ufer gerudert. Wir blieben einen Moment an der Küste und ich rief noch einmal nach Winabave. Als wieder keine Antwort kam, ging ich an Land.

Viele sind der Meinung, es sei unklug von mir gewesen, was ich an jenem Tag getan habe. Warum machte ich mich auf die Suche nach einem Skræling, wenn ich doch an Bord hätte bleiben und nach den Patux in ihren Booten Ausschau halten können? Aber Winabave war der Einzige von uns, der die Sprache der Skrælinge sprach und die Patux kannte. Sollte es wirklich zu einem Angriff kommen, würden seine Fähigkeiten uns vielleicht zum Sieg verhelfen. Ein kluger Mann greift keinen Feind an, den er nicht kennt. Das habe ich in der Jomsburg oft gehört.

Ich fand seine Spuren gleich hinter den ersten Bäumen. Er hatte hinter einem Baum seine Notdurft verrichtet und war von dort weiter in den Wald hineingegangen. Ich rief ihn, aber meine Stimme schnitt sich zu laut durch die Stille und den Nebel.

Skrælingen zu folgen ist schwer. Sie sind leicht und ihre Schritte drücken sich weniger tief in den Waldboden. Außerdem versteht es niemand so gut, sich im Wald zu bewegen. Drei Bäume weiter sah ich einen gebrochenen Zweig, ein paar Ahornblätter, die auf dem Boden lagen, waren eingerissen, doch dann verschwanden die Spuren. Ich kniete mich hin, um flach über den Waldboden zu blicken, konnte aber auch so nicht ausmachen, welchen Weg er genommen hatte.

Erst blieb ich stehen. Nur einen Steinwurf hinter mir lag das Meer und ich wusste, dass ich zurückgehen sollte. Wenn Winabave wirklich verschwunden war, konnte ich ihm keine Vorwürfe machen. Nicht nach dem, was die Mannschaft ihm antun wollte. Ich kletterte über einen vom Wind umgeworfenen Stamm, der vollständig mit Moos und kleinen Farnen bewachsen war. Als ich auf der anderen Seite war, hörte ich etwas. Gelächter. Es klang nach einem kleinen Jungen. Dann war die Stimme eines Mädchens zu hören. Auf Skrælingsprache. Sie klang verängstigt.

Ich legte einen Pfeil auf die Sehne und ging weiter. Ich war barfuß, wie so oft, wenn es warm war. Vielleicht war ich nicht so leise wie ein Skræling, aber auch ich knickte keine Äste oder stieß an Zweige. Bald darauf sah ich vor mir auf einer Lichtung Gestalten; zwei zwölf oder vielleicht dreizehn Jahre alte Jungen übten dort mit ihren Bögen. Sie trugen knielange Hemden aus einem hübschen Gewebe, durch das sich blaue und rote Fäden zogen und diverse Muster auf Brust und Ärmeln bildeten. Die

Jungen standen einander gegenüber, in etwa acht bis neun Speerlängen Abstand. Am unteren Rand der Lichtung, mit dem Rücken zu mir, stand das Mädchen, das ich gehört hatte. Die langen schwarzen Haare hingen ihr in zwei Zöpfen über den Rücken. Sie schien älter als Hilda zu sein, vielleicht im selben Alter wie die Jungen.

Ich schrak auf, als der eine Junge plötzlich einen Pfeil auf den anderen schoss. Der Getroffene heulte auf und hielt sich den Bauch. Ich erwartete, dass er zu Boden ging, aber stattdessen richtete er sich lachend auf. Danach hob er den Pfeil vom Boden auf und legte ihn auf die Sehne. Er spannte den Bogen und schoss den Pfeil in das Bein des anderen. Auch dieser Junge heulte auf und lachte dann. Als der stumpfe Pfeil wieder aufgehoben wurde, kicherte das Mädchen erwartungsvoll.

Ich schlich mich weg. Nicht weit entfernt stieß ich auf ein Halbdach aus Rindenstücken. Eine Feuerstelle. Ich strich die oberste Schicht weg und die Asche war trocken.

Ich war drei oder vier Pfeilschüsse weit in den Wald eingedrungen, als das Unterholz langsam verschwand. Unter den Bäumen wuchsen Gras und Blumen. Einen derart lichten Wald kannte ich nur von den Stellen, an denen die Fichten oder Tannen die Sonne abschirmen, doch hier wuchsen nur Ahorne. Ich sah nach oben. Die Rinde der Bäume war dunkler als ich es jemals gesehen hatte, und mit einem Mal wurde mir klar, warum es hier keinen Unterwuchs gab. Ein Feuer musste ihn vernichtet haben. Vielleicht hatte es zu regnen angefangen, bevor es auf die hohen Bäume übergegriffen hatte.

Ich schlich mich noch ein paar Pfeilschüsse weiter, ohne weitere Skrælinge zu hören oder zu sehen. Den Blick hatte ich fest auf den Boden gerichtet, aber das Gras wuchs dicht und war von der Art, die sich wieder aufrichtet, nachdem man darüber gelaufen ist. Bald darauf erblickte ich eine weitere Lichtung, auf der ein Hügel zu erkennen war. Ich dachte erst an einen Grabhügel, doch als ich näherkam, erkannte ich, dass der Hügel ungewöhnlich angelegt war. Ich kletterte hinauf und war jetzt etwa auf halber Höhe der Bäume. Der Hügel hatte die Form einer sich windenden Schlange.

Am Fuße des Hügels wuchsen Büsche mit roten Beeren. Ich hatte Hunger und Durst, wagte es aber nicht, sie anzurühren. Lieber würde ich einen Skræling mit Haut und Haaren fressen, als in einem fremden Wald seltsame Beeren zu essen.

Ich folgte der Flanke des Hügels nach Westen, wo es wieder Unterholz gab, in dem ich mich verstecken konnte. Solche Pflanzen hatte ich noch nie gesehen. Im Schatten der Baumkronen wucherten lange Triebe, an denen Schoten hingen. Ich pflückte eine davon und brach sie auf. Im Inneren waren große, blassgrüne Samen. Doch ich entdeckte auch noch andere Pflanzen. Ihre Früchte ähnelten länglichen Äpfeln. Sie lagen auf dem Boden und wuchsen an etwas dickeren Stängeln. Einige Triebe rankten sich an den Baumstämmen in die Höhe, die meisten wucherten aber wild über den Boden.

Einen Steinwurf entfernt war der Wald plötzlich zu Ende. Eine Art Schilf wuchs dort und versperrte mir den Blick. Es war so hoch, dass es über meinen Kopf reichte. Auch an diesem Schilf wuchsen seltsame, in Bast gehüllte Schoten. Ich zog den Bast herunter und verstand mit einem Mal, dass ich auf einem Feld stehen musste. In der Schote wuchsen Körner dicht an dicht, und sie waren viel größer als alle Körner, die ich kannte. Besonders seltsam erschien es mir, dass die Körner von unterschiedlicher Farbe waren. Einige waren schwarz, andere fast blau und wieder andere rot oder weiß. Man könnte meinen, jemand hätte den Bast heruntergeklappt, die Körner angemalt und ihn dann wieder nach oben gezogen.

Während ich dastand und das Korn der Skrælinge studierte,

spürte ich plötzlich eine Hand auf meinem Arm. Ich schwang herum, riss die Streitaxt hoch und wollte schon zuschlagen, aber es war Winabave. Er schützte sich mit den Armen und zog den Kopf ein. »Nicht …«, stotterte er. »Worte gehört … über Frau … und Kind.«

Winabave erzählte mir, dass er nicht weit entfernt in einem Dorf gewesen war. Dort hatte er Gerüchte von einer Frau mit Haaren wie dem Sonnenuntergang gehört, einer Meeresfrau, geraubt im Norden. Sie hätte auch ein Kind bei sich gehabt, einen kleinen Jungen.

Wir schlichen zurück zu den Schiffen. Ich wollte sofort weiter, muss aber zugeben, dass meine Gedanken an jenem Morgen nicht wirklich klug waren. Wir wussten nichts über die Patux. Wie viele Krieger würden uns erwarten? Welche Verteidigung hatten sie? Freydis war keine Kriegerin, aber sie musste von ihrem Vater einiges gelernt haben, denn sie stellte die richtigen Fragen und gab nicht eher nach, bis Winabave etwas von einer Palisade und Bogenschützen erzählte; er zeigte uns beide Hände, ballte sie zu Fäusten und streckte die Finger mehrmals wieder aus.

Wenn ich an jenem Morgen nur meine Jomswikinger bei mir gehabt hätte! Wir hätten nicht gezögert, wie Freydis es tat. Winabaves Beschreibung der Palisade und der Bogenschützen musste ihre Leute verunsichert haben, denn von den anderen Schiffen kamen Männer herüber, um am Mast ein Thing abzuhalten.

Ich stand an diesem Morgen unter den Männern und versuchte erneut, sie mit Gold und Silber zu locken. Dabei sagte ich auch etwas, von dem ich nie gedacht hatte, es jemals zu sagen: Ich zeigte auf Winabave und meinte, diese Leute seien zwar von kleiner Statur, taugten aber sicher gut als Sklaven. Wenn wir die Skrælinge angriffen, könnten die Männer so viele von ihnen gefangen nehmen, wie sie wollten. Die Sklaven wären sicher von Nutzen, wenn es darum ging, Land zu roden und Häuser für den Winter zu bauen.

Vielleicht waren es diese Worte, die die Männer dazu brachten, ihre Fäuste an den Mast zu legen und zu nicken. Freydis ging zurück ans Steuerruder. Sie gab den Befehl, den Anker zu lichten und die Rah hochzuziehen. Dann wandte sie ihr Gesicht nach Süden. In diesem Moment erkannte ich, wie hübsch diese Frau in Wirklichkeit war. Weder bei Königen noch bei Jarlen habe ich je einen stolzeren Blick gesehen als bei ihr, als der Wind das Segel straffte und das Schiff über die Wellen zu gleiten begann. »Torstein Tormodson«, sagte sie. »Komm her und stell dich zu mir.«

Ich tat, was sie wollte. Freydis Eriksdatter widersprach man nicht. Trotzdem wirst du mich nicht dazu bringen, auch nur ein schlechtes Wort über sie zu sagen. Vielleicht hatte ich sie mit meinem Gerede über Gold, Silber und Sklaven getäuscht, vielleicht war sie, selbst Tochter einer Sklavin, mindestens ebenso hungrig auf Reichtum wie die meisten Männer, die mir in meinem Leben begegnet sind. Trotzdem strahlte sie eine Redlichkeit aus, die sonst kaum zu finden ist. Wir segelten von der Küste weg und hatten bald darauf guten Wind in den Segeln. »Übernimm du das Steuer, Torstein«, sagte sie mit einem Mal und legte ihre Hand auf meinen Arm. »Ich habe gesehen, wie sehr du das willst.«

Es tat gut, die Hände endlich wieder am Ruder zu haben. Wir lagen bereits vor den anderen Schiffen, weshalb ich den Männern den Befehl gab, die Schoten auf der Backbordseite etwas zu lockern, da das Segel zu straff gespannt war. Ihr Blick ging erst zu Freydis, doch sie nickte nur und sagte: »Tut, was der Jomswikinger sagt.«

Wir segelten an der Nordgrenze des Patux-Reiches entlang. Was ich damals noch nicht wusste, war, dass der Ahornwald, durch den ich an diesem Morgen gelaufen war, kein Wald wie andere Wälder war. Die Patux hatten ihn bearbeitet und über Generationen geformt. Die Ahorne gaben ihren Nutzpflanzen den Schatten, den sie zum Wachsen brauchten, und das jährliche Niederbrennen von Kraut und Büschen düngte den Boden, hielt den Wald offen und machte es dem Wild leicht, aus den unzugänglichen Wäldern im Landesinneren Richtung Küste zu wandern.

Wir befanden uns jetzt zwischen der Küste des Festlandes und der gewaltigen, vorgelagerten Landzunge, die wir zuvor gesehen hatten. Sie erstreckte sich bis weit in den Norden und bildete eine geschützte, sehr fischreiche Bucht. Die Männer bereiteten sich auf den Kampf vor. Ganze Bündel von Pfeilen wurden nach oben gebracht, Speere und Harpunen an der Reling bereitgelegt. Schilde hatten sie nicht und es waren auch keine Brünnen oder Streitäxte zu sehen. Die Männer waren Seefahrer, keine Krieger. Aber die Gier nach Reichtum würde schon das ihre tun.

Freydis hatte mir nicht einfach so das Ruder überlassen. Auf diese Weise war sie auf der Seite ihrer Mannschaft, sollte ich sie in einen Hinterhalt führen oder anderes Unglück über die Schiffe bringen. Trotzdem fuhr ich mit vollen Segeln weiter und ließ mir weder Furcht noch Zweifel anmerken. Bald darauf erreichten wir einen Küstenstreifen, an dem sich die Wellen auf langgestreckten Sandbänken brachen, und ich steuerte etwas weiter aufs Meer hinaus, um nicht aufzulaufen. Winabave kam zu mir, sah eine Weile über das Meer und murmelte etwas. Dann streckte er den Arm aus und sagte: »Patuxet.«

Von der Bucht aus sahen wir weder eine Palisade noch eine wirkliche Stadt. Obwohl ich noch jung an Jahren war, wusste ich, wie eine Stadt aussieht. Ich war gemeinsam mit Halvor durch die

Straßen von Jorvik gelaufen und hatte die Märkte, die alte Mauer und die Brücke über den Fluss gesehen. Hier gab es weder Straßen noch Mauern; nur die Langhäuser verrieten uns, dass hier eine große Zahl von Menschen lebte. Wenn ich davon erzähle, stoße ich immer auf Unglauben, aber die Skrælinge in Patuxet lebten nicht in Rindenhütten wie Epe und das Flussvolk. Sie hatten große Langhäuser, die über die ganze Bucht verteilt lagen. Einige Menschen liefen bereits an der Küste zusammen und zeigten rufend auf uns.

»Werft den Anker«, sagte Freydis. »Nicht zu nah an der Küste. Wir haben auflandigen Wind.«

Es wurde getan, was sie sagte. Winabave trat zu mir an die Reling und murmelte, dass sie bald kommen würden, wir bräuchten nur zu warten.

Am liebsten wäre ich mit den Männern und Freydis an Land gerudert. Mit Äxten und Bögen hätten wir die Skrælinge so unter Druck setzen können, dass sie uns gesagt hätten, wo Sigrid, Ravntor und Hilda gefangen gehalten wurden. Sie wären schon mit der Wahrheit herausgerückt.

Ulle Dane kam mit Kleidern zu mir. Freydis wollte nicht, dass einer der Männer, die diesem Volk entgegentraten, Skrælingsachen trug.

Es waren gute Kleider, die sie für mich ausgesucht hatten. Ich streifte eine Wollhose mit weiten Beinen über, wie ich sie in der Jomsburg getragen hatte, ein knielanges Hemd mit Bändern an Hals und Ärmeln und ein Wams, das die Schultern bedeckte und am Rücken weiter nach unten reichte. Den Gürtel spannte ich wieder um meine Hüfte, bevor ich meine Füße in die Schuhe steckte, die Ulle mir zuwarf.

»Die Sachen gehören meinem Mann«, kam es von Freydis. »Seine Kleider wurden noch an Bord gebracht, eine ganze Kiste voll. Er selbst kam dann aber doch nicht. Er sitzt lieber zu Hause am Feuer. Der Weichling.«

Ich sagte dazu nichts. Ich hatte die Kleider bekommen und brauchte mich nicht dafür zu interessieren, woher sie kamen. Ich hatte meinen Blick in Richtung Land gerichtet, als die Skrælinge sich am Ufer versammelten. Irgendwo blies jemand in eine Konchylie.

»Bist du mutig, Torstein?«

Ich antwortete nicht.

»Ich glaube, du bist es. Ich glaube, du hattest keine andere Wahl.«

Was Freydis damit meinte, konnte ich sie nicht mehr fragen, denn unsere ganze Aufmerksamkeit galt der Gruppe, die mit einem Mal am Waldrand hinter den Langhäusern auftauchte. Es waren sicher zweihundert, vielleicht dreihundert Krieger. Alle trugen rote oder blaue Umhänge und hatten die Gesichter rot, weiß und schwarz bemalt. Sie bewegten sich in zwei Linien, wie ein Heer, und jeder Mann hielt eine Keule in der einen und einen Speer in der anderen Hand. Die Menschen am Strand wichen zur Seite und machten Platz. Die beiden Linien nahmen nun die Form eines Halbkreises an, der sich zum Wasser hin öffnete. Einer der Skrælingkrieger trat nach unten ans Wasser.

»Sachet«, sagte Winabave. »Der Mann …. Sachet in Patuxet.«

Da wir uns ein paar Pfeilschüsse vom Strand entfernt befanden, war kaum zu hören, was gesagt wurde. Aber einer der Skrælinge rief uns etwas zu. Winabave hörte genau hin, bevor er übersetzte. »Sachet will … wir sollen zu ihnen kommen!«

»Frag, ob sie Sigrid und Ravntor haben.«

Winabave holte tief Luft und rief ein paar Worte zu ihnen hinüber. Die Antwort kam sofort. Der Krieger am Strand reckte wütend seinen Speer in die Höhe. Auf seiner Stirn glänzte etwas, das wie ein Helm aussah.

»Sachet sagt … wir zu ihnen kommen.«

»Nein. Frag sie noch einmal. Frag nach Sigrid und Ravntor.«

Winabave zögerte. »Sachet …«

Ich packte seinen Arm. »Frag sie noch einmal!«

Winabave nickte und rief wieder etwas zu den Kriegern hinüber. Der Skræling stieß seinen Speer nach oben und schrie etwas, das Winabave zu ängstigen schien, denn er schlug die Augen nieder.

Freydis und Ulle Dane standen bei uns und Freydis legte ihre Hand auf meine Schulter. »Lass ihn. Du hast uns Gold versprochen, Torstein Tormodson. Ich habe in meinem Leben noch nicht viel Gold gesehen, aber wenn ich mich nicht irre, ist das, was da auf der Stirn des Mannes glänzt, Gold.«

Der Skræling rief wieder etwas zu uns herüber. Winabave versuchte, von mir wegzukommen, aber ich hielt ihn fest. »Übersetz das für mich. Sag mir, was er sagt.«

»Sachet sagt … er nie Meermenschen gesehen. Er will … wir kommen … bei ihm sitzen.«

Meine Wut wurde immer größer. Ich musste Winabaves Arm hart gepackt haben, denn er zuckte heftig zusammen. »Frag sie noch einmal«, sagte ich. »Frag, ob sie sie haben!«

»Winabave hat … gefragt.«

»Frag noch einmal.«

Winabave rief noch einmal zu ihnen hinüber und der Skræling mit dem Goldhelm stieß wieder seinen Speer in die Höhe und schrie zu uns herüber.

»Er sagte … wenn Sachet reden … du hören.«

Ich ließ Winabave los und starrte den Krieger am Ufer an. Wenn wir uns mit den Schiffen der Küste näherten und sie im Schutz der Reling beschossen, könnten wir die meisten von ihnen treffen. Den Rest konnten wir an Land erschlagen. Den Mann mit dem Goldhelm, den Winabave Sachet nannte, müssten wir als Geisel nehmen. Wenn wir ihn an der Rah aufhängten und schreien ließen, würden die Patux schon verstehen.

»Ich glaube, sie haben sie«, kam es von Freydis. »Ich glaube, er will verhandeln.«

»Wir müssen angreifen«, sagte ich. Wir konnten den Skrælingen nichts als Gegenleistung bieten, um Sigrid und die anderen freizukaufen. Aber auch mit der Furcht eines Mannes lässt sich verhandeln.

Ulle dachte wie ich. »Lass die Mannschaften wissen, dass derjenige, der dem Mann mit dem Goldhelm den Kopf abhackt, den Helm behalten kann.«

Freydis schien darüber nachzudenken. Sie legte die Hände auf die Reling, beugte sich vor und spuckte wie ein Mann ins Wasser. »Wenn wir angreifen sollen, muss sich das auch lohnen. Du hast von Gold gesprochen, Torstein. Aber es muss mehr geben als nur das auf dem Kopf dieses Kriegers da. Und es muss leicht zu beschaffen sein. Wenn wir angreifen … Diese Leute sind vielleicht klein, aber sie sind uns zahlenmäßig weit überlegen. Und vielleicht verstecken sich noch mehr im Wald? Was glaubst du, machen die mit deiner Frau und deinem Kind, wenn es uns nicht gelingt, sie alle zu töten?«

Einer der Krieger trat mit einem Korb in der Hand zum Sachet. Der Sachet steckte die Hand hinein und hob sie in die Höhe. In den Fingern hingen lange, rote, lockige Haare. Sigrids Haare.

Vor Wut hätte ich mich in diesem Moment am liebsten über die Reling gestürzt. Ich fürchtete, dass in dem Korb nicht nur ihr Haar, sondern ihr ganzer Kopf lag.

Der Sachet rief wieder zu uns herüber.

»Sachet sagt …« Winabave zögerte etwas, er drehte sich halb weg und zitterte am ganzen Körper.

»Sag mir, was er gesagt hat!«, fauchte ich.

»Sachet sagt … Meermann … und ich … mit Sachet gehen.«

»Gehen? Wohin?«

»Patuxet. Meermann … Gast.«

Ich ließ Winabave los. Sie wollten verhandeln. Vielleicht machten die Schiffe ihnen eine solche Angst, dass sie sich ihres Sieges nicht sicher fühlten, sollte es zu einem Kampf kommen.

»Sag, dass sie Sigrid und Ravntor erst freilassen müssen. Und Hilda auch.«

Winabave legte den Kopf auf die Seite. »Sachet … Sachets Worte … Gesetz. Nicht … widersprechen.«

»Sag es ihm!«

Winabave trat an die Reling und rief den Skrælingen unsere Forderungen zu. Der Sachet wurde wütend. Er ließ die Haare los und vom Wind davonwehen. Dann drohte er uns brüllend mit dem Speer, drehte sich um und ging zurück in Richtung Wald.

»Sachet sagt … er jetzt Frau töten«, sagte Winabave. »Frau und Kind.«

Ich brüllte etwas zu ihnen hinüber und bat Winabave zu übersetzen, dass sie ihren Willen bekommen sollten, wenn sie Sigrid und Ravntor freiließen. Der Sachet reagierte aber nicht mehr und verschwand mit seinem Gefolge im Wald. Ich ließ das Beiboot zu Wasser und kletterte hinein. Freydis bat mich zu warten, sie meinte, er würde mich töten, wenn ich allein käme. Doch ich hörte nicht auf sie. Nur Winabave kam mit, er zitterte am ganzen Körper, als ich ihn ins Boot zog. Ich ruderte mit all meiner Kraft in Richtung Ufer, sodass die Bugwelle vor dem Boot groß und breit wurde. Gleich darauf stand ich vor den Skrælingen am Strand. Sie zeigten auf mich, wichen aber vor mir zurück. Einige wenige richteten ihre Speere auf mich. Gefolgt von Winabave ging ich dann, so schnell mein lahmes Bein es vermochte, auf den Wald zu, in dem der Sachet verschwunden war. Ich erinnere mich nicht daran, Angst gehabt zu haben, ich fürchtete nur, zu spät zu kommen. Etwa einen

Steinwurf im Wald wurden wir plötzlich von den Kriegern umzingelt.

Sie führten Winabave und mich durch den Wald. Am Boden wuchsen dieselben Stängel mit den grünen, länglichen Früchten wie weiter im Norden. Winabave ging mit gesenktem Kopf neben mir, er murmelte vor sich hin und seine Mundwinkel zuckten immer wieder. Ich wusste, dass ich den Patux etwas anbieten musste, wenn sie Sigrid, Ravntor und Hilda freigeben sollten. Ich wollte Winabave sagen, dass wir ihnen ein Schiff geben würden. Eines von Freydis' Schiffen. Im Gegenzug würde ich ihr ein neues, besseres und größeres Schiff bauen. Vielleicht würde sie ablehnen, andererseits war sie die Tochter einer Sklavin und verstand sicher, welches Schicksal Sigrid und Ravntor erwartete, sollte sie ihnen den Rücken zuwenden.

Kurz darauf hatten wir das Ende des Waldes erreicht. Von dort wurde wir über einen festgetretenen, zwei Mann breiten Weg geleitet, der an einem Feld vorbeiführte. Das Korn war höher als ich und nur das Rascheln der Blätter war hier zu hören. Wir folgten dem Weg über einen Höhenzug, aber das Feld schien nie zu enden. Langsam begann ich zu verstehen, dass die Patux zahlreicher waren, als ich es angenommen hatte. Ich war zwar kein Bauer, wusste aber, dass allein dieses Feld hunderte, vielleicht sogar tausende von Menschen ernähren konnte.

Etwa auf halbem Weg blieben die Krieger stehen. Der Sachet rief einen Befehl und die Krieger richteten ihre Speere auf meine Brust und meinen Rücken. Ich musste still stehen bleiben, während der Sachet mir über Kinn und Wangen strich. Eystein und ich hatten uns die Bärte abrasiert, doch die Haare waren nachgewachsen und mittlerweile wieder lang genug, damit der Sachet ein paar davon mit seinem Steinmesser abschneiden konnte. Dann schnitt er eine Locke von meinen Haaren und fuhr damit lachend über die Goldplatte an seinem Kopfschmuck. Sie war kein Helm, auch wenn es vom Schiff aus so ausgesehen hatte. Die goldene Platte war der vordere Teil eines Kopfschmucks aus Muscheln, Tierzähnen und Federn, die zusammen eine Art Mütze bildeten. Die Platte war etwa so lang wie zwei Hände und breit wie eine.

Der Sachet zeigte mit seinem Messer auf mich und zischte ein paar Worte. Winabave murmelte, dass ich mich ausziehen solle.

Man musste mir meine Wut angesehen haben, denn sie stachen mit ihren Speeren vorsichtig in meine Haut. Der Sachet wiederholte die Worte, sodass ich Wams, Hose und Hemd auszog und schließlich nackt vor ihnen stand. Einer der Krieger schob die Sachen mit seinem Speer zum Sachet, der sie aufhob, den Stoff mit den Fingern prüfte und dann alles zu einem Bündel zusammenrollte.

Wir gingen weiter. Meine Nacktheit war kein gutes Zeichen. Sklaven wurden nackt auf den Markt geführt. Hatten sie mich nur an Land kommen lassen, um mich zu verkaufen? Ich war kurz davor, mir einen der Speere zu schnappen und in Richtung des Feldes davonzustürmen, andererseits wusste ich, dass sie mich einholen würden. Außerdem musste ich ihnen meinen Vorschlag unterbreiten. Ein Schiff im Tausch gegen die Freiheit meiner Familie.

Am Ende des Feldes offenbarte sich mit einem Mal die Stadt Patuxet. Du denkst jetzt vielleicht, dass es sich um eine großartige Stadt gehandelt hat, mit Toren aus reinem Gold und Türmen, auf denen bemalte Skrælingkrieger Wache hielten, aber so war es nicht. Die Palisade vor uns erinnerte mich in vielerlei Hinsicht an das Danewerk. Sie war nicht mehr als eine simple Sperre in der Ebene vor uns, wo weder Menschen noch Tiere zu sehen waren. Vor uns verzweigte sich der Weg. Einer führte nach links am Feld entlang, ein anderer nach rechts. Der dritte ging geradeaus zu einer Art Tor in der Palisade.

Es war vollkommen still. Ich erinnere mich noch, dass eine Krähe vor uns über die Ebene flog und dann krächzend in die Höhe flatterte. Einzig dieser Laut verbindet sich in meiner Erinnerung mit der Ebene vor Patuxet, bis der Sachet die Konchylie nahm, die er am Gürtel trug, und zwei Mal hineinblies, bevor er einen Befehl bellte und sich der Zug wieder in Bewegung setzte. Hinter der Palisade blieb es still, ich roch Rauch, Mist und Urin. Hier wohnten Menschen.

Als wir näherkamen, sah ich Gesichter zwischen den Stämmen der Palisade. Das Bollwerk war nicht aus gerade zugehauenen Stämmen, wie wir Nordmänner es machen. Die Stämme boten große Zwischenräume, sodass an manchen Stellen ein ganzer Kopf hindurchpasste.

Der Sachet rief den Menschen in der Stadt etwas zu und hunderte von Stimmen antworteten. Dann wurde das Tor aufgestoßen. Eine Handvoll Skrælinge kam heraus, während mir die Krieger die Schäfte ihrer Speere in den Rücken stießen. Der Sachet zeigte auf mich, während er zu den Zuschauern sprach. Ich wurde den Menschen vorgeführt, und der Sachet legte die Spitze seines Speeres an meine Seite und stach leicht zu. Er wollte wohl, dass ich schrie, aber diese Freude machte ich ihm nicht. Er zeigte die Haare, die er mir abgeschnitten hatte und deutete mit dem Schaft seines Speers in meinen Schritt. Letzteres rief Gekicher und Gelächter bei den Skrælingfrauen hervor.

Schließlich wurde Winabave vor mich geschoben. Der Sachet schlug ihm mit dem Speerschaft in den Nacken, und Winabave kauerte sich zusammen wie ein geprügelter Hund. Zu guter Letzt trat der Sachet nach vorn und ging stolz und aufrecht vor uns her durch das Tor.

Wenn ich den Gästen hier in meiner Halle erzähle, was ich sah, als wir durch das Tor von Patuxet traten, stecken sie oft die Köpfe zusammen und beginnen zu flüstern. Sie sehen mich an, den alten Mann auf dem Häuptlingssitz, und nicht selten müssen sie lächeln. Dass im Land der Skrælinge Gold und Silber zu holen waren und ich mich durch Plünderungszüge bereichert hätte, glauben sie gerne. Aber wenn ich ihnen sage, dass Patuxet so groß war wie jede nur denkbare Stadt nördlich von Miklagard, beginnen sie zu lachen. *Lasst den Alten reden,* denken sie, aber Torstein Bootsbauer lügt nicht, wenn er von Patuxet erzählt. Die Stadt war sehr groß. Wenn man am Tor stand und an der Palisade entlangschaute, sah man kaum eine Krümmung, und doch zog sich die Palisade rund um die ganze Stadt.

Zuerst wurden wir auf einen Hofplatz nur einen Steinwurf vom Tor entfernt geführt, wo noch mehr Skrælinge zusammenliefen. Sie bestaunten und belachten uns. Ein Stein wurde geworfen und traf mich an der Schulter. Der Sachet schrie auf und drohte mit dem Speer. Ich weiß nicht, was er gesagt hatte, doch Steine flogen keine mehr.

Über die Köpfe der Skrælinge hinweg konnte ich in ihre Langhäuser blicken. Es waren große Gebäude, die denen eines Jarls in nichts nachstanden. Die Eckpfosten waren mit Schnitzereien verziert, die weiß, rot und schwarz bemalt waren und Menschen, Tiere und riesige Wale darstellten. Die Dächer waren mit Rinde gedeckt, die durch lange Zweige am Platz gehalten wurde, die wiederum mit Steinen beschwert waren. Auch die Dachpfosten unter den Giebeln waren zurechtgehauen und stellten Tierköpfe mit offenen Mäulern dar. Zwischen den Langhäusern und auf dem Platz gab es mehrere Feuerstellen, über denen Fische und Fleischstreifen im Rauch hingen. Elchfelle waren auf Rahmen gespannt worden, und es gab Buden mit Körben voller Nüsse und Beeren oder den schwarzen Steinen, aus denen sie ihre Pfeilspitzen und Messer machten. In vielerlei Hinsicht erinnerte Patuxet an Jorvik, und wäre ich nicht nackt und mit Speeren im Rücken in die Stadt geführt worden, hätte ich mich nicht fremd gefühlt. Zwischen den kleinen Verkaufsständen der Händler sprangen Kinder herum. Alte saßen auf Bänken an den Hauswänden und Frauen standen mit ihren Körben oder Krügen da und betrachteten uns, als wir vorbeigingen. Ich warf einen Blick zwischen die Häuser und hoffte, Sigrid und Ravntor oder Hilda zu erblicken. Bald darauf kamen wir zum Kern der Stadt, wo uns der Sachet auf einen weiteren Platz führte. Dieser Platz war kleiner als der letzte, dafür gab es hier weder Verkaufsstände noch Feuerstellen. Sechs Langhäuser umrahmten ihn sternförmig. Alle Giebel waren weiß gestrichen. Aus einem dieser Häuser trat eine alte Frau mit einem grauhaarigen Skræling, der ein bodenlanges Gewand trug. Der Sachet sprach mit den beiden und zeigte auf Winabave und mich. Der Mann in dem Umhang trat ein paar Schritte vor, schnupperte in unsere Richtung und musterte zuerst mich und dann Winabave, der etwas versetzt hinter mir stand und zu Boden sah. Dann packte er Winabave an den Haaren, zog ihn nach vorn und starrte ihn an. Ich erkannte ein Zucken in seinen Augenwinkeln, ehe er Winabaves Kopf nach unten drückte. Winabave schrie wie ein Schwein unter dem Schlachtermesser, riss sich los und stürmte zwischen zwei Langhäuser, aber die Menschen, die uns gefolgt waren, hatten ihn gleich gestellt. Sie warfen ihn zu Boden und Männer und Frauen scharten sich um ihn und begannen zu treten. Sowohl der Sachet als auch die Frau und der Grauhaarige betrachteten die Szenerie ohne eine Regung.

Vielleicht hätte ich zusehen sollen, bis sie ihm das Leben aus dem Körper geprügelt hatten, aber das konnte ich nicht. Die Speerspitzen der Patux schnitten in meine Haut, als ich in die Menschenmenge stürmte und mit bloßen Fäusten auf sie losging. Zwei Männer riss ich zu Boden, während wieder andere mit Stöcken auf mich einschlugen. Ich fegte sie zur Seite, als wären sie ein Schwarm Fliegen, schnappte mir einen Stab und schlug ihn einem der Patux so hart auf den Kopf, dass er brach. Einem anderen griff ich in die Haare und warf ihn zur Seite. Schließlich gelang es mir, Winabaves Fuß zu fassen und daran zu ziehen. Aber jetzt waren die Krieger auf mir und hielten mich mit ihren Speeren in Schach. Sie zwangen mich auf die Knie. Meine Arme wurden auf den Rücken gebogen und die Handgelenke gefesselt. Dann wurden Winabave und ich in eines der Langhäuser gestoßen. Die Tür wurde geschlossen und von draußen waren nur noch ein paar gedämpfte Laute zu hören, bis es schließlich ganz still wurde.

Es fiel nur wenig Licht durch die Deckenöffnung des Hauses, sodass wir kaum etwas sehen konnten. In der Mitte war eine Feuerstelle zu erkennen. Ich kniete mich hin und blies Leben in die Glut, bevor ich mich mit dem Rücken zum Feuer setzte. Ich verbrannte mir die Handgelenke, aber die Riemen lösten sich. Anschließend legte ich Zweige auf das Feuer und trug Winabave in den Lichtschein der Flammen. Er sah ziemlich mitgenommen aus und blutete an Lippe und Stirn.

Ich sah mich mit einem der brennenden Zweige im Langhaus um. Ich hatte gehofft, etwas zu finden, das ich als Waffe nutzen konnte, einen Stock oder ein keulenförmiges Stück Holz, aber da war nichts. Es war dumm von mir gewesen, an Land zu rudern. Aber was sonst hätte ich tun sollen? Wäre Freydis mit ihren Männern gegen diese Stadt in den Kampf gezogen – wir alle wären verloren gewesen. Es musste viele Hundert bewaffnete Männer hinter diesen Palisaden geben.

Ich fand im Langhaus nur ein paar Wandteppiche, Felle und Bündel von getrockneten Blättern und Pflanzenstielen. Erst überlegte ich, einen dieser Wandteppiche um mich zu schlagen, aber es kam mir jämmerlich, ja fast feige vor, sich auf diese Weise zu verstecken. Da war ich lieber nackt. Aber ich schob ein Fell unter Winabave, denn er zitterte: »Winabave … einmal …

eine Frau«, murmelte er. »Winabave einmal … in Patux gelebt. Frau … Sohn … Winter, viele Jahre.«

Der zerschlagene Skræling begann mit einem Mal eine Geschichte von einem jungen Mann und einer Frau zu erzählen, und seinem Stottern entnahm ich, dass er etwas südlich der Stadt aufgewachsen war und schon als Kind auf den Feldern gearbeitet hatte. Wie er seine Frau kennengelernt hatte, erfuhr ich nie, denn Winabave fand nicht die Worte und erzählte diesen Teil seiner Geschichte stattdessen auf Skrælingsprache. Aber ich verstand, dass er die Frau mit sich genommen und mit ihr am Waldrand gelebt hatte. Sie bekamen ein Kind, einen Sohn, und lebten zwei Winter dort, bis sie von Leuten überfallen wurde, die Winabave als *Algonkin* bezeichnete. Frau und Sohn wurden geraubt, Winabave ließen sie verletzt liegen, sein halbes Gesicht war von einer Steinkeule eingeschlagen worden.

Ob er ihnen gefolgt ist, hat er an jenem Tag nicht gesagt. Die Familie seiner Frau meinte aber, er hätte besser auf sie aufpassen müssen und verlangte, dass er für sein Versagen bestraft wurde. Daraufhin wurde Winabave versklavt und im Tausch gegen ein paar Kriegsgefangene dem Flussvolk übergeben. So war er als Sklave zu Epe gekommen.

Irgendwann hatte ich kein Holz mehr, das ich auf das Feuer legen konnte, sodass es dunkel im Langhaus wurde. Als Stimmen vor der Tür zu hören waren, stellte ich mich vor Winabave. Die Tür ging auf und ich ballte die Fäuste, es kam aber niemand auf mich zugestürzt. Der Sachet und ein paar seiner Krieger traten ein und hielten Fackeln in die Höhe. Dann deutete er mit dem Speer auf meine Hände, es schien ihm nicht zu gefallen, dass ich mich befreit hatte. Einer der Männer wollte mir die Arme wieder auf den Rücken drehen, aber ich packte ihn an der Kehle und schlug ihm meinen Ellenbogen an den Kopf, wie mein alter Lehrmeister

Ulfar Bonde es mir in der Jomsburg gezeigt hatte. Der Skræling ging bewusstlos zu Boden. Vielleicht jagte ich ihnen damit einen Schrecken ein, denn sie unterließen jeden weiteren Versuch, mich zu fesseln, richteten aber ihre Speere auf mich. Dann zogen sie Winabave auf die Füße und führten uns aus dem Haus. Draußen war es vollkommen dunkel. Der Himmel über uns war schwarz und ohne Sterne.

Wir wurden zu einem anderen Langhaus gebracht. Ich hatte das Gefühl, dass wir nach Westen gingen, aber ohne Sterne war das schwer zu sagen. Durch die offene Tür fiel gelbes Licht nach draußen, drinnen hörten wir die Patux reden. Der Sachet sprach mit harten Worten auf Winabave ein, der daraufhin wieder den Kopf einzog. Vor der Tür des Langhauses kauerte er sich auf den Boden wie ein verwundetes Tier, doch die Männer des Sachets packten ihn an Armen und Beinen und trugen ihn ins Haus. Dann spürte ich wieder die Spitzen der Speere an meinem Rücken, sodass ich mich unter dem weiß gestrichenen Türstock hindurch duckte und das Haus betrat.

Drinnen waren mindestens hundert Patux. Sie hockten an den Wänden und lehnten an den Balken, die das Dach trugen. Die Feuerstelle in diesem Haus maß gut zwei Körperlängen. Am hinteren Ende saßen einige Alte im Kreis um die Glut herum. Ob Frauen oder Männer konnte ich nicht erkennen, tiefe Falten gruben sich in die bartlosen Gesichter. Ihre langen grauen Haare hingen schlaff über die eingefallenen Schultern. Unter ihnen war auch die Alte, die uns schon zuvor entgegengetreten war. Auf ihrem Schoß lag meine Dänenaxt. Ihre runzeligen Hände glitten sachte über die Klinge, während sie mit uns sprach. Winabave kroch vor meine Füße und nahm meine Hand. »Übersetz mir, was sie sagt«, bat ich und Winabave erhob sich, starrte aber weiterhin mit gesenktem Kopf zu Boden. Dann erklärte er mir, dass die alte Frau Häuptling der Patux sei. Sie wollte wissen, ob die Axt mir gehörte und wie man den Stein nannte, aus dem sie geschlagen war. »Das ist meine Axt, und der Kopf besteht nicht aus Stein, sondern aus Eisen«, sagte ich und bat Winabave, ihnen zu sagen, dass ich ihnen viele solcher Äxte geben könnte, Haustiere und sogar ein Langschiff, wenn sie Sigrid, Ravntor und Hilda freigäben. Die Alte antwortete mir nicht, wollte aber wissen, ob die Männer, die mit mir gekommen waren, die Stadt angreifen wollten. »Niemand wird angreifen«, sagte ich darauf. »Wenn ich mit meiner Frau, meinem Sohn und dem Skrælingmädchen zu ihnen zurückkehre.«

Als Winabave ihr das übersetzt hatte, nahm die Alte den Blick von der Axt und sah mich an. Sie legte die Hand auf den Bauch und wechselte ein paar Worte mit dem Alten neben ihr. Dieser gab daraufhin einen Befehl, denn sogleich erhoben sich zwei Patux und liefen nach draußen. Ich wollte Winabave bitten, ihnen zu sagen, dass sie ein Schiff sofort bekommen könnten und auch die Axt, aber in diesem Moment zeigte die Frau mit einem krummen Finger auf Winabave, und der Sachet zog ihn von mir weg und stieß ihn zu Boden. Die Alte erhob die Stimme und richtete sich an alle Anwesenden. Die Patux traten einen Schritt näher, während Winabave mit dem Rücken auf den Boden gedrückt wurde, zwei Krieger hielten seine Arme und Beine fest. Dann zog der Sachet ihm die Hose herunter und packte Winabaves Glied. Winabave wand sich am Boden und flehte, er ahnte, was geschehen würde. Die Alte stand mühsam auf und kam mit krummem Rücken um das Feuer herum, in ihrer kleinen Hand hielt sie ein Steinmesser.

Winabave schrie wie am Spieß, als sie zu schneiden begann. Blut spritzte über seinen Bauch und seine Schenkel, während sie seinen Hodensack in das Licht über der Feuerstelle hielt, damit alle ihn sehen konnten. Sie erhob noch einmal ihre Stimme, zeigte auf Winabave, spuckte auf ihn und warf den Sack ins

Feuer. Dann ging sie zurück zu ihrem Platz am Ende der Feuerstelle und einer von Sachets Männern nahm einen brennenden Ast und brannte damit Winabaves Wunde aus. Winabave schrie, bis ihn die Kräfte verließen und er vollständig still liegen blieb. Die Krieger zogen ihn aber gnadenlos hoch und stellten ihn wieder auf die Beine. Er starrte leer vor sich hin, während das Blut aus seinem Schritt rann. In diesem Moment zeigte die Frau mit ihrer blutigen Hand auf mich und ich fürchtete, dass nun ich an der Reihe war. Dann wandte sie sich an Winabave und redete auf ihn ein. Ich entnahm daraus, dass er für sie übersetzen sollte, doch Winabave blieb stumm. Sein Blick klebte an seinem Hodensack, der sich in der Glut mehr und mehr zusammenzog. Der blutige Inhalt zischte in den Flammen.

Ein Raunen ging durch die Patux, die an der Tür standen. Ich drehte mich um, und sah Sigrid mit Ravntor. Beide waren nackt. Sigrids lange Locken hatten sie über den Schultern abgeschnitten. Sie war dreckig und dünn. Ihr Blick hatte mich bereits gefunden, als sie etwas zu Ravntor sagte, der in ihrer Armbeuge saß. Er lächelte mir zu und streckte mir die Arme entgegen. Ich wagte es nicht, mich zu rühren, denn noch immer spürte ich die Speerspitzen im Rücken.

Sigrid und Ravntor wurden zu uns geführt, und die faltige Alte zeigte auf mich und spuckte ein paar Worte aus. Winabave wurde mit einer Speerspitze unter dem Kinn gezwungen zu übersetzen. Die Alte wollte wissen, warum sie die Frau und das Kind freigeben sollten, wenn sie mich und die beiden nun gefangen hätten. Sie fürchteten die Meermänner nicht und wollten zu ihnen hinauspaddeln und sie töten, sobald der Morgen anbrach. Ich sollte jetzt bestraft werden und die Frau und das Kind – meine Familie – waren geholt worden, um dieser Bestrafung beizuwohnen.

Ich bat Winabave, sie zu fragen, wofür ich bestraft werden

sollte. Die Alte fauchte ein paar Worte, und in diesem Moment erschien sie mir hässlicher zu sein als jeder Geist. Ich hätte gemordet und entführt. Dörfer niedergebrannt und Frauen vergewaltigt. Ich sollte für all das bestraft werden, was Männer wie ich dem Volk der Patux angetan hätten, ihren Kindern und Frauen, ihren befreundeten Stämmen.

Ich bat Winabave, ihr zu sagen, dass ich keine dieser Untaten begangen hätte. Aber Winabave hatte kaum den Mund geöffnet, als ich auch schon nach vorn zum Feuer geschoben wurde.

Sigrid weinte, als ich auf die Knie gezwungen wurde. Der Sachet nahm einen langen Stab, an dessen Ende ein faustgroßer Stein befestigt war und stellte sich hinter mich. Ich sollte getötet werden. Ein Schlag auf den Hinterkopf, vielleicht zwei, dann wäre es vorbei. Unter uns Jomswikingern gibt es ein Gesetz, nach dem man das Recht hat, seinem Henker in die Augen zu schauen. Im Langhaus von Skrælingen zu knien und von hinten erschlagen zu werden, während Frau und Kind zusehen, ist kein Tod für uns. Ich sprang deshalb nach vorn, stürzte mich ins Feuer und wälzte mich zur Seite. Man kann barfuß über Glut gehen, wenn man schnell genug ist, weh tut es aber trotzdem. Ich packte einen der brennenden Äste, und schlug ihn gegen den Schädel eines Skrælings, denn die Schmerzen entfachten meine wildeste Wut. Zwei weitere rang ich dort am Rand des Feuers zu Boden, anderen schlug ich so hart ins Gesicht, dass ich Knochen und Zähne brechen spürte. Ich ging auf sie los wie ein Bär, bereit, dem Tod ins Auge zu sehen, hätte ich in diesem Moment nicht Sigrid schreien hören. Ich sah, wie der Sachet Ravntor an den Knöcheln in die Höhe hob und ihn über das Feuer hielt. Ich erstarrte, und die Skrælinge scharten sich um mich und legten die Speerspitzen wieder an meine Haut.

Ich wurde auf den Boden gelegt, dann wurden mir die Hände auf dem Rücken gefesselt. Der Sachet ließ Ravntor vor Sigrid auf den Boden fallen, die ihn sofort in die Arme nahm und ihm die Tränen von den Wangen wischte.

»Nehmt mich«, sagte ich. »Aber lasst sie gehen.«

Winabave stand schwankend da, übersetzte aber stotternd, was ich sagte. Die Alten steckten die Köpfe zusammen und beratschlagten sich. Ein ziemlicher Aufruhr herrschte im Langhaus, weil diejenigen, die ich niedergeschlagen hatte, gerade aus dem Haus getragen wurden. Alle wünschten sich meinen Tod.

»Meine Frau«, sagte ich. »Sie trägt ein Kind in sich.«

Winabave übersetzte und die Alte redete auf Sigrid ein, ehe sie sich wieder an mich wandte. Dieses Mal übersetzte Winabave nicht. Er musste sich seinen Schmerzen geschlagen geben, sackte auf die Knie und blieb reglos sitzen. Der Sachet bellte ein paar Worte, warf die Keule weg und packte Sigrid im Nacken. Auf die nächsten Worte der Alten legte er den Arm um Sigrids Hals, während zwei andere ihr unseren Sohn entrissen.

Ich werde nie vergessen, wie Sigrid schrie, als sie sie aus dem Langhaus zogen. Sie wehrte sich mit aller Kraft, bis andere Männer schließlich ihre Beine nahmen und sie nach draußen trugen.

Mich hielten sie im Langhaus fest, bis ich Sigrid nicht mehr hören konnte. Ich versuchte, Ravntors Blick festzuhalten und ihm zuzulächeln, konnte seine Tränen aber nicht stillen. Er versuchte nicht, seiner Mutter zu folgen, sondern stand nur da und rieb sich weinend die Augen. Ich bat Winabave, der Alten zu sagen, dass ich meinen Sohn halten wollte, aber er reagierte nicht mehr, sondern zitterte nur wie von einem Fieber geschüttelt.

Kurz darauf wurden Winabave und ich in das Langhaus gesperrt, in dem wir schon zuvor gewesen waren. Er wimmerte leise, als sich die Schritte vor der Tür entfernten. Meinen Sohn hörte ich nicht mehr.

18
Der wilde Bär

Ich weiß nicht mehr, wie lange sie uns in dem Langhaus gefangen hielten. Es kann ein Tag gewesen sein, vielleicht auch zwei, dann kam jemand und brachte uns eine Schale Wasser. Ich kroch hin und trank etwas, aber Winabave blieb liegen, wo er schon die ganze Zeit gelegen hatte, er rührte sich nicht. Ich dachte, dass er verblutet war, und schlief wieder ein. Als ich erneut wach wurde, saß Winabave aber an der Feuerstelle und starrte durch die Deckenöffnung an den Himmel. Die Schale Wasser war leer.

Ich fragte ihn, ob er wüsste, was die Patux mit meiner Familie gemacht hatten, aber er wusste es nicht genau. Er meinte jedoch leise, dass die Alte dem Sachet aufgetragen hatte, Sigrid zu den Schiffen zu bringen.

Von diesem Moment an begann ich, meine Flucht zu planen. Ich musste die Riemen lösen und aus dem Haus kommen, um Ravntor zu finden und mit ihm zu fliehen. Lagen die Schiffe noch in der Bucht vor Anker oder segelten sie schon zurück nach Norden? Mit nur einer Nacht Vorsprung könnten Ravntor und ich es schaffen. Ich würde ihn auf meinen Rücken setzen und an der Küste entlang nach Norden laufen. Vielleicht konnte ich irgendwo einen Bogen und ein paar Pfeile stehlen, und fand ich etwas zu essen, sollte ich in der Lage sein, drei Tage zu laufen, ohne zwischendurch zu schlafen.

Etwa gegen Anbruch des zweiten Tages gelang es mir, die

Riemen durchzuscheuern. In der Feuerstelle war keine Glut mehr, weshalb ich mich mit dem Rücken an einen der Balken stellte, die das Dach trugen, und das Seil am Holz aufrieb. Es war kaum möglich, sich dabei nicht zu verletzen, aber ich wollte nicht aufgeben und bald waren die Schmerzen wie ein seltsamer Rausch für mich. Als die Riemen schließlich herabfielen, war die Haut an meinen Daumen und Handgelenken aufgescheuert und blutig. Danach schmierte ich Asche in die Wunden, das hatte ich bei den Männern in der Jomsburg gesehen. Die Narben blieben dann zwar, aber es hörte auf zu bluten und war die beste Art, eine Wunde zu schließen, wenn man sie nicht ausbrennen konnte.

Anschließend untersuchte ich die Wände. Ich hoffte auf einen Spalt oder ein loses Brett, durch die ich nach draußen gelangen und Ravntor suchen konnte. Doch die Wände des Langhauses in Patuxet waren nicht wie die in unseren Häusern. Sie bestanden aus aufrecht stehenden Stämmen, die mit liegenden Zweigen verflochten und dann mit Bast verknotet waren. Ich versuchte, einige Zweige zu lösen, aber Winabave bat mich, davon abzulassen. Er meinte, wir befänden uns in einem Geisterhaus und würden hier gefangen gehalten, bis die Alten sahen, was für ein Mann ich war und welche Pläne mein Volk hätte. Ein mächtiger Patux hätte einmal in diesem Haus gelebt und sei hier auch gestorben, erzählte Winabave. Sein Geist lebte noch immer zwischen den Wänden. Er würde warten, bis ich schwach und hilflos war und mir dann in die Seele schauen. Anschließend würde der Sachet den Geist des Toten einatmen und wissen, was dieser gesehen hatte.

Ich schüttelte den Kopf. Aberglauben gab es bei allen Völkern. Ich tastete mich weiter an den Wänden entlang, befühlte die geflochtenen Zweige und hoffte, eine Stelle zu finden, die nicht so hart gebunden war wie die anderen. Winabave forderte mich noch einmal auf, damit aufzuhören. Sollte es mir gelingen, auszubrechen, würden die Wachen mich sofort sehen. Kaum hatte er das gesagt, wurde die Tür geöffnet und der Sachet betrat mit einer Handvoll Kriegern das Haus. Sie gingen sofort mit langen Stöcken auf mich los. Ich konnte einen von ihnen mit einem Faustschlag niederstrecken, aber bald darauf hatten sie mich am Boden. Ich wurde geschlagen und getreten und einer der Stäbe muss mich am Hinterkopf getroffen haben, denn als ich wieder zu mir kam, war Winabave weg und ich stehend an einen der Balken gefesselt, die das Dach stützten. Die Feuerstelle war angezündet worden und neben ihr lag eine Art Pfeife, aus deren einem Ende Rauch aufstieg. Ich kannte die Gewohnheiten der Patux nicht, nahm aber an, dass dieser Glutstab für irgendein Ritual genutzt wurde. Bald darauf hörte er zu qualmen auf und das Feuer verlosch. Nun herrschte wieder vollkommene Dunkelheit. Natürlich versuchte ich noch einmal, mich zu befreien, musste das Vorhaben aber irgendwann aufgeben.

In dieser Nacht träumte ich, draußen vor dem Langhaus zu stehen. Ich fuhr mir mit der Hand über die bloße Brust und die Rippen, die wie bei einem abgemagerten Tier unter der Haut hervorragten. Auch meine Beine waren dünn wie die eines Vogels. Und als hätte ich gerade die Hülle gewechselt wie Loki oder Freya, hing ich mit einem Mal unter dem Himmel und blickte über das Meer. Ich sah die Küste, den Horizont und drei Schiffe, die mit prallen Segeln nach Norden fuhren.

Vielleicht haben sich die Worte, die mir später erzählt wurden, in meine Erinnerung an diesen Traum geschlichen. Denn ich glaubte, Sigrid auf einem der Schiffe bei Freydis am Ruder stehen gesehen zu haben. Sie trug ein braunes Kleid und einen Umhang aus Schafsleder. Ihr Gesicht war sauber, der Schmutz abgewaschen, ihr Blick aber war schwarz, als hätte sie geweint, bis keine Tränen mehr kamen.

Keine Frau sollte gezwungen werden, ihr eigenes Kind zu verlassen.

*

Die Patux hielten mich mehrere Tage an den Pfosten gefesselt gefangen. Ich ließ mein Wasser über die Beine laufen und musste auch so meine Notdurft verrichten, was aber nur einmal nötig war, da ich nichts zu essen bekam. Jeden Morgen kam eine Frau zu mir herein und ließ mich aus einem Krug trinken, und dann schluckte ich, so schnell ich konnte, denn was ich nicht gleich getrunken hatte, wurde über meine Beine gekippt, um den Urin abzuspülen. Danach wurde die Tür wieder geschlossen und ich der Dunkelheit überlassen.

Es ist möglich, dass es neun Tage waren, vielleicht sogar mehr. Der Riemen, mit dem ich gefesselt worden war, führte über einen Astvorsprung im Balken, sodass ich mich nicht hinsetzen konnte, und als meine Beine nach einer Weile nachgaben, hing ich wie Odin an Yggdrasil. Nur dass ich keine Zukunft sah, denn in dem Zustand, in den ich langsam hineinglitt, gab es keine Zukunft. Nur den ewigen Schmerz in Schultern und Beinen und den nagenden Hunger.

Zu den Menschen in meiner Halle habe ich gesagt, dass ich die ganze Zeit über wachsam und kühn blieb und auf die Stimme meines Sohnes gelauscht habe. Wie sehr ich mir auch wünsche, dass es so gewesen wäre, die Wahrheit sah anders aus. Mit der Zeit wurde es nämlich immer schwieriger, die Stimmen, die ich hörte, von den Stimmen in meinem Kopf zu unterscheiden. Ich sah Vater vor unserer Hütte auf der Halbinsel stehen, als Ros mit seinen Männern kam, und danach sah ich den Sklavenring, der um meinen Hals gelegt wurde. Ich hörte meine Waffenbrüder brüllen und mit den Äxten auf ihre Schilde klopfen. Sah die junge Sigrid, sie war damals noch ein Kind, mit der Wollspindel in der Hand neben ihrer Schwester. Ich hörte knirschende Ruder und knatternde Segel und spürte die Wellen unter dem Schiffsrumpf. Und ich sah meinen Bruder, stolz und stark am Steuerruder stehen, während um ihn herum das Meer toste.

Vielleicht haben sie mich damals in diesem Langhaus gebrochen. Ich weiß noch, dass ich irgendwann ins Licht und über die Wege geführt wurde. Irgendwo schlug mir jemand auf den Rücken und ich ging zu Boden, doch man zog mich wieder hoch und schleppte mich weiter durch das Tor und zu dem Feld. Ich muss kurz darauf wieder gefallen sein, denn als Nächstes erinnere ich mich an das Rauschen des Meeres und an die Wellen, die mich auf und ab hoben, wieder und wieder, gleichmäßig wie ein Atem …

Richtig zu mir kam ich erst am Abend, als die Skrælinge Rast machten. Ich bin mir nicht sicher, aber ich glaube, sie paddelten die Nacht hindurch bis zur Morgendämmerung. Dann legten sie an einem Strand an, und ich wurde aus dem Boot gehoben. Ich weiß noch, dass ein paar lange Tangtriebe auf den Strand getrieben waren und ich nach einem davon griff und trotz Sand und Salz darauf herumkaute. Die Skrælinge amüsierte das nur. Die Männer, mit denen ich jetzt unterwegs war, waren deutlich größer und kräftiger als die Patux. Sie hatten schwarze, an der Stirn kurzgeschnittene Haare und trugen einen an einem dünnen Gürtel befestigten Lendenschurz über losen Hosenbeinen, die ebenfalls an diesem Gürtel befestigt waren. Die meisten hatten nackte Oberkörper und waren vom Nabel aufwärts vollständig mit schwarzer, roter und weißer Farbe bemalt. Ich nahm an, dass die Patux mit diesen Männern irgendeinen Handel eingegangen waren, denn sie gehörten auf jeden Fall zu einem anderen Stamm. Ihre Sprache klang anders und sie sahen auch nicht wie Patux aus.

Auch Winabave war bei uns. Ich weiß noch, dass in der Nähe unseres Lagerplatzes ein Bach ins Meer mündete und die Männer ihn dorthin schickten, um die Wasserschläuche zu füllen. Alle Skrælinge trugen Wasserschläuche, manche zwei davon, und als gehorsamer Sklave füllte er sie. Die Arbeit brauchte viel Zeit, denn es waren sicher um die sechzig Männer. Sie hatten acht Boote, und obwohl sie aus Leder waren und weder Mast noch Segel trugen, waren sie deutlich größer als die Lederboote, die ich im Norden gesehen hatte. Sie waren lang wie ein großes Ruderboot und breit wie ein Mann, der die Arme nach oben ausstreckt. Die Dollborde wurden durch Querhölzer gestützt, zwischen denen die Skrælinge im Stehen paddelten. Nur selten habe ich Menschen mit einem besseren Gefühl für das Meer und die Wellen gesehen.

Winabave brauchte den gesamten Abend, um die Wasserschläuche zu füllen. Dann setzte er sich zu mir und steckte mir ein Stückchen Trockenfleisch zu, das ich sofort aufaß. Winabave nickte in Richtung der Skrælinge und sagte: »Mann dort … Narbe auf Arm … *Nija,* sein Name. Niemals, nie … in die …« Er zeigte auf seine Augen. »Sehen. Nie.«

Der Skræling, auf den Winabave zeigte, war leicht zu erkennen. Er war der kräftigste der Gruppe, seine Oberarme waren vielleicht nicht so stark wie Bjørns oder meine, aber sein Oberkörper war so muskulös und sein Nacken so bullig, dass sein Kopf fast zwischen den Schultern zu versinken schien. Er hatte graue Haare und tiefe Falten, die sich von der Nase rechts und links an seinem Mund nach unten zogen. Sein rechter Arm war durch eine Narbe entstellt, die sich vom Handgelenk bis zum Ellenbogen zog. In jungen Jahren musste er dort eine tiefe

Fleischwunde gehabt haben. In seiner Begleitung war ein jüngerer Mann, den sie Niwaya nannten, und bei dem es sich nur um seinen Sohn handeln konnte. Später am Abend sah ich, wie Nija ihm eine Ohrfeige gab, als der Junge sich mit dem Po zum Feuer drehte und furzte. Die Skrælinge brüllten vor Lachen, nur Nija passte das Verhalten seines Sohnes nicht.

Winabave schlief in dieser Nacht nur wenig, sodass er mir in gebrochenen Worten erzählen konnte, was im Haus der Alten in Patuxet beschlossen worden war. Ich hätte den Patux Angst gemacht, erzählt er. Die Alte hätte einen Traum gehabt, in dem ein wild gewordener Bär an Land geschwommen war und alle Männer in der Stadt getötet hätte. Allen Frauen sei der Unterleib aufgerissen worden, sodass sie keine Kinder mehr bekommen konnten. Danach sei der Bär wieder über das Meer verschwunden. Die alte Frau hätte sich im Geisterhaus in Trance versetzt, während ich an den Fesseln gehangen hatte. Dabei hätte sie den Geist flüstern hören, dass sie den Bären nicht töten durften, sein Blut nicht auf dem Land der Patux vergossen werden durfte, denn der Geruch des Blutes würde nur weitere Bären anlocken, weitere Meermänner, die es auf Mord und Plünderung abgesehen hätten. Deshalb sollte der Gefangene leben, aber weit weggebracht werden. Seine Nachkommen sollten ihm aber genommen und gezähmt werden.

Winabave erzählte weiter, dass uns die Männer, in deren Gewalt wir uns befanden, nach Süden brachten. Vermutlich stammten sie aus Cahokia. Nur dort gäbe es so große Menschen wie sie. Sie seien den großen Fluss hinabgekommen, der das Land teilte, und hätten dann den Süden von Malda Ou passiert. Später erklärte er mir, dass das Blutland hieß und man nicht weiter in den Süden gelangen konnte, wollte man nicht der Küste folgen oder das südliche Meer überqueren. Er hatte gehört, dass jenseits des südlichen Meeres einmal ein Mann wie ich gelebt und wie ein König über die Menschen geherrscht haben soll.

Ich weiß noch, dass Winabave und ich in der Dunkelheit saßen, während die Männer, bis auf zwei Wachen, unter ihren Decken schliefen. Die Wachen hatten drei Feuer entzündet, die heruntergebrannt waren, aber noch immer einen gelben Schimmer auf den Strand und die Gesichter um uns herum warfen.

Winabave blieb eine Weile still, dann erzählte er mir von einem seltsamen Traum, den er gehabt hatte, kurz nachdem er als Sklave zum Flussvolk gekommen war. Er hatte auf einer Ebene gestanden, umgeben von Männern, wie er sie damals noch nie gesehen hatte. Sie hatten Pelz im Gesicht fast bis zu den Augen, wie ich und die anderen, die über das Meer gekommen waren. Eine Stimme war auf der Ebene erklungen, im Traum hätte er aber nicht sehen können, von wem sie kam. Trotzdem waren die Worte für ihn klar und deutlich gewesen und er hätte sie nie vergessen. »Dies ist das Land der aufgehenden Sonne. Hier bist du ein freier Mann.«

Es war ein seltsamer Traum, den Winabave nicht verstand. Trotzdem hätte er den Traum über die Jahre immer wieder gehabt, und als wir schließlich kamen – Männer, die wie die Wesen in seinem Traum aussahen – hatte er gewusst, dass er sich mit Freundschaft an uns binden und uns folgen musste.

Mein Freund, mein Kampfesbruder … ich habe mich oft gefragt, ob du bereits am Tag unserer ersten Begegnung verstanden hast, wie eng sich unsere Lebensfäden verflechten würden. Wusstest du schon damals, dass Torstein Bootsbauer dich Sklave nennen und dir auf diese Weise die Freiheit geben würde?

Winabave und ich wurden auf unterschiedliche Boote gebracht und inmitten von Fellbündeln, Bogenholz, Walrosszähnen und vier langen Narwalhörnern platziert, die die Cahokianer geladen hatten. Eine größere Demütigung als wie ein Stück Ware in ein Lederboot gepackt zu werden, kann ein Mann, der selbst ein Schiff hat, kaum erfahren. Winabave erzählte mir, dass Nija und seine Männer im Frühjahr von einem der Außenposten von Cahokia aufgebrochen waren und Siedlungen im Westen geplündert hatten, ehe sie um das Blutland herum in Richtung Norden gefahren waren. Sie hatten südlich von Patuxet an einem Fluss gelagert, als ein paar Fischer vorbeigekommen waren und ihnen von zwei Sklaven erzählt hätten, die dem Herrscher von Cahokia zum Geschenk gemacht werden sollten. Dies war ein unmissverständliches Zeichen des Friedens und des Wunsches, das mächtige cahokianische Volk enger an Patuxet zu binden. Winabave selbst war nur wenig wert, denn er war kein Krieger und überdies geschändet, sodass er nicht genutzt werden konnte, um weitere Sklaven zu züchten. Winabave glaubte, dass die Patux ihn mitgeschickt hätten, damit er den Cahokianern als Übersetzer erklären konnte, dass ich von der anderen Seite des Meeres gekommen war. Und dass sie darauf vertrauten, dass ich den Cahokianern am Ende meines Lebens alles über das Land erzählen würde, in dem die Sonne geboren wurde.

Mir zog sich der Magen zusammen. Am Ende meines Lebens? Winabave nickte. Wenn wir in Cahokia waren, sollte ich geopfert werden. Ein Geschenk wie ich hätten die Geisterbeschwörer in Cahokia noch nie gesehen und die Götter würden eine solche Gabe sicher zu schätzen wissen. Ich sollte in der Mitte der Stadt zum Opferplatz geführt werden, wo mir dann der Bauch aufgeschnitten würde. Mein Blut wollten sie in Schalen auffangen und auf den Feldern verteilen.

Die Gewissheit, auf dem Weg zu meiner eigenen Hinrichtung zu sein, veränderte mich. Ich hatte verstanden, dass es weit bis Cahokia war, außerdem wurde es langsam Herbst. Bald käme der

Winter, wodurch die Cahokianer an Land gezwungen würden. Nur wusste ich nicht, ob es so weit im Süden überhaupt einen Winter gab. Wo wir uns jetzt befanden, war es deutlich wärmer als auf der Rentierinsel. Ich begann die Cahokianer zu mustern, jeden einzelnen von ihnen, und versuchte, sie zu lesen. Die Grauhaarigen hatten schwerere Körper, waren aber alles andere als träge. Sie bewegten sich mit der Sicherheit erfahrener Krieger. Sie schliefen ruhig und standen geübt und meeresgewandt in ihren Booten. Diese Männer wären schwerer zu töten als viele der Jungen, die dünner und geschmeidiger wirkten.

Winabave und ich durften des Abends zusammensitzen. Schon kurz nach unserem Aufbruch aus Patuxet hatten sie mir die Fesseln an den Handgelenken abgenommen. Vermutlich hatten sie Angst, meine Wunden könnten sich entzünden und ich daran sterben. Winabave und ich bekamen nicht viel zu essen; was zu uns zugeworfen wurde, reichte aber. Einer der Cahokianer, der Sohn einer früher geraubten Patux-Frau, war etwas freundlicher zu Winabave als die anderen, und er konnte die Sprache der Patux, sodass Winabave ihn verstand. Er erzählte Winabave, dass außer Nija und seinem Sohn Niwaya noch vier andere Krieger direkt aus Cahokia kamen. Die anderen kämen aus Siedlungen und Dörfern, die unter cahokianischer Herrschaft standen, und galten deshalb nur als Bürger zweiter Klasse. Er zeigte uns die vier echten Cahokianer. Der erste war Manou, der sich von den anderen unterschied, weil er sich bis auf ein kleines Büschel an der Stirn alle Haare abrasiert hatte. Der zweite hieß Tikahon, ein alter, faltiger Mann mit den größten Händen, die ich je bei einem Skræling gesehen habe. Dann folgten zwei Brüder, beide mit einer Kerbe in den Ohren, ich glaube, sie hießen Nat-Ai und Nat-Au. Diese beiden führten sich wie Häuptlinge unter den anderen Cahokianern auf und durften immer am dichtesten am Feuer liegen.

Die Cahokianer trugen ihre Lederboote einen halben Tag über Land, bis sie eine Bucht erreichten. Dann folgten sie der Küste. Winabave sagte mir, es wäre nutzlos zu fliehen, und im Moment hatte er damit Recht. Ich kannte die Wälder hinter der Küste nicht, und würde die Flucht bestimmt nicht überleben. Manch einer spuckt ins Feuer, wenn ich das erzähle, und bläst sich auf wie ein Hahn. Prahlt, dass er es sicher mit hundert Skrælingen aufgenommen hätte, wenn man ihm seinen Sohn genommen hätte. Es ist aber leicht, kühn zu sein, wenn man seine Füße an Torstein Bootsbauers Feuer wärmt und sein Bier trinkt. Glaube bloß nicht, dass ich in Gedanken nicht bei meinem Sohn war. Die Gewissheit, dass er sich jetzt bei den Patux befand und wie ein wildes Tier gezähmt werden sollte, war kaum zu ertragen. Meine einzige Hoffnung war, dass Bjørn zurückkam und an der Küste nach Süden segelte. In wessen Begleitung er war, spielte keine Rolle mehr. Sollte es ruhig Thorfinn Karlsefni mit seinen Leuten sein oder die Männer von der Leifsinsel. Ich hätte dem Allvater für jeden gedankt. Wenn sie die Patux angriffen, ihre Felder abbrannten und genug von ihnen töteten, damit sie uns zu fürchten begannen, würden sie Ravntor vielleicht herausgeben. Aber die Hoffnung war schwach. Vielleicht würde Bjørn niemals kommen. Vielleicht war er längst im Reiche Ráns.

Winabave erzählte mir, dass die Cahokianer bei den Völkern an der Küste gefürchtet waren. Es gab Kämpfe und Kriege und dieser Unfrieden dauere jetzt schon drei Generationen an. Zwischen den Patux und den Völkern im Norden herrschte Waffenruhe, aber dieser Frieden sei brüchig und es käme immer wieder zu Auseinandersetzungen. Die Cahokianer waren von Anfang an an Plünderungen beteiligt gewesen und hätten so viele Sklaven genommen, dass sie ihre Felder nicht mehr selbst bestellen brauchten. Ich sollte froh sein, dass die Patux meinen Sohn hätten, meinte er. Die Cahokianer hätten ihn bei der ersten Sonnenwende für das Kriegsglück geopfert.

An weite Teile der Reise an der Küste entlang erinnere ich mich nicht. Könige und Jarle haben Menschen zu mir geschickt, um die Küstenlinie mit ihren Siedlungen aufzuzeichnen, denn alle wissen, dass ich dort war und hoffen, dass ich ihnen sagen kann, wo sie Gold rauben können. Aber ich weiß nicht so viel, wie manche glauben. An einem Abend verprügelten mich die Cahokianer heftig, weshalb ich mehrere Tage unter Fieber litt und kaum etwas durch die geschwollenen Augen sehen konnte. Im Laufe dieser Tage sind sie mit einer gleichmäßigen Meeresströmung sehr weit nach Süden vorgedrungen.

Ich sagte immer, dass ich mir die Schläge zugezogen hätte, weil ich den Blick nicht gesenkt habe, als sie mich ansahen. Ich hielt diese Erklärung für die beste. Doch als Winabave starb, bat er mich, es so zu erzählen, wie es wirklich war. »Es ist für einen Nordmann nicht gut zu lügen«, sagte er. Ich erinnere mich gut daran, denn es war einer seiner letzten Sätze, bevor er uns verließ. Lass mich dir also sagen, was wirklich geschah.

Über die Skrælinge musst du wissen, dass sie einen kastrierten Mann nicht als Mann ansehen, und dass es unter ihnen Männer gibt, die ihre Sklaven kastrieren, um sie vergewaltigen zu können wie Unholde Frauen vergewaltigen. Ich glaube, wir waren etwa zwölf Tage unterwegs, als Nijas Sohn Niwaya Winabave an den Haaren packte und zum Waldrand zog. Es war spät am Abend und die Männer hatten sich bereits schlafen gelegt. Sie mussten es aber gehört haben, weil Winabave laut schrie und um Gnade bat, seine Wunde war ja noch nicht einmal verheilt. Aber der Cahokianer schlug ihm ins Gesicht und zerrte ihn weiter vom Lager weg.

Wie gesagt, habe ich meinen Gästen gegenüber nie etwas

davon erwähnt. Und um ehrlich zu sein, verstand ich anfangs auch nicht, was da vor sich ging. Ich dachte, der Cahokianer würde ihn verprügeln, manche Männer lassen ihre Wut ja gerne an anderen aus. Die beiden verschwanden im Dunkeln, doch plötzlich kam Winabave zurückgerannt. Er war vollkommen nackt und stürzte sich ins Wasser und wäre sicher schwimmend geflohen, hätte der Cahokianer ihn nicht eingeholt. Er schleppte Winabave ans Ufer, warf ihn auf den Bauch und legte sich über ihn.

Etwas Ähnliches hatte ich nie zuvor gesehen. Winabave setzte sich zur Wehr, aber er war viel kleiner und leichter als der Cahokianer und gab irgendwann auf. Niwaya richtete sich daraufhin auf, zog sich seinen Lendenschurz herunter und im Licht des noch glimmenden Feuers sah ich sein großes, steifes Glied. Dann legte er sich wieder auf Winabave.

Winabave sagte immer, dass ich ihm an diesem Abend das Leben gerettet hätte. Es war schon schlimm, dass er kastriert worden war, da musste er nicht auch noch vergewaltigt werden. Ich stürzte mich auf den Cahokianer, packte ihn an den Haaren und zerrte ihn von Winabave weg, ehe ich ihm so hart ins Gesicht schlug, dass er besinnungslos zu Boden ging.

Die Cahokianer hätten mich an diesem Abend töten können. Ich konnte mich kaum umschauen, als sie auch schon über mir waren. Sie schlugen auf mich ein und ich verlor rasch das Bewusstsein. Winabave erzählte mir später, dass sie trotzdem weiterschlugen und auf mich eintraten, bis Nija ihnen Einhalt gebot. Ich lag blutend am Ufer und Nija spuckte auf mich und bellte ein paar Worte, woraufhin ich zum Feuer geschleppt und gefesselt wurde. So muss ich dagelegen haben, bis ich wieder zu mir kam. Als ich aber aufzustehen versuchte, bekam ich erneut einen Fuß in den Nacken. Ich blieb mit dem Gesicht auf dem Boden liegen, während die Cahokianer seltsam wortkarg blieben. Es waren nur ein paar wenige gedämpfte Stimmen zu hören sowie das Schleifen eines Messers. Am Tag zuvor hatten sie ein paar Seehunde getötet, und sie wussten wie ich, wie man aus deren Knochen und Fell Werkzeuge machte. Irgendwann wurde ich auf den Rücken gedreht. Einige Cahokianer hielten meine Arme, Beine und meinen Kopf fest, während der von meinem Schlag gezeichnete Niwaya über mich trat, in der Hand einen aus dem Schulterblatt eines Seehunds geschnitzten Haken. Sie drückten meinen Mund auf und der Skræling schob die Spitze unter meiner Zunge ins Fleisch, bis er unter meinem Kinn wieder herauskam. Dann befestigte er ein Lederband an dem Haken, an dem er mich durch das Lager führte. Er hatte damit die vollständige Macht über alle meine Bewegungen. Ein Zupfen an dem Band und ich folgte ihm gehorsam. Fasste er das Band kurz, konnte er meinen Kopf hin und her bewegen, mich Nicken lassen oder meinen Mund weit öffnen.

Das Spiel gefiel ihm und er lachte und zeigte mich erst seinem Vater und dann den anderen Cahokianern.

Am nächsten Morgen urinierten sie auf mich, bevor Niwaya mich zum Wasser führte, wie man es mit einem Hund tut, der sich im Mist gewälzt hat.

Von dieser Demütigung habe ich Sigrid nie erzählt. Dass sie mir einen Haken durch den Mund stachen, habe ich gesagt, nicht aber, wie sie mit mir umgesprungen sind.

19
Freie Männer

Zwei Tage, nachdem sie mir den Haken durch den Kiefer getrieben hatten, bekam ich Fieber. Winabave versuchte, die Wunde rund um den Haken so gut es ging mit Salzwasser zu reinigen und flehte die Cahokianer an, ihn zu entfernen, erntete dafür aber nur Ohrfeigen. Ich sank in einen Fieberwahn und hatte schreckliche Träume. Ich sah meinen Kopf auf einer Stange, den Haken noch immer im Mund. Vagn Åkeson, mein Häuptling auf der Jomsburg, patrouillierte mit seinem ganzen Heer vorbei. Mein Kopf folgte meinen alten Waffenbrüdern mit den Augen. Ich sah Fenris zu Hause auf der Rentierinsel zwischen den Ahornen herumhinken. Und ich sah meinen Bruder: Er stand bis zum Bauch im Wasser und der Wind ließ seine Haare flattern. »Kleiner Bruder«, sagte er. »Wir sind freie Männer.«

Das Fieber tobte sechs Tage in mir. Winabave gab mir zu trinken und kaute die Trockenfleischfetzen vor, die wir zugewarfen bekamen, ehe er sie mir in den Mund steckte und mir den Hals massierte, damit ich den Brei schluckte. Er zog mir Kleider an, wie sie die Patux trugen, denn der Herbst schien nun mit seiner Kälte richtig gekommen zu sein. Als es mir langsam wieder besser ging, befanden wir uns im Mündungsbereich eines größeren Flusses. Ich fragte benommen, ob das der Fluss sei, der bis nach Cahokia führte, aber Winabave meinte nur, es sei noch weit bis ins Blutland, es würde noch viele Monde dauern, bis wir in Cahokia seien.

Es war Abend, als wir die Reise flussaufwärts begannen. Wir waren nicht weit gekommen, als Nija seinen Leuten den Befehl gab, an Land zu paddeln. Wir lagerten an einer Warte aus vier Steinhaufen, die auf einer freien Fläche unweit der Flussmündung aufgestellt worden waren. In der Dämmerung wateten die Cahokianer ins Wasser und zogen ein paar Fischfallen hoch, die von Leuten der Gegend an Stöcken im Fluss befestigt worden waren. Sie ähnelten denen, die wir nutzten, waren etwa einen Körper lang und aus Zweigen geflochten. Die Cahokianer leerten sie und ließen die Fische auf dem Trockenen zappeln.

Ich schlief in dieser Nacht nur wenig. Verwunderlich war das nicht, denn durch den Haken konnte ich den Mund nicht schließen, wodurch die Mundhöhle und die Zunge austrockneten. Speichel rann mir in den Bart und ließ die Wunde an der Unterseite meines Kinns brennen. Es war kaum möglich zu sprechen, aber Winabave schien meine Gedanken zu lesen. »Sohn«, sagte er ständig. »Sohn ist hier.« Und bei diesen Worten legte er die Hand an seine Brust und seine Stirn.

Ob er über seinen eigenen Sohn oder über Ravntor sprach, weiß ich nicht. Vielleicht meinte er beide. Er hatte ein Wort für Menschen wie uns, Eltern, die ihr Kind verloren hatten. Ich weiß es noch heute: *Mogwa-wenjunu.*

Die Cahokianer paddelten am nächsten Tag weiter den Fluss hinauf. Winabave durfte an diesem Tag bei mir sitzen, vielleicht dachte Nija, dass es so leichter war, uns beide im Blick zu behalten. Die Cahokianer paddelten gegen die Strömung an und waren bald vor dem Meereswind geschützt. Hier stahlen sie keine

Fische mehr aus aufgestellten Fallen, obgleich es derer viele gab. Vielmehr hielten sie ihre Boote in der Mitte des Flusses und paddelten kräftig und rhythmisch. Den Blick hatten sie auf das südliche Ufer gerichtet, als trauten sie dem Volk nicht, das dort lebte. Wir waren in bewohntem Gebiet mit Feldern groß wie in Patuxet. An den Ufern waren Skrælinge zu sehen, die Flöße bauten oder Fische mit Pfeil und Bogen schossen. Wir sahen auch Menschen am nördlichen Ufer, doch dort waren keine Felder. Stattdessen sah ich lang gestreckte Erdwälle. »Die Alten«, sagte Winabave und nickte in Richtung der Hügel. »Ahnen.«

Immer mehr dieser Hügel kamen zum Vorschein. Manchmal ragten sie hinter einem Acker hervor, an anderen Orten standen sie allein für sich, manchmal waren sie auch stufig gebaut und bestanden aus zwei Ebenen. Sie hätten sich sicher gut zur Verteidigung geeignet oder um das flache Land überblicken zu können, aber während der ganzen Fahrt habe ich nicht einen Skræling auf diesen Hügeln gesehen.

Auch wenn Winabave sagte, dass die Hügelbauer Algonkin waren, ein Stamm, der an der Küste und den Flussufern lebte, blieb mir immer der Begriff Hügelbauer in Erinnerung. Winabave erklärte mir, dass es im Süden und entlang der großen Flüsse weitere Siedlungen gab und sich auch dort diese Hügel finden würden. Die Algonkin glaubten, dass die Ahnen in ihnen wohnten.

Wir fuhren ein gutes Stück den Fluss hinauf. Die Sonne stand tief, als wir schließlich den äußersten Rand der Siedlung erreichten. Wenn man jemals die Städte im Land der Franken gesehen hat, in denen eine Burg immer erst von schlammigen Straßen und Häusern umgeben ist, um die sich wiederum die Torfhütten und aus Zweigen zusammengeschusterten Behausungen der Armen und Zugereisten drängten, kann man sich in etwa die Siedlung vorstellen, in die wir kamen. Die Cahokianer gingen an Land und machten die Boote fest. Eine Gruppe um Nija und Niwaya führte Winabave und mich zwischen Zelten und Zweighütten hindurch. Es musste geregnet haben, denn der Weg, dem wir folgten, war schlammig. An einigen Stellen reichte mir dieser Schlamm bis zum Knöchel. Etwas weiter oberhalb kam eine Schar von Jungen angerannt. Einer hatte einen Stock und stieß mir damit in die Hüfte. Mein krankes Bein gab nach, und da meine Hände auf den Rücken gebunden waren, landete ich mit dem Gesicht im Matsch. Der Haken verdrehte sich und Niwaya war gleich über mir und schlug und trat auf mich ein, bis sein Vater ihn zur Seite stieß.

Der innere Teil des Dorfes der Hügelbauer war wie Patuxet von einer Palisade umgeben. Diese war niedriger, und als wir sie passiert hatten, zählte ich lediglich sechs Langhäuser, die wie die Speichen in einem Rad angeordnet waren. Die Nabe bildete ein kleiner Hügel in der Mitte des Platzes. Hier gab es keine Verkaufsbuden, keine Frauen, die mit Körben herumliefen oder Kinder auf dem Rücken trugen. Stattdessen trat uns eine Gruppe Männer entgegen, insgesamt vielleicht zwölf bis vierzehn Menschen. Sie waren in bodenlange, farbenfrohe Decken gehüllt, die mit Spangen auf den rechten Schultern befestigt waren. Sie waren barfuß, trugen aber Knöchelbänder aus Muscheln und Schneckenhäusern. Ihre Köpfe waren mit Bändern geschmückt, die mit Kupferstückchen und fein polierten, blauen Steinen besetzt waren. Die Haare hatten sie bis auf einen Streifen oben auf dem Kopf abrasiert, der, rot und gelb gefärbt, wie ein Hahnenkamm nach oben stand.

Einer dieser Männer redete mit Nija, und dieser antwortete und zeigte auf mich. Der Hügelbauer kam auf mich zu, betastete den Haken in meinem Mund, packte mich am Arm und strich mir fest über die Oberarmmuskeln. Dann war er wieder bei Nija und zeigte in die Richtung, aus der wir gekommen waren. Nija murmelte etwas und war sichtlich unzufrieden. Dann ließen die seltsamen Männer uns einfach stehen und wir verließen das Dorf.

Wir verbrachten die Nacht unter einem morschen Dach aus Zweigen am Rand der Siedlung. Es war niemand sonst da. Winabave erzählte mir, dass Nija vermutlich versucht hätte, mich zu verkaufen; die Leute, die wir getroffen hätten, seien die Dorfältesten gewesen. Die Algonkin waren dafür bekannt, Menschen zu opfern, und das Blut eines Meermannes hatten sie noch nie vergossen. Vermutlich wollten die Alten über Nacht beratschlagen und Nija bei Tagesanbruch ihre Entscheidung mitteilen.

Es gibt kein schlimmeres Schicksal, als als gefangener Sklave hingerichtet zu werden. Wenn ich mich nur hätte befreien können! Mit Freude wäre ich in den Tod gegangen, wäre ich als freier Mann gestorben. Aber meine Hände waren auf dem Rücken gebunden und mit dem Haken im Mund spürte ich eine Angst, wie ich sie kaum jemals zuvor verspürt hatte. Dass gewisse Menschen Gefangene opfern, war mir nicht neu. Solche Geschichten hatten Bjørn und ich schon als Jungen gehört. Es sollte grausame Häuptlinge im Reich der Svea geben und auch von blutrünstigen Dänen hatten wir gehört, die gefangene Sklaven sowohl im Winter als auch im Sommer opferten und ihr Blut über die Götterbilder gossen. Es half nur wenig, dass Winabave meinte, die Alten hätten kaum Interesse gezeigt. Ich saß die ganze Zeit da und versuchte mich von den Riemen und dem Haken zu befreien …

An diesem Abend tauschten die Cahokianer etwas ein und bekamen ein paar Bündel trockene Blätter, die sie begierig kauten. Winabave nannte diese Blätter *Tamawa.* Er riet mir, den Blick auf den Boden gerichtet zu lassen, denn ein Mann, der diese Kräuter kaute, konnte wild und gefährlich werden. Es dauerte auch nicht lang, bis sich das Verhalten der Cahokianer änderte. In gewisser Weise war es, als wären sie betrunken, doch dieser Rausch war viel heftiger. Eine paar der Männer zogen sich aus und tanzten wild herum, während Nija und einige der Älteren nackt am Feuer standen und düster in die Glut starrten, als sähen sie darin jemanden, den sonst niemand sehen konnte. Niwaya zeigte schließlich wieder, wie erbärmlich er war. Oben unter dem Dach war ein Schwalbennest und mit den Schwalben im Land der Skrælinge ist es wie mit denen bei uns zu Hause. Manchmal legen sie im Herbst ein zweites Mal Eier. Niwaya kletterte nach oben und brach das Nest ab. Tatsächlich waren Junge darin, die er ins Feuer warf und sich an ihrem Anblick ergötzte. Aber Niwayas Untaten waren damit noch nicht zu Ende. Als er den letzten Vogel ins Feuer geworfen hatte, brüllte er wie ein Verrückter und verschwand in der Dunkelheit.

Ich habe nie erfahren, welchen Entschluss die Dorfältesten in dieser Nacht fassten. Nija wollte mich sicher nicht zu einem geringen Preis verkaufen, schließlich wusste er, dass sein Ansehen beträchtlich steigen würde, sollte es ihm gelingen, mich nach Cahokia zu bringen, um mich dort opfern zu lassen. Doch bevor es dazu kam, mussten sie mich durch Herbst und Winter bringen. Er hatte den Patux zwar versprochen, mich in seine Heimatstadt zu bringen, aber die Skrælinge empfinden nichts Unehrenhaftes darin, ein Versprechen zu brechen, das sie einem anderen Volk gegeben haben. Nija war sicher mehr als bereit, mich zu verkaufen, aber es kam zu keinem Handel.

Als der Morgen graute, war Niwaya wieder da. Er hatte sich die Knie aufgeschürft und Kratzspuren im Gesicht und schleppte an seinem ausgestreckten Arm ein nacktes Skrælingmädchen hinter sich her. Die meisten Cahokianer waren noch sehr benommen von dem Tamawa, sie nahmen das Mädchen, das sich verzweifelt von Niwaya zu befreien versuchte, kaum wahr. Nijas Sohn schleuderte das Mädchen neben der Feuerstelle zu Boden, und als sie wegzulaufen versuchte, war er sofort zur Stelle, packte sie und zog sie zurück in den Lichtschein. Er redete mit seinem Vater und den anderen. Vermutlich schlug er ihnen vor, ihren Spaß mit dem Mädchen zu haben. Nija rappelte sich auf, sprach voller Zorn auf seinen Sohn ein und zeigte auf das Mädchen. Dann schlug er ihn mit der flachen Hand zu Boden. Das Mädchen war sofort auf den Beinen und stürzte davon.

Die Cahokianer brachen in aller Hast auf und nie habe ich sie so schnell paddeln sehen wie an diesem Tag. Winabave und ich wurden wieder in ein Boot gesteckt, neben uns Fellbündel und die anderen Waren. Im Gegensatz zu sonst hatten die Cahokianer jetzt Pfeil und Bogen zurechtgelegt und sahen sich beim Paddeln immer wieder um. In der Dämmerung erreichten sie die Flussmündung und vielleicht wären sie die Nacht hindurch gepaddelt, wären nicht so hohe Wellen vom Meer auf den Strand gerollt.

Die Cahokianer errichteten ihr Lager auf der Nordseite der Flussmündung, und an diesem Abend wurden nicht die jungen Krieger ausgeschickt, um Holz zu sammeln. Es wurde kein Feuer gemacht, stattdessen versammelten sich alle im Schutz umgestürzter Bäume. Auch ich musste dort sitzen, wobei Niwaya mich wie einen Hund an der Leine hielt. An diesem Abend machte er aber keine Späße mit mir, indem er am Band zupfte und den Haken bewegte. Wie die anderen hatte er sich den Bogen auf die Beine gelegt und den Köcher mit den Pfeilen umgehängt. Winabave versuchte, mit mir zu reden, aber Nija schlug mit dem Bogen auf ihn ein.

Im Laufe der Nacht frischte der Wind weiter auf. Bei Tagesanbruch stand Nija mit düsterer Miene am Strand und blickte über das Meer. Dann drehte er sich zu seinen Männern um und gab ein paar kurze Befehle. Die Cahokianer trugen daraufhin alle Waren an Land und versteckten sie hinter dem umgestürzten Baum. Nija trieb die Leute mürrisch an. Ich dachte für einen Moment, dass sie mich mit den Waren zurücklassen würden, als eine Art Buße für die Vergewaltigung, aber gleich darauf schoben sie ihre Boote zurück ins Wasser und Winabave und ich mussten einsteigen. Sie fuhren ein Stück weit in den Fluss hinein, bis die Wellen nicht mehr so hoch waren. Dann legten sie am südlichen Ufer an, gingen an Land und ließen die Boote abtreiben.

Wir wanderten den ganzen Tag. Skrælinge bewegen sich schneller als alle anderen Menschen durch die Landschaft, egal, wie diese beschaffen ist. An diesem Tag aber bewegten sie sich auf eine ganz besondere Weise. Die jungen Krieger liefen voraus. Die anderen folgten ihnen mit gespannten Bögen, die Umgebung genau beobachtend, während Nija und Niwaya, Winabave und ich in ihrer Mitte gingen. Den ganzen Tag rückten wir auf diese Weise vor.

Die Cahokianer errichteten ihr Lager erst, als es dunkel wurde. Nija teilte sechs Krieger für die Wache ein, während der Rest wieder hinter umgestürzten Stämmen Schutz suchte. Die Landschaft, durch die wir uns bewegten, war bis auf einzelne Bäume vollkommen flach und offen. Es gab weder dichtes Unterholz noch Senken oder Hügel, sodass die Cahokianer nirgendwo Schutz suchen konnten, sollten sie angegriffen werden. Ich weiß noch, wie ich an diesem Abend am Lagerplatz mein Wasser einfach laufen ließ, da meine Hände noch immer auf dem Rücken gebunden waren. Irgendwann löste Nija meine Fesseln und ich dachte schon, dass ich jetzt wieder mit freien Händen laufen durfte, doch stattdessen band er sie nun vor meinem Körper zusammen. Danach saßen Nija und die anderen schweigend da.

Sie hofften sicher, dass die Hügelbauer die Boote und Waren an sich nehmen und es damit gut sein lassen würden. Sie irrten sich, denn in diesem Augenblick begann einer der Männer, die zur Wache eingeteilt worden waren, zu schreien. Die Cahokianer legten Pfeile auf die Sehnen ihrer Bögen. Einige standen auf, doch Nija befahl ihnen, sich wieder hinter die Stämme zu ducken. Dann begann eine zweite Wache zu heulen.

Nie wieder hat sich eine Nacht so lang angefühlt wie diese, als ich mit den Cahokianern den Schreien der beiden sterbenden Männer lauschen musste. Die Schreie entfernten sich erst in unterschiedliche Richtungen, sammelten sich dann aber irgendwo östlich von uns. Für einen kurzen Moment wurde aus dem Wehklagen ein leises Wimmern, doch dann begannen die Männer so herzzerreißend zu schreien, dass einige der jüngeren Krieger zu weinen anfingen. Niwaya sagte etwas zu seinem Vater, erhielt aber wohl nicht die gewünschte Antwort, denn er murmelte nur sauer und ruckte an dem Seil. Der Haken riss an meinem Mund und ich keuchte, doch Winabave packte meinen Arm und gab mir zu verstehen, dass ich keinen Laut von mir geben durfte.

Bei Tagesanbruch waren alle Schreie verstummt. Die Cahokianer kamen auf die Beine und verteilten sich vorsichtig zwischen den Bäumen. Ich folgte ihnen wie ein Hund an der Leine.

Es dauerte nicht lang, bis wir die zwei Männer gefunden hatten. Beide waren an den Füßen an einem Baum aufgehängt worden. Man hatte ihnen die Haut von den Knöcheln bis zur Stirn abgezogen. Sie bluteten noch, und als die Skrælinge dastanden und die Männer anstarrten, gab einer der beiden einen Laut von sich. Seine Hand zuckte. Da die Augenlider fehlten und Blut über seine Augäpfel rann, konnte er eigentlich nichts sehen. Er musste uns aber gehört haben, und vielleicht bat er darum, sein Leiden zu beenden, denn Nija nahm seine Keule, trat vor und zerschmetterte ihm den Schädel.

Ich glaube, die Cahokianer wussten, was ihnen blühte. Niwayas Tat würde nicht ungestraft bleiben. Wir liefen wie am Tag zuvor weiter, bis es dunkel wurde. Nija stellte dieses Mal keine Wachen ab. Wir hatten den lichten Ahornwald verlassen und waren in eine Region mit Dornbüschen gekommen. Ich hatte solche Flächen schon an anderen Stellen im Skrælingland gesehen. Diese Dornbüsche schienen Stacheln an den Blättern statt an den Zweigen zu haben. Die Cahokianer schoben sich in ein Dickicht hinein. Es schien sie nicht zu kümmern, dass sie sich die Haut aufrissen, bis sie sich im Innern des Gebüsches setzen konnten. Dann folgte die nächste Nacht. Wir hörten Männer vorbeischleichen, zweimal standen sie direkt vor dem Gebüsch, doch dann entfernten sich ihre Schritte wieder.

Bei Tagesanbruch krochen Nija und seine Männer nach draußen. Sie untersuchten den Boden und versuchten zu erkennen, wie viele Männer hier gewesen waren.

Manche Menschen behaupten, die Nornen schneiden deinen Schicksalsfaden am Tag deiner Geburt ab. Die Jahre, die man bekommt, sind schon vorherbestimmt, wenn man zum ersten Mal die Augen öffnet. Lebe kühn und stirb ohne Furcht. Und lass dich weder von Männern noch von Göttern in die Knie zwingen. Mein Vater sagte diese Worte zu mir, und ich habe sie mehr als einmal an meine Söhne weitergegeben. An jenem Tag erinnerte ich mich an diese Worte, als die Krieger der Hügelbauer angriffen. Sie stürzten nicht auf uns zu, und wenn ehrlich sein soll, muss ich eingestehen, dass wir sie anfangs gar nicht sahen. Ein Pfeil bohrte sich in einen der jungen Krieger, dann in den Schenkel eines der Grauhaarigen. Der Alte setzte sich hin und zog den jungen Krieger auf seinen Schoß. Nija und der Alte tauschten einen Blick. Dann gingen wir weiter und ließen die beiden Verwundeten zurück.

Ich glaube, wir liefen einen halben Tag, bis wieder Pfeile auf uns geschossen wurden. Dieses Mal wurden vier Skrælinge getroffen, und abermals gingen Nija und seine Männer weiter. Ob er hoffte, dass es irgendwo vor uns bessere Deckung gab oder er glaubte, dass sich die Hügelbauer mit den bisherigen Opfern begnügen würden, weiß ich nicht. Die Dornbüsche wichen wieder einem lichten Wald. Als die Pfeile ein drittes Mal auf uns herabhagelten, gab er einen Befehl. Die Cahokianer griffen zu ihren Bögen und verteilten sich zwischen den Bäumen. Nija nahm seinem Sohn das Seil aus der Hand und knotete es rasch um einen Ast. Dann schlug er mir mit dem Ende seiner Keule an die Stirn, was mir fast die Besinnung raubte. Er hob die Keule erneut und zielte auf mein Knie.

Vielleicht hoffte er, dass die Hügelbauer mich als eine Art Wiedergutmachung für die Untat seines Sohnes akzeptierten, wenn er mich am Leben ließ. Ich weiß es nicht. Es ist nicht leicht, aus Skrælingen klug zu werden. Ich weiß aber, dass Winabave mir an diesem Tag das Leben rettete, denn als Nija die Keule hob, warf er sich auf ihn. Der viel größere Cahokianer schleuderte ihn zu Boden, doch ich nutzte den Moment, um mit zusammengebundenen Händen den Widerhaken abzubrechen und mir den Haken aus dem Mund zu ziehen. Ich war schnell und zögerte nicht, trotzdem war Niwaya sofort bei mir. Er stach mit seinem Steinmesser auf mich ein und verletzte mich an der Brust. Ich schlug mit dem abgebrochenen Haken auf seinen Hals und muss eine Ader getroffen haben, denn helles Blut spritzte heraus. Nija sah seinen Sohn zu Boden gehen und hob erneut die Keule, aber wieder wurde ich gerettet. Ein Pfeil bohrte sich in seinen Unterarm und die Keule fiel ihm aus der Hand. Inzwischen waren die Hügelbauer zwischen den Bäumen zu sehen, sie waren nackt, hatten sich die Körper weiß und schwarz bemalt und heulten wie wilde Tiere.

Die Cahokianer waren in alle Richtung auseinandergelaufen, und die Hügelbauer hatten sich in kleinere Gruppen aufgeteilt, um sie zu verfolgen. Sechs Krieger kamen auf uns zu, alle mit langen Keulen bewaffnet. Winabave nahm dem sterbenden Niwaya das Messer ab und durchtrennte das Seil, mit dem ich gefesselt war. Nija beugte sich vor, um nach seiner Keule zu greifen, doch Winabave hieb ihm das Steinmesser mit einer solchen Wucht seitlich in den Nacken, dass es abbrach. Währenddessen stürzte ich vor und hob die Keule auf. Sie war etwa einen Arm lang und aus Roteiche, in deren Ende ein Stein verkeilt war, der der Waffe das Gewicht gab. Als einer der Hügelbauer, ein großgewachsener Krieger mit zwei langen Narben auf dem Bauch, auf mich zeigte und einen Befehl zu den anderen bellte, stürzte ich mich auf ihn. Mein erster Schlag traf ihn am Bein, das wie ein trockener Zweig unter ihm brach. Mit dem anderen Schlag zerschmetterte ich seine Stirn. Ich wartete nicht darauf, ihn fallen zu sehen, sondern riss ihm die Keule aus der Hand und warf sie Winabave zu, ehe ich auf den nächsten losging. Vielleicht war ich an jenem Tag schneller als die Skrælinge, vielleicht war es die Gewissheit, dass ich mich befreien konnte, wenn ich nur gut genug kämpfte. Ich tötete den zweiten Hügelbauer wie den ersten. Dann wurde ich selbst getroffen: ich bekam einen Schlag gegen die Rippen und schwang herum, aber der Hügelbauer hinter mir schaffte es nicht mehr, seine Keule noch einmal anzuheben, denn Winabave zerschmetterte ihm den Schädel.

Danach töteten wir noch zwei weitere Krieger. Der letzte der sechs Angreifer lief davon. Winabave und ich ergriffen sofort die Flucht, doch mein lahmes Bein machte mich viel zu langsam. Außerdem brannte die Seite, an der ich von der Keule getroffen worden war. Winabave hob einen Bogen auf und nahm einem der toten Cahokianer den Pfeilköcher ab. Er muss viele Männer getötet haben, während ich durch den Wald hinkte, denn als ich irgendwann zu Boden ging, hörten wir nur noch den Wind in den Baumwipfeln. Winabave blieb mit dem Bogen in der Hand stehen, legte den Kopf zur Seite und sah mich an. »Wir gehen«, er zeigte auf mich. »Wir gehen … bis Nacht … durch die Nacht.«

Bald darauf kamen wir zu einem Bach, in dem Winabave meine Wunden auswusch. Ich blutete noch immer kräftig aus der Fleischwunde in der Brust und aus dem Mund. Winabave fürchtete, dass ich irgendwann zusammenbrechen würde, wenn es ihm nicht gelang, die Blutungen zu stoppen. Er war kein großer Mann und sicher nicht stark genug, um mich zu tragen. Aber ich verstand, dass wir die Nacht nutzen mussten, um uns einen Vorsprung zu verschaffen. Die Hügelbauer würden erst die Cahokianer aufspüren und sie töten, denn gegen dieses Volk hegten sie von jeher eine Abneigung. Danach würden sie aber sicher die Verfolgung aufnehmen.

Als Winabave meine Wunden gereinigt und mich mit einem Stoffstreifen, den er von meinen Kleidern riss, verbunden hatte, gingen wir weiter. Wir liefen unter den rauschenden Baumkronen in die Nacht, während um uns herum Äste herabstürzten und der Wind heulte wie all die verlorenen Seelen Nivlheims zusammen. Winabave stützte mich, und als wir in der größten Dunkelheit einen Fluss überqueren wollten und die Strömung mich mitriss, gelang es ihm im letzten Moment, mich zu packen und an Land zu ziehen.

Euch allen, die ihr euch über Winabave lustig gemacht habt, sei gesagt, dass ihr nichts wisst. Dumm ist, wer ihn Mohr oder Sklave geschimpft, ihn nach der Breite seiner Schultern bemessen oder ihn ausgelacht hat, weil er schon nach einem Krug Bier betrunken war. In meiner Halle habt ihr das Armdrücken gelernt, aber wer, glaubt ihr, hat mir das beigebracht? Ja, das war niemand anderes als Winabave. Er musste euren Spott ertragen, wenn ihr betrunken und dumm wart, und wieder und wieder lag sein Arm auf dem Tisch. Trotzdem hat er keine Herausforderung gescheut. Hat nie klein beigegeben. Also hebt eure Krüge auf ihn, Freunde, und erinnert euch an ihn. Seht ihn, wie ich ihn an jenem Morgen unter der Wurzel der aus der Erde gerissenen Kiefer gesehen habe. Ich weiß nur noch, dass er mir im Laufe der Nacht geholfen hat, mich hinzulegen, und mir zumurmelte, dass wir uns ausruhen müssten. Danach muss ich eingeschlafen sein, denn als ich wieder zu mir kam, war es Morgen. Winabave hatte all seine Sachen ausgezogen und mich damit zugedeckt, damit ich nicht fror. Im Laufe der Dämmerung hatte er zwei Pfeile gebunden und jetzt kaute er auf zwei dünnen Wurzeln herum, während ich von unten auf die Narbe unter seinem Glied starrte. Sie glänzte noch immer hellrot. Als er bemerkte, dass ich wach war, zog er seine Sachen an, und wir setzten unsere Wanderung durch den Wald fort.

Wir gingen lang an diesem Tag. Winabave meinte, dass wir ins Landesinnere gehen sollten, denn die Hügelbauer entfernten sich nicht gern von der Küste. Er erzählte mir, dass von der Südgrenze der Patux im Norden bis zum Blutland im Süden Krieg herrschte, aber wir hätten keine andere Wahl. Wir müssten die Jagdgebiete der Hügelbauer verlassen.

Winabave arbeitete weiter an den Pfeilen als es dunkel wurde. Für die Nacht suchten wir am Ufer eines schilfbestandenen Baches Schutz. Es wurde kalt und dort am Wasser gab es Tausende von kleinen Fliegen. Sie stachen die ganze Nacht hindurch. Trotzdem zog Winabave sich wieder aus und wärmte mich mit seinen Kleidern.

Bei Tagesanbruch hatte er zwei weitere Pfeile gebunden, eine

Wurzelkeule mit Steinsplittern besetzt und aus den Fäden meines Umhangs eine Bogensehne geflochten. Er holte Wasser in einem Ahornblatt und während ich trank, strich er mir durch die Haare, wie es eine Mutter bei ihrem kranken Kind tut. »Heute … sie werden kommen«, sagte er.

Vom Nachtlager im Schilf gingen wir durch den Bach flussaufwärts. Ich wollte das so. Wir hatten die steigende Sonne im Rücken, weshalb ich wusste, dass wir uns noch immer nach Westen bewegten. Winabave murmelte, dass wir die Hügelbauer so nicht täuschen könnten. Sie würden sehen, wo wir geschlafen hätten und würden sicher dem Bach folgen, wenn sie keine weiteren Spuren fanden. Ich sagte dazu nichts, aber auch wenn ich kein Skræling war, wusste auch ich so einiges über das Fährtenlesen. Die Hügelbauer konnten unmöglich wissen, ob wir flussauf- oder flussabwärts gegangen waren und müssten sich aufteilen.

Wir folgten dem Bach aus dem Wald heraus und in eine Landschaft, die an den Küstenwald zu Hause in Vingulmørk erinnerte. Felsige Hügel erhoben sich zwischen riesigen Fichten, in deren Schatten gewaltige Farne wuchsen. Auf den Hügeln standen Wacholder und Krüppelkiefern. Die Landschaft stieg an. Der Bach wurde schmaler und irgendwann erreichten wir seine Quelle im Moos, sodass Winabave und ich gezwungen waren, auf trockenem Boden weiterzulaufen. Er strich sich über sein schiefes, bartloses Gesicht und rollte die Bogensehne aus, die er gemacht hatte. Dann legte er den Kopf zur Seite und hielt den Atem an, und ich verstand, dass er lauschte. Kurz darauf huschte er zu einer Kiefer, an der ein Ast abgebrochen war. Er strich die Bogensehne durch das Harz und schnitt mit seinem Steinmesser einen Wacholder ab. Als mein Bruder und ich noch klein waren, haben auch wir auf diese Art und Weise Bögen gebaut. Aus frischem

Holz kann man keine guten Bögen bauen, hatte Vater immer gesagt, aber Winabave kürzte den Ast, schnitzte die dickere Seite etwas dünner und machte Kerben für die Sehne. Dann spannte er den Bogen. Er deutete auf die Keule in meiner Hand und auf den Stock, auf den ich mich stützte, ehe er seine Hand auf die linke Seite seiner Brust legte und sich in Bewegung setzte.

Ich blieb an der Quelle stehen. Winabave lief zuerst am Bachlauf nach unten. Irgendwann blieb er stehen und sah zu mir zurück. Dann schlüpfte er zwischen den Bäumen hindurch und war verschwunden.

Der Skræling verlässt mich, dachte ich damals. Ich machte ihm keine Vorwürfe, denn ich kannte ihn noch nicht gut und glaubte nicht daran, dass sein Verständnis von Ehre dem unsrigen entsprach. Eigentlich war es erstaunlich, dass er so lange an meiner Seite geblieben war. Ich ging über das Moos weiter und war bald an der höchsten Stelle des Hügels, und jetzt stachen meine Rippen bei jedem Atemzug.

Ich kann nicht lange dort gestanden haben. Ich stützte mich auf den Stab und spürte die Schmerzen unter meinen nackten, von Dornen und Steinen aufgerissenen Füßen. Ich sah Blut ins Moos sickern. Als ich den Blick wieder hob, entdeckte ich die Skrælinge zwischen den Bäumen. Ich zählte sieben Männer, vier unten am Bach und drei im Wald. Ihre Körper waren bemalt. An ihren Gürteln hingen Keulen und in der Hand hielten sie Bögen. Einer der vier unten am Bach blieb abrupt stehen, er hatte mich erblickt. Dann rief er den anderen etwas zu und legte einen Pfeil auf die Sehne. Sie berieten sich kurz, dann löste derjenige, der mich zuerst gesehen hatte, die Keule von seinem Gürtel und drohte mir damit. Er rief den anderen etwas zu und rannte los. Die übrigen Skrælinge stimmten in das Kriegsgeheul ein und näherten sich rasch.

Ich weiß nicht, warum sie mich an diesem Tag nicht mit ihren

Pfeilen töteten, ich erinnere mich aber noch genau an die Furcht, die mich überkam. Es war wie auf dem Deck von Olav Tryggvasons Langschiff bei meiner ersten Seeschlacht. Ich sah die bemalten Krieger auf mich zustürmen, die Keulen hoch erhoben, und wusste, dass es gleich mit mir vorbei sein würde.

Es wundert dich vielleicht, mich so etwas sagen zu hören, denn du kennst die Geschichten, die man sich über Torstein Bootsbauer erzählt, den Jomswikinger und Häuptling des Meeres. Sicher denkst du, dass dieser Mann doch in der Lage sein sollte, die Skrælinge dort im Westen wie lästige Mücken zu erschlagen. In Wahrheit spürte ich nichts anderes als Hels kalte Finger um meinen Hals, als ich die Skrælinge zu mir hochrennen sah. Ich sah die Wipfel der Kiefern im Wind und war voller Reue. Ich hätte die Orkney-Inseln niemals verlassen dürfen. Mich niemals von dem Gedanken an Reichtum und eigenes Land verlocken lassen sollen. Ich weiß noch, wie sehr ich Sigrid vermisste; ich sehnte mich danach, unter dem Fell bei ihr zu liegen, die Arme um ihre schmale Taille geschlungen und das Gesicht tief in ihren Locken vergraben. Ich vermisste Ravntor. Wie gern hätte ich ihn in die Arme genommen, an seinen Haaren und seiner Haut gerochen. Aber ich hatte versagt, hatte ihn und Sigrid im Stich gelassen. Und jetzt sollte ich sterben.

Der Hügel, auf den ich geklettert war, war nicht hoch. Die Ostseite, über die Winabave und ich gekommen waren, stieg steil an. Nach Norden fiel das Gelände sanfter ab, weshalb die Skrælinge von dort hinaufstiegen. Die bemalten Männer kamen wie Raubtiere auf mich zu und ich blieb mit dem Rücken zu dem Felsen hinter mir stehen. Der vorderste der Männer legte Köcher und Bogen auf den Boden, wobei er mich nicht aus den Augen ließ. Er wechselte ein paar Worte mit den anderen, die seinem Beispiel folgten.

Durch die Bemalung konnte ich die sieben Skrælinge kaum

unterscheiden. Sie waren nicht so kräftig und groß wie die Cahokianer, aber Muskeln und Sehnen waren deutlich unter ihrer Haut zu erkennen, als sie die Keulen hoben. Ich weiß noch, wie weiß mir ihre Augen erschienen, was aber vielleicht an der schwarzen Farbe lag, mit der sie sich das Gesicht bestrichen hatten. Derjenige, der als erstes seinen Bogen abgelegt hatte, musste mich für eine leichte Beute halten, denn als er auf mich zukam, bewegte ich mich nicht. Ich blieb auf den Stab gestützt stehen, und flehte nicht einmal die Götter um Hilfe an.

Aber seid gewarnt, Freunde, wenn ihr einen verletzten Bären jagt und ihn mit hängendem Kopf irgendwo stehen seht. Im letzten Augenblick wird er sich auf euch stürzen und euch mit grausamer Kraft zerfetzen.

Der erste Keulenschlag traf mich am rechten Bein, genau dort, wo ich als junger Sklave verletzt worden war. Immer, wenn ich dort getroffen wurde, fuhr ein zitternder Schmerz durch mein Bein und meine Hüfte, sodass ich eine rasende Wut empfand. Der Skræling schlug ein weiteres Mal zu, dieses Mal traf mich seine Keule im Bauch. Ich sackte auf die Knie und rang nach Atem. Während ich dort hockte, hob er die Keule ein letztes Mal an, um mir den Schädel zu zertrümmern, doch ich packte seine Knie und zog sie unter ihm weg, sodass er rücklings zu Boden ging. Erst schlug ich ihm mit der Faust in den Schritt, ehe ich mich rittlings auf ihn setzte und seine Kehle packte.

Die bemalten Männer sahen zu, als ich ihn erwürgte. Er versuchte noch einmal mit seiner Keule nach mir zu schlagen, doch ich war zu nah, sodass sein Schlag ohne Kraft war. Er ruderte mit den Armen und wand sich von einer Seite zur anderen, blieb schließlich aber still liegen.

Ich stand auf. Kein Ton war zu hören. Die Skrælinge drohten mir nicht mehr, sie verteilten sich, als wollten sie mich umzingeln. Ich wich zurück, bis ich am Rand des Hügels stand. Meine Rippen schmerzten, als ich die Keule anhob. Die Skrælinge kamen näher, sie waren jetzt nur noch ein paar Schritte entfernt, und ich wäre auf sie losgegangen, um dem Ganzen ein Ende zu machen, wäre ich dazu in der Lage gewesen. Es ist besser zu sterben, wenn man auf den Feind zustürzt, als wenn man an eine Burgmauer gedrängt wird, heißt es. Aber mein verletztes Bein trug mich kaum noch. Gerade, als die sechs angreifen wollten, stöhnte einer der Krieger laut auf. Er fuhr herum und ich sah den Pfeil in seinem Rücken. Er stürzte nicht zu Boden, der Pfeil war nicht tief eingedrungen, aber weitere Pfeile folgten und trafen zwei der Skrælinge, einer bekam einen Pfeil ins Auge und schrie erbärmlich. Da sah ich Winabave. Auch er hatte den Hügel erklommen. In diesem Moment warf er den Bogen weg und nahm einen langen Stab. Er brüllte wie ein wildes Tier, als er auf uns zugestürmt kam.

Der folgende Kampf war rasch vorbei. Als die Skrælinge sich umdrehten, um zu sehen, wer sie beschoss, griff ich sie an. Ich traf zwei von ihnen mit der Keule am Kopf, wurde dann aber selbst von einem Schlag auf die Schulter und einen in den Bauch getroffen. Meine Beine trugen mich nicht mehr und ich kippte nach hinten und rollte den Hang hinunter, bis sich mein Fuß zwischen zwei Felsen verkeilte. Es war ein seltsames Gefühl, das Bein brechen zu spüren, denn es tat nicht sofort weh. Ich sah meinen Fuß zwischen den Steinen. Mein Bein war etwa in der Mitte des Unterschenkels gebrochen. Erst in diesem Moment bissen die Schmerzen zu, und dieser Biss war tief und heftig. Ich sah Winabave oben auf dem Hügel, er kämpfte mit einem der Hügelbauer. Beide hielten ein Messer in der Hand, aber Winabave schien der Schwächere von ihnen zu sein, denn der andere drückte ihm das Steinmesser auf die Brust. Da trat Winabave die Beine unter ihm weg, und die beiden stürzten den Hang hinab und blieben nur eine Armlänge neben mir liegen. Winabave hieb dem Hügelbauer erst in den Arm und dann in die Brust. Dann warf er sich auf ihn und schnitt ihm die Kehle durch.

Winabave sah mich an, als der Hügelbauer starb. Als die weit aufgerissenen Augen des Skrælings sich schlossen, schob Winabave zwei Finger in die offene Wunde. Er malte sich zwei Streifen Blut auf die Wangen und wiederholte dasselbe dann bei mir.

20
Sebik

Es gibt Worte, die ein Vater nie zu seinen Kindern sagen sollte. Worte über verlorene Hoffnung und Tage, in denen die Schwermut so drückend auf einem lastet, dass man sich nur noch danach sehnt, einzuschlafen und in einer anderen Welt aufzuwachen. Auch wenn man danach Hels halbes Gesicht sieht und nicht das einer Walküre. Denn wenn die Lebenden einen vergessen könnten, wenn alles, was man war und getan hat, unerzählt bliebe, könnte man mit der Zeit verwittern und schließlich als Staub vom Wind davongetragen werden.

So dachte ich, als ich dort lag. Ich hoffte nur auf ein baldiges Ende, als ich in die Kronen der Kiefern starrte und sich das Holzgestell bei jedem Schritt in meine Haut bohrte. *Ich habe nie die Hoffnung verloren, Ravntor. Ich wusste, dass ich mich wieder erheben würde, denn die Götter wollten das so …*

Lügen. Nichts als Lügen. Ich lag mutlos auf der Trage und weinte. Ich hatte mir das linke Bein unterhalb des Knies gebrochen und die Rippen auf meiner rechten Brustseite schmerzten bei jedem Atemzug. Winabave hatte eine Trage aus Ästen gebaut, die er mit Rinde verschnürt hatte. Darauf hatte er die Sachen der Männer gelegt, die uns angegriffen hatten. Er hatte ihnen Bögen, Pfeile, Keulen und Steinmesser abgenommen und in ihre wenigen Kleider gewickelt. Zwischen all den Sachen, die er mit den Gürteln der Krieger festgeschnürt hatte, war Platz für mich. Derart eingeklemmt konnte ich nicht von der Trage rutschen, was gut war, denn ich war außerstande mich festzuhalten und die Landschaft vor uns war unwegsam und wild. Ich erinnere mich an die Sonne, die an diesem Tag links von uns durch die Kiefern fiel. Ich nahm an, dass wir nach Norden gingen. Irgendwann ließ Winabave die Trage auf den Boden herab und stand mit gespanntem Bogen neben mir, bis sich die Nacht über uns senkte. Als ich am nächsten Morgen aufwachte, waren wir bereits wieder unterwegs. Aus dem Nadelwald war Laubwald geworden. An einem Bach rasteten wir. Er ließ mich trinken und sah mich an. »Du wirst vielleicht sterben.«

Noch ein Tag durch den Laubwald. Eine weitere Nacht, in der Winabave an meiner Trage wachte. Ein Morgen auf der Trage. Winabave, mein treuer, treuer Krieger aus dem Land der Skrælinge.

Fünf Tage zog Winabave mich durch den Wald. Er schabte die innerste Rinde von Kiefern ab und kaute sie zu einer Masse, mit der er mich fütterte. Sie war bitter und schwer zu schlucken. Dasselbe machte er mit der Rinde von Weiden, wenn wir an welchen vorbeikamen, und der Brei dieser Bäume nahm mir die schlimmsten Schmerzen.

Am siebten Tag kamen wir in ein Waldstück, in dem es gebrannt hatte. Asche wirbelte durch die Luft, das Feuer konnte noch nicht lang verloschen sein. Winabave fand ein Loch im Boden, breit wie drei Fäuste. Er erweiterte es mit einer der Keulen, kroch ein Stück hinein und zog vier tote Füchse heraus. Drei davon waren noch Jungtiere. Die Asche und der verbrannte Boden hatten das Fleisch nicht verrotten lassen. Seit unserem Kampf gegen die Hügelbauer zündete er hier zum ersten Mal ein Feuer an. Im Schutz einer verkohlten Kiefer sammelte er Zweige und baute auf Skrælingweise einen Bogen zum Feuermachen.

Eystein hatte mir das einmal gezeigt, aber während er nur mit Schwierigkeiten ein Feuer entfacht hatte, war Winabave ein wahrer Meister seines Handwerks. Er nutzte ein Stück des Fuchsschädels, um das Ende des drehenden Stabes zu fixieren, während sich das andere in ein halbverbranntes Stück Laubholz grub. Bald darauf qualmte es und mit Hilfe von trockenem Gras erzeugte er Glut und entfachte schließlich ein Feuer.

Winabave schnitt Streifen von dem Fuchsfleisch, die er über das Feuer hängte. Es roch schlecht.

Vielleicht verwundert es dich, dass wir es gewagt haben, verdorbenes Fleisch zu essen, aber alles Fleisch ist essbar, wenn es nur lange genug über dem Feuer hängt. Winabave räucherte es die ganze Nacht hindurch und den folgenden Tag. Erst am nächsten Abend wagten wir es, davon zu essen. Der faulige Geschmack war fort, das Fleisch schmeckte nur noch nach Rauch und Asche.

Wir befanden uns auf einem sanft ansteigenden Höhenzug, von dem aus wir die Landschaft um uns herum gut überblicken konnten. Winabave hatte die Bögen der Hügelbauer ausprobiert und einen ausgewählt, bei dem Tiersehnen auf den Bogenrücken geleimt worden waren. Die dazugehörigen Pfeile sammelte er in einem Köcher, überprüfte aber auch die anderen Pfeile auf Länge und Gewicht und nahm einige mit. An diesen Köcher erinnere ich mich gut, denn er bestand aus einem Otterfell, das dem Tier im Ganzen abgezogen worden war. Noch heute sehe ich manchmal, wie Winabaves rußige Finger über das glänzende Fell strichen.

Drei Tage rasteten wir an diesem Ort. Sollten die Skrælinge uns noch immer folgen, gab es keine bessere Stelle, ihnen zu begegnen als hier auf dieser abgebrannten Fläche mit freiem Blick in alle Richtungen. Winabave grub Wurzeln aus und ließ mich darauf kauen, aber sie halfen weniger gegen den Schmerz als die

Rinde es getan hatte. Meine Rippen taten nicht mehr so weh, aber mein Unterschenkel war angeschwollen und mittlerweile fast so dick wie der Oberschenkel. Winabave erklärte mir, dass er das schon einmal gesehen hätte und einmal dabei gewesen sei, als man einem jungen Mädchen das Bein abgetrennt und ihr so das Leben gerettet hatte.

Bei Anbruch des vierten Tages zogen wir weiter. Mir war sehr kalt und als wir an jenem Abend Rast machten, spürte ich Winabaves Hand auf meiner Stirn. Er sagte kein Wort, ich wusste aber, dass ich an Wundfieber leiden musste. Mein Bein hatte sich entzündet.

Winabave zündete mit seinem Bogen ein Feuer an, wie er es auf der Waldbrandfläche getan hatte, dann schürte er es, bis es groß wie ein Mann war und legte mich direkt daneben. Als es kalt wurde, schob Winabave sich direkt hinter mich und legte seinen Arm um mich, wie man es in einer Winternacht bei seiner Frau tut. Ich weiß noch, dass ich zu weinen begann, denn ich vermisste Sigrid und Ravntor und spürte den Tod in meinem Blut. Er strömte von dem gebrochenen Knochen nach oben, als stünde mein Fuß bereits in Hels kalter Thronhalle. »Keine Angst«, sagte Winabave. »Keine Angst.«

Noch ein Tag auf der Trage. Wieder sah ich die Spitzen der Nadelbäume über mir an den Wolken kratzen. Das Fieber machte mich benommen, und seltsamerweise spürte ich keine Angst, mein Bein zu verlieren. In der Jomsburg hatte es einen Mann gegeben, dessen Bein am Knie abgetrennt worden war. Der alte Graubart hatte immer unten am Hafen gesessen und mit anderen Alten gewürfelt. Er lächelte, wenn wir anderen vorbeigingen. Halvor kannte ihn schon lange und hatte oft bei ihm gesessen, um ein Spiel mit ihm zu spielen. Im Fieberwahn sah ich mich selbst dort sitzen, jetzt war ich der Alte und Halvor saß ebenso alt und grau bei mir und grinste breit.

Dass Winabave beim Flussvolk als Heiler galt, ist bei meinen Leuten kaum bekannt. Aber er wusste viel über die Gewächse im Land der Skrælinge und gab mir immer wieder vorgekaute Wurzeln zu essen. Er hatte seine Kenntnisse von einem der Alten des Flussvolkes, der ihn wie einen Sohn aufgenommen hatte. Sein Wissen hat nicht nur mich, sondern auch Winabave selbst gerettet. Er sprach nicht darüber, dass man ihm die Männlichkeit genommen hatte und ich hörte ihn niemals klagen, aber eines Morgens sah ich ihn nackt am Wasser stehen, wo er sich den Schritt spülte. Er muss geglaubt haben, ich schliefe, denn er hob sein Glied an und wusch vorsichtig die hässliche Narbe, die sich zwischen seinen Beinen gebildet hatte. Die Ränder waren knotig geschwollen und glänzten noch immer rot. Später sollte Winabave unter den Folgen leiden, die alle spüren, denen so etwas widerfahren ist. Seine Schultern würden schmal werden und seine männliche Kraft ihn verlassen.

Bald darauf kamen wir in eine offenere Landschaft. Ein heftiger Nordwind blies, der Regen mit sich brachte. Ich zitterte stark und nur selten in meinem Leben war mir so kalt gewesen. Winabave legte alles über mich, was er finden konnte, aber ich kann mich nicht daran erinnern, dass das gegen die Kälte geholfen hätte. Wir suchten in einem Birkenwäldchen Schutz, und wieder legte Winabave sich zu mir. »Morgen«, sagte er. »Morgen … Bein abtrennen.«

In dieser Nacht sah ich meinen Vater. Er saß an Odins Tafel in Walhalla, und dieser Tisch war so lang, dass ich sein Ende nicht sehen konnte. Die Krieger hatten seltsamerweise alle den Blick auf den Tisch gerichtet und sagten kein Wort, als schliefen sie. Nur Vater hob den Blick. Neben ihm war ein Platz frei. »Torstein«, sagte er. »Kommst du so früh?«

Sigrid hat mich gefragt, ob ich mich in jener Nacht an Odins

Tisch gesetzt hätte, wenn auch Bjørn dort gewesen wäre. Ich habe ihr geantwortet, dass ich mich abgewandt hätte, auch wenn sich alles in mir danach gesehnt hätte, den nächsten Tag nicht erleben zu müssen. Solange ich atmete, würde ich mich an das Leben klammern. Noch gab es einen Rest Hoffnung in mir. Wenn ich nur leben durfte, wenn ich nur zurück zu Sigrid und den anderen kommen konnte … auch mit einem Bein wäre ich in der Lage, ein Schiff an der Küste der Skrælinge nach Süden zu steuern. Wenn ich nur Männer finden könnte … Vielleicht würde es mir gelingen, Freydis Eriksdatter und ihre Mannschaft mit mir zu nehmen.

Im Morgengrauen schleppte mich Winabave zu einem Bach und legte mich zwischen einer jungen Eiche und zwei Birken an die Böschung. Es regnete nicht mehr, weshalb er ein Feuer entzündete und Wasser aufkochte, indem er heiße Steine in eine Schale legte, die er aus Birkenrinde gemacht hatte. Er reinigte das Steinmesser in den Flammen. Dann schnitt er mir schnell in den Muskel auf der Außenseite des Beines. Ich weiß noch, dass ich jede Unebenheit der Steinklinge spürte und laut schrie. Als die Klinge aber den Knochen erreichte, wurde mir schwarz vor Augen und ich musste mich übergeben. Winabave drückte auf beide Seiten des Schnittes, was meine Schmerzen etwas linderte. Ich erinnere mich, dass ich ihn fragen wollte, ob beide Knochen gebrochen waren, und in gewisser Weise hoffte ich das, denn dann bräuchte er den zweiten Knochen nicht zu brechen, um mir das Bein abzunehmen. In diesem Moment stellte Winabave mir den Fuß in den Schritt und packte meinen Knöchel. Als er zu ziehen begann, spürte ich, wie die Knochen in meinem Bein sich bewegten. Die Schmerzen müssen mir das Bewusstsein genommen haben, denn als nächstes erinnere ich mich daran, dass der Skræling unten am Bach stand und sich das Blut von den Händen wusch.

Ich sah nicht gleich nach unten auf mein Bein. Ich konnte es einfach nicht. Stattdessen starrte ich in die goldenen Baumkronen über mir, hörte das Rascheln des Schilfs und das leise Murmeln von Winabave. Als ich schließlich genug Mut gesammelt hatte, drückte ich mich auf die Ellenbogen hoch und blickte an mir hinunter.

Mein Bein war noch ganz. Winabave kam zu mir und erklärte mir so gut er konnte, dass es ihm gelungen war, das gebrochene Wadenbein zu richten. Er hätte keine größeren Blutgefäße verletzt, aber der Schnitt müsse genäht werden. Dafür bräuchte er eine Sehne, weshalb er auf die Jagd gehen würde. Der Skræling fachte das Feuer erneut an und legte einen Haufen Brennholz in meine Nähe. Dann steckte er alle bis auf drei Pfeile neben mir in die Erde und legte mir einen gespannten Bogen hin. Als Letztes reichte er mir die Kleider der Hügelbauer, die ich über mich legen sollte, wenn es in der Nacht kalt wurde. Dann verschwand er.

Wenn man entzündete Wunden ausbluten lässt, führt das bei den Verletzten häufig zu einer Art Rausch, wie wenn man seinen dritten Krug Bier mit Freunden getrunken hat und alle einen anlächeln. Oder wie wenn deine Waffenbrüder dich loben und deine Taten preisen. Selbst die Götter scheinen einen dann zu sehen und einem zuzuflüstern, dass man ein guter, kühner Mann ist, der für immer in Erinnerung bleiben wird. So fühlte ich mich an jenem Nachmittag am Bach. Ich spürte, wie es in der Wunde arbeitete und sah, wie der Verband, den Winabave um mein Bein gewickelt hatte, vom Blut immer schwerer wurde. Irgendwie spürte ich aber auch, dass mein gebrochener Knochen wieder am richtigen Ort war, was mich mit Mut erfüllte. Wenn er nur zusammenwachsen würde, bevor die Bäume ihre letzten Blätter verloren, damit wir es nach Norden zur Rentierinsel schafften … Ich würde diese Walküre, diese Freydis aus Grönland schon dazu bringen, gemeinsam mit mir zurück nach Patuxet zu segeln und die Stadt niederzubrennen, um Ravntor zurückzuholen.

Ich schob mich etwas nach hinten, damit ich mich an den Stamm der jungen Eiche lehnen konnte. Die Kleider legte ich über mich und das Feuer zog ich mit zwei Stecken etwas näher zu mir heran, denn es wurde dunkel und mit der Dunkelheit kam die Kälte.

Die Nacht war sternenklar und so kalt, dass ich den Torf unter mir gefrieren hörte. Ein seltsames Bild stieg vor mir auf, während ich dort saß. Ich sah Vater aus dem dunklen Wald auf mich zukommen. Er grüßte mich wie ein Wanderer mit offenen Händen. Er trug einen grauen Lodenumhang, kniehohe Elchlederstiefel und eine gestrickte Mütze. Dann setzte er den Weidenkorb ab, den er auf dem Rücken trug. »Jetzt essen wir«, sagte er, setzte sich ans Feuer und zog einen Hasen aus dem Korb. Mit einem schön geschmiedeten Sax schnitt er das Fell vom Hals des Tieres bis zu den Hinterläufen auf. Die Spitze des Messers war abgebrochen. An dieses Sax erinnerte ich mich genau. Ich war es, der die Spitze abgebrochen hatte. Passiert war das an einem Tag im Spätherbst, als es geschneit hatte. Vater war auf die Jagd gegangen. Am Abend zuvor hatte Bjørn sein erstes Messer bekommen. Ich war noch zu klein dafür. Wir gingen nach draußen und Bjørn zielte mit dem Messer auf einen Baum. Er wollte mir zeigen, dass er es so werfen konnte, dass es mit der Spitze im Holz steckenblieb. Bald darauf gelang ihm das auch, wie Bjørn immer alles gelungen war. Ich durfte mir sein Messer aber nicht ausleihen. Da ging ich zurück in die Hütte, durchwühlte Vaters Kiste und fand das Sax, das ich nicht anrühren durfte. Auf dem Hornschaft waren Runen. Vater hatte einmal erzählt, dass er dieses Messer von einem mächtigen Mann, einem Häuptling bekommen hätte. Bjørn versuchte, es mir abzunehmen und sagte wieder und wieder, ich sei zu klein dafür. Vor lauter Wut schleuderte ich es deshalb Richtung Baum, doch ich verfehlte ihn und die Klinge schlug auf einen Felsen, sodass die Spitze abbrach.

»Du hast gedacht, ich würde dich verprügeln«, sagte Vater und begann, dem Hasen das Fell abzuziehen.

»Bjørn hat das gesagt.«

Vater lachte. »Dein Bruder hat dir immer schon gerne Angst eingejagt. Aber habe ich dich jemals geschlagen?«

»Nein.«

Vater packte den Kopf des Hasen und zog das Fell bis zum Nacken ab. »Ein Mann soll das Kind, das seine Frau geboren hat, niemals schlagen, hat *mein* Vater immer gesagt. Lieber lasse ich euch kleine Wildlinge sein.«

»Waren wir das denn?«

Vater löste das Hasenfell von dem kleinen, blutigen Schädel. »Bjørn und du, ihr wart kaum zu bändigen. Dein Bruder hat sich immer geprügelt, und du warst der Junge, der immer am höchsten klettern und am weitesten rausschwimmen musste. Du hast mir graue Haare gemacht, Torstein. Ich habe wirklich gedacht, dass du einmal stürzt und dir die Beine brichst.«

»Jetzt habe ich mir das Bein gebrochen.«

Vater sagte dazu nichts. Er stand auf und legte Holz nach, bevor er sich wieder zu mir setzte. »Torstein«, sagte er und legte mir die Hand auf die Wange. »Mein Junge.«

Vater roch nach nasser Wolle, Tierfett und Schweiß. Es war ein warmer, sicherer Geruch. Er drückte mich an sich und hielt mich einen Moment, wie er es getan hatte, als ich noch ein kleiner Junge war. Ich begann zu weinen und Vater strich mir mit dem Handrücken über die Wange. »Weine ruhig, Torstein. Wein dich bei mir aus. Aber da draußen, da darfst du nie eine Träne verlieren. Da musst du hart sein. Da wirst du nie Gnade erfahren oder geben können.«

Vater war nicht mehr bei mir, als ich wach wurde. Er war mit dem Traum verschwunden, und das Feuer war heruntergebrannt. Es dämmerte bereits, als ich im Liegen eine Gestalt zwischen den Bäumen sah. Sie trug kniehohe Stiefel aus Hirschleder und hatte ein Elchfell um sich geschlagen. Die langen schwarzen Haare hingen bis auf die Brust herab. In einer Hand hielt der Mann einen Bogen und zwei Pfeile, in der anderen ein Steinmesser.

Als ich mich aufrichtete, ließ er das Elchfell fallen. Er sagte etwas in Skrælingsprache, legte den Bogen und die Pfeile auf den Boden und kam mit dem Messer in der Hand auf mich zu.

Ich kämpfte dort am Bach gegen ihn. Er saß rittlings auf meiner Brust und drückte mir das Messer an den Hals. Irgendwie konnte ich ihn zur Seite stoßen und wir rollten die Böschung hinab, wo er wieder auf mir landete und mir zweimal ins Gesicht schlug. Halb blind tastete ich mich zu seinem Gesicht vor, bekam meine Finger in seinen Mund, packte seinen Unterarm und drehte den ganzen Mann auf die Seite und unter Wasser, wo ich ihn so lange festhielt, bis er ertrunken war.

Winabave kam zurück, als der Abend zu dämmern begann. Er hatte einen Hasen in der Hand. Er blieb stehen und starrte auf den Toten, der halb im Bach lag. Dann war er bei mir und fühlte meine Stirn. »Sebik«, sagte er. »Du … schwer zu töten.«

Winabave zündete das Feuer neu an und die Wärme tat mir gut. Dann stand er unten bei dem Toten und murmelte, als wollte er sich mit den Geistern im Nebel beratschlagen, der sich auf den Waldboden gelegt hatte. Er griff mit den Händen in die Luft, und sein schiefes Gesicht zuckte, ehe er neben der Leiche auf die Knie ging und ein Bein des Toten aufzuschneiden begann. Wenn man schon mal einen Mann gesehen hat, dem eine Axt seitlich ins Bein getrieben wurde, weiß man, dass es dort eine lange, breite Sehne gibt, die sich von der Hüfte bis zum Knie zieht. Diese Sehne trennte Winabave nun heraus. Dann kochte er Wasser in der Birkenschale auf und legte die Sehne hinein. Sie zog sich zusammen, wie es Sehnen in großer Hitze tun, und sah schließlich wie eine abgeschabte Fischhaut aus. Winabave reinigte sie von Fett und Fleischresten und teilte sie schließlich in feine Fasern auf.

Als er fertig war, fragte er mich, ob er mich mit der Sehne des Toten nähen sollte. Es sei dann zu spät für Reue, meinte er, die Sehne würde mir aber etwas von der Lebenskraft des Mannes geben und mir das Leben retten.

Ich weiß nicht mehr, ob ich ihm eine Antwort gegeben habe. Winabave murmelte etwas und sein Gesicht begann erneut zu zucken. Es sah aus, als würde er von irgendeinem Wahn gepackt. Schließlich begann er zu nähen. Erst die Wunde im Bein, dann die an der Brust. Er hatte keine Nadel, weshalb er Löcher mit der Spitze seines Messers stieß, durch die er die Sehnenfaser fädelte. Ich hielt so still wie möglich und beklagte mich nicht, wofür Winabave mich lobte. Aber nicht Mut ließ mich schweigen. Auch lähmte mich nicht der Schrecken, mit der Sehne eines Menschen genäht zu werden. Ich war einfach nur erschöpft, und als Winabave schließlich fertig war, breitete er das Elchfell des Toten über mich und streichelte mir durch die Haare. Es war fast so, als säße Vater wieder bei mir. »Schlaf jetzt«, sagte er. »Schlaf jetzt, Torstein.«

21
Matanuga

Ich habe gehört, dass ein Mann, der dem Tode nahe ist, von Odin Träume geschickt bekommt, die ihm Antworten auf seine brennenden Fragen geben. Ich tauchte immer wieder im Fieberwahn ab, und in meinen wachen Augenblicken sah ich Winabave bei mir sitzen und hörte ihn leise singen. Über mir streckten sich kahle Zweige in den Himmel. In anderen Augenblicken spürte ich Decksplanken unter den Füßen und sah Bjørn das Schiff durch die wilde See steuern. Gleich darauf stand er in einer von Fackeln erhellten Halle, in der Krieger an langen Tischen saßen. Alle trugen die blau-weißen Gewänder reicher Männer. Vor ihm saß ein Mann auf einem Häuptlingsthron, er war bartlos und hatte einen kahlen Schädel. Auf seinen Schultern lag ein Wolfspelz.

Ich sah Schnee vom Himmel fallen und spürte die Flocken auf meiner Haut tauen. Ich hörte Winabaves Stimme, jeden Abend flüsterte er mir zu, dass ich essen und trinken müsste, wollte ich überleben. Ich hörte Holz auf Holz reiben und roch den Rauch, wenn er in die Glut blies. Und immer wieder lag sein Körper an meinem. »Nicht sterben … Nicht sterben.«

Dreizehn Tage. Ein Tag für jeden Mond in einem Jahr. So lange währte das Wundfieber. Als es meinen Körper endlich verließ, war der Winter gekommen. Winabave hatte eine Höhle im Inneren einer Schlucht gefunden, aber wie viele Tage wir schon hier waren, wusste ich nicht. Er hatte Feuer gemacht und in einer ausgeschlagenen Grube im Höhlenboden Wasser mit erhitzten Steinen aufgekocht und damit meine Wunden gewaschen. Ringsherum im Wald hatte er Fallen aus Rindenbast aufgestellt und an einem Tag, kurz nachdem das Fieber mich verlassen hatte, hatte er die Spuren eines Wolfsrudels ausgemacht. Sie führten ihn zu einem frisch gerissenen Jungelch, der auf einen zugefrorenen Teich geflüchtet und dort gestellt worden war. Mit lauten Rufen und brennenden Fackeln war es Winabave gelungen, die Wölfe zu vertreiben, sodass er dem Elch die Haut abziehen und sein Fleisch herausschneiden konnte. Ich lag am Eingang der Höhle, das Elchfell über mir, während der Skræling das Fleisch zum Räuchern aufhängte, wofür er frische Zweige anzündete, sodass die ganze Höhle voller Rauch war. Ich weiß noch, wie still dieser Tag war. Winabave arbeitete mit dem Fleisch und dem Räucherholz, das er rings um das Feuer wie ein Zelt aufgestellt hatte, während ich nach dem Fieber noch vollkommen kraftlos war. Winabave überprüfte die Stiche in meinem Bein und murmelte, dass wir die Sehne entfernen würden, sobald die Wunde vollständig geschlossen war.

Am folgenden Morgen begann Winabave damit, den Höhleneingang zu verschließen. Solltest du dir eine Höhle vorstellen, wie sie von Heilern bewohnt oder von Ahnen bemalt wurde, und von der schmale Gänge bis in Hels Reich hinabführen, muss ich dich enttäuschen. Die Höhle, in der Winabave und ich uns befanden, war ganz anders. Sie reichte nicht weit in den Fels hinein, vielleicht zwei Körperlängen, und sie war auch nicht viel breiter. Es war eher ein Windschutz unter einem Bergvorsprung. Stand man am Eingang und blickte nach innen, sah man rechter Hand Wurzeln durch einen Spalt in die Höhle ragen, die den Innenraum teilten. Hinter diesen Wurzeln fand man ein bisschen Schutz. Ein junger Bär hätte hier einmal überwintert, meinte Winabave, denn an den Wurzeln hingen Haare.

Ich verbrachte auch den nächsten Tag an der Höhlenöffnung. Winabave hatte sich Schneeschuhe gebaut, wie ich sie beim Flussvolk gesehen hatte. *Akumk,* sagte er und zeigte darauf. Dann stapfte er nach draußen, um nach den Fallen zu sehen.

Er hatte an diesem Tag kein Jagdglück, aber noch hatten wir genug Elchfleisch. Am Abend murmelte er, dass er zurückgehen und weiteres Fleisch vom Kadaver schneiden wollte, sollte noch etwas übrig sein. Doch am nächsten Morgen schneite es so stark, dass man kaum die Hand vor den Augen sah. Also blieben wir in der Höhle.

Mein dritter Winter im Land der Skrælinge begann. Im folgenden Sommer hätten wir drei Jahre im Land westlich des Meeres verbracht. Ich musste einsehen, dass aus meinen hochfahrenden Plänen nichts werden würde. Auch wenn mein Bruder, Hutten und die anderen, die bei ihm waren, zurückgekehrt sein sollten, wären wir gerade mal genug Männer, um ein Haus zu bauen. Vielleicht könnten wir auch Teer kochen und Roheisen herstellen, um es bei den Grönländern gegen Tiere einzutauschen, aber Holzeinschlag und Schiffsbau würden ein Traum bleiben. Wir wären kaum genug Leute, um uns gegen den Hunger wehren zu können.

Winabave fand den Elchkadaver nicht wieder. Die Wölfe im Land der Skrælinge sind größer als bei uns, und ein Rudel kann einen jungen Elch leicht davonschleppen. Doch noch brauchten wir nicht zu hungern. Außerdem gingen immer wieder Hasen in die Fallen. Die Schlucht war ein guter Ort fürs Fallenstellen, denn auf der Westseite stieg das Gelände steil zu einem felsigen Höhenzug an. Auf der Ostseite waren große Felsbrocken aus dem Hang gebrochen und zwei davon verengten den Eingang der Schlucht. Dort und am Fuß des westlichen Hangs stellte Winabave seine Fallen auf, und war dabei so erfolgreich, dass er aus den Fellen bereits kniehohe Stiefel und eine Jacke genäht hatte.

Winabave ließ die Sehne achtzehn Tage in meiner Haut und zog sie, als sich die Wunden in meiner Brust und an meinem Bein geschlossen hatten. Das Bein war noch geschwollen und der Bruch sicher nicht verheilt, sodass es noch eine ganze Weile dauern würde, bis ich aufstehen konnte. Aber Winabave glaubte nun fest daran, dass er es schaffen würde, uns am Leben zu halten. Er wollte jagen und Fallen stellen. Holz holen und bei mir sitzen.

Wenige Tage nachdem Winabave die Fäden entfernt hatte, begann es zu stürmen. Der Skræling musste gespürt haben, was kommen würde, denn er spannte sich die *Akumk* unter die Füße und verschwand im Schneegestöber. Als er zurückkam, hatte er die Arme voller Holz. Er warf es in die Höhle und verschwand aufs Neue. Da die Höhle so offen und kurz war, hatte er am Eingang eine Wand aus Astgeflecht errichtet. Befand man sich in der Höhle, war die Türöffnung auf der rechten Seite, nur eine Armlänge von dem Platz entfernt, an dem ich saß und von wo aus ich in die Schlucht schauen konnte. Kurz darauf kam Winabave mit einem gefällten Nadelbaum zurück. Er flocht die Zweige in die Zwischenräume des Geflechts und baute aus Ästen und Rinde eine Tür, die er vor die Öffnung stellte.

Der Sturm tobte eine Nacht und einen Tag. Winabave saß bei mir und erzählte mir von der Entstehung des Winters, als die ersten Menschen auf der Erde lebten. Damals gab es noch keine Kälte. Und keinen Hunger. Sie wanderten durch einen ewigen Sommer, in dem sich die Bäume unter Früchten bogen und der Waldboden blau und rot von süßen Beeren war. Doch eines

Tages sah ein junger Mann Feuer vom Himmel herunterzucken und begehrte dieses Feuer. Er fragte das Feuer, ob er es in Besitz nehmen könnte. Das Feuer antwortete, dass die Menschen, so sie das Feuer besitzen wollten, auch wissen müssten, was Kälte ist. Der junge Mann hielt das für einen guten Tausch und eine gerechte Vereinbarung, sodass er nach dem Feuer griff. Kaum hielt er es in der Hand, begann es zu schneien.

Ich erzählte Winabave vom Fimbulwinter und trug die Geschichte so vor, wie Vater sie Bjørn und mir erzählt hatte. Wenn Ragnarök vorbei war, die Götter gekämpft hatten und der Wolf Fenris die Leichen fraß, würde der Schnee zu fallen beginnen und über drei Jahre hinweg würde der Winter alles Land in Besitz nehmen. Drei Jahre Dunkelheit und Kälte, sodass nur die stärksten mit den besten Verbündeten überleben würden. »Stellt gute Eckpfosten auf«, pflegte mein Vater zu sagen, wenn er diese Geschichte erzählte. Er streckte dann immer die Arme aus und klopfte gegen die Kiefernstämme, die den Rahmen unserer kleinen Hütte bildeten. »Der kluge Mann baut eine kleine Halle, steckt aber viel Arbeit in die tragenden Balken. Der Dumme achtet nur darauf, eine hohe Decke zu bekommen.«

Winabave hörte mir wie immer, wenn ich etwas sagte, genau zu, und ich glaube, nicht einmal schriftgelehrte Mönche, die gleich zwei oder drei Sprachen beherrschen, hätten unsere Sprache schneller gelernt als er. Er wiederholte die Worte, die ich sagte und fragte mich, wenn er ihre Bedeutung nicht verstand. Er lehrte mich auch, welche Völker im Skrælingland wohnten, auch wenn ich die Namen der unterschiedlichen Stämme kaum aussprechen konnte. Er sprach über seinen Vater, der als Junge alle Zehen außer dem Großzeh am rechten Fuß verloren hatte, als er auf der Jagd im Eis eingebrochen war. Sein Vater wäre etwa so gegangen wie ich, meinte er. Auch er habe das rechte Bein nachgezogen. Seine Mutter hätte ihn deshalb eigentlich nicht haben wollen, sie meinte, dass er als Jäger kaum etwas taugen könnte. Daraufhin verschwand er und die Männer begannen zu glauben, dass ihn die Scham fortgetrieben hätte. Doch eines Tages stand er mit einem Hirschfell über der Schulter im Dorf. Aus dem Schädel mit dem gewaltigen, achtzehnendigen Geweih hatte er sich einen Kopfschmuck gebaut.

Auf den Sturm folgte wildes Schneegestöber, sodass Winabave nicht vor die Höhle treten konnte. Wir warteten einen weiteren Tag, obwohl wir kaum ausmachen konnten, ob es Tag oder Nacht war, da es in der Höhle kaum mehr Licht gab. Bald hatten wir das meiste Holz aufgebraucht, und es begann, kalt zu werden. Winabave schob sich unter dem Elchfell dicht an mich und obwohl ich weiß, dass viele sich darüber amüsieren und ihn einen halben Mann schimpfen, hätten wir ohne diese wärmespendende Nähe kaum überlebt. Denn die Kälte, die sich jetzt über das Land legte, war härter als ich es jemals erlebt hatte. Ich weiß, dass ich mich über die Kälte im Wendland beschwert habe, als Sigrid und ich auf der Flucht vor den Olavsgetreuen waren, aber der Frost im Land der Skrælinge war noch schlimmer. Als Winabave sich schließlich nach draußen graben konnte, lag der Schnee mannshoch in der Schlucht. Drei Fichten waren herabgestürzt und hatten sich zwischen den Felsen verkeilt. Winabave nahm die Schneeschuhe, den Bogen und einen Köcher mit Pfeilen und verschwand.

Er blieb den ganzen Tag weg. Ich kniete mich hin und bohrte mit einem Stock ein Loch zwischen die Geflechtwand und die Höhlendecke, damit der Rauch abziehen konnte. Danach hielt ich ein kleines Feuer am Brennen und rollte mich darum zusammen, um die Wärme zu halten.

Ich sah das Tageslicht durch das Rauchloch blinzeln, wie auch durch den Tunnel, den Winabave gegraben hatte. Dann verschwand das Licht und mit der Dunkelheit kam die Schwermut. Ich war voller Sehnsucht und hatte so viele der meinen verloren, dass ich in meinem Geist alle zu umarmen versuchte. Sigrid war immer in meinen Gedanken, und niemand war mir so nah wie sie. Wenn ich die Augen schloss, glaubte ich, ihre Haare riechen zu können und ihren schlanken Körper an mir zu spüren. Ravntor war da, ich spürte seine kleine Hand in meiner und hörte seine Stimme, wenn er Fenris zum Spielen rief oder die Männer lachend an ihren Bärten zog. Aber die Sehnsucht konnte mich auch zurück zu Vater bringen, zu den Abenden am Feuer, dem Geruch von Meer und geölter Wolle. Im Lichtschein der Flammen waren Vaters Hände immer mit irgendetwas beschäftigt, er flocht Angelschnüre, schnitzte Haken aus Knochenstückchen, schabte Zunder oder schnitzte Holz zum Anzünden für den nächsten Tag. Auch Bjørn war Teil meiner Gedanken. Oft sah ich ihn am Steuerruder im Wind, als kämpfte er dort draußen noch immer gegen den Sturm.

Ich hatte so viele der meinen verloren. Viel zu viele. Aber wäre Odin zu uns in die Höhle gekommen, um mir zu sagen, dass ich einen davon zurückbekommen könnte, hätte ich meinen Sohn erwählt. Ich hätte dem Allvater versprochen, dass ich mich nie wieder wegen seines Mals grämen und fortan immer opfern würde, wenn er mir nur die Kraft gäbe, genug Krieger um mich zu sammeln, um gegen die Patux zu ziehen. Sollte ich im Kampf sterben, würde ich das mit Freuden tun, wenn nur Ravntor auf diese Weise zurück zu seiner Mutter kam.

Bei Tagesanbruch blies ich in die Glut, bis Flammen aufloderten und kaute eine Faser von dem geräucherten Elchfleisch. Ich tastete mit der Zunge die Wunde ab, die mir der Haken zugefügt hatte, und strich mir wie jeden Morgen über das Bein. Sowohl die

Hakenwunde als auch der Schnitt am Unterschenkel waren verheilt. Das Bein war auch nicht mehr geschwollen, aber ich spürte, dass sich am Knochen eine Verdickung gebildet hatte. Winabave hatte im Scherz gemeint, es sei nicht schlimm, wenn ich auf dem Bein hinken würde, da es das Hinken auf dem anderen Bein ausgleichen würde. Die Vorstellung, dass ich ein Krüppel werden könnte, der sich beim Gehen auf zwei Stöcke stützen musste, machte mir jeden Tag mehr Angst. Ich war noch nicht wieder auf den Beinen gewesen, aber irgendwann würde der Schnee tauen und dann mussten wir die lange Wanderung zurück zur Rentierinsel antreten.

Winabave kam am Nachmittag zurück. Bis auf zwei trockene Zweige hatte ich alles Holz verbrannt, aber der Skræling brachte Nachschub von einem umgestürzten Baum. Er hatte das Holz mit einem Riemen zusammengebunden und auf dem Rücken zur Höhle getragen.

Jagdglück hatte er jedoch keines gehabt. Er saß an diesem Abend schweigend da und drehte eine Schnur aus Bast.

Als er damit fertig war, saß er an dem kleinen Feuer, während die Schatten über sein Gesicht huschten. Er hatte die Hand unter seine Hose in seinen Schritt geschoben, wie so oft. Ich habe ihn aber selten mürrischer als an diesem Abend gesehen. Er erzählte mir, dass der Schnee und das Unwetter das Wild vertrieben haben mussten. Vielleicht Richtung Landesinneres oder nach Süden, auf jeden Fall hätte er nicht eine einzige Spur gefunden. Außerdem seien am Himmel weder Krähen noch Raben gewesen. Letzteres sei ein sehr schlechtes Zeichen, meinte er. Es bedeute, dass der Schnee nicht nur das Wild vertrieben, sondern auch alle toten Tiere unter sich begraben hätte. Und ein weiterer Punkt beschäftigte ihn. Er meinte, wir seien nach *Matanuga* gekommen, das Land, in das die Männer zögen um zu kämpfen.

Für all jene, die nie über das Meer nach Westen gereist sind, mag das schwer zu begreifen sein. Vielleicht hat eure Sippe für das Land gekämpft, das ihr das eure nennt, für den Hof, die Ländereien und das Recht, vor der Küste zu fischen. Euer Vater hat euch vielleicht vom Leidang erzählt, der Pflicht, dass jeder freie Mann das Land seines Jarls oder Königs verteidigen muss. Einige von uns sind weit gereist und haben in anderen Ländern gekämpft und diese vielleicht sogar erobert, aber niemand hat je von einem Land gehört, in das Männer nur ziehen, um dort gegeneinander zu kämpfen. Die Skrælinge sind in Vielem so wie wir, nur was die Ehre angeht, sind wir grundverschieden. Natürlich kämpfen sie, um Land und Felder zu verteidigen und natürlich überfallen und plündern sie wie alle Männer auch andere Stämme. Aber sie begeben sich eben auch auf eine Reise, die einzig Zweck dient, andere zu töten und dadurch Ehre zu gewinnen.

Ich wusste nichts davon, bis Winabave es mir an diesem Abend in der Höhle erzählte. Ein Mann, der nur um der Ehre willen kämpft und sich weder um Beute noch darum schert, was nach seinem Tod über ihn geschrieben wird, ist ein sehr gefährlicher Mann.

Ein Skræling glaubt, dass eine Kraft in allem wohnt, in allen Tieren, in Bäumen, in der Erde unter unseren Füßen. Dabei handelt es sich nicht um Götter oder die Geister der Ahnen. Winabave konnte mir das nie richtig erklären, aber jeder Skræling glaubt, dass alles, was man tut, mit dieser Kraft zusammenhängt. In Matanuga kämpften die Mutigsten gegeneinander, sie schlugen sich mit ihren Keulen tot und ließen das Blut ihrer Gegner in die Erde sickern. Um eine gute Frau zu verdienen, schnitten manche jungen Krieger ihren Gegnern die Kopfhaut ab und nahmen diese mit zu ihrem Stamm. Manchmal füllten sie die Häute mit trockenem Gras und hängten sie unter die Dächer ihrer Hütten. Doch in der Regel blieben die Tötungen ungerühmt und damit ein Geheimnis zwischen dem Überlebenden und dem Geist in allem.

Winabave meinte, wir müssten damit rechnen, dass es einige auf uns absehen würden. Ein Mann wie ich, der schon so viele Leben genommen hatte und über das Meer gekommen war, würde dem Mann, der mich tötete, große Ehre geben. Mein Skalp würde ihm zu Hause bei seinem Stamm ein Anrecht auf Reichtum und eine Frau aus der besten Familie sichern.

Winabave war auch am nächsten Morgen weg. Er holte dreimal Holz, bevor er ein Feuer entfachte. Blieb auf den Knien vor den kleinen Flammen hocken, als wollte er bleiben, doch dann stand er entschlossen auf, nahm Bogen und Pfeile, ein Stück Trockenfleisch und seine Schneeschuhe und verschwand durch das Loch im Schnee.

22
Wendigo

Über Torstein Tormodson erzählt man sich, dass er mehr vom Land der Skrælinge gesehen hat als Thorfinn Karlsefni oder die Kinder von Erik. Männer sind in meine Halle gekommen, manche von ihnen Abgesandte von Jarlen und Königen, um mich über die Inseln dort im Westen und die Stämme und Sippen der Skrælinge erzählen zu hören. Es ist aber schwer, ihnen verständlich zu machen, dass das Land im Westen keine Inselgruppe ist, sondern die Rückseite des östlichsten Teils von Gardarike. Wären Ruriks Nachkommen weit genug nach Osten geritten, wären sie schließlich ins Land der Skrælinge gekommen, ich habe aber nie von jemandem gehört, der eine solche Reise gewagt hätte. Vielleicht war die Strecke einfach zu lang und die Gefahren zu zahlreich.

Große Männer und Könige haben mich bezahlt, um Karten zu zeichnen. Und ich habe die Küstenlinie dort im Westen aufgemalt und die Insel eingezeichnet, auf der ich Häuptling gewesen war. Auch Patuxet habe ich vermerkt. Von dort bis hinauf ins ewige Eis habe ich das Land als Skrælingland bezeichnet. Alles südlich davon als Totenland, wobei ich nie erklärt habe, warum ich mich für diesen Namen entschieden habe. Auch Sigrid und meinen Söhnen gegenüber habe ich lange geschwiegen, wie auch gegenüber Bjørn und all meinen verbliebenen Freunden, denn was dort in Matanuga geschah, was wir zu tun gezwungen waren, sollte zwischen uns und den Göttern bleiben. Zu guter Letzt wurde mir die Last aber zu groß und eines Abends redete ich es mir von der Seele. Die Worte quollen nur so über meine Lippen – ich glaube, Halvor hatte mit einer seiner Erzählungen den Anstoß dafür gegeben – und danach war kein Häuptling im ganzen Norden berüchtigter als Torstein Bootsbauer.

Gleich nachdem Winabave aufgebrochen war, begann es erneut zu schneien. Den ganzen Tag und die folgende Nacht fiel dichter Schnee und ich musste immer wieder das Rauchloch aufstoßen, damit der Qualm abziehen konnte. Ich aß das letzte Stückchen Elchfleisch. Am nächsten Abend war aber auch das Holz aufgebraucht, und die Kälte kroch in die Höhle. Wenn Winabave bei Tagesanbruch nicht wieder zurück war, musste ich irgendwie selbst nach draußen und Brennholz suchen. Zur Not auf allen Vieren, andernfalls würde ich erfrieren.

In dieser Nacht träumte ich von Ravntor. Er saß am Feuer und streckte seine Hände in Richtung Wärme. Im Traum war er älter, vielleicht zehn Winter. Die Haare umrahmten sein Gesicht und den Blick hatte er fest auf die Flammen gerichtet. Ich sah den Lichtschein über das Mal an Kinn und Hals flackern. »Ich werde Feuer machen«, sagte er. »Dich warmhalten.«

Am nächsten Morgen wachte ich mit seltsam klarem Geist auf. Ich hatte mich in der Nacht wie ein Säugling zusammengekauert, um die Wärme zu halten und das Elchfell fest um mich geschlagen. Auch die Kleider, die Winabave den anderen Skrælingen abgenommen hatte, hatte ich über mich gelegt, aber sie halfen nicht ausreichend gegen die Kälte, sodass ich bis auf die Knochen durchgefroren war. Trotzdem war ich nicht verzweifelt und mein Geist war nicht nur klar, sondern auch von großem Mut erfüllt. Später erfuhr ich, dass Hunger Achtsamkeit und

Eifer steigern kann. Ein oder zwei Tage kann dieses Gefühl anhalten, doch dann schlägt der Hunger unerbittlich zu und zieht einen hinunter in die Mutlosigkeit.

Erst versuchte ich, mit dem letzten Rest Holz ein Feuer zu entzünden, aber es waren nur noch Kohlenstückchen übrig, in die ich die Holzspindel nicht setzen konnte. Vermutlich wäre es mir aber ohnehin nicht gelungen, mit Winabaves Bogen Feuer zu machen. Ich grub mich durch den verschneiten Tunnel nach draußen, denn ich wusste, dass meine Tage gezählt waren, wenn ich kein Holz fand. Als ich endlich ins Licht kam, blieb ich erst auf den Knien sitzen und schützte meine Augen mit der Hand vor dem blendenden Licht.

Erst nach einer Weile erkannte ich, dass die Landschaft vollkommen verändert war. Der Schnee lag so hoch, dass die Bäume bis zur Hälfte darin versunken waren. Die Zweige der Fichten und Tannen hingen schwer herab. Die Felsbrocken, die die Schlucht so markant abgesperrt hatten, waren nur noch weiche, runde Hügel, und die Passage zwischen den beiden Blöcken, in der Winabave die Fallen aufgestellt hatte, war beinahe zugeweht. Auch Winabaves Spuren waren längst nicht mehr zu sehen. Ich rief ihn nur ein einziges Mal, denn meine Stimme wirkte hier in der Schlucht fehl am Platz und falsch. Vielleicht war es der Geist, von dem die Skrælinge gesprochen hatten, der sich dagegen wehrte. Auf jeden Fall schlug mir meine Stimme von der anderen Felsseite entgegen, und Schnee rieselte von den Tannen. Danach war es wieder totenstill.

Ich grübelte lange darüber nach, was ich tun sollte. Nachdem ich zu den nächsten Bäumen gekrochen war und ein paar trockene Zweige eingesammelt hatte, schob ich mich zurück in die Höhle und versuchte, Feuer zu machen. Ich bekam auch Rauch und Glut zustande, aber ohne trockenes Gras blieb es bei der Glut.

Ich verlor den Mut und auch der Tatendrang, den ich zuvor verspürt hatte, verließ mich. Ich legte mich auf den Höhlenboden und musste den Rest des Tages dort gelegen haben, denn das Tageslicht, das durch das Rauchloch und den Tunnel fiel, wurde immer schwächer. Die neue Nacht brach herein. In dieser Nacht zitterte ich vor Kälte und erkannte, dass ich entkräfteter war, als ich gedacht hatte.

Bei Tagesanbruch kroch ich wieder nach draußen, wohlwissend, dass ich mehr brauchte als nur ein paar trockene Zweige. Ich musste auch dringend etwas essen, aber wie ich das anstellen sollte, wusste ich nicht.

Die Männer hätten über mich gelacht, hätten sie mich an jenem Morgen gesehen. Da ich es nicht wagte, mein linkes Bein zu belasten, fand ich eine seltsame Weise, mich fortzubewegen: Bogen und Pfeile steckte ich am Rücken hinter meinen Gürtel und um die Hände wickelte ich Elchleder. Ich schnitt vier Zweige von einer Fichte und band einen an jedes Knie und die anderen an die Hände. Auf diese Weise konnte ich über den Schnee krabbeln, ohne einzusinken, und schaffte es tatsächlich bis hinauf auf den Höhenzug. Der Himmel über mir war blau, wolkenlos und seltsam still.

Da es oben fast baumlos war, hatte ich gute Aussicht über das umliegende Land. Lange blieb ich dort hocken und versuchte zu verstehen, wie Winabave die Landschaft mit seinen Skrælingaugen sehen musste. Auf der anderen Seite des Höhenzuges fiel das Gelände wieder ab. Aus der Bahn der Sonne am Himmel glaubte ich schließen zu können, dass die Schlucht und die Höhle jetzt östlich von mir lagen, während der Wald im Westen sein musste. Dieser Bereich lag deutlich tiefer als die Schlucht und der Wald dort bestand aus Laubbäumen. Da die Zweige keine Blätter mehr hatten, sah ich, dass der Schnee dort mindestens ebenso hoch liegen musste. Der Waldboden schien recht flach zu sein und es gab weder Büsche noch Unterholz, die aus dem Schnee ragten. Dieser Wald erstreckte sich, soweit das Auge reichte, nur unterbrochen von einem weiteren, niedrigen Höhenzug. Wäre ich in dieser Landschaft auf die Jagd gegangen, wäre ich in Richtung des zweiten Höhenzuges gegangen, um wenigstens eine Landmarke zu haben, sodass ich mich nicht verlief.

Ich schaffte es ein gutes Stück die Anhöhe hinunter, ehe meine Knie zu brennen begannen. Die Kälte drang durch die Hosenbeine. Ich weiß noch, dass ich mich an einen Baumstamm lehnte und mir die Knie rieb. Dann strich ich mir über das gebrochene Bein und dachte, dass ich zurück zur Höhle gehen sollte. Aber ohne etwas Trockenes, mit dem ich Feuer machen konnte, würde ich den nächsten Morgen kaum erleben.

»Winabave!«, rief ich. Meine Stimme schnitt durch die Stille, aber vollkommen leblos war die Gegend nicht. Zwei Krähen flatterten aus einem der Laubbäume auf. Ich blieb sitzen und beobachtete sie, während sich die Vögel am kalten Himmel in die Höhe schraubten. Als sie hoch genug waren, drehten sie noch zwei Kreise, als wollten sie die Landschaft unter sich in Augenschein nehmen, bis sie wieder in Richtung Wald flogen.

Erst machte ich mir keine Gedanken darüber. Vielleicht war ich zu erschöpft. Stattdessen kroch ich weiter in den Wald hinein. Dann hörte ich die Krähen erneut, und in diesem Moment verstand ich. Irgendwo musste Aas liegen.

Als ich schließlich in den Wald kam, verlor ich rasch den Ort aus den Augen, über dem die Krähen gekreist waren. Ich kämpfte mich trotzdem auf meine mühsame Weise weiter fort, bis ich gezwungen war, anzuhalten, weil meine Knie schrecklich schmerzten. In diesem Moment wusste ich, dass ich entweder aufstehen oder zurück in die Höhle musste, doch ich fürchtete die Kälte. Ich lehnte mich mit dem Rücken an eine Eiche, legte die Hände in den Schoß und ließ meine nasse Hose an der Haut anfrieren. Auch das spürte ich kaum. Irgendwie war mir mit einem Mal wunderbar warm. Ich schloss die Augen und spürte weder Schmerz noch Hunger.

Wie lange ich dort saß, weiß ich nicht. Ich erinnere mich aber daran, dass meine Augen sich schlossen und ich die Langtische in Walhalla zu sehen glaubte, den freien Platz neben meinem Vater. Dann hörte ich zwei Raben schreien und dachte, dass es Hugin und Munin wären, die auf dem Dach der Halle saßen. Erst als Schnee auf mich rieselte, verschwand das Gefühl der Wärme und mit ihm Odins Halle. Ich saß am Baumstamm und hörte wieder die Krähen. Ich kroch weiter und bald darauf sah ich sie nur einen Steinwurf entfernt auf ein paar Zweigen sitzen. Eine der beiden hüpfte nach unten in den Schnee und begann auf etwas einzuhacken.

Ich kroch näher und sah mit einem Mal eine Hand aus dem Schnee ragen, von der die Krähe etwas abriss. Der Knochen war bereits zu sehen. »Winabave!« Ich weiß nicht, ob ich schrie. Ich kroch zu ihm, nahm seine Hand, hielt die gefrorenen, aufgehackten Finger und fühlte mich unglaublich allein. Dann strich ich den Schnee von seinem Arm und Kopf. Er lag mit dem Gesicht nach unten. Und plötzlich sah ich kahle, gefrorene Haut, wo Haare hätten sein müssen. Der Tote hatte war auf einer Seite des Kopfes kahl rasiert.

Ich grub den steif gefrorenen Körper aus und drehte ihn auf den Rücken. Er sah wie ein Hügelbauer aus, trug eine knielange Jacke aus Elchfell, den Pelz nach innen, und eine Hose und Schuhe aus Seehundleder. Direkt unter dem Brustbein hatte er eine tiefe Stichwunde. Ein Mann, der an dieser Stelle getroffen wird, verblutet schnell. Ich zog ihm Jacke, Hose und Schuhe aus. Stiefel und Kleider waren mit Sehnen genäht und sahen warm aus. Ich zog meine eigenen Stiefel aus, denn auch wenn die Stiefel des Skrælings kalt waren, waren sie nicht so nass wie meine.

Auch seine Schneeschuhe nahm ich an mich. In seinem Bündel fand ich Rentierfelle, in die er all seine Sachen eingewickelt hatte. Darunter ein paar Tiermägen, gefüllt mit einer steif gefrorenen Masse, die nach einer Mischung aus Fett, Fleisch und Körnern aussah. Auch die Cahokianer hatten so etwas bei sich gehabt und *Pemmikan* genannt. Des Weiteren hatte er eine handgroße Holzplatte, eine Spindel, einen Feuerbogen und etwas trockenes Gras und Wolle bei sich. Neben ihm im Schnee fand ich Pfeile, die ihm aus dem Köcher gerutscht waren und seinen Bogen. An seinem Gürtel hingen ein Seil aus Seehundleder, vier weiße Muscheln, eine faustgroße Platte, die wie Kupfer aussah und eine leere Messerscheide. Ich kaute ein paar Mundvoll *Pemmikan* und zog dann die Schneeschuhe an. Der Geschmack von Fett und Fleisch machte mich übermütig und ich stand auf, verlagerte mein Gewicht aber auf das rechte Bein. Dann brach ich zwei kurze und einen langen Zweig von einem Baum. Die kurzen Zweige wickelte ich mir als Schienen um das Bein, während ich mich auf den langen Zweig stützte. Das gebrochene Bein stach beim Gehen, doch ich hatte keine andere Wahl. Auf den Knien kriechend würde ich sterben. Ich ging weiter in den Wald hinein und hoffte, dass Winabave den Skræling getötet hatte, weshalb ich nach ihm rief. Aber der Wald blieb stumm.

Einen guten Pfeilschuss vom Leichnam entfernt war ein Tälchen mit einem Bach. Ich hörte Wasser plätschern und ging auf den Laut zu. Wasser quoll zwischen den Steinen hervor und sammelte sich in einem kleinen Kolk, der noch eisfrei war. Unten waren Spuren von Schneeschuhen zu erkennen. Sie führten auf der anderen Seite des Baches hinauf und verschwanden zwischen den Bäumen. Beim Toten hatte es keine Spuren gegeben, er musste also vor dem letzten Schnee gestorben sein. Diese Spuren konnten nur danach entstanden sein. Stammten sie von Winabave?

Ich begann den Spuren zu folgen, zögerte dann aber. Was, wenn der Skræling nicht allein gewesen war? Während ich dort stand und auf die Spuren starrte, spürte ich hinter mir etwas.

Ich drehte mich um. Auf der anderen Seite des Kolks ragte ein Wacholderstrauch aus dem Schnee, hinter dem ich weitere Spuren von Schneeschuhen ausmachte. Diese kamen aus dem Wald und führten unter den Wacholder, es sah aber so aus, als hätte jemand versucht, diese Spuren zu verwischen.

Vorsichtig ging ich um den Kolk herum steckte das Ende meines Bogens durch die Wacholderzweige. Lag jemand darunter? Hatte er Essen bei sich? Pfeile? Ich steckte den Bogen tiefer durch die Zweige und stieß mit einem Mal auf etwas Weiches. Ich drückte die Zweige zur Seite und sah zuerst nur einen Fuß mit Schneeschuh. Der Rest des Körpers schien in ein Fell gewickelt zu sein, wie ich es noch nicht gesehen hatte. Es war struppig und dunkel und schien steif gefroren zu sein. Der Skræling musste es vor seinem Tod eng um sich gewickelt haben. Dieser Pelz kann mir helfen, die kalten Nächte zu überstehen, dachte ich und begann, daran zu ziehen. In diesem Moment ging ein Zucken durch den Skræling. Ich nahm mein Steinmesser, trat einen Schritt näher, riss den Pelz zur Seite und wollte gerade auf den Körper einstechen, als ich sah, dass es Winabave war.

Ich brauchte den Rest des Tages, um Winabave zurück zur Höhle zu schleppen. Ich legte ihn auf den Pelz und zerrte ihn hinter mir her. Dreimal stolperte ich, und jedes Mal ging ein stechender Schmerz durch mein Bein. Winabave sagte derweil kein Wort. Erst als ich ihn durch den Tunnel in die Höhle schob, stöhnte er leise auf und kam zu sich. Er sah die Kleider, den Bogen und die anderen Sachen, die ich dem Skræling abgenommen hatte und wollte wissen, wo ich ihn gefunden hatte. Als ich sagte, der Tote habe ganz in seiner Nähe gelegen, nickte er und sagte, dass er sich schon gedacht hatte, dass er es nicht weit schaffen würde. Dann wollte er wissen, ob ich trockenes Gras hätte, um ein Feuer zu machen.

Während ich mit Feuerbogen und Spindel kämpfte, erzählte Winabave mir, er hätte bereits mit Vater und Mutter gesprochen. Sie hätten ihn in ihr Lager auf einer Wiese an einem Lachsfluss mitgenommen. Große Eichen streckten mächtige Zweige über die Hütten und gaben ihnen Schatten. Es war Sommer, ewiger Sommer, aber nie zu heiß. Der Vater hätte mit ihm am Ufer gestanden und ihm gezeigt, wie der Wind die Wasseroberfläche kräuselte.

Es gelang mir, mit der Spindel Glut zu erzeugen und sie in ein Nest aus dem trockenen Gras zu legen, das ich dem Toten abgenommen hatte. Kurz darauf leckten die ersten Flammen empor und Wärme breitete sich in der Höhle aus. Das Eis an den Wänden begann zu tauen. Winabave robbte sich etwas näher und wandte sich zum Feuer, wobei er die tanzenden Schatten an der Wand nicht aus den Augen ließ. Ich legte das *Pemmikan* ans Feuer, um es aufzutauen und bemerkte erst jetzt, wie schlecht es um Winabave stand. Sein Gesicht hatte Erfrierungen an Nase und Stirn, schlimmer war aber das kleine Loch in seiner Lederjacke, das mir zuerst gar nicht aufgefallen war. Als ich die Jacke öffnete, bestätigten sich meine Befürchtungen. Er hatte einen Pfeil im Bauch. Der Schaft war in Höhe der Haut abgebrochen und verschloss die Wunde, sodass er kaum einen Tropfen Blut verloren hatte. Doch die Stelle rund um den Schaft war hart und bläulich.

Ich zog ihm die Stiefel aus. Seine Zehen waren angeschwollen.

Winabave verlor langsam die Besinnung. Er wand sich am Boden, tastete weinend mit den Händen ins Leere. Irgendwann in der Nacht wachte er auf und wirkte mit einem Mal ruhig und gefasst. Er bat mich, Asche in geschmolzenem Schnee aufzulösen, seine Hand damit einzureiben und sie gegen die Höhlenwand zu drücken, wenn er tot war. Seinen Körper sollte ich aus der Höhle tragen, wenn ich dazu imstande wäre, und auf die Anhöhe bringen, damit die Raubvögel seine Knochen sauberhacken konnten.

Ich wollte ihn aber nicht sterben lassen. Vielleicht dachte ich in erster Linie an mich, als ich das Steinmesser im Feuer erhitzte. Allein auf mich gestellt, würde ich diesen Winter nicht überleben.

Ich sagte Winabave nichts, aber er sah das Messer und verstand, was ich vorhatte. »Winabave dich geschnitten«, sagte er. »Jetzt du Winabave schneiden.«

Er legte seine Hand auf meinen Arm und erzählte mir von den beiden Menschen, auf die er auf dem Rückweg der erfolglosen Jagd gestoßen war. Ein erwachsener Mann und ein Junge. Winabave hatte gegen den älteren gekämpft, während der jüngere zugesehen hatte. Er verletzte ihn mit dem Messer und schlug ihm in den Nacken, sodass der Mann zu Boden ging. Doch als er sich über ihn gebeugt hätte, um ihm den Skalp zu nehmen, hätte der Junge ihm mit der Keule auf den Rücken geschlagen. Der Mann sei daraufhin wieder zu sich gekommen und anschließend hätten die beiden ihn wie Wölfe verfolgt.

An der Stelle, an der ich den toten Skræling gefunden hatte, war es ein zweites Mal zum Kampf gekommen. Winabave hatte den älteren getötet und dem jüngeren in den Arm gestochen, der daraufhin die Flucht ergriff.

Wie es dazu gekommen war, dass Winabave in den Bauch geschossen wurde und er sich anschließend in einem Wachholdergebüsch verstecken musste, sagte er nicht. Er ließ meinen Arm los und holte tief Luft: »Jetzt … schneiden.«

Ein Mann kann schreien, wenn ihm ein Pfeil herausgeschnitten wird. Dafür muss er sich nicht schämen. Und Winabave schrie an diesem Abend, er schrie so herzzerreißend, dass ich dachte, er würde sterben. Ich musste den Muskel, der vor den Eingeweiden liegt, mit dem Messer entzweischneiden. Als der Pfeil ihn getroffen hatte, musste Winabave die Bauchmuskeln angespannt haben, denn die Spitze war nicht durch die Haut gedrungen, die um die Därme lag. Die Wunde war aber groß und blutete stark. Als ich mit dem Bauch fertig war, sah ich mir im Licht eines brennenden Zweigs seine Zehen an. Aus dem Dunkelblau war bereits schwarz geworden. Ich wollte ihm schon die Zehen abtrennen, als mir etwas in den Sinn kam, das Vater einmal erzählt hatte. Von einem Mann mit sehr dünnen, seltsamen Zehen. Dieser Mann war auf der Jagd im Eis eingebrochen und hatte dabei schwere Erfrierungen erlitten. Es war aber genug Fleisch und Haut um die Knochen gewachsen, dass man sie ihm nicht abtrennen musste. Also rührte ich Winabaves Zehen vorerst nicht an.

Die Wunde in seinem Bauch blutete, egal, was ich darauf presste, und bei Tagesanbruch flüsterte der Skræling mir zu, ich müsse aus der Höhle gehen und den Toten finden. Aus der Beinsehne sollte ich Fäden schneiden, diese dann auskochen und seine Wunde damit nähen – wie er es bei mir getan hatte. Ich meinte, dass wir besser einen Faden aus den gewebten Stoffen nehmen sollten, die wir den Hügelbauern abgenommen hatten, die könnten wir doch auch auskochen und reinigen. Aber Winabave weigerte sich. Er wollte mit einer Menschensehne genäht werden oder gar nicht.

An folgenden Morgen schneite es. Ich bahnte mir auf den Schneeschuhen einen Weg auf die Anhöhe und von dort bergab zwischen die Bäume. Mein gebrochenes Bein schmerzte bei den ersten Schritten, aber seltsamerweise nahmen die Schmerzen ab, je länger ich ging. Die zwei Krähen waren wieder da und flogen von der Leiche auf. Sie hatten sich am Hals und am Bauch durch die Haut gehackt, aber der Rest des Körpers schien bereits gefroren gewesen zu sein, sodass es ihnen nicht gelungen war, die Bauchhöhle zu öffnen.

Ich taute den Schenkel mit Wasser auf und schnitt die Sehne mit dem Steinmesser heraus. Die Arbeit war schwer, ich muss aber eingestehen, dass ich mir keine sonderlichen Gedanken darüber machte, an einem Menschen zu arbeiten und nicht an einem Tier. Vielleicht steckte bereits in mir, was die Skrælinge als *Eluvavemk* bezeichnen, der Wahn.

Ich kochte die Sehne in der Höhle aus, spaltete sie auf und nähte Winabaves Wunde. Er schrie dabei nicht, sondern starrte murmelnd an die Decke und griff immer wieder vor sich ins Leere, wie er es getan hatte, bevor er mich genäht hatte. Als ich fertig war, wickelte ich ihn in den Pelz und legte ihn nah ans Feuer.

Eine weitere Nacht folgte und darauf ein weiterer Tag. Ich saß bei Winabave und ließ das Feuer herabbrennen, bis es nur noch so groß wie der Kopf eines Mannes war. Vielleicht reichte das Holz dann für den Tag und die folgende Nacht. Mein Hunger war groß, und es war die Art von Hunger, die einen an nichts anderes denken ließ. Ich taute etwas *Pemmikan* am Feuer auf und aß so viel, wie in meine Hand passte, konnte dann aber nicht genug kriegen, als wäre meine Begierde nach dem Fett größer als nach dem Leben selbst. Bald schon hatte ich zwei, ja drei Hände gegessen, obwohl ich wusste, dass ich sparsam damit hätte umgehen sollen. Der Winter hatte gerade erst begonnen und ich musste davon ausgehen, dass der Schnee hier ebenso lange liegen blieb wie weiter im Norden. Um ehrlich zu sein, hatte ich den Überblick über die Monde längst verloren und auch die vergangenen Tage nicht irgendwie markiert, was ein großer Fehler war, denn ein Mann, der das Gefühl für die Zeit verliert, verliert leicht auch sich selbst.

Als das Licht verschwand, das durch das Rauchloch und den Tunnel in die Höhle fiel, blieb ich noch eine Weile sitzen und bewachte das Feuer. Dann musste auch ich eingeschlafen sein, denn ich erinnere mich an ein Traumbild: Ich stand auf einer Ebene und um mich herum kämpften Männer mit Speeren und Äxten. Vor mir stolperte ein Mann nach hinten und schlug auf einen Felsen auf, ich stürzte nach vorn und schlug ihm in den Schenkel, sodass das Blut herausspritzte. Danach sah ich nur noch einen grauen Himmel, an dem die Wolken sich immer dichter zusammenballten, wie sie es vor heftigen Regengüssen tun. Zwei Männer blickten auf mich herab. Ihre groben Glieder waren vom Blut befleckt. Einer hatte ein handgroßes Mal neben dem Bart.

Als ich aufwachte, war das Feuer heruntergebrannt. Ich lag auf der Seite und sah Licht durch das Rauchloch fallen. »Hörst du das?«, fragte Winabave.

Draußen war eine Stimme zu hören. Jemand sang. Hell und klar, aber es war nicht die Stimme einer Frau.

»Er will kämpfen«, sagte Winabave. »Wir sind in Matanuga.«

Gleich darauf hörten wir draußen Schneeschuhe knirschen und dann sahen wir das Gesicht des Skrælings durch das Rauchloch. Es war ein Junge, vielleicht der, gegen den Winabave gekämpft hatte. Winabave nahm meinen Arm und meinte, wir hätten keine Wahl, ich müsste gegen ihn kämpfen und ihn töten.

Mir gefiel das gar nicht. Der Junge brauchte nur am Ausgang des Tunnels warten und mir den Schädel einschlagen, wenn ich herauskam. Jetzt war er wieder am Rauchloch und dieses Mal steckte er den ganzen Arm hindurch. Er redete mit uns, und Winabave hörte zu und wiederholte, ich sollte nach draußen gehen. Gleich darauf verschwand der Junge wieder, und ich hörte, wie sich die Schneeschuhe entfernten.

Lange glaubte ich, er wäre gegangen. Wenn es sein Vater war, der nackt und gefroren im Schnee lag, würde er sicher Steine auf ihn legen wollen. Im Bach sollte er welche finden können. Ich legte Holz auf das Feuer, saß bei Winabave und hielt seine gefrorenen Zehen. Auch auf Nase und Wangen hatten sich Frostbeulen gebildet, die Narben hinterlassen würden.

In diesem Moment waren draußen wieder die Schneeschuhe zu hören. Der Junge kam zurück.

»Du musst gehen«, sagte Winabave. »Ich habe seinen Vater getötet. Er kann nicht von hier fortgehen.«

Der Junge stieß einen Speer durch das Rauchloch und sah anschließend wieder in die Höhle. Es war nichts Ehrenhaftes an dem, was ich an jenem Tag tat. Aber ich habe auch nicht behauptet, dort in Matanuga zu Ehre gekommen zu sein. Als der Junge wieder zu uns in die Höhle schaute, sprang ich vor und packte seinen Kopf. Mit aller Kraft zog ich ihn nach innen, sodass er mit der Stirn auf dem Höhlenboden aufschlug. Ich packte ihn an den langen, schwarzen Haaren und schlug seinen Kopf mehrmals auf den Boden, bis der Junge still liegen blieb.

Danach kroch ich von ihm weg. Ich sah die Füße des Jungen krampfhaft zucken, einen Arm hatte er zur Seite gestreckt. Winabave legte seine Hand in die Hand des Jungen und tröstete ihn, als das Leben aus seinem Körper wich.

Ich ließ die Leiche liegen, ja, ich konnte mich den ganzen Tag nicht aufraffen, sie nach draußen zu bringen. Die Schwermut blockierte mich so sehr, dass ich mich nicht einmal um das Feuer kümmerte oder Winabaves Wunden versorgte. Noch am selben Abend kam ein Unwetter auf. Es wurde milder, und der Schnee fiel so dicht, dass Tunnel und Rauchloch bald wieder verstopft waren. Dann fiel ich in einen traumlosen Schlaf.

Ich erinnere mich, dass der Mond rund wurde und voll über der Schlucht stand. Ich schürte das Feuer und war immer wieder draußen, um neues Holz zu holen. Lief umher und suchte nach Spuren. Die Leiche zog ich nach draußen in die Schlucht und hoffte darauf, dass sie Tiere anzog. Ich saß wieder und wieder im Schnee versteckt da, den gespannten Bogen in der Hand, aber nichts geschah.

Auch wenn mein Bein noch nicht wieder gesund war, wusste ich, dass ich auf die Jagd gehen musste, ehe der Hunger mich zu sehr schwächte. Winabave zeichnete eine Karte in die Asche und erklärte mir, wohin ich gehen sollte. Im Westen gab es, einen Tagesmarsch entfernt, einen Höhenzug. Diese Anhöhe hatte ich oben vom Rand der Schlucht gesehen. Dahinter war ein Wald, der an einen Fluss grenzte. Diesen Fluss müsste ich überqueren. Winabave hatte gehört, dass die großen Rentierherden den Flüssen folgten. Es sollte möglich sein, dort irgendwo die Reste eines Jungtiers zu finden. Die Wanderungen der Tiere seien so hart, dass die Jungtiere sie oft nicht überlebten.

Winabave jammerte nicht und machte kein großes Aufheben von seinen Verletzungen. Doch um eine Sache bat er mich, bevor ich ging. Ich sollte ihm die Zehen abtrennen. Wenn er die Wunde im Bauch überlebte, wollte er nicht an einer Vergiftung seines Blutes sterben.

Er biss auf ein Stück Holz, während ich zur Tat schritt. Und er war wirklich tapfer und gab nicht einen Laut von sich. Seine Zehen waren aber nicht so erfroren, wie ich angenommen hatte. Neben den Großzehen konnte er zwei Zehen an einem und eine am anderen Fuß behalten, sodass er sich später noch einigermaßen normal würde bewegen können. Als ich fertig war, bat er mich, die Wunden einen Moment bluten zu lassen, um sie zu reinigen.

Während ich bei ihm wartete, erzählte er mir sein Geheimnis. Er hatte früher gesagt, er sei versklavt und verbannt worden, weil es ihm nicht gelungen war, seine Familie zu verteidigen, als die

Algonkin angegriffen hatten, doch das war nicht die ganze Wahrheit gewesen. Winabave war ihnen gefolgt und hatte sie weit im Inland aufgespürt. Er hatte einen nach dem anderen getötet und sie durch den Winter gejagt. Dann hatte es kein Wild mehr gegeben, Kälte und Schnee mussten es vertrieben haben, weshalb der Hunger sowohl Winabave als auch die verbliebenen Algonkin quälte.

Winabave erzählte mir nicht, ob er sie alle getötet oder der Hunger seinen Rachedurst schließlich geheilt hatte. Er hatte Rinde gegessen und Wurzeln ausgegraben und war schließlich wieder zurück Richtung Patuxet gewandert. Dabei hatte er jedoch so viel Kraft verloren, dass er, als er auf eine der Leichen der Krieger stieß, die er getötet hatte, etwas getan hatte, was ihn für immer verfluchen sollte. Er hatte von der Leiche gegessen. Zu Winabaves großer Überraschung waren die Kräfte auf eine Weise zurückgekehrt, wie er es nie zuvor erlebt hatte. Er trennte deshalb einen Arm ab und nahm ihn auf seinen weiteren Weg mit. Diesen Arm hatte er noch bei sich, als er einige Tage später von den Patux gefunden wurde. Sie hatten ihn gefesselt und zum Sachet gebracht, der ihn als *Wendigo* beschimpft und verbannt hatte.

*

Über meine Wanderung durch Matanuga gibt es nicht viel zu sagen. Hier in meiner Halle habe ich immer nur erzählt, dass ich tagelang nach Westen gegangen und zu einem Fluss gekommen bin, an dem ich einen Skræling getroffen habe, der durch ein Loch im Eis fischte. Hunger verändert die Menschen und ich hätte ihn mit meinem Bogen erschossen, aber dazu fehlte mir der Mut. Ich war sehr schwach und der Gedanke daran, ihn zu verfehlen und dann wiederum von ihm verfolgt zu werden, machte mir Angst. Stattdessen ging ich auf das Eis und bettelte ihn an. Er drohte mir mit dem Bogen und redete mit lauter, harter Stimme auf mich ein, weshalb ich mich unter die Bäume zurückzog. Der Skræling packte seine Sachen zusammen und verschwand in Windeseile auf der anderen Seite des Flusses.

Zwei ganze Tage suchte ich den Flusslauf nach Aas ab. Am Fuß von ein paar Birken grub ich auf der Suche nach etwas Essbarem den Schnee auf, fand aber nur Heide. Trotzdem kaute ich darauf herum, doch die Heide im Land der Skrælinge ist bitter und macht Bauchschmerzen.

In diesen Tagen dachte ich viel an Ravntor, an Sigrid und Bjørn. Die meisten meiner Gedanken waren aber bei meinem Kind. Vielleicht waren es der Wald, die Höhenzüge und der beständig wispernde Wind, die meine Schuldgefühle verstärkten. All jene, die mir nahestanden, hatte ich im Stich gelassen. Ich hatte als Häuptling versagt. Wo war der Reichtum, den ich ihnen versprochen hatte? Mein eigener Bruder war aufgebrochen, um ein Schiff zu verkaufen, das ich gebaut hatte, das aber schon im ersten Sturm untergegangen war. So musste es sein, sonst wäre er zurückgekommen. Auch Sigrid gegenüber hatte ich mich auf schlimmste Weise schuldig gemacht: Es war mir nicht gelungen, sie zu verteidigen. Was dachte sie jetzt wohl über mich? Wenn sie mich hasste, konnte ich ihr keine Vorwürfe machen.

Dort in Matanuga zündete ich jeden Abend ein Feuer an, und auch wenn es sehr kalt war, fror ich nicht. Die Kleider und die Stiefel, die ich dem Toten abgenommen hatte, waren warm, aber lieber hätte ich gegen die Kälte angekämpft, als gegen das Gefühl des Versagens. Winabave hatte gesagt, dass die Patux Ravntor keinen Schaden zufügen würden. Sie entführten immer wieder Kinder und Frauen. Als junger Mann war er selbst bei Plünderungen dabei gewesen, er hatte es mit eigenen Augen gesehen. Sie würden den Jungen wie einen Skræling erziehen, aber frei würde er nie sein. Er würde als Sklave aufwachsen und als Sklave all seine Tage verleben.

Auf dem Rückweg schneite es heftig. Die Abenddämmerung nahte bereits, als ich mich in die Schlucht vorkämpfte. Ich fürchtete, dort jetzt nicht nur einen, sondern zwei Tote vorzufinden.

Sowohl das Rauchloch als auch der Tunnel waren vom Schnee verstopft. Als ich mich zur Höhle durchgegraben hatte, musste ich mich vortasten, um Winabave zu finden. Es war stockfinster und in der Feuerstelle war nicht die Spur von Glut zu finden. Aber er lebte noch, nahm meine Hand und murmelte etwas, das ich nicht verstand.

Ich nahm den Kot, den Winabave hinterlassen hatte und warf ihn in den Schnee. Alles war gefroren. Dann blieb ich vor der Höhle stehen und sah zu, wie die Schatten blau und immer länger wurden. Mein Schicksal wurde dem von Winabave immer ähnlicher. Wie er hatte ich meine Familie nicht schützen können. Und wie er war ich nun gezwungen, das Undenkbare zu tun. Ich hatte keine Wahl. Es war kein Wild zu finden gewesen. Wollte ich überleben, musste ich tun, was er getan hatte.

Die steif gefrorene Leiche des Skrælingjungen hatte einen Arm zur Seite ausgestreckt. Zuerst versuchte ich, den Arm abzubrechen, aber ich war zu schwach.

Was ich in jener Nacht tat, sollte nie jemand erfahren. Aber wie alle wissen, die in meiner Halle zu Gast waren, war Winabave dem Trinken recht zugeneigt, und wenn man ihm Met oder Wein aus dem Süden anbot, begann er gern zu erzählen. Die Mönche haben mich wegen meiner Taten Satan geschimpft, sie haben auf mich gezeigt und gewettert, dass ich nur durch Schmerzen gereinigt werden könnte und den Christengott um Vergebung anflehen sollte. Doch diese Feiglinge wissen nichts. Es gibt Vieles, für das ich Reue empfinde. Nicht aber dafür, dass ich einen Skræling gegessen habe. Erst wärmte ich den abgespreizten Arm auf und schnitt dann die Oberarmmuskeln mit meinem Steinmesser heraus. Diese spaltete ich in dünne Fasern auf, die ich mit getautem Schnee in die Grube legte und mit Hilfe von heißen Steinen aufkochte. Danach begann ich zu essen. Ich aß wie ein Hund und dachte nur daran, das Fleisch herunterzuschlingen. Als ich mich erbrach, geschah dies nicht, weil ich mich ekelte, sondern weil ich nach der langen Zeit des Hungerns das Essen nicht bei mir behalten konnte. Aber ich sammelte zusammen, was ich ausgebrochen hatte und steckte es mir ein zweites Mal in den Mund.

Winabave sagte nichts, als ich aß. Er lag nur da und sah mich an. Zu guter Letzt bat er mich aber, die Kopfhaut der Leiche rundherum einzuschneiden und ihm den Skalp abzuziehen. So könne ich verhindern, dass der Geist des Toten mir die Luft nähme und mich verwandelte. Denn wer Menschenfleisch isst, wird eines Tages aufwachen und nach mehr gieren. Er findet dann keine Ruhe mehr und streift umher, ohne an etwas Anderes denken zu können.

Ich kann mich nicht daran erinnern, dass mich seine Worte beunruhigt hätten, trotzdem tat ich, was er sagte. Danach ging ich zu dem Vater des Jungen, wärmte dessen Schädel auf und zog auch ihm den Skalp ab. Schließlich bat Winabave mich, auch ihm etwas von dem Fleisch zu kochen.

Es heißt, die Skalps der Skrælinge, die ich in Matanuga tötete, lägen versteckt in einer meiner Kisten, was den Ruf geprägt hat, den ich unter den Krieger habe. Und meine Feinde fürchten mich deshalb, weshalb ich diesen Behauptungen nie widersprochen habe.

*

Vor dem Frühling sollten noch vier weitere Skrælinge zu uns kommen. Zwei von ihnen tötete ich in der Schlucht, die beiden anderen spürte ich unten im Wald auf. Langsam, aber sicher ging es auch Winabave besser, die Wunde in seinem Bauch heilte, aber die verlorenen Zehen verunsicherten ihn, wenn er auf den Schneeschuhen unterwegs war. Deshalb blieb er die meiste Zeit in der Höhle und kümmerte sich um das Feuer, während ich nach draußen ging. Drei der vier Skrælinge tötete ich mit Pfeilen, der vierte stürzte, wobei sich seine Schneeschuhe lösten, sodass ich ihn leicht mit dem Speer erstechen konnte, den der Junge bei sich gehabt hatte. Ich skalpierte alle vier und brachte die Skalps, gemeinsam mit den Vorräten, die sie bei sich hatten und ihren Pfeilen mit zu Winabave. Er las die Pfeile und deutete die Muster auf ihren Kleidern, wie ein Schriftgelehrter ein Buch liest. Und er zweifelte nicht: Diese Männer waren der Ehre halber gekommen. Vielleicht hatten sie durch die Hügelbauer von uns erfahren. Ein Meermann und ein entflohener Patuxsklave … wer unsere Skalps nach Hause brächte, würde als ein großer Krieger angesehen werden.

Ich nahm die Eingeweide der Getöteten mit auf den Höhenzug und konnte mit diesem Köder neun Krähen schießen. Winabave rupfte sie am Feuer und murmelte seine Worte zu dem großen Geist, der in allem ist. Dann dankte er sowohl den Krähen als auch dem Land unter unseren Füßen. Vielleicht waren wir verdammt, zu Wendigos zu werden, trotz allem war es aber gut, wieder einmal etwas anderes zu schmecken als Menschenfleisch.

Ich glaube, Winabave ist die Furcht, sich zu verwandeln, nie ganz losgeworden. Sie lauerte wie eine schlechte Erinnerung in seinem Hinterkopf. Wenn er betrunken war, bekam er oft einen seltsamen Blick. Dann hörte er nicht mehr, was man ihm sagte, doch wenn man ihn anstieß, starrte er einen voller Entsetzen an und flüsterte: *Wendigo … Wendigo …*

23
Der neue Häuptling

Das Wetter änderte sich. Am einen Tag schneite es noch wild, am anderen wachte ich bei deutlich milderen Temperaturen auf und sah das Schmelzwasser auf dem Boden der Höhle. Ich rechnete erst damit, dass es wieder kalt würde, aber warme Winde zogen von Osten heran und schon bald darauf sahen wir die ersten Felsen aus dem Schnee ragen. Ich begann sogleich, Fallen zu stellen, Gras zu sammeln und trockene, harzreiche Zweige von den Kiefern zu brechen. Das Gras und die Harzzweige, die Winabave Fettholz nannte, packte ich in ein Bündel, das ich aus den Kleidern der toten Skrælinge genäht hatte.

In der Morgendämmerung nach der nächsten Vollmondnacht brachen wir auf. Bevor wir die Höhle verließen, mischten wir Blut und Asche und drückten unsere Hände gegen die Höhlenwand. Wir hatten eine lange Reise vor uns. Sollte uns etwas geschehen, würden wenigstens die Abdrücke in der Höhle davon zeugen, dass wir dereinst dort den Winter verbracht hatten.

Wir wanderten den ganzen ersten Tag durch nassen, weichen Schnee. An manchen Stellen war er schon so zusammengesackt, dass wir die Schneeschuhe abnahmen, an anderen Stellen mussten wir sie wieder anziehen, um nicht bis zu den Knien im Matsch zu versinken. Wir rasteten erst, als es wieder zu dämmern begann und wir einen Felsvorsprung fanden, unter dem wir geschützt waren. Winabave beklagte seine Langsamkeit; er musste sich noch auf zwei Stöcke stützen und die fehlenden Zehen machten seinen Gang unsicher. Er hob die Füße hoch an und setzte sie flach auf, da er nicht mehr richtig abrollen konnte, sodass ich immer wieder auf ihn warten musste.

Ich hatte meinen Blick nach Osten gerichtet und schon früh am zweiten Tag erblickte ich etwas Grünes auf dem Schnee. Die Sonne schien durch eine Birke, die bereits ausgetrieben hatte, noch bevor der letzte Schnee geschmolzen war. Der Frühling kam schnell in Matanuga. Und plötzlich fühlte es sich an, als hätte Idun mir einen ihrer goldenen Äpfel gereicht. Mich erfüllte eine gewaltige Kraft, eine Hoffnung, wie ich sie lange nicht mehr gespürt hatte. Ich sog die Luft tief in meine Lungen und brüllte so laut ich konnte in den Frühling: »Ravntor!« Doch Winabave kam zu mir gestapft und bat mich, ruhig zu sein. Wir waren noch in Matanuga.

Winabave und ich folgten nicht der Route, die wir auf der Flucht vor den Cahokianern eingeschlagen hatten, denn die würde uns wieder ins Land der Hügelbauer führen. Stattdessen gingen wir nach Nordosten und kamen alsbald in den großen Birkenwald, der sich damals südlich von Patuxet erstreckte. Durch einen Birkenwald zu wandern, tut jedem Menschen gut, und unter den Leuten des Flussvolkes sagt man, dass mit jedem Windhauch, der durch das Birkenlaub streicht, ein bedrückender Gedanke aus deinem Geist geblasen wird. Vielleicht war es so. Denn auch wenn die Sehnsucht schwer auf mir lastete und ich wusste, dass der Weg nach Hause noch sehr lang war, gab es auf dieser Strecke nicht einen Tag, an dem ich keine Hoffnung gehabt hätte. Winabave und ich hatten besprochen, in Richtung Küste zu gehen, sobald wir uns nördlich der Hügelbauer befanden. Wir wollten ein Boot aus Birkenrinde bauen. Winabave meinte, er hätte diese

Kunst von seinem Vater gelernt. Danach wollten wir im Schutz der Nacht am Land der Patux und allen anderen Siedlungen vorbeipaddeln, die wir erblickten.

Der Skræling und ich müssen ein seltsames Bild abgegeben haben, als wir durch den Wald liefen. Wenn du jemals gesehen hast, wie sich eine Fledermaus auf deinem Dachboden fortbewegt, kannst du dir vorstellen, wie Winabave ging. Weil er den Fuß nicht abrollen konnte, hatte er die Hüfte leicht geknickt und den Oberkörper über die Stöcke gebeugt, er beklagte sich aber nie mehr. Ich selbst hatte jetzt zwei lahme Beine und grübelte lange darüber nach, ob das, was mir widerfahren war, einen Sinn ergab. Vielleicht war es der Wille der Götter. Trotzdem fielen keine schwermütigen Worte, wenn Winabave und ich des Nachts lagerten. Wir lagen Seite an Seite unter unseren Fellen, während die Sterne über den immerzu flüsternden Birken ihre Bahnen zogen. In der vierten Nacht nach dem Verlassen der Höhle erzählte Winabave mir, dass er dem Land gelauscht hätte und es ihm zugeflüstert habe, dass er mir folgen sollte, wohin ich auch ging, ja selbst, wenn ich den Entschluss fassen sollte, in das Land zurückzukehren, in dem ich geboren war.

Der Skræling legte bald darauf die Stöcke weg. Er meinte, dass sie uns zu sehr aufhielten, und mit der Zeit fand er zu einem einigermaßen normalen Gang zurück, wobei er immer leicht aus der Balance zu bringen war. Am fünfzehnten Tag begannen wir, geeignete Birken zu schälen. Sie mussten einen dicken Stamm und eine unversehrte Rinde haben. Winabave meinte, dass wir viele solcher Rindenstücke bräuchten. Auch müssten wir Harz von Tannen oder Kiefern zapfen, und für jedes Rindenstück bräuchten wir zwei armlange Stockaustriebe, da dieses Holz besonders geschmeidig sei. Wir würden ein *Kvedun* bauen, wie die Skrælinge diese Art von Boot nannten, und müssten auch noch zwei gute Paddel aus im Stehen getrocknetem Kiefernholz schlagen.

In dieser Zeit begann ich wieder, an das Kind in Sigrids Leib zu denken. Wobei ich mir eigentlich ziemlich sicher war, dass es längst auf die Welt gekommen sein musste. Im Winter hatte mich das sehr belastet, irgendwie war es mir aber mit der Zeit gelungen, die Gedanken zu verdrängen und mir einzureden, dass Sigrid genug Menschen um sich hatte, die ihr helfen konnten. Sie war stark und gesund, und auch wenn sie schmal war, war ihre Hüfte breit genug, um Kinder zu gebären. Trotzdem begann die Angst an mir zu nagen, was geschehen wäre, wenn die Geburt nicht geklappt hatte oder das Kind krank zur Welt gekommen war.

Am Abend des achtzehnten Tages erreichten wir die Küste und schlugen in einer schmalen Bucht unser Lager auf. Winabave meinte, dass wir hier in Frieden gelassen würden. Wir entfachten ein Feuer und aßen ein paar Wurzeln, die er im Laufe des Tages ausgegraben und jetzt in Moos gewickelt in der Glut gegart hatte.

Ich weiß noch, dass ich in dieser Nacht wach wurde. Üble Träume hatten mich heimgesucht. Ich hatte Sigrid nackt und tot am Boden liegen sehen, mit Blut zwischen den Beinen. Wer mir nahesteht weiß, dass ich in meinem späteren Leben häufig von Albträumen heimgesucht wurde. Die Dienstmädchen haben mich oft auf meinen Häuptlingsthron sitzend gefunden, einen Krug Bier in der Hand, wenn sie morgens in die Halle kamen. Wenn es mir so ging, durfte mich niemand ansprechen, ein jeder senkte den Blick. Es mag auch etwas Wahres an den Gerüchten sein, dass ich jemandem wütend meinen Krug an den Kopf schleudern konnte, wenn ich in diesen Momenten gestört wurde. Ich war nicht immer der Mann, den Vater sich in seinen Träumen ausgemalt hatte, und als ich später in die Streitereien über die Königsmacht und das Recht, Steuern von freien Männern und Händlern einzutreiben, hineingezogen wurde, war es nicht immer leicht, den »Weg des guten Mannes« zu beschreiten, den die Skalden besingen.

Über Winabave sagen die Menschen, dass er ein Tor war, der kein Bier vertrug. Gab man ihm nur ein wenig davon, konnte man ihn dazu bringen, wacklig herumzulaufen und auf Skrælingsprache zu jaulen. Das mag wahr sein, aber ein Tor war er nicht. Neben meinem Vater war er der klügste Mensch, den ich jemals kennengelernt habe. An unserem ersten Morgen dort in der Bucht saß er an meiner Seite. Wir redeten nicht, denn keiner von uns brauchte Worte. Stattdessen legte er seine Hand auf meinen Arm und so blieben wir sitzen, während die Sonne aufging. Ich weinte. Ich weinte um den Sohn, den ich verloren hatte. Und Winabave ließ mich weinen. Er bat mich weder zu schweigen noch redete er von Göttern, Ahnen oder Manneskraft. Er ließ mich die Tränen vergießen, die vergossen werden mussten, und gab mir Zeit. Dann strich er mit seinem Finger unter meinen Augen entlang und steckte ihn sich in den Mund. »Salzig, deine Tränen«, sagte er. »Wie das Meer. An der Zeit, nach Hause zu fahren.«

Die nächsten zwölf Tage bauten wir an dem *Kvedun,* und weitere drei brauchten wir für die Paddel. Es tat mir gut, mit dem Holz zu arbeiten, und auch Winabave erwies sich als guter Bootsbauer. Er hatte gemeinsam mit seinem Vater zwölf solcher Birkenboote gebaut und danach noch einmal zwei, als er Frau und Kind bekommen hatte.

Im Wald fanden wir eine dicke Birke mit glatter Rinde. Solche Birken habe ich nur dort im Land der Skrælinge gesehen. Wir machten einen langen Schnitt, trennten die Rinde in einem Stück ab und brachten sie zu unserem Lagerplatz. Auf einem flachen Strandstück errichtete Winabave eine Art Rahmen aus Stöcken, die er in den Boden stieß, bis ein schmaler Bootsrumpf zu erkennen war. Wir legten die Rinde hinein und stellten danach ein paar gebogene Zweige auf, die wir mit Fichtenzweigen belegten, sodass wir ein Dach über dem Bootsrumpf hatten. Das sei wichtig, meinte Winabave, damit die Rinde nicht durch die Sonne austrocknete. Die Reling machten wir aus einem Holz, das Winabave *Kakskuse* nannte und das wir mit Holzkeilen aufspalteten. Nie habe ich fügsameres Holz gesehen. Sollte ich jemals nach Hause fahren, wollte ich zwei dieser Bäume mitsamt Wurzeln mitnehmen und auf meinem Land pflanzen.

Das große Rindenstück sollte den Boden und die Steven des Bootes bilden, während wir die kleineren Stücke, die wir mitgenommen hatten, anstückelten und mit Fasern von Fichtenwurzeln zusammennähten. Diese Arbeit kannte ich von zu Hause. Die Reling entstand aus zwei langen Holzspalten, die wir mit den Bootsrippen verbanden. Auch den Kiel verstärkten wir mit langen *Kakskuse*-Hölzern, sodass das Boot das beständige Schlagen der Wellen überstehen konnte. Winabaves Vater war ein kühner Fischer gewesen. Einmal war er mit einem solchen Gefährt so weit aufs Meer hinausgefahren, dass er das Land nicht mehr sehen konnte. Ein Meeres-*Kvedun* brauchte vorn und hinten hohe Steven, die wir aus den überstehenden Rippen formten und zusammenbanden.

Am zwölften Tag drehten wir das Boot um. Winabave holte die sechs Skalps aus seinem Bündel. Im Laufe des Winters hatte er sie mit den Sehnen der Getöteten zusammengenäht und mit dem Fett gefüllt, das er von ihrer Bauchhaut geschabt hatte. Er war dabei sehr sorgsam vorgegangen, ich hatte ihn nie nach dem Sinn gefragt, sondern einfach angenommen, es handele sich um einen Brauch der Skrælinge. Winabave bat mich, ein paar Kegel aus Birkenrinde zu falten und in diesen mischte er Harz und Menschenfett. Anschließend schmolz er die Masse ein und schmierte sie in jede Ritze und jede Rindennaht. Das Harz sollte helfen, die Rindenstücke zusammenzukleben, und mit dem Fett verhinderten wir, dass die Nähte brüchig wurden. Am besten sei dafür Bärenfett geeignet, sagte er lachend, da aber niemand von uns in der Lage sei, Bären zu jagen, müssten wir mit dem auskommen, was wir hatten.

Am Morgen unseres Aufbruchs regnete es. Wir hatten ein paar Kegel aus Birkenrinde mitgenommen, um schöpfen zu können, sollte unser Boot nicht vollständig dicht sein. Die Paddel hatten wir aus einem toten Kiefernstamm geschnitten, den wir mit Hilfe eines Feuers gefällt und dann mit Keilen aufgesplittet hatten. Ebenfalls mit Feuer hatten wir den Paddeln die grobe Form gegeben, bevor wir sie mit dem Messer zurechtgeschnitzt hatten. Es waren wirklich gute Paddel geworden, das musste ich eingestehen. Am ersten Tag half uns die Strömung, und da es windstill war, kamen wir gut voran. Nicht einmal der Regen konnte die Freude in meinem Inneren dämpfen. Mit jedem Zug kam ich Sigrid näher. Aber wie wir Ravntor zurückholen sollten, wussten wir noch nicht.

Zwei Tage paddelten wir durch den Regen. Als der Wind am dritten Tag die Wolken wegblies, zogen wir das Boot an Land und kippten das Regenwasser aus, bevor wir weiterfuhren. Wir hatten unterwegs Regenwasser getrunken und es hatte frisch geschmeckt, doch jetzt sickerte Meerwasser durch einen Spalt ins Boot, sodass wir wieder an Land mussten, um Harz zu suchen. Wir vermischten es mit Asche und dichteten das Boot damit ab. Fett hatten wir keines mehr, aber Winabave meinte, es würde trotzdem halten. Zusätzlich nähten wir eine weitere Schicht Rinde auf die Naht. Den Rest des Tages verbrachten wir im Windschutz hinter den Uferfelsen. Gegen Abend sahen wir etwa einen Pfeilschuss entfernt vier *Kvedune.* Ich verstand erst nicht, warum sie so rasch über das Meer glitten, ein Boot dicht hinter dem anderen, schließlich schienen sie die Paddel kaum ins Wasser zu senken. Aber Winabave zeigte nach vorn und sagte: »Butup.« Da blies ein Wal vor den Booten und ich verstand, dass sie das Tier harpuniert hatten und jetzt hinter ihm hergezogen wurden. Ein Skræling stand im Bug des Bootes auf und schleuderte einen weiteren Speer in den schwarz glänzenden Walrücken. Als er noch einen dritten in das Fleisch des Tieres trieb, war die Jagd zu Ende.

Sie töteten den Wal, während wir zusahen. Ich fürchtete, dass sie ihn gleich hier an Land bringen würden, aber die Skrælinge wickelten Seile um die Schwanzflosse und schleppten ihn hinter sich her in Richtung Süden.

Als sich die Dunkelheit über das Meer senkte, waren sie längst verschwunden.

Wir fuhren weiter an der Küste entlang. Wären wir einen Monat später aufgebrochen, wäre der Küstenstreifen dicht besiedelt gewesen. Aber es war noch früh im Jahr, sodass abgesehen von einigen Jagdgruppen, die es auf Jungwale abgesehen hatten, kaum ein Mensch zu sehen war. Winabave erzählte mir, wie er als Kind im Boot seines Vaters gesessen und mit Schnüren geangelt oder Fischfallen gestellt hatte. Er erinnerte sich noch genau an den Geruch von Lagerfeuer, feuchtem Wald und Tang. An einem dieser Tage hätte sein Vater einen Hirsch geschossen, der nach unten an den Fluss gekommen und fast auf ihr Boot getreten war, als wäre es unsichtbar. Aus einem Stück des Geweihs hätte sein Vater einen Block für den Feuerbogen gemacht, damit die Spindel nicht verrutschte. Winabave hatte diesen Block den ganzen Sommer über um den Hals getragen und später seinem eigenen Sohn geschenkt. »Jetzt ist er fort«, sagte er. »Alles ist fort.«

Im Schutz der Nacht trugen wir das *Kvedun* an derselben Stelle über Land, an der das auch die Cahokianer getan hatten. Dichter Nebel lag über dem Boden, was gut für uns war, da wir uns in der Nähe von Patuxet befanden. Wenig später waren wir wieder auf dem Wasser. Ich weiß noch, dass ich in dieser Nacht extra langsam paddelte. Immer wieder dachte ich darüber nach, ob es möglich war, in der Dunkelheit die Palisaden von Patuxet zu überwinden. Wenn ich Ravntor nur finden konnte, wenn ich ihn auf den Arm nehmen konnte, würde kein Patux mich aufhalten können.

Aber wir paddelten weiter. Winabave lobte mich, als wir in der Dämmerung an Land gingen. Wir versteckten das Boot im Unterholz und krochen selbst unter Zweige und Laub. »Du warst klug heute Nacht«, sagte er. »Sie hätten uns getötet.«

Zu den Männern, die zu mir kamen, sich nach Vinland erkundigten und um Ratschläge für die Reise nach Westen baten, habe ich immer gesagt, dass Vinland seinen Namen nicht wegen der Trauben hat. Die Gerüchte, dass dort wie im Süden Trauben wüchsen, seien falsch. Vinland habe seinen Namen, weil dein Blut dort wie Wein fließt. Das Land mag vom Meer aus sanft und fruchtbar aussehen, doch in Wahrheit ist es wie ein Jagdhund. Es knurrt nicht. Es beobachtet und schlägt seine Zähne in dich, sobald du unaufmerksam bist. Nur drei Tage von Patuxet entfernt wurden wir wieder daran erinnert. Wir paddelten noch immer in der Nacht und ruhten bei Tag. Deshalb erblickten wir den Mast erst, als wir fast mit ihm zusammenstießen. Er ragte zwischen zwei Felsen empor. Ich dachte erst, es wäre ein Baumstamm, bis ich die Seile sah, die von ihm herabhingen. Es war gegen Ende der Nacht, weshalb wir an Land gingen. Bei Anbruch der Morgendämmerung paddelte ich noch einmal hinaus. An jenem Morgen war wenig Wind, sodass das Wasser auf der Leeseite der Felsen ganz ruhig war. Ich sah den Meeresgrund unter mir, auf dem die Reste des Schiffs lagen. Es war zu klein, um das Schiff sein zu können, mit dem Bjørn gesegelt war, und hatte einen recht flachen Rumpf. Was mit der Mannschaft geschehen war, konnten wir nur raten.

Zwei Tage später kam ein gewaltiges Regengebiet über das Meer auf uns zu, sodass Winabave und ich an Land bleiben mussten. Wir fanden Schutz unter einem Felsvorsprung. Dort lagen ein paar Möwenknochen, die der Skræling an den Steinen zurechtschliff und daraus eine Flöte baute. Er feilte zwei Löcher hinein und spielte darauf eine traurige Melodie, die er später auch immer wieder in der Halle gespielt hat. Er fragte mich, ob ich wieder ein Langhaus errichten wollte, wo ich jetzt doch all meine Leute außer Eystein verloren hätte. Ich sagte nur, dass Bjørn und seine Mannschaft bald zurück sein würden. Vielleicht warteten sie bereits den ganzen Winter auf der Rentierinsel auf uns.

Der Regen zwang uns, fünf Tage an Land zu warten. Als er vorüber war, rollten gewaltige Wellen auf die Küste zu, sodass wir auch da noch nicht ablegen konnten. Doch dann folgte ein Morgen, an dem das Meer spiegelblank war. Wir paddelten weiter und der warme Lufthauch sagte mir, dass der Frühling jetzt bleiben würde. Winabave meinte, die Wärme würde schneller an der Küste nach Norden ziehen als wir paddeln könnten. Wenn wir das Land des Flussvolkes erreichten, hätten die Ahorne längst ausgeschlagen.

Es sollte sich zeigen, dass er Recht hatte. Unser *Kvedun* war klein, weshalb wir die großen Buchten nicht einfach überqueren konnten, sondern der Küstenlinie folgen mussten.

Die Reise nach Norden war deshalb viel langwieriger als unsere Fahrt nach Süden.

Wenn du mich fragst, wie viele Tage Winabave und ich unterwegs waren, muss ich dir die Antwort schuldig bleiben, ich kann dir aber die Küstenlinie des Skrælinglandes aufzeichnen, wie ich sie in Erinnerung habe: mit Buchten, Felsen und Untiefen. Als wir weit genug von Patuxet entfernt waren, wagten wir es wieder, tagsüber zu fahren, und auch wenn wir von morgens bis abends paddeln konnten, ohne jemanden zu sehen, waren wir nicht allein. Am Horizont sahen wir öfter Boote, die wie unsere aussahen, aber viel größer waren. Besonders die jungen Männer, die noch auf der Jagd nach Ruhm und Ehre waren, um eine gute Ehe schließen zu können, gingen in dieser Jahreszeit auf Waljagd. Geheiratet würde in der Regel im Sommer, sagte Winabave. Da waren die Frauen am fruchtbarsten und ein Kind, das in dieser Zeit empfangen wurde, kam zeitig im Frühjahr zur Welt, wenn die Kornvorräte zur Neige gingen. Die beste Zeit zum Gebären, meinte er. Seine beiden Kinder waren in dieser Zeit geboren worden. So lange die Mutter Milch hatte, brauchte das Kind nichts von den wenigen Vorräten, die noch übrig waren, und fiel niemandem zur Last.

Unser Gespräch ließ mich wieder an Sigrid und das Kind denken, das mittlerweile auf der Welt sein musste. Und wie immer machte ich mir Sorgen. Was, wenn sie nicht genug Milch hatte? Die Gedanken quälten mich tagelang, bis sie sich wieder auf Ravntor richteten. Die eine Sorge löste die andere ab.

Winabave fischte mit einer Schnur, die er aus dem Bast einer Rinde gedreht hatte. Er nutzte einen Dorn als Haken, wie ich es als Kind selbst oft getan hatte, und stahl aus Reusen und Fischfallen, die häufig in Flussmündungen zu finden waren. Zweimal stürzten Menschen ans Ufer und beschossen uns mit Pfeilen, doch wir paddelten rasch weg und fuhren dann immer die ganze Nacht hindurch. Wir aßen Muscheln und Tang und wenn wir glaubten, weitab von irgendwelchen Siedlungen zu sein, zogen wir das Boot an Land und schliefen versteckt unter Bäumen.

Wir erreichten den Sund östlich des Landes der aufgehenden Sonne und kamen schließlich zum Sommerlager des Flussvolkes. Es war niemand da. Die Rinde war von den Hütten genommen worden, sodass nur noch die Holzrahmen standen. Winabave meinte, dass sie ein neues Sommerlager errichtet haben mussten, vielleicht waren die Fischschwärme weitergezogen. Mich kümmerte das alles wenig, und bald waren wir wieder auf dem Meer. Ich hatte mittlerweile das sichere Gefühl, dass zu Hause auf der Rentierinsel jemand sein musste. Das Gefühl war im Laufe der Reise immer stärker geworden, als hätten die Götter mir in den Träumen zugeflüstert, dass das Langhaus wieder errichtet worden, mein Bruder zurückgekommen war und Sigrid mit einem Säugling auf dem Arm auf mich wartete. Ich sah die Bilder deutlich vor mir, als wir das letzte Stück über das Meer fuhren, bevor wir in die große Bucht kamen. Dann glaubte ich, Rauch aufsteigen zu sehen und den Mist von Tieren zu riechen und in der Mitte der Bucht hörte ich Stimmen. Es waren Worte in meiner eigenen Sprache, immer wieder unterbrochen vom Klingen von Hammer und Eisen. »Da sind Menschen«, sagte Winabave. »Hört sich an wie dein Volk.«

Mein Volk. Es war kein Traum. Diese Stimmen, die Klänge aus der Schmiede, waren Wirklichkeit. Mein Bruder, er war am Leben. Er war zurückgekehrt. Ich rief ihn. Ich rief nach Sigrid, aber wir waren noch viel zu weit in der Bucht als dass uns jemand hätte hören können. Ich paddelte wie wild, sodass wir bald darauf die Mündung der abgeschirmten Bucht erreichten, die wir Hafen getauft hatten. Ein neues Langhaus war errichtet worden. Ein Dach spannte sich über die Schmiede und auf der anderen Seite des Hauses stand ein Stall. Männer liefen auf dem Hofplatz hin und her, bärtige, kräftige Männer, aber dort waren auch Frauen und unten am Wasser spielten Kinder. Fünf Schiffe lagen in der Bucht vor Anker. Auf einem davon teerten Männer gerade die obersten Planken.

Sie erblickten uns. Jemand streckte den Arm aus. Der Schmied legte den Hammer beiseite. Ein Mann oben am Langhaus ließ einen Arm voll Holz fallen und stürzte ins Haus. Gleich darauf war er mit einem Langbogen in der Hand wieder da.

Wir ließen das Boot langsam in Richtung Ufer treiben. Es waren nicht meine Männer, die da langsam in Richtung Ufer kamen. Mehrere von ihnen hatten Bögen in der Hand. Einer schoss einen Pfeil ab, der eine Schiffslänge vor uns ins Wasser platschte. Einer der anderen Männer, ein dicker Graubart, trat ans Wasser und rief: »Verschwindet! Skrælingpack!«

An diesem Tag lag dünner Nebel auf dem Meer. Vielleicht sahen die Männer deshalb nicht, dass ich kein Skræling war, schließlich hatte ich einen Bart und war ein groß gewachsener Mann. Wieder schoss ein Pfeil ins Wasser, dieses Mal näher am Boot. Ich rief ihnen zu: »Ich bin es, Torstein Tormodson!«

Der Graubart kniff die Augen zusammen und in diesem Augenblick erkannte ich ihn, es war Ulle Dane, der grobe, dumme Mann, der an Bord von Freydis' Schiff gewesen war. Auch die anderen Männer kamen mir mit einem Mal bekannt vor, sie waren an Bord der Schiffe gewesen, die nach Patuxet gesegelt waren.

»Sigrid!« Ich stand im Boot auf. Es bekam heftig Schlagseite, aber das kümmerte mich nicht. »Sigrid! Ich bin zurück!«

»Sie ist nicht hier!«, rief Ulle. »Sie sind auf dem Festland! Kommt an Land!«

Wir paddelten näher. Die Bögen wurden gesenkt, ich rief ihnen aber trotzdem zu, dass der Skræling zu mir gehörte, sein Name Winabave sei und er unsere Sprache spräche. Ulle rief mir zu, dass er den Skræling erkannt hätte, dann drehte er sich um und sagte den anderen, Winabave sei mein Sklave. Ich wollte ihnen schon zurufen, dass auf meiner Insel niemand ein Sklave sei, doch dann wurde mir klar, dass Winabave unter meinem

Schutz stand, wenn sie ihn als mein Eigentum betrachteten. Ich beugte mich zu ihm und flüsterte: »Wir lassen sie in dem Glauben! Dann wagen sie es nicht, dich anzurühren.«

Ulle winkte uns heran. Das Boot schob sich auf den Strand und Winabave stieg an Land. Ulle stemmte die Arme in die Seiten und betrachtete erst Winabave und dann mich. »Torstein Bootsbauer«, sagte er. »Komm ins Haus. Und nimm deinen Sklaven mit. Du musst uns alles erzählen. Thorfinn will alles über die Skrælinge im Süden wissen.«

»Ist Thorfinn hier?«, fragte ich.

»Nein, er ist zum Festland hinübergesegelt und überwacht den Holzeinschlag. Sie sind sicher in ein paar Tagen zurück.«

Wir wurden ins Langhaus geführt, das größer als unser altes Haus war. Dicke Balken stützten das leicht geschwungene Dach. Über der Feuerstelle und an den Giebeln der beiden Schmalseiten war eine Öffnung.

»Es muss hart für dich sein, das hier zu sehen«, sagte Ulle und führte uns zu den Fellen am Feuer. »Es war ja dein Haus, das hier stand. Aber deiner Frau hat es an nichts gemangelt, und …«

»Wie war die Geburt?«, fragte ich.

Ulle nickte. »Die Geburt, ja. Sie ist hier niedergekommen, oder da …« Er zeigte ans Ende der länglichen Feuerstelle. »Freydis und die anderen Frauen haben ihr geholfen. Und der Junge, er ist wohlgestaltet und gesund.«

Ich spürte Winabaves Hand auf meiner Schulter.

Ulle beugte sich zum Feuer hinunter und grub mit einem Stock die Glut aus. »Sie hat sich geweigert, ihm einen Namen zu geben. Sie meinte, das sei Aufgabe des Vaters, wenn er zurück ist. Wir haben dazu nichts gesagt, aber Freydis meinte, er solle deinen Namen bekommen, da du … wir dachten nicht, dass du zurückkommen würdest.«

Eine junge Frau betrat mit einem Leinenbündel über der Schulter das Haus und ging zu dem Tisch, der vor dem Häuptlingsthron am Ende der Feuerstelle stand. Sie legte das Leinenbündel ab, packte etwas aus, das nach Elchfleisch aussah und schnitt etwas ab. Ich starrte auf den Thron und die geschnitzten Schlangen auf Armlehnen und Beinen. Ulle räusperte sich und fragte, ob es mich schmerze, dass nun ein anderer Mann der Häuptling sei. »Thorfinn hat dich für tot gehalten«, fügte er hinzu, »wir alle haben das geglaubt.«

Ich antwortete nicht. Stattdessen fragte ich nach meinem Bruder und ob er und die Mannschaft zurückgekommen seien. Ulle schüttelte seinen bärtigen Kopf. »Wir haben niemanden gesehen«, sagte er. »Aber vielleicht wissen sie auf der Leifsinsel mehr. Frag Freydis, wenn sie zurückkommt.«

»Dann ist sie auch nicht hier?«

»Freydis ist zu ihrem Bruder gesegelt«, sagte Ulle.

Ich bekam Bier in einer grob geschnitzten Schale. Ulle wollte wissen, ob der Sklave auch etwas bekommen sollte, und als ich nickte, wurde auch ihm eingegossen. Das Fleisch, das hereingetragen worden war, wurde auf Spieße gesteckt. »Und jetzt erzähl mir alles, was du über die Skrælinge im Süden weißt«, sagte er. Auch die anderen Männer kamen ins Haus. Ulle drehte sich zu ihnen um und zeigte auf mich. »Was für ein Kerl! Gefangen von den Skrælingen, und wir haben ihn für tot gehalten. Dummköpfe waren wir!« Danach wandte er sich wieder an mich. »Mach dir um Sigrid keine Sorgen, es sind Männer bei ihr. Sie haben einen Windschutz oben im Wald errichtet, sodass sie die Nacht wohl dort verbringen werden.«

Ich stand auf. »Wenn ich zurückkomme, brauche ich Männer. Und ein Schiff, vielleicht mehr als eins. Ich muss meinen Sohn zurückholen.«

»Das musst du mit Thorfinn besprechen«, sagte Ulle. »Aber du solltest jetzt nicht aufbrechen, um Sigrid zu suchen, es ist schon spät.«

Ich warf einen Blick durch das Rauchloch nach draußen. Er hatte Recht, es begann bereits zu dämmern. Doch ich konnte nicht einfach hier sitzen bleiben. Ich musste zu Sigrid.

»Sag mir, wohin sie gegangen ist«, sagte ich. »Ich will ihr entgegengehen.«

»Über die Landbrücke und an der Küste entlang. Es ist nicht weit. Knapp einen halben Tag. Wir haben da ein paar Teergruben angelegt und Hasenfallen aufgestellt. Aber bleib. Es kommt Nebel auf.«

Ich sah zu Winabave, der mit dem Zeigefinger die letzten Tropfen Bier aus der Schale wischte.

»Sieh dir den Skræling an. Durstig wie ein Hund! Gib dem Sklaven mehr zu trinken, Aslaug!«

Das Mädchen, das mit dem Fleisch gekommen war, nahm den Bierkrug vom Tisch und goss ihm ein. Winabave setzte die Schale sofort an die Lippen und trank.

An jenem Abend schämte ich mich für Winabave. Er leerte die Schale gierig und in wenigen Zügen und blieb mit leerem Blick am Tisch sitzen. Ulle wollte ihm wieder nachschenken lassen, aber ich zog Winabave hoch und führte ihn nach draußen. Als wir die Landbrücke passiert hatten, musste ihm das Bier zu Kopf gestiegen sein, denn er streifte sich die Hose herunter und fasste sich ans Glied. Aber entmannt wie er war, blieb es schlaff. Winabave schlug auf es ein und obwohl ich nicht wusste, wie man auf Skrælingsprache fluchte, wusste ich, dass er genau das tat. Ich blieb stehen und spähte nach Norden über das Meer, aber das Wasser war grau und der Himmel voller Wolken. Das Schiff meines Bruders war nirgends zu sehen. Ich nahm Winabaves Hose und zog ihn weiter, während er auf seine Beine pinkelte und dumm grinste, bis er irgendwann zu weinen anfing. Den ganzen Winter über hatte er die Trauer und die Schmerzen für sich behalten, doch jetzt, den Bauch voller Bier, verlor er die Fassung. Er war ein guter Freund, dem ich mein Leben verdankte. Ich hätte ihn in meine Arme nehmen und ihn trösten sollen, wie er mich getröstet hatte. Stattdessen zog ich ihn weiter wie ein gestrenger Vater seinen ungehorsamen Sohn.

24
Schiffsraub

Winabave und ich kamen nicht weit, bevor Dunkelheit und Nebel uns zwangen, uns ein Nachtlager zu suchen. Wir fanden einen Platz nicht weit von der Landbrücke entfernt, und Winabave schlief beinahe unmittelbar ein und schnarchte die ganze Nacht. Als der Morgen kam, hatte er einen Kater. Seine Hände zitterten und er glaubte, Fieber zu haben. Gehorsam wie ein Hund lief er trotzdem mit und kurz darauf sahen wir die ersten Spuren. Winabave schüttelte den Rausch ab und folgte der Fährte.

Als wir den Windschutz fanden, war niemand da. Winabave war müde und rollte sich an dem ausgebrannten Feuer zusammen. Die Öffnung des Windschutzes zeigte in Richtung Meer und durch die Bäume sah ich die weiß glitzernden Wellen.

Während ich dort stand, hörte ich plötzlich ein Knurren. Hinter dem Dach des Windschutzes wuchsen niedrige Birken, zwischen denen ein kleiner, struppiger Hund stand. Es war Fenris.

Erst als ich dicht vor ihm stand, hörte er auf zu knurren. Er drehte die Ohren nach vorn und als ich ihn rief, kam er so schnell angehumpelt, dass er mit dem Kopf gegen mein Knie stieß. Ich hob ihn hoch und hielt ihn fest. Obwohl er gut genährt und sein Fell sauber war, spürte ich die Knochen. Er war grauer geworden.

Ich nahm ihn mit in den Wald. Hielt ihn im Arm, wo er sich wie ein kleines Kind anschmiegte. Dann hörte ich sie: »Fenris! Fenris!«

Winabave blieb im Windschutz liegen, als ich Fenris auf den Boden setzte. Der kleine, dreibeinige Hund wies mir den Weg durch die Birken. Einen Steinwurf entfernt lichtete sich der Wald und eine Wiese kam zum Vorschein. Ich weiß noch, dass dort weiße und gelbe Blumen blühten und in der Mitte eine vertrocknete Birke stand, deren Krone abgebrochen war. Dann sah ich jemanden auf der anderen Seite der Wiese. Ich erkannte sie erst nicht, denn sie trug eine Kapuze auf dem Kopf und einen langen, braunen Umhang. Auf dem Rücken hatte sie einen Korb, an dem ein Bogen und ein Pfeilköcher befestigt waren. Dann nahm sie die Kapuze ab und die roten Locken fielen heraus. »Fenris«, rief sie. »Fenris!«

Es ist seltsam, dass ich keine besseren Worte fand, als die wenigen, die mir an diesem Morgen über die Lippen kamen. »Er ist hier«, sagte ich.

Vielleicht glaubte sie, Odin hätte mich aus Asgard zu ihr geschickt oder ich sei aus Hels Hallen emporgestiegen, denn als sie mich entdeckte, starrte sie mich so entsetzt an, als hielte sie mich für einen Geist.

»Ich bin es«, sagte ich.

Sie nahm den Korb ab und stellte ihn ins Gras. Es war ein breiter, flacher Korb, wie Frauen ihn nutzen, um Kräuter zu sammeln. Vorsichtig nahm sie ein kleines Kind aus dem Korb. Es war in eine Decke gewickelt. Sigrid, meine geliebte Sigrid, rannte nicht über die Wiese auf mich zu. Genauso vorsichtig, wie sie das Kind aus dem Korb genommen hatte, schritt sie nun auf mich zu. Ich sah, dass sie weinte, dabei aber aufrecht und stolz wie eine Walküre weiterging, bis sie nur eine Armlänge vor mir stehen blieb. »Torstein Tormodson«, sagte sie. »Ich habe dir deinen zweiten Sohn geboren. Einen gesunden Jungen.«

Sie legte ihn in meine Arme. Und ich sah zum ersten Mal das Gesicht des Kleinen, den wir erst Bjørn nennen wollten, wie meinen Bruder, der dann aber einige Tage später Bjørnar genannt wurde, der Bärenkrieger.

Er hatte ein rundes Gesicht, blaue Augen und seine Haare schimmerten rot.

Ich weiß noch, dass ich meinen freien Arm zu ihr ausstreckte und dass sie meine Hand nahm und auf ihre Wange legte. Dann legte ich meinen Arm um sie und sie klammerte sich zitternd an mich. »Ravntor …«

»Ich konnte ihn nicht mitnehmen. Aber er lebt. Ich bin mir sicher, dass er lebt.«

Wir hielten uns lange in den Armen, ohne noch ein Wort zu sprechen. Ich atmete den Geruch ihrer Haare ein und drückte mein Kind an mich. Schließlich gingen wir zum Windschutz, wo Fenris Winabave anknurrte und ich Sigrid erzählte, dass wir uns den Winter hindurch gegenseitig am Leben gehalten hatten und ich ohne ihn nicht überlebt hätte. »Ich habe so etwas geträumt«, sagte Sigrid. »Im Traum bist du zu mir zurückgekehrt. Ohne Ravntor.«

»Ich werde ihn zurückholen, Sigrid. Das verspreche ich dir.«

Es waren andere Menschen mit Sigrid im Wald, die nach den Fallen gesehen hatten und jetzt einer nach dem anderen zurückkamen. Sie konnten kaum glauben, dass ich am Leben war. Dann gingen wir zurück zur Rentierinsel, wo Ulle Dane uns im Langhaus willkommen hieß. Es wurde frisch gefangener Fisch gebraten, eine Art Wels, wie ich ihn noch nie gesehen hatte. Sie hatten ihn in der großen Bucht gefangen. Ich fragte Sigrid, ob sie wüsste, was mit Hilda geschehen sei, aber sie schüttelte nur den Kopf.

Sigrid schlief in dieser Nacht dicht bei mir. Ich wachte kurz vor der Dämmerung auf, als wir noch mit allen anderen auf der Schlafbank lagen. Ulle Dane schnarchte lauter als jeder andere

Mann, den ich kannte. Doch es war nicht das Sägen von Ulle, das mich geweckt hatte, es waren schlimme Träume. Ich hatte meinen Bruder gesehen, am Grunde es Meeres zwischen Tang und Muscheln. Sein Gesicht war so aufgequollen, dass ich ihn kaum erkannt hatte.

Ich stand auf und ging aus dem Langhaus. Winabave hatte auch an diesem Abend Bier bekommen, es schien die Leute zu unterhalten, ihn betrunken zu machen, sodass er fest schlief. Aber Fenris folgte mir nach draußen. Ich lief durch den Ahornwald, über mir das Rauschen der Baumkronen, und kam bald darauf an den Strand, wo ich lange stand und über das Meer schaute. Es roch nach Tang und Salz. Früher hatte mir dieser Geruch die Last von den Schultern genommen, doch seit mein Sohn nicht mehr bei mir war, hatte ich keine Ruhe mehr in mir. Wieder begann ich darüber nachzugrübeln, wie ich ihn zurückbekommen konnte. Ich brauchte erst ein Schiff, hatte aber nicht die Zeit, selbst eines zu bauen. Vielleicht verstand Freydis mich, immerhin war sie eine Frau. Wenn sie noch den Befehl über die drei Schiffe hatte, die ihr Vater ihr gegeben hatte, konnte sie mir vielleicht eines leihen. Aber das müsste am besten geschehen, bevor Thorfinn Karlsefni wieder da war. Wenn er ahnte, dass ich seinen Mann auf Island getötet hatte, war ich hier nicht mehr sicher. Ich begann zu fürchten, dass der Mann, der mir die Insel genommen und ein Haus auf den Trümmern meines Hauses errichtet hatte, auch Eystein getötet haben könnte. Denn weder er nach Onejun waren gesehen worden. Sigrid hatte Freydis nach ihm gefragt, aber die hatte nur in Richtung der Bucht genickt und gesagt, er sei wohl mit ihr und ihrem Sohn zu ihrem Volk gegangen, wenn der nicht am Fieber gestorben war. Sollte das Fieber wirklich Eysteins Jungen geraubt haben, war es schwer zu sagen, was Eystein getan hatte, dachte ich. Vielleicht war er ins Inland gewandert und dort verschwunden, oder er hatte es irgendwie zur Leifsinsel geschafft. Vielleicht in der Hoffnung, ein Schiff nach Grönland zu finden und in das Leben zurückzukehren, das er kannte. Vielleicht wollte er nach Hause zu Sven Gabelbart. Krieger wie Eystein waren in den Hallen solcher Männer immer willkommen. Und dort mangelte es nicht an Bier und Ablenkung, was einem Mann helfen konnte zu vergessen. Vielleicht versetzte ich mich aber zu sehr in ihn hinein oder ich begann zu verstehen, welch ein Leben für mich vorgesehen war, und was ich tun musste. Ich setzte mich in den Sand, nahm Fenris auf den Schoß und spürte wieder, wie alt und schwach der Winter ihn gemacht hatte. Seine Gelenke waren steif und sein Rücken war eingefallen. Sigrid hatte gesagt, dass er mittlerweile schlecht sah und hörte. Einen Monat, nachdem Eystein und ich aufgebrochen waren, hatten Jäger von Epes Volk ihn im Wald gefunden. Es war ein Wunder, dass er so lange allein zurechtgekommen war. Sie hätten sich um ihn gekümmert, doch als Thorfinns Männer die Insel in Besitz nahmen, hätten sie ihn zurückgebracht. Mein alter Hund war müde und schwach, es blieben ihm sicher nicht mehr viele Monde. Aber jetzt war ich wenigstens wieder bei ihm.

Ich war so mit meinen Gedanken beschäftigt, dass ich kaum etwas anderes wahrnahm. Als Sigrid aus dem Wald trat, hörte ich sie nicht und zuckte zusammen, als sie sich neben mich setzte. »Dachte ich mir doch, dass du hier bist«, sagte sie. »Ja, ich sehe es.«

»Was?«

Sie zeigte über das Meer. Ich spähte über das Wasser. Weit draußen war ein Schiff zu erkennen. Mit straff gespanntem Segel hielt es direkt auf uns zu. Die Sonne glänzte auf der Bugwelle. Ich stand auf. Ich rief ihn. Ich rief in den Wind und die Wellen und obwohl ich wusste, dass das Schiff noch viel zu weit weg war und mich niemand hören konnte, schrie ich immer weiter. Aber vielleicht sah mich dort draußen wirklich jemand, denn eine Gestalt trat in den Bug und winkte. Es war nicht Bjørn, dafür war sie viel zu schmal, außerdem war das Schiff nicht das, das wir gebaut hatten.

»Das ist Freydis«, sagte Sigrid. »Sie ist zurück.«

Sigrid hatte Recht. Wie immer. Als die Menschen sich unten am Strand in der Hafenbucht versammelten, standen wir unter ihnen. Freydis und ihre Mannschaft warfen den Anker und ließen das Beiboot herab. Dann ruderten sie die Waren an Land, die sie auf der Leifsinsel geholt hatten: Ich sah Tonnen und Leinensäcke, Hühnerkäfige, vier Schweine, einen Schafsbock und ein paar Ferkel. Ulle Dane rief ihr zu, dass Torstein Bootsbauer zurück sei, aber Freydis antwortete ihm nicht. Sie blieb an Bord, während die Männer hin und her ruderten.

Freydis zögerte, an Land zu kommen, als graute es ihr davor. Ulle Dane rief sie noch einmal, die Menschen waren begierig auf Neuigkeiten von der Leifsinsel, und schließlich kletterte sie ins Boot. Freydis saß mit finsterem Blick auf der Bank und auch die Männer, die schon an Land gekommen waren, sagten kaum ein Wort. Dann kletterte sie aus dem Boot. Sie trug Männerhosen und eine kurze Jacke und hatte die Haare zu einem straffen Zopf geflochten

»Ich habe Neuigkeiten von der Leifsinsel«, sagte sie. »Trommele die Leute zusammen, Ulle, dann erzähle ich.« Danach nahm sie mich in Augenschein, kam herüber und legte ihre Hand auf Sigrids Schulter. »Ich bin froh, dass dein Mann wieder da ist. Die Götter wollten es so.« Dann trat sie einen Schritt zurück und musterte Winabave und mich. »Ich habe gehört, dass du ein harter Mann bist, Torstein, und dass du in der Gunst des Dänenkönigs stehst. Aber es wird Thorfinn nicht gefallen, dass du zurück bist. Er sagt, dass einer der deinen in Island einen Mord begangen hat und dass du dafür hättest bestraft werden müssen.

Doch Thorfinn ist ein gerechter Häuptling. Du musst nicht um dein Leben fürchten.«

Eine plötzliche Wut überkam mich. Wer mich kennt, weiß, dass so etwas vorkommt. In meinem Gemüt steckt ein Berserker. Das sei ein Geschenk von Odin, haben sie in der Jomsburg gesagt, für Sigrid war es aber ein Fluch. Niemand sollte dort auf meiner Insel so mit mir reden. »Ich bin Torstein, Sohn des Tormod«, sagte ich. »Wer auf Rache aus ist, soll zu den Waffen greifen und …« Mein Blick fiel auf die östliche Landspitze und ich zeigte auf sie. »Dort draußen. Wenn es sein muss trete ich gegen jeden Einzelnen hier an. Ansonsten können du und deine Männer den Mund halten.«

Es war nicht richtig, so mit Freydis zu sprechen. Ich hörte es, noch als ich die Worte ausspuckte, doch sie quollen trotzdem über meine Lippen. Freydis Blick verfinsterte sich, wich meinem aber nicht aus. Sie war eine willensstarke Frau, die sich von keinem Mann Angst einjagen ließ. Sigrid wich etwas von mir zurück und unser Kind begann zu weinen.

Ich schämte mich dafür, so unwirsch mit Freydis gesprochen zu haben und wollte ihr lieber dafür danken, dass sie Sigrid von den Skrælingen gerettet und ihr Obdach gewährt hatte, wenn auch in einem Haus, das auf der Asche meines eigenen errichtet worden war. Doch dann rief Ulle die Menschen ins Langhaus. Auch Sigrid mit dem Kind, Winabave und ich gingen hinein. Wir setzten uns auf eine der Bänke und ich nahm Fenris auf den Schoß.

Freydis stellte sich ans Feuer und sah lange in die Glut, während die Menschen langsam still wurden. Dann stemmte sie die Hände in die Seiten, wodurch sie noch jungenhafter wirkte, und ließ ihren Blick über die Männer, Frauen und Kinder schweifen. »Was wir befürchtet haben, ist geschehen. Das Korn und die Tiere wurden zu uns herübergeflößt. Wir haben es nicht gewagt, an Land zu gehen.«

Ein Raunen ging durch die Anwesenden. Die Frauen drückten die Kinder an sich. Die Männer schüttelten den Kopf und Ulle stand auf. »Dann ist es aus mit ihnen? Ist es so, Freydis?«

Sie sah ihn mit festem Blick an. »Ja, Ulle. Die Seuche, die Vater getötet hat, hat nun auch die Insel meines Bruders erreicht.«

»Und dein Bruder?«

»Es heißt, er sei in Island. Tyrke und einige der anderen sind mit ihm gefahren.«

Ulle wandte sich an die Menschen auf den Bänken. »Wir müssen das Korn ausspülen. Und wenn Schiffe aus dem Norden kommen, dürfen wir sie nicht an Land lassen. Und wir müssen opfern. Wir müssen uns an Frigg wenden. Sie wird dafür sorgen, dass wir gesund bleiben.«

Die Menschen nickten. Freydis wollte gerade sagen, dass Opfern nicht half, das hätte den Leuten auf der Leifsinsel auch nichts genützt, aber Ulle zog sein Messer, hob es in die Höhe und lief, gefolgt von den Männern, nach draußen.

Winabave, Sigrid und ich standen unten am Wasser, während Ulle den Bock, den Freydis und ihre Mannschaft gerade erst an Land gebracht hatten, an einen Pfahl band. Es sei das wertvollste Tier, das sie hätten, meinte er, und müsse deshalb geopfert werden. Er schnitt dem Bock ins Nackenfell, tötete ihn aber nicht, sondern hielt das Messer hoch und brüllte, dass alle auf der Insel sich am Abend an der Kultstätte versammeln sollten, dann würde er das Opfer darbringen.

Immer sind es die dümmsten Männer, die am eifrigsten opfern. Freydis war wütend und stand mit der Hand auf dem Schaft der Streitaxt zwischen den Männern. Für einen Moment glaubte ich, dass sie die Axt ergreifen und Ulle über den Schädel ziehen würde, doch stattdessen ging sie fort und verschwand im Wald, wo sie bis in die Nacht blieb. Der Bock wurde bei Einbruch der

Dunkelheit geopfert. Das Tier schrie herzzerreißend, als Ulle ihm die Kehle durchschnitt. Sigrid, Winabave und ich blieben weg und ließen die Menschen tun, was sie wollten.

An diesem Abend wurde die Opferung mit reichlich Bier begossen. Ich wunderte mich darüber, dass sie so viel davon hatten, doch dann erinnerte ich mich, dass Thorfinn als sehr reich beschrieben worden war. Während Ulle und die anderen an der Feuerstelle tranken und grölten, kam Freydis aus dem Wald zurück. Sie wollte von mir wissen, wie ich mich aus der Gefangenschaft der Skrælinge hatte befreien können und den Winter überlebt hatte. »Wir sind geflohen«, sagte ich nur. »Ins Landesinnere. Und haben gejagt.«

Mehr sagte ich nicht, dabei wollte irgendetwas in mir laut herausschreien, dass ich getötet und Menschenfleisch gegessen hatte. Dass ich ihre Knochen aufgebrochen, das Mark herausgekratzt hatte und zu einem *Wendigo* geworden war.

Aber ich schwieg. Ich saß mit Fenris auf dem Schoß neben Sigrid und sah Ulle und die Männer trinken und Winabave nachschenken, bis er sich in die Hose pinkelte. Besonders ein Mann hatte es wirklich darauf abgesehen, ihn abzufüllen. Er hieß Magnar und war ein groß gewachsener Kerl mit struppigem Bart und eingedrückter Nase. Mit diesem Mann sollte ich bald mehr zu tun bekommen, doch an jenem Abend dachte ich nur, wie dumm es war, Winabave immer mehr einzuschenken. Als dieser Magnar zu mir herüberschielte, dachte ich mir nichts dabei. Ich hatte längst den Entschluss gefasst, bei Sonnenaufgang gemeinsam mit Sigrid und unserem Kind das Lager zu verlassen. Wir konnten zum Flussvolk gehen. Eystein war bestimmt auch dort. Dann wurde mir eine Schale mit Bier in die Hand gedrückt. Ich hätte sie ablehnen sollen, legte sie aber an den Mund und trank. Ich sah die Runen am Rand der Schale und fühlte mich wie ein Tor. Vater hätte sich für mich geschämt, denn ich konnte nur wenige von ihnen lesen.

»Des Mannes Geist soll herrschen«, flüsterte Sigrid mir zu. Sie kannte die Schrift weit besser als ich und ich nickte. Es war viel Wahrheit in den Worten, denn meistens ist es des Mannes Lust, die seine Entscheidungen bestimmt. Nur selten gewinnt die Klugheit über die Gier nach Reichtum und Frauen. Nur die alten Graubärte stellten die Vernunft über die Begierden.

Sigrid wartete, bis ich ausgetrunken hatte, dann erzählte sie mir von Hilda. Vielleicht dachte sie, das Bier könnte meine Wut und meine Trauer betäuben. Ich hatte mich damit abgefunden, nie zu erfahren, was mit dem Sklavenmädchen passiert war, aber Sigrid hatte es nicht übers Herz gebracht, gleich von ihr zu sprechen. Hilda war gemeinsam mit ihr und Ravntor entführt und nach Süden verschleppt worden. Die Skrælinge waren übel mit ihr umgesprungen und eines Abends, wenige Tage nach der Entführung, hatten sie sie nackt ausgezogen und von Mann zu Mann um das Feuer geschickt, als wäre es ein Spiel. Aber Hilda war in den Wald gelaufen. Einer der Patux sei ihr gefolgt und lange weggeblieben. Als er zurückkam, habe er Blut an den Knöcheln und im Gesicht gehabt. Nach diesem Abend hätten sie Hilda nie wiedergesehen.

Die Worte verfinsterten mein Gemüt. Ich war erst voller Wut, aber ich trank weiter, bis die Wut vom Rausch verdrängt wurde. Thorfinns Bier war stark. Erst später erfuhr ich, dass er nur Bier kaufte, das aus dem besten Korn gebraut war und so lange gärte, dass selbst die härtesten Einherjer in die Knie gingen.

Ich hatte sicher zwei oder drei Schalen getrunken, als Ulle zu mir kam und sagte, ich solle nicht so viel grübeln. Vielmehr sollte ich mich zusammenreißen, denn keine Nacht sei besser geeignet, um einem Kind einen Namen zu geben, als die Nacht einer Opferung. Die Leute scharten sich um mich, halfen mir auf eine der

Bänke und Sigrid kam mit dem Kind zu mir und setzte es mir auf das Knie, wobei sie den Kleinen noch immer festhielt. »Gib ihm einen Namen«, grölte Ulle und sah zu Sigrid. Aber Sigrid brachte kein Wort über die Lippen, und dann rutschte es mir heraus. »Er soll Bjørn heißen. Wie mein Bruder. Denn der ist auf dem Meer geblieben.«

Am nächsten Morgen wachte ich unten am Strand der Hafenbucht auf. Wie ich dorthin gekommen war, wusste ich nicht mehr, aber ich hatte eine Decke über mir. Sigrid musste sich um mich gekümmert haben. Ich spürte noch immer den starken Trank und blieb mit schmerzendem Kopf liegen. Meine Gedanken waren bei Hilda und Ravntor, bis ich schließlich an Vingur denken musste, der beim Flussvolk geblieben war. War Eystein bei ihm, sorgte er dafür, dass es meinem Pferd gut ging? Ich übergab mich und irgendwie verließen mich damit auch die düsteren Gedanken. Stattdessen kam mir in den Sinn, was Freydis über die Seuche gesagt hatte. Sie hatte ihren Vater dahingerafft und jetzt die Leifsinsel erreicht. Es tat mir um die Menschen leid, die wir dort zurückgelassen hatten. Und um ihre Kinder. Vidars Sohn war kaum vier Winter alt gewesen, als wir von den Orkney-Inseln aufgebrochen waren. Vielleicht hatten die Männer, die bei Leif geblieben waren, mich hintergangen, aber ihre Kinder verdienten dieses Schicksal nicht. Ich hatte gehört, dass die Krankheit zuerst die Kinder dahinraffte. Vater hatte immer nur von Hels Hand gesprochen, die Söhne und Töchter gnadenlos vor den Augen ihrer Eltern sterben ließ, bevor diese dann selbst an der Reihe waren. Manchen brach die Haut auf. Andere spuckten Blut. Es war ein grausamer Tod.

In diesem Moment trieb ein Schiff in die Bucht. Thorfinn Karlsefni selbst stand am Steuer und gab den Befehl, den Anker zu werfen.

Thorfinn hatte viele Männer an Bord, weshalb sie einige Runden mit dem Beiboot fahren mussten. Er selbst blieb bis zum Schluss an Bord. Er hatte eine junge Frau bei sich, die ein Kind auf dem Arm trug. Der Junge schien etwa zwei Jahre alt zu sein. Sigrid war zur mir an den Strand gekommen. Ich war aufgestanden und auch Winabave war zu uns nach unten getaumelt und stand jetzt wie ein ängstlicher Hund hinter mir. Als die Frau ins Beiboot kletterte und Thorfinn ihr das Kind reichte, sagte Sigrid, das sei Gudrid, Thorfinns Frau. Der Junge hieße Snorre und sei ihr erstgeborener Sohn. Ich sagte dazu nichts, spürte aber einen Stich in der Brust: Es reichte nicht, dass dieser Mann mit seiner blauen Kutte mir meine Insel nahm und Bäume in meinem Wald schlug, jetzt kam er auch noch mit einer Frau und einem kleinen Kind hierher. Und die Frau war schön wie kaum eine andere. Sie war schlank und trug ein rotes Wollkleid mit Seidenbändern an den Ärmeln. Ihre langen, blonden Haare flatterten über ihre großen Brüste und reichten fast hinunter zu den runden Hüften. Ich starrte sie mit vom Alkohol noch glasigem Blick an, als Freydis nach unten kam. Wie ein Mann legte sie ihre Hand auf Thorfinns Schulter. Dann wechselten sie ein paar Worte über den Holzeinschlag und Thorfinn zeigte zum Schiff hinüber. Auf dem Deck lagen Stapel von langen, grob zugehauenen Planken. Doch sein Blick ruhte auf mir, und während Freydis sprach, nickte er nachdenklich.

Thorfinn redete nicht gleich mit mir. Er sah mich nur an und zeigte auf Winabave, woraufhin Freydis ihm sagte, dass er mein Skrælingsklave sei. Ich blieb stumm. Er legte den Arm um die blonde Frau und gemeinsam gingen sie nach oben zum Langhaus.

Sigrid, Winabave und ich blieben unten am Wasser stehen. Als Thorfinn wieder nach draußen auf den Platz kam und in

Richtung Kultstätte ging – ein simpler Pfahl, den Ulle in den Boden geschlagen hatte –, kam Fenris zu mir gelaufen und versteckte sich hinter meinen Beinen, als wüsste er, was geschehen würde. Thorfinn stand erst vor dem Pfahl, als betrachtete er ihn, dann riss er ihn mit beiden Händen aus dem Boden und schleuderte ihn in den Wald, bevor er wieder im Langhaus verschwand. Drinnen hörten wir ihn schimpfen. Er richtete harte Worte an all jene, die den Bock geopfert hatten. Wie sollten sie nun Lämmer bekommen? Tassen und Teller schepperten und die Frauen verließen mit den Kindern das Haus. Gleich darauf folgte Ulle mit einigen der Männer, schließlich Thorfinn. Sie mussten vor ihm stehen bleiben und starrten zu Boden wie kleine Jungen, die von ihrem Vater eine Standpauke erhielten. Zum Schluss musste Ulle in den Wald gehen und Thorfinn den Pfahl bringen. Er nahm ihn entgegen, trat einen Schritt zurück und schlug ihn Ulle so hart an den Schädel, dass seine Knie nachgaben und er nach hinten auf den Sand fiel. Ich dachte er wäre tot, doch dann robbte er über den Platz und wimmerte dabei. Schließlich stand er auf, ging zu den Schiffsplanken unter dem aufgespannten Dach und hieb mit blutiger Stirn auf sie ein, als wäre nichts geschehen.

Dass Thorfinn sich plötzlich als harter, gewalttätiger Mann gezeigt hatte, machte kaum Eindruck auf mich. Ich war schon auf viele Häuptlinge gestoßen, die sich so verhielten. Und als ich an jenem Morgen ins Wasser watete, um die letzten Reste des Katers abzuspülen, starrte mich genau so ein Mann von der Wasserfläche aus an. Nur dass die Wangen dieses Mannes eingefallen waren, die Augen stier blickten und sich eine tiefe Falte in die Stirn gegraben hatte. Einige dieser Züge kannte ich von meinem Bruder, und damit waren die Gedanken an ihn wieder da: Hätte ich nur ein besseres Schiff gebaut, ein dichteres mit stärkeren Spanten … Dann könnte er noch am Leben sein. Denn mittlerweile wusste ich, dass er nie wieder zurückkehren würde. Das Meer hatte ihn genommen. Aber Ravntor konnte ich noch retten.

Der Wind frischte auf. Ich ging mit Winabave in den Wald. Sigrid wollte nicht mitkommen, sie blieb bei Freydis. Die beiden waren so unterschiedlich, wie Frauen nur sein konnten. Während Sigrid zart und weiblich war und, wenn sie wollte, fügsam und weich, war Freydis schlank und hart mit kantigen Schultern und geraden Hüften. Sie hätte schon als Mädchen zu kämpfen gelernt, hieß es über sie, und konnte sich in dieser Hinsicht mit jedem Mann messen. Die Gerüchte, dass Freydis mit Frauen schlief, wie jeder Mann es tat, entstanden damals auf der Rentierinsel. Freydis hatte den ganzen Winter über neben Sigrid gelegen, um sie vor der Geilheit zu schützen, die Männer packen konnte, wenn sie lange genug mit einer alleinstehenden Frau unter einem Dach lebten. Magnar hatte damals in Umlauf gebracht, dass die beiden Frauen miteinander schliefen, weil er bei Freydis nicht hatte landen können. Dass Sigrid schwanger war und später ein Kind an ihrer Brust schlief, schien Thorfinns Männer nicht davon abgehalten zu haben, diesen Unsinn zu glauben.

An jenem Tag waren nur Winabave und ich im Wald. Fenris war bei Sigrid geblieben, und die Männer hatten begonnen, die Planken zuzuhauen, die Thorfinn gebracht hatte. Das Klingen der Beile hallte mit dem Sommerwind über das Land, und wir mussten bis über die Landbrücke, um Ruhe zu finden. An diesem Tag wünschte ich mir nichts mehr als fortzukommen. Es ist schlimm genug, wenn einem das Land gestohlen wird, man muss nicht auch noch zusehen, wie der Dieb darüber herrscht. Wenn ich ein Schiff gehabt hätte, wäre ich sofort aufgebrochen und hätte Thorfinn die Insel, die Bucht und das Leben überlassen, das mich und Sigrid hätte reich machen sollen. Aber ich hatte kein Schiff, ich war ebenso arm und unbedeutend wie damals, als ich als Junge auf die Orkney-Inseln gekommen war. Wenn nicht schlimmer. Damals hatte ich wenigstens ein Boot.

Hätte ich nicht Frau und Kind auf der Insel gehabt, wäre ich losgelaufen, um Eystein und das Flussvolk zu finden. Doch so kehrten Winabave und ich am Abend zurück. Ich musste an Thorfinns Tisch sitzen, sein Essen essen und zusehen, wie er als Häuptling am Ende der Feuerstelle Platz nahm. Sigrid bemerkte, dass mich das quälte. Sie drückte meine Hand und muss Angst gehabt haben, dass ich vor Wut aufsprang. Sie wusste, dass das passieren konnte, aber ich richtete meinen Blick in die Flammen und auf den großen Topf, der darüber hing. Er war sorgsam geschmiedet und hatte verzierte Griffe. Mit dem Topf war es wie mit allem, was Thorfinn gehörte: edel und teuer. Ich muss zu der blonden Frau gesehen haben, die auf einem niedrigeren Stuhl neben Thorfinn saß. Der Junge spielte an dem Gatter, das den Teil des Hauses abgrenzte, in dem die Tiere untergebracht waren. Auch Ravntor hatte immer neugierig dort hineingeschaut.

Wir aßen und tranken. Auch an diesem Abend gab es Bier, aber nur einen Krug pro Mann. Fisch hatte Thorfinns Mannschaft reichlich gefangen, sodass es Kochfisch mit Grütze und Rüben gab. Nach dem Essen erzählte Thorfinn, dass sie eine weitere Fläche gerodet hätten. Die Wurzeln steckten aber so tief in der Erde, dass der Boden noch nicht bereit wäre, um gepflügt zu werden. Die Worte taten mir gut. Wenigstens hatte Thorfinn kein Pferd, wie ich es gehabt hatte.

Nachdem wir gegessen und getrunken hatten, zeigte Thorfinn plötzlich mit seinem Krug auf mich und sagte, alle auf der Insel hätten mich für tot gehalten. »Es war kühn, was du getan hast«, fügte er hinzu. »Freydis hat erzählt, du hättest dich von den Skrælingen gefangen nehmen lassen, damit Sigrid freikommt. Nicht jeder Mann hätte dazu den Mut gehabt.«

Ich antwortete nicht.

»Wir sollten auf dich anstoßen«, sagte Thorfinn. »Aber wir müssen sparsam mit dem Bier umgehen.«

Seine Worte verhießen nichts Gutes. Thorfinn streckte die Hand aus und strich seiner Frau durch die blonden Haare.

»Torstein Bootsbauer«, sagte er. »Wenn ich sage, dass du in Island einen Mann getötet hast, lüge ich dann?«

Die Worte ließen alle anderen verstummen. Sigrid drückte meine Hand, aber ich zog sie weg. »Es ist nicht gut für einen Mann zu lügen«, erwiderte ich.

Thorfinn hielt meinen Blick fest und klopfte mit dem Boden seines Krugs auf die Armlehne des Throns, worauf ihm gleich von einer Frau nachgeschenkt wurde. Vielleicht mussten seine Leute sparsam mit dem Bier sein, aber das galt nicht für ihn. Thorfinn trank, wischte sich den Schaum vom Bart und schob die klebrige Hand wieder in die Haare der Frau. »Ich habe Gerüchte über dich gehört, Torstein Bootsbauer. Es heißt, man hätte dich in der Jomsburg zum Berserker ausgebildet. Man hat gesehen, wie du in jener Nacht Halvar Vini gefolgt bist. Aber ich will dich nicht zwingen, einen Mord zu gestehen. Trotzdem musst du wissen, dass er zu meiner Mannschaft gehörte und einige hier meinen, dass du für deine Tat büßen musst. Aber solange ich der Häuptling hier auf dieser Insel bin …«

»Mein Häuptling bist du nicht.« Die Worte rutschten mir heraus, ich weiß aber noch, wie gut sie mir taten. Und mit einem Mal war es so, als schenkte Tyr mir seinen ganzen Mut, denn ich trat ans Feuer, sah dem Mann auf dem Thron in die Augen und fügte hinzu: »Ich war es, der die Insel in seinen Besitz genommen hat. Mag sein, dass deine Leute dich Häuptling nennen, aber für mich wirst du nie ein Häuptling sein.«

Thorfinn trank einen Schluck aus seinem Krug. »Das sind große Worte für einen Mann ohne Eigentum. Du solltest dankbar sein, denn ich habe deine Frau den ganzen Winter durchgefüttert. Ich habe dafür gesorgt, dass sie bei ihrer Niederkunft ein Dach über dem Kopf hatte und umsorgt wurde. Es wurde an nichts gespart. Ich habe sogar deinen verkrüppelten Hund fressen und auf meinen Fellen schlafen lassen.« Thorfinn stand von dem Thron auf. »Du kannst mir keine Vorwürfe dafür machen, dass ich mein Haus auf dem Hof errichtet habe, über den du einmal geherrscht hast, Torstein. Hier waren bereits die Bäume gefällt und der natürliche Hafen ist gut vor den Winden geschützt. Ich wollte dich eigentlich bitten, für mich als Schiffsbauer zu arbeiten. Ich schlage vor, den Mord nie wieder zu erwähnen, du sollst einer von uns werden und nicht weniger wert sein als jeder andere freie Mann. Deinen Sklaven kannst du behalten und deine Frau darf niemand anrühren.«

Ich ging zur Tür. Sigrid und Winabave folgten mir. Sigrid mit dem Kind auf dem Arm und Winabave mit Fenris. Dann stand ich unten am Wasser und zitterte vor Wut, aber Sigrid tat, was nur sie konnte. Sie legte mir die Hand an die Wange, drückte mich an sich und flüsterte mir zu, dass sie mich verstehen könnte, dass wir aber keine Wahl hätten. »Das Unglück ist über uns gekommen. Wir sollten froh sein, dass sie uns nicht von der Insel jagen. Geh wieder rein und setz dich zu den Männern. Wir brauchen Thorfinns Unterstützung, wenn wir nach Süden segeln und Ravntor zurückholen wollen.«

In dieser Nacht fand ich keinen Schlaf. Ich war wieder oben an der Nordseite der Insel. Der Wind hatte gedreht und wehte jetzt vom Meer herüber. Ich hoffte noch immer, dass dort draußen ein Schiff auftauchte und mein Bruder zurückkam. Aber vielleicht ist das ja bei allen so, die jemanden auf dem Meer verloren haben. Die Hoffnung gibt man nie auf.

Freydis kam zu mir, während ich dort stand. Sie hatte eine

Decke um sich geschlagen und sagte erst kein Wort. Sie stand einfach neben mir und ließ den Blick über das Meer schweifen. Schließlich sagte sie, dass sie Sachen für mich und den Skræling hätte. Hosen und Hemden aus dicht gewebter Wolle sowie ein paar Umhänge. Die Sachen stammten von einem Mann, der im Winter krank geworden und gestorben war. Danach bedankte sie sich bei mir, dass ich Halvar Vini getötet hatte. »Ich weiß, was für ein Mann das war. Alle wussten, warum er dieses Sklavenmädchen hatte. Als ich Kind war … ist mir dasselbe widerfahren. Deshalb … danke. Möge Hel ihn bis zum Ragnarök quälen.«

*

Ich begann nun, die Reise zum Flussvolk und zu Eystein zu planen. Auch wenn viele der Meinung sind, er hätte mich im Stich gelassen, als er uns verließ, um zu seinem kranken Kind zurückzukehren, hoffte ich, dass er mir irgendwie helfen konnte, Ravntor zu befreien. Und auf der Rentierinsel konnte ich nicht bleiben, das hielt ich nicht aus.

Winabave meinte, das Flussvolk könnte nach Norden gezogen sein, da sie nicht an ihrem üblichen Sommerlager waren. In besonders milden Jahren täten sie das manchmal. Wie wir Nordmänner den Fischschwärmen folgten und uns dort ansiedelten, wo wir Dorsche fangen konnten, folgten die Skrælinge den Rentierherden und Lachsen. Manchmal zöge sogar das ganze Lager um, damit junge Männer sich auf der Waljagd beweisen und Ehre gewinnen konnten.

Ich band drei Rückentragen für uns. Da ich Thorfinn und seinen Männern nichts sagen wollte, machte ich diese Arbeit auf dem Festland. Ich schnürte die Rahmen mit Bast und einer Faser zusammen, die ich aus den Stängeln einer Nessel gewann. Fenris war bei mir, und immer, wenn ich mich hinsetzte, um etwas auszuruhen, drückte er sich an mich. Ich angelte Fische mit einer selbst gedrehten Schnur und einem aus einem Dorn geschnitzten Haken. Die Fische räucherte ich über dem Feuer und lagerte sie in einem Korb aus Zweigen, damit sie nicht von Vögeln oder Raubtieren gefressen wurden. Vor Sigrid hielt ich diese Vorbereitungen nicht geheim, und sie schien zu verstehen, dass wir nicht bleiben konnten. »Es würde mit einem Kampf enden«, erwiderte sie, als ich ihr sagte, dass ich nicht auf dem Hof eines Mannes leben konnte, der mir das Land genommen hätte.

Wenn ich an diese Tage und Jahre zurückdenke, in denen ich noch ein junger Mann war, packt mich die Reue. Ich war Sigrid nicht so nah, wie ich es hätte sein sollen, und als Vater war ich abwesend. Sie hatte einen Säugling auf dem Arm, aber darüber dachte ich kaum nach. Ich war voller Zorn darüber, dass man mir die Insel genommen hatte, und diese Wut mischte sich mit der Sehnsucht nach Ravntor. Unablässig drehten sich meine Gedanken um die Frage, wie ich ihn zurückholen konnte. Immer wieder dachte ich, dass ich mich nach Patuxet schleichen und ihn befreien musste, andererseits wusste ich genau, dass das nicht klappen würde. Entweder mussten wir den Patux mit Gewalt und Plünderung drohen oder ich musste ihn freikaufen. Aber ich hatte weder Männer noch Schiffe oder Reichtum.

Voller Verzweiflung ging ich eines Abends zu Thorfinn und fragte ihn, ob er mir helfen würde. Ich flehte ihn nicht an, das brachte ich nicht über mich. Aber ich sagte ihm, dass ich in Patuxet einen großen Goldschatz gesehen hätte und dass die Patux klein und schmächtig seien. Eine Schar gut ausgebildeter Männer sollte in der Lage sein, die Stadt zu plündern. Doch Thorfinn murmelte nur in seinen Krug, dass er nicht dumm sei. Er wisse genau, was ich in Wahrheit dort wollte, und ließe sich nicht narren. Und dann war Magnar zur Stelle, stand mit einem Mal am Feuer und sagte, ich solle den Häuptling nicht belästigen. Er strich sich über den Bart und sagte, dass er auf der Leifsinsel noch vor dem Ausbruch der Seuche mit Männern gesprochen hätte, die mit mir über das Meer gekommen waren. Sie hätten kein gutes Wort über mich gesagt, und ein Mann namens Skjalm hätte gemeint, ich sei sogar für einen Jomswikinger ein Wildling.

Die Worte machten mich wütend und ich wäre wohl mit bloßen Fäusten auf ihn losgegangen, wäre nicht ein alter Mann, Brók Gamle hieß er, auf wackeligen Beinen zwischen uns getreten. Ich erinnerte mich an ihn aus Island, er war der einäugige Alte mit dem krummen Arm. Er hob den Zeigefinger und sagte: »Antworte mit harten Worten, wenn du willst, nicht mit den Fäusten.«

Aber böse Worte waren nicht meine Art. Ich setzte mich zu Sigrid und sagte an diesem Abend nichts mehr. Thorfinn stellte Magnar zur Rede und sagte, er wolle so etwas in seinem Haus nicht hören, und auch der Alte redete noch auf Magnar ein. Magnar antwortete trotzig, er könne nicht verstehen, warum ein Häuptling einen untauglichen Mann wie mich, der weder beim Fischen noch sonst irgendwie half, durchfütterte.

Am folgenden Morgen erzählte mir Freydis, dass Magnars Vater bei der Schlacht von Svold getötet worden war, und dass er auf der Seite von Olav gekämpft hatte. Dass ich Jomswikinger war und auf der Gegenseite gestanden hatte, war Magnar erst im Laufe des letzten Winters zu Ohren gekommen. Als Winabave und ich an diesem Morgen in den Wald gegangen waren, hatte er mir nachgerufen, dass das, was ich in der Schlacht von Svold getan hätte, das Werk eines Feiglings gewesen sei. Wir hätten zehnmal mehr Schiffe als Olav gehabt, das wüssten alle.

Winabave und ich nutzten den Tag, um Wurzeln auszugraben. Der Skræling kaute sie zu einem dicken Brei, den er mit den Händen zu Fladen formte, die wir unterwegs über dem Feuer backen könnten, meinte er. Die Wurzeln seien auch gut gegen Mücken und Fliegen. Sie taugten gegen allerlei Leiden, auch gegen Schwermut, Kopfschmerzen und fehlende Männlichkeit, man müsse sich nur an den richtigen Stellen einreiben. Letzteres sagte er mit einem traurigen Lachen, ehe er mir auf die Schulter klopfte und hinzufügte, aber das sei bei mir ja kein Problem, immerhin hätte ich schon zwei Söhne gezeugt.

Am Spätnachmittag gingen wir zurück in Richtung Rentierinsel. Wir rasteten auf der Landbrücke und sahen in Richtung Norden über das Meer. Ich weiß noch, dass es windstill und warm war, während nur einen Pfeilschuss entfernt Nebel auf dem Wasser lag.

Sigrid und Freydis kamen uns auf dem Hofplatz entgegen. Sigrid hatte den Jungen auf dem Arm und nahm meine Hand. »Lass es«, sagte sie. »Nicht … tu nichts.«

Mir schwante nichts Gutes und ich ging weiter, aber alles war wie immer. Die Männer standen unter dem Dach und arbeiteten an den Planken, Hühner liefen gackern herum und auf dem Wasser dümpelten die Schiffe. Doch dann bemerkte ich, dass das *Kvedun,* das kleine Birkenboot, das Winabave und mich zurückgebracht hatte, nicht mehr da war.

Ich brauchte nicht lang, um es zu finden. Magnar stand grinsend am Waldrand und fragte, ob ich nicht mal müsste. »Ihr Jomswikinger steckt doch voller Scheiße«, fügte er hinzu. »Deshalb dachte ich, dass du einen besseren Platz haben solltest als unseren alten Donnerbalken.«

Thorfinns Leute hatten die Latrine an derselben Stelle wie wir errichtet. Der Graben war ja bereits da. Darüber hatten sie einen

Balken angebracht, auf den man sich setzen konnte. Doch jetzt hatte Magnar unser Boot über den Graben gestellt und Löcher in die Rinde geschnitten, sodass dort zwei Menschen sitzen konnten. »Du und dein Skræling, ihr macht doch alles zusammen«, sagte er. »Deshalb dachte ich, ihr könntet auch zusammen scheißen gehen.«

Ich stand erst nur da und starrte das zerstörte Boot an, durch dessen Löcher der Gestank aufstieg, während Magnar laut lachte.

Ich war nicht dumm. Natürlich verstand ich, dass er es darauf anlegte, mich zu reizen. Thorfinn würde keinen Angriff auf Leute dulden, die in seinem Haus zu Gast waren, das wusste Magnar nur zu gut. Und als ich jetzt ruhig blieb, glaubte er, größere Geschütze auffahren zu müssen, damit ich meiner Wut nachgab, weshalb er mir ins Gesicht schlug. Er traf mich so hart, dass ich einen Schritt zurück stolperte. In diesem Moment blieb mir keine andere Wahl. Es ging jetzt nicht nur darum, meiner Wut freien Lauf zu lassen, ich musste an meinen Ruf denken, denn kein Mann darf einen Schlag ungesühnt lassen. Meine Faust traf ihn am Kinn und der Schlag war wohl härter, als er erwartet hatte, denn er taumelte nach hinten, stolperte über einen Ast und fiel rücklings hin. Ich bückte mich, um den Ast aufzuheben und ihm damit den Schädel einzuschlagen, doch er packte meine Haare und trat mir in den Bauch. Ich kippte nach vorn, schlug mit der Stirn auf und musste mir die Haut aufgeschürft haben, denn als ich wieder auf die Beine kam, spürte ich Blut über mein Gesicht laufen. Magnar sprang mit ein paar schnellen Sätzen zwischen den Bäumen hindurch auf den Hofplatz, wo er sich zu mir umdrehte. Er stand breitbeinig da, seine langen Arme warteten nur auf mich.

Magnar hatte erreicht, was er wollte, denn alle sahen mich wütend aus dem Wald kommen. Ich holte mit dem Ast aus und traf ihn am Bauch, sodass er aufstöhnte. Thorfinn war aus dem

Haus gekommen und brüllte, wir sollten aufhören. Und auch Sigrid sah ich, sie stand mit meinem kleinen Sohn auf dem Arm da und schüttelte den Kopf. Ich beruhigte mich etwas und vielleicht wäre es mir gelungen, meinen Zorn zu bändigen und Unrecht Unrecht sein zu lassen, hätte Magnar in diesem Moment nicht etwas gesagt, das jeden Mann zur Weißglut bringt. »Deine Frau ist zu mir gekommen«, sagte er. »Das Kind auf ihren Armen ist mein Kind.«

Ich dachte nicht daran, dass Sigrid bereits schwanger gewesen war, als sie von der Rentierinsel geraubt worden war. Auch hörte ich nicht, dass sie Magnar wütend einen Lügner nannte und ihn in Hels Namen verfluchte. Ich schoss auf ihn zu, schlug ihm erst in die Seite und kann schwören, dass ich etwas in ihm brechen spürte. Danach schlug ich ihm den Ellenbogen auf die Nase, ein Kniff, den ich von Ulfar Bonde in der Jomsburg gelernt hatte. Ich trat ihm gegen das Knie und warf ihn zu Boden, dann packte ich mit beiden Händen seinen Hals. Er schlug mir hart gegen die Schläfe und mir wurde für einen Moment schwarz vor den Augen, aber ich hielt ihn fest. Jetzt bekam ich Unterstützung von Fenris. Der kleine, tapfere Hund, der sich noch nie als großer Kämpe herausgestellt hatte, biss Magnar in die Wange und zerrte hin und her. Magnar tastete nach meinem Nacken, bekam ihn aber nicht zu packen. Ein gurgelnder Laut kam aus seinem Hals und er gab nach und ließ die Arme sinken.

In diesem Moment ertönte ein Ruf: »Da ist ein Schiff!«

Mein Bruder bewahrte mich an diesem Tag davor, einen weiteren Mord zu begehen. Denn als ich den Blick hob und das Schiff in der Bucht sah, das über das Wasser geglitten kam, war er es, der am Bugsteven stand. Ich ließ Magnar liegen, rannte zum Wasser und wäre sicher zum Schiff geschwommen, hätten mich Thorfinns Leute nicht gepackt.

Bjørn und ich standen einen Moment da und sahen uns an. Er auf dem Langschiff, ich am Ufer. Bei ihm waren Halvor, Welpe und Hutten, die Männer, die mit ihm aufgebrochen waren. Alle vier waren mager geworden. Jetzt erkannte ich auch die anderen Männer und das Schiff. Es waren die isländischen Händler, die wir auf den Färöern getroffen hatten. Die Männer, die uns eine Puppe und eine Art Hose aus der Haut eines Säuglings und einer Frau gezeigt hatten.

Thorfinn stand breitbeinig auf dem Platz und wollte wissen, ob sie in Grönland oder auf der Leifsinsel gewesen wären. Oder an irgendeinem anderen Ort, an dem die Seuche ausgebrochen war. Einer der Isländer antwortete, dass sie weder in Grönland noch auf der Leifsinsel an Land gegangen wären. Die Leute hätten ihnen zugerufen, dass die Seuche dort wütete und sie nicht anlegen sollten, wenn ihnen ihr Leben lieb sei. Aber sie hätten Männer an Bord, die ihnen für die Überfahrt Bezahlung in Form von Silber und Korn versprochen hätten, und diese Männer würden sie nun gerne an Land lassen. Und sie wollten sofort bezahlt werden.

Thorfinn sagte, dass sie betrogen worden seien. Bei ihm wäre keine Bezahlung zu holen. Sie dürften in der Bucht ankern, solange sie nicht an Land kämen. Er vertraute nicht darauf, dass die Männer nicht doch in Kontakt mit Kranken gekommen waren.

Nebel zog über die Insel und bald darauf sollte das Schiff vollkommen eingehüllt sein. Ich rief zu meinem Bruder hinüber, denn ich musste seine Stimme hören, musste sicher sein, dass wirklich er dort draußen auf dem Schiff war. »Ihr wart lange weg«, rief ich.

»Ja«, antwortete er nur, hob den Arm und zeigte zu uns herüber. »Wer sind die Männer?«

Ich antwortete nicht. Der Nebel schluckte das Schiff und mit einem Mal waren alle Laute gedämpft. Thorfinn rief seinen

Leuten zu, dass sie jeden, der an Land kam, erschlagen sollten. Er würde Essen und Wasser auf das Schiff schicken, sobald es aufklarte.

Sigrid, Winabave, der kleine Fenris und ich gingen auf die westliche Landzunge, wo wir dem Schiff am nächsten waren. Dort sprach ich weiter mit Bjørn, Welpe, Hutten und Halvor. Es war so gekommen, wie ich es befürchtet hatte. Das Schiff hatte den Sturm nicht überstanden. Das Deck sei gut gewesen und der Rumpf dicht, aber das Segel und einige Seile wären gerissen. Der Sturm hatte sie erst weit aufs Meer hinausgetrieben, dann aber nach Norden verfrachtet. Schließlich sei das Schiff auf einer Untiefe aufgelaufen und zerbrochen. Die vier Männer hätten sich an Wrackteilen festgehalten, bis es hell wurde und sie erkennen konnten, dass sie nur einen Pfeilschuss vom Land entfernt waren. Sie waren zur felsigen Küste geschwommen, die Brandung hatte sie aber alle verletzt. Am schlimmsten hätte es Welpe getroffen, dessen ganze Hand aufgerissen worden war.

Bjørn erzählte, wie sie sich aus den Planken des Wracks einen Unterschlupf gebaut hatten. Erst Tage später, nachdem sie trockene Flechten gefunden hatten, war es ihnen gelungen, mit dem Feuerstahl Feuer zu machen. Welpes Hand hatte sich entzündet und lange hatten sie gefürchtet, sie ihm abnehmen zu müssen, aber Hutten hatte sie stattdessen aufgeschnitten und den Eiter herausgedrückt.

Später hatten sie aus den Wrackresten ein Boot gebaut, das aber nur einen Steinwurf von der Küste entfernt gesunken sei. Er berichtete von dem Schnee, der sie mitten im Kornerntemonat überrascht hatte, und von dem Hunger, den sie gelitten hatten. Während er redete, hörte ich die Stimmen und Hammerschläge drüben auf dem Hofplatz. Thorfinns Stimme schallte herüber und klang unwirscher als sonst. Er war wütend über etwas und fluchte wild.

Bevor der Nebel gekommen war, hatte ich neben Hutten, Welpe, Halvor und Bjørn sieben Männer an Bord des Schiffes ausmachen können. Mit einem Mal wusste ich, was ich zu tun hatte. Ich bat Sigrid, zum Langhaus zurückzugehen und Decken und Felle zu holen, aber nur so viele, dass es nicht auffiel. Sie verstand, was ich vorhatte, und es gefiel ihr ganz sicher nicht, aber Sigrid war eine kluge Frau. »Ich tue das für Ravntor«, sagte sie nur, bevor sie ging.

Winabave und ich schlichen durch die Steine ins Wasser und schwammen so leise wir konnten zum Schiff. Mein Bruder und die anderen waren sofort zur Stelle und halfen uns an Bord. Bjørn schlang seine Arme um mich und Welpe zeigte mir die Narbe auf seiner Hand, sie reichte wirklich vom Zeigefinger bis zum Handgelenk.

Die Isländer ahnten nichts Gutes. Die beiden Männer, die uns auf den Färöern an Bord gelassen hatten, traten uns entgegen. Sie standen in ihren schmutzigen Hemden da, drohten uns mit den Fäusten und sagten, wir sollten von Bord gehen.

»Wir gehen nicht von Bord«, antwortete ich nur. »Wenn jemand das Schiff verlässt, dann ihr.«

Ich dachte nicht daran, dass meine Knöchel und Stirn noch blutig waren und alle dort an Bord mich auf Magnar hatten einschlagen sehen, als sie in den Hafen eingefahren waren. »Ich brauche das Schiff«, sagte ich. Der Mann, der uns mit der Faust gedroht hatte, riss überrascht die Augen auf. Dann wurde er wütend. Schließlich packte der andere seinen Arm und die Männer steckten die Köpfe zusammen und murmelten. »Das gefällt uns nicht«, sagte er. »Aber deine Leute haben gesagt, dass du die Küste hier kennst und dass es für kühne Männer Schätze und Reichtum zu holen gibt. Wenn wir die Schätze teilen, sollst du das Schiff führen dürfen.«

»Das Land ist reich«, sagte ich. »Es gibt Gold und Silber. Im Süden könnte ihre eure Kisten füllen.«

Die Isländer kamen mit ausgestreckten Armen auf uns zu und ich schlug ein. Dann schwamm ich zusammen mit Bjørn zum Strand, wo Thorfinns Beiboot an einem Stein vertäut lag. Vorsichtig ruderten wir zur Spitze der Landzunge, wo ich Fenris an Bord ließ. Dann warteten wir auf Sigrid. Erst jetzt fragte mich Bjørn, was hier eigentlich vor sich ging. »An was denkst du?«, fragte er. »Was hast du für Pläne?«

»Ravntor«, sagte ich. »Die Skrælinge haben ihn entführt. Ich muss ihn zurückholen.«

Bjørns Blick verfinsterte sich, als er das hörte. Er sah zur Landzunge und senkte schweigend den Kopf. Dann kam Sigrid. Sie hatte das Kind in einem Bündel auf dem Rücken und die Arme voller Decken und Felle. Auch etwas Trockenfleisch hatte sie gestohlen. Wir luden alles auf das Schiff und ich half ihr und dem Kind an Bord. »Das ist Bjørn«, sagte sie leise und hielt meinem Bruder den Jungen hin. »Wir dachten, dass du niemals zurückkommen würdest, deshalb haben wir ihm deinen Namen gegeben.«

Ein Zucken ging über das Gesicht meines Bruders, dann begann er zu weinen. Sigrid streichelte ihm über den Rücken, dann riss er sich zusammen und schüttelte die Gefühle ab.

Ich weiß, man erzählt sich, dass Torstein Bootsbauer an diesem Tag etwas Unredliches getan hat. Friedlichen Händlern ein Schiff zu stehlen ist eine Untat, für die mächtigere Männer als ich gehängt worden sind. Besser hätte ich ein Schiff von Thorfinn Karlsefni gestohlen, da er mir Unrecht getan hatte. Aber so geschah es nicht. Ich wusste, dass er es jedem erzählen würde, wenn ich ihm ein Schiff stahl. Als Bjørn und ich nach achtern gingen und unsere Hände auf das Steuerruder legten, waren alle Zweifel verschwunden. Wie ich Ravntor zurückholen sollte, wusste ich noch nicht, aber ein Schiff hatte ich nun. Die Isländer stellten ihre Kisten bereit und legten die Ruder aus. Von ihnen hörte ich kein Murren. Dann wurde der Anker gelichtet, die Ruder tauchten ins Wasser und das Schiff glitt aus der Bucht.

25
Naglfar

Nenn mich gern einen Schiffsräuber für das, was ich getan habe. Aber Feigling nennt mich niemand, und wenn dir dein Leben lieb ist, dann sag auch nicht, dass ich anderes im Sinn gehabt hätte, als Ravntor zu befreien. Nachdem ich meine Hände auf das Steuerruder gelegt hatte, blieb ich den Rest des Tages und die ganze Nacht dort stehen, und als die Isländer murmelten, dass sie auch einmal ans Steuer wollten, knurrte Bjørn nur: »Wir sind Jomswikinger, und es wird so gemacht, wie mein Bruder es will.« So ganz stimmte das nicht, denn weder Hutten noch Welpe hatten in der Jomsburg gedient, doch bei den Isländern zeigte es die gewünschte Wirkung. Sie zogen die Köpfe ein und knurrten, das sei eine seltsame Art, seine Dankbarkeit zu zeigen, schließlich hätten sie Bjørn und den anderen da oben im Eis das Leben gerettet.

Ich steuerte nach Osten zu dem Sund, der uns am äußeren Teil des Landes der aufgehenden Sonne vorbeiführen sollte. Es fühlte sich gut an, auf dem Schiff zu stehen und von der Insel wegzukommen, die Thorfinn mir genommen hatte. Doch dann begann ich wieder, darüber nachzugrübeln, wie wir Ravntor aus der Stadt der Skrælinge befreien sollten. Mit jedem Ruderschlag kam mir dieses Unterfangen unmöglicher vor. Ich dachte sogar darüber nach, umzukehren und Thorfinn und seine Leute zu bitten, ihre Schiffe zu bemannen, damit wir gemeinsam zu den Skrælingen fahren und ihnen Angst einjagen konnten, andererseits hatten diese ja auch keine Furcht gezeigt, als Freydis mit ihren Schiffen gekommen war. Ich besaß auch nichts, womit ich Ravntor hätte freikaufen können, und wusste nur zu gut, dass derjenige, der weder etwas zu anzubieten hat noch eine Bedrohung darstellt, mit seinen Forderungen nicht weit kommt. War es möglich, mich nachts ins Lager zu schleichen und nach dem Jungen zu suchen, ohne dass die Skrælinge mich sahen? Vielleicht würde Winabave dies gelingen? Als Skræling fiel er nicht so schnell auf. Aber wenn sie ihn entdeckten, würden sie ihn sicher zu Tode foltern, um zu erfahren, warum er zurückgekommen war. Und Ravntor würden sie einsperren und bewachen, wenn sie das nicht bereits taten. Vielleicht schickten sie ihn auch fort, wie sie es mit uns beiden getan hatten, oder sie brachten ihn auf der Stelle um. Bei dem grausamen Gedanken packte mich ein Gefühl, als wäre alles um mich herum so unwirklich wie ein Traum. Damals verstand ich das noch nicht, doch später sollte ich lernen, dass Odin einen Zauber über alle Menschen geworfen hat, der es ihnen schwer macht, all die grausamen Geschehnisse zu erfassen, die das Leben parat hält.

Am Nachmittag kam Sigrid und setzte sich zu mir auf das Achterdeck. Sie lehnte sich an die Reling und legte den kleinen Bjørn an die Brust. Die Isländer starrten beim Rudern auf ihre nackte Brust. »Kümmere dich nicht um sie«, sagte sie, »Du brauchst Männer an den Rudern.«

Ich glaube, sie verstand bereits in diesem Moment, was wir tun mussten.

Gegen Abend gingen wir an Land. Wir ruderten das Langschiff zu einem Sandstrand und füllten die Wassertonnen in einem Bach. Wir müssten auch auf die Jagd gehen, meinte Sigrid, damit wir für längere Zeit gerüstet wären. Halvor meinte, dass wir den Isländern nicht trauen konnten und ihnen ihre Bögen nicht geben dürften. Er wollte sie auf der Jagd nicht dabeihaben. Deshalb schickte ich sie zu einigen vorgelagerten Inseln zum Fischen, während Welpe und Halvor auf die Jagd gingen. Ich begann zu ahnen, was Sigrid durch den Kopf ging, verdrängte den Gedanken aber und verbrachte den Rest des Tages damit, mir das Schiff genauer anzusehen. Sie hatten Teer und Wolle, womit ich einen Spalt vorne im Bug abdichten konnte. Das Schiff war zwar schmal und flach und schien mir für eine weite Seereise nicht gut geeignet, aber es war gut gebaut und außer dem Spalt am Bug fand ich keine anderen Schäden.

Als Welpe und Halvor am Abend noch nicht zurück waren, meinten Hutten und Bjørn, wir sollten morgens, gleich bei Anbruch der Dämmerung nach ihnen suchen. Aber ein Schauer kam auf und plötzlich wurde es kalt und windig. Ich weiß noch, dass wir uns in der Nacht dicht an dicht unter einem alten, zerrissenen Segel zusammendrängten. Einer der Isländer schrie in einem Albtraum auf. Er hatte die Narben eines Sklavenrings am Hals. Ich hatte sie gesehen, als eine Windböe seine Haare zur Seite geweht hatte. Auch er war für sein Leben gezeichnet. Mein Bruder blieb den Großteil der Nacht auf einer Ruderkiste sitzen. Zum Schutz vor dem Regen hatte er sich lediglich einen Umhang übergelegt. Ich wachte auf, als er Funken schlug, um eine Fackel zu entzünden und fragte ihn, warum er mitten in der Nacht Licht bräuchte, aber er murmelte nur, dass Nebel aufzöge und mit ihm Hel und all die Toten kämen. Er schützte das Feuer mit seinem Umhang, und als der Schein der Flammen auf sein Gesicht fiel, bemerkte ich, dass es alle Spuren der Jugendlichkeit verloren hatte. Bjørn war in dem Kampf um die Jomsburg schwer verletzt worden. Ein Pfeil hatte seinen Kiefer durchschlagen, sodass er fast alle Backenzähne verloren hatte, und der letzte Winter hatte ihn ausgezehrt. Sein Blick war dunkel und voller Schmerz, als wäre er beständig auf der Suche nach etwas.

Ich schlief wieder ein, und wachte seltsamerweise erst wieder auf, als Sigrid den schreienden Jungen an ihre Brust legte. Die meisten Männer waren bereits an Land. Die Sonne schien und das Segel dampfte. Bjørn stand am Steuerruder, winkte mich zu sich und sagte, mein Sohn müsste jetzt einen anderen Namen bekommen.

»Aber er heißt Ravntor«, sagte ich.

Bjørn nickte zu Sigrid. »Du hast zwei Söhne, Bruder. Hast du das vergessen?«

Seine Worte versetzten mir einen Stich.

»Er sollte nicht Bjørn heißen«, sagte Bjørn. »Wenn ich tot wäre, ja … Aber so ist Bjørn kein guter Name für ihn.«

Er hatte Recht. Vielleicht hatte er auch schon mit Sigrid darüber gesprochen, denn in diesem Moment sagte sie, dass sie dem Kleinen bereits einen anderen Namen gegeben hätte. »Er soll Bjørnar heißen.« Sie strich ihm durch die Haare. »Bjørnar, der Bärenkrieger.«

Bjørnar Torsteinson. Er sollte sich seinen Namen noch verdienen.

Mitten in der Nacht waren Halvor und Welpe plötzlich zurück. Sie hatten einen jungen Elch geschossen, aber als wir ihn aufschnitten, krochen Würmer aus seinem Bauch. Die Isländer meinten, wir könnten ihn trotzdem essen, wenn wir das Fleisch nur lange genug kochten. Sie hätten einen Topf an Bord und solches Fleisch schon früher gegessen. Wir ließen den Kadaver trotzdem liegen und begannen früh am Morgen, Fischreusen zu bauen. Außerdem schichteten wir am Strand Steinringe auf, über die bei Flut das Wasser steigen würde, sodass sich die Fische darin verirrten und bei Ebbe nicht mehr herauskamen. Aber in der Bucht waren kaum Fische zu fangen und auch das Trinkwasser machte mir mehr und mehr Sorgen, da die Isländer nur wenige Tonnen hatten. Sigrid musste meine Gedanken gelesen haben. Sie kam zu mir und sagte, dass wir die Isländer, sollte es hart auf hart kommen, auf einer Insel im Norden oder vor Island aussetzen könnten, damit nicht so viele Männer Wasser bräuchten. Bis dahin bräuchten wir sie aber an den Rudern.

Die meisten verstehen die Entscheidung nicht, die ich damals fällte. Sie sagen, dass ich meinen Sohn und meinen Kampfesbruder Eystein im Land der Skrælinge zurückließ. Hätte ich nicht nach Patuxet segeln sollen, jetzt, da mein Bruder, Halvor und die anderen zurück waren? Wir hätten plündern und brandschatzen und ihnen damit eine solche Angst einjagen sollen, dass die Skrælinge Ravntor freiwillig freigegeben hätten. Ich wusste aber, wie nutzlos dieses Unterfangen wäre. Wir waren einfach nicht genug Männer. Außerdem hatte ich Bjørnar und Sigrid bei mir. Was würde mit ihnen geschehen, wenn wir Patuxet angriffen und unterlagen? Ich musste die beiden in Sicherheit bringen und dann Männer um mich scharen, viele Männer. Und Schiffe, eine ganze Flotte. Ich wusste, wo ich die finden würde.

An keinem anderen Tag in meinem Leben habe ich solche Seelenqualen erlitten. Als ich die Männer in meinen Beschluss einweihte, protestierten die Isländer und meinten, ich würde die getroffene Vereinbarung brechen, schließlich seien wir doch auf dem Weg nach Süden, um die Städte der Skrælinge zu plündern. »Das tun wir auch«, sagte ich. »Aber erst müssen wir nach Hause.«

Dabei war die Küste, zu der ich das Schiff nun steuern wollte, für niemanden von uns ein wirkliches Zuhause. Denn ich nahm Kurs auf die dänischen Inseln. Sven Gabelbart hatte mir ein Schiff geschenkt, weil ich Olav Tryggvason getötet hatte, und er hatte mich gebeten, Land für ihn in Besitz zu nehmen. Wenn wir jetzt zurückkehrten und Gabelbart von den Reichtümern erzählten, von den Sklaven, die wir rauben könnten, dem Silber und den Wäldern voller stattlicher Lärchen, würde er uns sicher weitere Schiffe zur Verfügung stellen und Krieger mitschicken. Dann könnten wir gleich wieder in den Westen zurückkehren und nach Patuxet segeln, um den Skrælingen zu zeigen, dass ihnen die vollständige Vernichtung drohte, wenn sie Ravntor nicht freigaben.

Ich erinnere mich an die Stille, die sich an jenem Tag über das Schiff legte. Den Schmerz, der mir durch Mark und Bein ging. Ich fand keine Ruhe und war mehrmals kurz davor, das Schiff zu wenden. Aber Sigrid bat mich, stark zu bleiben, den Kurs zu halten und nicht zu zögern. Wir passierten den Sund bei der Leifsinsel und sahen keinen Rauch aus den Häusern aufsteigen. Dann segelten wir mit westlichen Winden an der Küste entlang nordwärts, bis wir in Nord-Markland erneut in eine Bucht fuhren, wo Bjørn und Halvor auf die Jagd gingen. Wieder gelang es ihnen, einen jungen Elch zu schießen, und dieser war gesund und hatte keine Würmer. Wir verbrachten zwei Tage in der Bucht, zerlegten das Tier und räucherten das Fleisch. Dann füllten wir die Wassertonnen auf und machten uns erneut auf den Weg.

Wir segelten bis Helluland nach Norden und nahmen von dort Kurs auf Grönland. Als ich das Land hinter mir verschwinden sah, begann ich zu zittern und hätte das Schiff wieder fast gewendet. Doch Bjørn stellte sich zu mir und bat mich, den Kurs zu halten. Wollten wir es über das Meer schaffen und vor den Herbststürmen zurück sein, durften wir keine Zeit verlieren.

Mit ist erzählt worden, das Meer dort im Westen sei in den letzten Jahren wilder geworden, und die Eisberge trieben immer weiter gen Süden. Auf der Überfahrt nach Grönland sahen wir kein Eis und um ehrlich zu sein, war es auf der gesamten Strecke so warm wie an der Skrælingküste. Der Wind blieb uns treu und brachte uns an die Südspitze von Grönland, die wir um ein Haar verfehlt hätten, hätte Bjørn im Norden nicht das Land entdeckt.

Wir füllten unsere Wassertonnen am Ufer eines Fjords, sahen aber weder Siedlungen noch Menschen. Ich nahm Fenris mit an Land, schließlich würde es von nun an lange dauern, bis er wieder festen Boden unter den Pfoten spürte. Mein alter Hund war inzwischen wirklich gebrechlich und blieb zitternd zwischen den Steinen stehen, weshalb ich ihn gleich wieder mit an Bord nahm.

Da der Wind weiterhin günstig stand, brachen wir wieder auf, sobald die Tonnen gefüllt waren. Mein Bruder holte seinen Sonnenstein heraus, wusste aber noch immer nicht, wie er ihn benutzen sollte. Die Isländer hatten wie wir einen Sonnenstab und stellten ihn aufs Deck, um mit seiner Hilfe Kurs zu halten. Im Achterdeck vor dem Steven war für diesen Stab extra ein Loch in einer der Planken. Der Schatten des Stabs wurde jeweils mit einem Stückchen Kohle markiert.

*

Die Überfahrt nach Island war stürmisch und hart, aber der Wind kam stetig aus Westen und das Langschiff erwies sich als stabil und seetüchtig. Etwa auf halber Strecke wurde der Wind noch stärker und die Wellen um uns herum wurden immer höher. Sigrid war untröstlich, ich hörte sie nachts weinen und manchmal stand sie achtern, starrte aufs Kielwasser und flüsterte den Namen des Sohns, den wir verlassen hatten. Sie vergaß dabei aber nie, den kleinen Bjørnar zu stillen und das Essen zu essen, das wir ihr hinstellten. Hutten kam am zweiten Tag nach unserer Abreise von Grönland zu mir und fragte, was ich tun wollte, wenn der Dänenkönig mir keine Schiffe gab. Ich sagte darauf, dass es andere Häuptlinge gäbe, die sicher Schiffe und Männer stellen würden, wenn ich ihnen von den Reichtümern erzählte, die dort im Westen zu holen seien. Hutten nickte in Halvors Richtung und meinte, ich sollte ihn reden lassen, wenn wir vor dem König standen.

Wir überquerten das Meer zwischen Grönland und Island sehr schnell. Das Langschiff der Isländer hatte die besondere Fähigkeit, den Kurs zu halten, selbst wenn man das Steuer losließ. Die Isländer waren sehr stolz auf ihr in Trøndelag gebautes Schiff und erzählten, sie hätten es dort gegen ein kleineres mit Walrosszähnen beladenes Schiff eingetauscht. Die Isländer waren weit herumgekommen und kannten den Dialekt, den Bjørn und ich sprachen. Sie wussten, dass wir aus Vingulmørk kamen. »Das ist eine reiche Küste«, sagten sie, und ihre Worte verunsicherten mich. Waren sie wirklich Händler oder Plünderer?

Manch einen wird es verwundern, dass ich die Isländer nicht irgendwo ausgesetzt habe. In Wahrheit kann ich aber eigentlich nichts Schlechtes über sie sagen. Ich hatte sie mitgenommen, weil ich Leute an den Rudern brauchte, aber wer mich und meine Leute kennt, weiß, dass ich auch später Isländer in meinen Diensten hatte. Sie waren rechtschaffene Männer, die ich vielleicht sogar als gut bezeichnet hätte, hätten sie mir damals auf den Färöern nicht die Hose aus Menschenhaut und die Säuglingspuppe angeboten. Das gute, seetüchtige Schiff gehörte den beiden Brüdern, die uns die grauenhaften Dinge hatten verkaufen wollen. Sie waren unweit des Hofes von Torgeir Lysvett Torkelson aufgewachsen und waren zäh und ausdauernd. Sie nannten sich Ragnar und Rudde-Geir und waren Söhne von Eirikur im Kollefjord. Die meisten ihrer Männer stammten aus ihrer Sippe, und es beunruhigte mich, dass auch Lysvett, der uns auf Island für vogelfrei erklärt hatte, mit ihnen verwandt war. Wenn Ragnar, Rudde-Geir und die anderen das wüssten, hätten wir mit Schwierigkeiten zu rechnen. Halvor war sich aber sicher, dass sie es nicht wagen würden, sich an Bord zu rächen.

Die Isländer wussten viel über die verschiedenen Länder und ihre Herrscher. In den Jahren, in denen wir weg gewesen waren, war viel geschehen. Æthelred in England hätte alle Dänen und Norweger aus seinem Reich vertrieben, hieß es. Eines Abends im Herbst, am Tag des heiligen Brictius, griffen seine Männer jeden an, der wie ein Norweger oder Däne aussah oder deren Sprache sprach. Kinder wie Erwachsene wurden erschlagen, und die wenigen, die fliehen konnten, landeten weiter im Norden oder in Irland. Sven Gabelbart war äußerst aufgebracht, schließlich kursierten Gerüchte, dass eine Schwester von ihm, Gunhilde, in einer Kirche von Æthelreds Männern verbrannt worden war. Das Letzte, was die Isländer gehört hatten, war, dass Gabelbart auf Rache sann und Männer nach Wessex und East Anglia geschickt hatte.

Von den Isländern hörte ich auch, dass die Jomsburg wieder aufgebaut worden war. Jarl Sigvalde herrschte jetzt dort, hatte Sven Gabelbart aber die Treue geschworen. Die Jomsburg galt nur noch als eine Art Außenposten des dänischen Reichs. Von Vagn hatte niemand etwas gehört.

Am Tag, bevor die isländische Küste in Sicht kam, traf ich mit den Isländern eine Vereinbarung. Ich versprach ihnen einen ebenso großen Teil des Plündergutes dort im Westen wie allen anderen an Bord, wenn sie treu zu mir standen und mich Häuptling nannten. Wollten sie das nicht, würde ich sie absetzen, wenn wir an der Küste waren, ich würde allerdings an einem Ort anlegen, an dem niemand wohnte.

»Dann nennen wir dich Häuptling«, antwortete Rudde-Geir.

Zwei Tage lagen wir vor Island. Halvor und Bjørn fingen zwei Schafe und töteten sie, da uns der Proviant wieder auszugehen drohte. Wasser holten wir aus einem Bach und am Strand fanden wir die Überreste eines Wracks, die wir von Tang und Muscheln befreiten und an Bord nahmen. Niemand mochte es, auf offener See das Feuerfass zu entzünden, und am liebsten hätten wir das Fleisch vor dem Aufbruch geräuchert, doch dafür fehlte uns die Zeit. Wir liefen nicht nur Gefahr, entdeckt und erkannt zu werden, für mich zählte jeder Tag.

Von Island segelten wir einen Tag und eine Nacht mit einer guten, westlichen Brise. Am Morgen des zweiten Tages frischte der Wind auf, was man bei Rückenwind kaum merkt. Bjørn und ich hielten uns am Achtersteven auf und steuerten abwechselnd, während Halvor den Sonnenstab im Auge behielt und über Meer und Wellen schnupperte, als versuchte er zu riechen, wo wir uns befanden. Wir mussten in südöstliche Richtung steuern und mein Bruder und ich berieten uns mit den Isländern, wie wir die Färöer finden konnten. Unter ihnen war ein kahler, kleiner Mann mit spitzem, mausartigem Gesicht, den die Isländer Holmgårds-Toke nannten. Dieser Mann schien sowohl in Miklagard als auch auf den Meeren im Süden gewesen zu sein. Er war auf den Flüssen bis Holmgård gerudert, weshalb die Isländer überzeugt davon waren, dass niemand mehr Erfahrung hätte als dieser Mann. Holmgårds-Toke gefiel mein Plan, im Osten Schiffe anzuwerben und zum Plündern nach Vinland zurückzukehren, denn er hatte niemanden, der ihn Vater nannte. Er wollte gerne einer Frau ein Kind machen, war aber so hässlich, dass er zu Reichtum kommen musste, ehe ihm dies gelingen konnte.

Holmgårds-Toke stand im Bug und spähte über das Meer, als es zum zweiten Mal dunkel wurde. Der Wind, der immer weiter zunahm, drückte das Hemd an seinen mageren Körper und ließ es hinter ihm flattern.

Ich saß an diesem Abend eine Weile bei Sigrid und Bjørnar,

aber wir redeten nicht miteinander. Was sollte ich sagen? Bevor Ravntor nicht wieder bei uns war, gab es nichts zu reden.

Dann kam der Sturm. Erst flaute der Wind ab und die Wellen wurden flach und glatt, während sich der Himmel hinter uns verfinsterte. Dann donnerte es und ein Blitz zuckte aufs Wasser herab. Mit einem Mal war ein Grollen zu hören, das von unten aus dem Meer zu kommen schien. Die Wolken trieben heran und mit ihnen kam der Wind. Die Isländer ließen die Rah herab, lösten das Segel und spannten ein kleineres Segel ein, das kaum größer als ein paar Gewänder war. Ragnar und Rudde-Geir wollten das Steuer übernehmen. Sie meinten, sie kennten das Schiff besser als wir und könnten uns sicher durch das Unwetter steuern, aber Bjørn und ich ließen sie nicht an unseren Platz. Wir wussten, was uns erwartete, und ich wollte das Leben von Sigrid und Bjørnar nicht in die Hände von Fremden legen.

Bjørn und ich steuerten durch die Nacht. Wir waren durchnässt und froren, aber der Sturm ließ uns nicht ruhen. Stürme sind wie Frauen, sagte Halvor einmal. Einige sind erst mild und gut zu dir, bevor sie schwierig und launisch werden und dich von einem Unglück ins nächste stoßen. Andere sind von Anfang an wild und unvorhersehbar, aber sie reißen dich mit wie ein Mahlstrom. Der Sturm östlich von Island war wie eine dieser wilden Frauen. Er traf uns hart mit einer Böe von Steuerbord. Die Männer banden Seile um ihre Ruderkisten. Ich ging zu Sigrid, setzte ihr das Kind und den Hund auf den Schoß und band sie an der Reling fest.

So segelten wir durch die Nacht und in die Dunkelheit hinein. Wir spürten nur die Gischt und den Wind, der an uns zerrte. Die Männer östen mit allem, was wir hatten. Als die Morgendämmerung kam, trat Holmgårds-Toke in den Bug. Vielleicht hielt er nach Eisbergen Ausschau. Sigrid saß noch mit Bjørnar und Fenris auf dem Schoß da, ihre Haare hatten sich wie ein

Schal um die drei gelegt. Sie zitterte und ich wollte ihr eine Decke um die Schultern legen, doch dafür hätte ich das Ruder verlassen müssen. Alles an Bord war durchnässt und unten platschte das Wasser, doch der Wind wollte noch immer nicht nachlassen.

Wer bei mir zu Gast war und die Schiffe im Hafen gesehen hat, weiß, dass ich das Langschiff der Isländer liebgewann. Auch wenn es nicht mein größtes Schiff und für einen Häuptling sicher nicht standesgemäß war, zog ich es vor, mit diesem Schiff zu reisen. Ich benannte es nach Muspells mächtigem Schiff, das aus den Nägeln der Toten gezimmert wurde. Diesen Namen erhielt es zu dieser Zeit, als wir in unsere zweite Sturmnacht fuhren. Ragnar und Rudde-Geir kamen zu Bjørn und mir und wollten abermals das Steuer übernehmen. Sie hatten uns noch nicht schlafen sehen und meinten, dass es nicht sicher sei, wenn wir auch in der zweiten Nacht keine Pause machen würden. Sie klammerten sich an die Reling und erinnerten uns daran, dass wir ihnen das Schiff genommen hatten. Sie wollten uns aber keine Vorwürfe machen, wenn wir ihnen das Steuer überließen, damit sie das Schiff sicher durch die Nacht bringen konnten. In diesem Moment fiel das Schiff nach unten in ein Wellental und eine Sturzwelle brandete seitlich über das Schiff. Als sich das Schiff wieder hob, war Ragnar verschwunden. Nur zwei Fingernägel steckten noch im Holz der Reling, so sehr hatte er sich dort festgehalten.

Während die anderen östen, brüllte Rudde-Geir über das Meer. Aber wir konnten nicht drehen, ohne das Schiff zum Kentern zu bringen. Und Ragnar war nirgendwo zu sehen. Er war in Ráns Reich eingetreten.

»Die Nägel von Toten«, sagte Holmgårds-Toke an jenem Abend zu mir, als er mit einem Mal hinter Bjørn und mir stand. »Taufe das Schiff Naglfar, Häuptling.«

Dann senkte sich die Dunkelheit über uns.

26
Der Ladejarl

Über den Tag, an dem Torstein Bootsbauer und seine Männer Erik Håkonsons Halle betraten, sagt man, dass Gyda Svensdatter, Sven Gabelbarts Tochter und Eriks Frau, nach draußen ging und ein Opfer darbrachte. Denn Männer, die dem Meer getrotzt haben, sind etwas Besonderes. Man erkennt das in ihren Blicken. Wie Odin, der zehn Tage an Yggdrasil hing, haben auch sie in andere Welten geblickt.

Viele fragen mich, warum ich mich damals an den Ladejarl gewandt habe. Schließlich wollte ich doch zu Sven Gabelbart, für den ich bei Svold gekämpft und getötet hatte. Ich antworte darauf immer, dass die Götter es anders wollten. Der Sturm, der uns vor Island traf, wütete drei Tage und brachte uns vom Kurs ab, und als der Wind sich schließlich wieder legte, hatten wir Salzwasser in den Tonnen. Erst versuchten wir, es zu trinken, aber die Männer mussten sich übergeben. Die Wasserschläuche, die wir noch hatten, reichten allenfalls für ein paar Tage. Wir zogen die Rah hoch und segelten direkt nach Osten in den Sonnenaufgang.

Am dritten Tag nach dem Sturm meinte Bjørn vor dem Bug Land zu sehen. Eine plötzlich wie aus dem Nichts aufragende Küstenlinie, die aber gleich darauf wieder verschwunden war. Holmgårds-Toke glaubte an eine Spiegelung des Landes weiter im Osten, so etwas habe er schon einmal gesehen. Njörd hülfe den Seefahrern auf diese Weise, den richtigen Weg zu finden.

Bald waren die Wasserschläuche leer und uns blieb keine andere Wahl, als unseren eigenen Urin zu trinken. Holmgårds-Toke meinte, man könne so mehrere Tage überleben. Sigrid weigerte sich zuerst, aber der Tag wurde sehr warm, da die Sonne von einem wolkenlosen Himmel brannte, sodass auch sie schließlich unserem Vorbild folgte.

Drei Tage waren wir ohne Frischwasser auf dem Meer, und die dritte Nacht wurde zur Qual. Niemals hätte ich gedacht, dass Durst eine solche Folter sein kann. Nur Fenris schien nicht darunter zu leiden, ich gab ihm aus der Schale zu trinken, in die ich mein Wasser abgeschlagen hatte und er schlabberte alles begierig in sich hinein.

Am Morgen des vierten Tages sahen wir Land und die Männer wurden beinahe verrückt. Sie ruderten als wären ihnen Nivlheims Horden auf den Fersen, und als wir den Anker geworfen hatten, sprangen sie über die Reling, schwammen an Land und stürzten in den Wald. Irgendwo hörte ich Welpe rufen, dass er Wasser gefunden hätte, und kurz darauf war alles still.

Ich ging nicht gleich an Land. Ich sackte auf dem Achterdeck zusammen und lag noch dort, als Bjørn und Welpe über die Reling kletterten und eine Tonne holten. Dann waren sie verschwunden. Sigrid saß am Mast, ihre Augen waren geschlossen und das Kind auf ihrem Schoß schlief. Ein Mann stand neben ihr. Er trug einen bodenlangen Umhang und der Wind spielte in seinen langen grauen Haaren. Er stützte sich auf einen Stab und sah mich mit seinem einen Auge an.

Bjørn und die anderen fanden mich bewusstlos am Achtersteven. Wären wir nur einen halben Tag später auf Land gestoßen, hätte vermutlich keiner von uns überlebt. Sigrid ging es besser als den anderen, was eigentlich an ein Wunder grenzte, da sie ja auch noch stillte. Vielleicht machen die Asen Frigg und Idun und die anderen klugen Frauen in Asgard ihre Schwestern in der Welt der Menschen stärker, wenn diese ein Kind ernähren müssen.

Ich kam erst im Laufe des Tages wieder zu mir. Da hatte Bjørn dafür gesorgt, dass das Schiff mit dem Bug an einer Landzunge vertäut worden war. Die Ruderkisten standen mittschiffs und die Wassertonnen waren gefüllt. An Land flackerte ein Feuer und die Männer grillten Fisch an Spießen über der Glut.

Wir nahmen an, irgendwo an der norwegischen Westküste zu sein, denn die Bucht, in die wir eingefahren waren, war steinig und sehr tief. Verkrüppelte Kiefern wuchsen bis nach unten ans Ufer. Auf dem Meer war kein Schiff zu sehen und auch an Land gab es keine Spuren einer Besiedelung. Winabave war vollkommen begeistert und erzählte mir, dass er auf der Überfahrt große Angst und schlimme Träume gehabt hätte. Er hatte von Epe gehört, dass es im Osten keine Wälder gäbe, da wir mit unseren eisernen Äxten schon alles verwüstet hätten. Zu sehen, dass es gar nicht so schlimm war, erleichterte ihn sehr, sodass er mehr als bereit war, endlich wieder festen Boden unter den Füßen zu spüren.

Winabave war der erste Skræling, der norwegischen Boden betrat. Ich hielt das später schriftlich fest, da Feinde von mir das Gerücht verbreiteten, er sei nur ein Sklave gewesen, den mir irgendwelche Mohren verkauft hätten. Dieselben Feinde schimpften mich einen Lügner und behaupteten, ich sei nie westlich der englischen Inseln gewesen, und all das Vermögen, das mein Bruder und ich angehäuft hätten, stamme aus Plünderungen.

Von der Bucht segelten wir nach Süden. Bjørn und ich dachten, dass wir uns nördlich von Trøndelag befanden, andernfalls hätten wir das Land erkannt, da wir ja schon einmal von dort bis zur Südspitze Norwegens gesegelt waren. Dass wir so massiv vom

Kurs abgekommen waren, bedeutete auch, dass wir unsere Pläne ändern mussten. Ich beriet mich mit Hutten, Bjørn, Halvor, Welpe, Winabave und Sigrid. Wir, die wir gegen Olav gekämpft hatten, wussten die Ladejarle auf unserer Seite. Bjørn und ich hatten sogar auf dem Schiff von Erik Håkonson gekämpft. Fanden wir den Fjord, der zum Hauptsitz der Jarle führte, konnten wir zu ihnen segeln. Sven würde das zwar nicht gefallen, schließlich hatte er mich gebeten, Land in seinem Namen in Besitz zu nehmen. Doch auch die Söhne von Håkon waren darauf erpicht, mehr Land zu bekommen, und wie alle großen Männer hörten sie nur zu gerne, dass es dort Schiffsholz und Sklaven gab, ganz zu schweigen von den anderen Reichtümern.

Wir grübelten darüber nach. Die Isländer waren bei der Beratung nicht dabei, ich weiß noch, dass sie auf ihren Ruderkisten saßen und herüberstarrten, und Holmgårds-Toke meinte, den Trøndern könnte man nicht vertrauen, es sei sicher besser, zu Gabelbart zu fahren.

In diesem Moment erhob sich Sigrid mit dem Kleinen auf dem Arm und herrschte die Isländer an, den Mund zu halten. »Wir werden nicht nach Dänemark segeln, wenn wir auch vom Ladejarl Schiffe und Mannschaften bekommen können. Wir haben keinen Tag zu verlieren.«

Es war wie immer – wenn Sigrid einmal die Stimme erhob, widersprach man einfach nicht. Außerdem hatte sie Recht. Holmgårds-Toke verzog seinen hässlichen Mund, stand auf und drohte ihr mit der Faust, aber Halvor murmelte nur, er solle sich setzen, wenn ihm sein Leben lieb sei. Vielleicht dachte Halvor, dass ich den Isländer erschlagen würde, wenn er sich meiner Frau widersetzte, schließlich wusste er, wie aufbrausend ich sein konnte. »Wir haben die Leute über den Ladejarl reden hören«, kam es mürrisch von Holmgårds-Toke. »Erik Ulfhedin hat seinen Bruder geopfert, um bei der Schlacht in Hjørungavåg erfolgreich zu sein. Ihr sagt über uns Isländer, wir seien Trollmenschen oder noch schlimmer, aber die Ladejarle …«

Mehr sagte er nicht. Sigrid nahm einen Stab, der an der Reling lehnte, trat einen Schritt vor und schlug ihm ins Gesicht, wobei sie Bjørnar mit der anderen Hand festhielt. Holmgårds-Toke stolperte nach hinten und fiel zu Boden, war aber gleich wieder auf den Füßen und wollte sie angreifen, doch da war ich zur Stelle. Der Isländer erstarrte. Er sah uns aus seinen kleinen Augen an und als würden die Worte, die er uns an den Kopf werfen wollte, irgendwie herausmüssen, ließ er einen fahren und setzte sich wieder.

Drei Tage folgten wir der norwegischen Küste nach Süden, bis wir die Landzungen erkannten. Ich war mir erst nicht sicher, das Wetter war grau und Brandung und Felsen gingen irgendwie ineinander über, aber Bjørn trat in den Bug und betrachtete von dort aus eine Weile den Schärengarten. Als er zurückkam, war er sich sicher. »Das ist die Rinne«, sagte er. »Durch die sind wir mit Olav gefahren.«

Das Gefühl, mich auf derselben Route wie damals zu befinden, verwirrte mich. Es kam mir wie eine Ewigkeit vor, dass wir hier entlanggesegelt waren, doch als ich den Sund sah, in dem Erlend Håkonsons Schiff auf uns zu gesegelt war, waren die Erinnerungen wieder ganz frisch. Meine Schulter begann zu zucken und fast hörte ich die Schreie und roch das Blut und die aufgeschlitzten Bäuche der Verwundeten und Toten. Auch die Angst, die mich damals fast gelähmt hatte, war wieder da.

Ich steuerte die »Naglfar« in die Flussmündung, in der Olav damals geankert hatte. Einige kleinere Ruderboote lagen auf dem Strand und auf dem Gras stapelten sich Reusen. Ein paar Männer standen am Ufer, doch als wir in Schussweite kamen, legten sie die Netze hin, die sie ausbesserten, und verschwanden zwischen den Bäumen.

Wir ankerten unweit des Strandes. Halvor meinte, es sei das Beste zu warten, wir seien ja gesehen worden. Und wenn der Sitz des Jarls wirklich so nah war, wie ich es gesagt hatte, hätten die Männer ihm bestimmt Bescheid gegeben. Wir brauchten nicht lang zu warten, bis ein großes Boot auf dem Fluss zum Vorschein kam. Es wurde von vier Männern gerudert und die prachtvoll geschnitzten und bemalten Steven ließen keinen Zweifel daran, dass hier das Gefolge eines wichtigen Mannes kam.

Sie wollten wissen, wer wir waren und woher wir kamen, also erzählte ich es und sagte, dass Erik und Svein Håkonson mich und meinen Bruder kannten, da wir mit ihnen in der Schlacht von Svold gekämpft hätten. Die Männer wendeten das Boot und riefen, sie würden dem Ladejarl unsere Namen übermitteln.

Wir warteten noch einmal. Das Boot kam nicht zurück, doch schließlich tauchte einer der Ruderer am Strand auf. Er blies in ein Horn und winkte uns zu sich. Wir lichteten den Anker und ruderten das Schiff an den Strand. Der Mann mit dem Horn beobachtete uns, als wir das Schiff vertäuten, und bat uns dann, ihm zu folgen.

Nach der Zeitrechnung der Christen hatten wir inzwischen das Jahr 1004, und die Halle des Jarls war zu keiner Zeit prachtvoller als eben da. Sie war größer als jede andere Halle, die ich gesehen hatte, ja sogar größer als Halvdan Halles Gildesaal in der Jomsburg. Das letzte Mal war ich als einer der Männer Olavs hier gewesen, doch als wir uns nun näherten und die Verzierungen am Giebel und die im Wind flatternden Seidenwimpel sahen, wussten wir, dass die Halle erweitert worden war und jetzt mindestens doppelt so lang sein musste wie beim letzten Mal. Auch das Dach musste angehoben worden sein, es beschrieb einen prachtvollen Bogen in den Himmel und sah aus wie der Rumpf eines gewaltigen umgedrehten Schiffes oder wie der Rücken eines riesigen Hundes. Die Halle verströmte den Geruch von Teer und Ochsenblut, womit das Holz gestrichen worden war. Durch die Dachöffnung in der Mitte der Halle quoll der Rauch des Feuers. Es roch nach Essen.

Die Halle stand in der Mitte einer freien Fläche, auf der in einem weiten Bogen dreizehn Opferpfähle aufgestellt waren. Wir passierten einen davon und erkannten Freyrs liederliches Gesicht. Der Stab, der aus seinem Schritt aufragte, war mit frischem, glänzendem Blut eingestrichen. Bjørn murmelte mir zu, dass er Freyr noch nie gemocht hätte und ich nickte. Vater hatte erzählt, dass Freyr einmal mit seiner Schwester Freya geschlafen hätte, und uns Jungs gefiel das gar nicht, denn Freya war Bjørn und mir von klein auf als die perfekte Frau erschienen.

Die Schriftgelehrten werden jetzt sicher zu bedenken geben, dass sowohl Erik als auch Svein Håkonson bereits vor unserer Ankunft den christlichen Glauben angenommen hätten, aber das stimmt ganz einfach nicht. Es gab in jener Zeit kaum einen Häuptling, der überzeugter an unsere alten Götter glaubte als die Ladejarle und vielleicht Sven Gabelbart.

Es war seltsam, dass der Platz vollkommen leer war, als wir kamen. Und es war still. Aus der Halle schallten keine Stimmen. Doch dann stolperte plötzlich ein Mann aus der halb offenstehenden Tür an der Stirnseite des Hauses. Er war einarmig und vollkommen nackt. Wir griffen zu unseren Streitäxten und Messern, während der Mann rufend und johlend auf uns zukam. Er streckte den Armstumpf in unsere Richtung aus und schlug sich mit der anderen Hand abwechselnd auf Stirn und Brust. Auf diese Weise taumelte er auf uns zu, bis er unmittelbar vor Bjørn und mir stehen blieb und erst Bjørn und dann mir in die Augen starrte.

Man erzählt sich, dass Jarl Erik in der damaligen Zeit die besten Schamanen und Seher hatte. Einige hatte er von den nördlichsten Küsten des Landes, andere waren ihm vom dänischen König geschickt worden. Diese auf irgendeine Weise verrückten Männer schickte er Neuankömmlingen entgegen, von denen er nicht wusste, ob er ihnen trauen konnte. Die Schamanen sollten Witterung aufnehmen, dann beriet er sich mit ihnen. Ein heftiges Zucken ging mit einem Mal durch den Körper des Einarmigen. Der Mann, der zum Strand gekommen war, um uns zu holen, trat vor und stützte den Schamanen, doch da schrie er auf und rannte wieder ins Haus.

Als wir die Halle betraten, schlug uns vollkommene Stille entgegen. Niemand kam, um uns zu begrüßen. Keiner rief, hier sind Torstein und Bjørn, die Jomswikinger und Vinlandfahrer. Wir gingen etwa bis in die Mitte der Halle, bis zur langen Feuergrube. Ein wenig Tageslicht fiel durch die Öffnungen in den Giebelwänden und durch das Rauchloch, doch abgesehen von einigen Fackeln, die an den Langtischen flackerten, war es in der Halle des Ladejarls dunkel. In der Feuergrube glühte Holz, aber es leckten keine Flammen empor, sodass wir warten mussten, bis sich unsere Augen an das Dunkel gewöhnt hatten.

Neben Sven Gabelbart waren nur wenige so hart von dem Sankt-Brictius-Massaker getroffen worden, das Æthelred unter den Dänen und Norwegern in seinem Land angerichtet hatte, wie Erik Håkonson. Seither hatte er viele Tage in seiner Halle verbracht und darüber nachgegrübelt, wie er all die englischen Königreiche erobern und den Ländereien zuschlagen konnte, über die Sven Gabelbart und er herrschten. Die beiden waren Waffenbrüder, und eher hörte Erik auf den Dänenkönig als auf seinen jüngeren Bruder Svein.

Am Tag unserer Ankunft trafen wir nur Erik an, sein Bruder hielt sich in einem anderen Teil des Landes auf. Der Jarl saß auf seinem Thron am Ende der Feuergrube, aber wir waren von der Halle so beeindruckt, dass wir weder ihn noch seine Leute gleich bemerkten. Die Balken, die das Dach trugen, waren voller Schnitzereien. Männer mit Äxten und Schwertern kämpften gegen Riesen und an anderen Stellen waren brennende Langschiffe zu sehen. Ziegen- und Pferdeschädel waren auf Stöcke gesteckt worden und standen neben den Tischen. An diesen Tischen saßen Männer, die trotz ihrer feinen Kleider gleich als Krieger zu erkennen waren. Bjørn und ich erkannten einige davon sofort, sie waren aus der Jomsburg. Ulfar Bonde, mein alter Lehrmeister, saß an einem Tisch rechts von uns, in der Hand ein Trinkhorn, dem oben am Rand ein Stück fehlte, als hätte er es abgebissen.

Wir hatten noch auf dem Schiff vereinbart, dass Halvor vortreten und reden sollte, falls ich stottern oder nicht die richtigen Worte finden sollte. Ich hoffte aber, dass Erik Bjørn und mich erkannte, schließlich waren wir die Männer, die Olav Tryggvason getötet hatten. Erik beugte sich auf seinem Thron vor, sodass der Lichtschein der Glut auf sein Gesicht fiel. Ich erkannte ihn nicht gleich wieder, denn er hatte weder Haare noch Bart. Sein Kopf war vollkommen kahl, was uns alle, Sigrid eingeschlossen, so sehr überraschte, dass wir ihn anstarrten. Der kahle Mann streckte den Arm zur Seite und ein Krug wurde ihm gereicht. Er trank lang und begierig und stellte den Krug auf der Armlehne ab. Zu seinen Füßen saßen zwei riesige graue Hunde, vermutlich Kreuzungen zwischen Wolf und Bärenhund. Neben dem Thron stand eine Frau in einem blauen Seidenkleid und mit einer silbernen Kette um den Hals. Erik selbst trug eine einfache rote Jacke und hohe, reich verzierte Stiefel mit hochgebogener Spitze. Eine Hose schien er nicht zu tragen. Es sah aus, als hätte er es einfach vergessen und als wagte es niemand, ihm das zu sagen.

Wir sahen uns eine ganze Weile schweigend an. Dann nickte Erik mir zu und ich ahnte, dass er mich erkannt hatte. Er trug ein Wolfsfell über den Schultern, was mich an den Wolfskopf erinnerte, den er bei der Schlacht von Svold getragen hatte. Erik war Ulfhedin, ein Wolfskrieger, und größeren Kriegern konnte man auf keinem Schlachtfeld begegnen. Nur wenige wussten aber, dass er auch ein kluger Herrscher war, den die Norweger liebten. Es heißt, er herrschte unter der Gnade von Sven Gabelbart, aber das ist eine Lüge – wie so vieles, was man sich über die Håkonssöhne erzählt.

Jarl Erik nahm wieder den Krug und trank einen Schluck, dann zeigte er auf uns. »Mir wurde erzählt, dass Torstein Bootsbauer und sein Bruder unterwegs sind. Und ich erkenne dich. Wir kämpften Schulter an Schulter in Svold und du hast Olav Krähenbein getötet, der deinen Vater getötet hat. Für dich und deine Leute wird hier auf dem Ladegut immer Platz sein.«

Ich antwortete nicht sofort. Wie immer fehlten mir die Worte, wenn ich mächtigen Männern gegenüberstand.

»Läuse«, sagte Erik und klatschte sich mit der Hand auf den kahlen Schädel. »Ich habe sie von einem der Kebsweiber, die Gabelbart mir geschickt hat. Ich habe sie genommen und zum Dank hat sie mir ihre Läuse überlassen.«

Die Frau, die neben dem Thron gestanden hatte, wandte sich ab und ging zu einem der Tische, für die in der Halle reichlich Platz war. In der Länge wie in der Breite standen gleich mehrere Reihen davon. Es saßen aber nur wenige Männer an ihnen. Abgesehen von Bonde und den Jomswikingern konnten es nicht mehr als fünfzig oder sechzig Mann gewesen sein. Auch einige Frauen waren dabei, vermutlich Kebsweiber oder Dirnen. Eine davon schob sich auf Bondes Schoß, aber der Alte schob sie von sich. Er starrte mich an, ganz sicher hatte er mich erkannt.

»Ich kann mich nicht erinnern, dass du damals in Svold deine Zunge verloren hast. Rede, Torstein Bootsbauer.«

In diesem Moment trat Halvor zu mir und Bjørn vor. »Es liegt an deiner Halle, Jarl. Sie ist so gewaltig, dass es uns die Sprache verschlägt.«

»Sie ist gewaltig«, antwortete Erik. »Ich weiß aber, dass niemand hierherkommt, der keine Neuigkeiten überbringt oder etwas von mir will.«

»Wir haben Neuigkeiten für dich«, sagte ich. »Von einem weit entfernten Land.«

Der Jarl sah mich an. »Und wo liegt dieses Land?«

Ich räusperte mich. Alle Blicke waren jetzt auf mich gerichtet. Halvor trat zurück, er war wohl der Meinung, mir genug geholfen zu haben. »Westlich von Grönland«, sagte ich. »Dort gibt es große Reichtümer.«

Der Jarl packte seinen Krug. »Reichtümer, sagst du?«

Ich nickte. »Große Reichtümer. Lärchen. Hoch und gerade gewachsen. Wir haben dort Schiffe gebaut, und …«

Bjørn trat neben mich. »Wir können dieses Land für dich in Besitz nehmen, Jarl Erik. Wir können dir reiche Beute bringen. Aber wir brauchen Schiffe. Und Männer.«

Der Jarl trank erneut einen Schluck aus seinem Krug und strich sich über den Mund. »Ich habe von Leuten gehört, die von Grönland aus nach Westen gesegelt sind, aber niemand ist je zurückgekehrt.« Er lehnte sich zurück. »Wenn ihr dort Schiffe gebaut habt, warum bittet ihr dann um meine?«

Ich blieb ihm die Antwort schuldig. Wenn ich dem Jarl erzählt hätte, dass ich versagt und Männer an Leif Erikson verloren hatte, und dass dann auch noch mein Hof niedergebrannt worden war, würde er sicher keine Lust haben, mir zu helfen.

»Ich will kein Misstrauen hegen gegen Männer, die mir geholfen haben, Olav zu töten«, sagte der Jarl und stellte den Krug ab. »Aber wie kann ich wissen, dass ihr nicht einfach meine Schiffe nehmen und verschwinden wollt, um zu plündern und euch selbst zu bereichern? Wie kann ich wissen, dass ihr wirklich dort im Westen wart? Immer wieder erzählen mir Leute, die Geschichten über das Land im Westen seien nichts anderes als

Lügen und Gerüchte. Einige behaupten gar, die Grönländer verbreiten diese Gerüchte, damit Menschen zu ihnen segeln, dass es da draußen in Wahrheit aber nicht mehr gibt als Eis und Schnee.«

Viele Männer an den Tischen begannen zu nicken. Wie wahr, murmelten sie, außerdem wären wir nicht die ersten, die um Schiffe und Mannschaften für eine Reise nach Vinland gebeten hätten.

Bonde gefiel dieses Gemurmel gar nicht, er stand auf und sah sich wütend um, was alle verstummen ließ. Er schnäuzte sich in die Finger und wischte sie sich an seinem Hemd ab, ehe er sich wieder setzte.

»Ich bin Jarl«, sagte Erik. »Und herrsche über viele Männer. Ich werde aber keine Männer mit euch schicken, wenn diese Männer das nicht selbst wollen. Und wenn ich überhaupt über euer Anliegen nachdenken soll, brauche ich erst einen Beweis für den Reichtum, den es dort geben soll. Ich bezeichne euch nicht als Lügner. Ich weiß, dass ihr Jomswikinger seid und Jomswikinger akzeptieren solche Anschuldigungen nicht. Aber mein Bruder, so er denn hier wäre, würde euch jetzt um einen Beweis bitten, dass ihr tatsächlich so weit im Westen wart und es dort gibt, was ihr behauptet.«

»Es gibt diese Reichtümer«, sagte Halvor und trat an meine Seite. »Die Skrælinge haben Gold und Silber und wie Torstein es bereits gesagt hat, gibt es dort Wälder voller gerader Lärchenstämme und Felder, die man direkt pflügen kann.«

»Mehr Land brauche ich nicht«, sagte Erik. »Und auch kein Holz für Schiffe. Aber Gold und Silber kann ein Mann nie genug haben. Zeigt mir das Gold. Und das Silber. Wenn es nicht nur leere Wort sind, die ihr da von euch gebt.«

Wir hatten weder Gold noch Silber, sodass nicht einmal Halvor die richtigen Worte fand. Er kratzte sich im Bart und trat von einem Fuß auf den anderen. Der Blick des Jarls verfinsterte sich, er lehnte sich zurück und strich sich über das bartlose Kinn. »Dann habt ihr nichts von dem, über das ihr sprecht? Weder Gold noch Silber? Könnt ihr wenigstens sagen, dass das Schiff, mit dem ihr gekommen seid, aus dem Lärchenholz gebaut ist, von dem ihr so schwärmt? Wenn ich zum Strand gehe und mit der Hand über den Rumpf eures Schiffes fahre, spüre ich dann das Kernholz von Lärchen unter meinen Fingern? Oder bringt ihr nur Worte und sonst nichts?«

Ich nahm Winabave am Arm und zog ihn nach vorn. »Hier«, sagte ich. »Ein Skræling.«

Der Jarl beugte sich vor.

»Im Westen«, fügte ich hinzu, »gibt es viele wie ihn.«

Der Jarl zeigte mit dem Krug auf Winabave. »Das ist ein Skræling? Aber seine Haut ist nicht schwarz.«

»Das ist ein Skræling«, sagte ich mit einem Nicken. »Er stammt aus einer Stadt namens Patuxet.«

Winabave rührte sich nicht, während der Jarl von seinem Thron aufstand. Erst jetzt sahen wir, dass Erik ziemlich angetrunken war, was man nicht sehen hatte können, solange er gesessen hatte.

»Ihr habt ihn gefangen? Dort im Westen?«

»Ja«, sagte ich.

»Zieht ihm das Hemd und die Hose aus. Ich will ihn sehen.«

Ich zögerte. Es fühlte sich falsch an. Aber Winabave zog sich das Hemd über den Kopf und ließ die Hose auf die Knöchel hinunter, sodass er nackt vor der Feuergrube stand.

»Was für ein seltsamer Mann.« Der Jarl befühlte seine Schultern, drehte ihn um und fuhr mit den Fingern über die Linien und Kreise auf seiner Haut. »Er ist nicht groß. Und dünn ist er auch. Kann er arbeiten?«

»Er kann arbeiten«, sagte ich. »Und er kennt das Land dort im Westen.«

Winabave hatte die Hände vor seinen Schritt gelegt, aber Erik schob sie mit dem Krug zur Seite und betrachtete sein Glied. »Er ist … entmannt worden?«

»Ja«, sagte ich.

»War das nötig? Sonst hätte er einer meiner Sklavinnen ein Kind machen können. Das wäre gut gewesen.«

In diesem Moment ergriff Winabave das Wort. »Torstein war das nicht, Häuptling. Das haben meine Feinde in Patuxet gemacht.«

Ein Raunen ging durch die Halle. Der Jarl trat einen Schritt zurück. »Der Skræling spricht?«

»Er hat unsere Sprache gelernt«, sagte Halvor. »Der Skræling ist ein kluger Mann. Und er weiß viel über die Völker dort im Westen.«

Der Jarl hob die Hand, was Halvor sofort verstummen ließ. »Du«, sagte er und zeigte mit dem Krug auf Winabave. »Sprich weiter.«

Winabave räusperte sich und sah sich um. Dann wandte er sich wieder an den Jarl. »Torstein lügt nicht«, sagte er. »Dort, wo ich herkomme, gibt es Reichtümer. In Patuxet werdet ihr Gold und Silber finden. Und Sklaven.«

Ich hätte niemals gedacht, dass es Winabave sein würde, der Jarl Eriks Meinung ändern würde. Aber Winabave erzählte mir später, dass er sich nichts mehr wünschte, als Patuxet brennen zu sehen. Und in Jarl Erik sah er den Mann, der dies geschehen lassen konnte.

»Gebt meinem Häuptling Schiffe und Männer«, sagte Winabave. »Denn er war mit mir in Matanuga und hat dort getötet, und er wird den Tod auch nach Patuxet bringen.«

Der Jarl streckte den Arm aus. »Ein neuer Krug«, murmelte er und eine der Dienerinnen eilte zu ihm. Der Jarl nahm einen tiefen Schluck und trat ein paar Schritte zurück, um Winabave besser in

Augenschein nehmen zu können. Er kniff die Augen zusammen und schien nachzudenken.

»Torstein ist ein Krieger«, sagte Winabave. »Er ist in mein Land gekommen, um Holz zu schlagen und die Erde urbar zu machen, aber darauf versteht er sich nicht. Seine Welt ist der Kampf und der Tod. Nie habe ich einen anderen Mann so wie ihn töten sehen. Gebt ihm Schiffe und gebt ihm Männer. Er wird mit reicher Beute zurückkehren, König.«

Der Jarl grinste und strich sich mit dem Handrücken über den Mund. Vielleicht belustigte es ihn, dass er König genannt wurde, oder er war einfach überrascht von der Wortgewandtheit des Skrælings.

Halvor räusperte sich. »Der Skræling hat uns zugehört. Und er war mit Torstein einen ganzen Winter im Skrælingland. Matanuga nennen sie es, und …«

»Lass den Skræling sprechen!« Der Jarl zeigte auf Halvor und schnitt ihm das Wort ab. Halvor trat zwei Schritte zurück und senkte den Kopf. Wie wir alle fürchtete er den Jarl. Erik war ein Ulfhedin und konnte jederzeit wild werden und Menschen töten, wenn ihm danach war.

»Matanuga …« Winabave wandte sich halb zu mir und legte mir die Hand auf die Schulter. In diesem Moment spürte ich, dass er zitterte. »Ein Winter … wir haben überlebt.«

Der Jarl stellte den Krug auf einen der Langtische. Dann stemmte er die Hände in die Seiten und lachte merkwürdig. Er trat etwas von dem Stroh, das auf dem Boden ausgestreut war, in die Feuergrube und wiegte den Kopf hin und her, bevor er Winabave plötzlich die Hand auf die Schulter legte und ihn auf die Knie drückte. »Wenn du mich König nennst, Sklave, musst du auch vor mir niederknien! Und du …« Er wandte sich an mich. »Torstein Bootsbauer, glaub nicht, dass ich dich jemals vergessen habe. Du hast Olav den tödlichen Hieb versetzt. Ich habe gehört, dass dir Männer gefolgt sind, als du Dänemark verlassen musstest. Warum bist du nicht zu mir nach Trøndelag gekommen? Du hättest wissen müssen, dass mein Bruder und ich dir Schutz gewähren würden.«

Auf diese Frage konnte ich ihm keine gute Antwort geben. Ich hatte selbst einsehen müssen, dass meine Entscheidung, nach Westen zu fahren, ja sogar weiter als jemals ein Mann vor mir, nicht der beste Einfall gewesen war. Aber ich hatte von Reichtum geträumt, und die Männer an meiner Seite hatten diesen Traum geteilt. Wir hatten geglaubt, dort im Westen frei sein zu können. Ein Gedanke, der mir jetzt dumm vorkam.

»Jetzt stehst du hier in meiner Halle und lässt deinen Sklaven für dich sprechen. Bist mit einem Schiff vor Anker gegangen und hast Isländer an Bord, Männer von Sippen, die meinem Vater getrotzt haben. Und du bittest um Schiffe und Mannschaften. Hat Gabelbart dich geschickt? Bist du deshalb hier? Will er seine Jomswikinger zurückhaben?«

Ich schüttelte den Kopf. »Ich war nicht bei Sven … Nicht, seit wir nach Westen aufgebrochen sind. Ich …«

»Sie sind eine Plage«, sagte der Jarl und ließ endlich Winabave los, der sich schnell wieder anzog, »Sie trinken mein Bier und fressen wie Scheunendrescher und dann liegen sie nachts besoffen in meiner Halle und furzen meine Decken voll. Nimm sie mit, wenn du aufbrichst. Aber wenn ich dir Schiffe und eine Mannschaft geben soll, musst du mir die Wahrheit sagen. Denn ich ahne, dass es nicht nur die Raubzüge sind, für die du mich um Hilfe bittest. Ich sehe …« Erik richtete seinen Blick auf mich und ich sah, wie wahr es war, dass er Männer mit seinem Blick in die Knie zwingen konnte. »Ich sehe Schmerzen, Torstein Tormodson. Du hast dort im Westen etwas verloren. Jemanden verloren.«

Bevor wir zum Ladejarl gegangen waren, hatten Sigrid und ich miteinander gesprochen. Sie hatte mich zu meiner großen

Überraschung darum gebeten, ja mir das Versprechen abgerungen, Ravntor mit keinem Wort zu erwähnen. Die Håkonssöhne würde mir sicher keine Schiffe geben, wenn sie den Verdacht hätten, dass ich ganz andere Beweggründe für die Raubzüge im Westen hegte. »Solche Männer haben kein Herz«, hatte sie gesagt. »Sie kümmern sich nur um Reichtum und um nichts sonst.«

Und doch war es Sigrid, die mit dem Jungen auf dem Arm zwei Schritte hinter uns stand, die uns verriet. Als der Jarl fragte, ob ich jemanden verloren hätte, begann sie zu schluchzen. Sie duckte sich zwar schnell hinter Hutten und Welpe, aber der Jarl hatte es bemerkt.

»Du hast … ein Kind verloren?« Er legte den Kopf auf die Seite und sah mich an. »Und jetzt … willst du Rache? Ist es so?«

Man sagt über Jarl Erik, dass er magische Kräfte hatte und die Gedanken von Menschen lesen konnte. Es brauchte aber keine Magie, um zu erkennen, welche Trauer auf Sigrid und mir lastete.

»Wir haben …« Für die nächsten Worte musste ich mich innerlich stählen. »Wir haben einen Sohn verloren.«

Erik strich sich über den kahlen Schädel und ließ die Faust im Nacken liegen, als hätte er dort Schmerzen. Dann richtete er seinen Blick nachdenklich auf die Glut. Mit einem Mal war die Stimme von Sigrid zu hören. Sie war von Tränen erstickt und zitterte, aber da es so still war, hörte jeder, was sie sagte. »Hilf uns. Ich flehe dich an. Gib meinem Mann Schiffe. Und Krieger. Er wird für dich plündern. Dir Reichtümer bringen. Und wenn er zurückkommt … wird er in deiner Schuld stehen, Jarl. Er wird dir als Häuptling dienen und dir gegen deine Feinde zur Seite stehen.«

Vielleicht hatte der Jarl es nie zuvor erlebt, dass eine Frau in seiner Halle das Wort ergriff. Er fuhr zu ihr herum und zog die Augenbrauen nach oben. Erst funkelten seine Augen angriffslustig, doch dann senkte er den Kopf und starrte wieder in die Glut. »Du solltest nicht Sklaven und Frauen für dich reden lassen, Torstein Tormodson. Nicht, wenn du Freundschaft gewinnen willst.«

Dass der Jarl diese Worte nutzte, überraschte mich. Aber er nickte, als ließe er sich das Wort auf der Zunge zergehen. »Freundschaft«, wiederholte er. »Die Freundschaft des Ladejarls suchen viele.« In diesem Moment wandte er sich wieder an mich und lächelte breit. »Du sollst meine Freundschaft bekommen, Torstein Tormodson. Sollten wieder Männer wie Tryggvason kommen, Männer, die uns das Land und die Küste streitig machen wollen, wäre es sicher gut, jemanden wie dich an meiner Seite zu wissen. Auch wenn die Frau an deiner Seite noch lernen muss zu schweigen, waren ihre Worte klug, denn wenn ich dir Schiffe und Männer gebe, stehst du in meiner Schuld. Das verstehst du wohl, Torstein Tormodson?«

»Ja«, sagte ich.

Der Jarl nahm einen Schürhaken und stocherte in der Glut herum. »Eigentlich braucht es Zeit, eine solche Reise vorzubereiten. Und es ist bereits Spätsommer. Aber wenn du es so willst, Torstein Bootsbauer, werde ich dir geben, was du brauchst. Und wir werden für die Reise opfern, und dafür, dass die Raubzüge von Erfolg gekrönt sind.«

Bjørn trat neben mich. »Dann wirst du uns Schiffe und Männer geben?«

»Ja, aber diese Schiffe sind kein Geschenk. Ihr müsst sie zurückbringen und die Laderäume müssen voll mit den Reichtümern sein, die ihr versprochen habt. Wenn ihr versucht, mir die Schiffe zu stehlen …« Er stieß den Schürhaken wie ein Schwert in unsere Richtung. »Niemand bestiehlt den Ladejarl.«

Erik ging zurück zu seinem Thron und setzte sich. Ein Krug wurde in seine ausgestreckte Hand gedrückt und er trank. Es stimmt, was man sagt, der Jarl vertrug mehr Bier als alle anderen. Aber mit einem Mal wurden seine Augen müde und sein Kinn klappte nach unten. Er atmete seufzend aus und streifte sich die Stiefel ab. Mit einem Fuß stieß er einen der Hunde an, der sofort begann, ihm den Fuß zu lecken.

Wir wurden aus der Halle geführt und blieben eine ganze Weile auf dem Hofplatz stehen. Sigrid stand weinend an meiner Seite. Ob vor Erleichterung oder wegen des Schreckens, in der Halle des Jarls reden zu müssen, weiß ich nicht. Bjørn meinte, dass es nun wieder Hoffnung gäbe. Wir müssten, sollte das nötig sein, die ganze Skrælingküste niederbrennen, damit sie uns Ravntor zurückgaben. Dann kam Bonde, mein alter Lehrmeister aus der Tür gehinkt, die Dänenaxt in der Faust. Hinter ihm folgten die anderen Jomswikinger, es mussten an die zwanzig Mann sein. Wer Bonde nicht kannte, ängstigte sich bei seinem Anblick. Er war ein großer, breiter Mann mit sehr langen Armen. Er hatte den Bart wild wuchern lassen, sodass er fast sein ganzes Gesicht bedeckte, und hatte ein grünes und ein blaues Auge. Sein Gesicht war durch einen Schlag auf den Kiefer entstellt, weshalb er kaum lächeln konnte. Es ging nur, wenn er den Mund weit aufriss, und sein Lachen klang dann wie das Bellen eines Hundes. Er sah mich und Bjørn an, bevor sein Blick zu Halvor und den anderen ging. Dann nickte er und murmelte, dass das Vagn gefallen würde, wenn er es sehen könnte. Schließlich erzählte er mir, dass ein Gerücht kursierte, dass mein Bruder und ich von Olavstreuen getötet worden waren, die den Tod des Königs hätten rächen wollen. »Aber auch wenn der Allvater dich geschickt haben sollte, ich danke ihm dafür. Ich hocke jetzt schon zu lange auf der Bank des Ladejarls und langweile mich zu Tode. Wir kommen mit euch, wohin auch immer.«

Und so geschah es. Die anderen Jomswikinger nickten und stimmten Bonde zu. Einige hatten sogar bereits Bögen und Köcher zusammengerafft, ihre Felle und persönlichen Sachen. Sie waren zur Abfahrt bereit.

Wir verbrachten den Rest des Tages am Strand unweit der »Naglfar«. Das Schiff war zu klein, um alle Jomswikinger aufzunehmen. Bonde saß auf seinem Schafsfell und schnitzte an einem ausgehöhlten Bockshorn. Er erzählte, dass die Jomsburg wieder aufgebaut worden sei. Sigvalde hätte dort die Herrschaft übernommen, während Vagn noch immer Borislav als Söldner diente. Sigvalde hätte viele, die während der Schlacht um die Burg gegen ihn gekämpft hatten, begnadigt, aber man müsste ihm Treue schwören und er verlangte überdies, dass man die Hand an die Hohnstange legte, die er für Vagn errichtet hatte. Auch wenn das Leben in der Jomsburg verlockend war, hätten sich nur wenige, die unter Vagn gedient hatten, zu diesem Verrat verleiten lassen. Die meisten waren deshalb bei Borislav geblieben, viele seien aber auch nach Norden gezogen und dienten jetzt bei Sven Gabelbart. Bonde und die anderen Jomswikinger in der Halle waren mit den Ladejarlen nach Norden geschickt worden. Sven hatte sie ihnen zum Geschenk gemacht, wobei allen klar war, dass der dänische König auf diese Weise sicherstellen wollte, dass die Tätigkeiten der Ladejarle überwacht wurden. Viken stand nun offiziell unter dänischer Herrschaft, wobei die dortigen Häuptlinge ebenso starrköpfig und unregierbar seien wie immer. Was entlang der norwegischen Küste an Steuern eingetrieben werden konnte, wurde aufgeteilt. Sven Gabelbart erhielt den Anteil, der von Skiringssal bis zur Südspitze Norwegens erhoben wurde, Erling Skjalgson erhielt die Hälfte Steuern der Westküste bis fast hinauf nach Trøndelag und weiter nördlich waren es die Ladejarle, die den Handel kontrollierten und Steuern einstrichen. Die norwegische Westküste zu regieren, reichte Erik aber nicht, meinte Ulfar Bonde. Es gefiele ihm gar nicht, dass der Dänenkönig mehr

Macht hätte als er, und er beneidete ihn um die Reichtümer, die er angehäuft hatte. Erik sänne schon lange darüber nach, England zu erobern, fühlte sich aber noch nicht stark genug, um ein solches Unterfangen allein anzugehen. Den Dänenkönig wollte er aber nicht dabeihaben, denn dann würden die Beute und die zukünftigen Steuern doch nur wieder in seinen Kammern verschwinden. Deshalb brauchte er neues Land, das ihn so reich machen konnte, dass er sich Krieger und die Loyalität der anderen Häuptlinge kaufen konnte. Und wenn man dort im Westen auch Schiffe bauen konnte, war das noch besser. Erik träumte von einer so großen Flotte, dass Sven Gabelbart vor Neid erblasste. Mit dieser Flotte wollten er und sein Bruder dann England angreifen.

Es tat mir gut, mit Bonde zu reden. Ich hätte niemals gedacht, dass ich den groben Jomswikinger, der mich ausgebildet, geschlagen und schikaniert hatte, wenn ich nicht tat, was er sagte, jemals vermissen würde. Aber er und die anderen Jomswikinger, die sich uns anschließen wollten, gaben mir Geborgenheit. Mit einem Mal waren wieder Halvors Geschichten zu hören, und das Lachen der Männer schallte über die Flussmündung. In gewisser Weise fühlte es sich an, als wären wir nie weggewesen. Ich saß mit Fenris auf dem Schoß da, wie ich es auch oft in der Jomsburg getan hatte, und wenn ich die Augen schloss, glaubte ich das Knistern des Feuers zu hören und die nassen Felle zu riechen. Damals war alles einfacher gewesen. Wir dienten unserem Häuptling und aßen das Essen, das uns vorgesetzt wurde. Wir schliefen unter warmen Decken und Fellen auf den Bänken und fürchteten nichts und niemanden.

Bonde erzählte uns auch von dem Tag, an dem Æthelred alle Dänen und Norweger in seinem Land getötet hatte. Männer, Frauen und Kinder wurden auf die Gassen gezerrt und erschlagen, wenn man sie nicht an den Giebeln ihrer Häuser aufhängte und ihnen bei lebendigem Leib die Gedärme herausriss. Einigen war es gelungen, nach Norden oder nach Irland zu fliehen, erzählte Bonde, aber noch immer könnte sich kein Norweger oder Däne dort auf den Inseln sicher fühlen. Sollten wir also nach Westen segeln, dürften wir auf keinen Fall dort an Land gehen, sondern müssten direkt die Färöer oder Island ansteuern.

Sigrid gefiel das gar nicht. Sie hatte gehofft, mit Bjørnar bei ihrer Mutter und ihren Schwestern auf den Orkney-Inseln bleiben zu können. Aber das war jetzt nicht möglich.

Der einarmige, nackte Verrückte, der uns auf dem Hofplatz entgegengetreten war, kam nach einer Weile aus einem Busch gestürmt und wälzte sich am Ufer herum. Er grub Sand und Schlamm aus, schmierte sich damit ein und hatte immer wieder die Hand im Schritt. Bonde erklärte mir, dass das Torgeir sei, einer von Eriks Schamanen. Er hätte den Arm nach einem Sturz im Suff verloren. Der Bruch hätte sich entzündet und in der Nacht, in der sie ihm den Arm abgenommen hatten, hätte er nicht nur diesen, sondern auch seinen Verstand verloren. Man erzählte sich, er hätte an jenem Abend in denselben Abgrund geschaut, in den auch Odin geblickt hat, als er mit seinem Speer Gungnir an den Weltenbaum genagelt war. Seither würde sie ihn nur noch Torgeir den Verrückten nennen. Erik nutzte den Verrückten bei allen Opferungen, solange Svein nicht da war, da Svein Torgeir nicht ausstehen konnte.

Ich weiß noch, wie fest Sigrid meinen Arm umklammert hielt, als der Verrückte sich unten am Strand wie wild gebärdete. Irgendwann blieb er wie eingefroren stehen und starrte uns an, während immer mehr Menschen vom Ladehof zu uns kamen.

Ich habe schon gesagt, dass ich von Opferungen nicht viel halte. Wer mich kennt, weiß das. Lange bevor die Mönche des

Christengottes mich als gottlos bezeichneten, wurde ich von Männern des alten Glaubens als undankbar bezeichnet. Wenn ich den Asen und Wanen nichts von mir gab, wie konnte ich dann ihre Hilfe erwarten? Ich dachte aber immer, dass die Götter doch längst alles hatten. Sie sitzen unter Dächern, errichtet aus den besten Schilden. Aus dem Euter der Ziege Heidrun fließt unablässig der süßeste Met und Særimnes Speck sättigt jeden Tag jeden Mann und jede Frau. Vielleicht sind das alles aber auch nur Geschichten, wer weiß. Und möglicherweise ist es mit den Opferungen wie mit diesen Geschichten. Vielleicht kümmert sich Odin überhaupt nicht darum, ob wir Blut auf die Opferstöcke streichen. Vielleicht gibt Thor jedem Mann Kraft, wenn er ihn nur darum bittet.

Diese Gedanken habe ich aber niemals vor Häuptlingen oder Jarlen geäußert. Keiner dieser großen Männer ist frei von Angst, sie schlafen nachts nicht gut, außer sie sind betrunken. Sie wissen nur zu genau, dass ihnen viele Menschen nach dem Leben trachten und sie niemandem wirklich vertrauen können. Deshalb opfern sie. Schließen die Augen und flüstern die Namen der alten Götter. Ihnen können sie vertrauen.

Wir ruderten die »Naglfar« vom Strand weg und warfen den Anker, aber am Abend kamen die Männer des Jarls und holten uns mit leichten Booten wieder an Land. Uns wurde gesagt, Erik wollte uns bei der Opferung dabeihaben. Wir hatten bange Vorahnungen, hatten wir doch bereits gehört, dass Erik einen seiner Brüder geopfert hätte, damit das Glück in der Schlacht in Hjørungavåg auf seiner Seite war. Wir hielten das zwar für ein bösartiges Gerücht, doch selbst den Isländern war zu Ohren gekommen, wie gewaltig die Opferungen der Trønderjarle sein sollten.

Als Erik kam, wurde in ein Bockshorn geblasen. Alle am Strand reckten die Fäuste in die Höhe und riefen seinen Namen.

Erik ließ seinen Blick über uns schweifen. Er zog ein prachtvolles Schwert aus der Scheide und hob es hoch über seinen Kopf. Der Jarl bot einen stolzen Anblick. Er trug eine Seidenjacke unter dem Wolfsfell und sein Gürtel war mit Silber besetzt. Auch um den Hals trug er eine Kette aus Silber. »Wir opfern für Rán!«, rief er. »Möge sie Torstein Tormodson und seinen Männern freies Geleit über alle Meere geben!«

»Für Rán!«, riefen die Männer des Jarls.

»Wir opfern für Allvater Odin!«, fuhr Erik fort. »Möge er die Raubzüge erfolgreich sein lassen.«

»Für Odin!«, wurde gerufen.

»Wir opfern für Njörd!« Erik wandte sein Schwert in Richtung Bucht. »Möge er die Seefahrer sicher und mit reicher Beute zu uns zurückbringen!«

»Für Njörd!«

In diesem Moment wurde eine Stute zu dem Jarl geführt, der sein Schwert an die Brust des Tieres legte. Mit einem raschen Schnitt durchtrennte er die Haut einen Armbreit über den Rippen des Tieres, das wiehernd in die Höhe stieg. Da trat der Jarl zur Seite und Torgeir der Verrückte trat mit einer Axt vor das Pferd. Mit für einen Einarmigen überraschender Kraft, hieb er auf den Hals des Tieres ein. Die Adern wurden durchtrennt und das Pferd kippte zur Seite und atmete ein letztes Mal aus. Dann lag es still da.

Später am Abend aßen wir das Fleisch des Pferdes. Es wurde an einem Spieß über dem Feuer gebraten, das die Männer des Jarls am Strand entfacht hatten. Es galt als Beleidigung für den Jarl, wenn man an diesem Opfermahl nicht teilnahm. Außerdem wurden weitere Tonnen Bier herbeigerollt und der Jarl erachtete es als feige, wenn man sich nicht betrank. Er selbst war jemand, dem man den starken Trunk nicht ansah, solange er saß. Doch das tat er an jenem Abend kaum. Es wirkte fast so, als wäre das Wahnhafte des Trollmannes auf ihn übergesprungen. Mal war er bei seinen Leuten, lachte, trank und rülpste, um dann gleich wieder wortkarg und mit finsterer Miene am Feuer zu stehen. Bjørn, Winabave, Halvor, Welpe und ich versuchten, etwas abseits für uns zu bleiben. Die Isländer aßen mit großer Lust und schienen die Gesellschaft der Trønder zu genießen, obwohl sie zuvor so schlecht von ihnen gesprochen hatten. Nur Rudde-Geir konnte dem frohen Treiben nichts abgewinnen, er sah über das Meer und vermisste den Bruder, der über Bord gespült worden war.

Sigrid war mit Hutten auf dem Schiff geblieben. Es würde nicht als unhöflich angesehen werden, wenn sie nicht teilnahm, da sie ja noch ein Kind stillte, und Hutten war Schotte. Die einzigen Frauen, die mit uns am Strand waren, waren die Dirnen, die sich für einen Silberling allen Männern hingaben, und die meisten von ihnen verdienten an diesem Abend gut, denn immer wieder verschwanden Trønder, aber auch einige der Isländer mit ihnen in den Büschen. Irgendwann wurde das den meisten aber zu lästig, sodass sie sich mit den Frauen einfach mitten zwischen uns vergnügten.

Ich weiß noch, dass der Mond klar und rötlich am Himmel stand. Der letzte Vollmond lag noch nicht lange zurück. Bjørn und ich standen mit unseren Bierkrügen am Feuer, und auch wenn der Jarl von uns erwartete, dass wir uns betranken, hielten wir uns, so gut es ging, zurück. Wir sahen Winabave mit Fenris herumkrabbeln, während Halvor am Ufer stand und über das Wasser zeigte. Vermutlich erzählte er den Männern des Jarls von all den Reichtümern, die wir aus dem Westen mitbringen würden. Ulfar Bonde starrte mürrisch ins Feuer.

Irgendwann trat der Jarl zu mir. »Eure Fahrt nach Westen«, begann er, doch dann traten seine Augen hervor und er rülpste laut. »Eure Fahrt nach Westen soll unter uns bleiben«, fuhr er fort. »Meine Schriftgelehrten werden nicht darüber berichten und auch die anderen sollen nicht darüber reden. Ich weiß, dass Sven Gabelbart euch nach Westen geschickt hat. Er ist wie ein Bruder für mich, aber …« Der Jarl spuckte in die Flammen. »Er muss nicht erfahren, dass ich euch Schiffe und Männer gebe, um … um ein Land zu plündern, das ihr in seinem Namen in Besitz nehmen solltet.«

Bjørn und mir war das nur recht. Wir würden mit niemandem darüber reden.

»Wenn ihr reiche Beute bringt, werde ich dir Land geben, Torstein Tormodson. Dieses Land soll unter meinem Schutz stehen, aber du und deine Leute müsst mir und meinem Bruder loyal sein und auf keinen König hören.«

Ich kann mich nicht daran erinnern, ihm eine Antwort gegeben zu haben. Ich weiß aber noch, dass ich am Feuer stand und mein Blick über die Männer ging, die sich am Fleisch labten, über den Pferdekadaver, der mit herausgezogenen Därmen und glänzenden Lungen auf dem Boden lag, über die nackten Beine einer Frau, die senkrecht nach oben zeigten, und dass ich am liebsten direkt zu meinem Schiff gerudert und aufgebrochen wäre. Wir hatten keine Zeit zu verlieren. Kaum, dass ich an Ravntor dachte, zog sich mein Magen zusammen. Das Meer, das da vor mir lag, erschien mir viel zu groß.

Bjørn erzählte mir später, dass ich plötzlich zu trinken begonnen und mich dann später unten am Wasser übergeben hätte. Danach sei ich irgendwie zusammengebrochen, sodass die Männer mich später zur Feuerstelle getragen und neben Winabave gelegt hätten, der schon lange wie betäubt am Boden gelegen hätte. Beim Jarl entschuldigten sie sich für mich und sagten, ich vertrüge Bier nicht so gut, was natürlich eine Lüge war, dem Jarl schien das aber gleichgültig zu sein. Er meinte nur, dass sie mir noch einen Krug einflößen sollten, ihm würde das immer helfen, wenn er zu viel getrunken hätte. Doch auch dieses Bier erbrach ich in hohem Bogen, sodass die Männer mich auf die Seite drehten und in Ruhe ließen.

27
Die Reise der Verrückten

Jarl Erik gab uns vier Langschiffe und zwei Lastenschiffe. Für uns war das eine große Herausforderung, denn die Langschiffe segelten viel schneller als die Lastschiffe. Der Ladejarl dachte sicher, dass die Langschiffe bei den Plünderungen zum Einsatz kommen würden, während die Lastschiffe sich im Hintergrund hielten, um dann Waren und Sklaven aufzunehmen. Sie waren noch größer als das Schiff, dass der dänische König mir gegeben hatte, mit hohem Freibord und offenem Laderaum, der allerdings so schmal war, dass Vingur sich darin kaum umdrehen könnte.

Es dauerte achtzehn Tage, bis wir alles für die Überfahrt zusammen hatten. Am Tag unserer Abreise hatten wir guten Wind und kamen rasch vorwärts. Wir ließen das Land so schnell hinter uns, dass es einigen der Männer nicht einmal gelang, einen letzten Blick zurück zu werfen. Wir fächerten die Schiffe auf dem Meer auf, die Lastschiffe in der Mitte, mussten aber schon bald die Segel auswechseln. Der Jarl hatte uns mit kleineren Sturmsegeln ausgerüstet, auch die »Naglfar« hatte eines bekommen. Als wir diese auf den Langschiffen und dem Schiff der Isländer hissten, konnten die Lastschiffe einigermaßen Schritt halten.

Ich ließ Sigrid und Bjørnar schweren Herzens bei Erik zurück. Wir litten beide darunter, wussten aber, dass es so am besten war. »Ich hätte gern an deiner Seite gestanden und gekämpft«, sagte sie zu mir, bevor ich aufbrach. »Aber ich kann nicht.«

Als wir ablegten, stand sie am Strand, unseren kleinen Sohn auf dem Arm. Sie winkte nicht und rief mir auch nichts zu. Ich wandte ihr den Rücken zu und ergriff das Steuerruder. Als Letztes hatte sie mir ins Ohr geflüstert; »Tu, was du tun musst, Torstein. Solange du ihn mir nur zurückbringst.«

Hutten war bei Sigrid geblieben, sodass es ihr an nichts fehlen würde. Wobei ich mir sicher war, dass auch der Jarl Wort hielt. Er hatte mir am Abend vor unserer Abreise versprochen, dass Sigrid und das Kind auf feinster Seide schlafen und immer genug zu essen oder trinken bekommen würden. Sollte jemand zudringlich werden oder ihr anderen Schaden zufügen, wollte der Jarl ihn hart bestrafen.

Auch mein guter, alter Fenris blieb zurück. Ihn zu verlassen, fiel mir ebenso schwer. Manch einer wird einen Häuptling belächeln, der einen kleinen, dreibeinigen Hund vermisst. Aber Fenris war bei mir gewesen, seit ich als Junge an den Bootsbauer in Skiringssal verkauft worden war. Einen treueren Freund als ihn gab es nicht. Er stand bei Sigrid und Hutten, als wir ablegten, legte sich dann aber hin. Ich glaube, er konnte nicht mehr so lange stehen, ohne Schmerzen zu haben.

Es heißt, wir wären eine Bande von Verrückten gewesen, weil wir so spät im Jahr noch nach Vinland aufgebrochen waren. Bis auf die Lastschiffe waren all unsere Schiffe offen, sodass die meisten von uns Wind und Wetter direkt ausgesetzt waren. Die Langschiffe waren schmal und schnell und darauf ausgelegt, überraschende Raubzüge machen und sich ebenso schnell zurückziehen zu können. Die Ladejarle waren damals dafür bekannt, die schnellsten Schiffe zu haben, trotzdem war die »Naglfar« zur Überraschung der Trønder noch immer das schnellste. Warum das so war, weiß ich nicht, schließlich war das isländische Schiff kürzer und hatte weniger Segelfläche.

Der Jarl hatte uns großzügig ausgestattet. Jedes Schiff hatte zwei Segel und zwei Ruder für jeden durch Schilde geschützten Ruderplatz. Die Wassertonnen waren groß, sorgsam gebaut und zudem noch mit geöltem Leder eingeschlagen. Überdies hatte jede Mannschaft einen großen geschmiedeten Topf an Bord.

Die Männer, die Erik uns mitschickte, waren kräftig und gut gekleidet. Jeder hatte eine Ruderkiste bei sich und in einige davon durfte ich hineinschauen. Jeder Mann hatte ein Sax und ein Messer am Gürtel, sowie zwei Bündel mit Pfeilen. Darunter auch solche mit Hohlräumen in der Spitze, die man als Brandpfeile nutzen konnte. Des Weiteren hatten sie Handbeile und einige sogar breite Schwerter. Auf dem Rücken trugen sie Schilde aus Eichenholz mit verstärkten Rändern, zwei Langbögen, Schafsfelle und ein Tuch, unter dem sie Schutz suchen konnten, wenn es regnete. Sie waren mit gesalzenem Fleisch, Trockenfisch und Wasserschläuchen ausgestattet worden. In den Gürteltaschen hatten sie Feuerstein, Feuerstahl, Zunder, Läusekamm und Öl für Bart und Haare. Außerdem hatte der Jarl allen Männern ein paar Silberlinge gegeben. Vielleicht wollte er, dass sie genug Geld hatten, um sich einen Platz auf einem Schiff kaufen und nach Hause kommen zu können, sollten sie aus irgendeinem Grund von den anderen getrennt werden.

Jedes Schiff hatte eine Besatzung von etwa zwanzig Mann, insgesamt hatte der Jarl uns hundertvierundzwanzig Männer mitgegeben. Neunundzwanzig davon waren Jomswikinger. Von letzteren waren drei an Bord der »Naglfar«, darunter Ulfar Bonde mit seiner Dänenaxt. Das Bier, das er mitgenommen hatte, trank er schon am ersten Abend aus, was ihn in den nächsten Tagen mürrisch und wortkarg machte. Als wir in eine Flaute kamen, zog er sich wie viele der anderen Männer in der Wärme aus, sodass wir die Narbe auf seinem Rücken sehen konnten. Sie reichte vom Schulterblatt bis zur Hüfte und sah ziemlich frisch aus. Später erfuhren wir, dass er mit einem Boten von Erling Skjalgson in Streit geraten war. Dieser Streit war so ausgeartet, dass der Jarl die beiden schließlich auf denselben Holm geschickt hatte, auf dem mein Bruder gegen Ros gekämpft hatte, den Mörder unseres Vaters. In dem Zweikampf hatte Ulfar sich diese Wunde zugezogen. Im Gegenzug hatte er den Boten am Kopf getroffen. Erling Skjalgson war sehr wütend, weshalb Erik seinen Bruder Svein nach Süden hatte schicken müssen, um Abbitte zu leisten und die Schuld zu begleichen. Ulfar fragte mich grummelnd, was aus der Dänenaxt geworden sei, die ich in der Jomsburg geschmiedet hatte. Ich hatte sie damals Ulfham getauft, nach dem Hund, den ich als Kind gehabt hatte. Als ich antwortete, dass die Skrælinge mir die Dänenaxt abgenommen hätten, murmelte er nur, wie bedauerlich das sei, es sei eine gute Axt gewesen, erst recht, wenn man bedächte, dass ein Junge sie geschmiedet hatte.

Es war seltsam, von dem alten Ulfar Bonde »Junge« genannt zu werden. Mit einem Mal war ich wieder zurück in der Jomsburg, beim Training auf den Feldern und dem Eis. Vielleicht verstand ich erst in jenem Moment, welch Geschenk Vagn mir gemacht hatte, als er Bjørn und mich in die Bruderschaft aufnahm, obwohl ich eigentlich noch zu jung gewesen war. Und dass er Ulfar aufgetragen hatte, mich an der Dänenaxt auszubilden. Jetzt kam mir auch wieder die Erinnerung an einen Regentag, an dem Vagn mit seiner Tochter Torgunn vorbeigekommen war, und Ulfar mein gesundes Bein mit dem Axtkopf einhakte und mich auf den Boden warf. Vagn kam zu uns und betrachtete mich. Er sah mir tief in die Augen, strich sich nachdenklich über den Bart und sah zu Ulfar. »Dieser Junge hat viel Schreckliches gesehen. Es steckt Wut in ihm, große Wut. Du musst diese Wut zügeln, Ulfar, sonst wird sie sein Verderben sein. Zügle sie, aber gib ihr gleichzeitig auch Nahrung. Der Junge soll ein Berserker werden, er hat das in sich, ich kann das sehen.«

Ulfar tat, was Vagn von ihm gefordert hatte und bildete mich zu einem Berserker aus. Was die Christen sagen, stimmt nicht. Berserker sind keine Wilden, die nackt in den Kampf ziehen und vor Wut in den Rand ihrer Schilde beißen. Die Wut eines Berserkers ist gezähmte Wut, die er freisetzen kann, wenn dies nötig ist, und die ihm dann alle Angst nimmt oder sie in etwas gänzlich anderes verwandelt. Ob ihm ein Mann oder ein ganzes Heer im Weg steht, hat keine Bedeutung. Der Berserker geht in den Kampf, und auf der anderen Seite wartet der Sieg oder ein Platz am Tisch der Einherjer in Walhalla.

Wenn es nur immer so gewesen wäre, denn wenn ich an meine jungen Jahre zurückdenke, sehe ich einen starrsinnigen Häuptling, der oft voller Zorn war. Mich hat das in manche Schwierigkeiten gebracht, und meine Wut hat einige Männer dazu bewogen, mir den Rücken zu kehren.

Nach Halvors Berechnungen war der Heumachermond angebrochen, der Sommer ging damit in den Herbst über. Bjørn, Welpe und ich wachten über Nacht am Steuerruder und ich erinnere mich an die Stille, die über uns kam. Stille kann schmerzhaft sein, auf jeden Fall war sie das für mich, denn die Sehnsucht packte mich, und das Meer wirkte so unendlich, so unfassbar groß. Wieder überkamen mich Zweifel. Was hatte ich mir da eigentlich vorgenommen? Sollten wir es tatsächlich über das Meer und bis zu der Stadt der Skrælinge schaffen, bedeutete dies noch lange nicht, dass die Patux Ravntor freigeben würden. Eher würden sie ihn als Schutzschild verwenden, damit wir nicht angriffen. Über diesen Punkt hatte ich viel nachgedacht. Aber was konnte ich tun? Welcher Vater lässt seinen eigenen Sohn im Stich? Ich hätte es nicht ertragen, ihn aufzugeben und mich damit abzufinden, ihn nie wiederzusehen. Aber mein Plan war mehr als vage, alles war davon abhängig, dass die Patux uns so sehr fürchteten, dass sie den Jungen in der Hoffnung freigaben, dass wir ihre Stadt verschonen würden. Ich würde es ihnen versprechen, aber das wären nur Worte. Die Männer, mit denen ich jetzt nach Westen segelte, kannten keine Gnade.

Meinen Söhnen habe ich gesagt, dass ich in jener Nacht einen Pakt mit Odin eingegangen bin. Als ich unter meine Decken kroch und Bjørn das Steuer überließ, zeigte sich der Allvater mir. So habe ich es jedenfalls immer erzählt. Er saß neben mir auf einer Ruderkiste in dem löchrigen Umhang eines armen Mannes und sagte kein Wort. Ich wusste dennoch, dass er es war. Ich bat ihn, mir Glück zu schenken, damit ich Ravntor zurückbekam. Sollte er dies geschehen lassen, würde ich ihm opfern und ihm und seinen Söhnen huldigen. Da wandte er sich mir zu, und das Mondlicht fiel auf sein Gesicht und in die leere Augenhöhle, in der ich weit, weit unten die Runen zu erkennen glaubte, die in die Wurzeln von Yggdrasil geritzt sind.

*

Über die Fahrt nach Westen habe ich nur wenige Worte niedergeschrieben. Wir folgten dem Rat des Jarls und gingen auf den Orkney-Inseln nicht an Land. Hjaltland liefen wir kurz an, um unsere Wassertonnen zu füllen. Mit gutem südlichem Wind segelten wir von dort nach Island, wo wir an der Ostküste an Land gingen und unsere Tonnen und Schläuche erneut auffüllten. Die Männer des Ladejarls schlachteten heimlich zwölf Schafe, was mir ein schlechtes Gewissen bereitete. Vater hatte uns gelehrt, dass man sich nicht am Besitz anderer Menschen vergriff, sonst könnte man gleich ihren Kindern das Essen vom Teller stehlen. Doch wir waren schnell wieder fort und nur eine Nacht und einen Tag in isländischen Fahrwassern. Der Südwind stand uns auch weiter bei und führte uns so rasch über das Meer, dass viele meinten, die Opferung des Jarls hätte uns dieses Glück beschert.

Doch das Glück blieb uns nicht treu. Als der Südwind abflaute, trieben wir in ein Regengebiet und gerieten in eine Meeresströmung, die uns nach Norden schob.

Einen Tag und eine Nacht waren wir Spielball des Meeres. Dann kam der Wind zurück. Wir zogen die Rah hoch, hissten die Segel und schlugen, wie wir hofften, einen südwestlichen Kurs ein.

Vielleicht war ich so besessen davon, zu Ravntor zu kommen, dass ich die Gefahren, mit denen wir bei unserer ersten Überfahrt zu kämpfen gehabt hatten, vollkommen vergaß. Bjørn und ich standen am Steuerruder und hielten uns in der ersten Ostwindnacht gegenseitig wach, als es geschah. Eines der Lastschiffe lag etwas nördlich vor uns, als plötzlich ein lautes Knirschen zu hören war. Der Rumpf des Schiffes drehte sich mit einem Mal quer zur Windrichtung, die Rah schlug herum und das Segel wickelte sich um den Mast. Die Menschen an Bord begannen zu brüllen und ruderten nach Hilfe schreiend mit den Armen.

Die Mannschaften der schnelleren Langschiffe holten die Segel ein und legten die Ruder aus. Die Dämmerung hatte gerade erst begonnen, aber wir alle sahen den Eisberg, mit dem das Schiff zusammengestoßen war und an dem das Wasser auf und ab schwappte. Auf der Backbordseite war der komplette Bug eingedrückt, sodass wir nicht mehr tun konnten, als die Männer zu retten und auf die anderen Schiffe zu bringen.

Ein Lastschiff sinkt nicht, außer man belädt es mit Steinen. Aber es kann sehr schnell Schlagseite bekommen. Die Mannschaft an Bord des Lastschiffes hatte kaum das Beiboot zu Wasser gelassen, als ein Windstoß das Segel packte. Mehr brauchte es nicht. Der Rumpf kippte zur Seite, der Mast schlug ins Wasser und alle Männer gingen über Bord.

An diesem Tag verloren wir zwei von ihnen. Mir wurde gesagt, dass sie unter das Segel geraten waren, als das Schiff zur Seite kippte. Das Wasser war kalt und die zwei waren Finnen aus dem Inland und schlechte Schwimmer. Der Jarl hatte sie uns als heilkundige Männer mitgegeben, doch jetzt mussten wir ohne ihre Hilfe auskommen.

Vielleicht war ich schon damals hartherzig. Denn ich kann mich nicht daran erinnern, Trauer über ihren Verlust empfunden zu haben. Bjørn und ich redeten darüber, als wir uns am Tag schlafen legten. Wir zogen die Decken über uns und Bjørn murmelte, dass man Finnen nicht trauen könnte. Sie seien Zauberer und keine Heiler. Ich nickte dazu nur. »Aber wir haben das Lastschiff verloren«, fügte ich hinzu. Dieser Punkt bereitete mir die größeren Sorgen, denn weder die Langschiffe noch die »Naglfar« boten viel Stauraum. Der Jarl erwartete große Beute und viele Sklaven. Dafür hatten wir jetzt kaum noch Platz.

*

Vier Tage nachdem wir das Lastschiff verloren hatten, sahen wir Land. Diejenigen von uns, die schon einmal an dieser Küste entlanggesegelt waren, erkannten sofort die Südspitze von Grönland. Sie zeigte sich am frühen Morgen und war selten schöner zu sehen als an jenem Tag. Der Himmel war wolkenlos und die Schären glänzten in der Sonne. Wir hatten leichten Wind von hinten, sodass die Küste schnell nördlich von uns lag. Danach drehten wir bei und suchten den Fjord, in den wir auch beim letzten Mal eingefahren waren.

Wir wussten nicht, ob die Seuche noch immer in Grönland wütete, und wagten es deshalb nicht, zu den Siedlungen zu fahren und Proviant einzutauschen. Stattdessen ankerten wir in einer menschenleeren Bucht, wo wir vor dem Wind geschützt waren. Die Männer ruderten an Land. Sie standen etwas ratlos in der

Heide und sahen sich um, als könnten sie nicht recht begreifen, dass dieses Land wirklich existierte. Dann liefen sie herum und einige zogen sich aus und sprangen ins Wasser, waren aber schnell wieder an Land, denn auch wenn die Sonne warm schien, war auf Grönland schon Herbst. Bald würde der Schnee kommen und mit ihm das Eis, das sich auf die Fjorde legte.

Die Männer des Ladejarls jagten Seehunde, die auf den Schiffen zerlegt wurden. Das Fett wurde geschmolzen und auf das Segel und die Seile gestrichen. Die Männer brauchten einen ganzen Tag für diese Arbeit, was mir gar nicht gefiel. Der Wind roch nach Schnee, das ganze Land schien den Winter zu erwarten. Wir mussten weiter, wir mussten uns beeilen.

Von Grönland aus segelten wir geradewegs nach Westen, wobei Bjørn und ich sicher immer etwas nach Süden abwichen, wenn die »Naglfar« in ein Wellental tauchte und man den Kurs korrigieren musste. Jeder Steuermann lässt sich von seinen Gedanken und Wünschen leiten. Sie fließen irgendwie in seine Hände. Und ich wünschte mir nichts mehr als mit den Männern des Jarls auf Patuxet zuzuhalten, die Palisaden niederzubrennen und jeden Mann zu töten, der sich zwischen mich und meinen Sohn stellte. Ich wollte auf der Rentierinsel an Land gehen und mit Thorfinn Karlsefni reden, denn am liebsten hätte ich auch seine Schiffe und Männer an meiner Seite gehabt, vorausgesetzt, Freydis führte sie an. Thorfinn selbst wollte ich nicht dabeihaben.

Etwa auf halbem Weg zwischen Grönland und der Skrælingküste gerieten wir in eine Flaute. Und es stimmt, was Seeleute sagen, Flauten können weitaus gefährlicher sein als Stürme. Die Männer werden in solchen Zeiten schwierig. Wasser hatten wir noch genug, aber am dritten Tag der Flaute geschah etwas, was ich nie vergessen werde. Es war gegen Mittag und Halvor, Winabave und ich saßen auf den Ruderkisten und würfelten, was ich nur selten tat. Ich spiele nicht gern. Die »Naglfar«, die vier Langschiffe und das Lastschiff lagen dicht beieinander, der Abstand zwischen den einzelnen Schiffsrümpfen betrug sicher nur wenige Rumpflängen. Plötzlich rief einer der Männer auf dem Lastschiff und die Mannschaft versammelte sich an der Reling und zeigte nach unten ins Wasser. Dann durchbrach ein mächtiger Stoßzahn die Wasseroberfläche, bevor der ganze Wal zum Vorschein kam und an der Oberfläche blieb. Er legte sich auf die Seite, als wollte er uns die verletzte Flosse oder was davon noch übrig war, zeigen. Halvor sagte zu mir, dass wir ihn töten sollten, Narwale hätten guten Speck und ihr Zahn sei viel wert. Doch da ging ein Zucken durch den Walkörper und das Wasser um ihn herum wurde von schwarzen Rückenflossen aufgepeitscht. Ich zählte sechs Schwertwale. Rudde-Geir sagte, dass sie sie in Island Staurhval nannten und dass der Kampf gleich vorbei sein würde.

Der verletzte Wal wurde bei lebendigem Leib gefressen. Die Orcas bissen zuerst die Schwanzflosse und den Rest der verbliebenen anderen Flosse ab. Danach rissen sie den Bauch des Wals auf, sodass die Eingeweide ins Wasser glitten. Der Wal drehte sich dabei auf den Rücken und blieb so liegen, wobei ein seltsames Heulen zu hören war. Die Schwertwale schienen in eine Art Blutrausch zu geraten und schlugen die Zähne immer wieder in den größeren Wal, bis die ersten Rippen zu sehen waren. In diesem Moment begann der Narwal zu sinken und die Orcas folgten ihm in die Tiefe.

Halvor meinte, das sei ein schlechtes Omen. Ein Unglück würde uns dort im Westen erwarten. Ich schnaubte nur. Wir würden uns doch nicht von einem Wal auf dem offenen Meer verängstigen lassen. Wir mussten stark bleiben, bis Ravntor wieder zurück bei Sigrid war.

In dieser Nacht tauchte Odin wieder in meinen Träumen auf. Er saß vorn im Bug auf einer Ruderkiste und flüsterte mir zu: »Siehst du Streit, Torstein? Siehst du Frieden? Siehst du die Zukunft deiner Söhne?«

Die Gerüchte besagen, dass wir mehrere Schiffe an Ungeheuer aus der Tiefe verloren. Man erzählt sich, Rán hätte sie aus den tiefsten Tiefen zu uns nach oben geschickt, weil ich mich geweigert hätte, ihr zu opfern. Vor Helluland seien wir in ein Unwetter gesegelt, heißt es, aber auch das ist eine Lüge. Selten hat sich das Meer dort im Westen ruhiger und friedlicher gezeigt als auf jener Überfahrt, sodass uns der Vorfall mit dem Wal bald wie ein übler Traum erschien. Etwas südlich der Stelle, an der wir beim ersten Mal die Küste des Skrælinglandes gesehen hatten, stießen wir auf Land. Wir ankerten und ruderten an Land, um die Tonnen zu füllen. Ein Bach floss aus einem lichten Wachholderhain, und das Wasser war sauber wie in einem Gebirgsbach.

Dann drehte der Wind. Er kam aus Norden, sodass wir mit Wind in den Segeln nach Süden steuern konnten. Das Meer war noch immer ruhig, es gab weder Strömungen noch schwierige Wellen.

Der Nordwind half uns mehrere Tage. Ich schlief traumlos und eine seltsame Ruhe überkam mich. Ich verstand das nicht und bekam ein schlechtes Gewissen. Wie konnte ich so ruhig sein, wenn Ravntor doch noch immer bei den Patux war? Halvor, der einem oft ansah, was man dachte, kam eines morgens zu mir und meinte, die Götter seien mit uns. Sie hätten uns eine sichere Überfahrt geschenkt und bliesen uns jetzt direkt zu den Skrælingen. Bald wäre es an der Zeit, alle Männer des Jarls zu einer Beratung zusammenzutrommeln.

28
Eine Frau für Bjørn Tormodson

Wir berieten uns am Mast der »Naglfar«, und ein Mann von jedem Schiff erhielt Rederecht. Dass wir über das Meer gesegelt waren, um zu plündern und Reichtum für den Jarl und Ehre für uns zu gewinnen, war bereits gesagt worden und brauchte nicht wiederholt werden. Die Männer wollten aber wissen, wo die Skrælinge lebten und was genau in ihren Siedlungen zu rauben war. Ich ritzte die Küstenlinie und die davorliegenden Inseln in die Rückseite eines Schaffells, und Winabave berichtete über die Kornfelder und erzählte von den schwarzen Steinen, mit denen die Händler aus dem Süden kamen, dem hübschen Kupferschmuck und den Goldplatten, die die reichen Männer daran trugen. Getreide, Kupfer und schwarze Steine interessierten die Männer des Jarls nicht. Aber das Gold sei die Reise über das Meer und die bevorstehenden Kämpfe wert, meinten sie. Ein Mann namens Tore Kalvson, groß gewachsen und mit gewaltigem Bart, der als einer der engsten Vertrauten von Jarl Erik galt, meinte, es sei ein Unglück für uns, dass wir eines der Lastschiffe verloren hätten, denn jetzt könnten wir nur noch halb so viele Sklaven mit zurück über das Meer nehmen. Jarl Erik hätte vorgehabt, einen Teil der Sklaven zu Sven Gabelbart zu schicken, denn der Dänenkönige sammle Sklaven aus aller Herren Länder wie andere Menschen Methörner oder silberne Spangen. Dass wir jetzt nur noch ein Lastschiff hätten, sei ein schlechtes Vorzeichen, wie auch der Angriff auf den Wal, dem wir beigewohnt hätten. Die Männer nickten, aber Winabave kam mir zu Hilfe. »Skrælinge wie ich sind in der Regel von kleiner Statur«, sagte er. Er saß achtern auf einer Ruderkiste, stand dann aber auf. »Wo einer von euch Platz findet, ist Platz für zwei von meiner Sorte.«

Die Männer nickten und Tore Kalvson meinte, ich hätte wirklich einen hilfreichen Sklaven.

»Ja«, sagte ich, fragte mich aber, wie inbrünstig Winabave sein Volk hassen musste.

Wir hatten guten Wind, der uns bis zur Leifsinsel führte. Dort ankerten wir und warteten. Erst sahen wir niemanden. Die Siedlung wirkte verlassen. »Die Seuche hat sie geholt«, sagte Bjørn. Aber nicht nur die Menschen waren weg. Auch die Schiffe fehlten.

Dann trat ein Mann aus einem der Langhäuser. Er war nackt und abgemagert und sein Rücken war gebeugt. Er hob die Arme über den Kopf und winkte uns zu sich. Eine Hand fehlte. Es war Svær-Gunnar.

Wir kletterten auf den Steven, und er erzählte uns vom Land aus, dass die Leifsinsel verlassen worden war. Alle, die gesund genug gewesen waren, wären an Bord der Langschiffe nach Norden gesegelt. Hausrat und Tiere hätten sie mitgenommen.

Svær-Gunnar gab an, bei ihrer Abreise zu krank gewesen zu sein. Er hätte selbst geglaubt, im Sterben zu liegen. Doch sein Lebensfaden sei offensichtlich noch nicht am Ende, denn er hätte Krankheit und Fieber abgeschüttelt. Er flehte uns an, an Bord kommen zu dürfen, aber wir lichteten den Anker und segelten davon.

Am Morgen nach unserem Aufbruch von der Leifsinsel gerieten wir in schlechtes Wetter. Es wurde plötzlich kalt und der Wind drehte auf West, sodass wir wieder aufs offene Meer hinausgedrückt wurden, was aber besser war als an der Küste zu zerschellen. Es wurde kein richtiger Sturm, aber Wind und Wellen setzten uns den ganzen Tag und auch noch weite Teile der nächsten Nacht zu, bis das Wetter wieder ruhiger wurde. Bjørn und ich wechselten uns in diesen Stunden am Steuerruder ab und am Morgen danach übernahmen Halvor und Welpe. »Das war der Herbst«, sagte Bjørn, als wir uns hinter die Reling setzten. »Er wollte uns sagen, dass er jetzt da ist.«

Nach der Unwetterfront verlief die weitere Reise bis zur Rentierinsel ruhig. Wir folgten derselben Route wie beim ersten Mal und hofften lange, dass es im Süden wärmer werden würde, aber die Herbstkälte schien die ganze Küste in Besitz genommen zu haben. Skrælinge sahen wir keine, auf den Fjorden waren keine Lederboote und Rauch rochen wir auch keinen. Ich beobachtete die Küste, während wir vorbeifuhren und hoffte darauf, Eystein zu entdecken, aber er lebte sicher irgendwo mit dem Flussvolk. Was er wohl über uns, die ihn verlassen hatten, denken musste?

Tore Kalvson rief zu mir herüber, wo denn all die Skrælinge seien, von denen ich geredet hätte. Ich antwortete ihm, dass die Landstriche im Norden nur dünn besiedelt seien, die großen Siedlungen lägen weiter im Süden. Aber Winabave flüsterte mir zu, dass so spät im Jahr viele Stämme ins Inland ziehen würden. Für uns sei das aber ohne Bedeutung. Die Patux hätten feste Siedlungen.

Wir erreichten die Rentierinsel spät in der Nacht und ankerten in der Großen Bucht. Ich erinnere mich noch daran, dass Bjørn und ich achtern auf den Ruderkisten saßen. Wir beide konnten in dieser Nacht keinen Schlaf finden. Vielleicht hätten wir mehr miteinander reden sollen, aber in der Regel sprachen wir nicht über schmerzhafte Erinnerungen, etwa über Vater oder das

Unrecht, das mir als Junge widerfahren war. Oder über Bjørns Beziehung zu Torgunn in der Jomsburg und ihre kleine, gemeinsame Tochter. Auch über die Schlacht von Svold sprachen wir nicht oder welches Schicksal uns bevorstand, nachdem ich König Olav Tryggvason, dem wir einst gedient hatten, getötet hatte. An diesem Morgen aber sagte Bjørn etwas, das ich niemals vergessen sollte: »Wir sind keine Bauern, Torstein. Aber wenn wir das überleben, nehmen wir das Land, das uns der Jarl versprochen hat. Das bist du Sigrid schuldig, finde ich. Und deinen Söhnen. Mögen sie auf einem Boden aufwachsen, den sie als den ihren ansehen dürfen.«

Deine Söhne … diese Worte sollten mir in folgenden Tagen nicht mehr aus dem Kopf gehen. Ich fragte meinen Bruder nicht, ob er dabei an Bjørnar und die Söhne dachte, die Sigrid mir noch gebären sollte, oder ob auch Ravntor in seinen Gedanken war. Ich wollte nur, dass Bjørn, mein großer Bruder, den ich immer als den klügeren von uns angesehen hatte, es als selbstverständlich erachtete, dass wir mit der Unterstützung der Jarlsmänner die Palisaden der Patux einreißen und jeden töten würden, der sich zwischen mich und Ravntor stellte. Ich klammerte mich an diesen Gedanken.

Thorfinn und seine Leute empfingen uns mit gespannten Bögen, als wir in den Hafen ruderten. Wir machten zwischen Thorfinns Schiffen fest, die vor Anker lagen. Thorfinn bat seine Männer, die Bögen zu senken. Er sah wohl ein, dass er mit seiner kleinen Schar kaum etwas ausrichten konnte, sollten wir die Absicht haben, sie zu plündern. »Das eine Schiff dort erkenne ich wieder«, rief er und trat vor seine Männer. »Und sind das nicht Torstein Bootsbauer und sein Bruder Bjørn? Erzählt mir, was geschehen ist! Ihr wart plötzlich verschwunden! Und wer ist da bei euch?« Er warf einen Blick nach hinten in Richtung Langhaus, wo die blonde Frau mit dem Jungen auf dem Arm stand und sich zu uns umdrehte. »Kommt an Land!«

Da wir noch am Leben waren, wusste er nun, dass die Isländer nicht die Pest an Bord gehabt hatten, wie er es befürchtet hatte. Das Beiboot wurde vom Lastschiff herabgelassen und die ersten Männer ruderten zum Strand, wo sie stehen blieben und die Inselbewohner musterten. Magnar, mit dem ich gekämpft hatte, bevor wir aufgebrochen waren, trat trotzig vor Thorfinn, schien aber ein paar harsche Worte zu hören, denn er verschwand gleich wieder. Dann erblickte ich Freydis, die zwischen ein paar frisch gefällten Bäumen am Waldrand stand.

»Habt ihr etwas von Eystein gehört?«, fragte ich.

»Nein«, antwortete Thorfinn. »Wir haben ihn nicht gesehen.«

Da rief Tore Kalvson hinüber. »Legt die Bögen weg!« Er kletterte auf die Reling seines Langschiffs und blieb mutig stehen. »Wir kommen von Jarl Erik.«

Thorfinn tat so als hätte er die ersten Worte nicht gehört, wiederholte aber, dass wir an Land kommen sollten. »Denkt aber daran, dass ich der Häuptling dieser Insel und des angrenzenden Landes bin«, fügte er mit geschwellter Brust hinzu. Ich ertrug diese Worte nicht, und jetzt, da ich die Männer des Jarls hinter mir wusste, sah ich keinen Grund mehr, mich zu zügeln. »Es ist meine Insel! Du hast sie mir genommen!«

Thorfinns Männer legten die Pfeile wieder auf die Sehnen, und Thorfinn trat ein paar Schritte zurück. Offensichtlich wusste er nicht, was er sagen sollte.

Nur Tore Kalvson fand Worte. »Ich denke, nun ist es Jarl Eriks Insel! Und dasselbe gilt für alles Land, das wir betreten. Es wäre unklug, sich dagegen aufzulehnen!« Tore Kalvson fasste sich wie aus alter Gewohnheit an die den Gürtel, aber dort hing nur ein Beutel Zunder. Einer der Männer an Bord schien aber zu wissen, was er wollte. Er öffnete eine Ruderkiste und reichte Tore ein breites Schwert. »Wer Jarl Erik trotzt, wird das Schwert zu spüren bekommen!«, fügte Tore hinzu und machte einen Hieb in die Luft, als hätten ihn nicht längst alle verstanden.

Wie aßen an diesem Abend bei Thorfinn. Da im Langhaus nicht für alle Platz war, wurde draußen auf dem Hof ein Feuer entzündet, an dem meine Männer Platz nahmen. Thorfinn hatte weder Bier noch Fleisch. Falls doch, hatte er es gut versteckt, denn sowohl Tore als auch einige von seinen Männern sowie Bjørn, Ulfar Bonde, Halvor und Welpe hatten sich schnuppernd auf die Suche gemacht, ohne etwas anderes zu finden als Trockenfisch, Wurzeln und Kräuter.

Tore Kalvson und die anderen von den Jarlsschiffen machten keinen Hehl daraus, warum sie gekommen waren. »Wir werden an der Skrælingküste auf Raubzug gehen«, sagte Tore und stand stolz am Feuer. Er benahm sich, als wäre er der Häuptling über die Männer des Jarls, ja als stünde er sogar über Bjørn und mir. »Torstein sagt, dass es Gold und Silber zu holen gibt. In reichen Mengen. Und dieses Gold will Jarl Erik haben!«

Thorfinn warf mir einen Blick zu und kratzte sich am Haaransatz. Dann zuckte ein Lächeln um seinen Mund. Ich wusste, was er dachte. *Torstein Bootsbauer ist ein Lügner …*

Vielleicht hatte er auch vor, dies zu sagen, denn er stand auf und räusperte sich. Es folgten aber nur Floskeln über die Vortrefflichkeit des Jarls und wie weise er und sein Bruder über die norwegische Küste herrschten. Die Männer des Jarls nickten, und Tore Kalvson ging zu ihm und legte ihm seine riesige Hand auf die Schulter. »Du scheinst ein kluger Häuptling für deine Leute zu sein«, sagte er und wandte sich zu den Umstehenden. »Die Håkonssöhne werden immer Platz für euch in ihrer Halle haben, solltet ihr dort einmal zu Gast sein!«

»Das sind gute Worte«, sagte Thorfinn. Die beiden Männer

reichten sich die Hände und maßen einander mit den Blicken. Thorfinn konnte standhalten, er war ein hartgesottener Mann. Zur Überraschung aller wurde sein Händedruck Tore irgendwann zu viel, denn der große Trønder ließ bald los und zog seine Hand weg, wobei er seine Männer angrinste und ein etwas gepresstes Lachen hören ließ.

Es heißt, Thorfinn hätte in jener Nacht mit den Männern des Jarls gesprochen und ihnen Land unter seiner Führung angeboten, sollten sie bleiben wollen. Und Tore soll seltsam leise gewesen sein, als dieses Angebot ausgesprochen wurde. Ich sah und hörte nichts davon, denn ich ging in den Wald und verschwand im Halbdunkel zwischen den Bäumen, wo ich allein mit meinem Hass war. Etwas in mir drängte danach, auf den Hofplatz zu gehen und Thorfinn vor den Augen seiner Leute zu erschlagen. Ich ertrug sein Gerede nicht. Aber seine Frau und sein Sohn waren da und immer, wenn ich den kleinen Jungen auf den Armen seiner Mutter sah, versetzte es mir einen Stich.

Ich lief zwischen den Ahornen herum, die ich so gut kannte, und als ich bemerkte, dass Thorfinns Männer einige Bäume gefällt hatten, schmerzte mich diese Tatsache mehr als ich begreifen konnte. Schließlich hockte ich mich hin und begann zu weinen.

Der Wald lindert die Trauer der Menschen, heißt es. Die Stämme der Bäume stützen denjenigen, der zu fallen droht. Das Moos fängt dich weich auf, wenn du nicht mehr stehen kannst.

Ich hörte, wie mir das Rascheln des Laubes zuflüsterte, und vielleicht war es Odin selbst, der zu mir sprach. Was er sagte, weiß ich nicht, aber vielleicht war es eine Warnung, denn plötzlich hörte ich Schritte. Es war Freydis. Erst sagte sie nichts. Sie setzte sich neben mich und das Mondlicht glänzte auf der silbernen Spange, die ihre Jacke zusammenhielt. »Sigrid«, sagte sie schließlich. »Sie ist nicht bei dir. Ist sie in Norwegen geblieben? Mit deinem jüngsten Sohn?«

Ich antwortete nicht darauf. Ich weiß nicht, warum. Die Schwermut lastete so schwer auf mir, dass ich glaubte, den Mund nicht öffnen und reden zu können. Sie hatte mich so lange verschont, dass ich sie schon fast vergessen hatte. Doch jetzt drängte sich eine Erinnerung durch das Dunkel. Ich saß zu Hause mit Vater und Bjørn vor unserer Hütte, während die Wellen unablässig auf den Strand spülten. Sie waren wie der Atem eines mächtigen Gottes. »Du hast das von mir geerbt«, sagte Vater und steckte ein paar Makrelen auf einen Spieß. »Man nennt es Schwermut. Du musst dich nicht dafür schämen. Andere nennen es die Odinskrankheit. Denn auch er leidet darunter. Der Gott selbst.«

»Woran denkst du?« Sie nahm meinen Arm.

Ich stand auf, und alles drehte sich. Ich musste mich an einen Baum stützen.

»Isst du genug? Sigrid sollte bei dir sein und darauf aufpassen, dass du …«

»Ich kann auf mich selbst aufpassen.«

Sie stand auf und hielt mir wieder ihren Arm hin. Ich ging ein paar Schritte zurück. »Lass mich in Ruhe.«

Freydis blieb stehen und durch eine Lücke im Laubdach fiel das Mondlicht auf sie. Bei aller Jungenhaftigkeit war sie immer eine schöne Frau gewesen. Die langen blonden Haare hingen nun offen über ihren Schultern hinab und der leichte Wind drückte ihr das Kleid an die Beine. Sie war gar nicht so unweiblich, wie viele es behaupteten. Ihre Hüften waren schmal und die Brüste nicht groß, dafür strahlte sie ungeheuren Stolz aus. In der Zeit vor dem Christengott wirkte dieser Stolz anziehend auf die Männer. Eine solche Frau ins Bett zu bekommen, war in vielerlei Hinsicht wie einen Bock mit einem prachtvollen Geweih zu schießen. Ich habe mich nie sonderlich gut auf Frauen verstanden, aber Freydis hatte etwas ganz Eigenes.

»Ich bin gekommen, um dir zu sagen, dass ich mit euch komme«, sagte sie. »Wenn ich dir und Sigrid helfen kann, Ravntor zurückzubekommen …«

Es raschelte im Laub. »Torstein? Bist du hier?«

Bjørn trat in den Lichtkegel, in dem auch Freydis stand. »Und du? Du bist die Tochter von Erik aus Grönland, oder?«

Freydis nickte stumm. Sie standen nah beieinander, sicher weil Bjørn geglaubt hatte, dass sie zur Seite treten würde, als er kam, was Freydis aber nicht tat. Bjørn hätte den Arm um sie legen können, so dicht standen sie beisammen.

»Ich möchte mit euch kommen«, sagte Freydis. »Auf den Raubzug, und später …« Sie nickte in Richtung des Meeres hinter mir. »Über das Meer nach Osten. Nach Norwegen.«

Bjørn schnaubte. »Es heißt, du wärst die Tochter einer Sklavin. Das habe ich gehört. Warum sollte Thorfinn dich gehen lassen?«

Vielleicht war Freydis klüger als Bjørn oder ich. Und vielleicht hatte sie auch gelernt, ihre Wut auf eine Art zu zügeln, die ich nie gelernt habe, denn als Antwort legte sie die Hand auf Bjørns Arm und lächelte ihn an. »Ich bin eine freie Frau«, sagte sie leise. »Das habe ich meinem Vater zu verdanken. Thorfinn bestimmt nicht über mich, denn ich bin weder Kebsweib noch Sklavin. Die Schiffe, die Vater mir gegeben hat, gehören mir, und es sind Männer aus Grönland hier, die mir auch weiter folgen werden. Aber wenn ich meine Füße wieder auf grönländischen Boden setze, werden die Menschen dort nichts anderes sehen als einen Hals, dem das Eisen fehlt. Der Mann, mit dem ich verheiratet wurde, ist ein Weichling, der nichts tun wird, um mich zu verteidigen. Und nach Island kann ich nicht segeln, denn dort würde mich der Ruf meines Vaters einholen. Ich will mit euch kommen und ich verspreche euch, zu plündern und zu brandschatzen wie ein Mann, wenn ich nur mit euch nach Osten fahren kann, wenn alles vorbei ist.«

Ihre Worte schienen Bjørn zu verblüffen. Er fasste sich an den Nacken und fand keine Worte. Dann sah er sie an, als wäre er neugierig auf die Frau geworden, die so kühn zu uns gesprochen hatte, wobei Freydis noch immer seinen Arm hielt und seinem Blick nicht auswich.

Bjørn und Freydis blieben im Wald. Ich selbst ging zurück zum Hofplatz, weil Halvor nach mir rief. Welpe war mit einem von Thorfinns Männern in Streit geraten, einem kleinen Kerl, der sich Holmgang-Kåre nannte. Später erzählte Freydis uns, dass er nie einen Zweikampf bestritten, sondern sich den Namen nur gegeben hatte, um anderen Angst einzujagen. Welpe hatte sich von Thorfinns Häuptlingsgetue so reizen lassen, dass er irgendwann aufgesprungen war und gerufen hatte: »Wenn auf dieser Insel irgendjemand das Recht hat, sich Häuptling zu nennen, so ist das Torstein Bootsbauer, und ich selbst bin der Sohn des Orkney-Jarls.« Letzteres erwähnte Welpe eigentlich nie, weil der Vater ihn enterbt und ihm den Jarlsstand entzogen hatte.

Ich nahm Welpe mit nach unten zum Strand und wir ruderten zur »Naglfar«, wo wir uns beide hinsetzten, ohne etwas zu sagen. Dann kroch Welpe unter eine Decke und auch mich musste der Schlaf alsbald übermannt haben, denn als ich wach wurde, lag ich frierend auf dem Achterdeck.

Vielleicht war es mit mir, Torstein Tormodson, dem Bootsbauer, dem Häuptling am Meer, wirklich so, wie es alle sagen: Ich geriet ständig mit den Menschen aneinander. Aber mit den meisten Männern, die bei mir waren, verhielt es sich nicht anders. Als ich wach wurde, stand Welpe an der Reling und starrte missmutig auf den leeren Platz vor dem Langhaus. Auf den Schiffsdecks ringsherum schliefen die Männer. Nur Bjørn sah ich nicht. Er lag nicht zwischen den Ruderkisten und Tonnen auf der »Naglfar« und war auch auf keinem der anderen Schiffe zu sehen. Doch plötzlich sah ich oben am Waldrand zwei Gestalten. Es waren Bjørn und Freydis. Sie küssten sich zwischen den Ahornen, dann ging sie zum Langhaus und Bjørn zum Strand.

Ich duckte mich hinter die Reling, bevor er mich sah, und auch Welpe ging in Deckung. »Dein Bruder«, sagte er nur. »Und die Frau.«

Ich richtete mich wieder auf und winkte Bjørn zum Schiff. Die Männer hatten eines von Thorfinns Beibooten genommen, das jetzt am Lastschiff vertäut war, sodass Bjørn sich Jacke und Hose auszog und nackt am Strand stand. Sein schwarzer Bart reichte ihm bis auf die Brust. Er watete ins Wasser und schwamm zu uns.

An Bord erzählte er gleich, was geschehen war. »Freydis und ich haben zusammengelegen«, sagte er und konnte sich das Grinsen nicht verkneifen. »Ich mag sie, Bruder. Sie kann eine gute Frau für mich werden.«

Einige der anderen Männer wachten auf. Winabave und Halvor und einige der Isländer scharten sich um uns. Bjørn kümmerte sich nicht darum, dass sie hörten, was er sagte. »Was ist denn schon dabei, dass ich bei ihr war. Sie hat keinen Mann.«

»Jetzt hat sie einen«, sagte Halvor und schnäuzte sich in die Finger.

Mein Bruder stutzte einen Moment und sah dann zum Langhaus hinüber, in dem Freydis verschwunden war. In diesem Moment kam sie mit einem Eimer in der Hand wieder nach draußen und schlenderte nach unten zum Wasser. Dort bückte sie sich nach Bjørns Kleidern, die noch am Strand lagen, und nahm sie mit einem breiten Grinsen einfach mit.

»Ja, das hat sie jetzt«, wiederholte Bjørn. In diesem Moment musste er gesehen haben, dass ich nicht begeistert war, denn sein Blick wurde hart. »Du gönnst mir das doch wohl, Torstein?«

Ich begann von der Jomsburg zu murmeln, von der Gefahr, in die er uns damals gebracht hatte, und von seiner Tochter, aber Bjørn ließ mich nicht ausreden. »Wir sind hier nicht in der Jomsburg, kleiner Bruder.«

»Aber wir brechen heute auf«, sagte ich.

»Und Freydis kommt mit. Drei der Schiffe, die hier liegen, gehören ihr. Sie wird uns damit begleiten.«

Die Isländer mussten grinsen und Ulfar Bonde rappelte sich auf und rieb sich die Augen. Ob er mitbekommen hatte, was geschehen war, weiß ich nicht, denn er schlief immer tief. Aber er bohrte sich mit dem Finger im Ohr und brummte, er müsste geträumt haben, denn er glaubte, von einer Frau gehört zu haben, die ein Schiff steuerte. Bjørn, der noch immer nackt zwischen uns stand, schlug eine Decke um sich und erklärte alles noch einmal. Freydis würde ein Schiff steuern und die Mannschaften von drei Schiffen anführen. Sie würde mit uns plündern und brandschatzen und uns helfen, Ravntor zurückzubekommen.

29
Wölfe des Meeres

Wind und Wetter waren mit uns, als wir von der Rentierinsel aufbrachen, und so blieb es auch an den folgenden Tagen. Als wir das Land der aufgehenden Sonne umrundet hatten, sahen wir ein paar Skrælinge, die in ihren Lederbooten in Richtung Land paddelten. Die Steuermänner der Langschiffe des Jarls riefen ihre Männer zu den Rudern. Die Skrælinge wurden schnell eingeholt; einer von ihnen schoss auf das Schiff von Tore Kalvson und traf einen Ruderer im Arm. Das besiegelte ihr Schicksal. Die Langschiffe rammten sie und die Skrælinge wurden mit langen Speeren erstochen. Weder ich noch einer von denen, die mir nahestanden, beteiligte sich daran. Die »Naglfar« und das Schiff, das Freydis steuerte, fuhren ein Stück voraus, während die Männer des Jarls die Pelzbündel und Körbe aus den zerstörten Lederbooten holten. Dann fuhren wir weiter, und während Bjørn und ich achtern an Deck standen und sahen, wie der Wind die Wellen kräuselte, fragte ich mich innerlich, wie es sich anfühlte, ein Plünderer geworden zu sein. Ein Mann wie der, der Vater getötet hatte.

Mir ist erzählt worden, dass kein Mann eine Küste schlimmer heimgesucht hätte als Torstein Bootsbauer den Landstrich dort im Westen. Wenn Mönche, die bei mir zu Gast waren, meine Geschichte hörten, sahen sie mich nur mit ihren gottesfürchtigen Augen an und sagten, dass der Teufel uns dort im Westen geritten haben müsste. Denn die Skrælinge seien Menschen wie wir, sie seien weder Tiere noch Ungeheuer, und statt sie zu ermorden, hätte ich das Wort Gottes zu ihnen bringen sollen. Ich sage dazu immer nur, dass der Allvater mich verachtet hätte, hätte ich das Unrecht, das mir widerfahren war, nicht gerächt. Und auch ich selbst hätte mich verachtet. Meine Männer nicken, wenn ich das sage. Sie heben ihre Krüge und verzierten Trinkhörner und trinken auf das, was mein Bruder und ich getan haben, als wir noch jung waren.

Aber wenn ich an späten Abenden wach auf meinem Häuptlingsthron sitze, sehe ich noch heute den Skræling im Wasser verzweifelt mit den Armen rudern, während wir vorbeifahren. Die Jarlsmänner mussten irgendwie seine Beine getroffen haben, denn sein Unterleib hing schlaff im Wasser. Wir sahen ihn dicht neben einem der Schiffe, ehe er im Kielwasser verschwand.

Jarl Erik hatte uns nicht nur Schiffe und Männer gegeben. Er hatte uns auch reichlich mit Trockenfisch und gesalzenem Schafsfleisch ausgerüstet. Letzteres war sehr schmackhaft, fast zu schmackhaft für eine Seereise. Während der Überfahrt waren die Männer immer wieder mit ihren Messern an den Keulen gewesen, sodass wir jetzt nur noch Knochenmark, Trockenfisch und Korn hatten. Aber wir litten keinen Hunger und mussten nur an Land, um unsere Wassertonnen zu füllen. Weil wir weder jagen noch fischen brauchten, kamen wir schnell voran nach Süden. Wieder begann ich zu grübeln, wie es uns gelingen sollte, die Patux zur Herausgabe von Ravntor zu zwingen. Meine Idee war es, so brutal anzugreifen, dass die Patux nichts anderes wagen würden, als ihn freizulassen, wenn wir plötzlich vor ihrer Küste lagen. Sie mussten verstehen, dass unsere Grausamkeit keine Grenzen kannte, sollten sie Ravntor etwas antun.

Bjørn, Welpe, Halvor, die Isländer und ich selbst hatten von

Jarl Erik Waffen und Brünnen in eisenbeschlagenen Kisten und dazu jeder ein Schild bekommen. Es waren gute, mit Wölfen bemalte Schilde, deren Ränder mit Leder besetzt waren. Vermutlich war dies das Wappen von Jarl Erik, dem Ulfhedin, dem Wolfskrieger. Wir hatten uns die Waffen und Brünnen unterwegs angeschaut, sie dann aber wieder in den Kisten verstaut, damit sie keinen Rost ansetzten. Danach hatte ich nicht mehr daran gedacht, sondern mich nur noch auf die Reise nach Westen konzentriert. Am zweiten Tag, nachdem die Jarlsmänner die Skrælinge in den Booten getötet hatten, öffnete Bjørn seine Kiste. Ich weiß noch, dass an diesem Morgen ein kalter, herbstlicher Wind vom Land wehte, der irgendwann mitten in der Nacht aufgekommen war. »Jetzt sind wir die Krieger des Trønderjarls«, sagte mein Bruder und hob das breite Schwert aus der Kiste. Erik hatte jedem von uns ein solches Schwert mitgegeben. Mit diesen Waffen hatte ich mich nie wirklich anfreunden können, sie waren für reiche Männer und Könige. Dass Jarl Erik auf diese Weise versuchte, uns an ihn zu binden, verstanden wir natürlich, und vielleicht musste das so sein. Abgesehen von der »Naglfar« und Freydis' Leuten waren es ja seine Schiffe und seine Männer, mit denen wir segelten.

Bjørn zog die Sachen an, die der Jarl ihm mitgegeben hatte. Die Hosen waren aus feingekämmter Wolle mit Bändern aus Seide, dazu gehörten dunkelblaue Hemden und Jacken. Auch zwei Umhänge waren dabei, einer aus Seide und einer aus dicker, mit Öl abgedichteter Wolle. Bjørn band sich erst einen dünnen Gürtel um die Mitte, dann einen breiteren, an den er die Schwertscheide hängte. Diese war aus Eibe und in das Holz war eine Reihe von Wölfen geschnitzt, die einander in die Schwänze bissen.

Die Brünnen des Jarls waren so edel, dass sie selbst Königen gut zu Gesicht gestanden hätten. In der Jomsburg hatten Bjørn und ich ähnliche Brünnen gesehen, wobei diese nie so fein gearbeitet gewesen waren. Wir wussten nicht, wie man sie anlegte, und brauchten Halvors Hilfe. Sie waren aus Leder und mit Riemen besetzt, die man straffen musste, damit sie eng am Körper lagen. Auf die Oberfläche waren dicht an dicht Eisenringe genäht worden, die einander überlappten. Kein Pfeil würde diese Brünne durchschlagen und vermutlich auch keine Speerspitze und kein Schwert. Aber unverwundbar waren wir nicht. Ein Axthieb durchschlägt auch eine solche Weste, und Beine und Arme waren ungeschützt. Die Brünne führte in einem Keil nach unten über den Schritt. Halvor nickte, als er das sah und murmelte, das würde Sigrid sicher freuen. Und vielleicht auch Freydis, fügte er hinzu und klopfte Bjørn lachend auf die Schulter.

Jarl Erik kleidete die Tormodssöhne in die besten Kriegskleider, hieß es. Und erkaufte sich ihre Loyalität mit sorgsam geschmiedeten Schwertern. Es stimmt, dass Bjørn und ich, die nie einen solchen Wohlstand besessen hatten, es als große Geste erachteten, dass der Jarl uns diese Dinge mitgab. Aber Schwerter und Brünnen legten wir wieder in die Kisten, und die seidenen Umhänge waren viel zu fein, um sie an Bord eines Schiffes zu tragen. Bjørn meinte, dass wir, sollte alles anders kommen als wir es erwarteten, das Seidenzeug und die Schwerter auch gegen Korn, Tiere und nützliche Waren eintauschen konnten. Aber seine Worte taten mir weh. *Wenn es anders kommen sollte* … wenn ich Ravntor nicht zurückbekam, würden die Sehnsucht und der Schmerz nie wieder von mir ablassen.

*

Wir segelten nicht direkt über die große Bucht nördlich von Patuxet. Bei einem Kriegsrat am Mast informierte Winabave uns über die Siedlungen an der Küste westlich von uns. Die meisten, die hier wohnten, seien von Patuxet aus nach Norden gezogen. Als Tore Kalvson fragte, ob wir ihm trauen könnten, und sich dann an die anderen wandte und sagte, dass der Skræling uns ja vielleicht in eine Falle führen würde, spuckte Winabave aufs Deck und antwortete, dass er sein Volk hasste, es hätte ihm nur Böses angetan. »Gebt mir ein Beil«, fügte er hinzu, »und ich töte sie, während ihr zuschaut.« Die Männer sahen ihn mit finsteren Blicken an.

Ich sagte ihnen, dass Winabave unter seinem Volk gelitten hätte. Es sei grausam mit ihm umgesprungen und hätte ihn in die Sklaverei verkauft.

Tore Kalvson schlug vor, dem Küstenverlauf zu folgen und alle Siedlungen zu plündern, die wir sahen. Weder Freydis noch einer der anderen Schiffsführer hatte Einwände. Auch ich nickte und sagte, dass sie lernen mussten, uns zu fürchten, damit sie keine andere Wahl hätten, als uns Ravntor zu geben, wenn wir vor Patuxet den Anker warfen. In diesem Moment spürte ich Bjørns Hand auf der Schulter. Er räusperte sich und sagte zu den Männern, dass es damit beschlossen sei. »Keine Gnade, bis der Sohn meines Bruders wieder an Bord ist.«

In der Nacht nach dem Kriegsrat stand ich allein am Steuerruder. Gewöhnlich war Bjørn bei mir, damit wir uns im Laufe unserer Wache abwechseln konnten, doch er war in dieser Nacht müde gewesen. Ich weiß noch, wie er an der Reling saß, gehüllt in die dunkelblauen, vornehmen Kleider und mit dem geölten Wollumhang über den Schultern. Die warmen, sorgsam genähten Hemden und Jacken aus gekämmter Wolle waren für uns vollkommen ungewohnt, sie kratzten und stachen nicht auf der Haut. Irgendwann kippte er auf die Seite und schlief fest ein.

In dieser Nacht schlug das Wetter plötzlich um. Bald nachdem Bjørn eingeschlafen war, spürte ich die kalte Luft im Nacken. Die vereinzelten Böen rochen nach Herbstlaub und Frost. Als der Wind sich wieder legte, kam der Nebel.

Ein Nordmann spürt es, wenn der Winter naht. Ich hörte, wie er mir zuflüsterte und von Frost und Schnee sprach. Noch war es Zeit, noch war nur Herbst. Aber bald … ich schlug den Umhang des Jarls enger um mich und ließ die »Naglfar« in den Nebel treiben. Vielleicht schlief ich aber auch, den Rücken an den Achtersteven gelehnt und die Hände auf dem Steuer, denn was ich in jener Nacht sah, konnten nur Traumbilder gewesen sein. Vielleicht lässt Hel an manchen Abenden die Toten aus Helheim aufsteigen und durch die Täler von Nivlheim wandern, bis sie in die Welt der Lebenden gelangen. »Das sind Warnungen«, hatte mein Vater immer gesagt. »Sie verkünden, was geschehen wird.« Und in dieser Nacht warnten sie mich. Ob ich sie im Traum sah oder ob sie wirklich da waren, weiß ich nicht. Aber ich sah sie. Sie standen wie der Nebel auf dem Wasser. Tote Skrælinge – Männer, Frauen und Kinder. Und die »Naglfar« trieb mit schlaffen Segeln in der Strömung an ihnen vorbei.

Eystein war nicht unter den Toten. Trotzdem hatte ich das Gefühl, dass er unter ihnen war und uns über das nachtschwarze Meer hinterherblickte.

Auch noch den ganzen nächsten Tag und einen Großteil der folgenden Nacht trieben wir durch den Nebel. Dann kam endlich Wind auf, die Wolken wurden weggeblasen und wir sahen, dass der Nordstern vor dem Bug lag. Im Nebel ist es möglich, sich einmal komplett um die eigene Achse zu drehen, ohne dass man es merkt. Merkwürdigerweise waren weder die Schiffe von Freydis noch die des Ladejarls weit von uns weggetrieben. Es reichte, dass wir Fackeln entzündeten, um uns zu finden; Freydis lag ein paar Pfeilschüsse hinter uns und die Jarlsschiffe befanden sich auf einer Linie etwas östlich von uns. Es sollte sich zeigen, dass sie Seile vom Bug an den Achtersteven der anderen Schiffe gebunden hatten. Das Lastschiff schleppten sie als Letztes in der Reihe hinter sich her.

Zwei Tage saßen die Männer an den Rudern. Am Morgen des dritten Tages nach dem Nebel sahen wir an Land Rauch aufsteigen. Wir befanden uns vor einer Bucht, hinter der der Nadelwald bis nach unten ans Wasser reichte. Der Rauch stieg zwischen den Stämmen auf. Winabave kam zu mir. Dort könnten kaum mehr als ein paar Hundert Menschen sein, meinte er. Sicher Fischer und Jäger, in dieser Zeit wären die meisten Männer aber bereits ins Landesinnere gezogen, um zu jagen. Das täten sie jeden Herbst, bevor das Wild nach Süden zog.

Ich habe Tore Kalvsons Söhne erzählen hören, wie kühn ihr Vater an jenem Morgen auf die Skrælinge losgegangen sei. Diese Narren standen hier in meiner Halle und erzählten mir ihre Geschichte, als wäre ich nicht dabei gewesen.

Es gibt Momente, in denen ich mir genau das wünsche. Denn es schmerzt mich, welches Unglück ich über das dortige Volk gebracht habe. Damals dachte ich nicht so, denn ich war voller Hass, und was wir taten, taten wir nur, um Ravntor zurückzuholen. Ich wäre ein Lügner, würde ich behaupten, ich wäre auf der »Naglfar« geblieben und nicht auch selbst an Land gegangen. Die Schiffe des Jarls lagen vor uns und sie warteten auch nicht auf uns Jomswikinger, sondern gingen gleich mit gespannten Bögen in Richtung Dorf. Wir schoben die Ruderkisten etwas nach hinten, sodass wir schnell zurück an Bord klettern und mit dem Achterende voraus losrudern konnten, bevor wir ins hüfttiefe Wasser sprangen. Bjørn und ich mit den Lederbrünnen und den Schwertern des Jarls in der Hand. Als wir zwischen den Bäumen waren, hörten wir bereits die

Schreie der Frauen und Kinder. Tore Kalvson schrie seinen Männern zu, nicht zu zögern und alles zu nehmen, was sie tragen könnten. Und ich hörte mich selbst zu Bonde, Halvor, Welpe und den Isländern rufen: »Nehmt Gefangene!«

Es sollten Jahre vergehen, bis ich Sigrid erzählte, was wir an diesem Morgen taten. Bjørn meinte, die Schwerter des Jarls hätten etwas mit uns getan, als wären sie irgendwie verhext. Wir rückten zwischen den Bäumen vor und ich weiß noch, dass uns der Bodennebel bis zu den Knien reichte. Wir fächerten uns auf und ich hörte mich ein weiteres Mal rufen, dass ich Gefangene wollte, so viele wie möglich. Dann hörte ich ein Stöhnen von Holmgårds-Toke, der rechts von Bjørn und mir ging. Ein Pfeil ragte aus seinem Auge, aber er ging weiter, als wäre nichts geschehen. Bjørn und ich schlüpften hinter zwei Bäume und Tore Kalvson rief, dass wir Deckung suchen sollten.

Die Siedlung, die wir angriffen, war größer als gedacht. Plötzlich waren gut hundert Männer mit Bögen zwischen den Bäumen. Holmgårds-Toke ging weiter auf sie zu und begann mit lauter, schriller Stimme zu singen, verstummte dann aber plötzlich, als er von einem weiteren Pfeil getroffen wurde. Er zog sein Sax und hieb um sich, obwohl vor ihm gar keine Skrælinge waren. Dann kippte er nach vorn und wurde vom Nebel verschluckt.

Odin war an diesem Morgen mit uns. Er wünschte uns Sieg und reiche Beute. Die Skrælinge hätten uns gejagt und sicher viele von uns mit ihren Pfeilen getötet, wäre der Nebel nicht dichter geworden. Denn er rettete uns das Leben, als er mit einem kühlen Luftzug vom Meer herantrieb, sodass die Skrælinge nicht mehr auf uns schießen konnten. Auch wir sahen nichts, gingen aber trotzdem weiter, die Waffen fest in der Hand. Bjørn flüsterte mir zu: »Bleib bei mir, kleiner Bruder.« Ich mochte es nicht, wenn er mich so nannte, und an diesem Morgen wurde ich richtiggehend wütend, was mir die Kraft für meinen ersten Schwerthieb gab.

Einer der Skrælinge brach direkt vor mir mit gespanntem Bogen aus dem Nebel, aber ich hieb ihm erst auf den Bogenarm und dann in den Nacken. Nun erklangen Geheul und Schmerzensschreie, und für mich waren das vertraute Geräusche; es waren die Skrælinge, die wir hörten, als die Männer des Jarls sie abschlachteten.

Bald darauf waren wir zwischen den Hütten, die wie bei Epes Volk aus Zweigen und Rinde errichtet worden waren. Eine Frau stürzte schreiend mit einem Kind auf dem Arm an uns vorbei. Bjørn schlüpfte zwischen ein paar Felle, die zum Trocknen aufgehängt worden waren und schlug dort jemanden nieder. Als er zurückkam, war die Klinge seines Schwertes rot von Blut. Er rief nach Freydis, und irgendwo aus dem Nebel kam eine Antwort. Dann gingen wir weiter und schlugen auf alle ein, die nicht zurückwichen. Ich tötete weitere drei Männer, bevor Bjørn wieder bei mir war, am Arm einen halb bewusstlos geschlagenen, jungen Mann. »Den nehmen wir mit«, sagte er. »Aber wir brauchen noch mehr.«

Er musste meine Pläne verstanden haben. Gleich darauf gelang es auch mir, einem Skræling den Schwertschaft auf den Hinterkopf zu schlagen. Es war ein kleiner Kerl, der wie Winabave Linien im Gesicht hatte. Beide nahmen wir mit zurück zum Strand.

Der Nebel lag noch immer dicht über dem Land, als wir die Ruder auslegten. Auch von den anderen Schiffen waren Rufe zu hören. Wieder rief Bjørn nach Freydis und sie antwortete, dass sie zurück auf dem Schiff sei. Die Steuermänner riefen die Namen der jeweiligen Schiffsbesatzungen und die meisten antworteten. Einige blieben aber stumm. Sie brüllten die Namen daraufhin in Richtung Land, und vielleicht hätte der eine oder andere Schiffsführer nach verletzten Kameraden gesucht, hätte Tore Kalvson in diesem Moment nicht gerufen: »Leinen los! Riemen auslegen. Und rudert! Rudert!«

Ich weiß nicht, wie viele Menschen wir an jenem Morgen töteten, wir selbst verloren sechs Mann. Ob diese sechs tot oder verletzt waren, als wir ablegten, habe ich nie erfahren. Halvor und Rudde-Geir hatten jeweils einen Skræling mit an Bord genommen, wie Bjørn und ich. Freydis und ihre Männer hatten niemanden gefangen, während die Männer des Jarls eine Frau und ein Mädchen mitgenommen hatten. Wir sahen diese beiden aber erst, als wir ein Stück weiter südlich aus dem Nebel kamen. Sie hatten sie an den Mast des Lastschiffs gefesselt, und ihr Anblick schmerzte mich. Bjørn sah meinen Blick und meinte, ich könnte nichts daran ändern. Aber es quälte mich. Ich hatte nie das Mädchen vergessen, das gemeinsam mit mir gefangen worden war, als Ros und seine Männer meinen Vater getötet hatten. Ich habe nie vergessen, wie das Mädchen vergewaltigt und dann zwischen Tonnen und Lederbündeln verstaut wurde, bis die Männer wieder die Geilheit packte.

Bonde kam zu mir und legte mir die Hand auf die Schulter. »Ich sehe deinen Zorn«, sagte er und dann erinnerte er mich an etwas, das er oft gesagt hatte, als er mich in der Jomsburg ausgebildet hatte. »Der Zorn … die Wut … sie packt dich härter als andere Männer. Aber die Berserkergabe ist ein Geschenk von Odin selbst, Torstein. Erinnerst du dich daran, dass ich dir das erklärt habe? Es gefällt dem Allvater nicht, wenn wir diese Gabe falsch nutzen.«

Im Laufe des Tages dachte ich nicht mehr an seine Worte, denn irgendwann ging Rudde-Geir mit unsicheren Schritten zu Winabave und gab ihm eine Ohrfeige. Die Segel waren straff gespannt und die Ruder eingeholt, was ein Problem werden konnte, denn so lange die Männer an den Rudern saßen, konnten sie nicht auf dumme Gedanken kommen. Der Isländer begann zu schimpfen und beklagte Holmgård-Tokes Tod. Das alles sei die Schuld von Torsteins Skræling, der schließlich gesagt hätte, alle Männer seien irgendwo im Inland auf der Jagd.

Rudde-Geir schlug weiter auf Winabave ein, der zweite Schlag warf den Skræling zwischen den Ruderkisten auf die Planken. Rudde-Geir setzte sich rittlings auf ihn, schlug ihm ein weiteres Mal ins Gesicht und legte dann die Hände um Winabaves Hals. Doch er kam nicht dazu, ihn zu würgen, denn ich packte den Isländer an den Haaren, warf ihn auf den Rücken und verpasste ihm ein paar kräftige Schläge.

Bjørn, Halvor und Bonde kamen herbei und zogen mich von ihm weg. Bonde hielt mich anschließend mit seinen langen, kräftigen Armen fest. Währenddessen saßen die beiden Skrælinge, die wir gefangen hatten, mit gefesselten Händen da und starrten uns verängstigt an.

Wir segelten weiter. Bjørn stand am Steuer, und Bonde saß bei den Isländern und ließ mich nicht aus den Augen. Es war gut, dass er mich beobachtete, denn in mir tobte ein Kampf. Es war, als hätte mich eine Art Wahn gepackt, den die anderen gerne besänftigt hätten. Bjørn kannte das, er wusste, dass ich schon als Kind, wenn die Söhne des Großbauern uns aufgezogen hatten, wie von Sinnen auf diese losgegangen war.

Es wurde eine unruhige Nacht. Ich trat immer wieder in den Bug oder ging nach achtern ans Steuerruder, um Bjørn abzulösen. Bei Tagesanbruch übernahm Welpe. Ich zeigte auf das Lastschiff des Jarls, das ein ganzes Stück östlich von uns lag. Welpe korrigierte den Kurs und bald waren wir so nah, dass wir hinüberrufen konnten.

»Bringt die Gefangenen zu uns!«, rief ich.

Tore Kalvson stand an Deck des deutlich höheren Schiffes und schielte zu uns nach unten. Er war vom Langschiff auf das Lastschiff gewechselt, vermutlich, um die Gefangenen zu beaufsichtigen. Der Trønder antwortete erst nicht, dann schüttelte er den Kopf.

»Bring sie her!«, wiederholte ich. »Sonst …«

Da kam Bjørn mir zu Hilfe. »Wir tauschen Felle gegen die Gefangenen!«

Mein Bruder war klüger als ich. Und auch wenn er auf dem Schlachtfeld ein harter Mann war, war er kein Berserker. Er konnte klar denken, wenn ich dazu nicht mehr in der Lage war, und hatte verstanden, dass Tore Kalvson seine Gefangenen nicht einfach so abgeben konnte, ohne dass sein Ruf und sein Ansehen Schaden nahmen. Etwas ganz anderes war es, Gefangene gegen Pelze zu tauschen. Und obwohl die Mannschaft nicht genug Pelze geraubt hatte, um damit den Wert von zwei Sklavenmädchen auf einem Markt im Osten aufzuwiegen, willigte er ein. Denn Tore Kalvson fürchtete mich. Der Jarl hatte ihm und den anderen, die er mit uns geschickt hatte, erzählt, wie ich mich in der Schlacht bei Svold nach vorn gekämpft und Olav Tryggvason mein Beil durch die Schulter bis in die Brust getrieben hatte. Der Jarl hatte seinen Männern geraten, Abstand zu mir zu halten, sollte es zum Kampf kommen. Er selbst sei ein gefürchteter Ulfhedin, doch ein Berserker könnte leicht die Kontrolle verlieren und dann auf Freund wie Feind einschlagen.

Die Arme der beiden Skrælinge waren auf dem Rücken gefesselt worden. Durch diese Fesseln wurde nun ein langes Seil gezogen. Dann winkte Tore uns näher und Welpe steuerte so nah an das Lastschiff heran, dass sie das Ende des Seils zu uns herüberwerfen konnten. Dann wurden die beiden Frauen über die Reling gehoben. Welpe achtete darauf, Abstand zu dem Lastschiff zu halten, damit die beiden nicht zwischen den Schiffsrümpfen eingeklemmt wurden, während wir sie Armlänge um Armlänge an Bord hievten.

Sigrid sagte einmal, dass ich die zwei Skrælingfrauen gerettet hätte wie ich einst sie gerettet hatte. Sie war immer so gut zu mir.

Ihre Worte waren sanftmütig und sie hat mich nie für meine Untaten verdammt. »Wir brauchen mehr Gefangene«, sagte ich zu Bjørn später am Tag und mein Bruder nickte. »Ich will die Schiffe voll haben«, fügte ich hinzu, und Bjørn blinzelte zu den anderen Schiffen hinüber, die alle weiter auf dem Meer waren als wir.

Was ich mit den Gefangenen wollte, sagte ich nicht. Aber Bjørn verstand. Da wir in der Nacht gewacht hatten, setzten wir uns mit dem Rücken an die Reling, allerdings war der Seegang so stark geworden, dass wir uns zwischen zwei Ruderkisten festkeilen mussten. Trotzdem schlief ich gleich ein. Als ich wach wurde, hörte ich das Schleifen von Stein auf Stahl. Bonde saß neben mir und schliff seine Dänenaxt. Bjørn schlief noch unter seinem Fell.

Ich blieb sitzen und sah Bonde zu. Er führte den Stein mit gleichmäßigen Bewegungen an der Schneide entlang, spuckte hin und wieder auf den Stahl und schliff weiter.

Ich erzählte Bonde von dem Angriff auf die Rentierinsel, wie ich im Bootsschuppen gegen die Skrælinge gekämpft hatte, und von Kåra Skåne, dem beide Hände abgehackt wurden. Und ich berichtete ihm, wie ich mit der Waffe, die er mich damals in der Jomsburg hatte schmieden lassen, auf sie losgegangen und dann irgendwann später in dem brennenden Langhaus wieder zu mir gekommen war. Ulfar Bonde sagte dazu nichts. Irgendwann hielt er mit dem Schleifen inne und ein tiefes Brummen drang aus seiner Brust, bevor er die Arbeit mit dem Schleifstein fortsetzte.

Wir folgten der Küste nach Süden. Der Wind kam wieder von hinten, die Wellen waren aber nicht mehr so hoch und sogar die Strömung unterstützte jetzt unsere Fahrt. Die Gefangenen taten mir leid, aber das sagte ich niemandem. Mit meinem Bruder sprach ich darüber, bei der nächsten Siedlung wieder an Land zu gehen und weitere Gefangene zu nehmen. So viele wie möglich.

Winabave sprach mit den beiden Frauen, die auf unser Boot

gebracht worden waren. Sie weinten und fürchteten, wir würden sie vergewaltigen und mit unseren Waffen aufschlitzen, um dann ihre Eingeweide zu essen. Sie hatten gehört, dass wir so etwas tun würden, sagte Winabave. In ihren Augen waren wir die »Wölfe vom Meer«, die Menschen wie Tiere jagten. Ich bat Winabave, ihnen zu sagen, dass sie nichts zu befürchten hätten und wir ihnen nichts tun würden. Wir essen keine Menschen, sagte ich. All das war eine Lüge.

Bald ruderten wir wieder an Land. Wir befanden uns an der Mündung eines Flusses, wo ein lichter Birkenwald bis dicht an die Küste wuchs. Bjørn und ich gingen Schulter an Schulter in das Dorf der Skrælinge. Dieses Mal wurden wir nicht von Bogenschützen empfangen, das Dorf war beinahe verwaist. Die Frauen waren fortgelaufen, als sie die Schiffe gesehen hatten. Nur ein paar Alte waren geblieben und die taugten nicht als Gefangene, meinte Tore Kalvson. Er warf einen Blick auf die Spuren auf dem weichen Lehmboden und schickte einige der jüngsten Männer aus, um den Frauen zu folgen.

Die Männer plünderten das Dorf gründlich. Ich bat Tore, Essen und Felle im Dorf zu lassen, denn ich wusste, wie hart der Winter hier sein konnte, doch das kümmerte ihn nicht. Die Männer des Jarls sammelten alle Vorratskörbe ein, die sie finden konnten, und stellten sie auf einen Platz in der Mitte des Dorfes. Vermutlich dachten sie, dass Korn in den Körben war. Aber die Skrælinge hatten Nüsse gesammelt und Beeren getrocknet. Auch die besten Felle fanden ihren Weg in die Mitte des Platzes. Darunter waren Seehund- und Hirschfelle, die so weich waren, dass sie selbst Jarl Eriks Dirnen gefallen würden, meinte Tore.

Wir warteten den ganzen Tag und die folgende Nacht auf den Schiffen. Gegen Morgen kamen die Männer, die Tore ausgesandt hatte, zurück. Sie hatten fünf Frauen und einen Jungen bei sich. Ich ging an Land, gefolgt von Bjørn, Halvor, Bonde, Welpe und Winabave, und verlangte, dass die Gefangenen auf mein Schiff gebracht werden sollten. Merkwürdigerweise nickte Tore nur und sagte, dass ich sie dann aber auch durchfüttern müsste. Eine der Frauen war so klein, dass sie uns Männern kaum bis zur Brust reichte. Sie zitterte und ließ ihr Wasser über die Beine laufen, als wir sie an den Mast banden. Rudde-Geir lachte, was mich so wütend machte, dass ich ausholte und ihn mitten an der Stirn traf. Er taumelte zwei Schritte zurück, stolperte über eine Ruderkiste und fiel auf den Rücken. Bjørn packte meinen Arm und zischte, ich solle mich zusammenreißen. »Befiehl die Männer an die Ruder«, sagte er. »Wir müssen weiter.«

Am Tag nach der Plünderung des zweiten Dorfes schlug das Wetter um. Die Sonne kam heraus und der Wind flaute ab. Trotzdem blieb es kalt. Auf Bjørns Stirn stand die wohlbekannte Sorgenfalte, sie schnitt sich wie eine Kerbe in seine Haut. Ein paar Pfeilschüsse landeinwärts glänzte das Laub der Ahorne bereits rotgolden. »Wir schaffen es«, hörte ich mich selbst murmeln. »Wir müssen es schaffen.«

An diesem Abend gingen wir nicht an Land, sondern ruderten weiter. Ich fand keinen Schlaf und Bjørn wachte mit mir. Wir standen im Dunkel und hörten den Jungen weinen. Am liebsten wäre ich zu ihm gegangen und hätte ihm versprochen, dass alles gut wird, aber stattdessen hörte ich mich fauchen, dass er den Mund halten sollte.

Im Laufe der Nacht kroch die Kälte vom Land auf unsere Schiffe, und als der Morgen kam, war die Reling vereist.

Es heißt, wir hätten vier Dörfer nördlich von Patuxet geplündert. In gewisser Weise stimmt das, doch als wir wieder an Land gingen, fanden wir nur ein verwaistes Dorf. Die Skrælinge hatten die Hütten einfach stehen lassen, ihre Feuerstellen waren sogar noch warm. Sie hatten Bündel mit Bogenholz, Pelze, Körbe mit schwarzen Steinen und Schmuckstücke aus Muscheln und Perlen vor dem Langhaus aufgereiht. Ich weiß, dass man sich erzählt, Tore hätte erneut Leute ausschicken wollen, um Gefangene zu machen, dass ich ihm das an diesem Tag aber verwehrt hätte. Wenn meine Kinder mich über meine Raubzüge im Westen ausgefragt haben, habe ich es ihnen in schwachen Stunden manchmal so erzählt. In Wirklichkeit war ich es, der Tore bat, Männer auszusenden, was er aber ablehnte. Er meinte, es sei besser, die Beute mitzunehmen und mit dem Fang der Sklaven noch zu warten. Wir wüssten ja noch nicht, was für eine Beute wir in der großen Skrælingstadt, von der ich gesprochen hatte, machen konnten, sodass wir besser Proviant mitnähmen, der sich hielt. Am besten warteten wir mit weiteren Sklaven, bis wir wüssten, wie viel Essen wir für die Heimreise hätten. Ich rief Tore und Freydis zur Beratung auf unser Schiff und sagte ihnen, dass sie keinen Anteil an der Beute bekämen, wenn sie keine Gefangenen machten. Tore warf sich in die Brust und schnaubte, die Fäuste in die Seiten gestemmt und mit zitterndem Bart. »Ich wusste nicht, dass du so gierig auf Sklaven bist«, brummte er. »Aber wenn sie dir so wichtig sind, können wir sicher welche fangen.«

Ich sagte ihnen nichts von meinen Plänen, glaube aber, dass Freydis sie längst durchschaut hatte. Sie hielt meinem Blick stand, nickte stumm, ging dann zu meinem Bruder und schob sich unter seinen Arm.

Schon am kommenden Morgen ruderten wir auf das nächste Dorf zu. Am Strand waren keine Skrælinge zu sehen und auch das Dorf wirkte wie ausgestorben. Wir schlichen uns mit gespannten Bögen durch die Bäume an, an denen noch einige welke

Bohnenstängel rankten. Die Blätter unter unseren Füßen knisterten, weil es in der Nacht gefroren hatte. Wieder kamen wir mit dem Nebel, aber dieser war so kalt, dass er sich an Haut und Haare klebte und zu Eis gefror. Ich weiß noch, dass Bjørn und ich wie beim letzten Angriff Seite an Seite gingen, dieses Mal war aber auch Freydis bei uns. Sie hatte zwei Pfeile in der Bogenhand und einen dritten auf der Sehne. Als die ersten Pfeile der Skrælinge auf uns zuflogen, schoss sie ihre drei Pfeile schneller ab als wir unseren ersten. Wir kämpften gut an diesem Morgen. Das Dorf, in das wir gekommen waren, war deutlich größer als die anderen, sodass die Skrælinge es nicht einfach aufgeben wollten. Auf der anderen Seite des Küstenwäldchens standen Langhäuser, in denen sich gut hundert Krieger verschanzt hatten. Fünf von Tores Männern fielen rasch ihren Pfeilen zum Opfer, ein sechster wand sich mit einem Pfeil im Bauch am Boden. Tore schickte die Hälfte seiner Leute in einem Bogen um das Dorf herum, um den Bogenschützen der Skrælinge in den Rücken zu fallen. Als sie ihre Position erreicht hatten, griffen wir anderen mit Schwertern und Äxten an.

Bjørn, Freydis und ich konnten bereits am ersten Langhaus zwölf Krieger erschlagen, und auch wenn ich oft gesagt habe, dass das Ganze wie ein Rausch war, da mich jetzt meine Berserkerwut gepackt hatte, erinnere ich mich an jedes Leben, das ich an jenem Tag genommen habe.

In den Augen der Mönche war ich für meine Taten dort im Westen ein Unmensch. Aber jedem, der mir das in meiner Halle vorgeworfen hat, habe ich geantwortet. Ich bin von meinem Häuptlingsthron aufgestanden und habe jeden Mönch gefragt, ob er Kinder hat. Natürlich weiß ich, dass sie alle kinderlos sind. »Dann halt auch deinen Mund«, fuhr ich fort, »denn wenn du ein Mann und ein Vater wärst, würdest du wissen, dass es nichts gibt, das du nicht tun würdest, um deinen Sohn zurückzubekommen.«

So war es. Als mein Bruder, Freydis und ich mit den Schwertern des Jarls auf die Skrælinge losgingen, kannten wir keine Gnade. »Nehmt Gefangene! Nehmt Gefangene!« Ich hörte meine eigene Stimme, sie schnitt sich rau und heiser durch den Morgennebel. Freydis rückte vor mir und Bjørn vor. Sie war mit einem Handbeil und einem langen Sax bewaffnet und hieb ihr Beil in den Arm eines bemalten Skrælings, der einen Speer auf uns werfen wollte. Danach stieß sie ihm das Sax in den Hals. Bjørn rief, dass sie hinter uns bleiben sollte, aber Freydis hörte nicht auf ihn, weshalb Bjørn und ich ihr folgten. Gleich darauf waren wir auf dem Platz zwischen den Langhäusern. Unser Blick fiel auf Welpe, der auf Knien und Ellenbogen auf dem Boden kauerte, während ein Skræling vor ihm stand und seine Keule anhob. In diesem Moment kam Bonde angestürzt, packte seine Dänenaxt und schwang sie in einem weiten Bogen. Die Klinge traf den Nacken des Skrælings und trennte den Kopf glatt ab. Der Körper kippte über Welpes Rücken. Bonde riss den Toten zur Seite und zog Welpe an den Armen weg. Der Jarlssohn hatte eine klaffende Wunde unter dem Haaransatz.

Der Kampf tobte jetzt auf dem großen Platz, den die Langhäuser in einem Kreis umstanden. Wir schlugen ein paar Skrælinge zu Boden, die Rücken an Rücken ihre Frauen und Kinder zu verteidigen suchten. Ich selbst trat vor und tötete einen der Patux mit dem Jarlsschwert. Dann wurden die Frauen und Kinder auf den Boden gedrückt und gefesselt. Ich selbst war einer derjenigen, der ihnen die Fesseln anlegte. Ich weiß noch ganz genau, wie dabei meine Augen brannten und dass Bjørn mich fragte, ob ich verletzt sei, weil ich weinte. Freydis rettete mich und zog ihn von mir weg.

Keiner der Skrælingmänner hatte überlebt, jedenfalls konnten wir keinen finden. Aber wir hatten acht Frauen und zwei Kinder gefangen. Sie klagten und weinten und Tore knurrte, wir hätten meinen Skrælingsklaven dabeihaben sollen, er hätte ihn sagen können, dass sie den Mund halten sollten. Winabave war auf der »Naglfar« geblieben.

Während Bjørn, Bonde und ich die Gefangenen bewachten, plünderte der Rest der Mannschaft das Dorf. Krüge und Körbe wurden aus den Häusern und Hütten getragen. Getrocknete Wurzeln und Kräuter, Nüsse und mehrfarbiges Korn, wie ich es schon auf den Feldern vor Patuxet gesehen hatte. Eine wertvolle Beute, meinte Tore, denn wir würden keine Zeit zum Jagen haben, wollten wir vor dem Winter noch zurück nach Hause kommen.

Halvor verband Welpes Kopf mit einem seiner Beinwickel. Bonde ruckelte fluchend am Kopf seiner Dänenaxt, der sich langsam zu lösen begann, sodass er einen neuen Keil einschlagen musste. Wir nahmen mit, was wir tragen konnten und führten die gefangenen Frauen und Kinder in Richtung Küste. Zwischen den Bäumen versuchte eine der jungen Frauen, wegzulaufen, aber Tore rief einen jungen Mann zur Hilfe, der ihr nachsetzte und sie gleich wieder gefangen hatte. Er schlug ihr ins Gesicht und schleppte sie zurück zu den anderen.

Wir hatten etwa die Hälfte der Strecke zum Strand zurückgelegt, als Winabave angerannt kam. »Die Schiffe. Sie zünden die Schiffe an!«

Wir ließen die Gefangenen los und stürmten in Richtung Küste. Unsere Schiffe waren umringt von Lederbooten und auf den Decks wimmelte es von Skrælingen. Sie waren bereits auf den Langschiffen und der »Naglfar« und von einigen stieg dicker Rauch auf. Noch während wir am Ufer standen, begann der Mast eines der Jarlsschiffe zu kippen und klatschte mit Rah und Segel ins Wasser. Die Skrælinge hoben ihre Äxte über die Köpfe und bellten und heulten wie Hunde.

Tore Kalvson brüllte keine Befehle mehr, er schrie einfach

nur, richtete sein Schwert auf die Schiffe und stürzte mit seinen Männern los.

Auch wir rannten zu den Schiffen. Wir hatten sie wie üblich mit dem Bug ans Ufer gerudert, nur das Lastschiff und die Schiffe von Freydis lagen einen Steinwurf von der Küste entfernt vor Anker. Die Skrælinge schossen Pfeile auf uns, und wären wir bei klarem Verstand gewesen, hätten wir zwischen den Bäumen Schutz gesucht. Andererseits waren sie dabei, Löcher in die Schiffe zu brennen, und die Vorstellung, ohne Schiffe im Land der Skrælinge festzusitzen, ängstigte uns noch mehr als die Pfeile. Tore Kalvson verlor sechs Männer, bevor sie die Schiffe erreichten. Rudde-Geir wurde in den Arm getroffen, ließ sich davon aber nicht aufhalten. Ich rief, dass wir zu den Bögen greifen sollten, um unseren Kameraden Deckung zu geben, bis die ersten an Bord waren. Ich selbst war einer von denen, die mit dem Bogen in der Hand an Land blieben, da ich bekanntlich kein guter Läufer war. Bjørn war als erster an Bord der »Naglfar« und ich rettete ihn mit einem gezielten Schuss vor einem Patux, der mit einem Speer bereitstand, um ihn zu erstechen.

Als ich an Bord kam, waren die meisten Patux bereits besiegt. Drei Krieger lagen tot am Boden, ein vierter saß mit dem Rücken an der Reling und presste sich die Hände auf den Bauch. Durch die tiefe Schnittwunde sah man die Därme. Ich packte den Skræling an Arm und Hals, hob ihn auf die Reling und stieß ihn über Bord. Ich ertrug seinen Anblick nicht. Dann ging ich nach achtern, wohin sich die verbliebenen Patux zurückgezogen hatten, aber Bjørn, Halvor und Welpe schlugen sie nieder, bevor ich da war.

30
Die Schlachtbank

Wir ließen die beiden zerstörten Schiffe zurück. Die Skrælinge hatten auf Tores Schiff alle Seile und Schoten zerhackt und den Mast gefällt und auch auf einem von Freydis' Schiffen war es ihnen gelungen, eine tiefe Kerbe in den Mast zu hauen. Nachdem wir die Nacht hindurch gesegelt waren, warfen wir am frühen Morgen Anker. Bjørn, Freydis und Winabave standen bei mir auf dem Achterdeck. Bjørn zählte die Gefangenen, die wir an den Mast gefesselt hatten. Die Frauen und Kinder, die wir aus der Siedlung mitgenommen hatten, waren geflohen, als wir zu den Schiffen gestürmt waren. Es war uns aber gelungen, einige der Patux-Krieger festzuhalten, und sieben davon hatten wir nun an Bord. Ursprünglich waren es zehn gewesen, aber drei waren in der letzten Nacht verblutet. Auf den anderen Langschiffen hatten sie insgesamt sechzehn Gefangene gemacht, alles Männer. Für uns war das ein Glück. Denn das, was ich vorhatte, konnte ich nicht mit Frauen tun. Es wäre feige gewesen, wobei ich letzten Endes auch davor nicht zurückgeschreckt wäre.

Als wir weiter nach Süden ruderten, herrschte drückende Stille an Bord. Die Männer saßen auf ihren Kisten und bewegten sich im Takt mit den Ruderschlägen. Ich erinnere mich an das Klopfen, als Bonde einen Eisensplint in die Spitze seines Axtschaftes hämmerte, an das Seufzen der Wellen am Schiffsbug und das Platschen der Ruder im Wasser. Sogar die goldenen Ahornwälder, an denen wir vorbeiglitten, und die nun bei Ebbe aus dem Wasser herausragenden Untiefen mit dem glänzenden Tang und den Muscheln waren vollkommen still.

Es war nicht mehr weit bis Patuxet. Wir ruderten einen Tag und fuhren dann für die Nacht etwas weiter aufs Meer hinaus, denn Winabave meinte, dass wir Gefahr liefen, entdeckt zu werden, wenn wir zu nah an der Küste blieben. In dieser Nacht war nicht ein Stern zu sehen, sodass Himmel und Meer in einem schwarzen Dunkel ineinander übergingen und man das Gefühl hatte, man schwebte durch Ginnungagap. Als der Morgen graute, ruderten wir nach Süden, die Küste immer steuerbord von uns, bis Winabave meinte, nun seien wir bald da.

Am liebsten wäre ich mit den Schiffen schon am Abend zur Stadt gerudert. Es ist aber unklug, sich einem Feind zu dieser Zeit des Tages zu nähern. Des Morgens zieh in den Kampf und des Abends hebe den Krug, hieß es. Und auch wenn ich hoffte, dass es nicht zum Kampf kam, ließ ich die Schiffe noch eine weitere Nacht über das Meer treiben. Wir waren jetzt so weit südlich, dass uns die gewaltige Landzunge, auf der Patuxet lag, vor den Wellen schützte. Wieder war es windstill, wieder war der Himmel tiefschwarz und wieder glaubte ich im Ginnungagap zu sein. Ich fand keine Ruhe, konnte nicht schlafen. Wie in der Nacht zuvor ließ ich die Fackel im Bug brennen, damit ich die Gefangenen im Auge behalten konnte. Ohne sie wären wir verloren gewesen.

Dann ging die Sonne auf und alle wussten, was vor uns lag. Wir ruderten zum Land und erblickten alsbald die offene Fläche an der Küste. Wir sahen die Langhäuser und die Gestelle, an denen Fische zum Trocknen aufgehängt waren. Den Anker warfen wir an derselben Stelle wie beim letzten Mal. Menschen sahen wir nicht und die Gestelle waren leer. Ich fuhr mit der Zunge über die Narbe in meinem Mund. »Sie wissen also, dass wir kommen«, sagte Bjørn. »Aber das war ja auch der Plan. Sie fürchten uns jetzt. Sie wissen, wozu wir in der Lage sind.«

Es war noch so früh am Morgen, dass die Häuser lange Schatten auf die Wiese warfen. Dahinter lag der Ahornwald. Ein leichter Wind zog über das Meer und ließ das Laub rascheln.

Ulfar Bonde trat zu uns auf das Achterdeck, setzte sich seitlich auf die Reling und legte die Hand auf den Kopf seiner Dänenaxt.

»Mir gefällt das nicht«, meinte Halvor. »Es ist zu still. Bestimmt stehen die hinter den Bäumen bereit, um ihre Pfeile auf uns abzuschießen.«

»Das Horn«, sagte ich und nickte in Richtung von Bondes Gürtel. »Blas hinein.« Ich trat nach vorn in den Bug und rief zu Tores Schiff hinüber, dass auch sie in ihre Hörner blasen sollten, wir müssten die Patux aus ihrer Festung locken.

»Sie sind nicht dumm«, sagte Bjørn, als ich zurück auf das Achterdeck kam. »Sie wollen uns an Land haben, in offenem Gelände.«

Bjørn hatte sicher Recht. Trotzdem bliesen wir in die Hörner, und wenn es nur geschah, um den Patux hinter ihren Palisaden Angst zu machen. Tore rief zu uns hinüber, ob es die reiche Stadt, von der ich gesprochen hatte, überhaupt gäbe, schließlich sähe er nichts anderes als ein weiteres Skrælingdorf.

Ich antwortete ihm nicht. Halvor hatte Recht, es war viel zu still. Wir mussten warten und darauf hoffen, dass die Skrælinge unsere Gefangenen sahen und wir sie damit aus der Deckung locken konnten.

Die Sonne stieg höher und aus dem Morgen wurde Tag. Noch immer war von den Patux nichts zu sehen. Dann hörte ich meine Stimme, so grob und harsch, dass ich sie kaum wiedererkannte.

»Der da«, ich zeigte auf einen der Gefangenen. Er saß wie die anderen mit gesenktem Kopf da und hatte dieselben Linien und Kreise auf dem Körper wie Winabave. »Zieht ihn hoch.«

Bonde, Halvor und Bjørn packten ihn und schlugen ihm ein Seil um die Brust. Dann zogen sie ihn hoch, sodass er über dem Deck hängen blieb. Ich weiß nicht mehr, ob ich die Männer gebeten habe, ihn zu foltern, oder ob ihnen klar war, dass wir keine andere Wahl hatten. Der Skræling musste schreien. Halvor nahm das Messer von seinem Gürtel und legte es zuerst an den Bauch des Skrælings. Vielleicht hoffte er, dass das schon reichen würde, aber der Mann gab keinen Laut von sich. Da seufzte Halvor tief und begann zu schneiden. Erst führte er das Messer quer über den Bauch und dann über den Rücken, als wollte er den Mann wie einen Seehund häuten. Der Patux schrie so laut, dass die Möwen von den Ufersteinen aufflogen.

Halvor schnitt nicht tief, hörte aber nicht auf, sondern zog langsam einen zweiten, blutigen Kreis in die Haut des Mannes, die Qualen sollten lange dauern. Wir anderen beobachteten den Waldrand, aber noch immer war niemand zu sehen.

Irgendwann ließen wir den Skræling wieder hinunter. Der Wind drehte und kam nun vom Meer, sodass die Schiffe sich drehten und mit dem Achterende nach Osten zeigten.

»Ich glaube, da ist keiner«, sagte Bjørn. »Die Burg, von der du gesprochen hast … ich glaube, sie haben sich darin verschanzt. Wir müssen die Gefangenen mit an Land nehmen und sie … ihnen zeigen.«

Ich nickte. Er hatte Recht. Wir mussten den Patux zeigen, was geschehen würde, wenn sie Ravntor nicht herausgaben.

Und als wollte der Allvater selbst uns zum Kampf rufen, erklang plötzlich so etwas wie ein Hornstoß. Doch während Ulfar Bondes Bockshorn von unserem Kampfeswillen gesprochen hatte, klang dieser Ton eher klagend. Ich hatte ihn schon einmal gehört. Sie bliesen in ihre Konchylien. Und das Geräusch kam nicht vom Waldrand, sondern von einem Ort weiter im Inland.

»Wir sollten nicht zögern«, sagte Freydis. »Wenn es dunkel wird, dürfen wir nicht mehr hier sein.«

Sie hatte Recht. Im Schutz der Dunkelheit konnten die Skrælinge zu uns aufs Meer paddeln und die Schiffe entern. Und wurde der Wind nicht immer stärker? Tore Kalvson rief zu uns herüber, dass es ihm nicht gefiele, bei auflandigem Wind einen Raubzug an der Küste zu machen. Sollte der Wind zunehmen, könnte es schwierig werden, nach dem Raubzug schnell genug wegzukommen. Er meinte, wir sollten nach Norden rudern und irgendwo an der Küste warten, bis der Wind drehte.

Es war gut, dass Tore Kalvson ein derart gieriger, vom Rauben besessener Mann war, dachte ich hinterher immer wieder. Wäre er vernünftig gewesen, hätte er seinen Leuten befehlen müssen, den Anker zu lichten und den Bug nach Norden zu drehen. Ich aber antwortete ihm: »Du bist doch wohl kein Feigling, Tore? Wir greifen an, jetzt!«

Nicht ein Mann auf den Jarlsschiffen widersprach mir. Ebenso auf der »Naglfar«. Vielleicht war ich noch zu jung, um zu verstehen, dass ich für die Männer an Bord nicht nur ein Häuptling, sondern ein Mann war, dem man kaum widersprechen konnte. Ich war Torstein Tormodson, Jomswikinger und Berserker, der Mann, der Olav Tryggvason getötet hatte. Nicht einmal mein Bruder wagte es, mich an dem zu hindern, was ich nun in Gang setzte.

Wir lichteten die Anker und ruderten die Schiffe mit dem Achterende voran zum Strand. Drei Schiffslängen vom Ufer entfernt, warfen wir erneut Anker. Dann machten wir die Schiffe mit einer straffen Leine vom Achtersteven an einem Uferfelsen fest und wateten an Land. Wir schnitten Löcher in die Lederboote, die dort lagen, ließen die Gefangenen vom Achterdeck herab und brachten sie an den Strand. Fünf Männer blieben auf jedem Schiff. Sie sollten die Seile kappen, den Anker lichten und in tieferes Wasser fahren, falls die Skrælinge wieder die Schiffe angriffen.

Die Gefangenen wurden von einigen von Tores Männern bewacht, während wir uns für die Schlacht anzogen. Bjørn und ich halfen uns gegenseitig, die Lederbrünnen anzulegen und den Schwertgürtel umzuschnallen. Außerdem nahmen wir Bogen, Schild, Axt und einen vollen Pfeilköcher mit. Tore und seine Männer schienen zu ahnen, dass es dieses Mal kein leichter Kampf am Strand werden würde. Wir hatten die Schiffe für eine schnelle Flucht vorbereitet und die Gefangenen an Land gebracht, überdies war Bjørn und mir und allen anderen, die uns nahestanden, wohl auch anzusehen, wie ernst die Lage war. Unsere Blicke seien finster und unsere Bewegungen hart gewesen, sagte Winabave mir später.

Tore Kalvson kam herüber und fragte, wie wir vorgehen sollten, wenn die Skrælinge auf unsere Forderungen eingingen. Er hatte nicht vor, die Gefangenen freizugeben, sie waren als Sklaven für den Jarl bestimmt. »Du musst sie dazu bringen, als erstes deinen Sohn freizugeben«, fügte er hinzu. »Sobald du den Jungen hast, lasse ich die Gefangenen von ein paar Männern zurück auf die Schiffe bringen. Dann greifen wir an.«

Ich nickte. Und hörte mich selbst sagen, dass ich den Skrælingen nichts schuldete. Weder Wahrheit noch Ehrlichkeit. »Wenn ich Ravntor habe, bringe ich ihn zurück auf die ›Naglfar‹. Du und deine Männer könnt dann plündern und mit euren Gefangenen machen, was ihr wollt.« Was ich ihm nicht sagte, war, dass ich an diesem Raubzug nicht teilnehmen würde. Ich wollte mit der »Naglfar« ablegen und im sicheren Abstand von der Küste warten, bis die Männer des Jarls zurückkamen. Freydis war an Bord des Schiffes geblieben, sie wollte alles für die Flucht vorbereiten.

Der Wind begleitete uns, als wir langsam in das Wäldchen vorrückten. Wir beobachteten die Bäume und hatten die Bögen gespannt, aber dort waren keine Skrælinge, sodass wir weitergingen, während das Herbstlaub um uns wirbelte. Bald darauf erreichten wir die Felder, auf denen noch die Ähren standen. Wir folgten dem breiten Weg über den Höhenzug, über den ich damals nackt und gedemütigt als Gefangener geführt worden war. Von hier aus hätten wir die Stadt mit ihrer Festung sehen können, hätte das Getreide nicht so hoch gestanden.

Als wir schließlich das Ende des Feldes erreichten und auf den offenen Platz vor der Palisade kamen, drehte Tore sich zu mir um. »Wir müssen uns da durchschlagen«, sagte er. »Liegt die Festung auf der anderen Seite?«

Ich antwortete ihm, dass das, was er vor sich sah, die Festung war. Was ihm als einfache Sperre erschien, sei ein Teil der rings um die riesige Stadt führenden Wehranlage. Tore legte sich die Hand in den Nacken und zog das Gesicht in Falten. Er hatte sich das offensichtlich anders vorgestellt. »Das ist dann aber eine große Anlage«, murmelte er. »Wir sind gute Krieger. Aber das hier … Wie viele Männer befinden sich da drinnen?«

Ich blieb ihm die Antwort schuldig und wandte mich stattdessen an die Männer hinter mir. »Bringt die Gefangenen her«, sagte ich.

Etwa einen Pfeilschuss von der Palisade entfernt zwangen wir die Skrælinge auf die Knie. In den Spalten zwischen den Palisadenstämmen sahen wir Augen. Vereinzelte Stimmen waren zu hören. Mit einem Mal tauchte ein Kopf über der Palisade auf. Ich erkannte ihn, es war der Sachet. Er trug denselben Kopfschmuck wie beim letzten Mal. Die goldene Platte glänzte in der Sonne. Der Sachet rief uns etwas zu, und ein Mann trat neben ihn und blies in eine Konchylie. Dann drohte er uns mit erhobener Faust und bellte ein paar Worte. In diesem Moment wollte Tore Kalvson wissen, ob das da an seiner Kappe Gold sei. Ich nickte. »Dann sag deinem Skrælingsklaven, er soll deine Forderungen vorbringen«, sagte er. »Und sag ihnen, dass sie uns auch ihr Gold geben sollen, wenn sie nicht wollen, dass wir die Gefangenen umbringen.«

Bjørn und Winabave kamen zu mir. Der Skræling zitterte und wagte es kaum, den Blick zu heben. Ich bat ihn, dem Sachet zu sagen, dass sie Ravntor sofort freilassen müssten, andernfalls würden wir jeden unserer Gefangenen hinrichten. Winabave holte tief Luft und schloss die Augen, als wagte er es nicht, den Sachet anzusehen, als er übersetzte. Seine Stimme war aber laut und klar und die Worte schallten hinüber zum Sachet und den anderen Patux-Kriegern, die jetzt hinter der Palisade zum Vorschein gekommen waren.

Der Sachet wandte sich an einen der Krieger und ich sah, dass sie ein paar Worte wechselten. Dann drohte er uns mit der Faust und begann zu rufen und schreien.

»Er sagt, dass wir gehen sollen«, sagte Winabave. »Er sagt … dein Sohn … er gehörte jetzt ihnen. Er sagt, alle Meermänner sollen dahin zurücksegeln, woher sie gekommen sind.«

Die Männer, die mich an jenem Tag gesehen haben, erzählen sich, dass schon in diesem Moment die Berserkerwut über mich gekommen war, aber das stimmt nicht. Was mich tun ließ, was ich tat, war blanke Angst. Ich packte einen der Gefangenen, zog ihn vor die anderen und erhob mein Schwert. »Gib mir meinen Sohn zurück!«

Der Sachet verschränkte die Arme vor der Brust und rief zu uns hinüber.

»Er sagt, dass wir gehen sollen«, wiederholte Winabave. »Er sagt, dass sie deinen Sohn töten, wenn wir nicht gehen.«

Ich hieb dem Gefangenen das Schwert in den Nacken. Die Klinge drang tief ein, sodass der Mann tot war, ehe er den Boden erreichte. Dann trat ich einen Schritt zurück und hob das Schwert erneut an. »Gebt ihn mir zurück! Sonst bringen wir euch alle um und brennen jedes Haus nieder!«

Der Sachet wechselte ein paar Worte mit einem alten Mann, dessen dünne graue Haare im Wind flatterten. Auch die alte Frau, die ich beim letzten Mal gesehen hatte, kam zum Vorschein. Sie sei der Häuptling, hatte Winabave gesagt.

Bjørn und Bonde zogen einen weiteren Gefangenen hoch. »Winabave«, sagte Bjørn. »Sag es ihnen noch einmal. Sag ihnen, dass wir sie alle töten und ihre Stadt vollständig niederbrennen, wenn sie nicht tun, was wir sagen.« Winabave nickte und wiederholte die Worte. Aber weder der Sachet noch die alte Frau machten Anstalten zu antworten.

»Ich werde es ihnen zeigen«, brummte Bonde und warf einen Gefangenen vor uns auf den Boden. Er war noch ein Kind, ein Junge. Dann stellte er den Fuß auf den Bauch des Jungen und hackte ihm mit der Dänenaxt beide Hände ab. Der Skræling hielt die Armstümpfe hoch und schrie und schrie, aber Bonde griff wieder zur Axt und trennte ihm erst den einen, dann den anderen Fuß ab. Danach schlug er ihm die Axt in den Schädel und suchte sich ein neues Opfer. Er schleppte einen heulenden, zu Tode verängstigten Mann heran und hob erneut die Axt an. »Wiederhole unsere Forderung!«

Winabave tat, was Bonde wollte. Mit lauter, klarer Stimme rief er alles noch einmal zu den Palisaden hinüber. Dieses Mal antwortete der Sachet. Es war aber nicht die gewünschte Antwort, das verstand ich, noch bevor Winabave die Worte übersetzte. »Er hat wieder nein gesagt«, sagte er.

Bonde blieb mit der zum Schlag erhobenen Axt stehen. Wieder wurde es still, nur das Rascheln der trockenen Getreidehalme war zu hören. Tore Kalvson kam wieder zu mir und murmelte, dass wir zurück zu den Schiffen gehen sollten. »Lass uns einen oder zwei Tage nach Norden segeln«, schlug er vor. »Dann beraten wir, ob wir …«

Tore brachte die letzten Worte nicht mehr über die Lippen, den plötzlich ging ein Zucken über sein Gesicht, und seine Augen quollen hervor wie bei einem Fisch, den man tief aus dem Meer geholt hatte. Er fasste sich in den Nacken. Erst jetzt sah ich den Pfeil. Die Männer drehten sich um. Hinter uns, in dem Getreidefeld, standen Skrælinge.

Pfeile hagelten auf uns ein. Die Jomswikinger bildeten schnell einen Schutz aus Schilden, hinter dem sich die anderen hinhockten, doch mindestens sechs der Jarlsmänner gingen direkt zu Boden. Bjørn, Bonde, Halvor, Welpe und ich hielten unsere Schilde nebeneinander und bildeten so eine Deckung für Winabave und Tore, doch da gab Tore ein Stöhnen von sich und taumelte vor uns. In seiner Hand steckte ein weiterer Pfeil, doch diese Pfeile zwangen ihn noch nicht in die Knie. Er fuhr mit dem Schwert in der Luft herum und gab seinen Männern den Befehl anzugreifen!

Die Männer des Jarls zögerten und blieben klugerweise hinter dem Schildwall. Auch von der Palisade begannen sie jetzt, auf uns zu schießen, während immer mehr Krieger aus dem Feld drangen. Es mussten inzwischen weit mehr als hundert sein, die sich rechts und links von uns postierten. Bald würden wir komplett umzingelt sein.

Ich weiß nicht, warum sie sich nicht um die Gefangenen scherten. Vielleicht war der Sachet zu stolz, um den Forderungen eines Meermannes nachzugeben. Außerdem waren vermutlich Überlebende von den nördlich gelegenen Dörfern hier gewesen und hatten von unseren Plünderungen an der Küste erzählt, sodass sie uns die Falle hatten stellen können, in die wir blindlings getappt waren. Wir hatten eine hohe Meinung von uns selbst, egal ob Jomswikinger oder Jarlsleute, sodass wir die kleinen Patux wie rebellische Kinder betrachtet hatten. Immer mehr Pfeile hagelten auf uns ein und wir würden nicht lange durchhalten, wenn es uns nicht gelang, aus dieser Schlinge auszubrechen, die sich immer weiter zuzog.

Ich stehe in Eriks Schuld, sage ich oft. Die Menschen denken immer, ich meine das Land, über das ich herrsche, aber dazu wäre es nie gekommen, wenn der Jarl uns nicht die Schilde mitgegeben hätte. Denn genau sie waren es, die uns jetzt retteten. In der Jomsburg hatte ich den Gebrauch von Schilden nie gelernt, denn ich war dort an der Dänenaxt ausgebildet worden, aber Bjørn drückte seinen Schildrand an meinen, ließ ihn etwas überlappen, und Halvor tat es ihm gleich. Derart geschützt zogen wir uns mit Bonde und Winabave in unserem Rücken zu den anderen zurück, die sich auf ähnliche Weise zu schützen begannen. Ein Dutzend Männer war bereits gefallen, aber wir schlossen den Schildwall und hatten schließlich einen vollständigen Kreis gebildet. Tore Kalvson stand in der Mitte des Kreises als hielte er sich für unsterblich. Doch immer noch drängten weitere Patux aus dem Feld. Es waren mittlerweile sicher zwei- bis dreihundert Krieger. In diesem Moment wurde Tore Kalvson von einem dritten Pfeil getroffen, der ihm in die Wange drang, sodass er seinen Männern keine Befehle mehr geben konnte. Ich rief ihnen zu, dass wir nicht zurückweichen würden, dass wir die Palisade einreißen müssten. Gelang es uns, hinter die Palisade und zu den Häusern zu gelangen, konnten die Patux uns mit ihren Pfeilen kaum noch etwas anhaben.

Erst versuchten wir, die Gefangenen vor uns herzutreiben. Doch die Patux auf der Palisade schossen einen neuen Pfeilregen auf uns ab, dem viele Gefangene und einige Jarlsmänner zum Opfer fielen. Wir machten den Schildwall noch dichter, duckten uns und rückten so bis zur Palisade vor. Dort bildeten wir einen Schutzwall um Ulfar Bonde, der mit seiner Axt auf die Palisade einhieb.

Bjørn und ich versuchten, unsere Schilde über ihn zu halten, um ihn auf diese Weise vor den Steinen zu schützen, die die Patux nun von der Palisade warfen. Aber Bonde brauchte Platz, um die Axt schwingen zu können und rief uns zu, wir sollten unsere eigenen Köpfe schützen und sich nicht um ihn kümmern. Tore warf seinen Helm zu Bjørn, der ihn dem Jomswikinger auf den Kopf setzte und ihm damit das Leben rettete, denn im nächsten Moment knallte ein Stein, groß wie zwei Fäuste auf seinen Kopf. Bonde geriet ins Taumeln und machte einen Schritt zur Seite, fing sich aber wieder und hieb weiter mit der Axt auf das Holz ein.

Ulfar Bonde musste an diesem Tag Einiges einstecken. Und auch wenn viele in ihm nur einen dummen, launischen Kerl sahen, den Torstein Bootsbauer von den Dänen mitgebracht hatte, um den Gästen in seiner Halle Angst einzujagen, war es Bonde, der uns damals in Patuxet das Leben rettete. Sein Kopf war von dem Helm geschützt, aber auf Schultern und Rücken regneten die Steine herab. Einer brach ihm ein paar Knochen, aber das erfuhren wir erst später, denn er hieb weiter auf einen Balken ein und konnte ihn schließlich mit dem Fuß eindrücken.

Die Öffnung in der Palisade war schmal, aber wir zwängten uns einer nach dem anderen hindurch. Drinnen bildeten wir einen neuen Schildwall. Der Kreis war kleiner geworden, die Pfeile hatten bereits viele Männer verletzt und getötet und ein weiterer starb, als er auf dem Weg durch die Palisade von oben einen Pfeil in den Hals geschossen bekam. Tore Kalvson ließ sich von einem seiner Männer den Pfeil aus der Wange ziehen und brüllte: »Verteilt euch, Männer! Zündet die Häuser an! Und findet das Gold!«

Die Gefolgschaft des Jarls zögerten nicht. Der Schildwall brach und Tores Männer stürzten in Richtung Stadt. Bjørn, Halvor, Welpe, Winabave und ich blieben mit den übrigen Jomswikingern und Isländern zusammen. Ich rief Tore, er solle seinen Männern den Befehl geben, bei uns zu bleiben, aber sie gehorchten nicht. Die Patux standen dicht an der Palisade und wir bemerkten nur, dass es weit mehr waren, als wir angenommen hatten. Hinter der Brustwehr hockten mehrere Dutzend Bogenschützen, die sich jetzt alle zu uns umgedreht hatten. Der Sachet zeigte auf uns und ließ den Arm fallen, während er seine Befehle brüllte. Die Patux kletterten nach unten, wo sie sich den anderen Kriegern anschlossen. Sie bauten sich nicht in Reihen oder Formationen auf, wie wir Wikinger es gewohnt waren, sondern bildeten kleinere Gruppen von zehn bis fünfzig Kriegern.

Wir zogen uns zwischen die Langhäuser zurück, während oben auf den Palisaden die Konchylien ertönten. Draußen auf dem Platz vor der Palisade sammelten sich Hunderte von Patux.

Hinter dem äußersten Rand der Langhäuser kamen wir auf einen freien Platz, auf dem einige der Patux mit Speeren und Steinäxten auf uns zustürmten. Die Jomswikinger hatten schnell ihre Bögen zur Hand und töteten die Hälfte von ihnen, bevor sie uns erreichten. Dann bildeten wir wieder einen Schildwall, und wer einen Speer hatte, stieß damit zu. Trotzdem schafften es einige der Patux, uns nahe zu kommen. Sie schlugen auf unsere ungeschützten Füße und Beine ein. Zwei der Isländer fielen und Bonde wurde von einer Keule an der Brust getroffen. Seine Muskeln waren dort aber so dick, dass ihn das kaum kümmerte. Stattdessen stieß er dem Mann die Dänenaxt an die Kehle und trat ihm mit dem Fuß das Knie ein.

Nachdem wir die Patux auf dem Platz getötet hatten, gingen wir in die umstehenden Häuser. Ich rief den Männern zu, dass sie Ravntor suchen sollten, aber wir fanden nur Frauen und Skrælingkinder. Als wir aus einem der Häuser treten wollten, regneten wieder Pfeile auf uns herab. Zwei der Jomswikinger wurden getroffen. Ich hörte mich selbst brüllen, dass wir die Suche fortsetzen müssten. Wir schleppten die verletzten Männer hinter eine Deckung auf der anderen Seite des Platzes.

Die beiden Jomswikinger waren direkt in die Brust getroffen worden, und die Pfeile steckten tief. Wir steckten ihnen ihre Sax in die Hände, halfen ihnen wieder auf die Beine und ließen sie zurück, während wir anderen weiterzogen. Vielleicht konnten sie noch einige der Patux mit in den Tod nehmen. Ich weiß es nicht, ich sah sie nie wieder.

Wir kämpften uns immer weiter in die Mitte von Patuxet vor. Ich würde gerne sagen, ich wäre in jedem Langhaus gewesen, aber die Patux folgten uns und trieben uns immer weiter vor sich her. Die Stadt schien in großen Ringen aufgebaut zu sein und auf den Höfen zwischen den Reihen gab es kaum Deckung. Eine noch größere Bedrohung war aber, dass die Patux uns immer enger umringten, je näher wir dem Zentrum kamen. Wir schlugen alle nieder, die wir erreichen konnten, aber die meisten wichen unseren Schlägen aus und bald verstanden wir, dass sie uns wie Schafe zur Schlachtbank führten.

Die Skrælinge schossen ihre Pfeile aus immer kürzerer Entfernung auf uns ab, und das Knallen auf den Schilden wurde immer lauter. Viele der Steinspitzen brachen auf dem Holz der Schilde, weshalb die meisten Pfeile, die wir abfingen, zu Boden fielen. Trotzdem sah der Schildwall bald wie das Nackenfell eines Ebers aus. Langsam, aber sicher wurden wir weniger, doch Odin musste seine Hand schützend über Bjørn und mich gehalten haben, außerdem über Halvor, Welpe und Winabave, die Männer, die mir so lange gefolgt waren und mir immer zur Seite gestanden hatten. Bis jetzt hatte keiner von uns mehr als eine Schramme abbekommen. Das Gute war, dass ich mich langsam auszukennen begann, als wir uns dem Kern der Stadt näherten. Die Patux scharten sich jetzt so dicht um uns, dass wir schon glaubten, unser letztes Stündchen hätte geschlagen, doch Ulfar Bonde sprang vor unseren Schildwall und begann seine Axt zu schwingen. Er drehte sich mit einer solchen Wucht, dass er kaum bemerken konnte, wen er alles traf. Die Axt trennte Arme und Beine ab und riss die nackten Patux auf, sodass schon bald zehn Tote oder Sterbende um ihn herum am Boden lagen. Bonde brüllte, der Speichel rann ihm in den Bart und als ein Pfeil ihn in den Rücken traf, schien er das gar nicht zu spüren, denn er machte weiter, als wäre nichts geschehen. Seine Axt traf einen Patux am Kopf und verkeilte sich in dessen Kiefer. Er musste den Fuß nutzen, um sie frei zu bekommen, wobei er Zähne und Hautfetzen mit herausriss.

Ich begann derweil nach Ravntor zu rufen. Ich weiß nicht warum, denn unsere Lage war aussichtslos. Wir waren umzingelt. Auf jeden von uns kamen Dutzende, wenn nicht Hunderte von Patux. Bjørn rief, dass wir uns Rücken an Rücken stellen sollten, wenn das Ende kam, damit keiner von uns vor dem anderen zu Boden ging. »Dann sehen die Walküren uns gemeinsam fallen«, fügte er hinzu. »Dann holen sie uns beide.«

Diese Worte waren die letzten, die Bjørn sagen konnte, bevor die Patux uns so eng umzingelten, dass wir nichts anderes tun konnten, als hinter unserer Schildburg in Deckung zu gehen. Wir waren nicht mehr zahlreich genug, um für jeden Mann mit einem Schild einen mit einem Speer oder einer Axt zu haben. Inzwischen waren wir kaum noch zu zwölft und deshalb verwundbar für die gezielten Schläge der Patux auf unsere Beine und Füße. Auch wenn wir mehr Menschen töteten, als ich zählen konnte, wussten wir alle, dass es nicht lange dauern konnte, bis die Schildburg gebrochen war und wir alle niedergestochen wurden. Gleichzeitig wurden wir weiter zwischen die Häuser getrieben.

Bald darauf waren wir auf dem Platz in der Mitte von Patuxet.

Hier befand sich auch Tore Kalvson mit seinen Männern. Auch sie hatten hohe Verluste zu beklagen, aber noch waren gut dreißig von ihnen am Leben. Tore selbst kämpfte noch immer mit den Pfeilen im Nacken und in der Hand.

Wir schlugen uns zu den Jarlsmännern durch und verloren dabei zwei weitere Kameraden. Trotzdem bekamen wir wieder Hoffnung, denn unsere Verbündeten hatten Männer mit Speeren hinter den Schilden, sodass sie die Patux auf Abstand halten konnten. Doch in kurzer Folge fielen drei der Speermänner und Tore wurde von einem weiteren Pfeil in die Schulter getroffen. Trotzdem blieb er stehen. Etwas Vergleichbares hatte ich noch nie gesehen.

Ich rief nach meinem Sohn. Wenn ich schon sterben musste, sollte er wenigstens hören, dass ich zurückgekommen war. In diesem Moment ertönten wieder die Konchylien.

Die Skrælinge zogen sich zurück und senkten Keulen und Speere. Vier Männer, alle in farbigen Kleidern und mit langen Ketten um den Hals, an denen Muscheln, Kupferstücke und Perlen hingen, traten vor. Drei von ihnen trugen Steinäxte mit langen Schäften, der vierte trug meine Dänenaxt. Ulfar Bonde knurrte, als er sie sah. Die vier stellten sich zwei Speerlängen vor uns auf und machten dann Platz für den Sachet und die alte Häuptlingsfrau. Die beiden hielten Ravntor zwischen sich, seine Hände waren mit einem Seil zusammengebunden. Er war nackt und schmutzig.

Sofort spürte ich Bjørns Arm um mich. Er hielt mich fest. »Winabave«, rief er. »Sag ihnen, dass wir sofort verschwinden, wenn sie uns den Jungen geben.«

Winabave trat vor. Seine Stirn blutete und er hatte einen langen Riss in seiner Jacke. Er redete mit dem Sachet und der Alten, und der Sachet fauchte eine Antwort, zog sein Steinmesser unter dem Gürtel hervor und packte Ravntors Haare. Dann legte er ihm das Messer an die Kehle.

»Er sagt, dass wir die Waffen niederlegen sollen«, sagte Winabave. »Sonst tötet er den Jungen.«

»Er muss ihn mir zurückgeben«, flehte ich. Aber der Sachet zeigte nur mit dem Steinmesser auf mich, kniff die Augen wütend zusammen und erwiderte etwas. Winabave übersetzte seine Worte. Wenn ich meinen Sohn nicht sterben sehen wollte, müssten wir auf der Stelle die Waffen niederlegen. Sie würden uns das Leben schenken, wenn wir fortsegelten und niemals wiederkämen. Aber Ravntor würde bei ihnen bleiben. Sollten wir jemals zurückkehren, würden sie ihn sofort töten.

Was dann geschah, passierte so schnell, dass ich es noch heute nicht begreifen kann. Als der Sachet die Klinge fester an Ravntors Hals drückte, sprang Ulfar Bonde neben mir vor. Er stieß mit der Dänenaxt wie mit einem Speer zu, traf den Sachet an der Stirn und schlug seinen Kopf nach hinten. Ich hörte ein Knacken, bevor ihm das Messer aus der Hand glitt und er wie ein Sack zu Boden ging.

Ich zwängte mich zwischen den Schildmännern hindurch und stieß die Alte weg, die Ravntor an dem Seil fortziehen wollte. Dann legte ich die Arme um meinen Jungen. Sofort waren die Skrælinge auf mir. Ich beugte mich über den Kleinen und schützte ihn mit meinem Körper. Das wäre mein Ende gewesen, wären nicht Bjørn, Halvor, Welpe und Bonde nach vorn gestürzt. Sie trieben die Skrælinge zurück und zogen mich zurück in die Schildburg.

Ravntor Torsteinson war mit seinem Vater vereint. Trotzdem hatte ich nur noch die Hoffnung, dass wir so starben, wie der Allvater es wollte. Ich nahm mein Messer vom Gürtel, drückte es dem Jungen in die weiche Hand und bat ihn, es gut festzuhalten und nie loszulassen, egal, was geschah. Die Christenmenschen halten das für falsch und seltsam, aber sie verstehen nicht, sind geblendet von den Worten der Mönche. Ich wollte, dass mein

Junge mit mir nach Asgard kam. Wenn er, nur drei Winter alt, das Messer heben konnte, wenn ein Patux den Schildwall durchbrach, würden die Walküren ihn vielleicht für würdig befinden. Ich weiß, wie dünn diese Hoffnung war, aber es war die einzige, die ich hatte.

Wir rüsteten uns für das Unausweichliche. Der Schildwall wurde enger und enger und wir, die wir in der Mitte standen, warteten im Schutz dieser Deckung. Ich hob Schild und Schwert auf und stellte Ravntor hinter meinen Schildarm, wusste aber, dass es nur eine kurze Verteidigung sein würde. Ein Schildwall ist nur so stark wie sein schwächster Mann und fällt einer, müssen die anderen sofort die Reihe schließen, um zu verhindern, dass der Feind durchbricht. Der Kreis war bereits klein und überall um uns herum waren Skrælinge. Bjørn stellte sich neben mich und wiederholte, dass wir unsere Ellenbogen einhaken und einander bis zum Schluss aufrecht halten sollten. Ich antwortete, dass er sich um Ravntor kümmern und ihn in Sicherheit bringen müsste, wenn ich zuerst fallen sollte.

Ich weiß nicht, warum ich das sagte. Ein Entkommen gab es nicht. Der Kampf würde nicht mehr lange dauern, und der Ausgang war klar. Reue übermannte mich und stach mir schlimmer ins Herz als jeder Speer. Wäre ich nur im Osten geblieben, hätte ich mich nur nicht von der Gier nach Reichtum und eigenem Land verleiten lassen!

Die Patux schien es nicht zu beeindrucken, dass ihr Sachet tot war. Die Alte kreischte noch wütender ihre Befehle und gleich darauf traten die Bogenschützen vor und schossen zwei Salven von Pfeilen auf uns ab. Drei der Schildmänner gingen zu Boden, aber Tore Kalvson bellte einen Befehl, die Männer traten einen Schritt zurück und schlossen den Kreis ein weiteres Mal. Ulfar Bonde schüttelte den Kopf und murmelte irgendetwas. Als sie nach vorn gestürzt waren, hatte er sowohl seine als auch meine

Dänenaxt geschnappt und warf sie mir jetzt vor die Füße. Sein Murmeln ging in ein leises Lied über und wir alle wussten, was er im Begriff war zu tun. Es war das Todeslied, das er anstimmte. »Lasst den Berserker vortreten«, kam es von Tore. »Lasst ihn sterben, wie er es will.«

Zwei weitere Pfeilregen hagelten auf uns ein. Noch einmal verloren wir drei Schildmänner. Der Kreis wurde wieder geschlossen. Dann sah Ulfar Bonde mich an und sagte: »Ich halte einen Platz für euch frei. Kommt nicht so spät.«

Bonde legte Brünne und Jacke ab und stand halb nackt und narbig mit seiner Dänenaxt da. Er sang jetzt lauter. Er trat hinter die Schilde und wurde gleich von einem Pfeil in die Brust getroffen, aber es war fast so, als würde er das gar nicht merken. Er schob sich seitlich durch den Schildwall und schlug mit seiner Axt die Speere der Patux weg. Mit dem zweiten Schlag tötete er einen der Krieger und bekam so eine Öffnung in ihren Kreis. Bonde griff die Axt kürzer und drängte sich weiter in die Kerbe hinein.

Sein kühnes Vorgehen beeindruckte uns alle. Tore Kalvson brüllte seine Männer an und zeigte mit dem Schwert in die Richtung, aus der wir gekommen waren, und auch wenn jeder Kampf hoffnungslos erschien, änderten die verbliebenen Schildmänner ihre Formation zu einem Keil. »Nimm Ravntor auf den Rücken«, sagte Bjørn. »Wir machen ihn mit einem Gürtel fest. Kämpf mit der Axt, wie du es gelernt hast. Ich gebe dir Rückendeckung.«

Ich setzte mir Ravntor auf den Rücken. Bjørn löste den Gürtel von einem der Toten und schlang ihn um Ravntor und mich, sodass der Kleine nicht herunterfallen konnte. Dann legte ich Schwert und Schild ab und griff meine Dänenaxt. Eine seltsame Ruhe überkam mich, die Gewissheit, dass das Gewicht, das ich in den Händen spürte, das letzte war, was ich spüren würde.

Tore setzte das Horn an den Mund. Als er hineinblies, begannen wir alle zu brüllen. Die vordersten Männer traten einen Schritt vor und drückten ihre Schilde an die Speere der Patux und ich sprang hinter sie und hieb mit der Axt über die Schilde hinweg. Ich traf erst einen Skræling, dann einen weiteren. Bonde konnte ich nicht mehr sehen, er musste erstochen worden sein. Der Wind blies Rauch zu uns herüber, der in den Augen brannte. Tore Kalvson und seine Männer mussten einige der Langhäuser angezündet haben. Ich spürte das Gewicht meines Sohnes auf dem Rücken und seine kleinen Arme an meinem Hals. Er hielt sich an meinem Bart fest. »Vorrücken!«, schrie Tore. »Vorrücken!«

Was dann folgte, kann ich am ehesten als eine Art Traum beschreiben. Ich erinnere mich an die Dänenaxt in meinen Händen, die Schreie der Männer um mich herum und all die Körper, mit denen ich zusammenstieß. Bjørns Stimme war die ganze Zeit hinter mir: Ich sollte weitergehen, nicht anhalten, weiterschlagen, töten, vorrücken. Ich stand vor allen anderen, denn ich war ein Berserker aus der Jomsburg. Und ich schlug zu, ich stieß mit dem Axtschaft, trat auf Knie und ließ die Axt wüten. Wir kamen langsam vorwärts, waren wieder zwischen den Langhäusern und gingen weiter, immer weiter. Der Rauch wurde dichter und etwa zwischen der Palisade und dem Stadtkern konnten wir kaum die Hand vor Augen sehen, was uns vor den Pfeilen und Speeren der Patux schützte. Fast blind kämpften wir uns weiter, schlugen auf die Schatten im Rauch ein und wären fast erstickt, wäre uns nicht ein Windhauch zur Hilfe gekommen, der den Rauch kurz zur Seite blies, sodass wir die Öffnung, die wir in die Palisade geschlagen hatten, sehen konnten. Nun hörten wir auch das Prasseln des Feuers. Es waren nicht die Häuser. Es war das Feld, das brannte.

Wir kämpften uns die letzten Meter weiter und drückten uns durch die Öffnung. Von dort aus rannten wir in das brennende

Feld. Ich hatte meinen Jungen auf dem Rücken und Bjørn war noch immer hinter mir. Wieder rief er: »Lauf, Torstein, lauf!«

Er hätte mich dort auf dem Feld sicher überholen können, wie die Jarlsmänner und Isländer es taten. Nur Welpe, Halvor, Winabave und die verbliebenen Jomswikinger blieben bei mir, und das habe ich nie vergessen. Mein rechtes Bein war schwächer als das andere, aber durch den Bruch hatte auch das linke an Kraft verloren, sodass ich bald wusste, was ich tun musste. Ich löste den Gürtel und setzte Ravntor in die Arme meines Bruders. »Bring ihn hier weg«, sagte ich und als er meinte, wir sollten zusammenbleiben, wir seien doch Brüder, schüttelte ich den Kopf. »Lauf voraus. Bring ihn sicher an Bord. Ich komme nach.«

Bjørn packte meine Schulter und sah mir eine Sekunde in die Augen. Später erzählte er mir, dass die Worte, die ich dort auf dem Feld der Skrælinge zu ihm gesagt hatte, die härtesten waren, die er je gehört hätte. Aber er verstand. Er und die anderen mussten Ravntor in Sicherheit bringen.

Ich band Ravntor mit dem Gürtel auf seinem Rücken fest. Dann legte mir mein Bruder noch einmal die Hand auf die Schulter, bevor er sich zwang, den Blick abzuwenden und loszurennen.

Winabave blieb bei mir. Ich bat ihn, mit den anderen zu laufen, aber er tat nichts dergleichen. Wir befanden uns jetzt gut drei Pfeilschüsse weit in dem Feld und um uns herum stand der Rauch. Ich drehte mich um. Es sah aus, als wären wir die letzten.

Wir liefen, so gut wir konnten, tief geduckt durch den Rauch, denn unten am Boden war eine Schicht, wo man noch atmen konnte. Doch bald darauf drückte der Rauch sich auch nach unten. Auch die Hitze der Flammen war jetzt zu spüren und unweit von uns hörten wir es knistern. Ich sackte auf die Knie und konnte Winabave nicht mehr sehen. Überall war Rauch. Er brannte in den Augen und in der Lunge.

Ich wäre dort auf dem Feld erstickt, hätte ich nicht plötzlich einen Fuß an meiner Seite gespürt. Ulfar Bondes dröhnende Stimme ertönte: »Bei Hel, willst du hier etwa liegen bleiben? Weiter Junge!«

Bonde hatte sich Winabave über die Schulter gelegt, in der anderen Hand hielt er die Dänenaxt. Die Goldplatte des Sachet hatte er sich unter den Gürtel gesteckt. Er trat gegen die Axt, die ich fallen gelassen hatte. »Und lass deine Waffe nicht einfach irgendwo liegen, Torstein. Das habe ich dir schon oft gesagt.«

Ich weiß nicht, welchen Zauber die Götter an jenem Tag über Bonde geworfen hatten und wie er es allein geschafft hatte, sich aus Patuxet zu kämpfen. Er stellte Winabave auf den Boden und zog mich an den Armen hoch. Dann reichte er mir meine Axt und klopfte mir auf den Rücken, bevor wir gemeinsam weiterliefen.

Der Rauch wurde dichter, je weiter wir kamen. Bonde sagte später, dass wir gegen Feuerriesen gekämpft hätten, und vielleicht war das wirklich so. Denn ständig hörte ich ihn fauchen, dass ich weitergehen sollte, nicht aufgeben durfte, wir müssten da durchbrechen, als wären es wirklich feindliche Reihen, die uns entgegentraten. Ulfar Bonde und ich, zwei Berserker aus der Jomsburg, packten unsere Äxte und niemand darf über uns sagen, dass wir jemals vor einem Feind zurückgewichen wären. Als die Flammen um uns immer höher loderten, begannen wir zu brüllen und rannten weiter.

Der Wind trieb uns das Feuer entgegen und es brannte überall. Die Erinnerung daran schmerzt mich noch heute. Irgendwann stolperte Bonde über einen toten Körper und ging zu Boden, hustete und rang nach Atem, aber Winabave und ich zogen den schweren Mann wieder hoch und jetzt war ich es, der ihn anfuhr, nicht aufzugeben, sondern weiterzulaufen, immer weiter, bis wir an Bord der Schiffe waren.

Wie viele Männer der Rauch und das Feuer holten, weiß nur

der Allvater. Ich glaubte, drei Männer des Jarls tot am Boden zu sehen, aber das war in dem Qualm schwer zu erkennen. Vielleicht waren es mehr. Als wir schließlich aus dem brennenden Feld in den Wald kamen, sahen wir zwei weitere.

Ulfar Bonde hätte zwischen den Bäumen beinahe das Bewusstsein verloren, er sackte mit einem Knie auf den Boden und erbrach eine braune, zähe Flüssigkeit. Wieder zogen wir ihn hoch und kämpften uns weiter. Ich wusste aber, dass seine Wunden ihn bald wieder in die Knie zwingen würden. Er murmelte etwas von einem »guten Tod« und dass ich nicht auf ihn warten, sondern zu den Schiffen laufen sollte.

Ich ließ Bonde nicht zurück. Was für ein Mann wäre ich gewesen, hätte ich das getan? Als wir den Waldrand erreichten und an den Strand kamen, legten die Jarlsmänner bereits die Ruder aus, die Vertäuung wurde gelöst und Tore stand im Bug und brüllte seine Männer an. Die »Naglfar« lag etwas mehr als einen Pfeilschuss entfernt vor Anker. Der Wind hatte aufgefrischt und die Wellen schlugen gegen die Uferfelsen. Freydis stand achtern am Steuerruder. Ich sah Ravntor. Er stand auf einer Kiste am Mast und sah zum Land. Und dann erblickte ich auch Bjørn. Er war am Ufer bei Tores Schiff. »Torstein!« Er hob den Arm und winkte. »Hinter euch!«

Auch die Langhäuser auf der Wiese brannten, und vielleicht hatten wir deshalb die Skrælinge nicht gehört, die mit Keulen und Speeren auf uns zurannten. Ob sie im Wald gewartet hatten oder uns durch das Feuer gefolgt waren, weiß ich nicht. Aber wenn sie dort am Wasser ihre Bögen genommen hätten, statt nach der Ehre zu lechzen, uns mit ihren Händen zu töten, wären wir alle gefallen. Bjørn kam angerannt und schoss an uns vorbei. Er hieb mit dem Schwert auf die Patux hinter uns ein. Bonde und ich blieben stehen, hoben unsere Dänenäxte und trieben die Skrælinge zurück, bevor wir weiter in Richtung Strand liefen.

Dreimal mussten wir unsere Verfolger zurückschlagen. Mein Bruder und ich kämpften dabei Rücken an Rücken, während Bonde Winabave deckte. Als wir endlich am Wasser waren, war Tore mit dem Schiff schon in der Brandung. Freydis rief uns zu, ich antwortete aber, dass sie mit dem Schiff draußen bleiben sollte.

Wir begannen zu schwimmen. Ich schob die Dänenaxt am Rücken unter meinen Gürtel und warf mich in die Wellen. Gleich darauf schleuderte mich die Brandung zurück auf die Felsen, aber das Meer zog mich wieder zurück und ich stieß mich mit den Beinen so gut es ging ab, bis eine neue Welle über mir brach. Aus dem Augenwinkel sah ich Bonde und Bjørn. Sie waren direkt rechts von mir. Bjørn rief etwas, bevor er unterging, es ging irgendwie um die Lederbrünnen. Während das Wasser mich wieder nach unten zog, zückte ich mein Messer. Ich wartete, bis ich wieder angehoben wurde und schnitt die seitlichen Riemen durch, sodass ich die Brünne ausziehen konnte.

Bjørn und ich waren gute Schwimmer, aber auch Bonde und Winabave schafften es durch die Wellen. Bald darauf waren wir bei der »Naglfar«, wo Halvor und Welpe Seilschlingen zu uns herabließen und uns an Bord zogen. Muscheln und Seepocken hatten uns am ganzen Körper aufgekratzt, und Ulfar Bonde blieb an Deck liegen. Blut quoll aus seinen zahlreichen Wunden, doch dafür hatten wir keine Zeit. Ravntor stand noch immer auf der Kiste am Mast, ich lief zu ihm und brachte ihn hinter ein paar Tonnen in Deckung. Dann ging ich nach achtern, und Freydis überließ mir das Ruder. »Sie sind zu wenige«, sagte sie und nickte in Richtung Land. »Sie haben nicht genug Männer an den Rudern.«

Jetzt sah auch ich es. Tore und seine verbliebenen Männer hatten versucht, sich in einem Schiff zu sammeln, aber sie waren nicht mehr genug, um es aufs Meer hinaus zu rudern. Die Wellen drehten es seitlich und drückten es auf die Uferfelsen, während die Patux einen neuen Angriff starteten und über die Wiese auf sie zurannten. Die ersten sprangen bereits auf das Schiff.

Ich rief den Männern zu, dass sie den Anker lichten und die Ruder auslegen sollten. Dann bat ich Freydis, zu Ravntor zu gehen und auf ihn aufzupassen. Die Ruder tauchten ins Wasser, der Bug drückte sich in die Wellen und die »Naglfar« nahm Fahrt auf. Aber etwas bremste uns und ich sah auch gleich, was es war. Das Vertäuungsseil hing noch über Bord und an ihm hing Tore Kalvson.

31
Das Recht des freien Mannes

Mit dem Sonnenuntergang im Rücken ruderten wir nach Osten. Ich steuerte die »Naglfar« auf das Meer hinaus in die Nacht. Bjørn stand bei mir und meinte, das Meer sei vielleicht groß, aber das Schiff läge gut im Wasser und mit etwas Glück würde der Wind drehen, sodass wir die Segel setzen und nach Norden steuern könnten, um irgendwo an Land gehen und Feuer machen zu können. Wir mussten Pfeile entfernen und Wunden verschließen.

Bei Tagesanbruch war es so weit. Wir setzten das Segel und drehten nach Norden. Ein Zittern ging durch den Schiffsrumpf und die »Naglfar« glitt so rasch über die Wellen, dass wir bald wieder Land sahen. Ich weiß noch, welche Freude mich an diesem Morgen erfüllte. Am liebsten hätte ich sie laut über das Meer und in den Himmel geschrien. Ravntor saß auf Freydis' Schoß zwischen den Kisten am Mast, mein Bruder stand bei mir und auch Winabave, Halvor, Welpe und Ulfar Bonde waren noch da. Bonde war zwar schwer verletzt und überall an seinem Körper klebte Blut, aber dennoch hatte ich das Gefühl, dass er überleben würde.

Wie es den anderen an Bord ging, wusste ich nicht. Wenn nicht Bjørn zum Land gezeigt und gesagt hätte, dass wir uns jetzt um alle kümmern müssten, wäre ich vermutlich einfach weitergesegelt. »Tore Kalvson«, sagte er. »Und sicher fünf oder sechs der anderen Jomswikinger … und Rudde-Geir, die Pfeilspitze steckt in seinem Arm. Wir müssen an Land, Torstein.«

Es war mein Bruder, der an diesem Tag das Steuerruder übernahm. Ich setzte mich zu Freydis, die mir Ravntor reichte. Die Gerüchte über sie besagen, dass sie besser kämpfte als die meisten Männer. Dass sie aber auch gut mit Kindern auskam, erzählt niemand. Sie hatte Ravntor Korn und Trockenfisch gegeben und beides zuerst weichgekaut. Auch Wasser hatte er bekommen. »Bleib eine Weile bei ihm«, sagte sie, »das ist wichtig.« Ravntor legte seinen Kopf an meine Brust und sagte nichts.

Wir legten in einer Bucht an, und ich erinnere mich noch, wie schön dieser Ort war. Die »Naglfar« lag mit dem Bug auf einem Strand, dessen Sand so weiß wie Schnee war. Dahinter wuchsen Ahorne und Eschen, unter deren schützende Laubdächer wir die Verletzten legten. Ich selbst ging nicht an Land, sondern blieb mit Ravntor auf dem Schiff. Nur einmal als die Flut kam, kletterte ich über die Reling, um die »Naglfar« gemeinsam mit Bjørn weiter auf den Strand zu schieben.

Ich habe nur selten über das gesprochen, was an jenem Tag geschah. Es ist für niemanden gut, es zu hören, und wir, die wir es erlebt haben, würden es am liebsten vergessen. Die Pfeilspitzen der Patux waren in der Regel aus Stein, Knochenspitzen nutzten sie nur für Jagdpfeile. Die steinernen Spitzen brachen meist, wenn sie ihr Ziel trafen. Einen Pfeil mit Eisenspitze kann man herausziehen oder auf der anderen Seite des Armes oder Beines oder wo man getroffen wurde herausdrücken. Mit den Pfeilen der Skrælinge war das nicht möglich. Sie mussten herausgeschnitten werden.

Manch einer sagt, Tore Kalvson wäre an jenem Tag verrückt geworden. Starke Schmerzen können einem Mann wirklich den Verstand rauben. Ulfar Bonde und die anderen Verletzten stöhnten und litten und manchmal schrien sie, aber ich sah nicht zu ihnen hinüber, als die Pfeile aus ihren Körpern entfernt wurden.

Ich beobachtete das Meer und fürchtete, dass die Patux uns folgen könnten. Auch wenn Bjørn meinte, dass wir schon ein ganzes Stück nördlich seien und sie noch nicht so weit gekommen sein konnten, fühlte ich mich nicht sicher. Also hielt ich Ausschau und hoffte, die Verletzten würden bald leiser werden. Ich glaubte schon, dass es vorbei war, als sie mit Tore begannen. Der Pfeil in seinem Hals hatte weder die Kehle noch die Wirbelsäule verletzt, doch die Spitze steckte tief in den Nackenmuskeln und war dort abgebrochen. Er heulte so schrecklich, dass mein Blick unwillkürlich zum Strand ging. Der Trønder lag auf der Seite und die Männer hielten ihn am Boden fest, während Halvor seitlich in seinen Hals schnitt.

In der Dämmerung fuhren wir weiter. Halvor wollte den Verletzten mehr Ruhe gönnen, aber ich meinte, dass sie auch an Bord ruhen könnten. Wieder steuerte ich aufs Meer hinaus; erst mitten in der Nacht überließ ich Welpe das Ruder. Danach sackte ich an der Reling zusammen und schlief sofort ein.

In dieser Nacht träumte ich von Sigrid. Sie lag warm und nackt bei mir. Warum mir ausgerechnet dieser Traum kam, weiß ich nicht. Vielleicht dachte Freya, dass ich den Anblick meiner Frau jetzt brauchte. Als ich aufwachte, stand Bjørn am Ruder, während unmittelbar neben mir ein Jomswikinger in seinen Umhang gerollt und über die Reling gehievt wurde. Es war Hogne, ein Däne, den ich kaum kannte. Er hatte einen Pfeil ins Auge bekommen und war in der Nacht gestorben.

Vielleicht wurde mir erst an diesem Morgen bewusst, welch hohe Verluste wir hatten. Alle Schiffe des Jarls und auch die von Freydis waren entweder gesunken oder am Strand zurückgelassen worden, weil wir sie nicht mehr bemannen konnten. Bis auf Tore Kalvson waren sämtliche Männer des Jarls ums Leben gekommen oder von den Patux gefangen genommen worden. Wir hatten keine Beute gemacht und keine Sklaven geraubt. Jarl Erik würde das gar nicht gefallen, und hätte ich Sigrid, den kleinen Bjørnar und meinen alten, dreibeinigen Freund Fenris nicht bei ihm gelassen, hätte ich mich kaum zurückgetraut. Stattdessen wäre ich zum Flussvolk gesegelt, zu Eystein, Onejun und Vingur und hätte mit ihnen gelebt.

So dachte ich jedenfalls an diesem Morgen. Mein Blick fiel auf Ulfar Bonde. Er rappelte sich auf und setzte sich mit dem Rücken an die Reling, wo er hocken blieb und mich anstarrte. Als sein Mund sich langsam öffnete, dachte ich für einen Moment, er hätte seinen letzten Atemzug getan, aber dann ging ein Zucken durch seinen Körper und er tastete mit der Hand auf den Planken herum. Als er nicht fand, was er suchte, sah er mich wieder an. Ich ging zu ihm. »Hast du meine Axt gesehen?«, fragte er. »Ich will sie bei mir haben, wenn ich gehe.« Dann zog er die Stirn in Falten und schien mit aller Macht nachzudenken. »Glaubst du, dass ich meine Axt mit nach Walhalla bringen darf, Torstein? Oder haben die davor eine Waffenkammer?«

»Ich weiß es nicht«, sagte ich. Bonde seufzte, ein seltsamer Laut für ihn, und dann verließen ihn die Kräfte. Er verlor das Bewusstsein und wurde von den Wellen wie eine große Puppe hin und her geschaukelt.

Von den Isländern waren Rudde-Geir und ein Rotbart aus dem Norden der Insel heil aus Patuxet herausgekommen. Der Name des Roten war Gunnar Oddvarson, ein ruhiger Mann, der im Laufe der Nacht einen Odinskopf in den Schaft seiner Axt geschnitzt hatte. Selten habe ich einen Handwerker eine schönere Arbeit machen sehen. Er zeigte mir den Schaft und meinte, dass wir Odin mit einem Opfer für den Sieg danken sollten. »Bei all den Toten, die wir zurücklassen mussten, können wir kaum von einem Sieg sprechen«, antwortete ich.

»Aber du hast deinen Sohn zurück«, sagte er.

Ich übernahm das Ruder und straffte die Schote an der Backbordseite, denn ich wollte die Bucht nördlich von Patuxet überqueren und in Richtung des Landes der aufgehenden Sonne segeln. Von dort wollte ich zur Rentierinsel. Mir graute davor, aber ich musste Thorfinn bitten, uns Proviant für die weitere Reise zu geben. Es war fraglich, ob wir das Meer so spät im Jahr noch überqueren konnten, und sollten wir überwintern müssen, wollte ich vorher so weit nach Norden, dass die Patux uns nicht finden konnten.

Bjørn und ich standen den ganzen Tag am Steuerruder. Mein Bruder war, solange es nichts mit Frauen zu tun hatte, ein vernünftigerer Mann als ich. Er brachte mich dazu, zu essen und zu trinken, und irgendwann im Laufe des Tages schob er mich an die Reling und bat mich zu schlafen. »Du hast doch sicher vor, durch die Nacht zu steuern«, sagte er. »Dann schlaf jetzt ein bisschen. Und sieh zu, dass du etwas isst. Du bist nur noch Haut und Knochen.«

Haut und Knochen ... diese Worte hatte Vater immer zu uns gesagt, wenn wir nicht essen wollten. Er saß zu Hause an der Feuerstelle in der Küche und briet Fisch am Spieß, aber schon von klein auf wussten Bjørn und ich, dass manche Arten einfach nicht gut waren und der Bauer und seine Leute sie nicht aßen. Aber Vater, der alte, gebrochene Krieger draußen auf der Halbinsel, durfte nicht wählerisch sein.

Esst jetzt, sonst seid ihr bald nur noch Haut und Knochen ...

Ich hielt den Blick auf meinen Sohn gerichtet, der auf Freydis' Schoß lag. Das Mal an seinem Hals und seiner Wange war etwas heller geworden war. Zuerst freute ich mich darüber. Doch dann begann ich zu grübeln. Wenn das Mal wie Thors Hammer oder wie einer von Odins Raben aussah, war das Blasserwerden dann nicht ein schlechtes Omen? Würde etwas mit ihm passieren? Ich machte mir Sorgen, und als der Schlaf kam, verfolgten sie mich in meinen Träumen.

*

Wir erreichten das Land der aufgehenden Sonne an einem herbstgrauen Morgen. Während der Überfahrt waren keine weiteren Männer gestorben, aber für Tore Kalvson und einen der Jomswikinger, einen Mann, den wir Birka nannten, schien die Zeit gekommen zu sein. Der seltsame Name war darauf zurückzuführen, dass er am Gürtel eine Tasche trug, wie die Händler in Birka sie nutzten. Mit Messingspangen und ins Leder geprägten Hunden und Jägern. Der Rest des Mannes bot keinem schönen Anblick mehr, seine Kleider waren zerrissen und die große Wunde in der Brust wollte sich nicht schließen. Auch den anderen Jomswikingern ging es nicht gut, aber sie konnten wenigstens noch auf ihren Ruderkisten sitzen, ohne umzufallen. Mit Ulfar Bonde und Birka waren es noch elf. Neben ihnen hatten nur mein Bruder, Halvor, Welpe, Winabave, Freydis, Tore Kalvson, die Isländer, Ravntor und ich überlebt. Aber ich hatte meinen Jungen zurück.

Bjørn fragte mich, ob ich nicht glücklich sei, jetzt, da Ravntor wieder bei mir war. Er stellte mir diese Frage am zweiten Morgen, nachdem wir das Land der aufgehenden Sonne erreicht hatten. Es war windstill und jeder Mann, der noch eben konnte, saß an den Rudern. Wir alle gaben unser Bestes, denn die Strömung kam uns mit aller Macht entgegen. Ich wollte der Küste in einigen Pfeilschüssen Abstand folgen, bis wir durch den Sund in die Fahrwasser bei der Rentierinsel kamen. Ich blieb ihm die Antwort schuldig. Ob ich glücklich war? Ich hatte kein Glück mehr empfunden, seit sie mir meinen Sohn genommen hatten.

Und jetzt packten mich wieder die Sorgen. Mit Freydis' Hilfe zog ich den Jungen aus und zusammen wuschen wir den Dreck von seinem mageren Körper. Die Patux hatten ihn hungern lassen. Ich wurde wütend und Ravntor weinte, als ich zuerst seine Arme und Beine abtastete, dann die Rippen und mir schließlich seine Zähne ansah. Freydis musste ihn zur Seite nehmen, weil ich ihn viel zu hart anfasste. Immerhin fand ich keine Verletzungen, keine Schwellungen, die auf irgendwelche Brüche hindeuteten. Er hatte auch keine Narben oder Läuse. Ich bat Freydis, ihm so viel zu essen zu geben, wie er wollte, und ihn warm zu halten.

In einem Bach südlich des Sundes füllten wir unsere Wassertonnen auf. Bjørn meinte, wir sollten ein paar Männer auf die Jagd schicken, da uns die Vorräte langsam ausgingen. Ich war erst dagegen, denn ich hoffte noch immer, dass wir es vor den Herbststürmen über das Meer schafften. Aber Bjørn bat mich, nachzudenken. Es wäre unklug, nicht zu jagen, wenn wir schon einmal an Land wären. Welpe, Halvor und einige der anderen machten sich schließlich mit ihren Bögen auf den Weg. Ich bat sie aber, spätestens am nächsten Morgen zurück zu sein.

Am Abend zuvor hatte ich Freydis und Bjørn dicht beisammensitzen und miteinander flüstern sehen. Vielleicht hatte sie ihn ja gebeten, mit mir über die Vorräte zu sprechen. An dem Abend, an dem wir an Land waren, kam sie zu mir und legte Ravntors Hand in die meine. Er stand neben mir und sah zu mir hoch, ohne etwas zu sagen. Als ich seinen Namen sagte, ließ er meine Hand los und drückte sich an Freydis. Sie nahm ihn mit zum Mast, legte ihn hin, breitete ein Fell über ihn und streichelte ihm durch die Haare.

Ich blieb an der Reling stehen und starrte Richtung Land. Zwischen den Baumstämmen lag Nebel. An der Küste wuchsen vor allem Nadelbäume, hier und da waren aber auch ein paar knorrige Eichen und Birken zu sehen. Die letzten herbstgelben Blätter klammerten sich an die Zweige.

Freydis kam wieder zu mir. »Ich muss dich um Vergebung bitten«, sagte sie.

Das waren seltsame Worte, nie zuvor hatte jemand so etwas zu mir gesagt. »Das sind Worte der Christenmenschen«, murmelte ich als Antwort. »Wofür soll ich dir vergeben?«

»Für das Feld«, sagte sie.

Ich nickte. Sie hatte bereits gesagt, dass sie den Männern, die auf den Schiffen geblieben waren, den Befehl gegeben hatte, das Feld und die Häuser am Ufer anzustecken.

»Wir dachten, das würde ihnen einen Schrecken einjagen«, fuhr sie fort. »Sie glauben lassen, dass wir noch viel zahlreicher sind und … ich weiß nicht, was ich dachte.«

»Wir sollten nicht mehr darüber nachdenken«, sagte ich. »Und Vergebung brauchst du keine. Eher sollte ich dir danken. Wenn ihr das Feld nicht angesteckt hättet, wären wir da nie weggekommen.«

Sie wurde still. Wir blieben noch eine Weile an der Reling stehen, bevor Freydis sich zu Ulfar Bonde, Tore Kalvson und Rudde-Geir setzte. Die drei waren von allen am übelsten zugerichtet und sowohl Tore als auch Rudde-Geir hatten uns gebeten, ihre Namen in die Reling zu ritzen. Rudde-Geir hatte mich auch darum gebeten, seinen Körper zu verbrennen, wenn er tot war. Er wollte nicht zu Rán, und er wollte auch nicht, dass irgendwelche Skrælinge auf seine Knochen pinkelten oder sich irgendwie sonst über seine Überreste lustig machten.

Ulfar Bonde hatte einfachere Wünsche. Wir sollten auf ihn trinken, mehr wollte er nicht. Sein Körper war ihm egal. Der dürfe im Salzwasser oder irgendwo an Land verrotten.

Bjørn und Freydis lagen in dieser Nacht dicht aneinander. Mit nackten Oberkörpern hatten sie sich in den Umhang meines Bruders gewickelt. Ich hörte sie flüstern, verstand ihre Worte aber nicht.

Am nächsten Morgen lag Reif auf dem Deck. Die Männer nahmen ihre Winterjacken und setzten sich Mützen auf. Bjørn sagte, dass wir uns oben im Norden, vielleicht in Helluland, einen Unterschlupf bauen müssten. Wir würden es nicht mehr schaffen, ein Langhaus zu errichten, bevor der Schnee kam, aber wir bräuchten einen Schutz vor der Kälte, ein Dach über dem Kopf und trockenes Holz für den Winter. Ich fragte ihn, wovon wir dort oben leben sollten und er meinte, wir müssten in einer Bucht überwintern, in der es Seehunde gab. Auf dem Weg hierher waren wir an einigen vorbeigesegelt. Wir konnten Seehunde jagen, ihr Speck hielte sich lange.

Ich mochte diesen Plan nicht. Mein Blick ging immer wieder in Richtung offenes Meer, zu Sigrid und dem kleinen Bjørnar weit im Osten. Die Leute hatten von einer Reise der Verrückten gesprochen, als wir so spät im Jahr noch von Trøndelag aus aufgebrochen waren. Wie würden sie es nennen, wenn ich jetzt, kurz vor dem Winter, nach Osten steuerte, um das Meer ein weiteres Mal zu überqueren?

»Wir kommen näher«, sagte Halvor, als wir in den Sund einfuhren. Am liebsten wäre ich um die Insel herumgesegelt, um nicht so dicht an Land zu sein, doch dieser Umweg hätte uns mehrere Tage gekostet. Außerdem hatten wir guten Südwind, sodass wir mit prallen Segeln durch den Sund kommen konnten. Ich beobachtete die Waldränder und glaubte hinter jedem Baum einen Patux zu sehen, dabei wusste ich genau, dass sie noch gar nicht da sein konnten. Währenddessen grübelte ich über die Worte meines Bruders nach. Vor uns lag der Winter. Was für einen Unterschlupf konnten wir bauen? Wenn wir Baumstämme spalteten und sie an einen Deckenbalken legten, konnten wir vielleicht ein Zelt formen. Darunter könnten wir ein Feuer entzünden und die Wärme halten. Aber was, wenn wir noch einmal angegriffen wurden? Immer wieder ging mein Blick zu Ravntor, der die Benommenheit der ersten Tage abgeschüttelt hatte und überall auf dem Schiff herumrannte. Freydis hatte alle Hände voll zu tun, sich um ihn zu kümmern. Wurden wir wieder von Skrælingen angegriffen, wären wir vermutlich zu wenige, um uns verteidigen zu können. Sollten wir Thorfinn Karlsefni fragen, ob wir über den Winter auf der Rentierinsel bleiben durften? Der Gedanke widerstrebte mir. Natürlich war die Sicherheit meines Sohnes wichtiger als mein Stolz, doch wenn die Landschaft erst verschneit und die Küste vereist war, wären wir gezwungen, dicht an dicht in dem Langhaus zu leben, und das wäre eine harte Prüfung. Die Nähe zu den anderen Männern hätte ich vermutlich ertragen, aber ich wusste, wie aufbrausend ich sein konnte. Und unter diesen Männern war schließlich Magnar, den ich fast umgebracht hatte. Und Ulle Dane, und Thorfinn selbst. Ich kam mit keinem dieser drei gut aus, sodass schon ein falsches Wort reichen würde, damit es wieder zum Streit kam. Und schlug ich mitten im Winter einen von ihnen tot und richteten sich Thorfinns Leute gegen uns, hätten wir keinen Ort, an den wir gehen konnten. Ich konnte mit Ravntor ja nicht einfach in den Winterwald wandern und auf ein zeitiges Frühjahr hoffen.

Steuermänner sollten über so etwas nicht nachdenken. Ich hätte auf meinen Bruder hören und mich schlafen legen sollen. Am Nordende des Sundes frischte der Rückenwind weiter auf, und wenn man mit dem Wind segelt, lässt man sich leicht zu dem Glauben verleiten, gar nicht so schnell zu sein, wie man es in Wirklichkeit ist. Auf der linken Seite des Sundes gab es Untiefen, doch ich hatte den Blick nach Norden gerichtet und mich ganz meinen Grübeleien hingegeben. Plötzlich schrie Welpe auf und Freydis, die achtern mit Ravntor stand, stürzte zu mir und zerrte das Steuerruder hart backbord. Die »Naglfar« legte sich auf die Seite, doch ganz ungeschoren kamen wir trotzdem nicht davon. Der Rumpf knirschte, wir liefen auf der Backbordseite auf und die »Naglfar« hätte sich in den Meeresgrund gegraben, wäre Bjørn nicht so geistesgegenwärtig gewesen, sich mit aller Kraft gegen die Steuerbord-Toppschot zu werfen, sodass der Rumpf etwas auf die Seite kippte. Danach ließ er die Schot abrupt los, sodass das Schiff sich wieder aufrichtete und der Rumpf nach vorne über die Untiefe rutschte, bis er wieder frei war.

Da die »Naglfar« kein Deck hatte, konnten wir rasch die Planken unter den Ruderkisten und Tonnen beiseiteräumen, um den entstandenen Schaden zu begutachten. Ich befürchtete das Schlimmste, aber keine der Schiffsplanken war gebrochen und auch die Fugen schienen nicht breiter geworden zu sein. Allerdings hielt die zähe Masse aus Fett und Wolle, mit der die Fugen abgedichtet worden waren, nicht mehr überall dicht.

So etwas kann passieren, wenn der Rumpf aufläuft und sich verzieht. Wasser sickerte herein. Es war nicht viel, sodass ich schon wieder nach hinten zum Steuer gehen wollte, aber mein Bruder hielt mich auf. »Das können wir ausösen«, sagte er. »Aber du setzt dich jetzt hin. Du musst dich endlich ausruhen.«

Ich weiß noch, dass ich bei Ulfar Bonde, Tore Kalvson und Rudde-Geir auf einer Ruderkiste saß. Für die drei war mittschiffs ein Lager aus Fellen zurechtgemacht worden. Mein alter Lehrmeister schwieg und starrte mit finsterer Miene an den Himmel, als wartete er darauf, dass eine Walküre auf einem Pferd aus Folkwang heruntergeritten kam. Vielleicht beobachtete er aber auch nur das Wetter. Bei Ulfar Bonde konnte man das nie wissen. Dann überkam mich die Müdigkeit, mein Körper wurde schwer und gleich darauf lag ich auf dem Deck. Ich murmelte wohl noch, dass jemand ösen müsste, denn das letzte, was ich hörte, bevor der Schlaf mich übermannte, waren Krüge und Töpfe, die über den Schiffsboden gekratzt wurden.

Kam Odin auch an diesem Tag in meine Träume? Ich meine mich zu erinnern, dass ich ihn an Bord sah. Er stand vorn im Bug, dieses Mal aber mit dem Rücken am Steven, sodass sein Auge mich anstarrte. *Wer bist du, Torstein? Wer wirst du sein? Zweier Könige Blut an deinen Händen …* Die Worte schienen mich nicht loszulassen, und mit einem Mal lag ich nicht mehr auf dem Deck. Ich stand achtern, meine Hände fest um das Steuerruder gelegt. Odin war noch immer im Bug. Er trug einen weiten, bodenlangen Umhang und stützte sich auf einen Speer. Seine langen grauen Haare und sein Bart hingen über seine Schultern und Brust herab. Das fehlende Auge war nur ein Schatten in dem faltigen, alten Gesicht. Aber das andere Auge blickte tief in meine Seele. Und dieses Auge sah all meine Schwächen und all meine Reue. All meine Wünsche und Begierden. *Wer bist du, Torstein?*

Bei Tagesanbruch wachte ich auf. Ich lag unter einem Fell und spürte die anderen dicht bei mir. Es musste früh sein, der Himmel war noch dunkel.

Ich richtete mich auf, Welpe und Halvor standen am Steuerruder. Sie nickten mir zu. Halvor murmelte, es sei eine gute Nacht gewesen, gleichmäßiger Wind und den Verletzten gehe es gut. Nur um den Arm von Rudde-Geir sei es schlecht bestellt.

Bald darauf segelten wir in eine Nebelbank. An der Skrælingküste sind diese Bänke häufiger und dichter als an jedem anderen Ort, den ich kenne. Wir mussten die Ruder auslegen und ich setzte mich auf Bjørns Kiste und ruderte wie die anderen. Dass ich an diesem Morgen nicht ans Steuer gegangen bin, hat die Männer verwundert. Für gewöhnlich gab ich es nur ungern in andere Hände. Sie mussten geglaubt haben, dass mich meine Unachtsamkeit am Tag zuvor verunsichert hatte und ich deshalb meinem Bruder meinen Platz überlassen hatte. Aber so war es nicht. Das schlechte Gewissen nagte an mir. Ich war Häuptling und hatte erst das Schiff besessen, das Sven Gabelbart mir gegeben hatte und jetzt die »Naglfar«. Das erste wurde mein, weil ich Olav Tryggvason getötet hatte, das war rechtens. Aber dieses Schiff hatten wir den Isländern genommen, und es stand mir nicht mehr zu als den Männern, die mich begleiteten.

Vielleicht spürte ich an jenem Morgen, dass meinen Bruder ähnliche Gedanken beschäftigten. Immer wieder sah er zu mir hinüber, als wüsste er nicht, was er dazu sagen sollte, dass ich ihm den Platz am Steuer überlassen hatte. Die meiste Zeit aber ruhte sein Blick auf Freydis. Sie war die einzige an Bord, sah man einmal von den Verletzten ab, die nicht ruderte. Sie saß mittschiffs mit Ravntor. Erst würfelten sie auf einem Tonnendeckel und dann schnitzte sie Runen in einen Stab und ließ Ravntor die Worte aussprechen.

Ich saß den ganzen Tag an den Rudern. Am späten Nachmittag trieb der Nebel mit ablandigem Wind weg, sodass wir die Nacht hindurch segeln konnten. Der Mond zeigte sich über uns und der sternenklare Himmel machte das Navigieren einfach. Welpe übernahm das Steuerruder. Die Männer legten sich schlafen, aber ich war nicht müde. Ich nahm mittschiffs die Planken zur Seite, und obwohl wir den ganzen Tag nicht geöst hatten, waren nur zwei Handbreit Wasser im Schiff. Mich beruhigte das. Ich ging zu Welpe, schickte ihn schlafen und übernahm das Steuer.

Es ist gut für einen Mann, durch eine sternenklare Nacht zu steuern. Die Gedanken werden klar und auf gewisse Weise ist man dabei den Göttern näher. Ich spürte den langen, schmalen Rumpf der »Naglfar« zittern, während das Segel sich über die Steuerbordreling spannte. Das Ruder lag glatt und ruhig in meiner Hand und irgendwie schien mir das Schiff verziehen zu haben, dass ich es auf Grund gesetzt hatte. Als wollte es mir sagen, dass wir zusammengehörten.

Wie gewöhnlich blieb neben dem Steuermann ein Mann wach. In dieser Nacht war das Kolbein, ein Jomswikinger wie ich. Er war vielleicht zehn Jahre älter, ein ruhiger Mann, der einen nur ansah, wenn man ihm eine Frage stellte, als fürchtete er, man könnte seine Gedanken lesen. Bis zum ersten Schnee lief er immer barfuß herum, weshalb er beständig dreckige Füße hatte. Außerdem hatte er dichte, schwarze Haare an den Beinen, was ihm den Spitznamen Kohlenbein eingebracht hatte. Wenn er redete, klang er fast wie ein Rogaländer, dabei behauptete er immer, aus Vingulmørk zu kommen.

Ich sagte Kolbein, dass auch er sich schlafen legen konnte. Ich wollte in dieser Nacht allein sein, Frieden für die Seele und für mein Gemüt finden. Außerdem hatte ich wieder das Gefühl, Odin vorn im Bug erkennen zu können. Er drehte mir den Rücken zu und schaute über das Meer. Kolbein steckte sich einen Fetzen Trockenfisch in den Mund und legte sich hin.

Dass Odin sich dort vorne zeigte, und wenn auch nur im Traum, konnte nur ein Zeichen sein, dass wir direkt über das Meer fahren und nicht auf den Frühling warten sollten. Bald darauf sah ich die Gestalt im Bug deutlicher. Ein Mann in einem langen Umhang, dessen Haare im Mondlicht glänzten. Er stand lange da und starrte nach vorn, doch irgendwann drehte er sich um und kam langsam nach achtern. Vorsichtig, Schritt für Schritt, denn Winabave wollte auf keinen der Schlafenden treten.

Der Skræling stellte sich schweigend neben mich. Er hatte eine Wolldecke von Freydis bekommen, die er eng um sich geschlagen hatte.

»Winabave kann hören«, sagte er plötzlich. Er räusperte sich und dämpfte seine Stimme. »Er kann … verstehen.«

»Das weiß ich«, antwortete ich, aber er nahm meinen Arm und hielt ihn fest. Dann holte er tief Luft, als wollte er noch mehr sagen, schwieg aber eine ganze Weile. »Ich … gehe schlafen«, murmelte er schließlich und wollte wieder nach vorne gehen, blieb dann aber nach wenigen Schritten stehen und kam wieder zurück. Mir wurde bewusst, dass er etwas auf dem Herzen hatte, wofür er vielleicht nicht die richtigen Worte fand.

»Ehre«, sagte er schließlich. »Das, was ihr Ehre nennt.«

»Ehre ist für jeden Mann wichtig«, sagte ich. »Und für Frauen auch.«

Winabave räusperte sich. »Dein Bruder … seine Frau. Sie vergessen vielleicht … dass ich verstehen kann. Ich habe sie gehört, Torstein. Ich habe gehört, was sie gesagt haben.«

»Was denn?«

Der Skræling nahm wieder meinen Arm. »Du und ich … du und ich, Torstein. Nach Matanuga … wir stehen … in unserer Schuld … gegenseitig.«

Ich nickte. »Niemand darf etwas anderes behaupten.«

»Dann werde ich nichts vor dir geheim halten.«

Mir gefiel das nicht, und ich sah ihm fest in die Augen. »Wenn jemand etwas vor mir verbergen will, musst du es mir sagen.«

Winabave zog die Decke enger um sich. Er warf erst einen Blick auf das schwarze Meer und dann auf die Schlafenden. »Die Frau … Freydis … ich habe gehört, was sie deinem Bruder zugeflüstert hat. Und dein Bruder hat es Halvor gesagt. Ich glaube, sonst weiß es niemand.«

»Was wissen? Was hat sie gesagt?«

Winabave zögerte. Er strich sich über sein bartloses Gesicht, als graute ihm vor dem, was er sagen wollte. »Der Mann … der fast deinen Namen trägt.«

»Thorfinn? Thorfinn Karlsefni?«

»Ja. Freydis sagt, dass er es war, der die Männer aus Patuxet angestiftet hat, deinen Hof anzugreifen.«

Ich kann mich nicht daran erinnern, ihm etwas geantwortet zu haben. Ich blieb eine ganze Weile am Steuer stehen, als wären Winabaves Worte nur ein Traum. Der Skræling setzte sich auf die Ruderkiste vor mir, sah noch einmal zu mir hoch und schlug dann schweigend den Blick nieder.

Ich sah das Ganze vor mir. Thorfinn Karlsefni, der große Mann aus Island, war von Grönland mit guter Brise nach Westen gesegelt und hatte an der Küste nach einem Ort gesucht, an dem er an Land gehen konnte. Dann hatte er den Rauch unserer Feuerstelle gesehen und begehrt, was ich hatte, und wollte es mir nehmen. Aber warum? Gab es nicht genug Land für uns beide? Wobei auch ich mir gewünscht hatte, wir wären hier nie aufeinandergetroffen. Seit ich das erste Mal gehört hatte, dass er auf dem Weg in den Westen war, hatte ich darauf gehofft. Hatte er genauso gedacht? Aber deshalb die Patux dazu zu bringen, uns anzugreifen? … Ich kenne viele üble Männer, und Könige und Häuptlinge sind oft rücksichtslos. Thorfinn war mir aber nie wie ein solcher Mann vorgekommen.

Es heißt, in dieser Nacht sei die Wut über mich gekommen und ich hätte sofort Kurs auf die Rentierinsel genommen. Mit dem Schild in der Hand und der Dänenaxt bereit zum Angriff. Aber das stimmt nicht, denn irgendwie dachte ich, dass das nicht wahr sein konnte, weshalb ich lange dastand und mich selbst zu überzeugen versuchte, dass Winabave sich geirrt hatte. Oder war das, was er gesagt hatte, nur ein Traum? War alles ein Traum? Auch dass ich jetzt hier stand und das Schiff durch die Nacht steuerte?

Irgendwann weckte ich Bjørn. Er schlief tief und hatte seinen Arm um Freydis gelegt. Schließlich richtete er sich auf und rieb sich die Augen. Er blinzelte zum Mond und sah mich an.

»Ist es wahr?«, fragte ich.

Er murmelte, es wäre das Beste gewesen, wenn ich das niemals erfahren hätte. Dann holte er tief Luft und sagte: »Freydis hat es mir so gesagt. Aber … wir können nicht zur Rentierinsel fahren, Torstein. Wir sind zu wenige. Und du hast deinen Sohn hier auf dem Schiff. Wenn wir dort anlegen, geht das nicht gut aus.«

Ich stellte mich wieder an das Steuerruder. Jetzt packte mich die Wut und ich schlug so hart mit der Faust auf die Reling, dass es wehtat. Einige der Männer wachten auf. Halvor sah zu Bjørn und Freydis und dann zu mir. Bjørn stand auf, Freydis blieb sitzen, Ravntor in der Armbeuge.

»Die Bäume haben das Laub verloren«, sagte mein Bruder, »es ist bald Winter. Wir können nicht zur Rentierinsel fahren, nicht mit den Absichten, die du hast. Wir dürfen nicht noch mehr Männer verlieren. Wir müssen einen Ort finden, an dem wir überwintern können.«

Ich hatte die Hände fest auf das Steuer gelegt. Erst sagte ich gar nichts und ich wollte nichts mehr hören. Am liebsten hätte ich meine Wut herausgebrüllt. Ich umklammerte die Pinne und stellte es mir vor: Thorfinn Karlsefni, wie er mit einer Kiste Silber und Glasperlen bei den Patux an Land rudert und der Sachet mit seinem goldenen Kopfschmuck gierig die Hände in all den Reichtum gräbt. Und wie Thorfinn dann nach Norden zeigt und die Patux ihre Speere in den Himmel recken und ihm Mord versprechen.

Ich dachte nicht weiter darüber nach, wie er es geschafft haben sollte, den Skrælingen ohne einen Übersetzer klarzumachen, was sie tun sollten. Diese Gedanken kamen mir erst viel später. Ich war nur auf Rache aus. Das sagte ich Bjørn und den anderen der Mannschaft, jedem, der wach war. »Ich will meine Rache. Das ist das Recht eines jeden freien Mannes.«

Bjørn sagte dazu nichts. Er setzte sich auf seine Ruderkiste und vergrub das Gesicht in den Händen.

Als es hell wurde, sprach ich mit Freydis. Sie sah mit düsterer Miene zum Ufer und erzählte mir, wie wütend Thorfinn geworden sei, als ihm zu Ohren gekommen war, dass sich neben Leif Erikson ein weiterer Häuptling mit einer ganzen Schiffsbesatzung an der Küste der Skrælinge niedergelassen hatte. Thorfinn hatte Schiffe ausgesandt, die weit nach Süden gesegelt waren. Sie war selbst auf einem solchen Erkundungsauftrag gewesen, als sie Eystein, Winabave und mich entdeckt hatte. Schon auf Lysvetts Fest in Island hatte Thorfinn erfahren, dass wir Jomswikinger waren, und bestärkt durch meinen Mord an Halvar Vini meinte er, dass Männer wie wir nur Unfrieden stiften und die Skrælinge zum Angriff reizen würden. Wollte er hier in Ruhe Lärchen schlagen und Schiffe bauen, musste er uns loswerden. Freydis meinte, dass er es auch auf unseren Hof abgesehen hätte. Eines seiner Schiffe hatte sich eines Nachts unserer Halbinsel genähert und zwei Männer waren an Land geschwommen. Sie hatten berichtet, dass ein großer Hofplatz gerodet und bereits ein Langhaus, ein Bootsbauplatz und ein Stall errichtet worden wären. Es müssten fleißige Leute sein, die sich dort niedergelassen hätten. Thorfinn dachte vermutlich, dass er sich diese Arbeiten sparen konnte, wenn er uns die Insel wegnahm, und gleich mit dem Roden und dem Schiffsbau beginnen könnte. Als er später bemerkte, dass die Skrælinge sowohl das Schiff als auch das Langhaus niedergebrannt hatten, wäre er wütend geworden, denn er hätte seiner Frau und den Männern ein Dach über dem Kopf versprochen, sobald sie an Land kämen.

An die weitere Fahrt zur Rentierinsel erinnere ich mich kaum. Eine Art Wahn war in mein Blut gekommen, und irgendwie fühlte es sich so an, als hätte das Schiff einen eigenen Willen und verstünde mich weit besser als alle Männer an Bord. Wobei Winabave an meiner Seite stand, wie er es immer tat.

Im Grunde wollten Welpe, Halvor und Bjørn ebenfalls Rache, das Unrecht sei auch an ihnen begangen worden. Sie waren rechtschaffene Männer und versuchten deshalb nicht, mich aufzuhalten, doch eigentlich waren sie überzeugt, dass es unklug war, Thorfinn und seine Leute jetzt anzugreifen. Dafür waren wir viel zu wenige kampffähige Männer. Trotzdem begannen sie ihre Schwerter und Messer zu schleifen. Die Bögen wurden mit Harz eingestrichen und die Pfeile gezählt. Ulfar Bonde begann sich zu beklagen, dass er so übel zugerichtet war, versprach mir aber, dass er schon auf die Beine kommen und mir im Kampf zur Seite stehen würde.

Ich hatte aber gar nicht vor, die Rentierinsel anzugreifen. Mir ging es nur um Thorfinn Karlsefni. Ich wollte ihn zu einem Zweikampf herausfordern und ihn töten. Alles andere wäre ehrlos gewesen. Schließlich waren Frauen und Kinder auf der Insel.

Ich weiß noch, dass es irgendwann zu schneien begann. Ravntor streckte seine Hände aus und versuchte die Flocken zu fangen, und Freydis lächelte ihm zu. Als wir am nächsten Tag in die Bucht südlich der Rentierinsel einfuhren, war das Land weiß. Bjørn war bei mir. Er bat mich, vernünftig zu sein. »Auch ich will Rache«, sagte er. »Aber wir sind nicht stark genug. Wir sind zu wenige Männer. Lass uns eine Bucht finden, Torstein. Nördlich von hier. Dann können wir im Frühjahr zurückkommen und Rache nehmen.«

Er erhielt keine Antwort. Ich bat die Männer, die Rah herunterzunehmen und auf die Ständer zu legen. Das Segel sollten sie aber noch nicht festbinden. Es war Nordwind und ich wollte die »Naglfar« mit dem Achterende an die Landzunge an der Hafeneinfahrt legen. Auf derselben Landzunge wollte ich Thorfinn zum Zweikampf herausfordern. Auf diese Weise könnten wir abfahren, sobald ich ihn getötet hatte.

Wir legten an. Das Schiff vertäuten wir mit einem Seil aus Ulmenbast an einem Uferfelsen. Es war nicht unser bestes Seil, aber wir konnten es vor der Abfahrt einfach kappen. Bjørn, Halvor, Welpe, Winabave und ich zogen bis auf die Hose alle Kleider aus und schwammen an die Landzunge. Mehr Männer wollte ich nicht dabeihaben. Sollte es schlecht ausgehen, würde Freydis dafür sorgen, dass sie mit den anderen und Ravntor davonkam. Das Wasser war eiskalt, aber das spürte ich kaum. Die Dänenaxt hatte ich mir hinter den Gürtel geschoben. Halvor hatte seine Handaxt und ein Sax, Welpe ein langes Messer und ein Schild. Winabave hatte ein Beil und mein Bruder das Jarlsschwert und ein Schild. Als wir ans Ufer kamen, nickte er mir zu und sagte, dass er mir bis zuletzt beistehen würde, sollten Thorfinns Leute zu den Waffen greifen. Danach warf er einen Blick zu unserem Schiff. Freydis stand mit Ravntor auf dem Arm an der Reling.

Thorfinns Leute traten uns auf dem Hofplatz entgegen, darunter Thorfinn selbst, seine Frau und sein kleiner Sohn. Außerdem Ulle Dane, Magnar und alle anderen Männer. Sie hatten das Schiff gesehen und ahnten möglicherweise, weshalb wir gekommen waren, schließlich trugen wir Waffen und standen barfuß im Schnee. Als ich vortrat, hob Thorfinn sofort den Arm und richtete das Wort an mich. Er trug an jenem Morgen einen blauen Wollumhang und Stiefel aus Seehundfell. Während er sprach, hatte er seine Hand auf die Schulter seiner Frau gelegt. »Ich weiß nicht, mit welcher Absicht du kommst«, sagte er. »Es sieht für mich aber so aus, als kämt ihr nicht in Frieden. Du sollst wissen, Torstein Tormodson, dass wir für dich und deine Mannschaft Platz für den Winter haben. Keiner meiner Männer wird ein schlechtes Wort über dich sagen, wenn du mir dasselbe versprichst.«

Ich antwortete nicht. Vor mir stand der Mann, der mir die Insel und meine Häuptlingsmacht genommen hatte. Er hatte die Patux angestiftet, meinen Hof anzugreifen und meine Männer zu töten, und bot mir jetzt gnädig Schutz für den Winter an. Ich konnte nicht begreifen, wie jemand so falsch sein konnte.

Halvor trat vor. »Wir haben gehört, dass du ein reicher Mann bist, Thorfinn Karlsefni. Aber ganz so reich warst du nicht mehr, nachdem du die Patux dafür bezahlt hattest, unseren Hof und unser Schiff niederzubrennen. Oder was sagst du dazu?«

Thorfinns Blick verfinsterte sich. Die Menschen um ihn herum begannen zu murmeln, einige griffen zu ihren Messern und Äxten. Thorfinns hübsche blonde Frau stand stumm mit dem Jungen auf dem Arm neben ihm.

Ulle Dane trat breitbeinig vor Thorfinn. »Von wem hast du diesen Unsinn?«

»Das ist …«, begann ich, aber Thorfinn fiel mir ins Wort. »Freydis«, sagte er. »Freydis muss das gesagt haben. Du solltest es eigentlich besser wissen, Torstein Bootsbauer, und nicht auf die Worte einer Frau hören. Ich biete dir ein Dach über dem Kopf und einen Hafen für dein Schiff. Ein kluger Mann würde dieses Angebot annehmen, denn die Skrælinge mögen klein und schwächlich aussehen, doch sie werden nicht davor zurückschrecken, ein kleineres Gefolge wie deines anzugreifen. Wie viele seid ihr auf diesem Schiff?«

Thorfinn schob die Daumen unter den Gürtel. »Wir haben euch von der Landzunge aus gesehen, Torstein. Wie viele seid ihr an Bord? Nicht genug, um einen weiteren Angriff des Volkes aus dem Süden zu überstehen, wenn du mich fragst.«

»Das weißt du ja wohl«, fauchte ich zurück. »Ich nenne dich einen Feigling, wenn du es nicht einmal wagst, den Mann anzugreifen, dessen Land du in Besitz nehmen willst, sondern andere dafür bezahlst.«

Thorfinn legte den Kopf auf die Seite und sah mich beinahe traurig an. Er seufzte laut und drückte die blonde Frau an sich. »Magnar«, sagte er nur.

Magnar, der große, sehnige Mann, mit dem ich gekämpft und den ich fast getötet hatte, trat vor mich. Er hielt eine kleine Axt in der einen und ein langes Messer in der anderen Hand. »Nenn meinen Häuptling nicht Feigling«, sagte er. »Und komm nicht hierher und behaupte, die Worte der Tochter einer Sklavin seien wahr. Bitte um Vergebung für deine Beschuldigungen oder nimm deinen bemalten Skræling und deine Männer und verschwinde von hier.«

Bjørn hob sein Schwert und trat neben mich. Die Menschen wichen zurück, als sie die glänzende Klinge in der Hand meines grimmigen Bruders sahen. »Tritt zur Seite«, sagte er nur. »Es ist dein Häuptling, mit dem wir sprechen wollen. Nicht mit dir.«

Magnar muss die Art von Mann gewesen sein, den man nicht einschüchtern kann und der deshalb auch nicht versteht, was zu seinem Besten ist. Dass er die Jomswikinger hasste und uns am liebsten wie einen toten Hai am Haken hängen sehen würde, wussten wir bereits. Aber dass er so dumm sein konnte wie an jenem Tag, überraschte uns. Mit einem Mal machte er einen Ausfallschritt auf meinen Bruder zu: Er schlug mit der Axt nach seinem Gesicht und stieß mit dem Messer zu, aber Bjørn ließ sein Schwert herabfahren und traf ihn unterhalb des Ellenbogens. Die scharfe Klinge durchschlug den halben Arm und brach die Knochen. Magnar fiel das Messer aus der Hand, während sein Unterarm an Haut und Muskeln hängenblieb. Er schrie grausam, aber Bjørn trat ihm in den Bauch und warf ihn zu Boden, bevor er mir einen kurzen Blick zuwarf. Ein Nicken von mir und Magnar wäre tot gewesen. Aber ich muss den Kopf geschüttelt haben, denn Bjørn zog sich zurück, während der schreiende Mann zum Langhaus gezerrt wurde.

Thorfinn blieb wortlos stehen. Er starrte auf das Blut, dann auf mich. Schließlich löste er die Spange an seinem Umhang und reichte ihn Ulle Dane. Dann zog er Jacke und Hemd aus. »Keine Waffen«, sagte er. »Leg deine Axt und das Messer weg, dann kriegst du deinen Zweikampf.«

Ich reichte Bjørn die Dänenaxt. »Da draußen«, sagte ich und zeigte auf die Landzunge, an der wir das Schiff vertäut hatten.

»Nein. Wir machen das hier.« Thorfinn trat einen Schritt vor und stand mit bloßem Oberkörper und hängenden Armen vor mir, als dächte er nicht daran, sich zu verteidigen. Es ist nicht immer leicht, einen unbewaffneten Mann anzugreifen, außerdem spürte ich den Blick seiner Frau auf mir. Ich trat einen Schritt auf ihn zu und zögerte. Thorfinn entging das nicht und plötzlich schwang er seine Faust und traf mich am Kinn. Ein solcher Schlag kann selbst den stärksten Mann außer Gefecht setzen. Dass ich Thorfinn unterschätzt und ihn bloß für einen Händler gehalten hatte, der nichts vom Kämpfen verstand, wurde mir nur allzu klar, als er dem ersten Schlag gleich einen zweiten folgen ließ. Dieser traf mich im Bauch, sodass ich nach vorne kippte. In diesem Moment machte er allerdings einen groben Fehler. Er nahm meinen Kopf unter den Arm und versuchte, mich dort festzuhalten.

Wir Jomswikinger waren im Ringkampf trainiert und hatten keine Schwierigkeiten, aus einem solchen Griff zu entkommen. Ich packte ihm ins Gesicht, drückte ihm die Finger in die Augen und stieß seinen Kopf nach hinten, woraufhin er mich losließ. Danach trat ich ihm die Beine weg, warf ihn auf den Rücken und setzte mich rittlings auf ihn. Ich schlug ihm ins Gesicht, stemmte die Knie auf seine Oberarme und packte seinen Hals. Hinter mir hörte ich, wie Bjørn die Umstehenden anfauchte, dass sie es nicht wagen sollten, in den Kampf einzugreifen. Dann drückte ich zu, wie ich es Monde zuvor auch bei Magnar getan hatte, nur dass mich dieses Mal nichts dazu bringen würde, meinen Griff zu lockern. Ich wollte Thorfinn Karlsefni auf direktem Weg nach Helheim schicken.

Doch an diesem Tag sollte niemand getötet werden. Die Erkenntnis kann auf vielen Wegen zu einem Mann kommen. Zu mir kam sie in Form des Blickes eines kleinen Jungen. Denn

Thorfinns Sohn begann zu weinen. Plötzlich hörte ich nur noch dieses Wimmern und sah nichts anderes als die Tränen des Jungen. Er versuchte sich von seiner Mutter loszureißen und streckte die kleinen Arme zu seinem Vater aus.

Ich nahm meine Hände von Thorfinns Hals und ließ ihn am Boden liegen. Dann taumelte ich nach hinten, wo Halvor mir meine Axt in die Hände drückte und murmelte, ich hätte klug gehandelt. Jetzt sollte ich zu dem Besiegten sprechen und einen Handel abschließen, damit wir den Winter über auf der Insel bleiben konnten. Und zwar als freie Männer und nicht unter seiner Herrschaft.

Ich aber sagte kein Wort. Wir zogen uns vom Hofplatz in Richtung Landzunge zurück, schwammen hinüber zur »Naglfar« und kappten die Vertäuung.

*

An diesem Tag schwor ich mir, von nun an ein klügerer Mann zu sein und mich nicht mehr von Wut und Raserei leiten zu lassen. Bjørn stand bei mir am Steuer und ich beorderte den Rest der Mannschaft an die Ruder. Ich wollte gerade einen westlichen Kurs einschlagen, als mein Blick auf ein Lederboot fiel. Es schien aus der Flussmündung zu kommen, wo wir vor langer Zeit die Reste eines Lagerfeuers gefunden hatten. In dem Boot saßen zwei Männer. Bjørn legte die Hand über die Augen und nickte. »Diese Richtung, Bruder. Das ist Eystein.«

Es war, wie mein Bruder gesagt hatte. Ich steuerte die »Naglfar« auf das kleine Boot zu, in dem Eystein mit einem Skræling saß. Er nahm das Seil, das Welpe ihm nach unten warf. Dann kletterten die beiden an Bord und wir zogen das Lederboot hoch und legten es mittschiffs. Eystein sah mich lange an. Dann trat er vor und legte seine Hand auf meinen Unterarm, während ich den seinen nahm. Ein Zeichen der Freundschaft, wie ich es nicht oft außerhalb der Jomsburg gesehen hatte. Danach setzte er sich auf eine Ruderkiste und nickte in Richtung des Skrælings, einem jungen Mann mit sehr langen Haaren und knielanger Hirschlederjacke. Eystein sagte, er sei ein Vetter von Onejun und ginge oft mit ihm fischen. Sie hätten gehört, dass ich zurück zur Rentierinsel gekommen war, doch Thorfinn hätte ihnen gesagt, dass ich schon wieder davongesegelt und es nicht sicher sei, ob ich jemals zurückkehren würde. Dieses Gespräch sei jetzt viele Monde her, aber seitdem wären die beiden an der Flussmündung geblieben und hätten das Meer beobachtet, bis sie die »Naglfar« gesehen hatten.

Wir fuhren um die Rentierinsel herum und kamen in den nördlichen Sund. Ich erzählte Eystein, was geschehen war, seit er uns verlassen hatte, um zurück zu Onejun und seinem kranken Kind zu fahren. Ich wagte es nicht zu fragen, wie es mit dem Jungen ausgegangen war und Eystein sagte auch nichts. Er berichtete mir aber, dass man sich beim Flussvolk erzählte, Winabave sei fort, und dass es sicher viele überraschen würde, wenn er ihnen erzählte, dass er noch am Leben war und mir in Matanuga sogar das Leben gerettet hatte.

Halvor fragte Eystein nach Onejun und wollte wissen, ob er an Land gehen und sie gleich holen könnte, aber Eystein antwortete nicht. Er kletterte hinter mir auf die Reling, stützte sich an den Achtersteven und sah nach vorn über das Schiff und das Meer. Der Wind ließ seine roten Haare flattern. Dann erzählte er uns, dass sie ihn jetzt als einen der Ihren ansahen und er in jeder Hinsicht wie ein Skræling lebte. Es gehe ihm gut mit Onejun, sie sei ihm eine liebevolle und gute Frau. Dann sah er mich an: »Sie trägt wieder ein Kind in sich. Und ich will bei ihr bleiben.«

Wir ankerten an diesem Abend an einer flachen Stelle. Es war windstill. Schnee lag in der Luft. Eystein fragte mich, wo ich überwintern wollte. Nach dem, was wir in Patuxet getan hätten, wären wir vor Racheaktionen nicht sicher. Aber das Eis würde sich bald auf das Wasser legen, weshalb die Patux es sicher erst im Frühling wagen würden, nach Norden aufzubrechen. »Wir wollen uns weiter nördlich eine Bucht suchen«, sagte Halvor.

»Wenn ihr nach Norden wollt, müsst ihr euch beeilen«, sagte Eystein. »Es kann jederzeit viel Schnee fallen, aber das wisst ihr selbst. Wenn ich mit den Ältesten rede, könnt ihr den Winter sicher bei uns verbringen.«

Die Feuerschale wurde angezündet und die Fische, die die Männer gefangen hatten, wurden gebraten. Ich selbst hatte keinen Hunger, mein Kinn schmerzte noch von Thorfinns Faustschlag. Ich blieb diesen Abend achtern hinter dem Steuerruder stehen. Als es dunkel wurde, frischte der Südwind auf, die »Naglfar« drehte sich und zerrte am Ankerseil. Die Männer kamen zur Ruhe. Rudde-Geir beklagte sich über seinen Arm, aber Bonde sagte ihm, er solle den Mund halten. Dann fiel die Stille über das Schiff und nur Welpe und ich blieben wach. Der Jarlssohn sagte, auch ich solle mich etwas ausruhen, aber ich blieb an meinem Platz.

Wieder sah ich Odin. Wie beim letzten Mal stand er im Bug und sah mich aus seinem einen Auge an. Er beobachtete mich, als ich die Hand auf das Ruder legte, und mit einem Mal fühlte es sich so an, als blähte der Wind das Segel, sodass das Schiff sich in Bewegung setzte.

Ich hatte dieses Bild noch immer im Kopf, als ich wach wurde. Ravntor stand neben mir und sah auf mich herab. Ich weiß noch, dass ich die Hand zu ihm ausstreckte, er aber weglief und sich an Freydis' Rockzipfel festhielt. Bjørn und sie standen eine Körperlänge vor dem Steuerruder. Bjørn sah in die aufgehende Sonne.

»Sie sind gefahren«, sagte er. »Eystein hat versprochen, gut auf dein Pferd aufzupassen.«

Ich rappelte mich hoch. Das Lederboot war weg, wie mein Bruder gesagt hatte. Es war noch früh, die meisten Männer schliefen unter ihren Fellen.

»Es wäre schwierig, hier auf diesem Schiff ein Pferd unterzubringen«, fügte Freydis hinzu.

»Und vielleicht«, sagte Bjørn »wäre es auch schwierig, so spät im Jahr noch ein gutes Winterlager zu bauen.« Er warf einen Blick auf den Mast. »Dieses Schiff ist schnell.«

Ob die anderen Männer an Bord mit der Entscheidung, die ich an jenem Morgen traf, einverstanden waren, weiß ich nicht. Ich habe sie nie danach gefragt. Wenn Menschen, die sich mit der Schifffahrt auskennen, meine Reisen an die Küste der Skrælinge für ein Gerücht halten, dann tun sie dies, weil ich das Meer im Laufe eines Jahres tatsächlich drei Mal überquert habe. Man schalt uns verrückt, weil wir im Spätsommer noch aus Trøndelag aufgebrochen waren. Jetzt lag Schnee auf der Rah, und ich hatte meinen Sohn an Bord. Doch wir gehörten auf das Meer. Meine Männer und ich. Wir fühlten uns nirgendwo sicherer als dort. Als ich sie an die Seile und Schote rief und den Anker lichten ließ, fürchtete ich weder das Meer noch die Winterstürme. In mir war einzig der Drang, nach Hause zu Sigrid und dem kleinen Bjørnar zu kommen und wieder norwegischen Boden unter den Füßen zu spüren.

32
Das Land meines Vaters

Es gibt Zeiten, in denen mir die Überfahrt in jenem Winter wie ein Traum vorkommt. Zeiten, in denen ich genickt habe, wenn jemand sagte, das alles seien doch Lügen und wir hätten den Winter in Wirklichkeit auf Grönland verbracht. Und es gibt Augenblicke, in denen ich denke, dass Sigrid mir nie verziehen hat, was ich getan habe. Denn als wir einen östlichen Kurs einschlugen und die verschneite Küste Vinlands hinter uns verschwinden sahen, trotzten wir dem Meer selbst. Niemand sollte diese Fahrwasser im Winter herausfordern, wenn die Eisberge dicht an dicht treiben und die Riesen heulend und herrschsüchtig den Wind reiten. Wir hörten sie bereits in der zweiten Nacht nach unserem Aufbruch. Es war so dunkel, dass man kaum die Hand vor Augen sah. Wir spürten, dass die Wellen immer höher wurden. Die Reue kam, und ich hätte gewendet, wäre der Wind nicht aus Nordwesten gekommen, sodass ich nichts anderes tun konnte als mich vor ihm her schieben zu lassen. Ich bat Freydis, Ravntor mit einem Seil an sich zu binden. Die Besatzung sollte ösen und den Schaden im Vorderschiff im Auge behalten und ich setzte Männer an die Schote und befahl ihnen, sie zu lockern, sollte es sich so anhören, als würde der Mast in Mitleidenschaft gezogen. Bei Tagesanbruch befanden wir uns weit draußen auf dem Meer. Nördlich von uns konnten wir vier Eisberge ausmachen.

Drei Tage segelten wir unter diesen Bedingungen. Es war kein richtiger Sturm, aber der Wind war sehr stark und Wellen und Dünung schwächten sich erst gegen Abend des vierten Tages ab. Wir berieten uns an Bord, denn viele wollten umkehren und zurück zum Land fahren, bevor es zu spät war. In diesem Moment rappelte Rudde-Geir sich auf. Natürlich könnten wir umkehren, wenn wir es unbedingt darauf anlegten, Rán herauszufordern. Sie würde keine Gnade zeigen, sondern ihr Netz über das Schiff werfen und uns in die Tiefe ziehen. Sie verachte Feigheit ebenso sehr wie der Allvater. Einige der Männer schnaubten nur über seine Worte, sie hörten das zum ersten Mal. Außerdem hatte der Wind auf Nord gedreht, was uns zugutegekommen wäre, sollten wir umkehren. Rudde-Geir hielt den verletzten Arm unter der Decke und ich ahnte, dass die Tropfen auf seiner Stirn nicht von der Gischt stammten, sondern Schweiß waren. Vielleicht redete er im Fieberwahn, aber trotzdem hielt ich Kurs und steuerte weiter in die Richtung, die ich für Osten hielt. Die Männer kauerten sich wieder hinter die Reling und hüllten sich in Decken und Felle. Bjørn, Welpe, Halvor und ich blieben achtern stehen und irgendwann übernahm mein Bruder das Ruder.

Wir wechselten uns in kurzen Schichten ab. Ich sah ein, dass es so am sichersten war. Vielleicht war ich inzwischen klüger geworden, auch wenn mein schneller Entschluss, so spät im Jahr noch die Überfahrt zu wagen, vielleicht nicht sehr besonnen war. Die »Naglfar« segelte schnell und solange die Wellen rund und nicht hoch und spitz waren, konnte es so heftig wehen, wie es wollte. Das Schiff war gerüstet und die Seehundriemen, die den Mast hielten, waren so stark wie ich es bei kaum einem anderen Schiff gesehen habe. Sorgen machte mir die Gischt, die immer wieder über die Reling schlug. Selbst mit den ledernen Regenumhängen war es unmöglich, sich trocken zu halten, doch viel gefährlicher war es, wenn Salzwasser in die Trinkwassertonnen eindrang. Wir waren längst vom Kurs abgekommen, die Südspitze

Grönlands musste weit hinter uns liegen, und um auf Island zu stoßen, brauchten wir eine gehörige Portion Glück.

Was diese Seereise anging, sollte ich Sigrid später nicht die Wahrheit sagen. Ich erzählte ihr, dass die Götter mit uns waren und wir von Vinland bis Trøndelag guten Wind hatten und auch die Strömungen uns antrieben. Ich erzählte ihr nie von der Angst, die mich überkam, als der Wind wieder stärker wurde. Ich weiß noch, dass ich zu frieren begann, und dass Ulfar Bonde in den Bug ging und dort wie ein Verrückter gegen die Wellen anheulte. Dann wurde er von einer Welle getroffen und auf die Knie gedrückt, woraufhin er in wildes Gelächter ausbracht. Wir anderen lachten nicht. Als ich wieder ans Ruder musste, schlang Bjørn ein Seil um mich und befestigte das andere Ende am Achtersteven. »Wir wollen nicht, dass Rán uns holt. Nach allem, was wir durchgestanden haben.«

Es war nicht das erste Mal, dass der Mann am Ruder mit einem Seil gesichert wurde. Bjørn nahm den Sonnenstein aus der Tasche und hielt ihn in die Sonne, die immer wieder zwischen den Wolken aufblitzte. Dann murmelte er etwas und fluchte, bevor er ausholte und den Stein wütend über die Reling werfen wollte. Rudde-Geir hielt ihn zurück. Er winkte Bjørn zu sich, und lange saß mein Bruder bei ihm, während der Isländer den kleinen Kristall mit zitternden Fingern hielt. Schließlich gab er ihn Bjørn zurück, der ihn wieder in Richtung Himmel hielt und ein Auge zukniff. Mit der freien Hand zeigte er nach vorn, als visierte er ein Ziel an, das nur er sah. Dann kam er zu mir und sagte, ich sollte etwas mehr nach Backbord steuern.

Dass mein Bruder mit einem Mal die Kunst beherrschte, nach einem Sonnenstein zu steuern, konnte ich kaum glauben. Den Stein hatte er bekommen, als wir noch als Jomswikinger gedient hatten, und ich hatte ihn lange mit mir herumgeschleppt, obwohl niemand von uns wusste, wie man ihn verwendete. Bjørn glaubte jetzt aber, mit Hilfe des Steins erkennen zu können, in welche Richtung wir segelten. Rudde-Geir hatte vor uns geheim gehalten, dass er über diese Fähigkeiten verfügte. Er wollte das als Pfand für sich verwenden, sollte ich ihn einmal töten oder über Bord werfen wollen. Inzwischen war er wohl der Überzeugung, sein Arm sei bereits in Helheim und der Rest seines Körpers würde ihm mit jedem Tag, der verging, ein Stückchen weiter folgen. Halvor und Welpe nahmen ihm an diesem Abend die Decke ab und sahen, wie recht er hatte. Der Arm, der von dem Pfeil getroffen worden war, wurde blau und dieses Blau schien sich durch die Adern zu verbreiten. Der Unterarm war angeschwollen und die Hand glich einer Knolle, von der die Finger dick abstanden.

In dieser Nacht nahmen wir ihm den Arm ab. Er wehrte sich nicht dagegen. Ich bat Freydis, Ravntor umzudrehen und ihm die Ohren zuzuhalten, aber der Isländer sagte kein Wort, als Halvor und Welpe seinen Arm über die Reling legten und Bjørn ihn abhackte. Den toten Arm übergaben wir dem Meer. Wir zogen einen Lederriemen um den Stumpf und verbanden ihn mit einem Tuch. Am liebsten hätten wir die Wunde ausgebrannt, wir wagten es aber nicht, ein Feuer zu entzünden.

In den nächsten Tagen wurden wir nach Bjørns Ansicht weit nach Süden geweht. Der Wind flaute bald etwas ab, doch aus Norden rollte noch immer eine gewaltige Dünung auf uns zu, sodass wir schließlich gezwungen waren, einen südlichen Kurs einzuschlagen, um nicht zu kentern. Ich hatte immer ein Auge auf Ravntor gerichtet und kann nur sagen, dass ich nach dieser Überfahrt für den Rest meines Lebens in Freydis' Schuld stehe, denn sie ließ ihn in all diesen Tagen nicht einen Moment von der Hand. Ich weiß, dass ich in dieser Zeit oft für mich allein saß. Immer wieder musste ich an Eystein denken, der zurückgeblieben war.

Und auch zu Vingur gingen meine Gedanken. Er war seit meiner Zeit in der Jomsburg mein treuer Gefährte gewesen, und die Gewissheit, ihn nie wiederzusehen, schmerzte mich. Winabave erzählte mir, dass er den Skræling, der bei Eystein gewesen war, nach Onejuns erstem Kind gefragt hatte. Es hätte das Fieber überstanden.

Am zwölften Tag nach unserem Aufbruch erblickten wir im Westen Land. Wir wunderten uns sehr und fragten uns, was das für eine Insel sein konnte. Tore Kalvson rappelte sich auf und meinte, wir seien nach Island gekommen, doch dafür waren wir viel zu weit im Süden. Bald wurde die Insel deutlicher und wir erkannten grüne Wiesen. Da schlug Halvor mir lachend auf den Rücken. »Irland!«, sagte er mit breitem Grinsen und presste den Zeigefinger an die Lippen. »Sag niemandem, dass Jomswikinger Halvor hier ist.« Ich erinnerte mich noch gut an den Moment, in dem ich als Junge mit meinem kleinen Boot von den Orkney-Inseln aufgebrochen war und ihn gefunden hatte. Er wurde damals verfolgt und war in den Arm geschossen worden, als er zu meinem Boot schwamm.

Wir hatten nicht vor, auf Irland mit irgendwem zu reden, brauchten aber Wasser. Am liebsten hätten wir auch Proviant eingetauscht, aber bis zur norwegischen Küste war es nicht mehr allzu weit, wenn wir in den nächsten Tagen guten Wind hatten.

Von Irland sahen wir nicht viel, wir blieben kaum einen Tag auf der Insel. Rudde-Geir murmelte, dass er an Land wollte, um mit festem Boden unter den Füßen zu sterben, aber Ulfar Bonde wurde wütend. Das sollte er gar nicht erst versuchen, wenn er mit Jomswikingern segelte. »Klagen kannst du, wenn du auch den zweiten Arm verloren hast!«

Mit irischem Bachwasser in den Tonnen und frisch gefangenem Fisch, den wir über die Reling hängten, segelten wir nach Norden und dann zu den Inseln westlich von Schottland. Dort drehte der Wind auf Ost, sodass wir einen Tag und eine Nacht nach Norden segelten, östlichen Kurs konnten wir erst einschlagen, als der Wind auf Süd drehte. Wir segelten an den Orkney-Inseln vorbei und kamen schließlich wieder in schwere See. Mit einem Mal war es so, als wollte das Meer uns nicht zurück an die norwegische Küste lassen. Der Wind frischte auf, und die Luft war eiskalt. Bisher hatten wir in dieser Hinsicht Glück gehabt, denn das Wetter war für die Jahreszeit recht mild gewesen. Aber der Schneesturm, in den wir jetzt segelten, war so dicht, dass ich den Bugsteven nicht mehr sehen konnte.

Ich wollte mich am Ruder nicht ablösen lassen, aber Bjørn stand bei mir. Wir beide wussten, dass wir über Nacht nur den Kurs halten mussten, um zur Küste zu gelangen. So schnell wie unser Schiff war, sollten wir am nächsten Morgen Land sehen können.

Hel schrie uns mitten in der Nacht an. Ich hörte sie zweimal deutlich im Wind, empfand aber keine Angst. Eher dachte ich, dass sie schrie, weil wir bald am Ziel waren und ihr entkamen. In wenigen Tagen würden wir bei den Ladejarlen an Land gehen und dann konnte ich Sigrid wie versprochen unseren Sohn bringen. Die Sorgen wuchsen allerdings, was Erik, der Ulfhedin, dazu sagen würde, dass ich keines seiner Schiffe zurückbrachte. All seine Männer, mit Ausnahme einiger weniger Jomswikinger und Tore Kalvson, hatten wir verloren. Und wir brachten ihm weder Sklaven noch Schätze.

Bjørn schien meine Gedanken zu lesen. Wir standen schweigend am Ruder, bis er irgendwann am Morgen gegen den Wind rief, dass es das Beste sei, ihm stolz in die Augen zu blicken. Wagten wir es nicht, aufrecht vor ihm zu stehen, wenn wir von den Verlusten erzählten, würde er uns verachten und den Raubzug als ein Werk von Feiglingen bezeichnen. Und für Feiglinge hatte ein Wolfskrieger sicher nichts übrig.

Wir erreichten die norwegische Küste etwas nördlich von Trøndelag, unweit der Stelle, wo wir beim letzten Mal auf Land gestoßen waren. Der Wind war schwächer geworden. Eine Weile segelten wir an der Küste nach Süden, und da der Wald und das Land vom Schnee bedeckt waren, kam uns zunächst alles unbekannt vor. Erstaunlicherweise war es Winabave, der als erster aufstand und in Richtung Land zeigte. Er hatte die Bucht und einen Felsen erkannt, und auch Bjørn und ich glaubten jetzt zu wissen, wo wir waren. Freydis kam mit Ravntor nach hinten und küsste Bjørn auf den Mund. Dann streckte sie den Arm aus und strich mir über die Wange. »Du hast die Götter auf deiner Seite«, sagte sie. »Das weiß ich jetzt.«

Es war kalt, als wir zwischen den Holmen hindurchsteuerten. Eisnebel trieb über die Wasseroberfläche und der Atem der Männer stand in weißen Wolken vor ihren Mündern. Ich überließ Bjørn das Ruder und setzte mich zu Ravntor. Es kam mir so vor, als wäre ich meinem Sohn kaum nahegewesen, seit wir von Patuxet fortgesegelt waren. Auch ich spürte mittlerweile die Erschöpfung, sie schien meinen ganzen Körper auszufüllen. Irgendwann stand ich auf und hielt mich an einem Seil fest. Bjørn fragte mich, ob alles in Ordnung sei, und als ich nicht antwortete, murmelte er nur, die Ladejarle müsste erst an ihm vorbei, wollten sie mir etwas antun. In diesem Moment stand Tore Kalvson unter Mühen auf und sah in Richtung Land. »Ich werde mich bei Erik für dich einsetzen«, versprach er.

Es lag Schnee in der Luft, als wir uns abends dem Ladehof näherten. Die letzten Sonnenstrahlen schienen flach über die Inseln hinter uns, und als wir die »Naglfar« in die Flussmündung ruderten, an der wir auch beim letzten Mal haltgemacht hatten, sammelten sich die Menschen am Strand. Sigrid stand dort, den kleinen Bjørnar auf dem Arm. Bei ihr standen Hutten und der alte Fenris.

Ich rief nicht zu ihr hinüber. All das, was ich mir zu sagen vorgenommen hatte, wirkte mit einem Mal dumm. Ich steuerte das Schiff an den Strand und bat die Ruderer, die Riemen einzuziehen, noch ehe ich den Grund sehen konnte. Dann glitt die »Naglfar« auf den Sand und ich trat mit Ravntor in den Bug. Sigrid legte Bjørnar in Huttens Arme und stürzte durch das Wasser auf das Schiff zu. Ich hob den Jungen über die Reling und legte ihn in ihre ausgestreckten Arme.

Sollte mein Lebensweg aus irgendeinem Grund in Erinnerung bleiben, dann nicht für die Schlachten, die ich geschlagen oder die Leben, die ich genommen habe. Nicht für den König, den ich getötet habe. Erinnert euch an mich, weil ich meinen Sohn zurück zu meiner geliebten Frau gebracht habe.

Ich ging mit erhobenem Haupt zum Jarlshof, und als wir in die Halle geführt wurden und ich vor Erik stand, wich ich seinem Blick nicht aus. In diesem Moment spürte ich keine Reue, und wenn er mich danach gefragt hätte, hätte ich ihm das auch gesagt. Torstein Tormodson bereute den Verlust der Männer und der Schiffe nicht. Aber Jarl Erik fragte mich nicht. Er sah mich an und wollte wissen, ob wir hungrig seien und ein Bier wollten. Da trat Bjørn zu mir vor und legte seine Hand auf meinen Rücken, als wollte er mich daran erinnern, dass es unklug wäre, jetzt zu trinken. Wir waren müde und würden schnell betrunken sein. Ich antwortete dem Jarl, dass wir weit gereist seien und gerne etwas essen würden. Mit dem Trinken wollten wir aber warten. Der Jarl erhob darauf den Krug, den er bereits in der Hand hielt. Haare und Bart waren wieder gewachsen, was ihn weniger beängstigend aussehen ließ. Er rief, dass sie uns Essen bringen sollten, den besten Speck, der für die Nacht der Wintersonnenwende aufgehängt worden war. Danach beugte er sich auf seinem Thron vor und musterte uns.

Die Stille, die sich nun in der Halle ausbreitete, war die reinste Qual. Erik hob den Krug und nahm einen kräftigen Schluck. »Mein Bruder wird wütend werden, wenn er das hört, Torstein Tormodson.«

Nun trat Tore Kalvson an meine Seite. Er wollte den Mund öffnen, als der Jarl brüsk die Hand hob und murmelte, er sei noch nicht fertig. »Dein Hund«, sagte er. »Der mit dem Bein. Wo ist der?«

»Mein Hund?« Ich verstand nicht, was er wollte.

»Ja. Bring deinen Hund her.«

Halvor hob Fenris hoch und trug ihn nach vorn.

»Er hat den Kopf hängen lassen, als du weg warst«, sagte der Jarl, »aber deine Frau hat sich um ihn gekümmert.«

»Das ist gut«, erwiderte ich. »Der Hund ist alt.«

Der Jarl strich sich über den Bart. Er trug ein graues, wollenes Hemd und außer seinem mit Silber besetzten Gürtel war an nichts zu erkennen, dass er der mächtigere der beiden Jarlsbrüder und damit eigentlich so etwas wie der König der norwegischen Küste war. Es sollte nicht mehr lange dauern, bis er Pläne schmiedete, die englischen Königreiche zu erobern, sowie einige weitere Ländereien rund um die Nordsee und das Skagerrak, aber das wussten wir damals natürlich noch nicht.

»Ich will dich nicht anlügen, Torstein Tormodson, Torstein Bootsbauer, Berserker aus der Jomsburg. Du bist der Mann, der Olav Tryggvason getötet hat, und dafür werde ich dir immer dankbar sein. Aber jetzt kehrst du mit großen Verlusten aus dem Westen zurück. Du bringst mir keine Schätze und hast auch kein Land für mich erobert.«

Ich antwortete nicht. Es stimmte, was er sagte. Ich wich seinem Blick aber trotzdem nicht aus. Ich erinnerte mich daran, dass er Männer hasste, die Schwäche zeigten. Dann nickte er vor sich hin und schien nachzudenken. Er stellte den Krug auf die Armlehne, den Blick noch immer auf mich gerichtet. Eines der Dienstmädchen schenkte ihm nach, er ließ den Krug aber stehen.

Wieder machte sich Tore Kalvson bemerkbar. Er stützte sich auf einen Stock und seine Stimme war heiser. Die Überfahrt hatte ihm zugesetzt. »Ich will etwas über diesen Mann sagen«, sagte er, räusperte sich und legte mir die Hand auf die Schulter. Der Jarl nickte.

»Mag sein, dass wir Schiffe verloren haben, aber ich mache ihm dafür keine Vorwürfe. Auch soll ihm niemand vorhalten, dass wir Männer verloren haben. Die Stadt, die wir angegriffen haben, war groß. Die Skrælinge zahlreich. Sie hätten den Platz draußen vor dem Hof und noch viele weitere solcher Plätze füllen können, und was ihren Kampfeswillen und ihre Mordlust angeht, stehen sie uns in nichts nach.«

»Dann hättet ihr sie nicht angreifen sollen. Gab es keine Dörfer, die ihr stattdessen hättet plündern können?«

»Wir haben Dörfer angegriffen, Erik, und Sklaven gefangen genommen. Aber wir mussten sie wieder laufen lassen.«

Der Jarl nahm seinen Krug und trank. Ich hörte die Männer hinter mir flüstern. Dann trat Bjørn vor und steckte mir etwas in die Hand. Es war der goldene Kopfschmuck des Sachets. Der Jarl stellte den Krug weg und wischte sich schnell den Mund ab.

»Gold«, sagte er.

Ich hielt die Platte hoch, damit alle Umstehenden sie sehen konnten. Der Jarl stand von seinem Thron auf. Er kam zu mir, riss mir die Platte aus der Hand und hielt sie ins Licht der Feuerstelle. »Gold«, wiederholte er und sah zu mir. »Aber es sollte mehr sein. Gibt es mehr?«

»Nein«, sagte ich.

»Dann sollst du es behalten.« Er reichte mir die Goldplatte, warf einen Blick auf Fenris auf Halvors Arm und setzte sich wieder auf seinen Thron. »Aber du kannst deinen Hund für mich opfern, Torstein Tormodson. Ich habe so viele Männer verloren, da ist es nur gerecht, wenn auch du Verluste hast.«

Ich war sprachlos.

»Das ist kein großes Opfer«, sagte der Jarl. »Du hast ja selbst gesagt, dass der Hund alt ist.« Erik warf mir sein Messer vor die Füße. Halvor sah erst zum Jarl, dann zu mir und stellte Fenris schließlich auf den Boden.

Bjørn erzählte mir später, dass die Wut, die dort in der Halle in mir hochkochte, so plötzlich gekommen sei, dass sie allen Männern des Jarls einen Schrecken eingejagt hätte, nur dem Jarl selbst nicht, der mit einem Grinsen auf seinem Thron sitzen blieb. Ich trat sein Messer weg und stellte mich breitbeinig über meinen struppigen, alten Freund. »Meinen Hund opfere ich nicht!«

Die Männer des Jarls waren es nicht gewohnt, dass sich jemand ihrem Häuptling widersetzte. Nach allem, was ich gehört hatte, wagte das nicht einmal sein Bruder. Doch Erik rief nach mehr Bier, das gleich darauf hereingetragen wurde. »Gib auch Torstein einen Krug. Gib allen einen Krug, denn darauf stoßen wir an!«

Die Dienstboten liefen sofort mit großen Kannen zwischen den Tischen umher. Jeder bekam einen Krug in die Hand gedrückt und als alle etwas hatten, kletterte der Jarl auf einen Tisch und sagte, wir sollten auf Odin trinken, auf all seine Söhne, und auf die Asen und Wanen. Alle setzten die Krüge an die Lippen, doch ich bekam ebenso wenig einen Schluck hinunter wie Bjørn, Halvor oder die anderen, die um mich herumstanden. Wir konnten das alles nicht begreifen. Der Jarl ließ auf uns trinken, obwohl ich ihm getrotzt hatte?

Dann begann Erik zu lachen, kletterte vom Tisch, kam zu mir und stieß mit mir an. »Trink, Torstein Tormodson. Ich mache dich zum Herrscher über Vingulmørk.«

Ich traute meinen Ohren nicht. Irgendwie kam mir über die Lippen, dass er mich nicht verhöhnen sollte, und Halvor sagte, wir seien müde von der Reise und würden uns am liebsten hinsetzen. Wenn der Jarl uns nicht in seiner Halle wollte, könnten wir gerne auf unser Schiff zurückgehen, wenn er sich nur um unsere Verwundeten kümmern könnte. Besonders ein Isländer hätte es nötig, ihm hätten wir während der Überfahrt den Arm abnehmen müssen.

»Wir werden uns um die Verwundeten kümmern«, antwortete Erik. Er nahm die Goldplatte aus meiner Hand und setzte sich auf seinen Thron. »Das mit dem Hund habe ich nur gesagt, um dich auf die Probe zu stellen, Torstein. Das verstehst du doch wohl. Als Herrscher wirst du viele Menschen treffen, darunter mächtige Häuptlinge und wichtige Männer, die versuchen werden, dir zu trotzen. Die Menschen in Vingulmørk sind widerspenstig, aber ich glaube, du und dein Bruder, ihr werdet sie zähmen. Du wirst Steuern für mich eintreiben, Torstein, und mir die Hälfte bringen. So bezahlst du für die verlorenen Schiffe. Aber auch nachdem du all das abbezahlt hast, wirst du mir die Hälfte von allem, was du eintreibst, überlassen. Und wenn du stirbst, sollen deine Söhne deine Herrschaft übernehmen und nach ihnen deren Söhne.«

Der Jarl warf den Krug zur Seite. »Bringt uns die Hörner«, rief er. Mit einem Mal war es in der Halle vollkommen still.

Zwei Dienstmädchen traten aus dem Halbdunkel an der Wand, eine der beiden trug zwei Hörner mit prachtvollen Schnitzereien und Füßen aus Silber, die andere eine Kanne.

Der Jarl erhielt das eine Horn, ich das andere. Sie wurden gefüllt und dieses Mal nicht mit Bier. Ein schwerer, süßlicher Duft stieg aus ihnen auf.

»Torstein Tormodson«, sagte der Jarl. »Schwörst du, unter mir zu herrschen, über Vingulmørk zu regieren und dort die Steuern einzutreiben? Schwörst du, das Land gegen Feinde und Unholde zu verteidigen, Streit zu schlichten und den Handel zu kontrollieren? Schwörst du, mir und meinem Bruder loyal zu sein, und nach unserem Tod demjenigen, der uns als Ladejarl nachfolgt?«

Der Jarl streckte mir das Horn entgegen.

»Ja«, sagte ich. »Das schwöre ich!«

»Darauf trinken wir.«

Wir stießen an. Der Met war süß und wärmte mir den Hals und die Brust.

»Und jetzt lasst uns essen«, rief der Jarl, »die Musikanten sollen aufspielen. Und trinkt auf die Männer, die im Land der Skrælinge gefallen sind und auf unseren neuen Herrscher.«

Wir Männer griffen zu dem Speck, der über dem Feuer gebraten worden war, dazu gab es frisches Brot und eine Suppe, die in einem gewaltigen Kessel brodelte. Die Angst, die viele der Männer vor der berüchtigten Wut des Jarls gehabt hatten, war vergessen, und nur selten habe ich meine Männer so gierig zugreifen sehen.

Das Fest in der Halle des Ladejarls sollte für immer in Erinnerung bleiben als die Ernennung von Torstein Tormodson als Herrscher über Vingulmørk. Bjørn und ich fragten den Jarl, wann der Dienst beginnen sollte, und der Jarl meinte, wir sollten nach Vingulmørk reisen und dort einen Hof beziehen, bevor der Fjord vereiste. Er wollte uns ein Schiff und Männer mitschicken sowie ein Schreiben, in dem er verfügte, dass wir versorgt wurden und ein Dach über dem Kopf bekamen, bis wir unseren eigenen Hof errichtet hatten. Er hätte loyale Männer in Vingulmørk, auch wenn sich niemand davon als möglicher Herrscher hervorgetan hätte.

Der Jarl gab uns die Goldplatte zurück und meinte, wir sollten sie behalten. Dann aß und trank er mit uns. Wenn sein Bruder zurückkäme, wollte er für uns sprechen, und im ersten Jahr erwartete er auch keinen Steueranteil. Diesen sollten wir dafür nutzen, um Männer um uns zu scharen, sie zu bewaffnen und für den Kampf auszubilden. Sven Gabelbart würde es nicht gefallen, wenn ihm zu Ohren kam, dass ich als Herrscher über Vingulmørk eingesetzt worden war, da er schon lange beabsichtigte, dieses Land seinem eigenen Reich einzuverleiben.

Nachdem der Jarl ein weiteres Horn Met getrunken und sich müde und mit hängenden Lidern auf seinen Thron zurückgezogen hatte, kamen Sigrid und Freydis zu mir. Sie setzten mir Ravntor und Bjørnar auf den Schoß und Sigrid küsste mich und strich mir über den Bart. Freydis legte ihre Arme um meinen Bruder. Ich saß berauscht vom Met in der Wärme des Feuers auf der Bank, den Bauch voller Essen, und hörte mich darüber reden, welch schönes Haus wir errichten würden, welche Schiffe wir bauen und wie wir das Land bestellen würden. Wir würden Korn ernten und Schafe und Kühe halten. Sobald der Frühling kam, würden wir mit der Arbeit beginnen und noch bevor ein Jahr vergangen war, würden wir in Wohlstand leben und alle in Viken würden wissen, dass mein Bruder und ich nun über Vingulmørk herrschten.

*

Achtzehn Tage, nachdem ich zum Herrscher ernannt worden war, brachen wir wieder auf. Der Jarl gab uns ein gewaltiges Langschiff mit reichlich Männern mit. Bei gutem Wind folgten wir der Küste rasch nach Süden, die Kälte setzte uns jedoch zu. Hutten schnitt eine Kerbe für jeden Tag, der verging, und als wir uns an der Südspitze Norwegens nach Osten wandten, kam er zu mir und sagte, dass wir in zwei Tagen die Wintersonnenwende hätten.

Wir überquerten Viken in der folgenden Nacht. Ich weiß noch, dass Sigrid bei mir wachte. Der Jarl hatte uns ein Dienstmädchen überlassen. Ihr Name war Alvrun. Sie kümmerte sich um unsere Jungen, die unter warmen Schaffellen am Mast lagen und schliefen. Außerdem hatte der Jarl uns eine eisenbeschlagene Kiste überreicht, in der das Silber lag, mit dem wir für die Verpflegung und die Unterbringung während des Winters zahlen sollten. Im Frühling sollten wir dann beginnen, unseren eigenen Hof zu bauen und eine Halle, wie es sich für einen Herrscher gebührte.

Sigrid war mir in dieser Nacht nah. Sie stand bei mir und hielt mich umschlungen. Durch den Teergeruch des Schiffes und das Salz des Meeres roch ich ihren Duft und spürte ihr weiches Haar an meiner Wange. Sigrid. Meine geliebte Sigrid.

Die Nacht war lang. Wir hielten uns in der Mitte eines Fjords und als es hell genug war, um Meer und Land vom Himmel zu unterscheiden, segelten wir weiter. Bald hatten wir die Küste direkt vor uns, und dieses Land kannten mein Bruder und ich sehr gut.

Bjørn führte das Langschiff, das Erik uns mitgegeben hatte. Ich hatte dem Jarl gesagt, dass wir gemeinsam über Vingulmørk herrschen würden. Wir wollten uns die Macht teilen, wie er sich die Jarlsmacht mit seinem Bruder teilte. Vor uns ging die Sonne auf, und Bjørn überließ Freydis das Steuer. Er selbst trat in den Bug, wobei er an den schlafenden Kriegern vorbeiging. Am Bugsteven blieb er stehen und rief zu mir herüber. »Da, Torstein! Ich sehe es!«

Und auch ich sah die blankgescheuerten Felsen auf der nach Süden in den Fjord hineinragenden Landzunge. Die vom Wind gebeugten Kiefern. Das war die Halbinsel, auf der Bjørn und ich aufgewachsen waren.

Wir fuhren in die Bucht hinter der Landzunge. Noch hatte sich kein Eis auf das Wasser gelegt. Bjørn und seine Mannschaft ließen ein Beiboot zu Wasser und mein Bruder ruderte mit Freydis zu uns herüber. Ich kletterte mit Sigrid, Winabave und Welpe an Bord. Dann ruderten wir an den Strand, wo Vater immer Muscheln gesammelt hatte, und gingen zu dem Ort, an dem unsere Hütte gestanden hatte. Es war nichts mehr davon zu sehen. Die Bauern mussten die verbrannten Reste ins Meer geworfen haben. »Wir sollten Steine darüberlegen«, sagte ich. »Über diesen Ort. Über alles, was hier geschehen ist. Wenn noch etwas von Vater übrig ist, von seinen Knochen … wir sollten sie mit Steinen bedecken.«

Anschließend wurde der Rest der Mannschaft an Land gerudert. Es war mehr als ein Jahrzehnt vergangen, seit ich als Sklave diesen Ort verlassen musste. Der Wald hatte sich ausgebreitet und reichte fast bis zum Wasser hinunter. Bjørn sammelte die Mannschaft und machte sich auf den Weg. Er wollte sehen, ob noch jemand auf dem Hof lebte. Sollte dem so sein, wollte er sagen, dass wir gekommen seien, um den Winter über zu bleiben, und dass wir sie dafür mit dem Silber von Jarl Erik bezahlen würden.

Ich selbst kletterte mit Fenris auf den Hügel östlich der Bucht. Der alte, dreibeinige Hund war inzwischen wirklich gebrechlich, sodass ich ihn auf den Arm nahm und zu Vaters einstigem Aussichtspunkt trug. Das alte, aus Zweigen bestehende Dach war eingebrochen. Ich setzte mich mit Fenris hin. Vor uns lag das offene Meer. Ich sah die Wellen nach Norden rollen, vorbei an der Halbinsel und in den Fjord hinein. Ich hörte das Rauschen des Windes in den Kiefern und uralten Eiben hinter mir und roch den Tang unten am Wasser. Ich war in das Land meines Vaters zurückgekehrt. Ich war endlich zu Hause.

Lesen Sie weiter >>

Mein Vater sagte mir einmal, ein freier Mann solle jedem Tag ohne Furcht begegnen. Wie auch dem Tod. Denn der Lebensfaden wird am Tag der Geburt zerschnitten, und kein Mann und keine Frau macht auch noch einen Atemzug mehr, wenn die Zeit abgelaufen ist.

Die Welt, in der ich aufgewachsen bin und in die meine Söhne hineingeboren wurden, existiert nicht mehr. Das Königreich brennt, und die Namen der alten Götter dürfen nicht mehr genannt werden. Ich bin am Ende meines Lebenswegs angekommen. Aber bevor ich diesen hinfälligen, alten Körper verlasse, will ich erzählen, was geschehen ist. Denn noch habe ich die Hoffnung, dass diejenigen, die nach uns kommen, verstehen werden, dass wir nicht nur Ungeziefer waren, nicht nur Feinde gerechter Könige. Noch habe ich die Hoffnung, dass man uns für das in Erinnerung behält, für das wir gelebt und gekämpft haben.

1
Versklavt

Aus der Zeit vor meiner Gefangenschaft weiß ich nicht mehr viel. Mir gefällt der Gedanke, dass es glückliche Jahre waren. Oft sitze ich stundenlang da und folge den wenigen Bildern, die ich noch im Kopf habe. Bleibe an einer Eibe stehen und rieche plötzlich den Duft von Gras und warmem Moor. Ich sehe das Glitzern der Sonne grün durch die Baumkronen fallen. Es ist warm, die Hitze brennt auf der nackten Haut, während ich mir einen Weg durchs Unterholz bahne. Farnkräuter streichen an meinen Beinen entlang, und ich spüre den Bogen in der Hand und den Köcher auf der Hüfte. Ich komme in einen dichten Wald, das weiche Moos unter meinen Füßen sagt mir, dass das Meerwasser bei Springflut bis hierher gelangen kann, mitsamt Tang, Muscheln und Krebsen. Dann stehe ich am Strand in der Bucht, sehe die Wellen über das Ufer spülen, die Möwen hoch oben am Himmel.

Rechter Hand liegen die Sandbänke, und nur einen Steinwurf entfernt stehen Vater und Ulfham. Vaters graue Haare flattern im Wind. Sein sehniger Oberkörper ist wie immer etwas zur Seite gebeugt, trotzdem ist er noch so stark, dass ihn in meinen Augen nichts auf der Welt brechen kann. Ulfham bellt, bleibt aber bei Vater – wie immer. Vater nickt kaum sichtbar, bückt sich und hebt eine Muschel auf. Ich nehme den Weg zur Nordseite der Bucht. Ich bin noch jung, ein Kind, aber meine Bewegungen sind bereits geschmeidig und stark. Mit dem Bogen über der Schulter klettere ich schnell und furchtlos über die Uferfelsen bis ganz nach oben, denn ich weiß, dass Vater mich von der Sandbank aus beobachtet. Er macht sich Sorgen, dass ich mich verletzen könnte, denn er hat nur noch mich. Ich muss ihm zeigen, dass ich es kann, dass ich stark wie er bin, denn bald werden die Söhne des Bauern kommen und mich bitten, sie aufs Schiff zu begleiten.

Oben auf den Uferfelsen lasse ich den Blick weit über den Fjord schweifen. An der höchsten Stelle ist eine Warte, und in den ersten Jahren nach dem Krieg musste Vater dort immer ein Feuer entzünden, wenn er ein Langschiff sah. Jede Nacht hat er hier oben Wache gehalten.

Ich setze mich unter das alte Schutzdach, lehne den Rücken gegen die Wand und richte den Blick aufs Wasser. Folge der geraden Linie zwischen Meer und Himmel. Genau dort will ich hin. Auf der anderen Seite des Meeres, weit im Westen, liegt das Inselreich. Bjørn, mein einziger Bruder, ist im letzten Sommer dorthin aufgebrochen. In diesem Jahr bin ich an der Reihe.

Dann stehe ich auf, renne durch Wacholdergestrüpp und kratze mir Beine und Bauch auf. Ich weiß nicht mehr, was für Kleider ich trage. Vielleicht nur den Lappen, den ich mir um die Hüften geschlungen habe. Auf der Nordseite der Landzunge löse ich die Schnur, die ich um den Bogen gewickelt habe. Am Ende ist ein aus einem Dorn geschnitzter Haken. Ich zerdrücke eine Schnecke und schiebe sie darauf.

Dann lege ich mich auf den Bauch und bleibe lange so liegen, unter mir mein Spiegelbild. Die langen, ungekämmten Haare umrahmen mein Gesicht. Meine Züge haben noch etwas kindlich Rundes, aber das wird verschwinden. Man sieht bereits, dass ich zum Mann werde, Stirn und Wangenknochen wirken schärfer als zuvor, und meine Augen liegen tiefer. Sie heben sich blau von dem sonnengebräunten Gesicht ab.

Manchmal streicht ein Fisch an der Angel vorbei. Manche sind dicht an der Oberfläche und zerfurchen mein Spiegelbild mit ihrer Schwanzflosse. Dann sind sie wieder unten am Haken, aber sie sind klein und taugen nicht als Nahrung. Ich zupfe an der Schnur und jage sie weg.

Über viele Jahre hinweg waren das die einzigen Erinnerungen aus der Zeit vor dem Schrecklichen. Ich als Kind beim Fischen und Vater, wie er auf der Sandbank Muscheln sammelt. Erst Jahre später sollte ich zur Halbinsel meiner Kindheit zurückkehren und die Wege finden, die Hirsche und Rehe gebahnt hatten. Ich würde das Schutzdach, das mein Vater errichtet hatte, erneuern und mich erinnern.

Ich muss dort auf dem Felsen eingeschlafen sein. Als ich aufschrecke, ist alles still. Die Sonne steht noch hoch am Himmel, ich kann also nicht lange geschlafen haben. Ich drehe mich um und sehe einen Mann an Vaters Aussichtsplatz. Er trägt nur eine zerrissene lederne Hose, und sein Oberkörper ist von blauen Streifen übersät. Als er mich erblickt, dreht er sich zur Seite. Er ruft etwas in einer unbekannten Sprache und kommt schnell auf mich zu.

Ich weiß noch, wie ich gerannt bin. Von Fels zu Fels, runter ans Wasser. Ich schlage mir das Knie auf, bin aber sofort wieder auf den Füßen. Drei Männer folgen mir, einer von ihnen hält eine Axt in den Händen. Die beiden anderen sind fast nackt, tragen Sklavenringe um den Hals und springen von Stein zu Stein. Einer der beiden heult wie ein Hund. Als sie näher kommen, stürze ich mich ins Wasser und schwimme los, aber sie bekommen mich zu fassen, packen meine Haare und pressen meinen Kopf unter die Oberfläche, bis ich die Besinnung verliere. Dann tragen sie mich über die Landzunge zurück zur Sandbank, wo Ulfham mit einem Pfeil in der Brust im Spülsaum der Wellen liegt.

Vater hatte unser Haus zwischen den Klippen am Ufer errichtet. Damals empfand ich es als ebenso schön wie das Langhaus des Bauern. Andere hätten es bestimmt auf der Leeseite der Felsen gebaut, Vater schien seine Aufgabe aber nie aus den Augen verlieren zu wollen. Sein Blick ging immer über den Fjord, denn sein langes Leben hatte ihn gelehrt, dass Feinde von dort kamen. Nur dieses eine Mal nicht. Im Schutz der Bäume hatten sie sich angeschlichen. Ein alter, abgekämpfter Krieger allein auf einer Landzunge war kaum eines Schwerthiebs würdig.

Als ich wieder zu mir kam, lag ich auf der Seite, die Arme auf dem Rücken gefesselt. Erst sah ich nur die Männer, die hin und her liefen. Einige bündelten den Kabeljau, den wir zum Trocknen aufgehängt hatten. Andere prüften die Spannung von Vaters Eibenbogen. Erst als ich mich umdrehte, erblickte ich Vater selbst. Er saß gegen die Wand gelehnt, einen Pfeil in der Brust, und atmete schwer. An der Außenseite seines Schenkels war ein tiefer Schnitt, ein weiterer im Oberarm. Seine Hand lag zitternd und rot von Blut auf seinem Schoß.

Als ich mich aufrappeln wollte, straffte sich das Seil, das man mir um den Hals gelegt hatte.

»Auf dem Hof haben sie mir gesagt, dass du für den Ladejarl kämpfst«, ertönte es hinter mir. Sie sprachen mit meinem Vater. »Was machst du hier in Vingulmørk?«

Vater antwortete nicht.

»Der da, ist das dein Sohn?«

Vater hob den Kopf. »Er ist noch jung, lasst ihn am Leben.«

Der Mann hinter mir fauchte den beiden Sklaven etwas zu, die mich gleich darauf an den Armen packten. Dann gab er seinen Männern einen Befehl, den ich nicht verstand. Zwei von ihnen hockten sich neben Vater und drückten ihn an die Wand.

»Torstein«, rief Vater. »Sieh weg!«

Ich wusste in diesem Moment noch nicht, wer mit ihm gesprochen hatte, doch mit einem Mal spürte ich eine Klinge am Hals, und einer der Fremden trat vor. Ein großer Mann mit blutbeflecktem Kettenhemd. Ohne ein Wort zog er ein langes, gebogenes Messer aus der Scheide und stieß es Vater in den Bauch.

Vater gab keinen Laut von sich, als er aufgeschnitten wurde, nur seine Beine zuckten. Dann ließen sie ihn los. Er saß still da, während sein Blick langsam zu mir wanderte. Er weinte. Ich hatte ihn noch nie Tränen vergießen sehen.

»Brennt es ab«, sagte der Mann mit dem Kettenhemd.

Einer der Sklaven ging in die Hütte. Ich hörte ihn an der Feuerstelle hantieren, wo wir die Glut im Sand eingruben, damit sie bis zum Abend hielt.

Zwei andere Männer zogen Vater hoch. Er wollte etwas zu mir sagen, aber da steckte der Mann mit dem Kettenhemd seine Hand in Vaters Bauch. Vater stöhnte vor Schmerzen auf und rang nach Atem. Plötzlich hielt der Mann etwas in der Hand, das wie ein blutiges Tau aussah. Er starrte einen Augenblick darauf, ehe er es mit dem Messer an die Wand spießte. »Geh!«, befahl er. »Geh los!«

Vater setzte sich in Bewegung. Nach einem Schritt blieb er stehen und rang nach Luft. Dann machte er noch einen. Er krümmte sich zusammen und erbrach sich. Aber der Mann mit dem Kettenhemd schrie ihm zu, dass er weitergehen müsse und nicht stehen bleiben dürfe. Schließlich richtete Vater sich wieder auf und ging weiter, als bemerkte er nicht, dass ihm der Darm aus dem Bauch gezogen wurde, bis schließlich eine große Blase herausplatzte und vor seinen Füßen landete. Er sank erneut zu Boden, richtete den Blick noch einmal auf mich, kippte auf die Seite und blieb liegen.

Die Sklaven schleppten ihn in die Hütte und ließen ihn dort zurück. Man nahm das Messer von meiner Kehle, und ich wollte zu Vater, aber die Sklaven packten meine Arme und zogen mich weg.

Ich erinnere mich, wie ich mich umdrehte und die Flammen sah, die aus unserem Torfdach leckten, als sie mich über die Felsen schleppten. Dann ging es in den Wald. Am Bach durfte ich trinken, ich weigerte mich aber.

Sie trieben mich über die Felder bis zum Hof. Das Langhaus stand in Flammen. Überall auf dem Boden lagen Tote, den alten Bauern hatten sie an dem großen Baum aufgehängt. Seine beiden Töchter sah ich nicht, aber Hilda saß mitten auf dem Platz, gefesselt wie ich. Ihr Kleid war am Rücken aufgerissen.

Sie führten mich in die Schmiede, wo mir ein Sklavenring um den Hals gelegt und mit einem rot glühenden Nagel verschlossen wurde. Ich weiß noch, dass ich mich nicht zu rühren gewagt habe, der Nagel sollte mich nicht verbrennen. Also blieb ich stehen, festgehalten mit einem Seil am Sklavenring, während Hilda ebenfalls ihrer Freiheit beraubt wurde.

Noch am gleichen Abend wurde ich an die Ruderbank gekettet. Ich kannte Langschiffe, Vater hatte mich oft zum Hof geschickt, um Bescheid zu sagen, wenn wir Segel gesehen hatten. Danach hatte ich dann mit den anderen Jungen am Strand gestanden, zitternd vor Erwartung, und zugesehen, wie Fässer und Felle an Land getragen wurden. Oft stand ein Händler mit silbernen Armringen am Bugsteven und pries seine Ware an, Seide, Wein, Glasperlen und nicht zuletzt die Waffen aus gefaltetem Stahl. Manchmal wurden auch Sklaven aus dem Westen präsentiert: Männer, Frauen und Kinder mit Ringen um den Hals. Ihre Rücken zeugten von Peitschenhieben und Brenneisen.

Nun war ich selbst ein Sklave. Als sie mich an die Ruderbank ketteten, sah ich zum Mast empor. Ganz oben steckten drei abgebrochene Pfeile. Offensichtlich war das hier kein Händler. Kriegsschiffe hatte ich zwar noch nie gesehen, aber mein Bruder und die Söhne des Bauern hatten häufig darüber gesprochen. Im Stillen hatte ich mir eingebildet, dass diese Schiffe so mächtig sein müssten, dass sie andere einfach rammen und versenken konnten, dabei waren sie schmal und hatten kaum Tiefgang. Männer mit Streitäxten am Gürtel verstauten das Plündergut aus dem Hof. Am Mast saß ein kahlköpfiger Mann in einer Art Kutte mit Kordel um den Bauch und starrte mich an. Aus dem Holzkreuz um seinen Hals schloss ich, dass er ein Mönch war. Der Bauer hatte sich von so einem mal im Bach untertauchen lassen, was Vater nur belächelt hatte.

Auf dem Langschiff waren sechs weitere Sklaven, alles halbwüchsige Jungen wie ich. Wir waren an einer Kette fixiert, die von Halsring zu Halsring führte, sodass der Einzelne sich kaum bewegen konnte, ohne den anderen mitzuziehen. Jetzt wurde auch Hilda an Bord getrieben und zwischen zwei Säcke und Kisten gestoßen, während die Männer das Schiff seeklar machten.

Ich erinnere mich, dass ich damals davon ausging, das Schiff sei im Schutz der Dunkelheit gekommen. Vater hätte es sonst bestimmt gesehen. Die Männer mussten sich in der Dämmerung zum Hof geschlichen haben, vorbei an den Pferden und an Loths Falkenkäfig. Dann hatten sie wie Raubtiere zu töten begonnen, rasch und fast ohne Gegenwehr. Das Klirren der Schwerter und die Schreie der Menschen wären in der flachen Landschaft sonst weit zu hören gewesen.

Jetzt ging auch der Mann mit dem Kettenhemd an Bord. Er war damals noch jung, groß und breitschultrig, aber seine seltsam kleinen Schweinsaugen ließen ihn alles andere als stattlich wirken. Vom Bug aus ließ er den Blick über Sklaven und Kornsäcke und